何一峰武侠小说

何一峰武侠小说

江湖怪侠传

何一峰 著

中国文史出版社

图书在版编目（CIP）数据

江湖怪侠传 / 何一峰著. -- 北京：中国文史出版社，2025.3

（何一峰武侠小说）

ISBN 978-7-5205-4337-8

Ⅰ.①江… Ⅱ.①何… Ⅲ.①侠义小说-中国-现代 Ⅳ.①I246.5

中国国家版本馆 CIP 数据核字（2023）第 186627 号

责任编辑：牟国煜

出版发行：	中国文史出版社
社　　址：	北京市海淀区西八里庄路 69 号院　邮编：100142
电　　话：	010-81136606　81136602　81136603（发行部）
传　　真：	010-81136655
印　　装：	廊坊市海涛印刷有限公司
经　　销：	全国新华书店
开　　本：	880×1230　1/32
印　　张：	15.25　　字数：395 千字
版　　次：	2025 年 3 月第 1 版
印　　次：	2025 年 3 月第 1 次印刷
定　　价：	79.80 元

文史版图书，版权所有，侵权必究。

文史版图书，印装错误可与发行部联系退换。

目　录

第 一 回　弓娴马熟蓦地占巍科
　　　　　箫心剑胆转轮逢对路 …………………… 1

第 二 回　二年事仗刀剑胁人
　　　　　一夕话要夫婿入党 ………………………… 10

第 三 回　天人交战趋县告恩家
　　　　　姊妹倾谈香房怨毒贼 …………………… 19

第 四 回　天打雷劈死后受极刑
　　　　　戏艳调皮生前遭孽报 …………………… 27

第 五 回　良辰美景异地溯相思
　　　　　刀术针功当场斗绝技 …………………… 36

第 六 回　程侠女乔戏花矮红
　　　　　朱首领怒斥王惕白 ……………………… 45

第 七 回　炫能竞胜剑侠试奇功
　　　　　接木移花情天消艳福 …………………… 54

第 八 回　女教师打擂做新郎
　　　　　官少爷登台做幽魂 ……………………… 64

第 九 回　捉羊抵虎捕盗伙通
　　　　　射鹿猎獐雨云翻覆 ……………………… 74

第 十 回　巧机谋成锡爵上当
　　　　　恶势力姜文虎助奸 ……………………… 83

第十一回　金剪声寒强人字婿
　　　　　晴窗梦醒去发留头 ……………………… 92

1

第 十 二 回	飞来剪夤夜胁凶徒	
	独行客破庙逢怪侠	101
第 十 三 回	巧报仇术神童遇猿	
	活现形朱首领戏虎	110
第 十 四 回	悟解数初试飞行功	
	痛国仇漫洒伤心泪	119
第 十 五 回	余丝未尽灯下醉情痴	
	一息尚存井边救难女	128
第 十 六 回	孙讼师主谋失辫	
	甘小姐苦志殉名	137
第 十 七 回	金剪飞来电光惊一瞥	
	玉人入梦血泪洒千行	146
第 十 八 回	深闺小语怪侠何来	
	古刹寻踪伊人宛在	155
第 十 九 回	入隧道英雄吓英雄	
	设牢笼强盗赚强盗	164
第 二 十 回	头颅大解脱血溅剪飞	
	师弟忽牵来魂惊胆落	173
第二十一回	侠肝义胆同志误作寇仇	
	铁骨冰心异姓竟成兄妹	182
第二十二回	凶变突无端声泪俱竭	
	苦刑恶作剧血骨迸飞	191
第二十三回	苗铎三拷鄢维邦	
	卫杰再晤左其美	201
第二十四回	贾大夫慈心获美妇	
	縻老头合掌运神功	211

第二十五回	罪无可宥左其美锄奸	
	诚可通灵党开山得马 ……	221
第二十六回	湖州府奇童服骏马	
	竹林寺山侠陷机关 ……	231
第二十七回	真蹊跷尼姑非女性	
	大解脱和尚悟禅机 ……	240
第二十八回	左其美热心救难女	
	唐伯屏凉血卖恩家 ……	251
第二十九回	生有余哀一心思父梓	
	死犹多恨双泪揾君衣 ……	261
第 三 十 回	还印章威胁王知县	
	戏剪术力逼陈制军 ……	271
第三十一回	痛父仇千里访师友	
	闻噩耗一怒杀凶徒 ……	281
第三十二回	露冷风凄病中惊噩梦	
	神怡心旷月下看飞梭 ……	291
第三十三回	密语话深闺隔垣有耳	
	官兵逢狭路平地生风 ……	301
第三十四回	抄家私众衙役欺心	
	劫法场小英雄救友 ……	310
第三十五回	蠲私愤挥泪哭掌珠	
	划神拳当筵戏小友 ……	320
第三十六回	风掀帘动侠女惹情魔	
	蛇影杯弓呆儿遭谤语 ……	330
第三十七回	深闺惊怪客气凛冰霜	
	野店遇人妖形同傀儡 ……	340

第三十八回	潮州城三刺潘得安	
	范家村初遇庞人瑞	350
第三十九回	霜清月冷白骨咽西风	
	巢覆卵完青山悲落叶	360
第 四 十 回	蓦地起狂飙险膏上吻	
	漫天撒飞网惨被鸿离	370
第四十一回	雷打雨散洪珠儿避灾	
	狐假虎威杨秉忠负友	380
第四十二回	法王座下蛛网吐余丝	
	狮子溪边莲花生幻象	390
第四十三回	母子痛离魂浮生若梦	
	英雄欣报德险语惊人	400
第四十四回	旧雨重逢刀边救奇侠	
	夫棺甫葬夜半失雏儿	410
第四十五回	指迷途尼姑说法	
	拜师坟怪侠被擒	420
第四十六回	老农夫夜走罗浮山	
	小豪杰身陷广林寺	430
第四十七回	山村试拳法玉碎香消	
	石洞遇奇人声嘶泪尽	440
第四十八回	甘琼英轻身入虎穴	
	徐白玉捉盗赠金刀	450
第四十九回	英雄小聚会掬泪千行	
	母子得相逢伤心一哭	460
第 五 十 回	剑云血露五侠快诛仇	
	箭雨刀霜千军争杀敌	470

第一回

弓娴马熟蓦地占巍科
箫心剑胆转轮逢对路

　　哎呀！这也奇怪，回想那恶浊卑污的时代，政治怪，风俗怪，试一燃温子之犀，照秦王之镜，几乎是无人不怪，无事不怪。

　　孔二夫子不语怪的缘故，并非因为这个"怪"字是字汇上的名词，不是事实上的名词，亦非不能言怪，不屑言怪，但那时候欲吐出这个名词，倒有一种干碍，反乎常便谓之怪。万恶渊薮中所产生种种的怪现象，当事人皆居之无疑，恬不为怪。

　　在那专制时局潮流之中，天地间却生出那锄奸杀暴、惊虹掣电的一班怪侠。识时务的人才算俊杰，这些侠士偏又不识时务，不是怪人，便是呆子。侠士行藏，千个不一，总之身份高到极顶，做人所做不到，本领高到极顶，学人所学不来，恰是历史上一种怪人。

　　老古时代不必说来，单叙那二百年前的种种怪侠故事。打从满人入关以来，大民贼虎噬狼吞，小民贼软喝硬骗，可怜亡国奴，竟做刀砧肉，人道沦亡，几令我把眼泪要哭下一大堆来。

　　天下事走到极端，必有高出水平衡的反力因之而起，佛学萌芽，在六朝理想黯灭之际，这一件可为明证。我国山川奇秀，难道就钟生汉奸奴才、不钟生有血气的人物吗？怪侠禀赋山川奇特之气而生，最富有情感，无如逃不出逆时者穷的这个分例，人物怪到极处，困踬亦困到极处，不能在政治上做出彻底澄清的赏心乐事，闲得没有可做，只好凭着一身的本领，东飘西荡，落魄江

1

湖,匣剑荧时彻夜鸣,负汝汝难忍,伤心无限英雄泪,尽替人间抱不平。

且说雍正即位的那个年头,江苏六合县辖王家堡上,有一个姓王的人家,原是漂洋过海,发了一股财,在这王家堡置下许多田地房产。子孙世代单传,因此家道日渐丰足。

这时,王家的主人叫王学吾,表字达夫,是个彬彬有礼的读书君子。但他生平没有在科场里观光观光,论他那诗词著作,以及辩论古今成败,都具有异样的性情、独辟的见解。只有一件短处,就是不能作那之乎者也的八股时文。晚年生下一个儿子,名焕仁,字惕白。

王焕仁六岁的时候,在书房里对对子,先生称为神童,十二岁上已下笔千言,一挥而就。同王达夫要好的朋友,都在他面前揄扬他儿子的时文成绩是如何的优秀,将来的成就毕竟是个金马玉堂的人物,王达夫都是含笑不言。然而并不禁他儿子作时文。

王焕仁在十三岁上,自己也把自己当作一个才人,又出落得姿容洒脱,神采不凡,一家的人都看重他,尤其是达夫夫妇。

不幸达夫夫妇染疫症死了,王焕仁卯角无所瞻依,再没有人监督他、保护他,何况他是无书不读,恍悟这读书的目的,原为明心见性而来,不是去换高帽子戴的。除了这劳什子的时文,随处皆是大好文章,好一个聪明人,怎么一作了时文,就束手缚脚,沦落到这般田地?不但这时文没有一说的价值,若再从这点上博取功名,可不要笑煞天下士吗?如今老子、娘都已不在,又没有期功强近的亲人,家里的杂务虽然用不着处处由自己劳神,然而也不能一概置之不理。

王焕仁日间在应酬上忙个不了,晚间腾挪数小时的工夫,读书自乐,觉得他那授业先生是由时文中熏浸出来,好一个饭桶。自家胸中的学问且不屑做他的先生,哪肯留他再在门下摇头簸脑地处处讨人厌恶。

王焕仁从授业先生卷去行李以后,天地间再找不出他的先生来。那晚,拿一本《西厢记》看了又看,兀自批评起来。后来又拉杂看了许多稗官小说,和《聂隐娘》《虬髯客外史》这一类书,他那伟大的眼光、豪侠的心肠,就把那么神剑之士艳羡得了不得,虽然事出无稽,语多怪诞,然而天地之大,无奇不有。目今这种世界,也许会产生出那么几个人物,自家恨不能立刻成个聂隐娘、虬髯客,好做一番侠义快事,比读书还觉有用。而且在那死书上面,轻易又寻不出个活文章来,由此便广结江湖上一班有本领的人。

这班人都是不识字的粗汉,王焕仁觉得他们的侠肝义胆,比读书的要爽快得多了,那些腐败不堪的读书种子,真是贻害不浅,便胡乱随着这些粗汉,学习练弓习马之术,终日无闲。古语说道:"世上无难事,单怕有心人。"王焕仁既立刻要做剑侠,苦心练武,气力又使得出来,哪有不成功的道理?

论王焕仁的心理,是不愿考武的,那时他有一个最相信的师父,巴不得有几个徒弟,得志科名。王焕仁因为这师父的期望过甚,不识多字的人,就对他说出一本天书,终觉他自家的愚鲁见识全无舛错。王焕仁恐怕冷淡了他的心肠,不得已赴场考试,无意中中了一名武秀才,乡试又接连得选,到了北京,又中了进士。回家的时候,那师父已经死了。

王焕仁见家里的一班粗汉都星飞云散,王焕仁大感不解。后来才探听出来,这班粗汉因王焕仁赴京之后,没有同志的人和他们攀谈,他们都不是混饭吃的,便不情愿在王家吃这闲饭,心里很怅记不下。自家已是十八岁的人了,是处皆结交得人,但对于婚姻问题,十分注重,一则要同他有相当的性格,二则要同他有相当的年貌武艺,贫富在所不计。虽然王焕仁家是个豪门富户,做媒讨喜酒吃的人却比别处增多,但王焕仁终觉文不对题,东也不成,西也不就,不知谢绝许多门当户对。好笑,像王焕仁这样漂亮人物,六合县里的名门闺秀,十个里也挑不出一个,何况又必须有同样的武艺、同样的性格。如此红粉英雄,不但在粉饰太平的时代不容易一见,就从古小说书上看来,有几个花木兰,有几个穆桂英,有几个十三妹,这不是一件很为难的事吗?

世界上既有这么一个痴心人,好像天公也给他凑个趣儿,令他得到圆满的欲望。

王焕仁有一个姑母,嫁给会稽程家,姑父程济德是一个不第的秀才,同王焕仁父亲郎舅之间却甚投契。打从王焕仁父母逝世以后,相隔五个年头,王焕仁因为路途遥远,往来不大便当,没有到会稽探望姑父、姑母,程济德也没有工夫到王家一走。

这天,济德夫妇却带着女儿明珠来至王家堡上,王焕仁当然极表欢迎,又见这神仙似的一个表妹,亲热热地叫他一声哥哥,心里非常爱慕。及听程济德夫妇称说明珠的诗文之学,王焕仁只顾摇着手,皱着眉头。这一来,倒把程济德夫妇噤住了。他们夫妇的来意,只因同王焕仁父亲的情谊,特别与寻常亲戚不同,而且明珠的母亲又与王焕仁母亲十分和睦,姑嫂二人的脾气倒可以合拢得来。于今王焕仁的父母都已死了,程济德夫妇很知焕仁这个人物将来毕竟不凡,很愿把内侄儿作成自家的女婿。于今见王焕仁露出不满意的样子,心里哪得不愣了一愣。

这时,明珠小姐早在帘幕之内,眼见王焕仁这种气死人的样子,内厅又没有外人,不由凭空走出来,微微笑道:"我早已听得哥哥弃文就武,便小视我这孱弱的表妹不懂武艺。然而我也胡乱会得几手拳脚,自信能敌得你这有力如虎的武进士,不妨当在我父母面前,彼此且走一着儿吧!"

王焕仁自知鲁莽,得罪了姑父、姑母不打紧,偏偏惹得这粉装玉琢似的表妹,桃花面上堆着朵朵红云,我这人还有什么人心,忙赔笑道:"妹妹别要恼怒,千不是,万不是,总是做哥哥的不是,何况你我是骨肉至亲。于今妹妹要来打我,就请妹妹打了吧!"

程明珠点头道:"是呀是呀!你不和我比较的意思,我明白了,你是何等身份的人,自然不愿同我这女人小孩子交手,果然你胜了我,值不得什么,万一我胜了你,那才笑死人呢!不是妹妹说出不懂人事的话,像哥哥这个英雄人物,我不赢了你不甘心。"

王焕仁笑道:"妹妹错了,我是懊悔适才得罪了你妹妹,当然要听你打我几下,方算补报我的罪过。比论武艺,岂是当耍子的?若在别个一知半解懂得一点儿把式的女子,谁要她这样来激怒我,早已飞拳舞脚地比试起来。可怜我没有同胞妹妹,可怜我只有你这妹妹是个亲人,我怎忍心使出手段来打你,打你不是同打我自己一样吗?"

程明珠便气起来说道:"哥哥无礼极了,不该这么羞我。你可是拿这话做退身符,不敢和我动手吗?我不看在亲戚分上,便打你个臭死。不用客气,先请你打来吧!"

王焕仁看程明珠眉眼之间倏地露出英锐的气概,不像初会面时那般娇怯怯的样子。若在寻常不会武艺的人,看了是不敢仰视。王焕仁是个顶呱呱的武进士,拳脚的功夫实在不弱,很情愿和程明珠做友谊的比试。但碍着姑父、姑母皆在这里,到底有点儿不好意思,滴溜溜一对儿眼珠子,只顾在他姑父、姑母面上滚来闪去。

王夫人先前听凭他们表兄妹怎样说来,总是一言不发。这时见王焕仁有些难为情起来,故意向明珠斥道:"小丫头,真无礼了,如何要同哥哥厮打?还不给我走过去!"旋说旋向明珠努一努嘴。

程济德笑道:"这个有甚干碍?表兄妹比试武艺是一件很好的事,但不可一时失了手脚,谁打伤谁,便算谁输。"一壁说,一壁价就令王焕仁、程明珠快快动手。

王焕仁平时曾练得一种拳功,名叫铁爪功,这种功夫真个厉害,能在人肚子里把心肝抓出来。无如比试的人,恰是明珠妹妹,这种功夫是用不着,只好使出转轮的拳法来对付程明珠。这转轮的拳法,在那练习的时候,身体转得像车轮一般快,不住地在场内绕圈子,绕多了,练久了,到了水到渠成的这一步,自然毫不吃力把对方人弄得头晕眼眩,用拳头只轻轻在对方人身上一搁,便算打中了一拳,得到优胜的结果。

论起程明珠,也学有一种拳功,这拳功叫作一箭飞喉,任你对方人是如何的轻捷,她的身躯比飞鸟还快,只需她拳头风射在你咽喉上,便将你这颗头打得从脖子上飞起来。无如比试的人是王焕仁哥哥,这种功夫又用不来,只好看王焕仁怎样打来,她便怎样解开,给一个小小厉害。

王焕仁先向济德夫妇客气一番,因为自家是个表兄,又经程明珠再四要求让王焕仁先行动手,王焕仁便使出这转轮拳法,侧着身躯,跑起圈子,绕了十来转,雨点儿般的拳头巴不得轻轻一拳着在明珠身上。岂知明珠毫不迟疑,两只脚在圈儿内转来转去,像似车心一般移动,也伸出一双粉团似的拳头前来对付。王焕仁便觉得程明珠身轻如燕,手软如绵,沾着了便不易脱开,却是自家的功夫一个对路。不由怀疑起来,自信没有这能耐再决斗下去,忙一转身,跳出圈外,说:"妹妹真是好得不必较手足了,愚兄愿拜下风。"

明珠笑道:"哥哥怕我不是对手,趁此下台,好顾全妹妹的面子。其实妹妹何能再同哥哥动手,吃力更不讨好。哥哥,像妹妹心里的话,你可明白不明白?好笑不好笑?"

这节话把王焕仁说得羞惭满面,也笑起来说道:"妹妹别要挖苦人了,这拳功已算输给与你,不过做哥哥对于这些应酬上的功夫,未经深求细考,就不免贻笑大方。而且我的朋友都喜欢耍着单刀,我在这单刀上胡乱用了几年功夫,分不开心来研究这柔软的拳术,总望妹妹原谅我这一点。"

王焕仁说这话的意思,因为江湖上的女子,多半是只会拳术,不会单刀,亦有只会单刀,不会拳术,看来我这表妹年纪又比我小一岁,她的拳术高到极处,我所以不能胜她,我的单刀也高到极处,她也不能胜我。我虽不愿同她比试单刀,但是这句话又不得不吼了出来,使她猜着我单刀的厉害,不用再拿话来打趣我,便完了事了。

哪知这些话分明打入程明珠的心坎,程明珠故意装出疯疯傻傻的样子来,拍着纤掌笑道:"了不得,了不得,哥哥一身的刀法没处使,要在表妹妹面前摆威风。偏我是不懂得什么刀法,哥哥要我的命,我这条命自然要交给哥哥了。"

这时,程济德夫妇明知王焕仁的刀法绝对胜不了明珠,而且明珠和他比试拳术,总算占他一点儿便宜,万一再比试刀法,不是使他越发无面目见人吗,不由异口同声地劝止他们各自停手。

大家依次坐定,茶话之间,程济德夫妇便露出没有婆家的意思。

明珠掩口笑道:"这是打哪里说起?当在表哥哥面前,就不顾我害羞,要想请他给我做媒,若被别人听见,可不要笑掉了人家的牙齿吗?"

王焕仁面上即露出很高兴的样子,暗想,我这表妹,没有一件不可爱,性情可爱,容貌可爱,说出那些话来,无一处不令人爱煞。至于所学的本领,也有胜似我的,也有不如我的,总之,都是可爱的。不由触动了求凤的念头,便向程济德夫妇问道:"像妹妹这样一个人,若在我姑父、姑母的主见,究竟想嫁一个什么人家?"

程济德笑道:"若在我和你姑母的意思,只要她心里能看得中的人物,哪怕他家里穷得连我不如,我把她嫁送出门,便割断了这条肠子。但她的心路特别与寻常孩子不同,必须由她亲自选择一个貌艺双全的青年男子,她才欢喜。像我这寒士人家,却从何处寻到这好女婿?我怕她要在家里养老。"

王焕仁笑道:"于今倒有一份人家,人物我看中了,是同我一样,提起品貌、武艺两层,也同我是差不多。并且和我是同年同月同日生,又是同年同月同日死,未明白我妹妹这一颗心,能

7

将就些嫁了他吧！"

程济德夫妇方欲回话，明珠伸出个指头来，向王焕仁脸上指着笑道："死促狭的哥哥，我明白你说的这样人物，不是你却是哪个？"说着，忙走过来，抓住王焕仁的衣领，刮着鼻子便羞，举起手来便打。

王焕仁把头低下来，央告道："妹妹，我知罪了，该死该死！怎么你会来打我？"

明珠笑道："谁打你来？打你不在这时候打你了，像你这腌臜似的样子，我是怕打污了这只手。"

王夫人笑道："死丫头，你不怕哥哥恼你吗？"

王焕仁赔笑道："岂有此理，妹妹是爱我的才羞我，我是爱妹妹的才给妹妹打来，哪有恼妹妹的道理？"

王夫人笑道："亲戚关系，见一个爱一个，也是有的。"

王焕仁摇摇头说："不是不是！"

程济德大笑道："他这话倒说得老实，我便将你这妹妹嫁给你便了。"

王焕仁笑得面红红的，只望着明珠发笑，反把明珠望得害羞起来，一会子抬头笑道："哥哥，你怎忍心想我嫁你？像你这花烟哨似的人物，休言我们名门闺秀太瞧不起你，就是乡间懂得道理的姑娘，见了你也讨厌。哥哥想我嫁你，没有这般容易。"

王夫人斥道："傻丫头，又发疯了，你哥哥品貌这么好，武艺这么好，一切身家产业，哪一件配不上你？你不嫁给哥哥，要嫁哪个？"

明珠听完这话，面露愠色道："母亲，你也叫我嫁给哥哥吗？一百件都依得父母做主，这一件我不能依得。于今我要问问你们两位老人家，若叫我嫁给哥哥，能一竹竿打到底吗？"

王夫人忙正色道："放尊重一点儿，你这话越说越不像了。"

明珠道："可不是的，哥哥想我嫁他，我不情愿，恐怕不见得就一竹竿打到底。"

王焕仁起初见他姑父一口准下这一头亲，快活到了绝顶。于今听到这一声霹雳，一颗心几乎惊得要跳出口来，不由洒泪说道："妹妹若不嫁我，我就要死了，好狠心的妹子！"

明珠道："这话真不对了，如果我不爱你，何必到这里说废话？你会不明我的意思，日后可不用怨我。"

到底程明珠禁不起王焕仁厮缠，只得当在父母面前答应了这头亲事。

王焕仁、程明珠结婚的那天晚上，一切仪式都做过了，贺客们因为程济德夫妇都在这里照应喜事，顾全他们老夫妇颜面起见，免掉闹新房的一件麻烦，早已尽欢而散。

王焕仁巴到夜静更深的时候，交杯酒落了盏，连丫鬟、喜娘这一类人，好像都知情识趣，齐打伙儿出了洞房。王焕仁欢喜无限，关起房门，却见明珠低坐床沿，花容上现出羞涩涩的神气，不禁心旌摇摇，遂将明珠一把抱定，待要为所欲为。不料明珠如遇虎狼似的挣扎开来，用手指只轻轻在王焕仁手上一点，王焕仁顿觉四肢软痛，登时便昏晕过去。

欲知后事怎样，且俟二回再续。

第二回

二年事仗刀剑胁人
一夕话要夫婿入党

且说程明珠见王焕仁眩晕欲绝，连忙将他唤醒过来。

王焕仁站好身子，向程明珠发作道："再杀我是你，再生我也是你，毕竟你安着什么歹心？"

明珠笑道："我不过使的小小技能，和你开玩笑的。古来男女结婚，先有啮臂之盟，这个权作啮臂之盟吧！"

王焕仁道："别的话我都不问你，一个指头，看起来不过纤笋般粗细，如何便将我弄得那般模样？你究竟是哪一路的功夫？不妨对我说个明白。"

明珠道："这个值得什么？我一个孱弱身体，称起来没有百斤重，谁料我这个指头点下去像有千斤力，一不是用的什么法术，二不是点着什么穴道，不过我练得一身活力，有身使臂臂使指的妙用。这活力比不得你们学的死力，要是死力打中了你，断没有恢复到依旧一样。如今你吃中我指上的活力，却有挽回的余地，何况我并不曾认真打你，打你不在这时候才打你！"

王焕仁笑道："像你这般本领，可惜科举的限制没有个女状元，如果把男女人格看作一样，男子可以投考，女子也可以投考，这武状元的大红顶子，准要挨到妹妹头上。看来这不平世界，不知要埋没多少女界人才。"

明珠笑道："做了状元又怎么样？我把大红顶子看得丝样细，你将水晶顶子看得天来大，你毕竟安着什么歹心？"

王焕仁嘻嘻地笑道："不要说什么好心歹心吧！时候不早了，你我也该寻些……"

半句话未说完，程明珠忽地脸上红一块白一块起来，那丝丝眼泪，由眼角滚到唇边，像似胸中有难言之隐，欲哭又呜咽不曾出声，欲说又忸怩不肯出口，低着头不住捻衣带。

王焕仁忙一躬到地地招赔道："这会子妹妹还有什么不情愿的去处？神气之间，似乎真个厌我，纵然我这气力不及妹妹，有点儿委屈你，且劝你看在我姑父、姑母面上，成全则个。万一妹妹实在瞧不起我，给我个一刀两断，我情愿死在妹妹面前。"王焕仁说到这里，很露出自惭形秽的模样。

程明珠急掩泪道："这是从何处说起？我怕对不起哥哥，辜负我父母千里送女的意思，我这时只有一哭。"

这些话，把王焕仁弄得彷徨无定，因想，我表妹是个浪漫女子，而且姑父、姑母对于闺阃间事，像似不曾防闲一般，难免她没有月下桑中之约。今晚不肯和我同床而睡，怕我识出破绽，其实她纵非红花幼女，我是个开通人，断无不见谅的道理。旋想旋笑说道："妹妹先前不肯嫁我的时候，我姑母曾问及你，不嫁给哥哥，却嫁哪个？妹妹又说'你会不明我的意思，日后可不许恨我'，这些话大有缘由。如果妹妹有什么说不出的隐情，我爱妹妹不过，怎忍见怪？妹妹不要羞涩，我们上床去吧！"

程明珠急站起来，破涕笑道："这句话是你说的吗？你真个看错我了，我是个清清白白的女儿身，有什么把柄惹你见怪？老实说一句吧，我的情窦开得太早，什么人情物理都懂得，连避孕书也看过。不过我心地很贞洁，不比那任人扳折的倡条冶叶，这件事你只管放心罢了。如今我要给你砍上三刀，再依我三个条件，你的心愿，自然达到圆满目的。万一不肯这办法，你我从此便做个挂名夫妻，再则大家各寻头路。好哥哥，不知你是真爱我不真爱我。"

一面说，一面解开纽扣，露开怀，连紧身子都脱掉了，显出半身晶莹如玉的肌肉，羞怯怯地笑道："哥哥，你究竟是砍我不砍我？"

王焕仁看了，都忘了形，脸上露出垂涎三尺的样子来，心头小肉，鹿鹿地跳个不住。一会子，方才嘻嘻笑道："妹妹的本领，我早已自愧不如，好妹妹，不要难为我吧！我看你这娇嫩的皮肤，受了风不是耍的。莫说是三个条件，就是三十个三百个，我件件总依得。至于叫吾拿单刀来砍你三下，无论你受伤与否，我怎忍心不来，砍得我心里怪生疼的。"

　　明珠道："哥哥真不爱我，各样话都收拾起来，我给哥哥点了一指，算是我们啮臂之盟，哥哥不把真心肝给我看，辜负我一团高兴，叫我如何自信？你还疑我这精皮肤禁不起你砍三刀吗？这倒是一件很可以放心的事。果然你不相信，先请来打我几拳，才知妹妹并非谎妄，不用推延，快些动手吧！"

　　王焕仁怎肯拿这拳头来打程明珠，只好趁这时候，挨近床沿，在明珠胸腹之间随处抚摩，轻轻拂掠几下，真是柔若无骨，不由心荡神摇，四肢无主。忽然程明珠现出又羞又恼的样子来，将王焕仁推开一步，说道："你当真来玩弄我吗？我不惯做男子的玩弄品。如今你一不打我，二不砍我，我已等得不耐烦了，后来可不要进我这房。"

　　王焕仁急赔笑道："妹妹来玩弄我，反说我玩弄妹妹，并非我不肯打你，我是不好意思打你。"

　　程明珠也不回答，从锦褥下抽出风闪闪、寒灼灼一把大刀，握在手中。这时候，把王焕仁惊得六神无主，不由扑通跪在明珠面前，浑身上下像筛糠一般抖。

　　程明珠早已舞起单刀，在自家膀臂胸腹之间忽上忽下，忽左忽右，砍得喳喳作响，总共砍得一百余刀，那半身洁白的肌肉，比镔铁还坚硬，不但不曾砍破一块油皮，连红也不红一点儿，反而将单刀砍卷了口。这才轻轻放下单刀，扶起了王焕仁，穿好衣服。单见王焕仁吓得伸头咂舌，半晌也吐不出一字。

　　明珠拍着王焕仁的肩膀笑道："好哥哥，你不要吓坏了吧！这会子当然知道我能吃你三刀，你没有玩弄我的能耐了，我也不肯无辜来玩弄你,十七八岁的男子,说出话来疼煞人,我敢给你代表砍我百来刀,便算补报我手指的罪过,好完全你我花样翻新啮臂之盟。好哥哥,你到底是佩服不佩服,相信不相信?"

王焕仁喜得不住地发笑,禁不住拍着大腿说道:"妹妹,你这本领是从哪里学得来的?"

明珠笑道:"这个算得什么?如今闲话少说,我还有三个条件,说一件,你能遵从一件,那时候自然舒舒服服地告诉与你。"

王焕仁道:"且请妹妹说出个第一件。"

明珠笑道:"这第一件,我就怕你不能依我,如果你从今以后,不图上进,再也不把这武进士的虚荣当作无上的尊贵,恢复到祖宗依旧的身份,你看如何?"

王焕仁笑道:"这个有甚打紧?我若与妹妹共同生活,就是贵为天子,富有四海,也赶不上我这么快乐,这一件我当然是容易依得。快请妹妹再说第二件。"

明珠道:"你既然肯弃这无谓的功名,第二件当然也能依我。你家这股财产,一辈子也吃着不尽,长此延长下去,我们倒做了个守财房,不若散给族中贫苦人家,打发冤家离眼前,反落得逍遥自在。像这么做来,你是不是能够依我?"

王焕仁笑道:"这些劳什子产业害人不浅,我做它奴隶也做得够了。不过因为我祖上好容易撑持下来,交给儿孙享受,我不敢轻易挥霍,惹得外人指摘。这回被妹妹提醒过来,就索性不畏人言,依我妹妹的吩咐,好叫我祖上在九泉之下,也摘断这条愁肠。这两件我自信能依得你。好妹妹,大略那第三件,我也算依得了,你可快快说来。"

程明珠齿牙伶俐、手法敏捷,在巾帼中尤不易得。明珠笑道:"你当真便自信依得这第三件吗?"

王焕仁急正色道:"大丈夫一言既出,誓不反悔。"

明珠不由露出鸬鹚似的微笑,脸上顿耸起片片红云,懒洋洋地问道:"哥哥,你知我是个什么人?"

王焕仁道："可是个昔日表妹,今日才做了……"

两句话未说完,明珠急抢着说道:"哥哥尚不知我父母,如何得明白妹妹这颗心,毕竟是个什么人,到头做些什么事?"旋说旋倏地蹙起双眉,一时声泪俱下。

王焕仁道:"新婚吉日,你又哭了,一点儿吉利总不要。哪一个人我看不出,何况是自家姑父、姑母?我姑父是个怀才不遇的读书君子,我姑母自然是温和慈爱的一个良母,你这颗心已牢牢地系在我身上了,我猜得可是不是?"

明珠拭泪道:"哥哥所见亦是但知其一,不知其二。哥哥不是问我这么本领是从哪里学来的吗?其实我算不得有本领的人,不过我父亲学得一点儿武艺,母亲叫父亲把这武艺转授与我,又因为我舅父在日,和我父亲生来亲密,不把姓王的当作穷亲眷看待,并爱惜哥哥是个后生可畏的少年,特地把妹妹送给哥哥作成媳妇,好介绍哥哥同入讨贼党。起初我很情愿抱着终身不嫁人的念头,实在不忍违拂父母的意思。又想到舅父、舅母待我的好处,才肯这么做来。好人,我这第三个条件,就是劝你同入讨贼党。"

王焕仁听这"讨贼党"三字,摸不出半点儿头脑,很诧异地问道:"亲妹妹,什么叫作讨贼党?方今四海升平,圣天子垂拱于上,一班文武臣僚治化于下。像我们这六合县辖的地方,不但没有盗贼,并且路不拾遗,人民畏法如虎。我从来不曾见有讨贼党这个团体,亦不明白哪里有贼,要讨贼党前去征讨。妹妹介绍我入讨贼党,还请明白宣示。"

明珠听了,急将王焕仁拉过来,坐在自己大腿上,把个香润润的樱唇紧紧靠着王焕仁的耳朵,叽叽咕咕地说道:"痴哥哥,我因你不明白讨贼党是何种团体,但自秦始皇并吞六国以来,其间君王臣宰,多半皆是强盗,杀一人而夺其财物,还说他是盗贼,杀多数人而吸取其财物,则其恶自与寻常盗贼不同,而手段亦高出寻常盗贼百倍。而况吸取天下之财,集于一家,天下瘦而我独肥,天下苦而我独乐,像这种盗贼,尤足以引起伤心人无限的义愤。如今异族腥膻，污我中国一片干净土，大民贼之皇帝老子，专制于上，小民贼之汉奸奴才，专制于下，只苦了一班小百姓们给他们做牛马、做鱼肉，表面上虽然四海升平，其实人民的苦恼到了极顶。我们一班剑侠之士，要给无知小民打开天窗，现出一线光明，所以纠立讨贼党，奋勇精进，先行除杀奸官恶吏，然后直捣北京，再找那皇帝老子算账。"

王焕仁听完这话，禁不住挣开虎躯，跳起来急道："妹妹，那不是个大逆不道的反叛吗？妹妹忍心骗我入党，这些事不是我们能干出来的。我不，我偏不受骗。"

明珠低声笑道："轻些，我们党内严守秘密，如此大惊小怪，成得甚事？老实给你说一句吧，虽然你此次未入党，既与讨贼党员有了关系，倘若官里知道这事，也许不能放你，不如将我们三人当官出首，才可以省了无事。"

王焕仁急道："你还说这怄人的话，你是我什么，你父母同我家是什么亲戚？宁死也不肯出首。我因为你们做下这砍头的事，很是提心吊胆，替你们害怕。好妹妹，你还不把这'讨贼党'三字丢掉了吗？你不怕，我还怕呢！"

明珠听完这话，暗想，我千里到此，为的什么事？看他这种情形，虽然不曾认可，到底已被我玩弄于股掌之上，似乎不情愿和我离开，不过畏惧朝廷势大，不敢轻易入党。我们同党人员，最是难得，而且他是个虎气勃勃的少年男子，日后在党做事，自然与普通党员不同，我岂肯乘兴而来，败兴而归？想着，即现出满面怒容，从衣底下取出一支宝剑来。

这剑和寻常的剑不同，剑背尽有半分厚薄，剑长约有一寸，宽只五分有余，剑叶绵软如纸，好像似折起来藏在腰间，放开来又和一条丝带相似，随手向床沿上一拍，登时便伸得直挺挺、寒光闪烁，与青萍剑无异，不过只有大小之分。王焕仁也时常听得江湖上人曾说，有一种小剑，纯系缅铁炼成，十年火候，才能由百炼刚化为绕指柔，这剑名为寒光薤叶剑，斩钢削铁，锋利无比。

当下见程明珠按着了蕻叶剑,低了头泣道:"哥哥既然出言反悔,只恨父母害我,死了亦何值得。"旋说旋将这剑搁在香颈之上。

在这千钧一发的时候,王焕仁早吓得魂不附体,不由扑到明珠面前,把个头仰到明珠鼻准之上,抖着泣道:"无论如何,且请妹妹从长计议。"

两句话刚说完,明珠一不回答,二不气恼,只把这剑对准咽喉,正待刺下,王焕仁急将明珠的纤手接住,跪下来哎呀哎呀地央告道:"妹妹,我从此不用三心二意了,你怎么说来怎么好,我便随……随……随你同入讨贼党。"

明珠流泪道:"罢罢罢,你不要再哄我吧!我还是……"

王焕仁急道:"我当真是禽兽吗?"旋说旋将一身簇新的衣服,一件一件地脱开,说:"妹妹且请杀我,抓出我这心肝看一看。"

明珠这才咯咯地笑起来,连忙放下单刀,即将王焕仁扶着说道:"好好,你乖乖地来补我这三月的相思。"

两人登床就寝,王焕仁才遂了心愿。烛风已度玉门关之后,明珠絮絮说道:"妹妹虽然长到一十七岁,很不情愿这么干来,却也是一件很痛心的事。万一哥哥不怜惜,死了也许恨我父亲。"

王焕仁低低笑道:"你还说呢,古来只有夫唱妇随,如今我姓王的人家,倒是妇唱夫随起来,好人,你几时同我入讨贼党?我若由此阶进,学得像你这么的武艺,大家打到北京,那才好耍子呢。"

明珠咯咯笑道:"那件事不是像你我这么耍的,党内规矩是极严谨的,你后来自会明白。"

两人说着笑着,同入睡乡。醒来一线曙光,老早射到窗前,各自起身下床,真个闺房儿女之情,诚有甚于画眉一事。

其时喜娘、婢女都到房内贺喜,首由侍婢乳莺向大家努嘴做手势,似乎令她们权且退出。大家只得出了房门。

乳莺便低低声对着王焕仁略说几句,直把这一对儿鸳鸯急得满头冒火,不约而同地说:"这东西太可恶了……"

一句话未完,早听得嘀嘀嗒嗒的声音渐渐逼近。王焕仁走出门来,登高一望,果然一群兵勇,一个个拿刀动枪,像似到战场上打仗一般,已将前后门墙紧紧包围起来,吆五喝六地喊道:"快快来捉这讨贼党,不可走了讨贼党的大叛!"

王焕仁好生焦急,不知怎样才好,不由仍然跳下平地,走进房门来。却见程明珠仍然神色自若,像似没有这回事一样。

王焕仁焦急道:"妹妹,这是怎么好?"

明珠微微笑道:"你是个明白人,如何也这样惊天动地。我们讨贼党反叛的证据在哪里?只要查出证据,我们便投到六合县监里去。"

这几句提醒了王焕仁,连忙整理衣冠,走到前面厅上,眼见程济德现出很郑重的神气,说道:"老贤侄不必惊惧,不过我们不敢冒昧生事,省却一回麻烦。如今老贤侄会一会那六合游击,问他这'讨贼党'三字怎讲。"

王焕仁连声诺诺,程济德自去不提。

王焕仁刚刚到了厅上,家人已经通报,说城里游击崔继新崔老爷已到门外。

王焕仁更忙不迭地迎出大门。其时前清官吏最重排场,王焕仁早见一对喇叭,接上一队勇士,前呼后拥,簇着一位游击崔老爷,摇着八字式的虎步,走进门来。左右随着几个当差的,眼见一个斯斯文文的酸丁,掺杂其内,真是扬眉吐气,脸上露出很得意的样子。崔继新自是笑容满面,同王焕仁彼此行了礼,走到这客厅内,挨次坐下。

崔继新便和那个酸丁劈口问道:"吴也五,你这该死奴才,昨夜在县衙门里击鼓鸣告,说主人窝藏讨贼党的大叛。你主人已经准备入党,催迫县太爷季俊升调遣本营人马到这里来惹是招非。如今那讨贼的大叛现在哪里?你主人如今入党,又有什么形迹?你且从实说来,迟了拿脑袋来见我。"

吴也五即推山倒柱似的跪在崔继新面前回道:"小人屡蒙东家的厚恩,又将婢女燕儿配给为妻,本不当到县衙门里告发东家。无如我家世代以来,食毛践土,屡思酬答皇家,因想东家虽然待遇甚好,若与朝廷恩典较来,谁轻谁重？小人若不将这宗大案告发衙门,一旦发生起来,须累及县太爷和老爷的前程关系。老爷问及讨贼党的反叛现在哪里,且请老爷着令弟兄们,随着小人检查检查,自然小人要交给几个讨贼党。至于东家准备入党的形迹,如何得个水落石出,须严刑拷问,不由将他不从实招出。"

这些话,把个王焕仁气得两眼发直,倒抽了一口冷气,一魂从顶梁上冒来,一魂从心口里迸出,还有一魂尚守着这躯壳之内,如其不然,早已呜呼哀哉,伏惟尚飨了。

欲知后来怎样,且俟三回再续。

第三回

天人交战趋县告恩家
姊妹倾谈香房怨毒贼

且说吴也五本系真茹人氏，因为饥寒所迫，流荡六合，百计营谋，托请一个江湖好汉，唤作陈四金镖，好容易由陈四金镖介绍，才到王焕仁家充当账席。

王焕仁见吴也五是个异乡寒士，并且做事谨慎，从不曾吞没分文半钞，至今未有妻室，遂将婢女燕儿配给吴也五为妻。后来才觉得吴也五有点朦朦胧胧的情形，先前的一股忠忱之气全是虚伪，本欲乘便辞退，到底干碍陈四金镖的颜面，只得权且容忍，再为计议。

及至程济德夫妇携着女儿程明珠到王家堡，论程济德父女二人的眼力，参透吴也五那么鬼鬼祟祟的样子，分明像一面秦镜，把吴也五的心肝五脏都照得明明白白。只因王焕仁有这偌大家财，反为消磨有为志气，即使吴也五揩揩油水，算不得什么，这些事去问他何来？

不意王焕仁与程明珠成婚之夕，吴也五早已把东家一切事情料理得妥妥当当，陪着程济德闲谈片刻，回到自己房中，却不见了燕儿。一会子，才见燕儿跨进房内，把个香尖尖舌头伸了一伸。

吴也五忙笑起来，挽着燕儿的纤手说道："你这样子，真是怪疼人的，今天是东家大老爷的喜事大日，我们也该凑凑风景，高高兴兴地耍一夜。"

燕儿急道："你不是要我命吗？我心里几乎都吓破了。"

吴也五道："怪我怪我，不要吓了你这细心小胆。"

燕儿道："不是别的，我虽是个女孩儿家，自信得胆量不小，岂知方才窃听我主人、主妇的那么一席话，我听了一句，心里吓了一跳，听到末了的时候，这颗心已没有了。但是那件事不能告你。"

吴也五笑道："你不说我也明白了。"

燕儿抢着道："当真的？你做梦也不明白这件事。"

吴也五接着道："我先告诉你，就信我明白了，我这东家，最是标致不过的一个武进士，偏偏又来了个表妹，比他长得更俊，一对儿瘦小的金莲，说大只有四寸，并且有惊人的武艺。我东家断乎不是对手，彼恋此爱，早已订成婚姻。我平时看见他们的神情，这魂儿都给他们看跑掉了。大略今天晚上，实行尝这销魂的滋味，自然他们会武艺的人，好耍子，特别与你我不同。他们那叽叽咕咕的情话，当然也说得异样开心，你听了心里便痒痒的，你看我猜得可是不是？"

燕儿听了，啐了一口道："呸！你真在闷鼓里呢，坐下来且歇歇再说。"

吴也五见燕儿这话大有意思，不由呀地关起门来，同燕儿并肩坐定，笑眯眯地说道："好姐姐，我不在你肚子里，如何明白你心里是说的哪一件事？且请你说给我吧！"

燕儿笑道："说给你倒不妨事，怕你再将这话告诉别人，那就糟了，我还是不说的好。"

吴也五急道："我若告诉别人，就是你养出来的，天打雷劈，叫我不得好死。"

燕儿急道："谁叫你发此重誓？我也不必来瞒你了。我今晚和着乳莺妹妹吃过几杯酒，兀自回到这房里来，打从新人房外经过，猛听新主妇吐出极尖嫩的声音，说出这'讨贼党'三个字，好像他父女二人已经同入了讨贼党。一会子，便听主人大老爷跳起来说：'那不是大逆不道的反叛吗？你忍心叫我入党，丢我祖宗十七代的脸？'谁知延挨了好一刻工夫，主人大老爷又说：'我的妹妹，无论如何，我便随你入讨贼党。'"

吴也五接问道："其余还有什么？"

燕儿道："其余的话，他们说得不大清楚，我听得也不甚入耳。"

吴也五又问道："后来怎样？"

燕儿痴痴地笑道："后来不过是那么一回事，你去问他做甚？"

其时已是三更天气，吴也五在一盏青灯之下，瞪着两眼出神。燕儿也不理他，倒在床上便睡。

吴也五忽地自言自语道："不可不可，这件事不是要累及东家大老爷吗？论起反叛的罪名，自然要九族全诛，断没有容我东家不死的道理。我那时东飘西荡到这里来，穷得精赤赤的，连行李也没有，不是东家大老爷待我好，又将这嫩活活的大姐给我为妻，什么事都能容纳我，我怎能遇到这兴兴会会的日子？牛马还想补报主人的恩情，我毕竟还是个人。"

想到这里，不觉又跳起来笑道："姓吴的，姓吴的，你真要一辈子不想富贵吗？前日里替东家收了几笔租，算来尚有五千两银子，并没有交给东家，这五千两银子是什么做的？就是个锡饼子，分开来也要摆满一大方桌，何况白花花的都是银子。我看在眼里也发笑，藏在柜子里也开心。假如我东家砍了头，这银子是我的不打紧，少不得皇上还要奖赏我告发反叛的大功，至少赐我一个水晶顶子。这东西戴在头上，我祖宗在九原之下，也添了不少的光彩。姓吴的，姓吴的，你放着银子不取，有了顶子不戴，你毕竟是个什么人？我东家平素都想我发财，巴不到要给我捐办一个顶子，东家大老爷，你这回救人要救到底，我不去告发你，将来闹出事来，这个头仍然是要砍的。与其日后犯事，不若在这时候，给我富贵的机会。好在这银子不能算是你的，我再拿出这几十两公家银子,给你做些功德,超度你早升天界也使得。你只恨那狐狸精似的表妹害了你,做鬼也不该怨我姓吴的。我诚惶诚恐地超度你,就算报了你的恩情。"

半晌,蓦地又把手在自己嘴巴上打了几下,说:"吴也五,吴也五,这个如何使得?你这条命不是东家救过来的吗?起初在穷极无聊的时候,你恨不能踏河投井,了此余生,幸亏遇到这么好的东家,救你不死,虽然东家不仅死在你手,千该万该,不该你前去告发东家。你这人还有什么良心?"

不一会儿,又搔着脑袋说道:"错了错了,东家起初待我虽好,谁知近两年来,动不动拿出主人的架子、进士大老爷的排场来鄙薄我,还要辞退我这账房职司,我恨起来也饶他不得。我不要再胡思乱想吧,错过这大好的机会。"

这一来,吴也五很眉飞色舞地开了房门,大踏步走出王家堡。

这王家堡离县城不过五里多路,吴也五风一般向前行去,不多一刻,已达县衙。走至堂下,吴也五便把个鼓锤子拿在手中,咚咚咚,下死劲地击了三下。

这县官季俊升大老爷是长沙人氏,向与王焕仁投契要好,就是游击崔老爷,也同他们交谊手足。如今季俊升已在上房里睡过一觉,猛听得击鼓声喧,慌忙披衣而起,坐了大堂。三班六房早已挨次排定。

这时候,吴也五不由扑通跪在堂下,口称:"大老爷在上,小人吴也五,特地到大老爷堂上来出首反叛。"

季俊升登时诧异起来,暗想,这清平世界,浩荡乾坤,哪里有什么反叛?这厮分明王进士家内的账房,胆敢翻天覆地闹得衙门里鸡犬不宁,却来告发何人?分明是一个故入人罪的王八羔子。不看在王进士分上,少不得薄薄地惩戒一二。想着,即厉声问道:"吴也五,你须要仔细脑袋,不可把个诬栽罪名搬到自己身上,却来冤赖人家造反。"

吴也五把个头在地下磕得不住地响,说:"大老爷,果然小人诬良,情愿在堂前领罪。大老爷是个青天,小人敢来欺瞒青天吗?如今那反叛现在东家王焕仁府里不是一天了,敝东家已经入了叛党。"

季俊升登时横眉竖目,脸上露出很可怕的样子来,把惊堂拍得连天价响,指着吴也五骂道:"你这该死的奴才,如何胆敢到本县堂上胡言乱道?我今且问你,你主人如何做了反叛?你主人是个朝廷的反叛,你自然也是家庭的反叛,不要多讲,拿……拿……拿禀帖来给本县看。"

吴也五不由站起来笑道:"不好了,不好了!我姓吴的到阎王面前告判官了!老爷,不是我说出不懂人事的话,我看大老爷是朝廷命官,四民领袖,反不若我们这些小百姓,犹思报答君恩,不拘小节。大老爷要我拿出禀帖给你看,可知事有缓急,我今晚才得到这个消息,黑夜三更跑到堂上来,我心里还怕那反叛们天明逃脱,哪里有几许工夫去做这不关紧急的禀帖?唉!好好的一个大清国,连做官的都入了叛党,我在这里做的什么事?"边说边走至堂下。

把个季俊升气得胸脯俱破,禁不住大声一喝,说:"快给我抓过来!"

早有几个差役,扯着吴也五光润润、油滑滑的发辫,拖到堂上,勒令双膝跪下。

吴也五狂呼怪叫,说:"姓季的,你好大威风!"

季俊升又拍着惊堂怒道:"这东西目无官长,该打该打……"

这一句未说完,吴也五即冷笑道:"大老爷,你真拿这帽子来磕我吗?我心里只有皇上,并没有你这官长。也罢,你既然要打我,你就将我应该打的罪说说。"

季俊升点头道:"你冤人造反,不该打吗?"

吴也五道:"冤人造反,有什么证据吗?你不问造反的人,反来打我这告发的人。这里不是判论曲直的所在,我们且手携手到藩署去。"

季俊升本来要将吴也五呵斥一番,好省却许多麻烦,且可顾全王焕仁的局面。如今见吴也五口牙尖利,做出这么气死人的样子,心里便有些忐忐忑忑起来,只得忍气说道:"吴也五,这事休怪本县,因为造反的关系非同小可,万一你胡乱栽诬,那就糟了。所以本县不得不用这威吓手段,试你一试。如果情真事确,不妨就请你写下一张禀帖,好在这时候尚未天明,本县即通知游击衙门,五更出发,也许把这些叛党捉到堂上来,后来自当保举你做个生员。"

吴也五亦换了一副笑脸,说:"大老爷,这才是个青天。"

吴也五本来肚子里包着许多奸才,笔底下会作几句状子,拈笔濡墨,一挥而成,早将禀帖呈上公案,把个季俊升看得不住地点头。随即修好公文通知游击崔继新,点齐队伍,带同吴也五出了城内。

其时燕儿在梦境里清醒过来,睁开秋波,不见了吴也五,禁不住诧异起来,拗起身子,走出房门,在府里前前后后问个明白。最后听守门的人说:"吴先生已在三更三点的时候出门去了。"

这句话把燕儿吓得魂不附体,一颗芳心几乎从口里跳出,踉踉跄跄,仍然回至房内,不觉眼角底滚下两颗珠泪,暗想:吴也五这人,难道真个没有良心吗?还敢把我今夜所说的事,竟到县衙里去出首吗?他吃的是盐米,并不是吃的屎,当真糊涂到脑子里去吗?燕儿燕儿,你是警惊瞎怕,断不会有这回事。哎呀,不好了!你想他头这么小,嘴这么尖,鼻准这么瘦,看起来断不是个好人,我怪主人大老爷怎忍叫我嫁给这害人不眨眼的魔君,我一个好好的人,可惜被这杀头的玷染殆尽,我怪自家毫无主见。奈何把主人大老爷的把柄告给与他,万一闹出大事来,生前固弄得声名败裂,死后也对不起我的老主人,我真糊涂极了!我若将这事告知主人大老爷,但是放火不是别人,主人明白是我泄露这个秘密，我这精皮肤，少不得要挨一顿打，这真叫左右做人难，算我一事错，事事错。再则这杀头的，不曾做出这个事，我先在主人面前说出这个话，两面不讨好，我吃不了还兜着走呢。一面想，一面只得挨至床上，拉过一条絮被，遮住了下半截，蜷着娇躯，侧卧着，一时辗转不宁，翻来覆去，哪里睡得着？

兀地跳起来，自叫："燕儿燕儿，你好自在，主人大老爷在闷鼓里，我若不把这话告诉他，后来难免不生出岔儿来。只要顾全主人大老爷的性命，打死我也甘心，但这事万不可直接告诉他。好在乳莺妹妹生小儿便和我在一块儿玩，好得是了不得，我何不到乳莺妹妹那里，再挑上几句枪花，好把这话传入主人耳朵里，叫他预先准备，似这么办来，我岂不好？"

燕儿想到这里，随即走向乳莺房中，又打从新人房外经过，心里暗暗叫道："可怜我主人、主妇都在甜蜜蜜的梦中，哪里知道大祸临头？这性命还要断送在那杀头的手里。"

这时候，天上已露出鱼白颜色，燕儿边想边走至乳莺房外，打开门来，说道："妹妹，薛姑子的好梦，你做得真开心。"

乳莺把眼睛揉了几揉，掠着头发，掩着怀说："燕姐姐，这是打哪里来的？你不去同吴……"

燕儿道："妹妹倒服服帖帖地困在这里，不知我这个天杀的，如今成了我附骨之疽，想起来不如妹妹独睡的好。"

乳莺喜滋滋地笑道："姐姐你又来了，吴先生哪一件不遂你的心愿，敢在你面前调皮？你敢是又看上了一个……"

燕儿忽地洒泪道："妹妹，你是我第一个知心人，可知那天杀的毒贼，不知怎么探出，知道主人做了讨贼党的反叛。今夜我见他不曾进房，少不得要到衙门里出首主人了。妹妹，你我都是老主人豢养出来的，小主人又不曾和我们有些不尴不尬的情形，都指望我们得个收梢结果。不想到那天杀的东西也包着人皮，撑着做人的门面，反不如我们这些女流知恩报德，竟敢这么干来。我日后再和他在一块儿睡，我就是千人骑的驴马。"

说着,生生地把纤手上长出来的一只已经有五分多长的指甲咬在口中,嚼得粉碎。嗔着杏眼叫道:"可怜我一生幸福竟断送在这杀头的手中,好妹妹,请你快将这话告知主人。"

　　乳莺也气愤愤地说道:"我做梦不打算这畜生不明大义,如今也不必怪他,这畜生倒做得世界上负义男子的榜样。姐姐别要担心,死了这个畜生,我们便一同去做尼姑,香花供养,也要默佑我主人得些好处,补报他这偌大的恩情。"旋说旋辞了燕儿,准备到主人房里告诉明白。

　　燕儿即回到自己房中,一会子,听得府里有些惊诧起来,那一阵嘈杂的声浪惊心骇目。燕儿便偕乳莺悄悄躲入接官厅内,从帘幕内仔细窥探。

　　其时吴也五好生快活,真是趾高气扬,似乎他东家和程济德父女二人立刻便死在他手里,那个水晶顶子眼看着已到头上,哪里把这游击崔继新就看在眼里,只恨在收租的时候,不曾多收上一万八千两,仅干没了这点儿银子,像东家这股财产,一股拢儿收为公有,可惜可惜。又见崔继新拿出官架子来,骂他一句"该死奴才",心里好不扫兴,表面上又只得低头下拜,抢白一番。

　　可怜王焕仁吓得不住价发愣,把舌尖画了几画,满肚子遮饰言辞,不知从哪一句说起,两个眼睛只瞧着崔继新。

　　崔继新装作没有瞧见一样,向吴也五笑道:"就依你这个办法,先在王老弟府里搜检搜检。"

　　旋说旋命一班兵勇搜检。

　　吴也五道:"你们这鬼鬼祟祟地秘密结党,何能轻易寻出证据?我吴也五不是讨贼党的反叛,如何得知来历?你说我花你账目,欲辞退我账房职司,也该指出一个来历,交出一个证据。"

　　这话刚才说完,崔继新暗替王焕仁捏了一把冷汗。

　　欲知后来怎样,且俟四回再续。

第四回

天打雷劈死后受极刑
戏艳调皮生前遭孽报

　　崔继新遂命兵勇搜检,兵勇们把各门各户厮守得水泄不通,便有几位穿制服的丘八爷扯着吴也五在府里上上下下搜检一会儿。吴也五不由得叫了一声苦,哪里搜得到程济德父女二人,连王夫人也不见了。偏巧又在接官厅两边房寮之内查个明白,却见乳莺、燕儿两个连眼圈儿都气红了,咬着牙关,一言不发。吴也五冷了下半截,心里早吓得七上八下地跳,随着兵勇走到厅上。

　　吴也五不由躁道:"这三个人绝对是东家放着走了,只求大人把我东家带到县衙里,请县太爷给他革去功名,吊起来打个半死,包管拷出这三个反叛来。"

　　这回王焕仁见吴也五狠毒到了极顶,几乎连心肝都气碎了,站在一边,脸上顿现出灰白色的样子。

　　忽地门外走进三个人来,吴也五举目一瞧,一个是王夫人,一个是程济德,一个却是程明珠小姐。吴也五这一喜非同小可,不由跪下来禀道:"大人,这正是三个反叛。"

　　王焕仁忽地勃然大怒起来,指着吴也五骂道:"你这东西,造谣生事,胆敢冤人造反,这一个是我姑母,这一个是我姑父,这一个是我的表妹,如今已是你的主母。这三个人是哪一个造反?"

　　吴也五笑道:"有了这三个人,此等事就好办了。若问起造反的这句话,他们都是讨贼党的反叛,你如今也入了叛党,我劝你老实些到县太爷那里供出了吧,免得皮肉吃苦。"

王焕仁怒道:"你当在大人面前一口咬定我们都是反叛,该还我一个证据。这讨贼党怎么又叫作反叛,也该还我一个来历,死不了的畜生,你屡次花我账目,我本欲辞退你,不料你心怀叵测,无端造谣生事,害我全家,可知游击大人和县太爷的青天明鉴,也许饶你不得。"

崔继新想,无论世界上不曾发生什么讨贼党的反叛,就是有个讨贼党,不过是富户人家抵御盗匪的一种团体,不见得便为反叛,这厮决定恩将仇报,觊觎主人一笔银子,欲乘势捞到腰里,又欲邀此告发反叛的大功,希图博得个冠带虚荣。

崔继新这么一想,不由笑向王焕仁道:"老弟,别要把哥哥当作糊涂虫,须知我们做官的未必尽是好人,也未必尽是坏人,如何肯冤入人罪,害了老弟。这东西心术阴狠,不思饮水思源,反行捉风捕影,异想天开,把这造反的帽子扣在老弟头上,少不得将他送到县衙,三拷六问,不怕他不把这冤人造反的罪案落到自家身上。"

这几句把吴也五吓得屁滚尿流,心里只恨着燕儿一人。

果然崔继新将吴也五送到六合县衙里,吴也五挨刑不过,只得自认诬栽,定成绞罪。各衙过堂审问,吴也五才自知恶报难逃,冒认不讳。刑决之后,王焕仁念他旧时微劳,领尸掩葬。说句迷信话,吴也五当夜对燕儿发出重誓,今日已成事实。在那草葬之时,风轻云淡,正是三春天气,忽地天上东一堆西一堆黑云渐渐合拢起来,蓦地一声霹雳,像似山崩地塌一般,已将吴也五一具尸身打出棺外,截然劈成两段,这也不在话下。

单说王焕仁当晚归来,此时程济德夫妇二人早已回转会稽。燕儿自从吴也五入监之后,想起当日夫妻之情,背地里也洒了几许眼泪。幸亏乳莺在程明珠小姐之前,揄扬燕儿这件好事,自然明珠是特别看待,把燕儿、乳莺当作亲姊妹一般。王焕仁也怜惜燕儿，误适匪人，只当作父母多生一个姐姐，因此优待不过，燕儿才宽了自家的心肠。

王焕仁走进房来，却见燕儿、乳莺二人各自舞着一支小剑，左右盘旋，舞得煞是好看。明珠坐在床沿之上，一对儿眼珠不住向燕儿、乳莺闪来闪去。王焕仁喜得眉开眼笑，越看越爱，越爱越看。及至两人舞完之后，挨肩站定，王焕仁不觉忘了形，把两人拉椅子上，笑眯眯地问道："好姐姐、好妹妹，你们也会这耍子吗？"

乳莺把个脸掉过来，喜滋滋地笑道："哎呀！言重不敢当，我们做婢女的，怎配有你这进士大老爷的哥哥？"

燕儿也笑起来说道："主人大老爷，你叫出一个姐姐不妨事。如今又认出这个妹妹来，日后妹妹出嫁了，妆奁、陪送，处处要你破钞，你须要仔细想一想。"

乳莺红着脸掩口笑道："姐姐怎么说出这羞煞人的话？我怎忍心舍了姐姐，自然是和姐姐做尼姑。"

燕儿方欲回答，王焕仁即信口笑道："你们去做尼姑，我便去做个和尚。"

王焕仁说完这话，方才悔悟自己一时轻薄，不该说出这做和尚的话来，虽然我没有什么淫情荡意，她们去做尼姑，我有什么过不去要做和尚？这才松开两手。燕儿、乳莺二人笑出房外。

王焕仁忽地见程明珠露出很庄严的样子来，在他这时的心理，反疑明珠因为他方才言语戏谑，举动轻狂，所以便摔着那酸溜溜的醋罐子，是毫无疑惑的，不由挨近床沿坐下。

程明珠不等王焕仁开口，轻声问道："这会子我哥哥已经过一声霹雳，到底可实行那三个条件？"

王焕仁这才明白过来，低着头回道："妹妹不是我，也许知我这一颗心，我是个醒来人，什么功名富贵都看破，就如姓吴的那个畜生，不信他胆敢做出这样事来。若非你父女母子三人胸有主见，并同营里、县里的老爷竭力帮忙，我这副骨头早已不知抛弃何处去了。看来自家种种佬界,若不从此摆脱,社会上种种败类,若不从此芟除,那天上地下,唯我独尊的大皇帝,若不从此推翻,我这颗心真是没有放处。这劳什子的田产,我早愿舍弃,淡泊无味的功名,我早已看穿,天生我这么一个人,必须要干出特别惊人的大事来。我想到这大小民贼,翻新了各种专制花样,不明白在背人地方替一班无知小民淌了许多同情的眼泪。我很情愿和妹妹同入讨贼党。"

明珠笑道:"哥哥如此做来,我父母毕竟有知人之明,我也值得和哥哥谐成佳偶。不瞒哥哥说,妹妹已早入讨贼党了。我们党内的简章,上至首领,下至仆人,没有上下的阶级,不以一人的幸福为幸福,而以全国的人民幸福为幸福,谁不能侵犯谁的真正快乐生活。生平无所芥蒂,只与暴君贪吏为仇,社鼠城狐为恶。何况目今的皇帝,非我种族,其心必异,我们最后希望,就是推倒异国的皇帝,重行整理这破碎的河山,务使国中人人重睹太平,复见天日。其余的琐屑条章,何止成千上百,究竟不出这五种主义之外。我们功成名退之后,任凭逍遥山水,杂伍渔樵,消受这黄金世界的庄严风景,那才是一件开心事呢。"

程明珠说一句,王焕仁便俯首帖耳听一句。及至听完之后,王焕仁不由拍着手掌笑道:"有这等好处,死促狭的妹妹,你何不早说?"

程明珠笑道:"这不过是党内的主义,其实我们入党的人,必须要够到做剑侠的资格,看来你这点儿武艺,到底平常,只好骗骗这个水晶顶子,若能学得我父母同我这个本领,才可以敷衍入党。我劝你不妨索性委屈一点儿,随我练习几年,我便收你做个徒弟。"

王焕仁笑道:"不要来取笑吧,你们党内既没有上下阶级,怎忍心叫我做你徒弟?"

明珠笑道:"这个真是玩话,我怎配收你做徒弟?但是我父母既没有闲暇工夫前来教你,我若不在你身上用功夫,你一辈子也不窥探得其中奥妙。"

王焕仁诧异道："妹妹休再哄我,我起初知道姑父是个文士,就不相信妹妹这般本领是他老人家传给与你,这会子又说姑母能够有教我本领的资格,别人我不敢妄加臆断,至于我这姑母,真是衰弱不过,不要说会些武艺,连走路还怕被风吹倒,这件事叫我如何信得？"

明珠道："我若仔细说给出来,怕你加倍不信。我这本领,是父亲教给我的,我父亲的本领,恰是我母亲教给他的。"

王焕仁讶道："这也奇怪,怪不得你要做我的教师,有这么现成的榜样。我今要问妹妹一句,姑母的教师,毕竟是哪一个？"

明珠道："说来这话甚长,自从我舅姑逝世之后,我父亲伤心到了极顶,这一天我父母到会稽城里去,母亲和我在家里吃过午饭,村中来了一位年纪在六十以上的老年尼姑,自言能知过去未来之事。我母亲好奇心切,便将这老尼姑请到家里来。

"我那时不过一十二岁,听了老尼姑一席话,才知她居无常寺,行无常址,法名唤作涤尘。听她那些奇奇怪怪的外国话,我是一句懂不来的,连我母亲也莫名其妙。

"我母亲生来性格,凡是对于这年高道洁的方外女子,特别恭维与寻常不同。我当时也不见得这老尼姑有过人之处,只见她一对眼睛电一般射出光来,在眼上两个瞳仁子挨肩似的偎傍一处。

"后来我父亲回来了,母亲便给他老人家介绍,见了老尼姑。到底父亲是个有学问的人,只听这老尼姑略说几句,佩服到了绝顶。虽然我家赶不上哥哥家里富足,然而日有余,月有积,也许有中人之产,我父亲很情愿把老尼姑留在家里,教授我各类文艺。老尼姑也老实不客气地允诺下来,从此便在我家做了师保。

"我家田邻金姓,是会稽县里一个首户,兄弟三人,各自分居,金守坚是个脓包,脑袋上也戴着一个顶子,金守白心地忠厚,存心不想欺诈人,亦不受人欺诈,金守仪像似一只虎,加之有钱有势,处处要争强好胜,好比虎身上长起两道翅膀来,因此外人对于金家兄弟有大太太、二菩萨、三瘟神的外号。偏偏他兄弟三人年纪相近五十左右,金守坚只生一个女儿,名唤蕊春,金守白却有三个女儿,叫作蕊莲、蕊桂、蕊梅,金守仪也有两个女儿,大女儿唤作蕊香,二女儿唤作蕊英。富户人家,既然膝下缺少男子,同族中一班无赖,自然要看得眼睛发红。毕竟钱可通神,金守坚兄弟又是一鼻孔出气,都愿把女儿招赘快婿,好承接祖上产业。一时异想天开,金守白在江西聘了一位女教师,唤作飞蝴蝶花瑷红,一则做家里保镖的人,叫同族无赖不敢转他的念头,二则令蕊莲、蕊桂、蕊梅三个女儿随从花瑷红学武,预备各自赘个有本领的女婿,这股财,自然可以保持下去。

这花瑷红自从一十八岁死去丈夫,矢志不嫁,但有一身的好本领,到处结识江湖上红粉女侠,因为生得同一朵芙蓉花的模样,欢喜穿红,故名花瑷红,江湖上人见她行走如飞,能在空中不住地飞来飞去,遂胡乱给她一个诨号,唤为飞蝴蝶花瑷红。

那一回,花瑷红到了江西,偶见一座圃场,挤满了一大圈的男男女女,热闹得了不得。花瑷红最喜欢这些惊奇的耍子,禁不住挤进圈内,瞧个明白。但见一个彪壮年轻卖解的人,身材生得异常高大,场中人都呼为刘大个子,舞拳弄脚,向众人招呼道:"在下称不起什么好汉,只练得这点儿拳脚功夫,万一遇到识货的,不妨就此领教。"旋说旋伸出木棍似的一只右膀,勒起拳头,对着场内一面二尺周圆的石鼓之上,这一拳打下来,只听得砉然一声,已将这石鼓打塌了一大角。刘大个子不由神飞色舞,对着众人唱了一个无礼大喏,把个拳头捏得紧紧的,给与众人仔细看来,连半块油皮都不曾损破,众人都惊得伸头咂舌说好力气,好力气。

及至伸到花瑷红面前,刘大个子因为花瑷红生得艳丽,与寻常女子不同，并且又穿得一身闪闪耀耀的红衣裳，不由渐渐有些啰啰唆唆起来。花瑷红是个老走江湖的侠女，如何禁得起这么奚落？即将鼻子羞了一羞，举起手来打刘大个子。刘大个子忙把个嘴巴转过来，说："该打该打，只怕小娘子打痛了手。"

花瑷红只把个指甲在刘大个子嘴边轻弹一下，说："去吧！"

刘大个子不由哎呀的一声，吐出满嘴血来，吓得退转几步，接连又呕出丝丝缕缕的红块子来。

花瑷红一纵身，早已矬至场内把个石鼓按在手内，指着刘大个子笑道："这厮真是脓包，吃不了我姓花的姑娘指甲一弹，却弄得人不像人、鬼不像鬼，也在这里卖弄气力，索性来侮辱我，这还了得，且看我便用这一双手，把石鼓分成两段。"边说边将指甲在鼓上分来，像似玻璃店里分玻璃一样，先将石鼓裂开一条长缝，只轻轻地在手中拍打一下，那石鼓已拍成了两半个。花瑷红才放下两半截的石鼓，咬着唇笑。

众人都拍手打掌，如雷般喝了一声彩。

其时场后早恼了一个枯瘦的后生，凭空纵至花瑷红面前，喝道："小婢，休要逞强，还有我在！"随说随将上衣脱下，露出一身鸡骨撑持的瘦身，两条膀臂同两根枯柴一般，但是眉目之间很现出英锐之气。

花瑷红瞧见这个骨头架子，心里反为暗暗纳罕，因为这种人没有本领则已，万一会了武艺，没一件不惊人。我虽有这点儿功夫，何能目空一世？俗语说道"强中更有强中手"，我这倒不可不防他一着。花瑷红这么想来，早已撑开门径，且待这瘦后生如何动手。

我们武术家比试本领，不比下棋，下棋以先动手者胜人一步，武术家谁先动手，谁授人以可乘之机，不若以逸待劳，最为上着。花瑷红是个内行，五年前已明白这样路数。

这瘦后生却是云省大侠骨病鬼张宏，也经过名人指点门径，当然不肯占先来打花瑷红，只伸出一条膀臂，像做一根铁棍一般坚挺,骨头上肌肉活活跳跃,霎时膨胀起来,又像一条一尺周围檀木棍那般粗细。花嫒红只把身子挺立不动,竖着一双杏眼,火一般射出电光,不住地看定张宏。

两人相持至半时之久,花嫒红已等得不耐烦了,不由气起来,冷笑道:"我是个年轻妇人,本不愿和人厮打,看你欲来打我,又不敢轻易动手,似这等脓包,算不得一个好汉。既非好汉,我就打胜了你,也算不得什么。"一面说,一面倏地又现出很和气的笑容,指向张宏说道:"看你学得这点儿膀功,也算江湖上一条好汉。我也在江湖上混过几年,大水冲了龙王庙,自家人到看上自家人了。你既不肯冒昧,我也没有这闲工夫和人厮缠。大家就此罢休,后来也好相识。"

在花嫒红说这话的意思,明知张宏是大力衫法,另开生面,所以练得那样膀功,身边虽藏着一支短剑,论起大力衫法,最怕的是刀剑,但花嫒红不肯轻伤人命,何忍下此毒手?而且是比试手脚,并不是比试刀剑,何能暗箭害人,惹得江湖上人笑话?万一和他胡乱厮打,也不能占到优胜的结果,不若借此下场,好顾全彼此的局面。岂知张宏和刘大个子是一样脾气,今见花嫒红笑容满面,现出晕红的腮窝,口角生香,吐出痛死人的吴侬软语,还疑花嫒红真个瞧中他的本领,所以露出这点儿情话来。又仗着花嫒红没有兵器,无论如何,要现出自己能耐。当下各自请教一番,彼此虽经初会,提起姓名来,都会知道,张宏也老实不客气地口口声声定要和花嫒红见个高下。

花嫒红分明已瞧中张宏的意思,暗骂:这畜生好生无礼,三番两次说他不醒,胆敢到老虎头上来打苍蝇。心里刚想得好笑,见张宏早已使了一个鲤鱼跃浪的架势,把身子跃有一丈来高,两脚不曾及地,就换了饿虎擒羊的姿势,猛地用两手向花嫒红扑来。

花嫒红早知张宏来意不善,陡将身躯一偏,使一个鲤鱼打挺,让过张宏的双手。不料张宏又改用独手擒方腊的架子,花嫒红却故意把身子向后一仰,张宏急使铁牛耕地的身样来取花瑷红的下三路,却被花瑷红竖起一只瘦不盈握的金莲,直向张宏头部踢去。张宏又使了一个狮子大摇头,花瑷红的那只金莲已被张宏一口衔住,脸上露出一种很得意的样子。

这时,场外瞧热闹的人,一个人笑得拢不起嘴,那一阵嘈杂声浪,闹得不亦乐乎。哥哥,你们男子汉的心里都喜欢这金莲小脚,见了这瘦不盈握的小脚,没一个不开心的。张宏自然是这般心理,咬着花瑷红一只勾魂的脚,舌尖上像似舐着花瑷红浑身香气的一样,真是心摇神荡,还怕咬破了莲瓣,不是耍的。岂知这一来,张宏一条小命早已给花瑷红的小脚勾去。

花瑷红的软硬功夫,没一件不高出寻常会武艺人一等。至于这十个指甲、两只小脚,都经过专门名家的传授,能把周身的气力集中在指甲和小脚之上,只要这指甲和小脚搭到对方人身上,断没有保全对方人的性命,就如那刘大个子,已经花瑷红指甲一弹,虽然这会儿站立一边,望着张宏和花瑷红两人动手,只觉得心头微有奇痛,至迟挨不到半日工夫,自然要押到森罗殿去。

张宏虽然练就铁布衫法,那浑身肌肉非刀剑不能损伤,无如这铁布衫法只能用在皮肉方面。如今已衔住花瑷红的这只小脚,便觉一阵阵香风钻入脏腑,宁死还不明白花瑷红内功厉害。花瑷红仰下身躯,飞起一脚,赚得张宏张开口来,就是这个主意。当下张宏衔住花瑷红的莲瓣,魂销魄散,已没有一点儿神气。

花瑷红急抽出脚来,猛不防磕去了张宏的一对儿门牙,站起来笑道:"磕去一对儿门牙不打紧。"

张宏拗起身子,便觉一股热毒由咽喉直攻心络,不由大笑一声,向后便倒。

程明珠刚说至此,也随着笑了一声。

王焕仁不由诧异起来,连说:"怪极怪极!"

欲知后来怎样,且俟五回再续。

第五回

良辰美景异地溯相思
刀术针功当场斗绝技

话说程明珠笑向王焕仁道:"这个有甚奇怪?像张宏一笑死去,省却濒死时各种苦恼,算是第一开心之笑。若论他笑的理由,就是稍看过几部医书的人,都知道他这时心络已张,热毒攻心,不免有此一笑。我笑你们一班男子,像张宏那般尴里尴尬的情形,无处不令人见了好笑。

"这时张宏一笑便倒,竟向看官告一声失陪了。那个刘大个子见张宏把身子竖得直挺挺的,两眼紧闭,一口气也没有了,兔死狐悲,不由抱尸大哭,一时声嘶力竭,刘大个子也陪着张宏一路去了。

"场外瞧热闹的人知道人命关天,各自远扬而去。但背地都纷纷议论,一哭一笑,死得最是稀罕。哪里明白刘大个子被花瑷红指甲轻弹的时候,已经宣告死刑。像这般命案,花瑷红亦是有侠气的女子,自家在白日里伤死二人,众目共睹,何肯私自潜逃,把这杀人的嫌疑干涉到别人身上?当官出首,遂入监牢。后来经江西大小官员将这案检查确当,便把花瑷红收了活罪,罚令充军辽沈。

"花瑷红起初进牢的时候,暗想,这案的最后判决,断无生理,眼见不久要身首异处,唉!像天生这般侠女,竟如此结果收场,想来如何值得。花瑷红虽然要放过一班场中人等,不使城门失火,殃及池鱼,但天性偏与做官人为仇,因为他们一入了官场,好像除了皇帝,便自尊自大起来,哪把百姓的困苦看在眼里?那种升官发财的思想,尤其是花瑷红心中顶可恶的,所以她早已打定一个主意,预备翻狱而出。就是这些官员受了上峰的处分,算不了什么,不打算竟定了个充军的活罪。

"花瑷红很欢喜到辽沈去混些时光,借此好结识北方武术家的好手。

"这时候,金守白在江西投访亲戚,听得花瑷红是个奇女,江西人既表述她的本领,又称道她的侠气,金守白偶然触动怜才的念头,就在江西大小衙门买通关节,花瑷红由活罪改成无罪,实出意料之外。大恩不言谢,自然是我们侠女的行藏。

"花瑷红出了监狱,打算转向平江一走,访问两个女友,却被金守白当面聘定,做了金家的教师,每月薪水是五十两。花瑷红便和金守白转到会稽,倾心竭力,把周身的本领拿出来,教给蕊莲、蕊梅、蕊桂姊妹三人。

"后来,金守坚央请花瑷红亲往平江,请来一位女教师,名唤白玫瑰邱丽华,教给蕊春的各种武术。白玫瑰有个妹妹,唤作绿玫瑰邱丽容,因到会稽看视阿姐,又被金守仪聘到家里,使金蕊香、蕊英拜邱丽容为师,练拳习武。邱丽容月薪也是五十两,与花瑷红一般无二。

"论起三人的武术,表面上虽然各有所长,其实骨子里都算这个半斤,那个八两,分不出什么轻重。

"邱丽华的遭际,本来先前曾嫁一个有本领的丈夫,因为婆娘二家闹起一个小小的意见,针锋相对,两方面决裂到一百二十分。邱丽华在夫家笑啼皆罪,自顾生平的武术,决然不是丈夫的对手,大归之后,婆家已当死了这个媳妇,娘家也不好意思将女儿再嫁人,何况邱丽华是个有志气的女子,怎忍把这已经玷污的身体转来嫁给天下英雄?邱丽华有夫已等于无夫,有家已等于无家,索性恣情山水,放浪刀剑,自以为脱离这婚姻上的种种苦恼,就是贵为皇后,不见得较她自在。

"邱丽容在十四五岁情窦初开的时候,曾爱上一个雄奇有为的少年男子,由相识而达到婚姻的要求,双方已有成议,邱丽容的父亲很是欢天喜地,第一个先赞成。偏偏男家的老头子竟将这上好的婚姻一棒打断,他的理由,一则是孩子们的八字不合,再则邱丽容学得这样武术,成年上月地在江湖上闹风头,白圭难免无玷,青蝇倏见谗言,却之难为不情,娶之亦难免邻里所笑,竟使这雄奇有为的男子,殉情以死,蹈海逐流,与波臣为伍。邱丽容自引为生平最痛心事,恨不能将此红巾一拂,了却余生。但自顾是天地间一等侠女,不屑沟渎以殉小节,能保持清白女儿的本来真相,还我太虚,就使泉下有知,也许开颜一笑。

"邱丽华姊妹有了这些异样不同的缘故,虽然家道不甚丰富,但各自抱着一辈子不再嫁人的烈性,好在她们都各有惊人的本领,不致没有饭吃。这回由花瑗红介绍,在金家做女教师,境遇亦颇不恶,日与花瑗红往来过从,朝磨夕砺,功夫自然勇进。

"那一日,正是上元佳节,我们会稽的俗例,每逢佳节,必有宴会,尤其是一班豪门富户,格外热闹不过。金守坚兄弟虽然别爨分居,但遇喜庆等事,仍然在一堂会宴。金家房屋甚多,一例地排着三个大门,其余三家门户自然从中间隔断,只有内厅一座,共有一十二间。金家因为小儿女六人过从便利起见,不曾间隔,一切内眷宴会之所,皆在这里。而花、邱三位女教师会艺之时,不从大门进入,便能往来无间,也占到这个便宜。

"金家兄弟三人总共没有一个男孩子,凡遇蕊春辈闺中良友,以及前邻后舍的老太婆,特别招待,与男客不同。所以这大会宴对于一班男客,各做东道,各请各人的亲友,都在各家前厅之上,分头招待。至于像我们这样的女客,金家便请到内厅上吃酒,连宴三天,当然由金守坚开头先做东道。

"我的父亲素来与金家感情甚厚,尤其对于守坚、守白,格外投契异常,金守坚请我父亲到大厅会宴,又命蕊春亲至他家,来请涤尘师母和我们母女二人。大家走到内厅,金守坚早对她们三人和花瑗红、邱丽华姊妹介绍已毕。一时女客盈厅,坐满了十张方桌,热闹得了不得。我的涤尘师母已经断荤戒酒,不过拗不过蕊春的情面,故而到金家一走,会一会这三个女教师。蕊春又命厨下办好一桌素菜,请来几位手弄尼珠口念阿弥陀佛的道婆子,专陪我师母涤尘一人。

"金家自从聘来这三位女教师之后,终日在内厅教习武术,这座内厅,平时不许人轻易进出,这也是金家一种严格的防范。但是外边人的意思,并未试验过三位女教师的多大本领,加之我们中国人重男轻女之心已成习惯,大家纷纷议论,总言金家是欲避免族中无赖的麻烦,所以请来这三个女光棍,不过略会一些武功,算不得大不了。天下事哪有女子能当教师的重责?像这种人的心理,真是孤陋寡闻,轻蔑我们女子的特别才艺,提起来好生愤恨。世界上只是男子广有才能,我们女子也是一个人,何以竟没有才艺的我们,犹之可能这大好河山,偏偏就派蒙古人掌握,中国人不是人吗,又何以竟没有掌握的可能?难道天地生才,就预先使女子不如男子,中国人不如蒙古人?我看起初的历史,也许没有这个道理。

"我有一个念头,欲将你们男子折落到我们女子一样,把蒙人打倒,像个中国人,才咽下我这口气。第二句,我决定要实行的,我们党内的剑侠,也决定要实行的。但是第一件,我只好权且按下,做出来自然要挨到哥哥身上。我因不敢得罪哥哥,就不肯如此做来。好哥哥,你这时该知人心。

"当下,金守仪仿佛听到外面有这个风声,要当场请花、邱三位女教师现出一点儿本领来,给我们女客见识见识,好将这三位女教师的本领宣传出去。一则可以叫外边瞎七道八的人换一换论调,使族中无赖不敢生觊觎之心;再则要摆出自家的场面,既然聘到这位女教师,总非寻常人家所能办到,也许假此欺人生事,自炫新奇。终席之后,金守仪早向夫人吕氏说上一大篇的话。

"吕夫人即如法炮制,走至邱丽容席前,深深地福了一福,笑道：'小女儿辈蒙女教师不弃，教给武术，我夫妇感激万分。但有一件，江湖上人都称女教师作绿玫瑰，这红玫瑰的称呼像似一位艳丽多文的女子名号，女教师是个顶有本领的人，怎么也博得这个称呼，就此不妨请教。

"邱丽容苦笑道：'我是一个失意女子，貌虽不扬，亦不甚丑，这一身鲜红的衣服，又是我的爱友，我怎么不配称？绿玫瑰这个外号是我姐姐呼出来的，我姐姐也是一个可怜的人，那憔悴容颜，比玫瑰还娇艳。不过她喜爱穿白，装束与我不同，所以自家便起个白玫瑰的外号，就此呼出名来，江湖上人都知道有个白玫瑰、绿玫瑰，反将我姊妹的真名实姓遮盖下去。说到这'本领'二字，我们不过是一知半解，然而和一班自命英雄的人比较起来，自信可以抵敌下去。就如古来小说书上，所称什么一丈青，什么飞天夜叉，像这么名过其实的诨号，我替他都抱着惭愧，反不若我姐妹的外号，足以代表可怜的环境，转为正当。'

"吕夫人笑道：'我早知女教师遭逢不偶，但是极无聊赖的人当寻觅一件极有兴趣的事，何况今日是上元佳节，这团团月亮好像也给人一个兴趣。舍下一班女客，大家要赏鉴女教师的本领，不妨请女教师赏我一点儿颜面，做出几套功夫，一则消遣这良辰美景，二则给舍下的女客饱一饱眼福。'

"吕夫人说到这里，一时姑娘们、婢子们大半走到邱丽容席前，争先请邱丽容把看家的武术使出来。

"邱丽容摇摇头，兀地掉下泪来，向大家泣告道：'什么叫作良辰美景，这不过老天爷给我一种不可形容的伤心机会。我从来不曾说假，记得前年今日，我在吴江的时候，凭栏深立，望着这亮月儿害相思。万一我那个心坎上的人不死，我这时自然要兴兴会会地和他欢怩着、舞动着，各把这一点儿本领使出来，博得自家开心一笑。如今是没有指望了，如今是没有指望了。我不过要在世界上撑持几年，我一日不死，做一日事业。其实我心里这段苦衷，是何等郁闷呢。'说至此，已哽住了咽喉，满脸淋漓，辨不出是泪是血。

"这一来,把吕夫人噤得冷了半截,满肚子安慰的话一时说不出来。

"花瑷红早知邱丽容的情场关碍,未能摆脱,便从身边抽出一把刀来,走过一边,说:'妹妹别要自寻烦恼,且看姐姐耍着这把刀子,给妹妹宽一宽心。'旋说旋将这把刀舞了起来,真个如风似云,如闪似电,如花似雪。像我们乡里老老少少的姑娘们、奶奶们、婶子们,哪里见过这般刀法,大家且撇过邱丽容,各自闪着两个眼珠,望着花瑷红。在舞得出神入化之际,只见一道红光和一道白光,闪闪烁烁,分不出什么刀、人。

"花瑷红舞了一会儿,仍将这把刀插在鞘内,又从裙带翻出十来把五寸的小刀,一撒手,完全抛入空际,只见这十来把刀飞在空间,打了百十个筋斗。花瑷红把手一招,这十来把刀恰好又规规矩矩地落在花瑷红手掌之内。原来花瑷红的形意功夫最是惊人,放出这刀子来,有指挥如意的能耐。起初在练习的时候,自然内功已到绝顶,先用一把刀入手,渐增至三四把刀,如今已精进到能将十来把刀收放得得心应手,这是花瑷红的生平绝技,非同小可,直把我们女客都看得呆了。

"唯有邱丽容仍然愁眉不展,像花瑷红这样绝技,连瞧也不曾一瞧。我涤尘师母也不过略略望了一望,脸上露出很不为然的模样来。我那时还疑师母是个女士,不喜武术,岂知花瑷红这类功夫,原不值我师母一眨眼。

"邱丽华彼时正和蕊春姊妹六人坐在邱丽容对面一张油漆方桌上,她本来不喜欢当场献技,但是瞧阿妹这个模样,只好强打精神,从头上拔下三寸长一根金针,走到厅前。

"其时厅内银烛高烧,檐前的一例灯笼排得同密麻一样,连一粒菜籽落在地上,明眼人也能瞧见。邱丽华把金针捏在手中,又向邱丽容笑道:'妹妹先前尝怪我不使出闪电穿针的武术,就此不妨在妹妹面前献一献丑。'一面说,一面即将金针脱手而

41

去,喝一声:'着!'

"金家庭前有一株合抱不来的古树,因为蕊春最喜画龙,房中镜奁托架上面,遍画着墨龙,这棵古树自然是博得蕊春小姐的青眼,随例也画上一条五寸长的小龙。这时候,邱丽华放出金针,可巧正掴在墨龙左睛之上。邱丽华笑起来,把邱丽容挽到树下,看个明白。

"一班瞧热闹的女客,不由挤到厅前,挨次看来。我涤尘师母和我母女二人当然也在其内,大家都惊异万分。邱丽容到底别有伤心,也不过随着大家说一声好。

"邱丽华拔下金针,笑道:'这个原不值妹妹一笑,我今且索性耍一会儿吧!'说着,依旧转到厅内,大家也随着邱丽华一齐挤进。不一会儿,单见邱丽华又从髻上拔下一根金针来,恰好与先前那根金针一般无二。邱丽华把这两根金针交作乂字形,按在手中,一齐脱手而去,喝一声:'着!'

"大家又挤到厅外,却见邱丽华依旧挽住邱丽容的纤手,走至树前,把这两根金针从一对儿龙睛之上待要拔下。我涤师母看了,也好生欢喜,不等邱丽华拔取金针,急放开喉咙,喝一声:'起!'说也奇怪,那一对儿金针已从龙睛内活活跳出,偏偏又跳到我师母自家手掌之上。

"邱丽华审知我师母玩的把戏,不由扑通跪在我师母面前。花瑗红也随着跪下,邱丽容倏地现出满脸笑容,抱着我师母撒娇起来。我师母也很可怜邱丽容是个薄命侠女,顺手一把扯住,搂在怀中叫乖乖。

"当时在我们女子的心里,还疑我师母是个有法术的人,这不过一点儿左道之术,如古来三里雾、五斗米之类,岂知花、邱三位女教师,在武术界中是个内行,早知我师母这样武术实属出乎其类,拔乎其萃,不用说,她们没有这样功夫,便是她们的教师也不会就能够把这两根针打龙眼里喝出来这等的武术。

"原来邱丽华所使的针功,纯系眼功作用,在那练习眼功的时候，把一个花针捆在屏幅之上，一对儿眼珠不住价向花针望去，如此三年，在旁人瞧见这根花针仍然是根花针，万一不曾留心看到，却被屏纸上月白的光色迷住眼力，谁审及这里捆着一根花针？若在邱丽华眼中看来，这一根花针便像做孙行者所使一条金箍棒。

"如此又练了二年的眼功，邱丽华已将这根花针，看似焦山江天宝寺殿之上一条瓮口粗细的殿柱一样，古人见蚍若车轮，也同邱丽华这么眼功是一样路数。

"天下人每每有一技之长，必有一技之短，邱丽华这样眼功，在练习外功的人，自然是凤毛麟角。邱丽容是个妙龄的女子，对于内功一层，算是初窥门径。我涤尘师母的功夫，在外功固已升堂入室，提起内功这层，也学得惊人出色，因为她老人家在此中苦习二十余年，我常见我师母饮茶的时候，只用口远远吸来，这杯茶便像空中汽水一般，自然吸到我师母口中来，不消一刻，杯也空了，我师母的口中也不喝了。我曾将这个缘故问我师母，她老人家便笑起来，说道：'好孩子，迟三十年，你自会这么玩法。'

"如今见我师母又玩出这种花式，她老人家在开口喝'起'的时候，已瞄准这两根金针，运用内功，含有吸取的力量，所以在轻轻一举手的当儿，那两根金针一齐归入掌握。我见得一部野史上载有一位畸侠之士，能将自己的脑袋砍下来抛上空间，落下来又恰好安在项脖之上，亦复无异常人，我当时疑惑这么荒诞无稽之谈不足一信。后来听我涤尘师母对我母亲讲说内外功的作用，才知我师母吸取金针的功夫，和这位畸侠是相形而下的一般武术。

"我师母不但爱惜邱丽容，即如对于花瑷红、邱丽华二人，也怜惜不过，并且有师徒的缘分，又经许多女客的介绍，花瑷红、丽华姊妹的苦苦请求，三天席散之后，我师母日间教我读书，晚间便和花瑷红等三人练习武术。我母亲虽经拜给她老人家为徒，偏偏她老人家因为和我母亲交同手足，不肯自居师位。

"我母亲学武二年,转将这武术授我父亲。我父亲毕竟是大有来历的人,只消一个年头,提起内外的功夫,虽不及花靉红辈,但与我母亲的本领相等。起初我很情愿学习武术,不过因为我师母欲我学成文艺,不许掺杂文学的心思,日后自然有缘,再收我做个武术弟子。

"我父亲艺成之后,我涤尘师母便领带花靉红辈同至嵩山,一齐引进讨贼党中。嗣后又引我父母及我三人,先后入党。但是蕊春姐妹六人,本来也情愿随我师母入党,到底金守坚兄弟三人决意不肯,我师母亦不便夺人娇女。不意我师母走去以后,金家便闹出连天大祸。"

程明珠说了这一篇话,王焕仁早把个头点了几点。及听金家闹出祸事,急站起来笑道:"我也不管他家闹出什么大祸,你且早点儿安歇,明天清早起来,便实行你这三个条件。"

欲知后来怎样,且俟六回再续。

第六回

程侠女乔戏花瑷红
朱首领怒斥王惕白

话说王焕仁催逼程明珠登床就寝,打断程明珠所说金家祸事的一席话。程明珠即板下一副冰霜式的面孔说道:"这个忙的什么?我看你满脸私欲之气,偏喜在这些事上用功夫,须知我们讨贼党内的剑侠,不过没有禁止儿女私情,然未有像哥哥这么干柴般的性欲,便能在讨贼党内做出惊天动地的大事业来吗?尤其是对于人家的祸福,如同自家身受的一样,何况金家姐妹亦是将来的党员,分明和我们有同袍同仇的情谊,哥哥竟不欲仔细听来,自然视别人的事件几与自己漠不相关,何能替一班无告穷民申此一口怨气?

"我看哥哥的本来性质,不是这么凉血,心头上有了我这个人,好像什么事都搁置一边,便是方才我所说的话,我知哥哥固然听得入耳,但未免嫌我说得麻烦,就是那三个条件,并不是哥哥心愿意服。总而言之,是拗不过我的情面,是欲促成自家的欲望,看起来哥哥倒做了个性欲的奴隶,长此糊里糊涂,何能进讨贼党做事?"

这话把王焕仁说得满脸红赤,一会子,方才笑着说道:"我长到一十八岁,还算个童男子,总是妹妹……你只是痴痴地笑,叫我忙了几夜,即如吴也五入狱之后,我哪有这样宽心和你……你骂我是无用东西,可怜我真是无用不过,哪一件敢违拗你?我对外是一只虎,见了你又像一只小绵羊。好妹妹,我的心思已被你猜得一丝不错,请你将金家之事说给我吧!万一有用我之处,虽死不悔。"

明珠笑道:"你这脓包也似的哥哥,有何用处?你也被我说得麻烦够了,我且将金家之事暂且搁下,后来入党的时候,自会了然,我也懒得向你多说了,大家就此歇歇吧!"

二人更不答话,灭烛就寝,虽没有什么云情雨意,这时候香颊重温,檀郎在抱,却也另有一种甜蜜的风味。

来日天明,明珠起身盥洗已毕,却见王焕仁把顶戴之类一股拢儿束之高阁;又遣人招集族中人士,将祖上所遗产业分给族中孤寒无告之人,按数移交,却提出三分之一,并家中所有藏蓄,交割王家宗祠生息子母,以作族中孤寒人家男婚女嫁之用。

当时族中人士摸不出王焕仁是什么用意,只当他轻财好义,迥与寻常不同。王焕仁曾对同族宣告,说:"这偌大的财产,归我一人掌管,一辈子也穿吃不尽,而族中之伯叔兄弟,冬暖儿寒,年丰妻饥,以及伶仃无告之人,煞是穷困不过。这股财产存在我处,算是天地间的废物,不如拿出来散给散给,倒有大大的用处,才不辜负大地生财之意。好在我也会这点儿武艺,又侥幸混到个小小功名,也许有啖饭的地处,只是为家中两个婢女,这时候我也不忍送到别处,日后或可替她们找个门当户对,也算了却我一条愁肠。"

这席话说得个个赞成,其实也有许多有钱的人,只喜爱王焕仁把财产散给出来,然令他们在同族寒士身上乱用一钱,是绝对办不到的。还有少数资产家,表面上虽然赞成,若问他们的心里,暗地里还骂王焕仁是铁扫帚,是破家星,他家高曾祖父不轻易苦下了这笔财,好好的六合县中一个首户人家,却被这不知艰难的东西一朝散尽。

王焕仁把这第二件手续告一结束,不消说得,自然要做到第三件了。

王焕仁闺中有了这个女教师,先从外功入手,然后又习学内功，只有三年工夫，王焕仁已练就一身铜筋铁骨，心肝五脏都有运动的妙用。一班江湖上的闲汉，也曾和王焕仁交手比试，王焕仁本来有力如虎，又经明珠小姐的指导，百炼的白铁化成纯钢，所以王焕仁在最后一年之内，不知胜了许多江湖上有本领的人。

程济德夫妇也时常到六合来看女儿，隔宿即行。乳莺、燕儿二人，经程明珠三年教导，自然功夫精进得猛锐，不过燕儿的武术尚不及王焕仁，至于乳莺这个孩子，煞是敏锐不过，青出于蓝，她的心得武术却比程明珠小姐较胜一筹。

时值清乾隆四年，王焕仁便把家中所有的房产抛撇下来，随着程明珠，带同乳莺、燕儿二人，四人同行，一日行到河南，来至嵩山。王焕仁暗想，嵩山居五岳之中，像这么雄奇的山势峻伟，正合讨贼党的剑侠养精蓄锐之所。

刚至半山之上，忽地瞧见三位女子从山顶上如飞而下，见了程明珠，各自行了礼。程明珠便一一介绍已毕，王焕仁知道是花瑗红、邱丽华、邱丽容三人，她们都好像预先知道程明珠要来此山上，特地前来迎迓。

当下，花瑗红向明珠羞着笑道："好个程小姐，如今已不是旧时的模样儿了，你那个如意郎君，千个里也选不出一个，无怪你倾心巴结他了。起初我听你说过一辈子不愿嫁人的话，我说这些话，不该像你们有福人的语气，万一遇到比你长得俊的，自然是不怕花羞，不怕月妒，公然团结起来。程小姐，我这话可说得是不是？"

明珠笑起来，小语道："不要说这些话吧，当时我不愿到六合去，花大姐，你说这东西在我身上已成废物，我不惯实行这废物的利用，偏好我程妹妹的造化不浅，利用这东西引一个了不得的英雄一同入党。看来我这表哥还比你漂亮几分，我劝你索性来吸取吸取他的新鲜空气，也不至于折本。"

花瑗红脸红红的，低低头骂道："死丫头，又嚼舌根了，我便来搔你这胳肢窝儿。"

边说边走至明珠面前,正待下手,明珠即跪下来笑道:"好姐姐,我是不敢了。"

花皴红急缩住了手,笑道:"你这么怪可怜的,我今权饶你这一遭吧!"

这些话简直把乳莺、燕儿二人羞得无地可容,低着头不望王焕仁。王焕仁也把个头掉过来,观看那半山风景。

邱丽华哽住咽喉,兀自翻着白眼看青天,只有个邱丽容,露出满脸的笑,脑子里仿佛想到个什么,人心坎里仿佛追忆什么事,不由丝丝红泪揾红巾,一阵阵的绯红飞上双颊,不住价地揉着心口。

花皴红即正色说道:"我矢志不再嫁人,非因死去我那心头上人,天地间再找不出第二个来。但是人众的心理,却说烈女不嫁二夫,若犯到这个罪过,任你有百件好,不能算个好人,果能贞心比石,任你百件坏,也不算个坏人。你看这恶浊的世界,谈到民族大义,往往没有此等界限,反而专在这些事上讲究。我不敢说节归不是好人,但一个女子,除了这'贞烈'二字,并无好事堪奖,像这样没主见的品评,我宁死不甘心服。我不是畏惧众口不敢嫁人,就是我那死鬼丈夫,也很情愿我再享受这婚姻的幸福。不过我对于这一件事,觉得毫无趣味,反不若单枕孤衾,较为自在。我这两个异姓小妹妹的理想,与我各有不同,其实消受这冷冰冰的滋味,都成习惯,不过对于'情'之一字,未能摆脱,这也是她们妙龄女子的本来特性,我也不敢说她不是。"

明珠听完这话,忙笑着说道:"这个我却不能,男女同居,虽为学道人所忌,然而这个女子不嫁人,那个女子不再嫁人,一个女子是这样,天下女子亦是这样,人种日渐沦亡,不几成一禽兽世界?何况我这哥哥煞是怜我,我们虽不讲究什么床笫的学问,但是我一夜不愿离开他,他一夜也不愿离开我,就是并头似的睡一辈子也使得。哥哥要是死了,我便随着哥哥一块儿去,哥哥要是去做和尚,我便把万缕青丝付之并州一剪,随着哥哥去做尼姑。两个人共坐在一张禅床之上,自然要消释许多愁闷。"

这话刚才说完,邱丽华忙低下头笑起来,指着明珠说道:"你好,自从搭上这么一个人,三年以来,把我们一班小姊妹都抛下东洋大海去也,怪老天爷单给我们做个薄命女子。好好,少时入党以后,我们便和你评一评这个道理。"

话休絮烦,当下花瑷红、邱丽华、邱丽容三人领着程明珠夫妻主婢四人上了山顶,花瑷红在前引路,转行山背而下,却见一个石洞,黑洞洞不见一人。复行数十步,豁然开朗,但见房屋虽不甚宽大,内中也容有许多男男女女,挨次坐列。

程明珠见父母同师母等人也在其内,只不见了金家姊妹。王焕仁由程济德介绍,乳莺、燕儿由程明珠介绍,先见过首领朱天齐,然后又向党中的男女大头脑一一介绍已毕,才知党里除去新入三名,男二十八名,女十六名,共有四十四名。这四十四人之中,有十六个女子,除去涤尘、王程媛、花瑷红、邱丽华、邱丽容、金蕊春、蕊莲、蕊桂、蕊梅、蕊香、蕊英而外,尚有四川周慧儿、云南唐闺淑、德州徐美颜、新疆陈叶疢、广东卜玉兰;男子二十八名,除去首领四川朱天齐,挨次序来,有山西冯锡庆,甘肃鲁绍基、郑士儒,浙江湖州左其美,余姚程济德,江苏清江常伯权,丹徒尤锡麟,萧县黄兆麒、黄兆麟,阜宁仇家驹,广东石仁、石义、石礼、石智、石信,四川周其俊、周其杰,安徽宋啸天、宋士仁,福建李虹文,江西瑞州党振南,湖南凤凰陆大来,奉天崔人柏,直隶保定秦耀新,天津卫得龙、卫得虎,河南蒋汝谦。男党员中再添入王焕仁,女党员中添入吉乳莺、文燕儿,男二十九名,女十八名,合拢算来,共计四十七名。

其时由程济德引进,通过王焕仁入党之事,朱天齐急将王焕仁请过来,堆着满脸的笑容问道:"老弟这回入党,毕竟是希望什么,所为何来?"

王焕仁答道:"学生愿同首领太爷……"

一句话才说完,朱天齐兀地变翻脸色,着令弟兄们:"快将这东西推出去!"

程济德忙近前说道:"非是学生孟浪从事,要人入党,这人天真烂漫,实有特别的才能。学生不敢徇私情而蔑公谊,愿首领勿以二卵弃干城之将。"

朱天齐答道:"这东西奴隶的根性未清,如何合入我们这真正纯洁的讨贼党?什么太爷不太爷的名称,分明是官场中人对上峰的趋奉语调,我朱天齐是一句听不来的。老哥既然介绍他来做党员,还请老哥去教训他一番,果然吻合入党的资格,大家便请他做事。"

这一来,直把王焕仁噤得一言不发,暗想,这首领说请我来,我便称他一个首领太爷,也算极力地抬举他,怎么他就变了颜面,要将我推出去?我猜度他这个意思,分明被我一句太爷反喊出满头火来。他在党里做了首领,日后大功告成,也许中国一个君主,我怎配喊他太爷?自然要慎重其词,加上一个圣上或陛下的称呼。但是这一来,仍然未脱大民贼的气习,纵能削平海内,只算得个以暴易暴罢了。王焕仁王焕仁,你不该偏听妻言,去掉了功名财产,来同这投机祸首在这里厮混。

及听程济德这么说来,更是老大不高兴。因为入党的缘故,虽受妻子的要求,但丈夫临时有断,当行则行,当止则止,受人要求的事已经失去丈夫的资格,何况实在直接是受的妻子要求,即间接受的姑父要求?此等事本不可对人言,我姑父当场宣示出来,实在叫人惭愧。好了,这首领真正没有民贼的恶习,说出话来耐人寻味。看他并不是个投机人,而且我王焕仁起初在六合的时候,不指望世界上还有这刚正中健的首领,还有这最讲道理的讨贼党,不是我妻子再四要求,做梦也不想到有这公道无规矩的所在。我是一个不知不觉,处处要人领导,处处要人解释,然而不愿功名,不愿财产,甘犯大逆不道之名,我妻子不苦苦要求,我如何得有今日?

想了一会儿,遂不待程济德前来教训,急趋至朱天齐席前,很和气地说道:"我是一个没有见解的人,因为首领德隆器重,总算我们的老前辈,故而特别加上这个称呼。其实这些话,我也一句说不来的,恨我两眼无瞳,不识天下奇士。"

朱天齐笑起来说道:"这'我'字却称得最妥当,又最斩截,鄙人佩服之至。以后我们党内的同仇志士,大家都是你我相称,才合平等的道理,不必斯斯文文说出一个'学生'来,这'学生'的谦称,不过后学对于前辈表示恭敬的心理。若在私人叙话,尽可一用,这个办公所在的地点,怎配谦称'学生'?

"王老弟是个闻一知二、妙有见解的人,我们同志诸君有此造化,得与王老弟结个朋友,最是难得。但是起初鄙人和同志诸君组织这个讨贼党,其宗旨要略,自然由程君已经通过,目下的唯一手段,只有破坏,破坏之后,再加以建设,务将这中国的中国,彻底重新现出一个花花世界。

"然以异族的大民贼那般炙手可热的势焰,同族的汉奸人妖又复为虎作伥,竟使这成亿上兆的无知小民蛰伏在强权之下,遍尝种种欺凌的苦恼。螂蛆甘粪,已成众小民第二天性的习惯。所以我们最后的希望,欲将这班懵懂人民,换一换清新空气。

"我们在党的同志,必须文有建设的特性,武有破坏的可能,第一要明白这么破坏,为建设而破坏,没有建设,这破坏便成盗贼的行径。如今破坏的时机未熟,至于建设一层,只好作为预备。

"第二要舍身就义,这舍身关系,本来不足轻重,若为就义而死,死也值得。世界上有三种人,一种是完全利己心重,以他人之财以为己有,占他人之幸福擅自享受,总之使他人不自由,而自己享尽自由,这一种人,正是我们同志的大敌,不独异族大民贼有此主脑,即我们同族中人,大半也有这个思想;二种是先利自己而后利他人,这种人非不肯造福于人,但利人心终不及利己心重,结果只有利己,他人却沾不到一分便宜;三种便是我们讨贼党内的剑侠了,我们既不欲利己,又不欲由利己而利他人,不以一己的私利为利,而以天下人的公利为利,我们要吃尽苦中苦,举世界上人所不受的烦恼,我们视为应有的无上报酬,举环境中人所不忍一谈伤心的事,我们视为天然的结果,只要他人沾一分幸福,解一分纠缚,我们就苦痛到一百四十分,仗着这一把刀、一支剑,也要替他人报复这不平之气。故而我们向来的志愿,与其偷安而生,不如就义而死。

"第三要打破阶级的恶例,这种恶例,实为万恶世界的制造厂,我们这个中国,固不欲异族有发展之地。但国中人等也分有什么贵族,什么寒门,一做了官便把人民当儿女看,一进了学便把农工劳苦的人们当作一只牛,自家是个版籍良民,便把倡优隶卒仆御厮养之类看来无异乞丐,我们心中因不能有这个界限,果然达到建设的时期,上至君主,下至贱养,皆当一例看待,没有什么官民,没有什么主仆。总之是国中一个人,我们便看待得如兄弟姊妹一样。

"还有一层,我们国中的女子,向来俯伏在男子的势力之下,好像天公给她做男子的奴隶,一般男子的心里,也把女子当作一个附庸。核论由来,皆缘女子的能力不及男子,男子能读书仕进,女子是不能的,男子能生利赡家,女子是不能的。因为这种关系,做女子的便下了十八层地狱,知识要仰人的鼻息,生计要仰人的鼻息,其实女子又何尝不能?不过为古来'男治外,女治内'的一句祸言,使女子无用武之地,虽能亦不能也。如果是女子治外,男子治内,自然男子要折落到女子一般,何况女子还有特别的可能。就是'生产'二字,天下人不是由女子养出来的吗?女子负有胎养的重责,她的幸福虽然不使越过男子,怎忍心叫她就不如男子?

"诸如此类,我们不打破这阶级的恶例,良心上如何过去?而且不平则鸣,天下也没有承平的希望。撮要说来,这三种的纲领,我们须足踏实地地行去,这时候注意在'讨贼'二字,自然要侧重破坏,完全需用武术人才。我们党内的同志,没有一个不谙武术。鄙人据程明珠女同志在一月之前来党报告,云及老弟等在今日入党,究竟老弟武术达到何种程度,果否有入党做事的资格,不妨就此请教。"

王焕仁听朱天齐首领讲出这一篇大道理,句句深中时病,但朱天齐说我程妹妹在一月前到党报告,这样话叫我如何相信?嵩山离六合何止千里,寻常人来去要一月的工夫,便是我们有点儿本领的人,一日能行二三百里,至少来去也要半月。我和程妹妹日间在一处习武,夜间在一床睡觉,三年以来,一日也不曾离开。如今朱首领自然不会扯谎,难道妹妹有了分身术吗?

王焕仁这么一想,好生惊异,还怕自家的武术够不上入党的资格,更加疑虑起来。

欲知后来怎样,且俟七回再续。

第七回

炫能竞胜剑侠试奇功
接木移花情天消艳福

话说王焕仁暗想,这些关节,本不可向朱首领直说出来,无论自家的武术是否够得上入党的资格,但朱首领既然是这么的要求,势非当场献丑,不足以决定去就。旋想旋向朱首领及男女诸同志各各扬谦一回,王焕仁即准备把各种的外功使出一回。

其时明珠、燕儿、乳莺辈,三人六目,滴溜溜地看着王焕仁如何施展。王焕仁先使了几手拳脚的架势,最后把个头在室外一块高及丈余的石碑上猛地碰去,那三尺来厚的石碑都被碰得炸裂了,当中却撞成了一个盆大的窟窿。

王焕仁站起来,口不喘气,面不改容,头皮上连红也不红一点儿。不由又飞起一脚,向石碑腰际以下踢去。王焕仁真好气力,踢得那石碑从地上拔了出来,飞过一丈多高,这石碑才突然一声,坠落地上。

王焕仁又运用内功,顺手打了一个掌心雷,隆然一声响,已将那块石碑炸得粉碎。这掌心的功用,因为人生一小天地,天地间阴阳热度,撞个对头,在稍明白一点儿科学的人,知道这是响雷的由来,人生阴阳的热度,会于掌心,这掌心震宫之上,震为雷,自然要发出一阵雷声。

王焕仁是个天生的剑侠,像这么内功,只需苦习半年,已能出神入化。起初虽经程明珠小姐从中指点,然自己亦不相信有这等妙用,精诚所至,竟使金石为开。

这时候欢喜已到极顶，不防备朱天齐已到自家背后，一个顺手牵羊，伸直膀臂，提起他一根丢五缕松三花的大辫子，举得高高的。王焕仁两脚离地有三尺多高，四肢都没有依傍的所在。

在寻常稍有本领的人，和别人比试起来，最可怕的是这个顺手牵羊，四肢悬空，虽有周身的本领施展不开。岂知程明珠小姐，因为入党的人，虽不便剃去辫发，叫党外人特别注意，然而这条辫子放在头上，实在讨厌之至，尤其是会些武术的人，处处授人以可乘之机，遂请王焕仁把一条辫子悬在梁上，像演把戏人演三上吊一样。王焕仁也觉得没有施展的余地，不消一月工夫，已能运动自如，如在平地一样。王焕仁自以为特别的可能，及被程明珠把这条辫发提在纤手之上，把内功轻轻展出，王焕仁便觉得周身不能动弹，再经明珠小姐又教他苦练内功，把五脏六腑的功力妙用，留一半看守本营，用一半输转到一条辫发之上，你看这么功夫，是何等为难？

程明珠把内功集中在指头之上，已属惊人不过。花叆红把内功集中在两膀之上，已博得飞蝴蝶的诨号，何况这千丝辫发，一根根从毛孔里长出来，这功夫当然要一丝丝从毛孔里透出去，比较指臂的功夫，自然要距离得远了。古人怒发冲冠，看官们只道是怒极时候的一句形容词，谁知一班练习内功的人，发竖冠冲，原不算一回事。

王焕仁遵从明珠小姐的指授，起初也觉得非常困难，挨过三月，微微地略有一点儿进步。直至学了十个多月，王焕仁方才自由自性地施展起来，不料这回却得了大大的功用。

王焕仁吃了朱天齐这个顺手牵羊，格外开心，正待用功施展，谁料朱天齐的内功本来在程明珠之上，王焕仁觉得不能施展自由，然而四肢体质却有动弹的能耐。朱天齐不由笑起来，急将王焕仁轻轻放下，说："好的好的，算得我们讨贼党内一个人员。"

王焕仁直羞得双颊绯红,噤得一言不发。

　　朱天齐遂挽着王焕仁,走至室内,说道:"这样功夫,本是一件不容易的事,老弟虽未能入室,然已非初窥门径可比。何况你这副铜筋铁骨,遇到我这识货的,这会子却放你不得。"一面说,一面即请王焕仁填下一纸名单。

　　如今王焕仁才真正入了讨贼党,不由放下心怀,即如明珠、乳莺、燕儿三人,起初很替王焕仁提心吊胆,这回他真个够上入党的资格,三人都喜得眉开眼笑,一块石头落下地。

　　程明珠复将吉乳莺、文燕儿两位女侠引到朱天齐座前。朱天齐照着方才一席话,乘除加减,说了一会儿,乳莺便让燕儿先将三年内所学得的内外功夫使出来,燕儿也向朱首领和男女同志各自福了几福,这才走至室外,脱去一件外衣,露出一件猩红色的紧身子,两手比腰,把身子侧弯着,像蛤蟆似的,渐至两手、两足均搭一处,一个猛虎翻身,距地有五尺多高,打了一个筋斗,便在空中提出一支宝剑,冉冉而下。这支剑最是锋利无比,小说家品评宝刀,什么斩铁如泥,吹毛不过,杀人不见血,这支剑却有这么的功用。文燕儿先将这剑舞上一回,也不见得有什么过人的去处。文燕儿也打算这一点儿功夫,自然够不上做党员的资格,这时候便把一支剑在面庞上乱砍。说也奇怪,文燕儿这个脸蛋子比金子、石头还坚固,哪里能砍得半点儿?文燕儿觉得这也算不了什么稀罕,收了宝剑,两足一蹬,已深入地下二寸有余,只可恨那两只莲瓣,却被这无情黄土深深掩住。文燕儿说一声:"起!"两只脚从地下拔出,却不曾沾得半点儿污泥。

　　文燕儿这类功夫,也由程明珠专心教授,当那两足入土的时候,运足内功,距物于一尺之外,所以这潮湿的泥,却也妨她不得。文燕儿又从樱桃口中吐出一块如花香唾,铿然一声,正吐在迎面石壁之上,深深印入,像似石壁嵌着一朵茉莉花,至今嵩山这个石洞之内,尚有文燕儿唾痕遗迹。接连文燕儿又使劲地吐出一口痰来，也对着石壁上唾去，这口痰便不能深深印入。

原来文燕儿在先前的时候，周身的内功用足到一百四十分，精诚所至，可一而不可再。李广射石虎而再射不中，就是这种缘故。

这时候，文燕儿急得香汗淋漓，羞臊得面红耳赤，却被涤尘一声喝住，走过来，扯住文燕儿笑着说道："有这般好武术，正合女党员的资格，用尽把全身的功夫使出来吃力不讨好，反惹得当场人笑话。"

旋说旋将文燕儿带至朱天齐座前，也填下名单，做了个女党员。

吉乳莺见王焕仁、文燕儿二人已经先后入党，心中异常愉快，懒洋洋向朱天齐及男女各党员挨次敛衽已毕，走至室外。吉乳莺见西壁有十来条朽木粗细的铁棍，长有三尺四五，东壁下也堆着二十来条的同样铁棍，长只一尺七八，斑彩锈蚀，古式盎然。吉乳莺把西壁十来条铁棍搬过来，从腰间解下一束红绫，把十来条铁棍捆在一处，只听得娇斥一声，那束红绫折成了两半幅。吉乳莺运气出来，从两眼射出一道白色的剑光，罩在这铁棍上面，猛地一声响，吉乳莺即收了剑光，再瞧这十来条铁棍，已经条条分成两截。

吉乳莺这类功夫，先行炼精炼气炼神，而后炼剑，精、气、神、剑，合而为一，剑功自成。盖精、气、神的妙用，有变幻莫测的门径，譬如我在这精、气、神炼成之后，要炼成一把刀，从两眼中便现出一道白光，这把刀果然锋利，不但寻常锋刃所不能及，即千金宝刀，亦不能有这么的功用。因为这形意的功夫由精、气、神中锻炼出来，肝为将军之官，自是一种特别不同的武库，什么兵器都有，特患精、气、神不能合一，却仗着世间铜铁的兵器来使用，那就坏了。譬如我在精、气、神炼成之后，要炼成一支剑，从两眼中也现出一道白光，这支剑最是锋利，不但寻常佩剑所不能及，即三尺龙泉亦不能有此等的功用，因为这也是形意功夫从精、气、神中锻炼出来。将军之官，既为一种特别不同的武库，什么刀、剑，本来已具有无遗，专恃这精、气、神锻炼成器，何必仗着世间铁铜的兵器来使用？所以古今来一班剑侠之士，皆博有这么剑功，为世界上铲除许多不平之事，没有我们剑功，不可为剑侠。

雍正时八大剑侠，如了因和尚等人，完全具有此类剑功。这剑功由胡元时代张三丰先生发明其意，衣钵相传，至清中叶而极盛，同达摩祖师遗传的少林拳法并足而立，不过这少林拳法，是外功的绝技，而三丰的剑法，皆仗着精、气、神内功的妙用，一般会剑功的人，其能耐实在拳功之上，还有一件，这剑功有三种层级，像吉乳莺射出这道白光，算是开口乳的成绩，一到了气候十足的时候，便射出一道青光来，甚至还射出一道黑光。青光的厉害，自然在白光之上，黑光的厉害，又出青光之上，大半在两眼里射出来，眼为心窍，肝与心有母子相传的功妙。白光属金，是逆行的剑法；青光属木，是顺行的剑法，这顺行的剑法，是肝家的本来妙用；黑光属水，水养肝木，是子母相生的剑法。

盖在初学剑功的人，不得不用逆行法打开肝家的武库，占了这个武库，挨次便用到顺行法，要用剑法的来源生助，自然要用到子母相生法。像吉乳莺这逆行剑法，算来不足一奇，讨贼党内一班剑法，除去新入门的几个有数庸才而外，其余的剑法成绩，大半只能射出青光。

提起这子母相生的剑法，说来很是寥寥，孔老夫子曾言"才难"二字，这句话我相信已到极顶。

吉乳莺用剑功劈断了十来条铁棍，复又伸出藕也似的手臂，拿出两半截铁棍，在手臂上胡乱打击，足足打了数十铁棍，听得铿铿然不住价响，把这两条半截的铁棍都打得折断了，手臂上也是没有损伤。

原来吉乳莺这类功夫，并非从大刀衫法得来，却由内外功互参的妙用。程明珠当婚期之夕，用宝剑自砍胸腹，并不曾损伤半块油皮，却同吉乳莺这样功夫是一般无二。

吉乳莺试过了内外功，亦由涤尘领着她回到室内，签了名单，从此王焕仁主婢三人一齐做了讨贼党的人员。后来吉乳莺曾问涤尘女教师，那东壁亦有十来条铁棍，如何亦折分为两。及经涤尘说明由来，才知邱丽容在入党的时候，用着青色的剑光，将这十来条铁棍各各劈成两截。吉乳莺方明白邱丽容的剑功高出自家一级。

讨贼党中四十七名的剑侠，除却金家六姐妹回家办事，其余四十一名男女党员终日在这石洞之中讲解种族的大义，讨论革命的工作，研究剑功的作用，筹划破坏后的建设。这个石洞之中，却成了革命先哲的机械局。

这天晚上，王焕仁忽然想起一件事来，回到自家石房之内，笑向程明珠问道："我在入党的时候，朱首领说妹妹在一月之前，已经到嵩山报告，我和乳燕二位妹妹入党的时期，我们党内的人本来不禁儿女的私情，我在那入党一月以前的期内，哪一夜不抱着你叫上几句亲妹妹？有时你还给我真个销魂。我指望你有什么分身术，不肯告我，如今看你不独没有这分身术，便是涤尘师母，也不曾教给你这个法术。难道你是做梦到嵩山吗？这个闷葫芦，真令我莫名其妙。"

明珠咯咯地笑道："死促狭的哥哥，你还说呢，像你用这种种邪荡的手段，哪一夜不引得人动火？我也苦苦地摆不开这个冤孽，特地请了这替身儿暗中代替，我觉得意中人已在怀中，便不暇审及代替的证据，居然就无所不至了。好哥哥，你这回应该谢我。"一边说，一边便闪起一双秋波，不住地向吉乳莺痴痴地笑。

吉乳莺把个白里透红小脸儿低下来，顿时想起那几夜的神形,不由舌尖上叫出一个姐姐说:"你害了我,这会子又赤口白舌地说它何来?"

明珠笑道:"他讨了便宜,你吃了亏,当然算是我害了你。然而打开天窗说亮话,这件事是不能永远瞒住的,你曾说我们做婢女的,不配有这进士大老爷的哥哥。如今却比哥哥更进一步,你自然是如愿以偿,倒省却哥哥的一份妆奁。"

文燕儿也在旁拍掌笑道:"原来乳莺妹妹已破瓜了,却同这个粉玉似的哥哥成就了百年好了。你的造化大得很,只恨我姓文的姑娘没有这福。"边说边流下两行珠泪,至鼓动两边的小腮颊,转过脸来望着那粉壁,一声长叹。

明珠慰道:"你的造化比我们还大,我固不能害你,你亦不肯自害。这件事虽然谈起来是津津有味,其实在过来人看来,真个没有味儿,反不若孤单生活,较为斩截。"

这句话刚说完,倏地房门开处,摇进六位光艳夺目的小姐妹来。明珠闪眼一看,正是金蕊春、蕊莲、蕊桂、蕊梅、蕊香、蕊英六人。

金蕊春笑向程明珠道:"姐姐飞行的功夫,一夜能飞过五千里,我花师母固属非常佩服,我们自当格外拜倒裙下。可怜我们前天由会稽动身,直到今天晚上,才赶到洞中来。"

旋说旋见王焕仁、乳莺、燕儿齐在房内。金蕊春姐妹六人方欲托故辞出,却被程明珠一把扯住,说:"姐姐、妹妹,我表哥哥不是外人,何妨在此稍谈片刻?"

蕊香便笑着说道:"好在我们党内的男女剑侠,成天地谈论武功,向来不避嫌疑。不过这是个房间,本非公共讲习的所在,我们还是去吧!"

程明珠笑道:"我替大家介绍过了,当然请他出去走走,我们就坐谈一夜也使得。"

蕊春等听完这话,各自点了点头。大家问讯已毕,王焕仁因为男女嫌疑的关系，随即走开一步，金蕊春等方才挨次坐下。

明珠便问："金姐姐，君家祸事如何告一结束？"

首由金蕊春把祸事的始终缘由，子午卯酉地细述一遍。程明珠和乳莺、燕儿三人方才明白。

原来金家自从涤尘到嵩山以后，花嫒红很情愿把金家六姊妹一齐带到嵩山，你看金家这六个女儿，金守坚等特别看待同男孩子一般，谁肯生生地割去这心头上一块肉？哪知从花嫒红走去以后，金守坚等因为小儿女都学得几套看家的本领，更不把同族的无赖放在眼里。哪知"天有不测风云，人有旦夕祸福"这一句迷信话，倒成了阖家的谶语。

说起这个变故，却发生在金守仪身上。金守仪因为蕊春辈姐妹六人，一个个挨肩长大，都有惊人的武艺，少不得要给她们都配个貌艺相当的赘婿，撑立金家的门户。一时异想天开；预备摆下一座擂台，像古来旧小说上所言擂台定亲的故事。但必须严格地立一条约，总有吕布的俊貌，才够得上台打擂的资格。由蕊春辈轮流对付，不要说是能打胜了擂主的一拳一脚，固然招赘为婿，就是本领相等的，也有坦腹东床的资格。似这么办来，我金家生一个女儿，再各给她们一个好女婿，我的面子固然添了不少的光彩，这好女儿、好女婿自然要比儿子还好。

想到这里，先同夫人吕氏商量已过，然后又和金守坚、金守白说知此事。

金守白自然是第一赞成，金守坚倒现出狐疑的样子来。因为这摆擂台的举动，在平常人家做出来，最是惹人非议，而且上至朝廷，下至官府，顶可恶的是这么招摇的事，万一有人飞短流长，到官府里告上一状，说我金家借此摆擂择婿为名，实欲招集四方大逆不道之徒，希图造反，这罪名若加在我家身上，吃不了还要兜着颜面。而且又叫小儿女辈抛头露面，在万人指摘之下，冶容诲淫，亦复成何体统？

金守坚本是个老成练达的过来人,不过表面上装作脓包的样子,其实他何尝便是个脓包,不由向金守仪略略劝止一番。

这些话反把金守仪劝出满头火来,说:"兄长真是妇人的见解,怪道外人都称兄长叫大太太。摆擂定亲,本来是一件最有名誉的事,不自我家开始做来,而且在这承平世界,谁也没有造反的念头,官府里都和我们是非常要好,即如左邻右舍,以及四乡八镇的人,哪一个不惧我家有钱有势,谁敢到县衙里告上一状?我看一班会武艺的男子,比读书人好得多。古人曾说道:'仗义尽多屠狗辈,负心多是读书人。'我家要招赘女婿,除了有本领的人,谁够得上做儿女辈夫婿的资格?要招赘四方有本领的女婿,除了这摆擂定姻,更有什么新鲜法子?兄长不与我们小兄弟二人呼同一气,我们就多花几个劳什子钱,却用不着兄长管这闲事。"一面说,一面即气昂昂走出门来。

从此,金守仪便与金守坚兄弟反目。金守白也曾在兄长面前剖解一番,真同《三国志》所言:"欲说曹公,反为曹公所说。"

金守白是个脑筋清醒的人,当然和金守仪是一鼻孔出气,二一添作五,拿出许多银子,便准备搭起一座大大的擂台。有了金钱,什么事都容易办到,不消一月工夫,端的摆成一座偌大的擂台。这擂台的模样,却和现今上海演戏的舞台差不多,不过较舞台要高上一丈开外。

金守仪见擂台的工程已经告竣,遣人分头粘贴广告,到处宣传,一传十,十传百,早已传遍浙江全省。金家姐姐便择定八月十五日登台,由金蕊莲开头,做第一日的擂主,其次则蕊桂、蕊香、蕊英、蕊梅,逐渐登台,就中偏轮不到蕊春小姐。

这天正是八月十五日,午饭之后,金蕊莲浑身艳装,像似一朵芙蓉花模样,上了擂台。金守仪亦复吐气扬眉,登台演说,他本来是语言粗率的人,照例说出几句不伦不类的开场白。这时金蕊莲在擂台上左等右等,好半天,并没有登台比试的男子。直至西山日落,金蕊莲方才姗姗而下,回至府内。金守仪自然是非常扫兴,暗笑这浙江境界,竟不曾有个会武艺的人是小儿女的对手。

十六日,便由金蕊桂登台,仍然是一样扫兴。

十七日,即挨到金蕊香做主人了,这位蕊香小姐,生得美丽如仙,浑身非兰非麝的香气,煞是醉人不过。红楼名贵女子,短袖轻衫,上又借着化妆的神力,金蕊香简直像个花蝴蝶似的,呖呖莺声,在擂台上略略演说一阵。不料这会子已逗引出一个了不得的人物。

欲知后来怎样,且俟八回再续。

第八回

女教师打擂做新郎
官少爷登台做幽魂

　　话说金蕊香见擂台下跳上一位青年男子，亭亭玉貌，分明不像赳赳武夫的模样，两道又青又翠的眉峰，一双又肥又嫩的玉手，那松三花丢五缕的辫发，滴出醉人的香，那赛瓠犀争列贝的牙齿，露出痛人的白，尤其是两只黑如漆的俊眼，两片红如朱的丹唇，真似影里情郎，画中爱倩，这一条鲜肥的鱼，可巧上了钩钓。直把个金蕊香弄得春心如醉，不由转秋波活水双弯，流出娇滴滴的风情万种，启香吻樱桃两点，吐出美滋滋的和气一团。欲进又不敢冒昧争先，欲说又不知打哪一句说起，好容易在舌尖上画了几画，牙根儿度出一声莺来，便问："郎君尊姓高名，府居何处？"

　　这两句在金蕊香说得分外出神，几乎要笑了出来。岂知这男子只淡淡漠漠地说了自己姓氏居址，是广东新会的白裕南便是。

　　双方请教一番，金蕊香是个擂主，自然要让白裕南先占一着。白裕南老实不客气舞起双拳，便向金蕊香打来，金蕊香便轻轻闪过。

　　不上三合，金蕊香急跳出圈外，说："白教师，你欺我没有瞳子吗？你我分明是一家的门路，自家人何必较手足，侬家甘拜下风。"

　　白裕南笑起来说道："你看错了，我和小姐虽然同学得形意拳法,小姐以形胜,我以意胜,派别不同,如何便说起自家人了?我睄小姐的意思,因为怕我没本领,所以才不肯把那'意'路拳法使出来,打了我这个脓包。其实我也同小姐是一般见解,很不情愿把这'意'路拳功着在小姐身上,打坏了不是当耍子的。"

金蕊香笑道:"你当真说我不是你对手吗?什么叫作'意'路拳功,我师母并不曾提过一字,你拿这话来激我,我的意思,你……你……你应该明白,我不是怕你的。"

白裕南笑道:"小姐既不要拿出本领来打我,辜负我的来意,也罢,我们便不捉对儿厮打,各现出自己的看家武术来,也可以见个高下。"

金蕊香笑道:"这个使得,白教师别客气,请你先动手吧!"

白裕南道:"我方才已占人在先,这回还请小姐看我颜面,显出自家的能耐,先给我赏鉴赏鉴。"

两人客气一番,金守仪在旁看得不耐烦了,便令蕊香快把本领使出来。

金蕊香见擂台上摆的各式武器,没一件不完全,随手取下一支箭来,笑起来向白裕南道:"白教师,你看我这支箭射中那百步外西南角第二株白榆树上一只麻雀。"旋说旋拈弓搭箭,只听得嗖的一声响,那只麻雀已从树梢上翻滚下来。早有金家的仆人们,一口气跑到那里,连箭带雀,抓起来送到台上。接着台下的观众一时彩声沸腾,总说:"金小姐好箭法,好箭法!"

金蕊香面上也显出很得意的模样,咬着唇边笑。

金守仪的一只暴凸的眼睛几乎也要笑得一条缝了,不由放浪声音,打起哈哈来,笑个不住。

白裕南也笑道:"似小姐这样箭法,也值大家一笑?不过我所学的箭法迥与小姐不同,像小姐这百步穿杨之技,射中麻雀,那只麻雀在百步外死在小姐箭头之下,真是冤哉枉也。我这箭法,如同姜子牙钓鱼一样,姜子牙的鱼只用直钩,愿者上钩,不愿者自去。我这箭法,不喜欢用箭锋远射,把箭锋掉过来,用这一头射出，却不肯无辜伤害物命。小姐如不见怪，不妨请试一试看。"

蕊香笑道："这箭法打哪里学来？我们学箭的人，用着箭锋射箭出去，杆上还掇着一例的翎羽，不使空中摇荡的风气震荡箭锋，然后才能顺顺妥妥地射到眼线的所在。白教师若用这一头射出，分明像似逆水行舟，我不相信你有这样本领，请你当场显出，给大家看一看。"

白裕南忙把个弓抓在手中，请搭上那支羽箭。左手如托泰山，右手如抱婴儿，弓开如满月，箭放若流星。只听得响的一声嗖，那支箭向天空倒射，仿佛距地有百丈多高。

白裕南向天空一眨眼，那支箭好像有反射的力量，又从天空穿进擂台，可巧正射在白裕南胸脯之上。白裕南哇地大叫一声，向后倒来，那支箭还好端端地插在白裕南的胸际，直把台下的观众都看得惊诧起来。

金守仪也舍不得这活跳的少年死在箭锋之下，想来人命关天，未免有些懊丧起来。只恨自家不听见兄长之言，以致如此。

金蕊香见到这样的怪状，精神上便发生一种悲感，几乎要哭出声来。

这时候，台下早走上几个后生，都是金守仪族中的一派穷光蛋，人多嘴杂，发作金守仪摆擂诲淫，致伤人命，要拖着他到余姚县去吃官司。金守仪苦得难解难分，连台下观众都嘈杂起来。

金蕊香一颗芳心更是跳个不住，那青山蹙翠的泪容，悲切地只瞧着白裕南。

白裕南忽地笑了一笑，拗起身躯，拔出那支箭来，一点儿血迹也没有，把蕊香小姐看得不住地叫怪起来，忙将族中无赖人等斥下擂台。

金守仪挨近白裕南面前看个明白，倏地又换过一副脸面，走至台前，对着那班无赖恨恨地骂了几句，掉过身来，便要求白裕南扯开胸膛，好给大家详细一看。

白裕南拒道:"这个我却不能,只要这箭上没有血迹,便是我未曾被伤的明证,便是我的箭法已占了小姐一点儿。但是我这箭法是什么功用,不妨当场宣布。我这箭法并不是和人家厮杀的,不过是比试时候,不肯给人难受,不愿伤害人和禽兽的生命,这箭法名逆行反射法。学这箭法的人,先要练得比镔铁还坚硬的体质,勇可扛鼎的膂力,将这支箭倒搭在弓弦之上,把周身的内功传到这支箭上,射出去自然无偏无斜,回过来绝对要反射到这身体之上。我方才故意把身子向后一仰,是要大家乌乱一番,博得我心里真个一笑。其实像我这样功夫,并值不得什么,也只有一笑的价值。"

白裕南说这话的时候,虽然提高嗓音,到底不见得说得怎样高畅。金蕊香小姐还把他当作一个温和性格的侠士,温和性格的人说话总带着笑,轻易不肯亮出高声朗调,哪里知道个中的底细。白裕南这样苦心,已被他当场瞒过。

金守仪听得白裕南这一篇话,最是佩服不过。那台下一阵喝彩声,麻烦得了不得。金蕊香小姐的心坎里,好像似在梦里寻到爱人一般。当由金守仪把白裕南请下来,接着又拥上一簇小婢,把金蕊香簇在中间,绝似万花丛中之一朵牡丹花。

大家回到金守仪府中,金守仪夫妇便提起婚姻的要求。白裕南也勉强应了,亲自写下一封柬帖,交给金守仪,一躬到地,对着岳父、岳母拜了四拜。金守仪揭开柬帖,眼见柬帖上端的写着"小婿白裕南顿首"七个楷字,琳琅秀曼,酷似松雪。

金守仪越看越爱,因为这个爱婿,不但有惊人的本领,即以字体而论,便断定他是个文武全才的人,即从案头取下一本日历来,拣日不如撞日,恰好当日是个上好吉日,即令府中上下,忙办喜事,一时挂灯结彩,宾客盈门。金守白自然是帮同金守仪料理喜事。金守坚也走过来敷衍敷衍,及看得这个才貌双绝的侄女婿,不由高高兴兴地招待宾客,自然金家是个财主,虽在匆促之中做这喜事,然而一班门下的客,大半给他帮忙。家中的小厮们简直又忙个不了,什么事都不难一办。金蕊香很是欢天喜地地做新娘子,一切旧时代婚姻的仪式,都做过了,眼看天色已晚,一对儿新人双双进了洞房,交杯酒落了盏,两对儿手臂粗细的红烛仿佛也庆贺这段良缘,凑趣似的吐出灿烂光华,烛焰上都开了一朵花,耳听二更鼓响,婢女们都纷纷退出。金蕊春姊妹五人也向蕊香告辞而退,白裕南便轻轻关好房门。

　　蕊香小姐这时欢喜到绝顶,却见白裕南只是痴痴地微笑,两个眼睛不住地望着金蕊香,直把这蕊香小姐望得害起羞来,小脸上阵阵绯红。一会子,方才向白裕南迷了一笑,低低声笑道:"你看我什么?看的日子长得很呢,这时候还不安歇,却痴痴地看我何来?"

　　白裕南笑道:"我看你这副脸蛋子,生得同我一样。还有一件,你耳上戴着这一对儿八宝珠环,可怜我曩时也戴过这些环子,万一你不见信,请你坐我怀里,捏着我两个耳朵看一看。"

　　金蕊香笑道:"你们男子汉,若戴起这对儿环子,那才活活地要笑死人呢,你不要拿这话来羞我。今晚你我做了正式夫妻,我就老实些坐你怀里,看看你这两只耳朵也使得。"

　　边说边坐入白裕南怀中来,把个脸直仰白裕南项脖之上,看看他两只又白又明的耳朵,果然也挖过两个小孔,不由笑着说道:"你的小字,是不是唤作双坠子吗?我有一个表哥哥,可怜他在十岁的时候已经死了,我舅父、舅母只生他这个儿子,只有这儿子是个指望。舅母生他的时候,特别看待同掌上的珍珠一样,两个小耳朵皆戳了一个小孔,给他两只金坠子戴起来,因此便唤他为双坠子。但是你的造化比他大,好人,我相信你那一对儿坠子,再迟一年,准备给你儿子戴吧!"

　　说至此,禁不住羞答答地又向白裕南笑道:"我这话可对不对?"

　　白裕南摇摇头说道:"金小姐,我在日间当场献技的时候,怎么不解开怀来给与观众看个明白?你不妨猜一猜是什么意思。"

金蕊香笑道："初相识,如何猜到你这意思?除非你解开怀来给我细细瞧看,我包管那一猜便猜个正着。"

白裕南笑道："金小姐不是别人……"

话未说完,金蕊香笑道："谁说你是个别人?别人我不能坐到这怀里来。"

白裕南也不答话,解开外衫,露出里面红绸的紧身子。

金蕊香即笑道："你们也穿这紧身子,煞是好看,其实这样内衣,哪一个穿不得?偏偏我们女子配穿这件内衣,说起来也算一件最不平的事。好人,你真是天地间第一开通的男子,我也很欢喜你穿这内衣。"

白裕南且不理她,连紧身子都解开了,露出了一对乳峰。

金蕊香看了,笑道："你真个好大福气,我看过一班相家的书籍,曾言男子乳膛高大,生子必贵。好人,你这乳膛,是几世修得来的?"

说着,即用手在白裕南胸前抚摩,渐渐有些啰里啰唆起来,又笑起来说道："万一那箭锋伤了这一颗心,这时候我不知要感觉到怎么痛苦,难道还在这里有说有笑,陪你寻开心吗?"

白裕南见金蕊香还不知他是何如人,推开她的纤手,把一件一件的衣服仍然穿好,笑着问道："金小姐,你知道我真个唤作什么名字?"

金蕊香笑道："这也奇了,你不叫白裕南,难道就叫作双坠子吗?"

白裕南道："白裕南念起来倒是个卜玉兰,不过我姓的是一竖一点的'卜'字,'玉兰'二字,一个是金玉的'玉'字,一个是兰花的'兰'字。"

好笑,真卜玉兰竟作假白裕南,我著书的方替他故弄玄虚。如今已被他自家揭破,以后也不必替他再说谎了。

卜玉兰是本书中见过的人物,我这部书名为《江湖怪侠传》,一位怪侠,当然要在书中作一个小传,卜玉兰也不在例外,但是一支笔在这里忙着,分不开心来再说什么。

当下金蕊香听卜玉兰说出真名姓来,还会不明卜玉兰是个女子?又笑起来说道:"你们一班侠士,向来不肯以真名姓告人,起初我还疑惑你是白泰官的后裔,然而白泰官又不是广东人,不料你姓的是这个卜字。如今不必多说,大家且上床去睡一睡吧!"

卜玉兰道:"小姐且请自便,我倒在床上睡一夜也使得。"

金蕊香笑道:"我一个人去睡,催你何来?好人,大家不要客气,并头谈一夜吧!"

卜玉兰问道:"金小姐,你这时候应该喊我叫什么?"

金蕊香笑道:"我一不喊你叫卜玉兰,二不喊你叫双坠子,只合喊你叫作哥哥。"

卜玉兰笑道:"我不配你叫哥哥,你只老老实实地叫我一句……"

金蕊香不待卜玉兰说完,很诧异地笑道:"这话打哪里说来,你难道是不爱我吗?"

卜玉兰道:"我什么不爱你,不爱你到这里来做甚?"

金蕊香笑道:"好好,阿弥陀佛!爱我就容易办了,我们且解去衣裳上床睡吧!"

卜玉兰笑道:"这个有什么味儿?金小姐,你只把我当作一个异姓姐姐吧!"

金蕊香笑道:"什么姊姊妹妹,我家里是多得不奈何呢,我爱她们,总不敌爱你。"

卜玉兰笑道:"假如我端的是个姐姐,你便如何?"

金蕊香笑道:"岂有此理?你别要嚼舌头。"

卜玉兰笑道:"也罢,请你先上床去,我随后自然陪你在一块儿睡。"

金蕊香巴不得听到这句话,把浑身衣服脱得一丝不挂,扯过红绫絮被,遮断了无边春色。

这时候,却见卜玉兰除去一顶瓜轮小帽,脱去一双软底锦靴。金蕊香看到这种神情,心里喜得要笑了出来。及见卜玉兰解去锦袜,露出一双瘦不盈握的金莲,金蕊香这一看,好似一盆凉水由背后浇到足跟,两个滴溜溜的眼睛发了愕,一口儿便叫出"姐姐"二字:"亲姐姐,你怎么装作男子,害得我好羞人的!"

卜玉兰笑道:"妹妹别要恼我,可怪我有一段苦衷,若不这么做来,如何对得起我那个姐姐。"

金蕊香道:"这是说到哪里去了?我爱的是本领,断不在男女之间,移易我这爱情,何能恼我姐姐?但是姐姐有什么苦衷,怎么又怕对不起你那个姐姐?"

卜玉兰听了这话,遂和金蕊香共枕倾谈说:"金小姐,我说的那个姐姐,便是你的教师邱丽容,邱丽容和花瑷红、邱丽华三位姐姐,都入了讨贼党,我在她们入党三月以前,便由我涤尘师母的介绍进党。

"我们这党内的规则,不拘男女,凡有会武术的人,再富有种族的思想,经过党员的介绍,便可入党做事。邱丽容姐姐,因为尊堂大人家法森严,不放着妹妹入党,她自己又不愿再到你家一行,所以苦苦地托我到余姚走走,无论如何,要将你姊妹六人一股脑儿引进党内,她才欢喜。

"我受了邱丽容姐姐的重托,在肩上担着这个责任,一路来至会稽,偏巧听得府上摆擂招婿的一段奇闻。我想这婚姻的关系,不比试武,要是试论武术,无论男女,皆有登台打擂的资格。如今因为小姐姊妹的姻事,摆设擂台,这打擂的权利便让男子专有,我们做女子的,没有登台的资格,所以我乔装改扮,扮着男子的模样,混到台上。尊大人见我的箭功稍稍占你一点儿,便请我到府上来,成就姻事,我只是暗暗叫苦,推辞不得,我的夫婿还没有找到,倒做起小姐的夫婿来了。这件事不要笑煞了千万人吗?

"如今欲免掉这场笑话,我们便明为夫妻,暗做姊妹,慢慢地再将蕊春各姊妹等一块儿引上嵩山,才算尽了我这个责任。好妹妹,我不知你肯随我入党?"

金蕊香道:"这讨贼党是个什么团体,不妨请姐姐说来。亲姐姐,你千万别要骗我。"

卜玉兰道:"令教师的人格,妹妹是知道的,我不忍负令教师,何忍负我妹妹?不过党内的秘密,这时却不便说明,还望妹子原谅则个。"

金蕊香道:"我明白你这事不会骗我,就此依了你吧!"

说至此,两人更不答话。

次日天明,卜玉兰仍然穿好男装,拜过守仪夫妇二人,然后又至守坚、守白府中。问安已毕,金守仪一边忙着度三朝的仪节,一边又令蕊英小姐上了擂台。

这金蕊英正当豆蔻年华,庄矜娇小,分明金玉其貌,铁石其心,像这么打擂招姻的花样儿,虽然是心坎里最喜欢的事,总觉一位名门淑女,做此腼腆向人的举动,未免给人笑话,所以金蕊英上台之时,一不穿武装,二不穿大红大彩的艳丽衣服,真是荆钗不饰,裙布无华,不像红楼女子的模样儿。

金守仪也不忍夺他娇女的服装自由,但金蕊英有天然的美、神秘的武术,就穿起一件破衲袄来,终不是乡姑娘之态度。金蕊英挨次演说已过,先后跳上几个自命不群之不三不四的英雄好汉,都仗着生就一副好脸蛋子。因为金蕊香昨日登台之时,看上了那个白裕南,佯输诈败,已被一线情丝生生缠住,金蕊英自然同乃姊一样多情,故而大家虽自顾这点儿本领,不是蕊英小姐的对手,然而由艳羡发生欲望,由欲望而发生侥幸之心,一个个争先一试,脸上很露出垂涎三尺的样子来。岂知这些脓包,却禁不住蕊英小姐的三拳两脚,早已踢下台去。

这时候,台下早跳上一位官少爷来,由云梯走到台前,便向金蕊英笑道:"我的好小姐呀!像那班不知进退的人,无论自家的脸面够不上登台打擂的资格,而且他们都是一班穷光蛋,麻雀也想来吃这天鹅肉。我虽不及小姐这么疼死人的小眼睛、小鼻子,自信看来比他们要漂亮多了,何况我父亲是个七品大员,我家里有的是钱,我还懂得孙武子的兵法。提起这副筋骨,也同小姐是生成一样的……"

刚说到这一句,早把个金蕊英小姐气得红飞双颊,不由飞起一脚,向官少爷踢来。官少爷禁不住哇地怪叫一声,倒死擂台之上。从此,金家便闯下连天大祸。

欲知后来怎样,且俟九回再续。

第九回

捉羊抵虎捕盗伙通
射鹿猎獐雨云翻覆

　　话说金蕊英见这官少爷已经被她一拳打死，明知此等乱子已闯出来了，躲避是躲避不来的。眼见父亲坐在擂台尽处，也吓得目瞪口呆。一班小姊妹们都已从擂房里拥出来，大家看官少爷真个死了，且吩咐蕊英，不用害怕。

　　就中有金家的族中无赖人等，前日受了金守仪的老大奚落，稍微顾全一点儿颜面的人，这两天来，并不到台下凑热闹。只有几个小光蛋，平素都同官少爷吃酒赌钱，在一块儿玩，有时把官少爷哄骗得高起兴来，也带着他们去逛堂子打茶围的。

　　这也怪金守仪平素得意忘形，那一种骄蹇的样子，不用说把族中人都看不上眼，就是会稽城内与他素无干系的人，见了他也讨厌。

　　金守仪腰里有几个臭钱，自然不安本分，那秦楼楚馆花天酒地之中，也花了不少的钱钞，都用在一家私窝子里，同沈二娘的女儿沈小翠子勾搭上了。金守仪见小翠子年纪很轻，容貌身体都生得好，想讨她做姨太太。

　　论金守仪的金钱魔力，以为讨一个私娼做姨太太，本非是绝对办不到的事。不过因小翠子是个开门的私娼，不会生小孩子，讨进屋来，反惹起他正太太的泼天大醋，打算在小翠子那里鬼混了一年二载，如果小翠子混起肚子来了，就是别人的骨血，他也顾不到他正太太摔起醋罐子，就把小翠子讨进门来。

　　其实小翠子何尝有心嫁他，他的年纪比小翠子大一倍多，小翠子心头上也有不少的小白脸儿,哪里轮到他这干姜般的老头儿身上去和他勾搭?不过拿着这身体骗他几个钱,照例要实实在在地灌他几碗迷汤。

打从小翠子和城里许大公子姘识以来,这许大公子是举人许兆芬的儿子,名唤士琏。许士琏的财产,虽不及金守仪,然而许兆芬在溧阳做县知事,原因得了一笔贿赂,坑了一个小小人命,竟然没人敢告发他。但自解官以来,回归原籍,许兆芬每夜必梦见一个穿蓝布褂裤、像似乡里做粗工的那个小伙计,问他索命。许兆芬的老命被小伙子追得去了。

许士琏只是弟兄一个,平素已被他父亲惯得不成话说,要上天,简直预备替他拿梯子。可喜父亲死了,十来万家私产业让他一人独揽大权,莫说他的妻子不放在他眼里,就是他那个聋了耳朵的娘,都看得狗屁不值。

论起许士琏这个纨绔子弟,在会稽城里逛的私窝子是不少,也该小翠子的财运到了,就从许士琏入港之后,如吃了她的迷药一般,顷刻都舍不得离她一步。

小翠子也知许士琏家里的资财赶不上金守仪,但许士琏的脸蛋子既生得漂亮,银钱又比金守仪来得阔绰多了,世间有嫖客被婊子迷住的,小翠子先使出迷许士琏的手段,反而又被许士琏迷得住了。许士琏允下小翠子的条件,第一先娶小翠子做少奶奶,把那个不关紧要的结发妻子退回娘家;第二是小翠子的娘,许士琏要在和小翠子做了正式夫妻以后,便把她娘带到家中,雇用两个娘姨服侍,叫她娘欢喜;第三,许士琏从今以后,再不到别家窑子里胡行乱走,专情同小翠子在一块儿玩。如果有半句谎言,许士琏曾对小翠子发下重誓,叫自家没有好死。

小翠子同许士琏腻了半年,你恩我爱,在下这一支笔正描写不来。因此小翠子不再接客,一班知情识趣的嫖客老爷,也不屑到小翠子那里走动。偏偏金守仪在小翠子身上花了一笔钱,断不指望小翠子爱上了哪个,就撇了他这个,有时到城逛逛,照例要到小翠子房里温叙旧好,小翠子总是不瞅不睬。眼前有了这许大少爷,全不把金守仪当作客人,就此惹起金守仪满肚子火,就怕许大少爷势大,不敢同许大少爷争风。但在沈二娘面前,骂小翠子是猪狗、忘情的婊子、拆烂污的贱货,骂得沈二娘狗血淋头。

沈二娘虽表面上不欲同金守仪争执,到了小翠子的房,当作许士琏面前,添枝带叶地反说金守仪大骂士琏。依许士琏性起,便要着人到他表弟成锡爵那里,吆喝几个流氓,把金守仪结结实实地打他一顿,倒是成锡爵不肯恼人。后来在许士琏面前,便说出他自家的心事。

原来这成锡爵是许士琏姑母生的人,成锡爵的父亲成敏文,本是嘉兴人氏,世代在会稽经商,到了成敏文成人的时候,便搬到会稽居住。成敏文原是一个捐班出身,花了无穷的钱,在江苏丹徒做了个县知事,为人也很精干。到任之日,成敏文因前任官糊涂昏聩,积下累累盗案,拢共不曾破过一次。成敏文欲现出自家办公能耐,明知盗案如山,前任官把捕头的腿都比得断了,究竟捉不到个强盗来。成敏文也把县里的捕头家小一个个押起来,三追五比,把通衙的捕头都比得含冤叫屈,哪里比得他们捉出个真强盗?

成敏文知道真强盗是不易捉的,只好暗地授意那些捕头,捉羊抵虎,拿了几十个小偷销案。后来索性同捕头商议好了,叫他们暗地通同盗匪,将一班杀人打劫的东西哄骗出境。

上峰官因为成敏文捕盗有功,很念他这点儿劳绩,加之成敏文有个妹婿,是会稽姜文虎。姜文虎是个新科翰林,在礼部里得了个庶吉士的头衔,出授江苏提学,很在江苏藩台之前说成敏文的好话,因此藩台大人便把成敏文一升升作镇江知府。成敏文的大太太并没有带到镇江府署,却叫她监督儿子成锡爵,不许成锡爵间断读书,写信托几个地方绅士,在学院里并同府县衙门说通关节,叫成锡爵进了学。

这成锡爵年轻貌美,打从十六岁进学之后,以为功名能用人情买来,眼看那些认真读书的酸丁读了一辈子书,还是个老童生,读书是没有用处的,功名拿人情买得到,做官又能在金钱上办得来,成天终夜地抱着劳什子的书,把舌尖上的皮却念破了,这不是活活地讨苦吃吗？这么觉悟过来,才知不读书实在惬意,偷偷地瞒着他娘,明里说到书房里读书,暗地里去寻淫朋赌友厮混,觉得这些所在,真个好玩。

他那娘也看上他的授业先生仇学彬,面圆眉秀,开口一脸笑容,很是知情识趣。做官人家的太太,饱暖生淫欲,成敏文又撇了她不把她带到任上,哪里还熬得那孤衾生活,不知不觉地同仇学彬生了关系。仇学彬腻着成敏文太太,腻得火一般热。仇学彬一会儿从书房里跑到成太太房中,一会儿又从成太太房中跑到书房,简直又像似热锅上的蚂蚁。成太太又把府里上上下下的呼奴使婢却买通过了,禁止他们声张。后来竟被他儿子成锡爵在无意之中参透了这一回事。

成锡爵因为他娘和先生既不查问他废学的缘故,他也不必过分生事,各人心里各有各人的路数罢了。什么事都瞒不住人,像仇学彬同成太太在一块儿厮混,早惹得风雨满城,就是乡里稍在场面上奔走的人,皆知道成知府大人太太的秘史。倒是那个成敏文在镇江任上,闲得不去做事,东家住夜,西家吃花酒,索性糟蹋人家的孩子,哪里明白家内的大太太偏要替他偿还这些孽债,叫他睡在鼓里,得不到半点儿风声？

他儿子成锡爵,便是上文被金蕊香在擂台上打死的那个皮少爷。小子因为本回上半篇的琐屑文字,很与以后结束金家的祸事大有关系,所以不惮辞烦地写了一会子。

成锡爵早听得金家六姊妹,一个个却生得神仙似的面貌,尤其是金守仪的女儿蕊香、蕊英两个,各有天然的美,神秘不可思议的美感。成锡爵的一种时髦性质,就是喜欢绝世的美色。平时在家出外,却要有个体面俊俏的姑娘同他在一床上睡,但不必实行其事。哪一夜没有姑娘陪他同睡,哪一夜便睡不着。

成锡爵因为金守仪这两个女儿,可惜是有钱人家的千金小姐,并非是窑姐儿,或者是他家里的娘姨,哪怕就把他个头割下来,只要得亲芳泽,他都可以,所以成锡爵梦魂颠倒,一心想娶金守仪女儿做妻子。还恐怕蕊香、蕊英两个人已经有了婆家,及在金守仪那些光蛋本家的言语之中打听出来,才知这一对儿活跳鲜肥的鱼也至今未有售主,成锡爵这一喜非同小可,四万八千毛孔差不多却要在每一个毛孔里钻出一个快活来,叫他娘找了两个能言能说的媒人,到金守仪家,各自显出说谎的才能,请金守仪准许把蕊香小姐配给了成锡爵。

金守仪巴不得攀龙附骥,将蕊香许配成家,无如这蕊香小姐必要拣择一个品格清高、性情温柔、貌艺双绝的男子,就是他穷得连饭都没有吃,金蕊香小姐是绝对要赞成这件事的。像这种不对题的文章,金蕊香第一个不答应。而且金守坚又鄙薄姓成的门风不正,不许金守仪把女儿许配成家。任凭两个媒人说得妙舌生莲,连金守仪都掉变了卦,不敢做主。

成锡爵打算这一头亲,十拿九稳,想不到两个媒人回来,说了多少扫兴的话。成锡爵明白蕊香是不肯嫁他,可恨这一颗香珠不得到手,随即另请了一个惯做媒的陈老头子。成锡爵对陈老头子说明自己的意思,要娶蕊英,陈老头子去了。这时候,适值许士琏在酒馆里请他吃酒,成锡爵对许士琏所说的心事,就是这一节话。

哪知成锡爵回到家里,等了半天,才见陈老头子笑了进来。成锡爵猜识陈老头子笑的意思,是这件事已说好了,也随着陈老头子的笑声,轻轻一笑。

陈老头子敛了笑容,向成锡爵道:"我笑大少爷不知时务,苍蝇想钻到梅花心里,不是一件极可笑的事吗?那金守仪不许亲事,倒也罢了,反说你家世代狐臭,你老子和你身上的臭像似一只烂坏的羊腿一样臭,就是你娘也沾染了你家臭味,你先生也忍不住你娘的身上味儿。"

其实金守仪何尝敢对陈老头子说这些话,陈老头子替人家做一辈子媒,没有做不好的,不打算金守仪竟不答应,又受了金守白的一顿耻辱。至于那金蕊英小姐，更是坏得了不得，固然不肯认可这一头亲，反而着令侍女，暗地向陈老头子说些不懂人事的话，万一陈老头子再在她家里放屁，金蕊英便请她师父花瑗红，将陈老头子的老骨头给实实地痛打一顿。

  陈老头子碰了一鼻子灰，又在成锡爵面前夸下海口，而且陈老头子打从出娘胎以来，没有受过这样辱骂，准备到成锡爵家中挑几句枪花，激怒了成锡爵，一则掩护他自己不是没有媒才，二则迁怒金守仪身上，想让成锡爵下他家的毒手，借此泄去胸中的气愤。不打算成锡爵糊涂一世，聪明一时，他因为与金家向无仇恨，前次两个媒人到金家说亲的时候，金守仪兄弟只是婉言谢绝，并不曾说出这气死人的话来。他娘陪先生睡觉，虽然外边已有风声，断定金守仪不会在此虎口边打嘴巴子，惹他气恼，大略这老头子自家讨了没趣，所以就这么把他当作小孩子一样玩弄。三十年的老娘尚且倒绷孩儿，陈老头子做不成这头媒，他也不能见怪。只是陈老头子一肚子气没有泄处，拿他来寻开心，激他同金家办交涉。这个老东西太可恶了，就是金守仪有这派话，陈老头子本是个过来人，就不该把这话一五一十地告给出来，给他难受。他的脾气，你当面骂他什么，他只是一笑而受，假如有别人在暗地骂他什么，你若把别人骂他的话对他说了，他以为你把这话告给了他，比别人骂的还觉难受。故而他听了陈老头子告给他这派话，他登时变了脸色，喝令仆人们把陈老头子打出去。

  成锡爵虽明白金家的姻事是没有指望了，然而他那渴望的心思死灰犹燃，每想到金家这一对儿如意人儿，反恨他自家没有这福，日间贪图赌钱抽花烟，夜间又有几个女子陪他一块儿睡，渐渐也把这心事遗忘了，做梦想不到他有同蕊香姊妹相见的机会。

  他听得姓金的一班小光蛋来说，知道金守仪兄弟摆下一座擂台，要女儿们轮流登台比武选婿的意思，遂带着当差的同一班小光蛋到擂台下观光。他见金蕊香同白裕南那种情形，差不多要看得真魂出窍，只恨自家不会武艺，这种斯斯文文的样子，到擂台上现的什么形？谁知这班小光蛋受了金守仪的一顿发作，没法找金守仪报复。他当日回到城中，本要会会他表兄许士琎，又被一班小光蛋怂恿他到沈二娘家里推牌九，夜间好同沈家新来的姑娘荀藕花一床睡觉，这句话正打到他的心坎里。恰好同一班小光蛋走到沈家，荀藕花已出局去了，他见许士琎同小翠子坐在一条凳上，口对口地灌酒。

许士琎一眼见成锡爵摇到楼上，后面又成群结队地跟了几个姓金的，许士琎偶然眉头一皱，计上心来，便向小翠子努一努嘴，似乎先叫她坐过一边。小翠子是个伶俐人，随即移坐在许士琎对面。

许士琎急站起来，将成锡爵一把抱住说道："好兄弟，你这一天是跑向哪里去的？你把表哥哥都想坏了，且请你到这凳子上坐一坐。"

说至此，又向几个姓金的说道："你们来得正好，我便请我爱人的老娘，吩咐打杂的抬上一席酒来，给你们聚会聚会，停刻藕花回来，我叫她唱几套曲子，给你们开开心。"

许士琎一壁招呼沈二娘快办酒菜，一壁便把成锡爵拖到自家起初和小翠子同坐的那条凳上。

成锡爵笑道："这是姨嫂子的座位，我也配坐得？真是我的屁股幸福。"

许士琎笑了一笑。这时候，几个姓金的见藕花没有回来，酒菜也不曾捧到，大家闲得没事，拉过一张桌子，在那里打牌九。

这里小翠子抓着一把银壶，先在许士琎面前满斟一杯，随后又没精打采地轮到成锡爵面前，只斟了半杯酒。成锡爵便在接酒的当儿，趁势把小翠子的手心捏了一捏。小翠子忙把个手缩回来，哗啦的一声响，那把酒壶跌落在成锡爵酒杯上，把一只翡翠小花的酒杯压得粉碎，倾泼了半桌子酒。

原来小翠子先前听成锡爵叫她一句"姨嫂嫂"，这个"嫂"字，先叫得是不快活，如今这手心又被成锡爵一捏，她这手心自然比以前高贵得多了，除了许士琎而外，岂是别人可以捏的，所以她松了酒壶,给成锡爵讨个没趣。

　　许士琏见成锡爵同小翠子有些啰里啰唆的情形,早有倾轧成锡爵之心。这回见成锡爵又拖了一群姓金的竟到楼上,心中更是气闷,而且他已先听沈二娘诬栽金守仪骂他的话,只是当时不便发作,其实这数月以来,何尝忘掉金守仪所骂的话,他这会儿便定下了一计害双贤的毒计。

　　眼见小翠子哭哭啼啼地把眼泪落在酒杯里,许士琏向小翠子笑道:"我明白你这几天身体不大舒服,天已不早了,你先到你娘房里困一歇吧!"

　　小翠子即揩拭眼泪,起身便走。

　　许士琏见小翠子走到楼口,忽然又叫小翠子转来。

　　小翠子回来问道:"你叫我转来做什么?"

　　许士琏先把个嘴靠在小翠子的耳朵上,叽里咕噜说了十来句,趁势在她朱唇上吻了一个长吻,说:"心爱的,我叫你转来的意思,就是这个。"

　　这时,小翠子突地笑起来,抿着嘴下楼去了。

　　许士琏便招呼姓金的弟兄们,收了牌九,大家拢共在这张桌上围坐起来。打杂的早上楼撤了残肴剩酒,抹了桌子,各人面前都斟了一杯茶。少刻,酒炙纷陈,大家欢呼畅饮,但不见藕花回来。

　　酒至半酣,许士琏笑向成锡爵道:"老兄弟,多久做哥哥要问你一句话,前会子你对我所说的事,究竟是怎么样?"

　　成锡爵叹道:"别要提了,这单相思不要害死我吗?"

　　许士琏接着转向一班姓金的说道:"我说一句惹你们见怪的话,你们听了不用动气。那金守坚弟兄是个土财主,眼睛里太没有人,不过我们假扯是少爷的班子,用不着同他烦恼。我这表弟,哪一件玷辱了他,够不上做他的女婿?反而招摇过市,把江湖上一个练把式的没脚蟹收作蕊香的赘婿,这不是糊涂到脑子里去吗?我听说那江湖上的人并不曾和蕊香比拳试脚,已双方联络起来。唉!这事并不怪蕊香小姐,她是个闺房中的幼女,足不出门边一步，怎么明白我这表弟脸蛋子这么好、性格这么温柔？万一他们会面之后，说不定，恐怕蕊香看上了他，不免佯输诈败，给他占个便宜。这时玉人儿有主，生米已成熟饭，还有什么说头？不过人同此心，心同此理，我料定金蕊香五个姐妹心包络不是铁石包的，果然我表弟有这胆量，到擂台上鬼混一番，那小姐妹动了他的念头，自然故意说他是个好手，不用飞拳舞脚，一颗心已嫁给了他，他便做了金家的女婿。万一拿不准，轰动了那些孩子，我自有别的方法，包管遂了我表弟的心愿。难道他望着这几尾活跳的鲜肥的鱼儿，就没有香饵钓他来吗？"

这几句话，直说得姓金的一班光蛋，多半都摇头簸脑，不约而同地连说："不可不可！"

欲知后事怎样，且俟十回再续。

第十回

巧机谋成锡爵上当
恶势力姜文虎助奸

话说姓金的一班光蛋，他们早知许士琏有暗害金守仪的意思，也有憎恶成锡爵的意思，之所以怂恿锡爵上台比武，乃是一箭双雕之计。因为倘若锡爵比武身死，就可借机陷害金守仪。但脑筋简单的人，他以为自家算计，是绝对没有走板，怎明白比他们算计大的人，心思比他们灵活、计算自然比他们毒辣。他们都蒙在被窝里做梦，当下急打断许士琏的话头，异口同声说了几个不可。

内中只有个金尚标年纪比他们小，心地却比他们玲珑，知道许士琏这话内的意思，像成锡爵同小翠子那些讹三勒四的情形，他哪一回不看在眼里？他这时便喝令弟兄叔侄们不用鸟乱，一壁喝，一壁又在暗中抵腰蹑足，向他们都打了个无线电话。可惜成锡爵少不经事，先前还疑许士琏是和他开玩笑的，没本领的人，拿什么到擂台上同有本领的人比武？后来一颗心又被许士琏说得天花乱坠，他这时便存了侥幸之心，以为金家小姐妹登台的缘故，不过借此勾引称心如意的俊貌少年，比武是一个广告的法术，我这表哥哥的话，是最靠得住的，一时酒助人兴，吃了七八分醉意，心上也有些朦朦胧胧起来。

眼见藕花又不曾来。成锡爵呢呢喃喃地叫苦道："我那个人怎么到这会子还不见来？"

许士琏笑道："请你且耐性再等一会儿，就回来了。"

成锡爵哪里耐得久等,抽身便走。

许士琏一面伸手去握成锡爵的手,一壁又喝令打杂的收起杯箸,把牌九倒下来。成锡爵听说要赌牌九,心地软了一下。成锡爵因为家里的几个娘姨睡起觉来推都推她们不醒,终不及这藕花爱妹,真个爱我,好在这里有牌九赌,我就再等些时也好。

闲话休烦,大家直赌到五更时候,成锡爵这时酒意已醒,屡以要回家去,都被许士琏哄他不走。成锡爵哪里有心再赌,眼睛里望着楼口的来人,耳朵里听着楼下脚步的声音,好容易才端的看见荀藕花拢着头发掩着怀,迟一步慢一悄地走上楼来。

成锡爵欢天喜地笑起来,连忙走过,扯着藕花的衣袖问道:"你不是要把我望杀了吗?我几乎将眼泪都望得穿出来了。"

藕花笑道:"我想不到你到这时候还等我,等我又有什么用处呢?老实说给你吧,我今夜已同一个江西客人订下白头的婚约,再不能陪你了,陪你也对不起那里客人。"

成锡爵万不指望荀藕花陡然变卦,不由失声叫道:"该死该死,你又想嫁人了。"

藕花笑道:"这可奇了,难道该派我们吃这碗把式饭不成?"

成锡爵不待藕花说完,遂冷笑道:"你们当婊子的很好,我记住你就是了。"

藕花笑道:"大少爷,你休要怪我,我们做姑娘的,也同你府上做娘姨的差不多,做娘姨的,哪个准备做一辈子娘姨?做姑娘的,哪个情愿做一辈子姑娘?我们这迎新送旧的日子已过了这么久,叫我处处以真恩情待你大少爷这班人,不是活活地要苦死我吗?不但我没有真恩情待你,我敢说是凡当姑娘的,全没有拿真心待你们这班人,不但我们做姑娘的是这样,就是你家里的娘姨也是这样。大少爷,我这会儿来同你说几句离别的话,算是待你一等一的恩义。我那个江西人,还盼着陪他去吃月饼,我实在不能同你多讲了。"边说边把个脸掉过去,匆匆走下楼梯。

成锡爵见藕花走了,禁不住哇地哭出声来。

这时,赌牌九的朋友,第一个是许士琏先走过来,问成锡爵哭的什么事。成锡爵把方才的话含泪说了。

许士琏道:"这个却不怪她,做婊子的有什么好人?我要转问你,你肯把她带家去做少奶奶吗?不但你不能把她娶到家去,你家里的娘姨,你能把她们收进房吗?就是你心里肯,我恐怕她们还万一有个不肯,我还怕我姑父回来,还有个不肯,那种罪你更不能受了。不但她们做婊子的转脸比什么都快,我看你家里那些娘姨,表面上虽同你说说笑笑,不过受你的势力所阻、金钱所哄诱,才那么巴结你,其实又何尝有真情待你?各有各的心路,你也不能断定她们在你家里到老。何况这些下贱的东西,又有什么玩头?世界上除了圣贤,没有个不好色的,但好色也有一种路数。像金家一班小姊妹,连你都不放在眼里,她的身体如何宝贵,万一肯嫁给你,自然有真心待你,断不致再动别人的念头。鸾鸟类百不如一鹗,任为貂蝉而死,不为寻常女子而哭,快别要恼了。今日午后便陪你打擂去。"

成锡爵想,表哥哥的话倒也是的,我虽同她们在一块儿鬼混,毕竟我鬼混的兴头也够了,再欲挑选一个好的,陪我谈谈笑笑换一换新。但我瞧会稽各家的红姑娘都不及金家的小姊妹,我何不可信我表哥哥的话,碰一碰机会,碰得来固是我的造化,碰不来我料想一个土财主的女儿,断不敢下我的毒手。

他这么一想,登时又兴高采烈地谈笑起来。然而这一夜赌了半夜的钱,不曾享受那温柔滋味,终觉得不快活。

大家谈了一阵,都在沈二娘家睡了,到底成锡爵夜间没有过瘾,翻来覆去,好容易才睡得着。醒来已是日午。

大家在沈家吃了午饭,奇怪,成锡爵不但不曾瞧见藕花,连小翠子也不知溜向何处去了,仿佛有人把她暗中遣开似的。成锡爵一则看破做娘姨当婊子的,真个没有真心待他;二则连小翠子都避他像避地烛一样,既没有人绊住他的脚步,别的热闹的所在,究竟是不好玩。这个劳什子的沈家,我在这里都讨厌。这时却不用许士琎向他说话,他转拉着他们出了东门。

那金家村离城只有二里路,一口气就跑到了。他见金蕊英面冷冷的,眉目间很露出英锐之气,转不敢冒昧登台。到底禁不住许士琎和姓金的一班小光蛋,你一言,我一句,又把他怂恿得高兴起来。他当时便要到擂台上去。恰被几个没脸面的拳头架子抢先上了擂台,一个个都被金蕊英打下台去。他即时冷了半截,不敢稍存觊觎之心,任凭许士琎同姓金的小光蛋们如何怂恿,他总是不答应。好色人所同然,他心里虽不答应,嘴里又说出几句不答应的话。究竟他这好色之徒,迥乎与寻常不同,夜间又不曾过瘾。

眼见金蕊英眼如秋水,从刚健之中露出一种妩媚的神情,脸若寒霜,在森厉之间,显出一种娇痴的态度,他以为金蕊英铁石其外,秀曼其中,像此绝代佳人,岂可当面错过?他总觉自家的脸蛋子不比那些没脸面的东西,却也能够使金蕊英一见留情,他这时并顾不得拿什么到擂台上比武,也用不着别人捉弄,居然上了擂台。他打算他娘生的这脸蛋子,好在擂台上吊金蕊英的膀子,哪里明白,他这条小命虽然吃了许士琎的暗算,然而什九也断送在这脸蛋子上。

许士琎见这条计已成功了,喝令:"姓金的,不用麻烦!"

眼看台底下有几个县衙里当公事的人,许士琎即招呼这班人同他上了擂台。台底下瞧热闹的人多数吓得跑了,还有少数好事的人准备在那里再瞧第二幕的热闹。

许士琎看到金守仪那种畏刀避剑的情形,仇人相见,分外眼红,居然摆起他父亲的官风,喝令捕头把金守仪锁起来。

捕头们都知道金家六女和白裕南的厉害,不敢锁金守仪。

其时,白裕南等又把金守仪围在中间,只有金蕊英向许士琎及众捕头扬手说道:"诸位有什么话,只管说出来,我打死人,不干我爷的事。诸位要我到哪里去,我便到哪里去,不会逃跑的,用不着诸位动手。万一真个行蛮撒野,我们姊妹人等就难保不闹出大乱子来了。"

许士琏这时才知道内乖弄巧,且不作声,看众捕头说些什么。

内中有个老捕头,叫作王保,是一个老公事的人,便向蕊英说道:"我们因不敢对小姐行蛮撒野,小姐也不是不讲道理的人,只是事关人命,我们当差事的,何能袖手旁观?只求小姐不用耽搁了,就此和老太爷动身,一同进城。"

蕊英道:"你们拿什么东西叫我们父女同去?打死人犯罪,摆擂台不犯罪。在擂台上比武打死人,没有死罪。若要我爷同去,连我也不去当堂出首,看你们怎么样?"

王保道:"小姐已准许去了,我们没有公文,自然不敢上小姐的刑具。至于老太爷的事,我们也不问犯罪不犯罪,自有县太爷示下,去也好,不去也好,只求小姐原谅我们当差人的苦衷,用不着我们说这废话,小姐就该决定去了。"

旋说旋摆手向众小捕头说道:"你们且站远些,不要得罪了小姐。"

蕊英笑道:"好!这样我就去了。"

说至此,又向卜玉兰、蕊香姊妹说道:"你们且好好地保护我爷和二位伯父,这擂台仍然摆着,不用到衙门里瞧我。一会子,我就来了。"

这时,许士琏早跑到姑母家去送信了。姓金的几个小光蛋惬意得了不得,故意挺胸凸肚,也在金蕊英左右随着,自然王保引着金蕊英一块儿走。有几个小捕头,找地保到擂台上守死尸。

金蕊英看见族中众光蛋的神情,以为他们都是姓金的人,姓金的反而对姓金的幸灾乐祸,恨不能把他们一个个抓过来,活吃下肚子去。

那一路瞧热闹的人,真是堆山涌海,路塞得水泄不通。进了城门,到了县署。

那时会稽知县左荫棠,为人精明慈爱,原是孝廉出身,困顿了一辈子,到老才由县丞升作知事。接印一个月,把前任官积下许多嫌疑案子评公判决,从没有枉及一人。立刻升坐大堂。

捕头把金蕊英带到阶下,适值仇文彬、许士琏来替成府呈上报称,成锡爵的娘已一路哭到他儿子的死所去了。

左荫棠便吩咐把凶手提上来。金蕊英侃侃而言,直供不讳。左荫棠暗想,我们中国人都脓包极了,想不到还有这么身怀绝技的巾帼英雄,肯在这些武功上讲究。摆擂台是以武会友,摆擂遴姻,虽不干犯国法,毕竟与风纪有伤。打死人是要偿性命的,比武打死了人,是双方情愿决斗,死伤没有多大关系。这锡爵是个风都吹得倒的少公子,我也到他家拜客看见过的,拿什么同人家比武?飞蛾投火,到擂台上胡调,破坏人家擂台上的规矩,侮辱了人家的好孩子,罪虽不至于死,也不能说是没有罪过。是此以理论死人,倒下头来,凶手何能再把活罪改成无罪。我是不爱姓金的一个钱,任凭成家的势焰滔天,我要照公理上评判,不服从我的预判,砍头我都不肯轻视人命。

左荫棠如此这么地想了一会子,便向金蕊英道:"本县素来爱民如子,疾恶如仇,这案子本县已明白了,你也没有死罪。你父亲也不能算是无罪,只可惜你是中国女子中第一等人,按法也白埋了你三年练武的光阴。"

蕊英道:"县太爷预判小女子的罪案,小女子虽死不敢违命。摆擂遴姻,出于小女子的主意,不干我父亲事。请县太爷把我父亲应该犯的罪案完全着落在小女子身上,小女子自愿领罪。"

左荫棠道:"这事可办不到了,有罪的何能说是无罪?你的罪案不轻,何能令你罪上加罪?虽则主意不出自你父亲一人,究竟你父亲也脱不了纵放的罪案。不过此等罪案,没有什么大罪。本县照你所供的话,申详上宪,你且在此委屈一点儿,静听发落罢了。"边说边令班房将金蕊英上了刑具。

金蕊英自从近二年来,本领气魄特别与寻常人不同,只有小儿女羞怯的念头，若遇有了不得的事迹，向不曾有过畏惧人的时候，就是这回到会稽县来，也可见她的担当毕竟不小。不知什么缘故，此时左荫棠折服她的罪案，登时觉得左荫棠一种不怒而威的气概，把她来时的豪气都慑服尽了，不禁对堂上磕了一个头说："小女子还有下情奉禀，小女子自知罪重，不死绝没有一时便能出狱的妄想。可怜小女子爷娘只生小女子姊妹两个，二位伯父、伯母又待小女子好，各家姊妹都看待小女子和同胞一样，望县太爷开一线之恩，着令捕头爷爷押解小女子回家一次，稍尽骨肉之私，小女子是不会逃走的，逃走就先不会随捕头爷爷到县太爷这里来。"

左荫棠道："你错了，王法不是本县私人所有的，本县私人尽可放你回去，得尽天伦之谊，王法上是不能这样做来。本县是知法行法的人，何能轻视王法？"说毕，忙令捕头把金蕊英押下监狱。

仇文彬、许士珽见左荫棠把这案办得轻了，各自摇头晃脑，且不用向左荫棠辩论什么。左荫棠即带了班房仵作人等，到尸场上验尸，据仵作报告，死者致命伤在腰眼里。左荫棠令行房录了伤单，又向成敏文太太敷衍了几句，一时捕头又把金守仪请过来。

原来金家五姊妹们，完全是欺硬怕软的性质，你越是以势力压迫她们，她们越发不受你这压迫，所以老捕头又拿出极诚恳、极温和的手段，将左大老爷的堂谕告知了她们，对金守仪下一个请字，她们也仗着这件事没有什么了不得的罪案，万一苦主把这案弄得大了，她们也有她们的办法。虽有卜玉兰从中作梗，不许金守仪去，明里是不好十分阻止，也只好在暗里再做计较。

金守仪知道不去是不行的，虽则摆撺这件事是和他二哥哥金守白合同做主，但自己已经有罪，宁死也不肯吐出个金守白来。反对金守坚说了许多抱歉后悔的话，他自己去吃官司，倒也罢了，只是他这爱女蕊英，生死未可断定，可怜这一块肉，身系图囤,他自己总觉对不起蕊英孩子。这回被捕头请到尸场,天色已晚,左荫棠令将尸首暂停搁在擂台之上。一班吆五喝六的公差见左大老爷升了轿,各自前后拥导,把会稽正堂的灯笼在两边闪晃着,进了衙门。

左荫棠把金守仪提到堂上,问过金守仪的口供,押入监里。左荫棠一面条好详文,一面即令金家打了一口红漆棺材收殓了成锡爵的尸首。果然回文到日,金蕊英判结三年监禁,金守仪只监禁六个月。左荫棠以为这件案子办得爽快。金蕊英在女监里,听得这样的判结,好在她是个有本领的人,有本领的人坐牢,照例没有什么痛苦,蕊英小姐准备坐满三年,三年后,自然复见天日。金守仪也沾他女儿的照应,手中有的是钱,牢头和同牢的人都得了他的钱,自然不去同他作对。

金家的姊妹同金守坚、金守白等人常常到牢里探望他们,卜玉兰也不常看看他们。作书的太鹘突了。

成敏文是何等的声势,成敏文的妹婿姜文虎是他何等的泰山之靠,打死他的儿子,岂有不伤心的道理?何况他半辈子只生一个儿子,这回这手仇家竟判结禁监的罪案,他怎依得?其实亦何尝鹘突?

成太太死了儿子,未尝不伤心,本欲令仇文彬到成敏文任上送信。仇文彬因为舍不得离开成太太,成太太便令许士琏到镇江,许士琏也因恋着小翠子厮混,便转请金尚标代表到镇江去。

金尚标收了成太太盘川五十两,当夜拿这五十两银子输光了,还亏空一百两的赌债。三日之后,才对许士琏说明。许士琏只好亲身一走,但被小翠子留腻了两天,才动身到镇江去。到了镇江,恰遇成敏文往海州办理移案未回,等了五日,成敏文才从海州回来。成敏文蓦地听到这样噩耗,连夜进省,而各衙门公事已下,把个成敏文急得一个毛孔钻出一粒汗来,便到南京和姜文虎商量办法。

姜文虎因左荫棠这件事办得无法可击,死题目作不出好文章,把招摇谋反的帽子扣在金守仪头上,连左荫棠也告他和反叛呼一气。

姜文虎的情面比成敏文大,他那运动的手段又比成敏文来得精奇,果然浙江省里各衙门都准了成敏文的状子,证人是金家同族,和会稽县里几个有名的大绅士。如此秘密运动了一月,姜文虎便函请督府点齐五千精兵,当日出发,杀奔会稽而来。

官兵行到绍兴的地界,却被一个了不得的英雄截杀一阵。

欲知这位英雄是谁,如何截杀官军,金家祸事到底如何结束,且俟十一回飞来剪文中叙来。

第十一回

金剪声寒强人字婿
晴窗梦醒去发留头

上回书写到，姜文虎函请浙省制军，点起五千精兵，遣将统率，杀奔会稽而来。官兵行到绍兴地界，却被一个了不得的英雄截杀一阵，便已完结。于今要写入飞来剪正文，只得将那位英雄的历史叙出来，然后再继续写他如何截杀官兵，以及金家祸事如何结束的事实上去。

看官们不能错怪作书的太不爽快，不将金家的事迹始终告一结束，反而不惮辞烦地生出许多枝节来，不由得不令人焦急。殊不知我这部书叫作《江湖怪侠传》，不过将金家的事迹做一条线索，讨贼党的怪侠，一半在此处登台，我不能为一个怪侠作了一回短篇小说，便算尽我作书的责任。如果一口气把金家的事叙完了，所有书中许多离奇热闹的怪侠历史，束之高阁，我这部书固不能叫作《江湖怪侠传》，而且平浅干薄。作书的既无味，看书的也扫兴。天空响一个雷，在这响雷的时候，有云有雨，有闪有电，作小说又何尝不然？不但作小说是这样，画师写画也是这样。

如今且说这位英雄，是直隶天津的人氏，姓卫，单名一个杰字。他父亲卫学田，是个保镖的达官，生他弟兄两个，兄名卫俊。

卫学田在北京镖局的时候，江湖上人都称他叫大刀卫，论卫学田的刀法，直隶省找不出第二个来，可惜那时候，兵部衙门谋事的人太多。其实带兵的将校并用不着卫学田这样武艺，有了这样武艺,反而没有官做。

卫学田生成傲骨,又不屑拿金钱送到金山上去,有本领的人,除了做官做强盗,若不替有钱人家保镖,就闲得骨头疼没有事做。

卫学田在镖局里混了半辈子,没有余一个钱。一则因为卫学田轻财好友,任你是和他面不相识的人,只要有点儿本领,遇到为难的时候,你向他借一千,他不给你八百两;二则卫学田任侠尚义,打的不平不少,凡有孤苦无依、没有衣食的人,卫学田在这些事上,又用许多钱钞。但是和尚到他那里化缘,尼姑到他那里化斋,他是一个钱没有布施,一碗饭不肯给他们吃,后来也没有和尚、尼姑敢到他门上去。

说来谁都不信,卫学田收过镖局之后,回到天津,死了连棺材钱都是亲戚朋友借的。卫学田的夫人老早死了,两个儿子又小,卫学田的妻弟吴兆如,在天津开烟纸店,小有盈余。这卫俊又是吴兆如的大女婿,打从卫学田逝去以后,吴兆如便把两个小外甥收养在家,聘了一位蒙馆先生,教他们到书房里读书。

那天散学回来,却不见了卫杰。据卫俊说,有一个五十来岁的老尼姑,刚才把兄弟叫唤去了,唤去做什么,却不晓得。这一来,可把吴兆如要躁死了,天津有一班拐孩子的人,不是和尚,便是尼姑,据说那时做拐子,要拐哪个孩子,便用手在那孩子的头上一拍,那孩子就失了知觉,身不由主地随他去了。

卫俊也曾见那尼姑在兄弟头顶上拍了一下子,吴兆如是没有儿子的人,最喜欢这个二外甥能读书,家里还有一个小女儿,准备将来把这小女儿嫁给卫杰。这时,吴兆如急躁得什么似的,四面八方,着人分头寻找,总是石沉大海,消息全无。

卫俊在十九岁上,读书不成就,学了个烟纸店的生意。吴兆如的大女儿又是勤俭,又是贤淑,就在吴家正式成婚,夫妻倒也和睦。五年之内,生了两个儿子,大儿子名唤卫得龙,小儿子名唤卫得虎。

这卫得虎才到一周之期,卫俊就害伤寒病死了。吴兆如的大女儿抚孤事亲,处处能尽慈爱之道,其时左邻右舍,以及吴、卫两家的诸亲六眷,无不交口称赞,说她是好孩子。

说起吴兆如这个小女儿,名唤瑞姑,今年已交一十九岁了,生得面圆眉细,骨秀神清,如朝日之映芙蓉面,如青山之锁翠黛眉,无异广寒仙子,瑶阁玉人,生小儿便得人疼,什么人情事理都懂得。彼时曾和她姐姐说说笑笑,她指着卫俊对姐姐称姐夫,她姐姐便搔着她的胳肢窝,当作卫杰面前,说:"这是你的人,你不管她瞎说,就怪不得我。"

她说:"姐姐,我不敢了,饶恕了我吧!"

她姐姐才松了手,她便板下面孔,说:"我配二哥哥管,不配你管,如果你再动手动脚起来,我便叫姐夫打你。"

她姐姐到底比她大四岁,听她说出这样话来,又见卫俊兄弟都报着唇边笑。她姐姐把个头低下来,说:"放尊重些,不用叫妹夫笑你。"

她明白这个卫杰同她将来的关系是和她爷娘一样,是和她姑父、姑母一样。每次卫杰散学回来,她都拉着卫杰,叫卫杰念书给她听。她爷娘照给她的月份钱,她一个也不用去,给卫杰买纸笔。

那天卫杰不见了,她才六岁,家里人都急得哭起来,第一个她伤心。她长到一十七岁,她爷娘因为卫杰什九是死了,孩子又这么大了,她家做这生意,日有余,月有积,很余下一笔钱来,一班求婚做媒的人几乎把她家门槛子都跑破了,她爷娘问她,她总是含泪不答应,天天抱着两个小侄儿说,有一个是她的儿子。

这一日,吴兆如在朋友家中多喝了几杯酒,那朋友便提起婚议,说:"城里有个余大公子,是进士余龙图的儿子,余大公子十七岁上已进了学,文才好,品貌好,家道好,又是一个书香门第。余龙图欲与吴先生结成姻好,请我做这头媒。"

吴兆如已准允了,回来告知夫人秦氏。秦氏说:"余家世代清贵,这头亲是做得。"

再来征求她的同意,她一不羞涩,二不流泪,拿起一把剪刀,向咽喉上便戳。她母亲吓得跑过来,夺过她手里的这把剪刀,手上已沾湿了一指,剪刀上冒出许多的鲜血。再瞧她咽喉上已戳了个小窟窿,幸喉管尚未戳破。她父亲只哭得满脸是泪,将她一把抱住,搂在怀里叫乖乖。她姐姐也惊得跑到她房里来,滴了不少的伤心眼泪。这两个姨侄,好像都懂了人事的一样,尤其是那个卫得龙,一声姨娘一声娘,捧着白里透红的小脸儿,哭个不住。

她在这欲死不死的时候,忽地听得卫得龙叫了她一声娘,她心里像似开了一朵花,顿时充满不少的生气。回想我这姐姐,同我是一样的心苦人,我死了,叫我姐姐更苦,这件事是我爷娘逼出来的,我就这么死了,外人都批驳我爷娘的不是。万一我表哥哥卫杰是不曾死,回来不见了我,又不是活活地苦死他吗?看起来我还可以不死。

吴瑞姑这么一想,便向她爷娘要求,只当多生一个儿子,不把她嫁给别人家,她情愿服侍爷娘一辈子,曲尽她的孝道。当然吴兆如夫妇是满口应允了,谢绝了余家姻事。

吴瑞姑的伤势,经外科名家医治之后,完全好了,颈项上只有一个白果大的红瘢,衬着那蚯蚓似的雪颈,格外艳美。

光阴一瞥,转瞬两年又毕。这天,吴兆如正在店里结算账目,忽地十三年不见的那个卫杰从外面走了进来。卫杰打从失踪之后,面目并没大变改,吴兆如一见面,便认出是卫杰。但见他衣冠朴素,神采飘逸,像个读书人的样子。见了吴兆如,便唤了一声舅舅。

吴兆如把卫杰拦腰抱住,说:"杰儿杰儿,你我不是在这里做梦吗?你这是从哪里来的?"

边说边笑起来,不由又想起他哥哥卫俊死了,反而禁不住心酸一阵,兀地掉下泪来。

卫杰随即又到内堂,拜过舅母,问及他哥哥死时的状况,见过嫂嫂。

吴兆如便问："你被那尼姑拐到什么所在？这十三年是做的什么事？"

卫杰总是含糊不肯说出，但卫杰相离十三年来，别的也没有异人之处，只是肚子里有几句文学，一身轻飘飘的，风都吹他得倒。吴兆如即邀了吴、卫两家的亲眷，打开皇历，拣了吉日，令卫杰同瑞姑谐了花烛。

成婚之后，卫杰见瑞姑颈项上有一个红瘢，问明她的根由，直把个卫杰感激得什么似的，说："难得表妹以真情待我，不妨把那把剪刀交给与我，使我佩在身边，不忘妹妹待我的心肠。"

当然瑞姑是欢天喜地地把剪刀拿出来，交给卫杰。这剪刀长有五寸，剪嘴以上三寸，剪嘴以下并头似的一对剪把子，宽约三寸有五，是白铁打成，并没与寻常剪刀有异。

卫杰接过剪刀，把头点了几点，放在口袋里。奇怪，打从卫杰从瑞姑成婚以后，虽然玉体亲偎，香腮熨帖，说不尽的腻话柔思，画不尽的恩山情海，卫杰并不曾享受那进一步的滋味。瑞姑也不好意思对卫杰提出那进一步的要求。

瑞姑同卫杰睡在一个被窝里，分明檀郎在抱，及至一觉醒来，妙手空空，哪里有个卫杰？点起一支蜡烛，仔细看来，卫杰的衣裳还好端端地盖在被上，踏板上仍然放着卫杰的鞋子。瑞姑只惊得香汗淋漓，一句哎呀都没有叫出，浑身像似受了催眠术的一样，依旧沉沉睡去。天明醒来，怀抱中却有一个卫杰。

瑞姑也曾将这话对卫杰问来，卫杰总是含笑，不肯说出。究竟卫杰是到什么地方去的，怎样瑞姑在惊诧之际，连一句哎呀都不能叫出来？这些话，除了卫杰，吴家是没有第二个人知道。不独一夜是这样，一月、两月也是这样。瑞姑是个害羞的孩子，这些事在父母跟前都不曾吐过一字。

卫杰在日间帮同吴兆如料理店务，向不轻易跑出一步。谁知天津到了一个外省的强盗，拢共做有四五十起的惊人案子。

许二寡妇家中只有一个小儿子,方才五岁,这强盗劫取她家三百两银子,还不打紧,那个小儿子,可怜被强盗剁成肉酱;东门有一家开豆腐店的新娶了新娘子,忽然两个头都不见了,床上沾湿了一大摊的血迹;许秀才有一位小姑娘,年纪只十六岁,生得也有几分动人之处,居然被强盗看上了,三更时候,飞到小姑娘的楼上,除去小姑娘手上的一只金镯,将小姑娘活活奸死;卖糖饼的小阿哥,穷到连裤子穿的都没有,强盗在夜间闯到小阿哥家中来,将小阿哥一个人头砍成了两半个,小阿哥的老娘也被强盗砍去一只膀子;大生堂药栈里小老板娘子,那日从娘家回来,在僻静无人的所在,碰着这个强盗,被这强盗除去她颈项里的一条赤金索子,小丫鬟认得这强盗是二十多岁的年纪,说话不是本地人的声音。到了晚间,这强盗便到了大生堂药栈内,竟将她主婢二人,一刀一个,两颗粉头都揽在厕坑里。

照理捕头是捉强盗的,天津城里这个外省的强盗,反而闹到捕头头上来了。

薛捕头有两个小老婆,都是堂子里的窑姐儿出身,二姨娘髻上插着一支飞燕金钗,三姨娘指上戴着一只金刚钻的戒指,薛捕头没有大老婆,这两个小老婆照例每天各向薛捕头啰唣一阵,你要扶正,她要做大奶奶。薛捕头秉公而断,谁先生下男孩子来,便谁做他的结发妻子。论年份,二姨娘比三姨娘大三岁,论牌面,二姨娘却比三姨娘俊俏,不过三姨娘已身怀六甲,二姨娘的子宫里是空空如也。这一来,可把二姨娘要气坏了,三姨娘更是不服下二姨娘这口气。那强盗倒也方便,忽然黑夜里趸到薛捕头的家中,伏在房檐边听了许多的闲话,不由跳进一步,抬腿一下,便将那扇向左的门板,咔嚓一声,踢得飞起来。那两个妮子同声都叫哎呀,一个抱住了头,一个把手上戒指抹下来,放在裤裆里。薛捕头便翻身过来,喝问:"是哪个?""个"字刚才出口,那强盗手起一刀,连头带脑劈死了薛捕头,回手又是一刀,把二姨娘两只膀子、一颗粉头,都削得飞落地下,从粉头上取了飞燕金钗。在强盗的意思,本不打算杀三姨娘的,只抵喝她不许声张,把她推到炕上,一件一件地替她脱得精赤赤的,从裤子里搜出那只金刚钻的戒指,待要无所不至地为所欲为,候见三姨娘的肚子大了,禁不住气死来,用刀尖向她肚皮上这一划,抓出肚子里血淋漓的一块肉来,随手又割了她的首级,收了刀子,把薛捕头两半个人头,一半个和二姨娘的人头结扭一处,一半个也用三姨娘的发结了,低声笑道:"你这两个小蹄子,今世做不成这厮的正式婆子,祝你们来生再做他的结发妻子吧!"

似这等人命盗案,我一支笔忙得写不来,不但捕头不能拿强盗破案,连天津知县甘福生甘大老爷,后来也不敢追比捕头拿强盗破案。还有若干离奇案件,说来更加惊人。

天津一个当保正的,姓韩名会庆,为人机警有钱,又一知半解地练得几手拳脚。这天韩会庆清早起床,脑后摸不到一条辫子,再瞧他被窝里的爱人,云鬓千丝,也剪成个鸭屁股。把家里的娘姨唤起来,那娘姨松着衣裳趿着鞋,走进了房,一个髻儿剪了个两半个,三人都惊得莫名其妙,阖家人等在外面噪得一窝蜂,有的说:"我这髻儿被谁剪去了?"有的说:"我的小辫子怎么不在头上了?"

韩会庆夫妇两个,连衣服都忙不及穿好,同小娘姨走出房来。大家都吓得一跳,原来他家里的男男女女,共有二三十人,有把辫子剪去一半的,有连辫根子都剪断的,也有三绺头发剪了二绺,也有一条辫子剪出个两条辫子。只有一个新梳头的小姑娘,头上依然盘着云髻。大家连声叫怪,都在糊涂睡梦之中,却不明白这辫子是被谁剪去的。只好到各剃发店里买假辫子,恰好有一家剃头店里的假辫子已卖完了。

原来西门孙举人孙大老爷,夜间同几个朋友在大烟铺上抽大烟,各人头上都剪去了一个尾巴,这剃发店里的假辫子都被他们买去接尾巴了。

韩会庆着人在别家剃发店里也买了多少假尾巴,家里大小男女,男的都把假尾巴拖在背后,女的也模模糊糊地各把假尾巴匀成好,依旧梳起个髻儿来。

韩会庆是个好面子的人,家里出了这样奇事,没本领捉这剪辫子的,白白地把阖家的辫子都给人剪去了,他如何坍得起这个台?

当时又有一般神话,这人把头发剪了,女的不死要做尼姑,男的不做和尚要翘辫子。韩会庆又羞又恼,待要去请问孙举人,他们这几条辫子是如何被人剪去,这剪辫子的毕竟是个什么人。

韩会庆刚要动身,这时天色已晚,韩会庆的家里人胆小,恐怕又有人来剪他们的假髻儿、假辫子,都劝韩会庆不要出门。韩会庆被家里人提醒了,便换了一身短衣,握了一把单刀,吩咐家里的人都围坐房内,不许出来。他兀自坐在内堂上,高烧着一支大蜡烛,神气十足,专等那剪辫子的再来。直等到三更时候,韩会庆也有些倦意了,猛听得大门外有人叫门,门搭子敲得喤喤地响。韩会庆怕是剪辫子的来了,暗想,这人必有惊人的本领,既欲拿他,又不可不防他一着。连忙跑到前门,听得这敲门人的声音很熟,原来是自家朋友邱宝珩。

这邱宝珩同韩会庆拜过把子的,他是个老大哥,韩会庆有什么为难的事情,都请他想法子。

这天,邱宝珩听说韩会庆的辫子被人剪掉,韩家的人剪去辫髻的很多,准备来慰问韩会庆一番。因为日间有点儿事情绊住了脚,夜里才抽出工夫到韩会庆这边来。叫了一会子门,里面并不曾有人答应,所以把门搭子敲得应天价响。

韩会庆才放下心来,开了大门,见邱宝珩手里拎着玻璃灯笼,闪烁无定,烛光之下,韩会庆向邱宝珩脸上一瞧,不由诧异起来,说:"老大哥,你这一例八字式的胡须拖到项下,怎么剪得短促促的?"邱宝珩暗想,我刚才吃夜饭的时候,曾用小篦子刷这胡子,韩会庆怎么反来和我开这玩笑?边想边在项下一摸,邱宝珩便惊得跳起来,说:"见鬼见鬼!"

两人诧异万分,韩会庆把邱宝珩请至内堂,各自谈叙一个时辰,却摸不着是谁玩的把戏。

　　邱宝珩见时候已不早了,从壁板上取下玻璃灯笼,点起一支小蜡烛,插在里面。韩会庆准备送邱宝珩出门,两人刚说一声"再会!"凑巧一阵风吹来,把灯笼里小蜡烛吹灭了。

　　邱宝珩便同韩会庆走到里面,待要再点灯笼里的蜡烛,扑的一声响,倏见一把剪刀在一张朽木桌子上活活跳跃,把桌子震动得摇动起来。

　　邱、韩二人看这情形,都吓得真魂出窍,谁也没有这勇气,问剪刀是哪里来的。一眨眼,而这把剪刀已不见了,只听得有人在屋上大笑一声,打雷般地叫道:"你们干的事,可明白吗?"

　　欲知后事怎样,且俟十二回再续。

第十二回

飞来剪夤夜胁凶徒
独行客破庙逢怪侠

话说邱宝珩、韩会庆同时听得屋上有人哈哈大笑一声，打雷般地叫道："你们自家干的事可明白吗？"

其实他们何尝不明白自家所干的事，不过这时候都吓得倒抽了一口冷气，半句话也嗫得说不出来。你望着我发抖，我望着你发呆，一会子，觉得屋上鸦雀无声，两人这才定一定神，还听得房里的男女人等索索地抖个不住。

韩会庆隔着壁板向内说道："你们不用失惊打怪，剪辫子的走了。"

一句话才说完，耳边便觉得呼呼一声，原来那把剪刀似乎从韩会庆头上闪了过去，捆在壁板上，接连便见一个人影打从门外闪进。韩会庆这一吓，更是不敢抬头。

邱宝珩的年纪大了，单见那人把手一招，板壁上捆的那把剪刀像似在他手中飞出的时候，已含有缩回的力量，仍然将那把剪刀收到掌心内。而且那人的身法太快，映着闪烁无定的大蜡烛光，闪得他眼花缭乱。

复听得那人又低声喝道："入娘贼，依老子的性起，便当一股拢儿给你们个当面现开销，割下两个脑袋，把老子当作两个尿壶使用。你们这两个阴险狠毒的入娘贼，为什么想从棺材里伸手，只为那二千两银子，平白无故地要坑害人家的好孩子？你们知道一点儿人事，快把这件事暗中撤销，果然胆大包天，违背老子的话,仔细你们的两个脑袋。老子走了!"边说边在邱宝珩面前闪了一闪。

邱宝珩见左边一个人拿着一把剪刀,右边一个人拿着一把剪刀,先前已弄得他老眼昏花,辨不出那人的真面目来。猛然觉得一阵寒风似乎已到他项脖之上,邱宝珩吓得向后跌了个仰面朝天。一时堂上的灯烛已灭,黑洞洞不见一物。

邱宝珩这时候越想越怕,用手向颈项摸来,但怕这脑袋不在脖子上,及至摸到脑后的十来根毛一条辫子,方知这条老命不曾送掉。

一会子,方见韩会庆把那支蜡烛点起来,各人把舌头伸一伸,说:"好险好险!"房里的男男女女还是提心吊胆,不敢出来。

韩会庆一面叫他们各自安歇,一面向邱宝珩道:"这是哪里来的魔头?起初我还疑惑他同那外省的江洋大盗是一条路数的人,刚才听他所说的话,很与邵倩姑那事有关,又不肯轻易伤掉我们的性命,岂是无恶不作以浓血为酒浆的强盗所肯做得到的?"

邱宝珩道:"我为邵倩姑的这件事,日间同孙举人已筹划多时,准备这二千花红到手,提四成给孙举人,我两人各得六百两。银子是我们棺材里心内的亲眷。拿银子同性命比较,究竟谁轻谁重?老弟恐怕我这老命还滑在西瓜皮上,你看我这项上,可有伤没有?"

韩会庆仔细在他颈项上瞧来,瞧不出点儿伤痕,摇头说道:"没有。"

邱宝珩便把方才那人对他的情形说了,复又伸出大拇指说道:"这人本领真够,我们从小都是练把式的人,听得北京镖局里有个卫学田,是单刀的圣手,像我们这脓包也似的人,固然不敢见他那把大刀。哪怕你就练得一身铜筋铁骨,只见他刀风一到,这把刀却有斩铜削铁的功力。其实他这把刀,也和你我所使的刀一样,他是运练气功的人,把周身的气功运到刀尖上,不用说刀尖已到你这身上，落一个红刀子进、白刀子出，但使感觉他的刀风到了，你不死是免不了要受重伤。不过他若和你友谊比武，是不能伤你的，他便把气功运回，你所受他刀风上的伤毒，已被他运缩气功的时候吸到刀上。比试的朋友疑惑卫学田没有这功，是信口吹的牛皮。

"卫学田本不轻易使出真本领给人看，然而他吃的是一碗保镖的饭，若把好文章闷在肚子里，不肯贱卖，像我们起初在江湖上奔跑的人，不知道北京道上大刀卫的厉害，谁也要转动他的念头。

"卫学田镖局里有黑、白二驴，那个黑驴不受笼络，跑到驴棚外撒尿，卫学田一则要趁这当儿，小试牛刀，二则要拿驴子做榜样，把这话传了出去，好使北京道上风平浪静。他用这把刀猛地向黑驴背上掀来，这刀离驴背刚刚三寸，便不向下刺去。那黑驴便索索地抖，背上现出一个碗口大的红瘢，不上一刻工夫，这驴便扑地倒了。卫学田又吩咐喂驴的，把白驴牵出来，倏地又把这刀闪到驴颈项里，这刀离白驴咽喉上也刚刚只有三寸，卫学田仍然不向下刺去，那驴似乎像懂了人事的一样，泪汪汪地叫不出来。一会子，众人都见白驴颈项上现出一个盆口大的紫瘢。停了半夜时候，卫学田忽地把刀抽回，说也奇怪，这驴项里的紫瘢登时便不见了。喂驴的仍把这白驴牵到驴棚里，卫学田才对众人说明，在这抽刀的当儿，已把驴项上的伤毒吸到刀上。

"我看这人的功夫是和卫学田一样门径。卫学田死得早，没有把这武术传给儿子，而且卫学田也不能把一把刀脱出来，捆在壁板上，仍把这把刀吸回手中。这人的一把剪子比卫学田一把刀还来得飞快。

"你我都是有了一把年纪的人，把银子带到棺材里是无用。此番饶了你我的性命，还算他意外的恩典。但是邵倩姑那一件事，你我要掉过来设想设想，成全人家的孤儿寡妇。"

韩会庆侧着脸思索了一下，才向邱宝珩道："依兄弟的愚见,邵倩姑的爷死了,借汪凤阳汪二太爷的一百两银子是实,汪二太爷想谋邵倩姑做妾,邵倩姑不愿失身嫁汪二太爷做妾,邵倩姑的娘又不忍她嫁给七十岁的老头子去糟蹋是实。

"汪二太爷做过广东番禺县知事的,家里虽有偌大的家财,都是祖传的产业,不是汪二太爷在任上赚得来的。汪二太爷对于各样事件,总算一个好人,不但表面上做好人,骨子里也未尝不是好人。不过他有一种古怪毛病,少年时就是不喜欢女子,江山好改,禀性难移,老得连胡子都白了,还同少年时的性格一样。他所以不喜欢女子的缘故,就因这些涂脂抹粉的狐狸精太轻狂、太作假、太无价值、太使人见了讨厌。若使他瞧见裙钗不饰的蓬门女子,不轻狂、不作假、不谄媚男子,这正是他的心头上人,无论如何,总要把这女子弄到了手,他才甘心。

"汪二太爷的太太就是一个小人家的女子,如今儿女已成行了,做梦不打算汪二太爷在无意中见了倩姑,总觉她是个又有牌面,又有身份的女子。

"倩姑的爷死时的当儿,衣衾棺木,处处要费踌躇,不是汪二太爷借她娘一百两银子,死人的尸首早已烂在床上。

"汪二太爷是做过官的人,起初并不搭官架子,轻衣小帽到邵家来,向她母女说话,却讨了个老大奚落。汪二太爷见倩姑越是得罪了他,越发想到倩姑是个大有身份的女子,回到府里,因顾全自己的体面,不好直接拿势力压迫,就招呼我们去想法子。事成之后,准许我们二千两的谢金。其实一件事,除了拿金钱去压迫她母女,哪有别的方法可想?

"我们同汪二太爷所定的计策,也只有我们三个人知道。汪二太爷后来当着倩姑的娘面前,把这一百两银子汇给我们,倩姑的娘也没有赖债不还的道理,就此一来,便上了我们的假圈套了。这银子既汇给我们,当然接二连三地向她索款。韭菜籽哪里榨得出油来,我们就老实向她说:'你有银子,就偿还银子,没有银子,只好将你倩姑女儿卖给我们,转卖给好人家做妾,除去这一

百两银子不算，还送给身价银子五百两，卖身字是要写的。'

"其时，她左思右想，委实没法，何况欠了我们的银子，比阎王的债还厉害。她家里又没有赚钱的人，挪借也无从挪借，明知我们把倩姑是卖给汪二太爷的，究竟骨肉至亲，是敌不过金钱的魔力。她只得降服这魔力之下，把一朵初开鲜花的小女儿硬逼着她卖给我们。

"据她说起来，倩姑这孩子，打从她父亲死了以后，舍不得自家的娘，很愿一辈子不嫁人，做粗工拿针线养娘的老。于今因为她爸爸的葬费是借的人家银子，这银子不还，她爸爸死在泉下，也不安然。古来有卖身葬父的，她这时是仿着古人的事迹，把身子卖给人家，只好使母女一旦拆散开来。她说了这些话，回到房中，母女搂抱，痛哭了一场。

"我们那时见她痛哭，人心是肉做的，本不情愿做这绝子绝孙的事，无如是白花花的银子暗中作祟，叫我们这么办，我们也顾不了许多，就是这么办了。

"我当时回到家中，把这件事对家里的人说出来，家里的人都佩服我的手段毒辣，一窝蜂地喊了一声好。只有我这凤英女儿，今年才交一十四岁，她听得所说的话，很不以为然，摇摇头说道：'爸爸，这事错了，只顾贪图这一点儿银子，歪着一颗心作孽，就不怕有朝一日，你女儿也要卖给人家做小老婆吗？'说罢，不由潸然泪下。

"我当时便骂斥凤英是不害臊的贱骨头，乱七瞎八地在这里说胡话，骂得凤英泪流满面，撒娇似的大哭起来。

"老大哥，像我们这班人，哪里谈到个不作孽？若不作孽，就穷得没有饭吃。哪里打算我那天所说的话，都被那人窃听去了。不然，为什么大家辫子、髻儿都不在头上，偏偏我这凤英就不会出这岔儿？不是今夜遇见那人，我还闷在鼓里。

"只是我昨天和老大哥计议的事情，你到孙举人那里，探问他的口气。我们都知道这孙举人是个大讼师，无事还要平地生风,找摸几个进账,何况他抓着汪二太爷逼良为妾的这个帽子,就中难免他不把倩姑的娘掇上了台,告汪二太爷一状。汪二太爷不肯轻易出面的缘故,自然也有点儿怕他。

"今天你已准下他八百两,这八百两是不曾到他的手,没有多大要紧,只有汪二太爷的一颗心还系在倩姑身上,这些意外的事,我们又不好向汪二太爷说来,就是说来,他总疑惑我们扯谎、掉枪花,不相信这派神话。但是汪二太爷的性格,兄弟是知道的,揣着他的性格做去,倒有两个张本,不过第一个张本,仍然要歪着心做去,第二个张本,是稳重些。

"我们如今手里都有了钱了,既承那人指教,就不该做歪心的事。"

邱宝珩道:"请老弟快把这两个张本说出来。"

韩会庆道:"汪二太爷的性格,不是喜欢女子,是喜欢有身份的女子,我们若着人随处布散流言,说倩姑的坏话,赤口白舌地说她连妓女不如,这些话传入汪二太爷的耳中,说的人多,他听得回数又多,不由他不相信。不要说他拿出这许多银子来娶倩姑,哪怕就一个身价银子不要,还倒贴他这些银子,他准当是掉变了卦。"

邱宝珩道:"这第一个张本是没有用处的,快说出第二个来。"

韩会庆道:"第二个就稳重了,汪二太爷所以看上倩姑的缘故,不是肉欲的关系,天津堂子里的姑娘,比倩姑还俊俏的人不是一个,汪二太爷为什么不爱她们,偏偏就爱上倩姑呢?大凡读书的人,自然较你我容易觉悟,汪二太爷已是七十岁的人了,家里的五小姐较倩姑还大一岁,那五小姐也是个画中人,人格同倩姑是差不多,汪二太爷为什么不爱五小姐,偏偏就爱上倩姑呢?这个缘故,谁也知道。汪二太爷是爱倩姑有身份的、有价值的,我们若劝汪二太爷将倩姑做义女,越发保全倩姑的身份时价,不要把这有身份、有价值的女子糟蹋得到没有身份、价值的地步。

当然,汪二太爷一劝便觉悟过来,自要把倩姑当作五小姐一般看待。就是倩姑的娘,也得到汪二太爷的矜恤,真是两全其美,这个主意,还不稳重吗?"

邱宝珩道:"外人皆称老弟为智多星,我怕那时吴用的妙计没有老弟这样熨帖人情。"

说毕,便露出满脸的笑容,反而像是很得意的样子。接连便听见有人在屋梁上笑了一笑。

邱、韩二人听得这一声笑,复又惊得魂不在身。那人便从容似的从屋梁上翻下来,不住地向着他们大笑起来。

邱、韩二人看这人的神情并无相害之意,韩会庆放胆说道:"好汉不要见笑,我们一切都知罪了。"

在韩会庆说这话的意思,什九估着这人是使剪刀的。邱宝珩也觉得这人的身材装束同使剪刀的是一般无二。其实那使剪刀的既宣告走了,走了以后,今夜却没有再转回的道理。这人虽不是使剪刀的,却与使剪刀的很有关系。

原来这人是清江人氏,姓常名伯权,孩提丧父,由他母亲抚养成人,他姑父是个保镖的出身,他从师父学得一身本领,却做了一个强盗。因他生成了一种傲骨,说一个有本领的人,当使用没本领的人,保人家的镖,是被没本领的人使用,不若做强盗的清高。何况自家手里挥霍惯了,把父亲遗下一笔财早已挥霍得精光光的,不做强盗,我母亲便没有饭吃、没有衣穿,我这本领,又没处用着。

他使的是一柄秋水雁翎刀,这把刀是从小偷手内用五百钱买来的,真是吹毛不过的一把好刀。这刀已从小偷手内转卖与他,可谓刀助人力,人仗刀雄,然他总觉世间可杀的人太多,他杀的太少,辜负这把刀子。

他打十七岁上做这强盗买卖,混了三个年头,都是独来独往,本地人都看不出他是个强盗,他也没有在本地做过案子。

这年,他的母亲死了,也顾不得许多,杀了清江几个政界的大好老,这才是他三年中的第一快心的事。

那一天,他在破庙内遇见一个叫花子,这叫花子约莫有三十来岁,穿一身油垢的衣服,蓬头赤足地横躺在台阶上,像个痨病鬼的样子。本领到什么程度,看人的眼光也到什么程度,他见这叫花子虽然骨瘦如柴,垢污满面,但那一对儿眼珠电也似的射出光来,寻常胆小的人,叫着那眼珠瞅去,莫不退避其锋,不敢正视的。就此便断了这叫花子不是风尘人物。

这叫花子倏地光翻着那两个眼珠,向常伯权打量一会儿,兀地跳起来笑道:"你肯随我做徒弟吗?"

常伯权暗想,这叫花子虽一望而知不是个寻常人物,然而不打算他能会武艺,不相信他的武艺够得上做自家师父的资格。然他自己既吼了出来,果然他武艺比我好,我就随他学徒,不见得就跌辱了我。但清江的俗例,谁拜师父,谁先同师父比较一下,名叫打入场。

常伯权心里虽有意拜叫花子为师,不较量一下,如何知道师父的本领? 随即握着秋水雁翎刀,向叫花子笑道:"师父曾带刀吗?"

叫花子仿佛知道常伯权的意思,点点头问道:"你就会使单刀吗? 不妨你使出给我瞧瞧。我总算是你的师父,你就使得不对,难道我还笑你不成?"

常伯权道:"我这刀法虽不值师父一笑,若使我不知道这人的本领,便冒昧拜这人为师,自家也太没有身份了。没有身份的人,怎配做我师父的徒弟?"

叫花子道:"我是没有单刀,而且你这把刀我使不来,我手里这支旱烟管倒也借它一用。"

常伯权道:"旱烟管能当作兵器使吗?"

叫花子道:"这旱烟管在你手内是不能当兵器使的,于今在我手里,比神刀还要厉害。"

常伯权又谦让了几句,飞起秋水雁翎刀,嗖嗖嗖向叫花子脑门劈来。叫花子猛把旱烟管向上一搁,刚搁在常伯权刀锋上面,只听得当啷一声响,奇怪,这旱烟管本是寻常竹子做的,论理在这秋风雁翎刀上一搁,那刀劈将下来,真似快刀切豆腐一样,便是金旱烟管、铁旱烟管,也要在猛然下刀的时候,砍成两截。

叫花子的一支旱烟管仍是一支旱烟管,那把刀已从常伯权手上飞过,跌落在下面石台阶上。常伯权的虎口几乎要震得断了,握着刀把的手痛得欲断,险些连哎呀都叫不出来,跪下来向叫花子拜了四拜。

叫花子慌忙扶起了常柏权,从石台阶上拿起秋水雁翎刀,在手中只轻轻一捏,刀柄已同刀脱离关系。随手又兜起那把刀来,嗅了几嗅,又用手对着刀锋上一削,叫花子的手没有丝毫受伤,这把刀已削成两段,一端在叫花子手中,一端已扑地落在地下。

欲知后事怎样,且俟第十三回再续。

第十三回

巧报仇术神童遇猿
活现形朱首领戏虎

话说叫花子当时便向常伯权道："这把刀叫我如何使？你既跟我做徒弟，就不许你用这把刀。我们未尝不用兵器，未尝不许你用刀，这把刀是不能用了，这刀上杀的坏人虽不少，好人死在这刀上也有几十个，一股铁血腥气味，像似有无数好魂魄在这刀上叫冤。

"当初使用这刀的人，能耐比你还大，但不曾拿这刀妄杀一人，不幸这刀落在你手，就不问青红皂白，无意中杀了许多好人。这把刀的灵性走了，后来使用起来，还怕你要死在这把刀上。我一劈手就断了，你看这刀还有灵性没有？你拿这没有灵性的刀，和有本领的人厮杀，还仗着这把刀真个厉害，不知杀过多少江湖上著名的好手，却禁不起人家一劈手削坏了你这把刀，人家趁此杀你，你是不是反死在这把刀上？可惜你辜负了这把刀了。"

常伯权听师父说了这派电掣雷轰的话，暗想，天生我一副铜筋铁骨，不是同这把刀一样吗？刀有性灵，人的性灵比刀还大，师父所说的大有见解。我辜负了这把刀，还在其次，岂可再自己辜负自己，汩没了自己性灵？一面想，一面把这话对叫花子说了。

叫花子点头说是，遂将常伯权一路带到杭州中和山上。这中和山距杭县西去四十里，是杭县、余杭、武康三县的交界之处，山形耸拔，山路崎岖，山木萧萧，山风瑟瑟，山上并无居人。

叫花子同常伯权上了山岩，只用手向常伯权头上一扬，常伯权顿时便失了知觉。昏糊中不知经过多少时刻。常伯权同叫花子上山的时候，是在日间，忽然清醒过来，伸手不见五指，对面不见一物，也不明白身在何处，耳朵里更听不到一些声息。只觉身子凉了半边，便用手在身边一摸，才知睡在一张石床上面。从身边取出自来火，滑了一下，见一张石桌上放着一盏油灯，点起油灯，向四面看来，周围却是石壁，固属没有门户出入，连罅隙都不见，里面摆着石桌、石凳、石床等类，那边石床上也睡着一个人。

　　常伯权准备将那人摇醒，问个明白，忽地一阵风把灯吹灭了。常伯权暗想，室中没有罅隙，风从何来？仍然点起灯来，仔细向风吹处寻觅，罅隙却被他寻出了。常伯权见自家石床里面，壁根之下，有一个眼珠大的漏洞，这风似从个洞里吹进来的。

　　常伯权是不相信法术的人，觉得这石洞里必有门户，如其不然，自家是打哪里进来？师父又在哪里走出？但寻来寻去，终寻不到个门户。常伯权便会在长有四尺宽有三尺的一块方石头上，恰好这块石头靠着那边的石床，常伯权即把那人的头摇了一会儿，哪里摇得醒，自家急得无法，光翻着黑眼珠，望着青灯出神。忽地把自己的大腿一拍，站起身来，一脚踢开方石，露出两面石板门来。门上都安着铁环，把石板揭开，正如古小说所谓不看犹可，这一看，把常伯权喜得跳起来。

　　原来地下是个隧道，隧道里的烛光照映得同白昼一样，门下有一级一级的石阶，常伯权缘着那石阶走下，里面的房屋很多。常伯权走了一会儿，不见一人，刚走到一大间屋内，常伯权在烛光之下，见这屋内有一只老虎，张牙舞爪，向常伯权扑来。常伯权是惯在山上打虎的人，哪把这猛虎放在心上，哪知虎啸风生，屋内屋外的烛光一齐熄灭，常伯权这才害怕起来。腥风过处，那虎似已扑至常伯权面前，伸开虎爪，把常伯权捺倒在地。

　　陡然有人大喝一声，这人便把常伯权扶起，霎时，屋内屋外灯烛齐明，那虎已不见了。

　　常伯权定一定神，回视那人，正是方才睡在自家对面摇都摇不醒的一位少年。

看官须知,这少年不是别人,正是卫杰,正是在天津被尼姑拐去的那个卫杰。

卫杰原是被尼姑拐去的,怎么会到这里来？叫花子究竟是卫杰的什么人？那使飞来剪的,果是不是卫杰？在天津做奸盗命案的人,究竟与卫杰有什么关系没有？不妨从此一一叙来。

这拐卫杰的尼姑,不是拐子是什么？岂独是个拐子,那尼姑还是一个妖精。妖精脸上没有写着"妖精"二字,谁认出她是个妖精？在下深知诸君的心理,以为卫杰的本领,是老尼姑传出来的,飞来剪是吴瑞姑的那把剪刀。不是我故弄狡狯,其实卫杰的惊人武术,虽不是老尼姑传给与他,毕竟这老尼姑还算他一个恩星。

卫杰本来是有一把飞来剪,这瑞姑的剪刀,他拿出使用飞来剪的功夫,飞出去也试过几试。

闲话休烦,且说这老尼姑是个白猿化身,多年得道的猿,有了灵性。不料十年之前,被卫杰的父亲卫学田在黄水滩边一箭射中了猿臂。老猿衔恨在心,因为卫学田英气逼人,不能报复。卫学田死了,卫俊是个没有出息的人,报复他也不能泄去一箭之愤。

老猿化身到天津来,见卫杰虽在襁褓,却比不得卫俊,只是卫杰那一副眼睛,老猿看了害怕。本欲趁在夜间卫杰睡觉的时候,摄吸他的魂魄,无如吴兆如家是个积善门第,吴家祖代行善,不是兆如一个。老猿是个妖邪,怎敢到善人家里作怪？因此老猿趁在卫杰散学同小孩子捉迷藏的时候,在卫杰头顶上一拍,卫杰的灵魂自然在这一拍之中,被老猿摄吸去了。

一班捉迷藏的孩子,忽然不见卫杰,又不见拍打卫杰的尼姑,却吓得不敢对人说出实话,生怕先生和家里的人知道他们顽皮,因此失了卫杰,是免不了要打手掌心的。

老猿把卫杰带到黄水滩上,时已夜半,老猿早在一个想练本领求功名的人家摄了一把弓、一支箭,一报还一反,先报他这一箭之仇,然后再把卫杰掼下水去。水路、旱路,没有人来相救,老猿也不怕有人来救他一救。

老猿把卫杰反绑在系船缆的枯杨树上,卫杰的一身衣服剥得精光。老猿拈弓搭箭,飕飕一阵风响,箭已离弦而出。老猿大笑一声,这支箭不偏不斜,刚好射在枯杨树上绑的那人雪白的背上。

老猿收了弓箭,到枯杨树下一看,哪里射的卫杰?卫杰的背上,皮不破,肉不开,还好好地绑在那里。

似乎听得岸上有人笑道:"十年的仇,你已报了,快放下我这孩子来!"

老猿在星光之下,向岸上一看,果不其然,有个人袒着肩背,那支箭还射在肩背上。听那人说话的声音,是个卫学田。卫学田已死了,死了阴灵不灭,老猿不由害怕起来。

再见那人从背上拔下箭来,掷到老猿面前,说道:"一箭报复一箭,你也没有被箭射死,我的阴灵也没有被箭射灭,须还我这孩子的性灵来。"

那人说毕,已不见了,这支箭还捆在地上。

一则老猿的前仇已报,二则见这好好的孩子,就此伤掉性命,未免可怜,三则报复不平,大冤不解,又为修道众生所忌。这时,老猿把摄来的弓箭仍还原处,给卫杰解了绑绳,穿好衣服,口对口地同卫杰呼吸了一会儿,还给他的性灵。

卫杰从昏糊中醒来,见前面是一条大河,老尼姑站在他身边,不由哭起来说道:"这是什么地方?我要回家见舅舅去!"

老猿道:"我带你家去做女婿,你不要害怕。"

卫杰哭道:"你们尼姑不会有女儿,你别要哄我,我还是要回家去。"

老猿道:"别瞎说胡放,尼姑不会生女儿,小尼姑是谁养出来的?"

卫杰道:"我做了我舅舅的女婿,瑞姑妹妹又待我好,我不愿随你做女婿去。"

老猿哪里肯舍,先前是恨卫杰恨入骨髓,如今又爱卫杰爱入心脾,便不依得卫杰的话,把卫杰抱在怀中,眨眼间便到了一个所在。

卫杰已在怀中睡着,醒来见自家睡在一张暖床上,一间卧房,比舅舅家里的三间市房还大,房里的陈设、床上的铺盖,出娘胎以来不曾见过。

老尼姑果然有一个女儿,同他是一样大,像似个玉人儿,清清早上,便随老尼姑笑进房来,拿果品给他吃。

家里的庭户很多,并不像个寺院,只是大门不曾开过,开却开不开来。每天所吃的东西都是栀圆栗枣果品等类。

卫杰在这里住了两年,住惯、吃惯、玩惯,但老尼姑要求他做女婿,他却是摇摇头不答应。

这女儿名唤荷生,是六月二十四日荷花生日生的,荷生天天同卫杰在一张桌上吃果品,一张铺上睡觉,一块儿有玩有笑,抓石弹,踢皮球,无所不来,俨然同小兄妹一样。老尼姑又命他们读书,荷生比卫杰格外聪明,一口一声都对作卫杰叫哥哥。老尼姑教过他们的书,便去在一座佛堂内,手弄尼珠,口念弥陀。似这种生活,每日不曾间断。

那一天,老尼姑便替卫杰送行,说明自家是老猿化身,并及以前种种的恩仇事迹,把个卫杰惊诧得什么似的。

临行的时候,荷生送卫杰一把剪子。这剪子的大小模样,同瑞姑后来交给卫杰的那把剪子差不多。卫杰平日见荷生拿作剪子,脱手而出,飞在空中,摇曳无定,像似城头上的小孩子们放风筝的一样,一会子,荷生又把剪子收到掌握。卫杰便要接过剪子,自家玩上一会。

荷生说:"哥哥,你不把我放在心上,这剪子怎肯给你玩玩?"

卫杰笑道:"好妹妹,我怎么不把你放在心上?除了我瑞姑妹妹,哪有第二个人像妹妹待我好?"

荷花听他这样说来,也是摇摇头不答应。

卫杰便在她家另取一把剪子,照样同荷生把剪子放在空中玩来,全无一些灵验。

荷生道:"我这把剪子有了灵性,你那把剪子是没有的。"

卫杰道:"我是不相信剪子也有灵性,这灵性又从哪里得来?"

于今荷生把她的剪子送给卫杰,哭起来说道:"哥哥前程远大,这东西在我身上是个废物,但是哥哥所心爱的,我如何不给哥哥。不过我这有灵性的剪子,坏了灵性的人,是不能使出来的。没有法术的人,是不能使用这有灵性剪子的。什么叫作法?法即是道,道即是法,道是个体,法是个用。哥哥不知道,即不知法。术字界限很大,武术也是一术。我母女已证道果,我毕竟不能忘情,自有教给哥哥武术的人,但哥哥不可坏了灵性,坏了灵性,就是辜负了妹妹,辜负了妹妹这把剪子。后会正长,良言尽此,我母女便送哥哥出门去吧!"

老猿拉着卫杰的左手,荷生拉着卫杰的右手,开了大门。

老猿又向卫杰说道:"你舅父已疑惑你被拐子拐去了,其实我这种拐子反而算是你一个恩人。你在家里读书,就读一辈子,死书里寻不出个活门路来,你在我这里虽读了几个月书,这书中的学问,句句却用得着。后来武术学成,照你读的书上做去,包管你在那万恶世界,要做出许多惊神泣鬼的大事业来。你本来不是这世界功名中人,不用贪恋无谓的功名,忘了自家的本性。二十年后,我母女再来度你,去吧!"说毕,她们母女把卫杰推出门外,呀地关起门来。

卫杰收了剪刀,回头一看,偌大的一座房屋,不知移向哪里去了。只见上有昊昊之苍天,下有一碧之岗峦,便在这山上徘徊旷眺,也不知道这山叫作什么山,传给武术的人是不是在这山上,这山毕竟离家乡还有多远。心里想着,脚下走着,山上也没有一个人可以问话,只觉这两只脚走得比风还快,一身轻飘,像似凌空的燕子一样。

卫杰暗想,燕子能飞,是因为燕子身轻的缘故,我有两只膀子,何不可学作燕子舞这个,倒也好玩。卫杰一面想,一面张开两只膀子,向空中一飞,果然两脚离地,身在半空。只是两只膀子不是燕子的两只翅膀,飞不多远便落下来。

卫杰暗想,我在荷生家里是没有这样身轻,莫非她送我的那把剪子是个宝物?我且把这把剪子拿出来,放在石头上,再撑开两只膀子去试一试看。果不其然,这把剪子一离了身,哪里还能飞起,连走路都没有那么轻快。再来拿这剪子,直把卫杰吓得魂不在身。

原来那块石头是没有移动分毫,一把剪子已不见了。回头忽然瞧见一个人,手里是拿着剪子。卫杰也不说什么,慌忙来夺剪子。那人一飞身,已离卫杰有三丈远近,缓缓地向山上行去。

卫杰拽开脚步,拼命似的赶来,岂知身边没有这把剪子,两脚便不似先前那么轻快,赶不上那人倒也罢了,两腿反惹得酸痛起来。忽地见那人停步不走,卫杰便赶上一步,那人又拔脚走得远了。卫杰腿脚却酸痛异常,眼见那人已坐在山上,向卫杰招招手。卫杰也顾不得疼痛,准备再赶,无如他这两腿太不中用了,勉强向前走去。

刚走近那人身边,恰好前面有一座松林,那人抽身向松林里便走。卫杰跟着走入松林,只寻不到那人。刚从松林子里走出来,恰见那人已在面前,从此那人便向丛莽中走去,卫杰赶慢走慢,赶快走快,不赶不走。

卫杰生小在舅父家里,惯养得了不得,又在老猿那里过了两年六个月烂漫生活,一向没有在荆棘丛中走过这么远的山路,腿上固痛得不能动弹,脚上脚下像似被刺了千百口绣花针,一举步就痛彻心肝了。直急得浑身是汗,捧着脸大哭起来。

那人一撒手,把剪刀放在他的身边,说:"你别要哭了,这剪子便还给你吧!"

卫杰揩拭了眼泪,心里转喜得什么似的,抓了剪子,拔步便走,仿佛有什么东西拖住了他的脚步,身不由主地跌了个寒鸦扑水。只听得噼啪一声响,这一声,真似山崩地裂的一样,把卫杰从丛莽跌下一个山洞,也不知这山多深多浅,幸亏他手里有这把剪子,跌下来是轻飘飘不曾受伤。

卫杰见这山洞里也有不少的房屋,把剪刀揣在怀里,一时好奇心动,且不必飞出去,便向一间屋内走去。却见里边陈设全不像人间一样,屋内有个桌子不像桌子的一块石头,又有蒲团大小的几个石鼓,当中大石鼓上坐着一人,是个不到三十岁的汉子,精神十足,正是方才还给他这剪子的那一个人。也该卫杰福至心灵,聪明的孩子毕竟脑筋与寻常不同,看到这人的来头很大,暗想,老尼姑曾说自有传给我武术的人,不是他却是哪个?

卫杰这时并不知道拜师的规矩,扑地跪在地下,胡乱磕了几个头,口里不住地叫作师父。

这时,虽则是三春的天气,洞里也不觉得一点儿暖,炎天六月是这样,霜天腊月也是这样。他师父每过十日半月,到山下去搬运食物进洞。卫杰从此便在洞内学习武术,也不知经过多少岁月,知道他师父姓朱名天齐,四川人氏,会说各省的话,故而同卫杰言语之间,毫无隔阂。洞中密布着油线机关,养着一只斑斓猛虎,他夜间却是到另外一个洞内石床上安睡。

卫杰一心专练了许久的武术,内功外功,无所不能,先前是带着那把剪子才能运转飞行的功夫,后来便不带着那把剪子,也能飞起来,比飞鸟还快。先前是必须使用那把剪子才能脱手而去,飞出去仍含有缩回的力量,后来就另外拿着一把寻常剪子,也能指挥如意,像荷生那般玩法。

卫杰曾把荷生赠他剪子的事迹告知朱天齐,便问这剪子的性灵究竟从哪里得来。朱天齐也不答他,唤过了那只斑斓猛虎,敛一敛神。那猛虎便扑地睡了,眨眼间变成一根铁棒。朱天齐把铁棒放在手里,喝一声:"去!"那铁棒便向空而去。朱天齐跟后又喝一声:"着!"这铁棒便从空中栽下来,打塌了一块石角。

朱天齐又喝一声："来！"这铁棒恰好又规规矩矩地归到朱天齐掌握之内，仍然放下平地。朱天齐又敛一敛神，一条铁棒恰好又变成一只猛虎。

朱天齐便向卫杰说道："你明白了？这猛虎就是铁棒的性灵了。你是学武术的人，未窥得道法的门径，你这会子不要过问，后来功成名立，自有你精通道法的时候。譬如那老尼姑的母女，怎会便明白有人教给你的武术？我怎会明白你要学武术，把你带到洞里来？这就是个道法。"

卫杰道："徒弟未到修道的这一步，不敢问道，只不知道这剪子是个什么灵物化生，不妨请师父告给与我。"

朱天齐便接过卫杰的那把剪子，说："你看准了。"

欲知后事怎样，且俟十四回再续。

第十四回

悟解数初试飞行功
痛国仇漫洒伤心泪

话说朱天齐接过卫杰的一把剪子,说:"你看准了。"边说边将剪子放在手中,一不念咒,二不捏诀,忽见一条五寸来长的小青龙打从朱天齐手里飞腾而出,霎时闪电凌空,云满山洞,白果般的雨珠子密麻似的打在石阶上,打得铮铮作响。那青龙越飞越大,在雨云中不住地盘旋打转,像似吊桶粗细的一条青蟒,不过比蟒头上多一对角。

朱天齐倏地向空中说道:"二青,这时不是你腾拿的机会,须还到我掌中来。"

奇怪,这青龙像似丘八先生服从主将的命令一样,把身子缩到以前那般大小,还飞到朱天齐手里,云也散了,雨也住了,把卫杰都看得呆了。再来仔细一瞧,哪里师父手内有条青龙?仍然是握着一把剪子。

朱天齐即向卫杰笑道:"你看这剪子,可有灵性没有?"

卫杰道:"这个徒弟可不解了!徒弟曾听说龙为百鳞之长,一般人都把皇帝比作真龙天子。荷生把这物送给徒弟,竟拿真龙当剪刀使用,岂不是活活地折杀徒弟吗?"

朱天齐道:"你比不得荷生,怎会明白这种道理?不过于今是一个真龙天子,真龙天子真是神圣不可侵犯的无上威权,我们也能批他们龙鳞,拔他的龙角。后来决定要造出全世界人都到了真龙天子这一步,全世界人都是皇帝,这条龙也是成万上兆的皇帝之一。他的成龙的缘由，因为我们前前后后一班有作为的人制造出来，提携出来，难道他还不肯给我们使用吗？但使我们不能白负了他，使他不得成龙。"

　　卫杰的天资素高，什么高深的理想、奇怪的事迹，都能领悟出来。后来他见师父出山的时候，都装作叫花子一样，他明白师父的性质，生怕尘世中人看出他的本来面目，鸡鸣犬吠，要惹出许多无谓的麻烦，反而不容易访出天下的豪杰，能够做出许多的大事业来。他准备自己出山，却不能装作师父的模样，混迹风尘，因为他生来好洁，不肯藏垢纳污，所以他不愿和师父同榻，却睡在另外石床之上。他师父那般鼻涕虫的腌臜样子，他见了也讨厌。

　　卫杰的性格太自好了，比较佛家所说我不入地狱谁入地狱的意思成反比例，所以他终身所做的事业，敌不过朱天齐。卫杰在每天二十四小时内，平时只睡两小时，一则他的内功过人，二则他的体魄强壮，心血充足，却与寻常不同，不睡则已，睡着了推都推他不醒。

　　这天，常伯权被朱天齐送至卫杰卧室对面一张石床之上，常伯权醒过来，把卫杰的头摇了一会儿，他仍是迷迷地睡。常伯权寻出石地下的洞门，恰好这时候他也醒来，眼见常伯权走下隧道，他蓦地跳起来，追踪向隧道走来。常柏权已被猛虎扑倒，这猛虎并不伤人，不是完全不伤人，但不肯伤有人心的好人，没有人心的人，已不是个人了，这只虎又不吃斋，不伤他却伤哪个？

　　卫杰这时喝退了猛虎，向壁上纽钉一捺，原来屋内屋外的灯烛，不必用一支一盏地点起来，只需按着机关上的火线，自然而然地烛也明了，灯也亮了。

　　卫杰急将常伯权一把扶起，双方问讯一会儿，卫杰道："你是新来的人，不听师父叫唤，便自由自性地胡行乱走，这洞里密布着许多油线的机关，万一碰中了机关，岂是当耍子的？"

　　说话中间，朱天齐已慢慢地走到这里来。看他举止装束，又不是个叫花子的模样。

朱天齐指着卫杰向常伯权道："他的年纪比你小三岁，却是你的大师兄，你的本领自然要比他差得多了，将来我的衣钵准许是传给他的。你学出本领来，可以帮助他出山做事。敢说一句大话，普天下没有我这种武术，我这功夫，全是先天气功，不是后天死力。他的悟性比你好，武术已学到我这一步了，不过除了武术以外，这时尚不合做我大徒弟的资格。你的功夫虽不曾背道而驰，然而也没有走入正路。但是你的天分有限，他又比你多学了十一年，你就学一辈子，也学不到他这一步了。不过你能死心塌地地下功夫，就学一年六个月，也能帮着他做点儿事业。然而武术这层，虽属难能可贵，我看世界上那些蟊虫蠧棍，不会武术，已经噬人无厌，像似一只恶虎。果然会了武术，好比虎身上长起两道翅膀来，有一分武术，就做一分坏事。譬比一班损人利己自命不群的读书人，没有多大学问，他的恶力还浅，果然学问精通，轻则为天下的患害，重则为后世的罪人。你的胸襟豪阔，本来是可造的才能，于今既做我的徒弟，可不许你再做强盗。万一违背我这教训，简直可以处置死地，并没有容情的余地，你依得来，便从明日起练习气功，依不来，我本没有武术传你，也不必处置你，只有驱逐门墙之外。"

常伯权想了一想，说道："如果有富而不仁的守财房置数十万数百万的金钱于无用之地，终日养尊处优，使无数艰苦小民冬暖号寒，年丰啼饥，穷得连一文都不易得。我乃取有余以补不足，自家毫无沾染，这个也算是强盗吗？"

朱天齐摇头道："这个虽不算在强盗之列，然自家做强盗，和替别人做强盗，有何分别？何况你这么一个人，既做了强盗，更谈不到不沾染的话。我所告诫你的，丝毫不肯假借，别人可以从权，唯有你不能从权，就是准许他从权，也不许他直接做强盗。一做了强盗，便不是我朱天齐的徒弟。"

常伯权连连答应，便随朱天齐练了一年的武术，这一年之中，常伯权觉得一身功夫都从五脏六腑里钻出四万八千毛孔来，始想从前所习的解数完全是皮毛学问。但见卫杰大师兄只把两只膀子略一展开，身子便跟着飞掠空间。

常伯权以为这类飞行的功夫自家毕竟不能，便求师父教给他这飞行功夫。

朱天齐道："问你大师兄自会明白。"

常伯权只得转求卫杰。

卫杰笑道："你这人太粗心了，师父不肯告你的缘故，就是因你心粗，你常见我飞来飞去，不猜测所以会飞的理由，自家这样粗心，告你也是无益。"

常伯权偶然有悟，其实这种缘故，也只平常，不过常伯权多久不相信解数的话，因为气功十足，用不着什么解数，就是朱天齐也曾对他谈说解数门径，说："解数虽是后天的学问，仍是先天的解数。"

常伯权嘴里虽连连答应，心里总不大赞成，一个人迷了心窍，任谁来提醒他，他总因自己的意思不错，除去旁敲侧击，暗中指点与他，由他自己省悟过来，他都是不肯心里认错。

这时，常伯权暗想，大师兄的飞行武术，简直像古书上所说的凤凰一样，他的气功比我大，所以他展开两只膀子，像两个翅膀，不用说，他这身子是轻便了。我的气功虽赶不上他，然把脏腑运出来的气力大一半着在两膀子上，留一小半看守本营，身子自然轻飘，两膀自然飞起，这并不算得一件为难的事。燕子的身轻翅膀重，一飞就飞起来，大略我飞起的时候，虽没有凤凰飞得快，因为凤凰的气魄与凡鸟不同，我纵要比燕子飞得快得多了。哎呀呀，鸭子有两道翅膀，怎么飞不起来，鸡也有两道翅膀，怎么飞不多远？这就因鸡鸭的身体太重，翅膀太轻。初出巢的小燕子，非不有两道翅膀，的是飞得不远，就因为毛羽不丰，身上长着一团的肥肉。后来大燕子哺小燕的时候，在这食息之间，已把小燕子的先天之气从体质上散布到两翅膀上，所以小燕子的身体越来越轻瘦,这两道翅膀也就越来越肥重了。对了对了,风筝没有翅膀,因为纸质太轻,受空中的风气所簸荡,故而放在空中摇曳无定,风筝是无知觉的,人是有知觉的,我们善用气功的人虽没有像燕子有个剪尾如船,上用舵子一样,但不是个全无气质的风筝,只会在空中摇曳无定,非外力不能展动分毫。我们这两只腿便是两个舵子,是比燕子要飞得稳重自由。就这么一省悟,才知解数不是全没有用处的,师父所说的话果然不错,不由兀自仰着脸大笑起来。

卫杰便问他笑的意思,常伯权遂将方才的解数从心里掏出来,告给了卫杰。

卫杰也笑道:"好!你可明白我放着寻常的剪子,也像放着一个无线风筝。不过放风筝是必须在春二三月间,风和气淑,才能放出去不落下来。我飞出这把剪子的时候,全仗着自家的气功,含有飞缩从心,指挥如意的力量,气即是风,风即是气,气功既能运用到这一步,所以就不假借身外的风气了。你没有我这气功,那剪子是不会使的。不过就因你方才的话,且烦你试验出来。"

常伯权道:"这个容易。"边说边张起两只膀子,如法炮制,一飞飞到空间。

常伯权心里喜得什么似的,盘旋曲折,无不如意。只是飞不多久便落下地来。

卫杰笑道:"初出巢的小燕子,哪得不然?有这点子就容易会了。你两膀的气功还不能完全使得出来,不妨烦你再试一试。"

常伯权便整个把一大半气功运到膀子上,学功夫的人,本来袒着膀子,两膀上好像有无数小耗子,在股肉里乱钻乱动似的。常伯权把两膀扇起,果然这番在空中盘旋打转,足足飞了两个时辰,刚要落下平地,哪里能落得下来,便学作老鹰攫小鸡的身法,向地下猛地钻去。不钻犹可,这一钻,常伯权便觉有什么东西在他脸上拂了一下,不由哎呀哎呀地叫痛起来,登时脸上肿得像瓜瓢一样,浑身不得移动分毫,钻下去固不能,飞起来又不可,像受了古小说书上所言定身法似的。常伯权这才焦急起来,猛见卫杰站在下面,仰着脖子,从嘴里放出一道白光,这道白光便将常伯权浑身罩住。

常伯权明知卫杰来开玩笑,便在空中说道:"大师兄,怎么把我当作剪子使的?"

卫杰便轻轻掩口一笑,就在这一笑声中,常伯权已一头栽到卫杰的手里。

卫杰急将常伯权放下来,说:"不是我将你托住,这一头,可不把你的脑子栽出来吗?"

常伯权在石洞里又练了一年,除练武而外,还读了许多的有用书籍。

这一天,朱天齐向卫杰、常伯权二人说道:"大徒弟的本领不弱,二徒弟于今也有帮助大徒弟的能耐,如今我欲送你们下山,有多少要紧话,向你们说来。你们学这武术,不是预备闲着的,打不平固是你们的应尽职务,可知道敌必当王,射先中马,不必枉杀那些土豪恶棍。非是土豪恶棍没有可杀的罪过,但这些讨厌的东西完全是流氓世界造出来的,万一把这世界翻新过来,这些讨厌的东西也就不讨厌了,大流氓是皇帝老子,我国人都信得皇帝老子是个天骄的神圣,这些哄骗妇人、小孩子的话,大略你们都在这里读了几天书,是一句信不来,你们要认定了目标,预备同皇帝结账,他不是我国人,仗着流氓式的武力,占据我国的土地,作威作福,把我国官民百姓看待得连猪狗不如,把我国的锦绣山河污染得不成模样。

"我国人的祖宗,不知被他国人残杀了许多,我国人的祖姑、祖母,不知被他国人奸淫了许多,他不是我们的种类,舞爪张牙。就因为这条辫子,当初也不知杀了我国许多有血气的人物。你们要替祖宗报仇,要彻底地打倒这流氓世界,汉奸奴才,可杀而不可杀,偏是那流氓皇帝,以及他的流氓种族,有一个,杀一个,不过要赦免他国懂得公平道理的人,是不能杀的。你们拼着热心做去,必须要把这大好山河弄到我国人的掌握,成为我国人的家产,一个个都有参与这家产的权利。认定了这个目标,哪怕你们手里不能成功,就传给子子孙孙,向这目标上走去,总有成功的这一步。

"这些话要慎重秘密,不可胡乱妄言,露了马脚。我们几个人有本领是没有用处的,你们且把这件事放在第二步,第一步下山要慢慢拣择心术靠得住的做徒弟,哪怕全国人都是我的徒孙、徒曾孙、徒玄孙,这第二步就好办了。但你们在传徒的时候,慎重其词,把这个目标微微地露出来,看时而动,时机不熟,是绝不能动的。那么你们只有打不平、传徒弟的事可做,渐渐地养精蓄锐,再做上第二步去。你们能将这第二步做来,并且我还有许多的同志继续你们再做出那重新建设的第三步,那就好了。你们只有种族的思想、武术的思想,没有国家学、政治学的思想,你们只做你们的事,不怕死,不畏难,我就如愿而偿。

"还有一层,你们这种武术的气概,谁也一望而知,为是个有能耐的人,你们不可轻易对不能共事的人露出本来面目。你们又不必来找我,我要同你们会谈会谈,自然找到你们。我这话万语千言,也不厌烦,你们就照这话做去。"

朱天齐说到这里,喉管里已咽住了。忽地又自言自语道:"凡事之不能预料的,不谓之天数,即谓之天命,唯有群众一心,齐打伙儿,逆水行舟,挽回那无可奈何的天命,使天数不得擅权。话虽这样说,事实上又如何立刻做得出来。"

说至此,不由放开嗓音,号啕大哭。

卫杰只不知师父哭的意思,然而想到种族沦亡这件事来,英雄泪频向阶前洒。

常伯权见师父、大师兄都哭了,论他的本来肝胆,迥异常人,想到国中的小百姓们,以及乃祖乃宗的深仇奇痛,也禁不住哇的一声哭起来。

一会子,师徒三人都拭了眼泪,朱天齐把卫、常二人送出洞外,兀自去了。

且说卫杰、常伯权离开了中和山,各自展动飞行的功夫,先后飞到清江,常伯权约卫杰在清江西坝聚会。

卫杰在西坝等了好久的时间,不见常伯权飞来,便在道旁一棵大树下坐定。忽听得天边一阵风声,这阵风声,若在寻常人是听不出来的,卫杰从朱天齐学过修耳通的,洞外的雨声在洞内听得同打鼓一般,百步外听苍蝇哼声与雷鸣相似,所以他无意间听得这阵风声,辨出是飞行的声音,仰着脸向天打个哈哈。

转瞬间便见空中闪了一道电光,果不其然,落下来是个常伯权。

卫杰道:"我等了有三个时辰,天都快要黑了,怎么到这会子才来?"

常伯权道:"不是有点儿事牵绊住了,要早一点儿时候便到这里。"

卫杰问道:"什么事牵绊住你?"

瞧路上没甚行人,常伯权从身边取下一个很沉重的麻布袋来,扑地掼在地下,说:"大师兄,你瞧瞧是什么?"

卫杰伸手扯开了袋口,露出一袋的银条、金锭来,便沉着脸向常伯权问道:"杀头的,你这是打哪里得来?"

常伯权道:"我没有这东西,便没饭吃了。不瞒大师兄说,这东西是在不要本钱的买卖上得来。"

卫杰猛地听常伯权说出这话,险些把胸脯都气破了,真是剑眉倒竖,虎眼圆睁,向常伯权发作道:"你这会又做强盗,便不算我师父的徒弟。不是我师父徒弟,我和你便不是师兄弟,这就老实不客气,我只有替我师父处置你了。"

边说边从腰间掏出飞来剪来,向常伯权中路刺去。

常伯权哪有闪避的工夫,这剪子已刺到常伯权的胸脯上,顺手将常伯权的右肩握住,说句迷信话,也该常伯权命不逢绝,在这千钧一发的当儿,像似槐树下趱出一人,向卫杰道:"老哥有话只管说来,刺死他是没有什么道理的。"

卫杰倏觉这人来得奇怪,更听他言中有物,心里愕了一愕,回头见他生得剑眉隆准,飘逸绝伦,装束态度,表面上像个贵胄豪华的公子,说话都带着笑,一不是冷笑,二不是热嘲,一望便知是替常伯权讲情分的。

要是寻常人讲这情分,卫杰总是一个不理,明白这人的来头很大,不好不对他分辩几句,遂笑着辩道:"承老大哥看得起兄弟,如果是一件不关紧要的事,当然兄弟要看在老大哥面上饶恕了他,不过这事并非兄弟胡乱处置他的,家师有这戒命,兄弟是直受家师衣钵的人,不能放却他这违背戒命的人,就是兄弟违背了戒命,也犯不着家师处置,兄弟也束手让他来处置了。"

那人方欲回话,常伯权反而从容不迫似的插着笑道:"大师兄,我只有两句话,要是我不犯师父的告诫,大师兄拿什么处置我?"

卫杰道:"你又做这勾当,还说什么不犯告诫。"

常伯权道:"大师兄,我还有下情容禀,这东西是我前几年盗来的,不是刻下盗来的。师父不追究我以往的罪过,大师兄反拿这些话来处置我,我这东西,又不好送还原主,送去也是他们家里一点儿用不着的东西,反惹出许多麻烦,耗费许多时间。我当时不因为埋藏这点儿东西,也不敢轻易答应师父的告诫。师父也明白这事,不曾叫我把这东西归还原主。大师兄瞧这麻袋是新买来的,这东西可瞧瞧是入过土的没有?"

卫杰便松了手,收了剪子,向口袋里仔细一瞧,不由把常伯权拦腰抱住说道:"天杀的,你怎不早说,和我开这玩笑做什么?"

欲知后事怎样,且俟十五回再续。

第十五回

余丝未尽灯下醉情痴
一息尚存井边救难女

话说那人急向卫杰笑道:"好笑好笑,我的眼睛真正走运。"说罢,径自扬长走了。

卫杰再回头唤问那人,早不见那人的去向。心里诧异万分,却不知他是哪一路的人物,听他这种冷讥热嘲的话,猜着必是一个了不得的英雄好汉,但不曾和他攀谈身世,总以为是一件抱憾的事。

这时候常伯权早把麻袋放在身边,两人飞到天津。常伯权在天津衣庄内买了两套簇崭新鲜的衣服,两人都穿扎起来。

卫杰回至舅家。常伯权也在天津租下市面房子,开了一班天寿堂的药栈,准备在这天津道上物色几个徒弟。两人日间各做各事,晚间三更以后,都在一块儿会谈,听得天津出了许多奸盗命案,这强盗真是入如处女,出如狡兔,官里营里都奈何这强盗不得。两人都因为这强盗的本领了不得,因此分头跟踪探视,却探不出半点儿头脑。

卫杰自同瑞姑谐了花烛,虽不忍负瑞姑,亦不忍负荷生,总觉男女居室,自有一种不可形容的快乐,那被窝里腌臜的事迹,却有什么玩头?

有一天子,他见瑞姑晚妆方歇,樱口上露出一点儿猩红的颜色,一阵阵的香风钻到卫杰的鼻孔里,这阵香风,似从瑞姑身上透出来的。卫杰早觉瑞姑周身有一种非兰非麝的香气,却因别有伤心事迹,只好把这话搁在一边,不曾向瑞姑问来。今晚因为多吃了两杯酒，自与瑞姑结婚三日，又没有那云情雨意，安慰她这十三年的相思，一时心里大动，向瑞姑道："好妹妹，你把小嘴儿上的香渍胭脂给哥哥吃一吃吧！"

瑞姑暗想，他三日以来，从不曾有如此可人的甜情蜜意，便给他吻了一个长吻。

卫杰忽地蓦然一想，一时公情私爱，填塞胸中，眼泪要流下一大瓢来。

瑞姑拿手帕替他揩拭眼泪，说："好哥哥，你别要哭吧！哭得人心里怪难过的。"

卫杰掩泪道："妹妹要我不哭，倒也不难，我要先问妹妹两句话，妹妹这身上怎么透出这样的香气？妹妹能不能给我索性地闻一闻？"

瑞姑道："这可奇了，我这身上岂但皮香肉香，连骨头都是香的，我亦不解我身上怎么透出这样的香味。"说毕，又拿手帕遮住了花颜，把袖子罩在卫杰的鼻端上。

卫杰便闻了一会子，觉得瑞姑的神情举动同荷生一般无二，暗想，这两个痴情女子，可谓无独有偶，她们的造化比我还大，果然我糟蹋了她，自然是我的罪过。那泪珠儿禁不住又滚下了，便向瑞姑说道："好妹妹，我多谢你的好意，我的哥哥没了，爷死娘不在，只有两个侄儿，我这人实在孤苦得可怜，妹妹可要怜我。"

瑞姑道："妻怜夫爱，我是一样的。"

卫杰道："好了，可怜妹妹没有同胞的哥哥，我也没有同胞的兄弟，我们名为夫妻，实则要看待得嫡亲兄弟一样，这些话妹妹可明白吗？"

瑞姑是个极聪明的人，听他说的什么话，便什九猜着这话的意思，禁不住丝丝红泪由眼角滚到唇边，便向卫杰笑道："哥哥离家十三年来，我不打算再同哥哥有相见的机会，宁死也不肯再爱上第二个人。我的心哥哥是拿去了，于今凭空得了你这同胞也似的哥哥，我有什么不愿意？同哥哥说第二句话，哎呀呀！我的心是没有了。"一面说,一面哭,倒在卫杰怀中,仰着脸又叫了一声哥哥。

卫杰不由心里大动,猛然回转念头,收了心猿意马,亲亲热热地向瑞姑唤了一声兄弟。古人说,闺房儿女之事,诚有甚于画眉,若使勘破两性问题,还我本来,画眉亦得何碍?今人只知道坐怀不乱的人物有个周朝的柳下惠,若使卫杰同柳下惠比来,我怕男女在一张床上软语温存,夫妻好合之权,全没有半点儿沾染,自然是柳下惠所做不到的。从此卫杰每到三更以后,在瑞姑入梦的时候,便独自悄悄离开,穿起飞行的衣靠,在瑞姑肩上一捏,瑞姑便沉沉睡去。

卫杰本来要探访强盗的踪迹,这天却居然被他探访到了。卫杰恰在飞行的当儿,似乎有一个人从大生堂药栈里飞出来。卫杰暗想,这是一个强盗。便追踪飞去,看看飞到那人的身边,不是强盗是常伯权。

常伯权一眼瞧见了卫杰,说:"大师兄,借一步谈句话。"

卫杰会意,两人飞落僻静的所在。常伯权低语道:"大师兄,我们在槐树下遇见那人,你道他是不是个强盗?"

卫杰道:"这话倒难说呢,我看他的路数并不是个豪华公子,他的心不在你腔子里,如何能断定他是个强盗?"

常伯权道:"大师兄没有做过强盗,就不能断定他不是强盗。我在三年以前,不是和他是一样的人吗?看他行踪诡异,不是强盗是什么?"

卫杰道:"果然他是强盗,你有什么证据?做强盗的,哪里有这种英风俊伟的人物?"

常伯权道:"大师兄倒糊涂起来,大师兄看我不是个英风俊伟的人物吗?三年前的常伯权,仍是三年后的常伯权,一样的性格,只是于今没有做盗。而且我亲眼瞧见那强盗在大生堂里作案,不过我的能耐是敌他不过,手足又比我轻快得多,一眨眼便砍了两个人头,放在厕坑里。我和他在厕边厮杀一会儿,原来他身边也有一把飞来剪。我见他的飞来剪飞来,把心肝都吓破了,哪里有这胆量和他决斗下去？三十六着，只有走为上着。幸亏那把剪子肯做人情，没有伤我，我便飞出药栈，似乎觉得他在头上飞过去，我这副眼睛，能在暗室内明察秋毫，五十步外，看见地上放着一根花针，便是大师兄在我这头上飞去，像流星一般快，我也能瞧出是大师兄。不料那人飞去的影都不能瞧出来，他的飞行的功夫比大师兄还快。大略我们是不能拿他了，我不料世界上竟有这种大本领的强盗。"

卫杰诧异道："奇呀奇呀！"

"呀"字方才出口，风声过处，隐隐地听得一阵哭声，卫杰便向那哭声所在飞去。刚飞到那家茅屋之上，那哭声便停止了，却不见了常伯权。等了好久，又不见常伯权飞来。

卫杰因为听得这女子的哭声哭得很是沉痛，好像有无限委屈似的。卫杰生性任侠，见了人家委屈的事，如同自己生受的一样，尤其是对于女子的委屈，哪怕就把他的头割下来，总要替这女子打消那不平之气。所以他听了这样哭声，便疑惑有人欺负了女子，也无暇再和常伯权谈话，就张开两只膀子，凭空飞到这里来。虽然等不到常伯权，而是不怕常伯权做盗，疑惑他自回天寿堂药栈去了。即听得屋内鸦雀无声，卫杰暗想，这哭声分明在屋内发出来，为什么毫无动静呢？便蹲下平地，向破窗里仔细瞧来。却见窗内是一个卧房，一张破烂不完全的凳子上，放着半明不灭的一盏残灯，房内的什物，若搬去破床、破凳子、破梳妆台而外，已是空空如也。

床上睡着一个五十来岁的妇人，一条破被遮住了身体。卫杰暗诧道："这不是活见鬼吗？我刚才听得是年轻女子的哭声，这房里只躺着一个妇人，已是睡着，哪里来的这阵哭声？"抽身向后转来。

这时正是九月中旬的天气，那天上缺了一角的亮月儿，照在地下，如铺了一层浓霜，仍然飞上了屋脊。月光之下，猛地瞧见屋后有座小井，井边躺着一个人，纹丝不动，好像是个死尸。

卫杰飞落那人身边，仔细看来，一个年轻的女子，穿了一身补丁衣服，挽着一个髻，髻根上用白棉绳扎着，身子伏在井边，两只瘦小的脚,穿了一双用粗麻布蒙着嘴的三寸弓鞋。唤着她又不应,推过她又不醒,见她那花颜上丝丝血迹被风吹得干了,不是死尸是什么?再向那女子鼻上一摸,并没有一缕微丝,心里吓了一跳,也顾不得男女的嫌疑,用手解开女子的上衣,在心窝里仔细摸来,觉得一息尚存,忽地那女子两只腿动弹起来。

卫杰又喜了一跳,只是一动便不动了。卫杰急得无法施救,用手撬开女子的樱唇,一口气远远吹到女子的喉咙里。那女子已有回生的希望,两腿动得比先前灵活,喉咙里哼了一声,接连将身躯翻坐起来。

卫杰便附着那女子的耳朵说道:"我是来救你的,不是来逼你的,有什么委屈过不去的事,只管向我说来。"

这么问了几声,那女子没有答应,起身便向井中跳去。卫杰手眼轻快,早将女子的一把烦恼丝提在手内。

那女子又哭起来了,只是哭的声息低缓无力。

卫杰把女子提出井外,忽地又听得一阵似哭非哭的妇人声音,嚷道:"哎呀!倩姑,倩姑,我的小心肝儿,你在哪里,在哪里?"

这女子急答应:"在这里,苦命的娘,我在这里。"

倒是声音太微弱了,那妇人一时听不出来。

卫杰便放开喉咙答道:"你的女儿是没有死,快把她扶到屋里去。"

话才说完,妇人已踉踉跄跄地走到这里,忙把倩姑一把抱住,心肝儿肉叫了一阵子,再向卫杰一瞧。看他身上穿的那种奇奇怪怪的衣服,一辈子不曾见过,吓得打了一个寒噤。

卫杰见那妇人正是刚才在破床上躺着的,又猜着这倩姑必是受外人的凌虐,所以才跑上这条死路,便用好话宽慰她母女的心肠说:"你母女有什么被人欺侮的事,我替你打不平。"

这倩姑是什么委屈的事,阅者诸君若非特别健忘,自然明白是汪二太爷的那件事了。

当下邵倩姑掩好了衣服,偷眼打量卫杰。卫杰反被她望得不好意思,把个脸掉过去。邵倩姑固然明白他是个好人,倩姑的娘也看出他并无歹意,母女扶着走进了屋。倩姑的娘哪里想到倩姑的性命是他救活来的,大恩不言谢,邵倩姑也不好向卫杰说拜谢的话,母女抱头痛哭,却不防卫杰已到室中,问明倩姑寻死的根由。

原来倩姑本不情愿一死,日间韩会庆、邱宝珩两个老恶棍勒逼倩姑的娘,在倩姑的卖身字上画押已毕,倩姑的娘见他们笑着走了,母女都哭得一佛出世,二佛涅槃,连晚饭都没有吃,都已泪眼婆娑地睡了。

有了心事的人,哪里便能睡着,打从邵老头子死去以后,孤儿孀妇,总是度着刀尖上的生活。今天把倩姑的卖身字画给人家,是倩姑的娘第一痛心的事,在床上辗转反侧,好容易才渐渐睡去,梦里还是抱着倩姑痛哭。哪知一梦醒来,脚下冷冰冰的,她的心肝儿肉已不见了,不指望倩姑的一颗心比她加倍痛苦,直至二更时分,还未睡着,把眼泪尽量流了一番,暗想,我一个好好的人,若嫁给汪家做小老婆,我一辈子的幸福完了。我的卖身银子已一半在我爷殓葬费下开销,我不还这笔款子,我便算个不孝,不在我身上还这笔款子,委实没法另外挪借得来。金钱一到,硬叫人骨肉离开,我还顾得什么不愿意呢?想至此,便觉得肝肠寸断,密麻也似的泪珠从两眼角上直滚下来。自家也辨不出是泪是血。

忽地又自言自语地说道:"错了错了,于今卖身字已画给汪家,死活我是汪家的人了,与其给那汪老头子把我弄得人不像人,鬼不像鬼,死后无颜见我老父,生前也对不起我的老娘,我何如就此寻觅一条死路,还我的清白女儿身,死后再变驴变马,偿还这笔款子,我也在所不计。"

拿定寻死的念头,眼看自家的老娘已是睡着,打从床上一跃而起,望着她娘暗暗洒泪说道:"娘呀娘呀!你还在这床上做梦,可知三月之前,和我娘有玩有笑的一块心头肉,今晚已死活分离了。"

一壁想着,一壁走出门来,把屋门反掩着,来至屋后井边,准备向井下一跳,便算了却她十七年的草草人生。死,是一件最不容易的事,一个人身在世上,照例有许多瓜藤葛蔓,叫他轻易不欲一死,然而脑筋拘执的女子,只要勘破活着无味的心思,比这件事小得许多,也会牺牲一死的。她当时便想死,便想立刻就死,除了一死,并没有第二条生路可走。但她在濒死的当儿,偶然想起自家死了,死了汪家的人,那汪老头子有这权力唆动韩会庆、邱宝珩两个恶棍,逼勒着她娘要人,也有这通天手段,把她娘捉将官里去,所以死也不想死了。但她转存着不死的念头,比一死更觉痛苦,伏在井旁,哭个不歇。先前咽喉里还哭出声来,后来越哭越沉痛,一开口那无情的西风吹到咽喉以下,射入心脾,哭了一声,那一颗心像似刀碎的一样。及至哭到无声的时候,那颗心已碎完了。一口气接不上来,渐渐去死路相近,连身子都不能轻易一动,可怜一个冰清玉洁的人,不应哭死,也该冻死。

可巧遇着了卫杰,用运气的功夫,把自家丹田里的暖气打从她樱口里吹入喉中,逐渐运到五脏六腑,却叫她死也不易一死。

倩姑在翻身的时候,睁开娇眼,便见一个异装的男子,把嘴贴着她的耳朵说话,登时如遇虎狼,跳井是仍不得一死。及仔细咀嚼卫杰话里的意思,才知卫杰是个侠义英雄,不是汪老头子那种垂涎三尺的样子,几乎把人家的好心当作驴肝肺了。所以倩姑和她娘回家以后,她本来是不大害羞,尤其对于这位恩人,更不应说什么害羞的话,只好把心里的苦痛一句一句地掏出来告诉了卫杰。

卫杰也把方才的事对她母女一一说了,便从身边摸出五十两银子,交给倩姑的娘说道:"我这银子放在腰里是用不着的,你们拿去买布量米。至于那姓汪的和韩会庆、邱宝珩两个囚攘的,我自有处置的法子,包管他们不拿着卖身字向你家要人就是了。"

说完这话,倩姑的娘毫不迟疑,收了银子,再说不出她心里感激的话,拉着倩姑不约而同地扑通跪在卫杰面前,磕头像捣蒜的一样,几乎要把头皮都磕破了,母女才站起身来,便请问卫杰的尊姓大名,预备供起长生禄位的牌子,替他消灾降福。

卫杰道："我的名字向来不肯告人，你们以后看见了我，都不必和我客气。因为我们做侠客的，都是销声匿迹，不愿寻常人知道。但对于你们母女两人，我不能不把第二个名字告给出来，你们问我，只把我当作叫飞来剪的便是。"

说至此，又向情姑说道："不但我愿你们母女将我这第二个名字说给第三个人知道，就是我的面目，你们都认识了，切不可在言语之间吐露出来，万一外面露出一点儿风声，比砍了我的头更觉狠毒。你们千万别要害我，念那些婆婆经。想到你这个人，更用不着再寻死觅活，惹你娘烦恼。休说你这时尚在娘家，你便被那汪老头子硬却过门，我也有这本领把你从汪家劫出来。你虽是个贫家的女子，我明白你自己的志愿很大，便嫁人做结发的夫妻，也要由你看中了人物，依得你心里的话，我才欢喜。好在我没有妹妹，于今只把你当作亲妹妹一样，将来替你物色那么一个人，叫你如愿以偿，只恨我没有这福罢了。"

这些话把情姑说得抬不起头来，一转眼，已不知这人闪向哪里去了。

母女都向空中又拜了几拜，情姑的娘口里是不住念佛，及至拜毕以后，那佛声已念得有一百来句了。

且说卫杰飞出了邵情姑的家中，打从一家屋上经过，猛地听得微微的一声口哨，卫杰便明白，是常伯权的暗号。仔细向下面一瞧，果瞧见这人家的门首竖着一对旗杆，那右边旗杆斗上，朝天一炷香式地倒竖着一人。卫杰便落在左边旗杆斗上，再瞧个仔细，不是常伯权是谁？

二人便在这旗杆斗上打无线电话似的谈说起来，他们说话的声音太低，不是修过天耳通的听不出来。

卫杰先把解救邵情姑的事向常伯权粗枝大叶地说了，常伯权道："大师兄刚才听得一阵哭声，不别而去，救出了一个邵情姑。我当时也要飞向那哭声所在，帮助大师兄探个仔细，不料又被一阵笑声绊住了脚。这阵笑声，虽然是一窝蜂的哄堂大笑，笑里藏刀,却含着阴险酷冷的路数,这笑声便从这屋里发出来的。我把身子像这么倒竖着,向窗缝里仔细窥探,这时笑声也宣告停止了。只见一间陈设十分富丽的房,点着一盏大玻璃灯,对面炕上摆着一副鸦片烟器具,一个烟容满面五十来岁的人躺在上面。三个年轻艳妆的女子,一个躺在那人的对面,烧烟给那人吃;一个端着一只细茶杯,跨马也似的跨在那人身上,先把茶杯放在樱唇上呷了一口,奉茶给那人吃;一个坐在那人身边,现出妖精狐媚子的态度,伸出一只藕也似的玉手,爬上炕来,趁那人烟醉茶饱的时候,附着那人的耳朵说情话。房里有四把椅子,坐得满满的都是一班衣冠禽兽,同那鸦片烟鬼子是呼同一气的人,望着那鸦片鬼子这种艳福,都看得真魂出窍。"

欲知后事怎样,且俟十六回再续。

第十六回

孙讼师主谋失辫
甘小姐苦志殉名

话说常伯权说到这里,便向卫杰笑道:"你道那鸦片鬼子是个什么人?他就是你们天津城里有名的讼棍,孙作之孙二举人。孙作之瞧见这四个朋友都露出垂涎三尺的样子来,即向那三个女子呵斥道:'你们这些小蹄子,越闹越不像了,就不怕人家笑你?还不给我快滚蛋!'

"那三个女子一齐嚷道:'你是一个好东西,你在外面做的鬼鬼祟祟的事,哪一件能瞒得我们?你奸了小顺子的媳妇,还替汪凤阳拉皮条,人家都说三个鸦片烟鬼子,抵一个诸葛亮。我看你的毒计都想绝了,诸葛亮要拜你做师父。'

"孙作之放下烟枪,笑起来说道:'你这三个小蹄子,当胡慎斋胡太小爷和一班朋友面前,就这么打趣我,连钱姨太太也说我抵得过诸葛亮,你这三个小蹄子,可知道我真个帮汪凤阳的忙吗?我原是给屁给那邱宝珩吃的,他连大粪都吃下去了,你们又拾得屎橛子当海参……'

"钱姨娘不待孙作之辞毕,急咯咯地笑道:'你才吃海参呢,你只好瞒过绣姨一人,我怕连慧姨都瞒不过去。这一位吴先生,这一位解二老爷,这一位石三老板,不是来向你替胡大少爷拿主意吗?我相信了,那邵倩姑也是一个玉人儿,汪凤阳论年纪要比她大得四倍,哪里情愿跟老得连头上毛都老掉了的人做妾,像胡大少爷这般人物,她见了自然欢喜。'

"绣姨也笑道：'你把这些话都告诉了他们,你的嘴也就紧得很,不问什么事,想对我露出半字,比登天还难。今晚那被窝里的事情,我也不肯依你。'

"慧姨也笑道：'你这天杀的,有了这一把年纪,还未有过一男二女,说起来都恨我们是当婊子的出身,不能在你家孵蛋,你的儿子都被你在这些事上做绝了,你明白不明白？'

"一席话怒恼了孙作之,然而当胡慎斋面前,发作了他便得罪了客,就老实不客气。混账放屁,骂了几句,撵这三个婊子一齐滚蛋。这三个婊子都拍手打掌地笑出房来。

"我听了这些话,又好气又好笑,怕的她们出来,吃她们瞧见,仍然把身子缩到屋上。等到这三个婊子走去以后,我便在屋上听来,恰被我听出与邵倩姑很有关系的话。

"原来这笔财气,汪凤阳尽出二千三百两银子做事,邱宝珩和韩会庆共得一千二百两,倩姑的娘得三百两,孙作之尽得了八百两。孙作之因为邱宝珩太瞧不起人,三支线香到佛老爷座前求的什么福？而况汪凤阳和他不睦,说出汪凤阳的许多坏话。然而我因此辨出汪凤阳的为人,因不能说他是好,也不能批驳他完全是坏,总之这种人,非孙作之、胡慎斋所可比较。这胡慎斋的产业既丰,势力又大,家里有十二房妾,都是买的良家女子,做他泄欲的器具,平时已把倩姑看在眼里,只是邵家母女都坐得正,行得正,石头上吹不起波浪来,胡慎斋便准备别生枝节,下他的毒手。偏巧打听出韩会庆、邱宝珩两个替汪凤阳做粗货,特地邀合三个臭肉同味的嫖虫到孙作之这里拿张本,这件事分明真送到孙作之心窝里,孙作之未听胡慎斋开口说话,便猜着他来的意思,寻出一种趣语,来打趣胡慎斋,只是孙作之的举动古怪,对人总是一脸的笑,他的笑声比别人来得大,笑里总含着冷刺刺的趣味。别人见他笑了,都附和他笑个不住。

"这三个婊子都是陪着孙作之玩笑惯的,孙作之的一举一动,她们什九能估出个所以然来,故而孙作之撵她们滚蛋,自然她们明白孙作之肯在女人心上用功夫，嘴里和孙作之闹笑，心里是不怕他的。然而因为胡慎斋要同孙作之谈秘密话，她们便一笑走了。

"这些话都由孙作之和胡慎斋说笑中间，露出马脚来，我所以才辨出这几种关节。

"究竟孙作之替胡慎斋拿的什么张本，起初胡慎斋同石三老板这一干人，你说明抢，他说暗诱，还有说要在韩会庆那里骗过了卖身字。孙作之晃着头脑，思量一下子，批驳他们说的都是废话：'不若趁在汪凤阳娶邵倩姑那一天子，找几个邵家小光棍，到天津县里击鼓喊冤，告发汪凤阳凌孤逼寡，硬抢倩姑做妾。邵倩姑的娘自然要附和家庭族人的话，卖身字上的银子又与倩姑的娘所得之数有些牛头不对马嘴，好在天津县甘大老爷和自家是呼同一气，有银子送给他用，什么事都可以咄嗟办来。我们先向他买通了关节，少不得给汪凤阳碰了一鼻子灰，勒逼这老东西退还了卖身字，然后请甘大老爷来做这头媒。好在你那结发妻子死了，你的五官也生得端正，又有钱有势，怕她母女有什么不愿意？等到倩姑进门之后，你就把她当作个小老婆，不使你亲戚朋友听了笑话。那时生米已成熟饭，还有怎样过不去的事吗？我们是个朋友，用不着在这件事上拿你的银子，不过甘大老爷那里，是要用五千两的，自然你要做这一件事，你的财产很大，又何惜这区区五千两？'

"胡慎斋听了这话，笑起来说道：'千金买美人儿一笑，五千两银子算个什么事？但我是不能娶她做结发妻子，我的面子太不过去，只好就这样办来。万一她后来向我胡闹，我自有我的毒计。'

"胡慎斋说了一会儿，大家都躺在大烟铺上抽大烟了，他们说得不大清楚，我听得也不甚仔细。我本当飞进屋内，给他们个当面开销，只是师父吩咐我不许杀人，我是帮助大师兄做事的人，大师兄叫我火里火去，水里水来，我自己很不情愿瞒着大师兄闹乱子。我当时便准备换店休息，明晚和大师兄说话。不料刚站起身来，便见天边一道电光向这里飞来，我知道大师兄来了，便飞落在这旗杆斗上。我们说的时候也不早了，请大师兄先发落那五个囚攮的,再到韩会庆家另作计较。"

卫杰听完这话,只气得牙痒痒的,一飞飞到那后屋上,轻轻落下平地,就从窗槅缝里一口气吹开了窗槅,屋里一盏玻璃灯已吹得灭了,把五人的辫发都用飞来剪剪去。

五人只打算是天空起了一阵狂风,关好了窗门,点起一支蜡烛,胡慎斋同石三老板这一般事,都辞别而去。大家直到天明,方才觉得少了一条辫子,哪里打算三日之后,他们颈项里都像害砍头疮似的,齐伙翘了辫子。

我今且说卫杰同常伯权悄到韩会庆家中来,无意中听得他女儿睡在被窝里啼哭,所哭的话却与韩会庆告给邱宝珩的是一般无二,不是凤英在这时候哭诉出来,我怕韩会庆也要害砍头疮翘了辫子。

卫杰因为这凤英是个好孩子,便存着爱屋及乌的念头,不忍结果韩会庆的性命。恰好常伯权起初是做过没本钱买卖的人,身边藏有闷香,三年以来,没有用着,这回便拿它发利市了。常伯权掀起上衣,从腰间取出拇指粗的纸卷,敲火点着,从门隙中塞进房去,像似烧着焰火的一般。打量这纸卷已烧完了,方才向各门各户如法做来。一会子,又撬开了各门各户,便请卫杰走进来。

卫杰见韩家的人如同睡死觉的模样,即用文明剪发的方法,拿出瑞姑赠他那把剪子,把韩家和房的姑娘们、奶奶们的髻都剪去了,只是未剪凤英的新梳云髻。随后收了瑞姑赠他的那把剪子,又把荷生所送飞来剪取出来,索性把韩家上上下下的男子都剪去了辫子,剪的花样各有不同,一把一把地将辫髻交给常伯权,同孙作之门五条辫子一齐收拾起来,人不知鬼不觉地仍然把各门各户都拴好了,两人飞出了韩会庆家。

常伯权拜了卫杰回到自家药栈,把辫髻用一大包包起,放在床下,方才上床安歇。

且说卫杰如何也和韩会庆众人开这玩笑,在下一支笔,趁此闲着无事的时候，不妨披露出来。

第十二回书中，曾说韩会庆家中男男女女，除了凤英而外，大家都附和韩会庆的手段通神。其实这些话，卫杰哪里知道。卫杰的意思，因为单剪去韩会庆那条辫子，他是不容易醒悟过来，不若把他全家的辫髻一齐剪掉，无论他可否醒悟，到这一件，大略一家子都没有辫髻，明天是不能出头了。到了明天晚上，再把这件事揭穿出来，自然他再也不敢替汪凤阳拚着性命办事了。

卫杰是这样的用意，当夜回到瑞姑房里，卸去了飞行衣靠，放在他自家的一个箱子里，遂与瑞姑共枕而眠，又在她肩背上轻轻一拍，所以瑞姑醒来的时候，怀抱中便觉有个卫杰。

邱宝珩、韩会庆的年貌装束，卫杰已在邵倩姑说话中间探问出来。晚间二更以后，卫杰便约常伯权同至韩会庆家，刚飞到韩家的门首，卫杰一见是邱宝珩到了，因为邱宝珩有了一把年纪，也不愿伤他的性命，打从口袋里取出飞来剪来，对准邱宝珩的颜下飞去，这剪子在卫杰手中飞去，真是随心所欲，不但能放能收，且能把双手装作剪人的形势，那剪子便像服从他的命令一样，出邱宝珩不意，将八字式的胡子剪得短促促的。

卫杰收了剪子，遂同常伯权飞到屋上，像韩会庆和邱宝珩所谈的话，一句句都记入他们的心坎里，卫杰便猜着汪凤阳的脾气古怪，不能便说他是天津的一个文人，也用不着和他麻烦，单借着这飞来剪的功力，给韩会庆、邱宝珩一个厉害，想借此感化这两个老光蛋。那邵倩姑的事迹，自然在无形之中打消了。

卫杰临走的时候，这件事便托常伯权做去，常伯权先在屋上静听了一会儿，听到出神的话，好在那两扇门是不曾关着，常伯权便飞进屋中，蹲在梁柱上。当常伯权飞进的时候，韩、邱二人连人影都不曾见到。

常伯权在梁柱上察视两人的神形，无如他们都有了心事，哪里想到梁柱上还蹲着一个人。这时他们瞥眼见到了常伯权，便疑惑是使用飞来剪的，所以韩会庆急得向常伯权说出几句懂人事的话来。常伯权又结结实实地向他们诉斥了一番,并禁止他们不得声张,万一将这件事声张出来,砍了他们两个人头,还是小事。他们都明白,自家的性命反而是凤英孩子在谈话之间救活来的。耳闻不如目见,他们都是个惊弓之鸟,也不必过问这人是不是使用飞来剪的,既已禁止他们不许声张,不问是哪个知心的人,想从他们嘴里掏出一句实话,是万万做不到的。等待常伯权走了以后,他们反安然无恙地睡觉去了。

第二日,邱宝珩同韩会庆从腰包里公共掏出了一百两银子,替邵倩姑的娘还给汪二太爷这笔款子,把倩姑的卖身字退回倩姑的娘。当然汪二太爷不肯放过倩姑,韩会庆便实行他胸中第二个计策,向倩姑母女说来,把倩姑拜给汪二太爷做干女儿,倩姑起初是不答应这句话,后来方想这件事大略是唤作飞来剪的那个哥哥已把他们申斥过了,料想他们这番做了好人,拜给汪老头子做干女儿,不见得跌辱了自己的身份。

汪凤阳见邵倩姑是和他爱女一样的人,心里方懊悔自家起初的意思错了,不是韩会庆直言说来,几乎糟蹋了这个好孩子,反而感激这流氓中有了资格的人比读书的还识大体。

这两日中,天津城里的怪事甚多,知县甘福生甘大老爷,在鹦鹉馆里宿娼,正在情浓的时候,忽见一道电光闪进门来,接连便见一把剪子飞落床上,那梳妆台上的一盏油灯登时便熄灭了。甘福生跨下马来,把个头缩到被窝里,抱着婊子杨小红,索索地抖,心里要说什么,舌尖上却话不出一字。那小红也慌作一团,两手紧握着甘福生两边腰眼,那杏眼依傍在甘福生的怀里,两人摇颤不已。这番的响声,比以前工作的时候大得多了,把一张宁波式的木床都响得摇动起来。

一会子,那盏油灯好像有人点着了一样,也无故自明了。甘福生在被窝里静悄悄听不到半点儿声息,他推着小红出来瞧瞧。小红便哭起来,哪里有这胆量,伸头向被窝外望去。

又犹疑了一会儿,才由甘福生探出头脑,偷眼看来,见屋瓦上掀开了一个大洞,床上那把剪子也不见了。甘福生格外怕起来,暗想,方才不是个强盗吗?这天津城里,接二连三地出了多少人命盗案,这强盗正没处捉他,我也懒得同他作对,准备再在天津找摸几文,回家去抱小孩子。这强盗胆敢无法无天,轮到我的头上,他的本领也就可观。但我既不曾去捉获他,总不至于再给我当面开销,这回也算他是薄薄的警戒我一二罢了。

想到这里,转觉心安意稳,拍着小红的膀子说道:"强盗走了,你可不用害怕,快起来检查检查,你家里可少了什么没有?"

小红听了这话,才从被窝里伸出头来。

甘福生忽然失声叫道:"哎呀!你这髻怎么被强盗剪去?你倒像个在家的二僧和尚。"

小红向头上一摸,也不由得怪叫起来,搂着甘福生的颈项,泪珠儿滴在甘福生的嘴里。

忽地听得楼梯上脚步的声响,接连便见有个像公差模样的人急匆匆地走上楼来,手里提着一盏玻璃灯笼。

甘福生便喝问:"什么事,黑夜更深跑到这里来?"

那爷们急急慌慌地答道:"大老爷,大事不……不……不好了,可怜小姐自杀死了。"

甘福生猛听到这一声霹雳,心里吓了一跳,三十二只牙便一对儿一对儿地厮打起来,把被窝里的情人推过一旁,模模糊糊捞起一条裤子,套在腿上,掖了上衣,纽好外面一件洒花本缎黑紫羔的袍子,穿了靴子,跟着那个爷们,飞也似的跑下楼来。一路之上,也没有人注意他们,甘福生大三步小两步走进了上房,看见上房里一群人,一个个惊鸡打雀似的,那右边房里一阵号啕的声音,悲痛得了不得,一声肉一声儿,分明是自家太太哭着娇娜女儿的。

甘福生走进房来一看,果不其然,分明太太抱着娇娜的死尸,泪流满面地哭个不住。甘福生一阵心酸,也不暇问及娇娜是怎样的自尽,也禁不住流下两行泪来。哭了一声:"我的娇儿!"

甘福生的太太猛地听到甘福生的哭声,正待告诉他女儿自尽的缘故,把眼泪揩拭了一下,灯光之下,可巧照见他穿的那条薄棉的裤子,是银红洒花缎的,裤脚上还镶绲着一路荷叶边,边上缀着一例豌豆大的明珠。知是婊子的裤子被他在匆忙之间误穿出来,太太这一见,又气又哭,向甘福生脸上啐了一口道:"死不了的杀才,你自家做的好事,在外嫖赌玩笑,无所不来,于今因果昭彰,轮到你的头上。你这女儿被强盗奸污之后,自尽死了,你还在婊子那里做的什么糊涂梦? 竟把婊子的中衣都穿出来了,看你如何对得起这娇娜女儿?"

一面骂,一面拼命似的打算一个顺手牵羊,抓着甘福生的辫子,一把将他捺倒地下,结结实实打他几个耳光子。岂知甘福生倒没有被他太太抓着,那太太抓不到他的辫子,一脚站不稳,便倒跌下来。

甘福生素知太太的脾气,不该把这幌子都装出来,心里又对不起这自死的女儿,又给了爷们的笑话。更没有法子,在太太面前掉枪花,急得光翻着两眼,哭也不可,说也无话可说,猛地一头向墙壁上碰去。幸亏那爷们手疾眼快,一把将甘福生抱住。

那太太已从地下爬起来,破口骂道:"死得好,死得好,早死了你这杀才,也不至于果报到我这心肝儿身上!"

甘福生更是愤不欲生,自家的身子已被爷们抱着,碰头是不容易碰死的,打算捞着的辫子在自己颈项上围了两道,下死劲地只一捏,哪里还能捞到? 这辫子已在床上被那人用飞来剪剪去了。这一来,甘福生格外无面见人。

到底他太太见他寻死觅活的情形,死了女儿,还怕逼死了他,勉强走过来,向他说道:"事到如今,我还骂你何来? 赶快替我这女儿报仇,不用作践了自己的身子吧!"说毕,便抱着娇娜,仍是痛哭不止。

甘福生才定一定神,随着爷们到自家的房里,换了裤子。小丫鬟在云髻上取下半截假发,在甘福生头上接了一条假辫子。甘福生便问小丫鬟这强盗是几时来的。小丫鬟向爷们努一努嘴,那爷们便走开了。

小丫鬟道："方才小姐命我到厨房里烧茶,太太早已睡了,我在厨房烧回来,未曾跨进房门,即听得小姐叫了一声苦,入门便见一个凶神也似的强盗,嘴里衔着大刀,伏在小姐的身上强奸。我吓得心里一跳,便溜到东房里把太太摇醒,只听得小姐又低低哭了一声,说是强盗走了。我便同太太一面喊捉强盗,一面走入小姐的房中。单见小姐用被把身子遮好,一口气也没有了。原来小姐的裤子已被那强盗撕破,裤子上淌了一摊的血,是被强盗奸死的。外边的人并没有把强盗捉住,太太因为成全小姐的贞烈名誉,所以说小姐是自尽死的。其实小姐的内衣上,也少了一个金纽子。"

甘福生听到这里,心肝都慌得跳起来。

忽听得堂下击鼓三通,又出了一件离奇案子。

欲知后事怎样,且俟十七回再续。

第十七回

金剪飞来电光惊一瞥
玉人入梦血泪洒千行

话说甘福生猛听得衙前击鼓三通，明知又出了一件离奇案子，自家也无心去坐堂审问，便唤过一个爷们，去请县丞受理这案。

这位县丞姓田名矩，表字慕樵，是个秀才出身，在天津已做了一任县佐，穷得连衣服都不完全。他与甘知县不是呼同一气的人，甘福生喜欢的是银子，日间一概不去过问公事，坐着轿子，吆五喝六地拜会乡绅。到了晚间，方才坐堂讯案，讯不到一两件案子，就去陪婊子杨小红玩笑。其实他所赚的银子，哪里全存在太太的房里？他受了杨小红的牢笼，把他牢笼得心花怒发，无所不可，就不惜把心儿肉儿的银子，一半孝敬了杨小红。

一班在衙门奔走的人，大半知道甘福生的路数，像似吃了杨小红的迷药一般，甘福生没有小红，不能睡觉，欲与甘福生关说什么，先贿托杨小红，这件事是靠得住的。如若杨小红摇摇头，在甘福生跟前说些坏话，哪怕你的情面再大，也是没有用处的。

甘福生办事的手段很好，要的就是银子，强盗没有银子孝敬他，事主苦主也没有银子孝敬他，像这些人命盗案，还去理他何来？就丢了这劳什子的官不做，也不算一回事。他和孙作之的感情甚好，孙作之有什么关说，所得的银子都同他对半摊分，杨小红都不敢在孙作之的关说上面捞摸外快。他的徐氏太太，是个清贫人家的女子，颇称贤淑，生下一男、二女，男孩子方才六岁,在膝下有顽有笑,不幸去年染痘死了。大女儿闺名唤作琼英,十二岁被一个化缘的老和尚拐去。二女儿就是这位娇娜小姐,生得花一般的容貌,铸就铁一般的心肠。不知怎的被强盗瞧见,半夜三更,单刀直入,闯进绣房,出其不意,把娇娜奸污了。可巧娇娜的月信适至,及至强盗惊走以后,娇娜知道性命完了,又没有脸面再见自家的娘亲,从内衣里摘下个金纽子,吃下肚子去,还怕死得不快,拿了一根金针,向心口里戳下去,嘴里还哭说了一声,这根针已从前心入,在后心出。

徐氏太太也曾瞧见娇娜的心口里掴了一根针,内衣都染得通红,一时悲酸胸臆,只是抱着娇娜痛哭,并没有说出这样根源。见了甘福生,便想起他作的冤孽太重,像甘福生所进入的银子,徐氏太太明里虽对他说埋在床下,暗地都已拿出来在穷人身上用尽。

徐氏太太因为田慕樵是个好官,很愿把娇娜嫁给慕樵。甘福生却恨慕樵不会赚钱,不答应这句话。其实田慕樵见甘福生的为人无一处不使他愤恨在心,老早欲拼着这一颗头,在上峰台前告甘福生一状,无如那时候的大小官吏,都同甘福生是一流人物,无论同甘福生办了交涉,自家这一颗头是保不住了。万一甘福生讯不过他,参免离任,后来的县知事,恐怕比甘福生还来得狡狯。虽然自家职小官卑,做一日和尚撞一日的钟,这县丞的印把子抓在他手,多少要判断了几件曲直。如果他砍了头,后来的县丞自然同甘福生是臭肉同味,天津的县治,还有什么一线光明?所以,他死心塌地做这个县丞,在他手里所讯的案件,没一件不惊人。只是天津近月以来,出了几十起的人命盗案,费尽了心血,却摸不着半点儿头脑。今晚甘福生着令爷们招呼他坐堂理事,那爷们在他跟前曾说出甘二小姐自尽的话。他听到末了的时候,好似一盆凉水由背后浇到脚跟,泪汪汪地走到二堂,一眼瞄见击鼓的人,心里又吓了一跳。

原来这人是天津县里的有名恶棍施胜,诨号叫作施老虎的便是。施老虎有个妹妹,是直隶藩台的姨太太,宠爱得了不得,施胜仗着她的脚力很大,便在这天津城里欺人生事,无所不为,却同田慕樵是个对头。

施胜见田慕樵坐堂受理,仇人相见,气得牙痒痒的,毕竟不敢违背王章,勉强跪下,呈上状词。田慕樵把状词接来一看,更是吓得魂不在身,是怎么一回事呢?

施老虎的母亲已经大病在床,火烧三角的信,把他妹妹在藩署里请了回来。施姨太太对李藩台请了两天的假,把亲生的一个小公子带回家中。

今天晚上,施姨太太见母亲吃过了药,便去房中睡觉,因为这小公子是个娇生惯养的龙蛋,在乳妈怀里睡不大放心,施姨太太特地把小公子抱在被窝里同睡,榻板上是睡的两个侍女,一个唤作迎莲,一个唤作送菊。

施老虎是有点儿把式的人,不在他母亲房里听呼应唤,反在他妹妹房外保镖。施老虎的意思,就是怕天津近来的奸杀盗案太多,本不愿把妹妹接到家中担惊受怕,恨得那死不了的老东西暗地里托张请李,一封信把妹妹、外甥子请来。想李藩台只有这个公子,万一有个差错,那就推扳不起了,所以施老虎秉着赤胆忠心,不但自己不敢睡觉,又招呼几个徒弟在外面敲更打鼓,好像顷刻间便有强盗来奸杀他的妹妹,伤害他的外甥似的。

哪知二更向后,忽地觉得一阵风吹了进来,咯吱吱一声响,那两扇房门已吹得开了。施老虎知道不妙,拿着一柄雪亮的大刀,奔进房来。房里高烧着手臂粗细的一支大蜡烛,闪烁无定,迎莲、送菊都在榻板上睡着了,施姨太太还睁着眼珠睡在被窝里,那个小公子已被惊醒得哭起来了。施姨太太一壁拍那小公子,把自家奶头子塞在小公子的嘴里,那小公子方才住哭,一壁便向施老虎问道:"哥哥,这两扇门是不是你踢开来的?"

"来"字刚才出口,接连便听得施姨太太一声怪叫,仿佛瞧见一道电光从房门外闪进来,一转瞬间,这电光便不见了。又听那小公子哇地哭了一声。

施老虎猛地听得房外的脚步声响,便握着大刀向房外追来。

这时,迎莲、送菊都惊醒了。施老虎见屋里背面站着一人,手里拿着一把剪子,施老虎更是急得心里发慌,不问三七二十一,握着大刀,拼命似的杀来。却见左边一个人,手里拿着一把剪子,右边一个人,手里拿着一把剪子,前前后后,好像有无数的人,一个个手里都是拿着剪子。

施老虎也顾不得他们人多势众,劈面一刀,向一个人砍来,似乎砍中了那人的脑袋。谁知那人并不曾受伤分毫,施老虎的大刀早已脱手而去,扑地飞落地上,还在下面活活跳跃。施老虎便捧着手叫痛起来,待要拾起那把大刀,手上已痛得不能动弹。再瞧背面还是站着一个人,手里仍拿着一把剪子。

即听得那人笑道:"你这辱门败族的妹妹,在李藩台署中,舌剑上不知冤杀多少好人,被窝里不知诬害多少好官,老子特地用这把剪子取她的性命,却不和你计较。劝你再也不必拿刀动枪,替老子送行,老子不陪你开玩笑了。"说毕,便把身子一闪,登时不知去向。

施老虎吓得愕了半晌,慌忙转入房中。这时候,迎莲、送菊都惊得抖起来。施老虎也不急问她们,一翻身爬上床来,还见他妹妹桃腮含笑,杏脸生春,闭了一双娇眼,鼻孔里有呼呼的气息。施老虎兀自心里一笑,暗想,我妹妹并不曾吃那厮杀了,那厮对我所说的话,是要面子的,我妹妹还不是好端端地睡在这里。

施老虎即焦雷般地叫道:"妹妹快快醒来,醒来!"

似这么叫了几声,施姨太太仍然是不答应。忽地见她花颜上顿现出金箔的颜色,金粟子比菜籽还大。施老虎方想起妹妹在这惊惧的时候,不会睡着,鼻孔里转听不出半点儿呼吸,是绝定死了。致命伤却在哪里?

施老虎禁不住心酸一阵,密麻似的泪珠从眼角上直滚下来。掀开被窝一看,不看犹可,这一看,施老虎更是魂不在身,原来这个龙蛋外甥睡在他妹妹怀里吃奶,奶头子还塞在嘴里,小脸上两个血痕冒出,施姨太太满怀的鲜血,脸上更是血迹淋漓,只看出这两个血痕是在两边的小腮鼓上。这剪锋又插入施太太的乳旁,施姨太太心上心下插了一寸深的两个岔儿,心包络已受伤,岔缝内的心血喷出缝外,连被窝都沾染了一片的血。再瞧这被窝上也有两个剪缝,施老虎见他妹妹的中衣穿得服服帖帖的,料知是不会再有伤迹,施老虎便叫了一声苦。

迎莲、送菊见此情形,忙得连外衣都来不及穿,一齐在被窝里跳下床来,一声太太一声公子地号啕大哭,早惊得施家男女上下人等,除了施老虎的母亲而外,连几个打更的徒弟都一窝蜂地跑进房来。

施老虎一壁哭,一壁向那几个徒弟问道:"你们可见得那刺客没有?"

众徒弟齐声嚷道:"这是哪里的话?我们若见了那厮,难道还吃他逃跑不成?"

施老虎鼻孔里哼了一声,走下床来。这时右手已恢复了自由,施老虎从房外拾起那把大刀,向门外便走。家里的人都以为他是追赶刺客去了。这几个徒弟嘴里会说大话,实则都是饭桶,谁也没有这胆量敢帮同施老虎赶杀刺客。

施老虎的母亲睡在那病床上,听见里面闹得叽叽嘈嘈,可巧房内连一个小丫头都没有,没处可以问话。却听得施老虎发狠的声音,接连便见施老虎跑到床前,手里竖着一把大刀,气冲斗牛,把刀指着他母亲骂道:"都是你这老货引出来的祸事,可怜妹妹、外甥两个,都被刺客用剪子杀了。依我的性起,就该赏你一刀!"

他母亲被他这一顿骂,便颤声答道:"如果我女儿同外孙出了岔事,这日子我也不愿过了。好儿子,你是把我杀了的好。"

施老虎道:"你还说呢!你是我的什么人?我因为出了这样的祸事,没处发这牢骚,你不是活活地害死我吗?"

说完这话,施老虎见自家宁氏妻子走进了房,急吩咐她小心伺候母亲。施老虎连夜请了一位讼师先生,写好状词,便到衙前击鼓。

田慕樵见这案情重大,不敢擅自做主,便惊动甘福生亲自带领仵作等人,相验已毕,开了伤单,慌忙备好文书,连自家娇娜女儿自尽的事,另写下一道详文,申详上宪,镇日价追比捕头,缉获刺客强盗到案。

不料天津的盗案并及剪辫子的案件发生太多,这第二日晚上,同义兴木行里陈老板,同一个江西木客结算账目,无意中失去他们的两条辫根子;夫子庙里的孙儒臣教授,大帽上被人剪去一个顶子,一个却剪成了两个半颗;萧梅麈生在睡觉的时候,颈项里不知怎的,被人戳成两条血缝,早已身死。孙作之、胡慎斋、吴凤楼、解士屏、石丽卿这一干人,三日前因为在烟铺上抽烟,都被人剪去辫子,于今脑后都害了砍头疮。孙作之直害得脑袋迁都,已经呜呼哀哉,伏惟尚飨了;胡慎斋也追随孙作之到泉下去了;吴凤楼、解士屏、石丽卿三人,这时都呻吟床榻,也去冥路不远。各家已备文在案。

甘福生每日见盗案剪辫子案件,纷至沓来,但盗案是不问青红皂白,都是红刀子及采花的案件,剪辫子的案却与盗案迥不相同,事主除失去辫子而外,并不损失什么,而且被剪的人都没有善良君子。甘福生因孙作之、胡慎斋等这一干人剪去辫发以后,都害了砍头疮,那婊子小红也害砍头疮死了。甘福生提心吊胆,怕自己害砍头疮,尤其是李藩台的姨太太、小公子这件命案,干系不小,万一不将那凶手捉住,自家便不害砍头疮,这颗头仍免不了是要砍的。

甘福生越想越怕,并且娇娜死得可怜,小红也死得奇怪,一时坐卧不宁,像似四万八千毛孔,一个毛孔里都刺下一根针。哪知天下事竟出人意料之外,甘福生依然无恙,固没有害砍头疮,上峰回文到来,娇娜亦请旌受褒,不过强盗是要捉拿的,至于这飞来剪的各种案件，只好缓作良图。上峰各衙门内已谕知甘福生奉示照办，李藩台又写下一封私信，这信中的关节，是知照甘福生不必和那凶手妄结冤仇，可捕则捕，不可捕慎勿妄动。

甘福生做梦也不打算李藩台有这样的信件，便猜着各衙门的回文皆由李藩台从中回护，所以才把这案成了拖案。甘福生对于李藩台的私衷感激，固不待言。

施老虎把妹妹、外甥两具尸骸收殓起来，李藩台命将这两口灵柩停在天津万寿寺里。甘福生也收殓了娇娜。

诸君诸君，要明白李藩台果然宠爱施姨太太，然而爱惜那小公子的心思格外特别不同，李藩台已是六十岁的人了，膝下只有这个公子，又生得怪疼人的，粉装玉琢一个小脸蛋儿，白里透红，娇嫩清细，捏都捏得出水来。凡是李藩台的朋友，见了这小公子，都称赞他是天生美质，将来毕竟不凡。李藩台也因为他母亲玲珑娇嫩，所以才会养出这个玉人儿来，好不得意。

施姨太太回家省母的时候，李藩台见小公子和她同去，第一个先不放心，无如这小公子不肯离开他娘，李藩台也不肯使他母子一刻分拆开来，只好令施姨太太带他同去，速去速来。这施姨太太是个细心小胆的人，本来着令四个卫兵保护她母子回娘家去，无如李藩台大太太的醋劲比他那衙门还大，巴不得她母子早死早好，只恨不便下手，将他们处置死地。于今听得她母子回娘家去，便暗暗把那些卫兵支开，好像她母子一路之上便有人前来暗害似的。施姨太太因为自家是个小字班的人，不好同她参商，料想便是我母子到娘家走走，不见得就有人刺害。我这时候和她计较何来？

李藩台打从她母子出衙以后，那夜便宿在大太太房里，翻来覆去，只是睡不着。刚在入梦，便见她母子血人儿似的倒在自家的怀里，哭个不住。李藩台只吓得跳起来，可巧被他大太太推醒。

李藩台便呢呢喃喃地说道："好生睡觉吧，你想同我干什么呢?"

大太太向李藩台啐了一口道:"呸!谁想干什么来,你瞧这床上是一件什么东西?"

李藩台在烛光之下,瞧见一把剪子,又插在床柱子上,余劲未衰,还在柱子上摇动着。只吓得李藩台索索地抖,口里只嚷着:"捉……捉……捉拿刺客!"

"客"字未曾嚷出,早见一个人闪到面前,穿的一身奇怪的衣服,口下垂着三绺胡须,向床柱上把手一招,那剪子忽地跳起来,飞到那人手内。

李藩台格外吓得冷汗交流。那太太自然是缩头不迭,舌头短进去伸不出来,李藩台便抖着问道:"你是谁?"

便听见那人吆喝道:"害民贼,你要问老子吗?老子要转问你这害民贼,你是个什么官,做的什么事,听得哪一个的话,害得哪几个人?老子很愿取你的性命,替直隶除去一只毒蟒。但是你能醒悟过来,嗣后听凭老子除奸杀暴,不许你再说废话。万一执迷不悟,包管你死在老子手里,你那一妾一子的死时情形,便是你的现成榜样,你明白吗?"一面说,一面把剪子在李藩台面前闪了几闪,便不见了。

李藩台夫妇二人险些把心胆都吓碎了,倒是李藩台忙中有识,吩咐大太太不许惊动衙里的人,料想这人的本领很大,便把天津城里的人马一股脑儿接拢得来,也没法能够拿他得住。自家平日那种炙手可热的威焰,所杀的人,所坏的官,完全明白是害在施姨太太身上,揣度这人的语气,他们母子都被杀死了。照这样看来,我难道抱这条老命,真个交给这人的剪子下吗?只要我再不出这岔儿,快活到一百年后,就丢去这印把子,我也够本。什么坏心术的事,我固然是不敢做,也不必做了。至于儿子不儿子嘛,这时候我是问不了许多。

想到这里,便劝大太太不用害怕,不用烦恼,说:"这人已经走了,只要我依从他所说的话,断不至于再来找我麻烦。我从今不用使小百姓们见了害怕,当然是不怕他了。据他说起来,狮儿和施姨太太已被他杀死了,死了儿子,我哪有不伤心?银钱便是儿子,有了银钱,自有甥外子侄来孝顺我,没有银钱,有儿子待怎么样?不呀!狮儿这个孩子,今年才交两岁,在他娘怀里有说有笑,我倒不忍见他死时的状况,见了就要痛哭。拿性命替他雪冤,白送了性命是无益的。便把凶手拿办到案,我儿子还是不得活来。"

夫妻各自安慰一遍,忽听屋上一阵瓦响,李藩台又惊得六神无主。恐怕方才那种薄情寡恩的话又被那人听见,免不得又来麻烦,夫妻抱头而哭,又索索地各自抖个不休。

欲知后事怎样,且俟十八回再续。

第十八回

深闺小语怪侠何来
古刹寻踪伊人宛在

话说李藩台听得屋上瓦声作响,生怕那人听他说这薄情寡恩的话又来找他算账,只吓得抱着他太太的脖子,索索地抖。看看窗门又不曾关好,心里更是害怕,准备起身走到窗前看个明白。恰没有这样斗大的胆,他太太又生拉活扯地不许他起来。

这时候,猛见一条黑影穿窗而入,李藩台夫妇都悚得毛发俱竖,险些把爷娘都喊叫出来。及听得喵喵地叫了两声,李藩台夫妇偷眼一瞧,原来并非别个,乃是一只胖大的黄斑狸猫。

夫妇二人这才心安魂定,一夜无话。

第二日清早起来,便得到施姨太太同狮儿的凶耗。李藩台即向施家送信的人问道:"为什么施阿舅不亲自前来?"

送信的人答道:"施大爷是到县里报案去了。"

李藩台听了,沉吟半晌,当日把施老虎唤到署中,拿出一张银票,命施老虎将施姨太太母子的尸骸暂行收殓。施老虎正猜不着他是什么用意,只得唯唯领命而退。李藩台即派人到各衙门里,带了这信,托他们不必过分追求。

这天接到天津县的详文,李藩台暗想,这刺客与强盗不是一人,刺客是不容易拿办的了。倒不可放着这强盗不管,拿住了强盗,牛替羊死,也好替他们母子胡乱破案。

原来那时候的直隶大员,日间都去饮酒宴会,不理公牍,晚间又陪着姨太太谈笑。天津城里出了这么多的奸杀盗案,甘福

155

生固然从轻详报,各宪署公牍人员都由各长官吩咐他们,对于民刑各案,都得自由批复,不必由自家亲自画行,自家对于个人应酬,忙个不了,哪里有这闲暇工夫去问这些不关紧要的民刑各案? 所以天津城里虽发生这么多的离奇案件,那班养尊处优的二品大员,心里固不屑理问这些案件,文牍人员也用不着在长官台前摇唇弄舌,各大员都深处燕幕,哪里明白外面出了这样乱子? 不是施姨太太母子被飞来剪刺杀了,各大员还不晓得天津出了刺客,怎会知道还出了个吃人不吐骨头的江洋大盗?

施姨太太母子都被刺杀,甘知县的女儿又被奸杀,看看这混账王八羔子的刺客强盗要闹到他们的头上来了,哪有再坐视不理的道理? 不过他们先后又受使用了飞来剪刺客的申斥教训,任凭后来的奸杀命案,以及剪辫子的案件发生过多,他们是不敢和刺客作对,连强盗的血案也慢慢地拖延下去。他们自视人民的事,本来与自家做官的人无关,难道那使用飞来剪的卫杰既禀赋得侠胆义肝,就听凭这江洋大盗杀人如草,赤手熏天,一问也不问吗? 做官的人所能办得好的事,做侠客的可以不问,做官的人所办不到的事,不是做侠客的从中办来,天下事还有什么一线光明?

卫杰在中和山石洞里所造就的武功文学,日受朱天齐的面命耳提、心传口授,本富有种族思想,不外"排满兴汉"四字,然这四字的归宿,仍不外乎救民,所杀的皆是害群之马,这种害群之马,委实没法能令他再为良民,杀即是生,生即是杀,不明白这个道理的人很少很少。然而也有许多可杀的人,有不忍杀的,不便杀的,不屑杀的,倒也可以不杀。如果不杀,不去薄薄地警诫他,叫他回过味来,懂了人事,也没有第二种办法。

杨小红是卫杰杀的,施二姨太太不是卫杰杀的,李藩台所见的那个使用飞来剪的,不是卫杰,其他各宪署所使用飞来剪的申斥教训,却是卫杰,天津城里城外所发生飞来剪的案子,不下百余件,究竟哪一件是卫杰干的,哪一件不是卫杰干的呢? 单以不死的人论来,剪辫髻的人是卫杰,不剪辫髻的另用第二种吆喝手段的不是卫杰。再从死的论来,卫杰刺的都是害砍头疮死了,不是卫杰刺的,就没有害砍头疮,当面开销,都死在一把飞来剪上。

究竟这第二个使用飞来剪的却是谁人?不是卫杰、常伯权在清江西坝大槐树下遇的那人,却是阿谁?那人是侠客还是强盗呢?虽然强盗面上没有写着"强盗"二字,侠客面上也没有写着"侠客"二字,这强盗是何等的败类,那第二个使用飞来剪的,又是何等的高傲。请看书的先生自己辨来。但是那剪去顶子的孙儒臣回家抱小孩子去了,天津的贫寒士子都弹冠相庆。徐鼐梅刺死以后,真是欢声载道,天津城里又少了一个作威作福的人。同义兴木行里陈老板,和一位江西木客,两人都害了砍头疮,倒免却一件图财害命的重案。

第十一回书中所叙的各种奸杀命案,在稍明白事故的人,就猜着卖糖饼的小阿哥,是因为无意中识出强盗的真面目来,却被他赏了一刀,东门开豆腐店的新娘子,是先和强盗发生了关系,然后又嫁人为妻,所以新娘、新郎两个都被强盗杀死。其余如许二寡妇的五岁儿子、许秀才家小姑娘的各种案件,真是冤哉枉也,姑娘、小孩子的阴灵不灭,不必恨这强盗,只怨自家命薄,做了这恶浊世界的牺牲罢了。唯有薛捕头这案,虽然不像似强盗做出来的,然后来已为强盗当堂供出,这倒是强盗做的好事。大生堂小老板娘子的赤金项索是强盗劫去的,晚间主婢二人双双被杀死,是因为这小娘子不孝翁姑,婢子又信口雌黄,助桀为虐,那第二个使用飞来剪的人,不晓得内中情节则已,于今既探听出来,却容她二人不得。

作书的既将各项案件分说已毕,一支笔仍写到卫杰身上。

常伯权帮助卫杰,无意中不知做了多少侠义勾当。这天一更向后,卫杰回到房中,与瑞姑喁喁人语,忽听得空中有飞行的声音,似乎已落到屋瓦上面。这种声响,别人是听不出的。卫杰也辨得不是常伯权飞行的声音,不由竖目而视,侧耳而听一会子,却听不出什么来,遂装腔作势似的低声喝道:"屋子上是哪个朋友鬼鬼祟崇地伏在那里？明人不做暗事，不妨请出来，大家会一会。"

接连问了半会儿，全没有人答应。

瑞姑从旁笑道："这是哪里说起？你真个看见鬼了，好好的还不睡觉，在这里装腔作势干什么？"

卫杰也不理她这话，猛地从身边取出一把剪子，向天花板上掷去。这把剪子，比近时所用枪弹格外厉害，剪锋是合着的，把天花板戳了一个缝儿，剪尖钻到屋上，剪把子也在屋瓦里飞出来。卫杰仿佛明白这剪子是不曾刺着那么一个人，一招手，剪子已到掌中，从天花板上，却看见外面的半天星光。

即听得屋上有人低声说道："未会面，何必下这种毒辣的手段？兄弟未尝没有一把飞来剪，你看准了！"

"了"字才说出来，哗啦啦一声响。卫杰在这发响的时候，一把抱住瑞姑，把身子跃到床上，即见一道青光从天花板上闪下来，一把剪子已插在地板上，天花板上又裂成一个缝儿。一瞥眼，便见这把剪子还从地板上自由自性地拔起来，仍在原缝中钻了出去。

这时，卫杰又听得一阵飞行的声音，明白那人已是走了。奇怪，房里闹得惊天动地，房外的人并不觉得有半点儿的响动。一则因为两人的技击娴熟，二则外面的人都在店里，如何听得内边这样的响声？

瑞姑一时惊定，把个脸直仰到卫杰的项脖子上，轻声问道："哥哥，你会玩把戏吗？一个人怎说出两个人的话来？我疑惑方才在屋上答话的人怕就是你。你会玩剪子，我怎么不会玩剪子？你这法术，是在哪里学来，也不传给与我，好忍心的哥哥！"

卫杰道："我哪有什么分身的法儿？不过会玩玩这把剪子。于今我还瞒你何来？我这剪子，是今天来了一个朋友送给我的，我并不会使用。方才拿出来试一试，听那屋上答话的人就是我的朋友。"

瑞姑笑道："原来是这么一回事，这些话大略都从你心坎里抽出来的，一句不假。你既然有眼看得起我，对别人可以说假话，不至于对我再说假话。但是我们女孩儿家，心小胆窄，我听得天津城里出了一个剪辫子的,又有一个什么江洋大盗。我说句歪心的话,那强盗就怕是剪辫子的无空过,强盗到我这里来,是没有空手回去的道理。而且大本领的强盗盗了你的东西,叫你当时不得明白,除非日后检查出来,方才想到是强盗偷劫去的。我这房里值钱的东西太多,不妨请你细细地替我检查检查,可少了什么没有?"

卫杰向来对于瑞姑的爱情如宾如友,瑞姑心里想要请他做什么,他瞧见瑞姑的情形,不待瑞姑要求,已把这件事顺手办来。于今何忍便违拗瑞姑,奉行公事似的,在房里检查一下子,哪里少个什么。

卫杰即向瑞姑笑道:"那个人实在不是强盗,并不曾跑到这房里来,我不相信便少了什么。"

瑞姑又笑问道:"可多了什么没有?"

卫杰猛听得这一句话,暗想,我这闷葫芦已被她打破了,可见她们女人家的心思细密,居然在事前能瞧出我的破绽,与我们这些蠢蠢浊物大不相同。

心里是这么想,嘴里仍是不肯吐露,笑起来说道:"那人难道把什么东西放在这房里吗?不过这房里就多了我一个人。"

瑞姑笑道:"多了你一个人,就多出若干的东西来了,你检查是肯检查出来的。我拿出一样东西给你瞧瞧,我恐怕这东西也是强盗送给你的。"

边说边从枕边捧出卫杰自己买的那个箱子,那箱子上一把铜锁早已扭得开了,瑞姑从箱子里拿出两套黑白夜行衣来,说:"哥哥,你瞧瞧这是什么?"

说得卫杰脸上红了一阵,慌忙关好房门,跑过来抱着瑞姑,亲兄弟好妹妹地乱叫。

瑞姑抓着夜行衣笑道:"你干的好事一点儿也不给我知道,你平日待我的心肠全是假的。你赶快杀了我吧!万一让我抖出这东西来,哼哼!我怕要丢尽你祖宗十七八代的脸子。"

卫杰忙赔笑道："好人,我是知罪了,你怎么说我丢了祖宗的脸子?"

瑞姑也笑道："难道就许你欺瞒着我,就不准我冤赖你吗?你做的那些奇奇怪怪的勾当,哪里能瞒得过我?我还要问你一句,你有了一把剪子不离身边,还把我那把剪子藏着,你剪的辫髻丢向哪里去了,能不能拿出来给我瞧瞧?"

卫杰料知是不能瞒她的了,谅她是个细心人,断不至露出一点儿风声,便将十三年经过的种种历史,并同在天津所做飞来剪侠义案件,如村塾蒙童背旧书的一样,背得一字不遗。

瑞姑笑道："那些辫髻埋在常伯权的床下,终是祸胎,烧去就完了事了。怪不得你同我在一床上睡,你没有安慰我这心肠,你已看上一个人了。这人的神情举动,我见了也留情,何况你们男子汉呢。这件事我是不能怪你,各人凭各人的良心罢了。但是方才那人,我疑惑他不是你在清江西坝上遇的那位华胄公子,他第一句就说是未会面,可见他当然是另一个人。原来有三个使用飞来剪的侠士在天津城里、城外锄奸杀暴,却不能捉那强盗,难道你们的本领还不能奈何这强盗吗?"

卫杰道："这强盗真个了得,我们若不设法捉他,他就做了一辈子的奸盗命案,也没有官府能奈何他了。我为这强盗辛苦了数十夜,连一个强盗的影子都未瞧见,却从何处捉得他住?他的本领比我们还大。今晚我已约同常伯权到城外密探暗访,再不能陪你多谈了。"

一面说,一面便换了一身白色的夜行衣靠,开出窗门,一飞飞出房外,把屋上的瓦屑收拾一番,填了两个剪缝。

瑞姑也从箱子里取出两张花纸,从茶壶里倒下半钢盆的温汤茶来,拿了一包糊鞋底的麦面,放在温茶里,匀好糨糊,粘在花纸上,把天花板上的剪缝都糊补得看不出来,方才上床安寝。

且说卫杰飞到常伯权的屋上,跳下身来,见他那卧房内黑洞洞的,窗缝里塞着一个纸卷。原来这纸卷是他们的暗号,常伯权夜间外出，窗缝里便塞着这个纸卷。

这时，卫杰猜着常伯权不在房中，大略是探访什么去了，只好只身飞到空中。是夜星光遍天，那木梳似的半边月亮渐渐从海角里吐露出来。卫杰在月下飞来飞去，却瞧不见有什么飞行的人，连忙飞出城外。

约莫又飞了有四五十里，忽见东南角上现出一道红光，在眼前闪了一闪，便过去了。

卫杰便飞转身来，跟着那红光的所在飞赶上去，哪里还能赶得上呢？只见那红光落在一座古塔尖上，便不见了。卫杰迎着东南风向古塔飞去，一会儿，已飞到了。看见塔边有一座荒凉佛寺，并不高大，这塔也瓦破垣颓，上下五层，只剩了一个架子。

卫杰在古塔中上上下下，找了几遍，找不出一个人来，这才落下平地，转到寺前。那寺门紧紧关着，抬头一看，门额上写着"笑佛殿"三个金字。卫杰不便开寺门，即飞到前殿上面，瞧见对过有一间寮房，荧荧灯火，从纸窗里透出来。卫杰既飞到那寮房之上，用珠帘倒卷的身法，双足钩住檐角，把身子倒吊下来，舐开纸窗，仔细一瞧，见寮房内一张床上，躺着五十来岁的一个枯瘦和尚，兀自鼾睡不醒。床上也没有被帐，一张短杌子上放着一盏瓦灯，房内并无别物。

卫杰暗想，我师父常言，方外的尼姑、和尚，有本领的很多很多，虽然这和尚瞧不出便是个有本领的，然而方才那道红光落在古塔尖上，这道光在我们眼中看来，什九是穿着红衣靠的飞行剑侠，我在古塔上找来找去，不见得有那么一个人，不是在这寺里，难道钻到土里去了吗？

卫杰暗想到这里，到底怕这和尚是有特别的本领，而且这寺中的人约莫不只有这一个和尚。仍然把身子缩到屋上，纵下平地。眼看大殿上连窗槅都不完全，便向殿中趱去。虽然佛座前没有点着佛灯，他们做侠客的都练就了一双夜明眼，月光射进屋中，辨出神龛里有三尺来高的一尊欢喜佛，金身剥蚀，灰尘要扑下一大斗来。两边的十八尊罗汉也有欹斜的,也有睡卧的,有缺了一只脚的,有坏掉一双手的。殿上一没有钟鼓,二没有香烛,更谈不到找着个殿师和尚。这寺只有三进,前后两进,不但寻不到和尚,连一个道人都没有瞧见,两边厢房里,更是空空如也。房里的瓦屑反而要拢成一个瓦堆。

卫杰在各殿、各房都寻觅过了,便踅到香积厨中,这厨中连锅灶总破坏不堪,仍是不见一人。

卫杰便转到那僧寮外面,向窗洞里再瞧一眼,究竟这和尚有没有惊人的神态,或者他便是那穿红衣靠的飞行剑侠,就此问出强盗的踪迹,也未可知。谁知朝内一看,哪里有个老和尚在床上睡觉?只剩了一个空房,那一盏瓦灯,光摇油尽,灯盏里沾满了灰垢。

卫杰暗暗称奇,正在想得出神,陡觉背后有些风响。忙回头看时,只见一位面圆身细的红衣少年,伸手来提卫杰的辫发。

卫杰忙使了一个鲤鱼打挺,把身子偏过来,向那少年笑道:"大水冲到龙王庙,自家人怎么在自家人头上动起手来?"

那少年很诧异地问道:"说什么自家人不自家人的?夜黑更深,到这里干什么?寺里又没有什么东西偷劫,你这副眼珠,是怎么安着?"

卫杰暗忖,这人年纪不到二十来岁,手段亦复不弱,看出他是个了不得的人,方才那道红光怕就是他,像这种人,何妨结识结识,不过要防他是个强盗。遂拱了拱手笑道:"夜静更深到这里,原不妨事,休说这里没有东西偷盗,做强盗的也不到这里来。老兄既冤赖兄弟做盗,老兄到这里干什么?老兄不承认兄弟是自家人,兄弟却认出老兄和自家是一样的路数。兄弟说句冒昧话,很情愿同老兄做个朋友。"

那少年还礼笑道:"你我今夜相逢,真是难得,兄弟说话喜欢斩截,请问老哥姓什么,叫什么,哪里人氏,贵老师却是哪个?"

卫杰不便说出自己的真名姓来,随口诌了一个名字,说北京城里的人氏,敝师是四川朱天齐先生。转问少年。

那少年说:"姓贾,名诚,山东郓城人,朱先生是兄弟的师叔。"

卫杰讶道:"这可奇了,敝师不曾对兄弟说有个师兄,兄弟哪里明白还有一个师伯?"

那少年道:"你当真不知道吗?请问米南琦老先生,是师叔的什么人?"

卫杰只摸不着一点儿头脑,说:"兄弟抱歉得很,委实不知。"

那少年瞧出卫杰的先后神形,便什九估量他这些话方是真的,倏地沉下一副铁板式面孔,怒道:"你这东西,胆敢妄称朱师叔的徒弟,到真人面前来说假话。我险些被你这东西骗了,还不跪下来,给我结结实实地处置一顿!"

欲知后事怎样,且俟十九回再续。

第十九回

入隧道英雄吓英雄
设牢笼强盗赚强盗

话说卫杰倏见那少年板下一副面孔,说出要下手处置他的话来,遂急忙分辩道:"兄弟不是朱天齐的徒弟,如何能知道朱天齐的姓名?朱天齐向来不肯对外人吐出真名姓来,老兄还要三思。处置兄弟,便是处置你的师叔。"

那少年侧面思量一会儿,笑起来问道:"朱师叔是甚样的面貌?多大的年纪?住在哪一块地方?出生的时候,穿的哪一类人的衣服?你是朱师叔第几个徒弟?"

卫杰便一一答了。

那少年点头道:"我知道了,你藏着一肚子的明白说糊涂话,你的名字分明叫作卫杰,却说什么韦坚不韦坚的。你若爽爽快快地就说你绰号叫飞来剪,我老早便知道了。你我既为同道,便是朋友,你的年纪是比我小,我师父又是你的师伯,大家不用客气,你就做我的兄弟也使得。"

卫杰被那少年说得天花乱坠,安得不信,便问:"师伯究是谁人?"

那少年即直说道:"你于今欲捉那个江洋大盗,若非我师父出力,是不中用的。我且与你瞧个玩儿,然后再引你见我师父。"

一面说,一面把卫杰引到笑佛殿上,从神龛里捧出一个血淋淋的人头。

卫杰看见这人头上剃得光滑滑的,有十二个铜钱大的戒疤,脸上纹皱皱的,短促促的胡子上血迹模糊,辨出是方才睡在床上的一个五十来岁的枯瘦和尚。

卫杰诧异道:"这和尚有甚罪过,竟劳动老兄亲自动手?还望老兄明白宣示则个。"

那少年也不答话,把人头仍放在神龛里,从身边取出一幅方巾,揩去手上的血迹,随便摔去,走至殿左罗汉台上,拣出一根挑花的细针,在一尊立着纹风不动的罗汉身上,摇了几摇。哪里还能摇动,这罗汉脚上,像似生了根的一样。

卫杰起初见殿上十八尊的罗汉都是欹斜睡卧,唯有这尊罗汉是立着的,然而当时不明白这尊罗汉大有神通。

那人便向这罗汉笑道:"好朋友,你不用赖在这里,还不给我让开些。"边说边拿着这根针,给罗汉掏耳朵。

两个耳朵刚才掏完,猛听扑通扑通响了几声,那座笑佛殿登时便旋转起来。又听得砰的一响,那里罗汉台已不见了,一座黑压压的佛殿,像似倒下来一般。

卫杰这时也不知身在何地,眼中幸看出那少年说的所在却离身边不远,瞧来方知这是一个隧道。暗想,这少年莫非是个江洋大盗?江洋大盗却杀这和尚做什么?横竖我今日身落陷阱,明知能耐不是他的对手,然既被他识破,眼看要死在这里,不若就此下他的手,死活存亡,也顾不了许多。想着,即掏出瑞姑所赠的一把飞来剪来,喝一声:"着!"

那少年行若无事似的,这剪子正刺在他的咽喉,却不能伤他分毫。

卫杰收了剪子,禁不住害怕起来,又想,我这剪子,莫非走失了灵性?我又不曾妄杀一人。正在这么想着,那少年左手拉着卫杰,右脚向前一踢,又踢开了一扇石门,现出一个光明世界,石门上又写着"极乐世界"四字。

卫杰身不由主似的,随着那少年向门内走去。闪目一看,只惊得四万八千毛孔,一根毛孔都出了一粒冷汗。

原来里面的是一座三大间的高厅，当中摆着一张木桌子，两边都设着一例的象牙八宝床，床下的悬帐都是大红洒花锦缎的，垂着一例的粉红帐须，厅内灯烛齐明，地板上安放着暖烘烘的十来盆炭火。有二十来个粉白黛绿的妙龄女子，都脱得精赤赤的，一丝不挂，也有睡在床上的，也有坐在桌子四面的，也有靠着火盆烘火的，歌的歌，笑的笑，玩的玩，哭的哭。一时声音嘈杂，不在天堂，不在地狱。

卫杰见此情状，又是怕到极处，又是恨到极处。

那少年倏地抽出一把风飕飕、寒灼灼的刀来，在卫杰面前一闪。

卫杰像似真魂腾了空的一样，昏昏中不知经过几许工夫，耳朵里仿佛听出那少年唤他一声朋友。卫杰睁开眼来，什么天堂，什么地狱，却不见了，自家的身子却与那少年立在一个窄狭的所在，黑沉沉的尽能辨出那少年的面目。心里已不望有活命了，却想起师父是如何的期望，瑞姑、荷生是如何的恩爱，天生着这副侠骨柔肠，竟如此糊涂结局，禁不住兀地洒下几点英雄泪来。

那少年便笑着说道："朋友，你想必受了些惊恐，其实我若同你是一般见识，起了那杀人的念头，也不到这时才下手了。

"朋友疑惑我是个江洋大盗，你的眼力果然不错，但天津城里的奸杀盗案，并不是我做的。朋友身边有两把飞来剪，我身边只有一把飞来剪，我今天初到天津，便认出你是一个同志朋友。

"你为那东西费了几许的心思，我的心思比你更苦。方才在你屋上和你开那玩笑，我撇着北京的话，不是山东人的口音。飞行时候，我怕和你发生了误会，白伤了自家的人命，或者误会再伤了别人，所以把你引到这里来，瞧个明白。你所见的那道红光果然是我。

"那东西姓鄢名维邦，是山东人氏，在天津做了四五十起的红刀子案，还是小事，你可明白，苏浙各省的奸杀命案比天津还多，又把外省的年轻女子拐来的不下百人。我所杀的那个和尚，便是那东西的师父。

"那东西把拐来的女子都送给和尚消受,内中有许多不肯失节的女子,都被那东西杀死,塞在血洞里。还有被和尚强逼不过,也就舍身事佛,送到这极乐世界去。

"那和尚法名菩净,本领固属超群,心思格外细密,本是一个采花恶贼。因避免外人的耳目,二十年前,便在这笑佛寺里做了和尚。不上二年,他的披剃师死了,他便住持方丈,他一不念经,二不礼忏,三没有庵产,把寺中的挂单和尚都穷得像白鸽子飞到亮处去了,便是游方的和尚都见这笑佛寺穷得可怜,也没有肯到他这里望门投宿。不知他费了多少心血,造下了这极乐世界和血洞两个机关。他还有一种口孽,就是喜欢吃小孩子的心肝,外面的善男信女都看他香积厨下灰尘积得二寸深厚,好像他终天不得一饱。这佛寺瓦碎垣颓,更属荒凉已极,送他的粮食他说罪过,布施他的金钱修造寺院,他怕麻烦,因此都叫他作傻和尚。其实他暗地吃这小孩子的心肝,天津城里往往失了男女孩子,大家都疑惑和尚、尼姑拐的,哪个猜到是他这枯瘦如柴的和尚?他在那极乐世界里生活,除非贵为天子,富有四海,也不肯像他那般作孽,像他那般会享艳福。这些善男信女真是呆子?

"我的师父并不是朱天齐的师兄,我的姓名叫冯锡庆,不叫贾诚,是山西人氏,不是山东人氏。朱天齐同我师父是个朋友,朱天齐的秘密,我师父完全知道,你若对我推诚说来,我又何必对你说这假话?那和尚同我师父是个朋友,那和尚的秘密,我师父完全知道,我师父若不和他假意推诚,我又何能使他信我不假?哪里打算他不是傻子,真是呆子,小有才大处是着想不来。

"那鄞维邦倒有点儿机警,他的本领在我师父之上,却比你大得多了。日间我师父骗他吃酒,他先前是不答应的,我师父明白,若用这软诱的手段是诱他不来,拿言语责备他,说他目无尊长,他便向我师父招赔了几句抱歉的话,仍然是摇摇头不答应。论我师父处置他的本领,不易办得到的,就是明目张胆把他杀了,我也不好便宜行事,下那和尚的毒手。

"我师父暗想,这东西动不动在那和尚的面前揭穿自家心里的秘密,说他们师徒都是清水下杂面地盗人家财物,不但没有做过采花折柳红刀子案,如果那人家的财物是正经路数上来的,他们连瞧也不瞧,而且盗的财物,大半都花在那没出身的穷苦人头上。他们古怪脾气,完全和咱们是一冰一炭,不能相容,表面上虽和咱们要好,骨子里是准备下咱们的毒手,咱们偏不上他这当。像这些一见百明的话,这东西也不知在那和尚的面前说过了好几次,那和尚虽然没有被他说得不理我们师徒,倒有防备我们师徒的心肠,但是仗着艺高胆大,料想我们师徒没有这能耐敌他得过,不怕我们师徒探出那两种机关的隐微秘密,反将这东西所说的话告诉了我们。明里是对我推诚,暗地是半玩不真地讥讽着我。我的徒弟已完全知道那两种机关的线索,我使他出那和尚的不意结果了和尚,若不趁此时候把这东西骗去,这夜里他师徒两个便不得拆散开来,却叫我徒弟如何便宜行事?

"我师父这么一想,明知请酒是不容易骗他的了,只得让他自去。附着我的耳朵,盼咐了几句,我便相机行事,回到师父那里,请来两个陪客,叫了两个土窑子里有姿色私娼的,师徒宾主,饮酒作乐,放浪形骸地划起拳来。

"谁知那东西太机警了,没有那样的机警,也不至上我们这当。那时见我师父请他吃酒,便怕我师父有害他的心路。我师父的心没有安在他的心上,总觉有些捉摸不定,他今夜便不到别处去了,暗暗飞到我师父的屋上,偷瞧我师父的动静如何。恰听得我们欢呼畅饮,便明白一世,糊涂一时起来,打算我师父请他吃酒是真的,兀地快活起来,那一阵阵的酒香又闻得他馋涎欲滴。他便跳下地来,入门又见这两个私娼坐在那两个陪客的怀里,对着口儿灌酒,像似雪狮子向火,骨里骨节都松化了。他平日虽在极乐世界里同那些年轻女子在一块儿厮混,然而都是他师父心头上的恋人,轮不到他有什么沾染的话。于今又闻得这阵酒香,这酒是桂子香酒做成的,本名叫回龙酒,又叫作酒做酒。这两个私娼一个唤作赵十姨,一个唤作许二宝。

"许二宝是许大宝的妹妹,牌面比许大宝长得俊俏。起初许大宝已和他生了关系,嫁给东门开豆腐店的。成婚之日,小夫妻都被他杀了。后来他对我说:'本来不愿杀许大宝的,一时气起来,便身不由主地将她杀了,心里老大的不得过去。'

"我那时淡淡地劝说他几句,他便到许二宝那里厮缠。许二宝心里是要替姐姐报仇,能力上是绝对办不来,只是对他流着眼泪,不肯依从。他想起许大宝平日待他的恩义,白杀了心头上这一个人,总觉得不快活,这回也只得忍俊似的放下了许二宝。再杀了许二宝,更对不起许二宝的姐姐。

"这些话他在我跟前说过几回,我当时心生一计,把这话告诉我的师父,通知了许二宝,准许日后给他们做媒。我知他见了这许二宝,免不了把心猿意马一时惹得麻烦起来。

"在这个当儿,他不由欢天喜地直嚷起来,说:'你们真好乐呀!亏我这会子抽点儿工夫到老仁叔这里来,你们带挈带挈我小鄨,想不妨事。'

"我师父也笑道:'请你便搭架子,谁叫你又蹓到这里来?你怎肯赏脸吃我这杯薄酒?去去!我是骗你的,害你的,杀你的,你不要自投罗网,上我这个当。'

"他听了我师父的这一派话,笑得嬉皮涎脸,说:'你老仁叔天能盖地大能容小,纵然做侄儿的不懂人事,于今已登门赔礼,你老人家也该容侄儿吃一杯酒。'边说边扑地翻倒在地,纳头便拜。

"我师父连忙扶起了他,请他在对面坐下。他向许二宝瞅了一眼,许二宝低下头来,扑簌簌眼泪落在酒杯里。他慌忙抢过许二宝的那杯酒,一饮而尽。许二宝随后来夺酒杯,他把酒杯放在桌上,一手在许二宝手心里一捏,一手把许二宝抱过来,说:'好妹妹,不用恼吧!'

"许二宝向他脸上啐了一口,说:'杀头的,哪一天才被官里

拿去破案,我才欢喜。我姐姐死得好苦,你还不可怜我,万一我日后嫁人,你又不肯饶我,我这颗心真是没有放着。'

"他赔笑道:'好妹妹,我是不敢了,我真该死。'说着,便动手动脚起来。

"许二宝道:'你放尊重一点儿,我这身子,你是近不得的,近了我这身子,你就该死,我看你是要死在这里。哈哈!你来得好,我斟酒给你吃,我这酒里放着毒药,药死你替我姐姐报仇。我身边还有刀,能杀死你替官里破案。'边说边斟下一杯酒来,说:'你吃下去死吧!'

"他登时便把杯酒接过,咕嘟咕嘟地饮干了,说:'就是毒酒,难得是妹妹斟的,我何惜为妹妹一死?'

"许二宝诧异道:'奇了奇了,怎么这酒是没有毒药吗?你可不疑惑我是害你,可给我砍你一刀。'说毕,便从身边抽出五寸长的解手刀,在他面前一晃,说:'看你这怪疼人的,我又不愿砍你,我赶快离开你这座位,不要把你的大腿压得酸疼。'

"他哪里肯放着许二宝顷刻离开,握住许二宝的手说道:'你把我这两条腿说得太没用了,像你这轻如燕子的人,只要坐得下,就能坐一百来个。你若离开了我,我就情愿死了。'

"许二宝道:'我坐在这里,我的心是不放在你这心上,果然你抓出心来给我瞧瞧,哪怕我就陪你吃过了酒,再睡一觉,这有什么?'

"他向来不曾听许二宝说出这疼人的话来,说:'你敢是要我的心吗?你拿去吧!'一壁说,一壁用手把一件一件簇崭新鲜的衣服都扯得破了,露出里面雪白的胸膛,说:'妹妹,我抓出心来给你瞧瞧!'

"许二宝急扯着他的手笑道:'我相信了,你掩好了怀吧!大凉的天气,酒后受了风寒,不是耍的。'

"许二宝刚说到这里,我师父忙向许二宝呵斥道:'小蹄子,不用瞎七瞽八地说谵语了,说恼了这鄢老爷,你可不要怪他。'

"许二宝笑道:'多谢老太爷同诸位老爷常要替我们做媒,

说他因为误伤了我的姐姐,心坎上有些对不起我,只要我和他在一块儿玩,什么事都不忍违抗我。于今我放胆说几句话,当他在这里吃酒,三面对审,这些话究竟是依我不依我呢?'

"他笑眯眯地说道:'我若有一件违你,我就对不起你的姐姐,除我师父而外,别人叫我向东,我偏要向西,叫我向右转,我偏要向左转,我就是这个古怪的脾气。于今既依了你,当然要把这脾气都改变了,你叫我跪,我是不敢站起来,你叫我死,我哪里还敢活在世上现形?你信我吗?'

"这几句话,把满桌的人说得都笑得喷出酒来。许二宝便使出最拿手的媚人态度,一杯一杯地把他劝得有七八分的醉意。这时候,天已黑了,堂上的灯烛光亮得同白昼相似,他在这烛光之下,醉眼惺忪,看见这许二宝的美丽容颜,比日间所见格外疼人,一心恋着这个活宝,却把他处处防范人的心思都抛向九霄云外。

"一时觥筹交错,赵十姨劝他三杯,我师徒拢共劝他六杯,两个陪客每人各敬他三杯,最后许二宝直把他左三杯右三杯地劝得烂醉如泥,一屁股坐不稳,从椅子上跌下来。那许二宝也随着跌在他的怀里。

"许二宝一蹶劣,爬起身子,看他躺在地上不肯起来,呢呢喃喃,不知说了些什么,许二宝又抱着他的头摇了几摇。

"我师父明白这是时候了,从身边取出一个八宝刀来。这刀是百炼的缅铁制成,比缅铁格外绵软,刀柄上嵌着珊瑚、珍珠、八宝之类,不会内功的人不能使用这刀。这刀是我师公传给我师父的。

"我师公有两个徒弟,大徒弟是瑞州陆春融,二徒弟是我师父山西苗铎。他们师兄弟两人当中,论起先天的各种功夫,算陆师伯为最,论起为人机智多谋,就得推我师父。我师公临终的时候,拿出两件兵器,一件是浑元一气剑,一件是一字八宝刀,那剑给我陆师伯留作纪念,这刀便赐给我师父了。我师父因为师公的遗爱,在这刀上也不知杀了多少不成才的英雄好汉。于今握着这刀,又有了四五成的酒意,刀仗酒力,酒助刀雄,即走近来呵斥许二宝:'且站远些!'嗖嗖嗖便捌到他的下路。

"岂知他倏地把两条腿分开,拔地跳起来,知道落了我师父的圈套,虽醉得像酒里蛆一样,不能运用内功,但他并不害怕,一闪身,已转到我师父的背后,把我师父拦腰抱住。他不醉并没有多么神力,一经醉了,便有拔山之雄、扛鼎之勇,把我师父掼跌似的掼倒地下。我师父这时候虽运足了气功,没有被他掼伤,那手里的一把一字八宝刀早已脱手而出,扑地抛落地下,心里也有些着慌起来。他也不敢在那里厮缠,一跃上了梁柱,打算从窗户钻出屋外。"

冯锡庆刚才说到这里,卫杰急插口问道:"这东西,难道吃他逃去不成?"

欲知后事怎样,且俟第二十回叙来。

第二十回

头颅大解脱血溅剪飞
师弟忽牵来魂惊胆落

话说冯锡庆听卫杰说是这东西莫非吃他逃走不成,即笑着答道:"哪有这样便宜的事?吃他逃走,我也不能到这寺内杀和尚了。这里有闷唧唧的,我和你再到佛殿上谈一会儿吧。"边说边用手在墙壁上敲了一下。

卫杰忽地像似在半空栽下的一般,转眼便见靠身的所在是座古塔,在月光下,瞧见冯锡庆指着鼻子晃着头地站在他面前,仔细再留神一瞧,辨出不是在清江西坝槐树下所见的那个少年。

冯锡庆仍同卫杰飞进笑佛殿内,两人并肩站着。

冯锡庆便接着说道:"我们先前见鄞维邦同我师父厮并的时候,那厮手足轻快,投鼠忌器,有些不便下手。而且我师父只许活捉,留给你们做个见证,不许胡乱致他的死命。于今眼看他蹿出窗外,虽然什九占着他喝醉了酒,飞行术是施展不来,这时候何忍让他逃去,座上那两位陪客是同胞的兄弟两个,一个唤作崔卓,一个唤作崔立,他们都会得一点儿把式,没有临过大敌,崔卓抱着赵十姨,崔立抢过许二宝,都躲到别处去了。

"我师父急取了一字八宝刀,趁他从梁柱上蹿去的时候,飞身一刀已砍下了。只听得咔嚓一声,他左腿上胫骨早已被我师父砍下,他登时觉得异常疼痛,从空中跌下来。我便一跫身下他一个摆膝,跪在他小肚子上。我师父趁势在他右膀上一捏,他登时便昏迷了。我即拉开他胸前衣服,用飞来剪在他两肩窝里戳了两个窟窿,拿了一条铁链,穿了两边琵琶骨,哪怕他有天大的本领,我师父已点了他的眩穴,削断他的胫骨,又被我锁上了琵琶骨,便是饶他不死,也成了一个废人。什么功夫总使不出来,难道他还有兔脱的希望吗?

"我当时辞了师父,到这笑佛寺来。可巧这和尚已到极乐世界里快活去了,我不敢明目张胆下他的手,我师父是不便夜黑更深到这里,使他疑心,我只好暂时离开这寺,却想起你这个同志的朋友,特地飞到城内把你引到这里来。我见你在对面屋上向纸窗里瞧去,心里吓得什么似的。我在那塔上钻出隧道,见这和尚已离开了极乐世界,便估定他在这寮房里睡了。他不便在极乐世界过夜的意思,就是防人窥视他的秘密,我且不敢胡乱地窥视他,你又穿的一身白色的飞行衣靠,万一吃他惊觉,那就糟了。幸亏有我在此,能替你挑枪花,万一你跟和尚动起手来,我便给你抢辩,说你是寻师打入场的。然而这件也怕杀了。

"我因一时高兴,预先把你引到这里。不料你是个初出来做事的人,江湖上的路数经验不足,险些着了他的道儿。

"我听房里没有动静,知道他是睡着了,心里才放下一块石头来。及见你到别处探访去了,恰见他已从房里穿出来,我胸中早有成竹。他在床上睡觉,我不敢跳进窗内惊破他的好梦,难得他已出来了,我便上前施了一礼,说:'适才鄞大哥送来一个豚仔,豚仔就是青年女子的意思,这是做强盗的暗号。他听了这一句话,心里毫无疑惑,早喜得抓耳挠腮,向大殿上便走。我打算他这时候心旌已摇动起来,他平日对我们说:'凡见得小鄞送来一个新豚仔,心里的小肉便兀地跳个不住,比什么都快活。'

"我知他心旌摇动的时候,呼吸间不能运足了内功,除非稍微定一定神,才能把内功使出来。他听到忽然送来了一个新豚仔,都没有心肠暗防我这没有多大能耐的人,我在他的背后,趁他不曾防备的当儿,悄悄地取出飞来剪来,向他后心飞去,打后心入,在前心出,毫不费力。接连又砍了他一个西瓜。

"果然我稍微疏忽一点儿,先前他在极乐世界快活的时候,我钻了进去,他见了我,便立即防备出这岔儿,运足了气力,这件事是办不成功的。或者他在那睡觉的时候,我也没有这能耐,使用这飞来剪伤破他一块油皮。因为他睡觉都运足了内功,睡着的时候,内功运遍全体,他的肌肉比金子、石头还坚硬,除非惹得他心旌动摇,乘他的不备,才能下这毒手。这都是我师父向我附耳说的,我哪里能想出这样的好门槛来。"

说毕,急将那神龛里笑佛托起来,不知怎么似的,冯锡庆把和尚的脑袋向下面掼去,也不知掼落在哪里。只见神龛里冲出一股阴冷之气,两人身上都有些薄薄的寒意。

冯锡庆急拉着卫杰,向神龛下瞧个明白。原来那龛下一丈多深有两个洞口,里面那黑沉沉的,各拥积着一大堆血肉模糊的尸骸。在卫杰眼中,还能辨出洞中深处有许多白骨,狼藉满地。早觉得一股臭气钻入鼻孔,比什么臭气都来得臭,心里作呕,呕也呕不出来,两手捏着鼻子,皱眉苦脸地抬起头来。

这时,冯锡庆遂在外面龛板当中嵌的一个古铜钱上轻轻一按,一口气向钱孔里吹去。扑的一声,那神龛仍然恢复原状,把笑佛请入龛里,便向卫杰笑道:"你瞧见吗?这两个洞口,左边是个血洞,右边是个肉洞,血洞里都堆着女子的尸首,肉洞里便是所杀害的男子葬身所在。这和尚的尸级已被我先后掼下肉洞,但是血肉两洞里无数冤魂,我们不是神仙,不能将死者救活得来。不过他极乐世界内的青年女子,我们也只当作儿女看来,好叫她们脱离这人间地狱,无奈你我的力量,只能把她们救出来。至于善后的办法,除非请我师父另作计较。朋友,我就同你去见我师父吧!"

卫杰正在想着要见苗铎,得了这个邀他同去的机会,哪有不愿意的,但同苗铎开了谈判,至少要耽搁两个时辰,这时约莫有四更天气,若再到那里打个转,天是快要亮了。我就不回家去掩饰别人的耳目,这隧道里二十来个可怜的女子,无论那姓苗的有通天的能耐,今夜是来不及替她们办事,日间又不好胡乱招呼这姓冯的将她们放出来。不若趁此,请姓冯的大开方便之门,一块拢儿把这些女子领出来,领到姓苗的那里,再想第二步的办法。省得她们日间在那隧道里忍饥挨饿。想着,便一一向冯锡庆说来。

冯锡庆笑道:"你是个呆子吗?那隧道既有那么多的女子,没有炉灶,她们都吃屎吗?这和尚所取小孩子的心肝,都在那里吃的,但是她们都精赤赤地没有遮盖,怎能出来?论起那隧道里的机关,她们一半也有知道的,未尝不欲逃走。只是光着身子,不能出来见人,她们的口福也享尽了,她们没有衣裳穿的罪也受够了。我邀你见我师父拿主意,是不会错的。万一你不听他话,兀自想把她们放出闯下祸来,那就不能怪我。"

卫杰道:"那么兄弟便到他老人家那里请安,在城内、城外呢?"

冯锡庆道:"在城外,离此没有多远,一会儿就到了。"

卫杰陪同冯锡庆飞出笑佛寺,只是冯锡庆向东北飞得太快,卫杰在后面赶不上来,两人相距有二十多里。

卫杰暗想,我这两只膀子太不济事了,偏不能赶他得上,叫他轻视我没有能耐。我使出一百二十分的功夫,哪怕赶不上他,心里触着这炫能的会头,精神上强壮了许多,一口气已飞到冯锡庆的所在。

冯锡庆旋飞旋掉过脸来,看看卫杰,心里笑了一笑,猛地流星似的向前飞去。卫杰哪里赶得上,转瞬间已见冯锡庆相离有四五十里,不是冯锡庆穿着大红衣靠,几乎看不出他飞的所在。只见那红光像似在空中盘旋打转,卫杰拼命似的又赶上了冯锡庆。冯锡庆的飞行功夫比卫杰是快得多了。冯锡庆在前面只管催着卫杰飞快一点儿,他越飞便越紧了,可怜卫杰怎能赶上。又飞了三十里路,明白老早已飞出关外,霎时便见空中东一堆西一堆的黑云遮住了半天星月。那玉龙麟似的滚花大雪,泼面般地乱飘下来。身上觉得有点儿凉,两只膀子已是支持不来了。再看到红光越飞得远了,心里虽要飞快,哪里能办得到呢,反急出一身的冷汗。

忽地见红光转飞得逼近了,冯锡庆已转到他的身边,说:

"你这会子还赖在这里，何时能飞到呢？你看这雪越下越紧，我背着你飞一程吧！"

卫杰万分无奈，只好把身子伏在冯锡庆的背上，冯锡庆驮着卫杰照常而行。又飞了半个时辰，看见前面黑压压的是个极大的地方，冯锡庆才飞落下来，放下卫杰。沙漠上雪迹已积有三寸深厚，冯锡庆便向北指道："离此十里，这地方叫作察哈尔。"

卫杰诧异道："这察哈尔离天津不是很远的吗？那许二宝如何得到这察哈尔来？"

冯锡庆道："是我一个朋友带她来的。"

说话中间，卫杰见对面来了一个壮士。这时雪已霁了，天上渐渐吐出鱼白的颜色，雪光照着，看来那壮士神采飘逸，约莫不到四十岁的模样，浑身穿着红衣袍褂。

这壮士便向冯锡庆问道："那件事却办好了没有？"

冯锡庆道："已完了事了。"

卫杰见那壮士大大有瞧不起他的神气，猜着这是冯锡庆的师父了，随着他们师徒走不多远的路，只见一处没有积雪的所在，壮士便凭空乱跳起来。那沙漠本有一丈多深，便见两边的积沙各自分开，现出一片大地，地上便裂出一条缝儿。三个人都坠下地缝去。

卫杰见地下有一所大院，看门前的气派，俨然像个做官人的府第。大门不曾关闭，地下的曙光同外面是一般无二，却不知这光线是从哪里得来，门内也有两个侍人守着门户。

三人跨进门来，那壮士才笑向卫杰问道："这位姓甚名谁？"

卫杰忙上前问安，冯锡庆早替他们介绍了。说着，已走进了一间大厅。

这厅上的摆设，卫杰有生以来不曾见过。宾主挨次坐定，卫杰心想，这苗铎毕竟不是好人，我在笑佛寺里遇见冯锡庆，便断定冯锡庆是个强盗，不知怎的，听了他那派话，形迹上都觉他这话说得不错。于今我倒有些模模糊糊起来，看他师徒的路数，像个神仙，世界上哪有这神仙的强盗？哎呀！我看这时做官的，大半都是强盗,越是大强盗,越会有大官做。神仙比做大官的是快活多了,他的罪恶比做官的还大,不说别的,单以这姓苗的这样摆设,倒算得琅嬛福境,这种福是从哪里享受得来?他师父万一不是正经人物,恐怕我到这里是凶多吉少。事情到了这一步,还审计什么利害。

卫杰是这么想了一阵,到底有些害怕,满肚子话要请教苗铎,不知从哪句说起。

苗铎向卫杰道:"卫兄是朱天翁的高足,远道光临,我这小徒生性顽劣,望卫兄看我面上,要照应他一点儿才是。"

说毕,又向冯锡庆附耳说了几句,不知道是说的什么。冯锡庆便走出厅堂,一会子,从里面开上席来,珍馐杂陈,也是卫杰生平没有见过。苗铎坐在主位,卫杰坐在客位,冯锡庆坐在末座,抓着一把金质的酒壶斟酒。三只琥珀白玉杯,映着那杯里红玫瑰酒,别有精彩。

酒过三巡,苗铎向冯锡庆笑道:"我瞧卫兄像个有心事人的样子,没精打采地在这里吃薄酒。你快快带上两个人来,给卫兄下酒。"

冯锡庆答应一声去了。

卫杰暗想,要带上两个人给我下酒,这两个是谁?如果带上那鄞维帮嘛,这鄞维邦是一个人,如何说作两个?莫是把赵十姨、许二宝两个婊子带来,唱几套曲子给我开心的吗?我这时心绪如麻,要辜负他的好意。

这时,在心里想着,却见冯锡庆牵了两人进来。卫杰见一个人穿着两边琵琶骨,走路是不大便当,便估定这一个是在天津做奸命案的鄞维邦了。但是那一个被青布蒙着脸子,看不出他的真面目来,身上只穿了一套的紧身裈裤。

这时,冯锡庆便把两人吊在两边合抱不来的梁柱上面,从那人脸上揭开青布。卫杰向那人一瞧,吓得哎呀一声,浑身上下如同中了麻药的一样,倒下椅子来。一只琥珀酒杯尚握在手里,扑

178

地摔在砖地上面,跌得粉碎。在口袋里取出荷生的一把飞来剪,向自己胸脯上便刺。

看书的先生,你道这是什么人呢?在诸君记忆力稍强的人,一猜便猜着是常伯权了。

常伯权为什么被苗铎生擒得来?在下一支笔是不能写两面精奇的事,依本书横云断山密雨蔽林的章法,尽把卫杰的文章搁置一边,只好在常伯权身上写来。

常伯权那夜在自家房间里等了好久的工夫,不见卫杰到来,常伯权每夜在一更向后的时辰,照例是大师兄到他这里。过了这个时辰,绝对有事绊住了他,来不来是没有一定的。常伯权的性格,迥乎与别人不同,他哪一夜不去做点儿事情,哪一夜便不能睡,浑身上下,就觉得骨头疼,心里更是局促不宁。

常伯权疑惑卫杰是不来了,哪里还熬得住闷坐在那劳什子的房里?便穿上飞行的衣靠,飞出窗外,用纸卷把窗缝塞了,飞上了天空。刚飞到邵倩姑的屋上,忽听得女子的声音,仿佛对着一个人,"飞来剪、飞来剪哥哥"地乱叫。

常伯权暗想,大师兄曾对我说来,在天津做了许多侠义的事,并没有在人面前露出半点儿的马脚来。只有在邵倩姑家里,说出第二个名字叫飞来剪,那邵倩姑便称他叫"飞来剪哥哥"。于今见邵倩姑叫出这几个"飞来剪"来,当然疑惑是个卫杰。又想这邵倩姑的事已经结束,在这更深夜静的时候,大师兄在这里做什么来?莫非这事又有了什么变卦不成?

常伯权一面想,一面便落在邵家的屋上。早听得一个老婆子哭着怪叫起来。常伯权自语道:"这可奇了,我不相信此等事竟有变卦。"边想边一头飞入邵倩姑家里来。

倩姑的娘正在像似号丧的一样,眼泪鼻涕地哭着倩姑,猛地又见一个奇奇怪怪的人飞来,喝问是什么事,倩姑的娘只抖得哭不出,说不出,心中的痛苦更是画不出。

常伯权一眼不见了卫杰,又不曾瞧着邵倩姑家的房子,卫杰在飞行经过这所在的时候,曾指着告给常伯权的。常伯权记忆力强,断不至发生误会,只见这所房子,不是先前那般的模样了,打从邵倩姑拜给汪凤阳做干女儿以后,汪凤阳因为倩姑穷得可怜,便把一所破坏的房子修理得异常精致,家里的什物又替她添置了许多,拿出五百两银子给倩姑母女使用,这些事常伯权是知道的。

常伯权的意思,是怕大师兄陡然变了良心。眼见世界上的许多坏人,起初本是一个好人,因为毅力不强,为金钱所赚诱,为色欲所濡染,一变了良心,比什么坏人都坏。大师兄若转入歧路,想下这倩姑的心路,那么他就是个猪狗。

常伯权越想越疑,还怕卫杰在倩姑房里同倩姑温存起来,因为倩姑的娘在这里号啕痛哭,两个人只好闷在房内作声不得。

常伯权想到这里,先自佯咳一声,听得房里没有动静,才大胆走了进来。只见房里的床帐被褥是铺设得齐齐整整,一个人也没有了。

常伯权不由惊讶起来,仍然走出房外,拉着倩姑的娘问道:"方才是怎么一回事?哭是哭不出道理来的,你告诉我,我替你想法子。"

倩姑的娘战战兢兢地揩着眼泪说道:"你们穿这衣服的都不是个好人,方才同我倩姑在这门外瞧望,看见天上一道白光,她知道是那使用飞来剪的人在空中飞行,女孩子的性格,受人的救命之恩,一时一刻都感激他的好处,还替他吃了一个长斋,至今并不曾开荤,所以倩姑见了这道白光,满口子'飞来剪、飞来剪哥哥'乱叫。那白光便从天上落下来,将倩姑攫取去了。我只见他身上的衣服与那使用飞来剪的一般无二,我这倩姑未尝没有心嫁给他,但他不该暗地把倩姑攫去,使我母女离散。原来他先前救我倩姑,都是假的。"

常伯权暗忖,这天津使用飞来剪的,除我大师兄以外,尚有一人,这人我在清江相遇的时候,我怕他的来路不正,果然我这一猜,倒猜个正着。那大生堂里的盗杀案件,又亲眼瞧见是他做的。这事是不能冤赖我大师兄了,我也不必同倩姑的娘多说废话,好歹去寻着大师兄再作计较。遂不管倩姑的娘是怎样的号哭,仍然飞了出来。

飞到卫杰的房间之上,打了一个暗号,知道卫杰已出来了,在天津城里飞了一会儿,恰好见是卫杰向城外飞来。常伯权便随后飞赶出城。

忽听得后面一阵风响,常伯权回头一瞧,恰见是在清江西坝上遇见的那个华胄少年,不过这时是穿的飞行衣靠,不是先前那般潇洒绝尘的态度了,肩背上驮着一个年轻的女子。常伯权气得心里直跳起来,便从空中拔出大刀,向那人杀来。

欲知后事怎样,且俟第二十一回再续。

第二十一回

侠肝义胆同志误作寇仇
铁骨冰心异姓竟成兄妹

话说常伯权在空中抽出单刀,准备向那人杀来,那人忙飞落地下,是个郊野无人的所在。从背上放下邵倩姑,把倩姑吓得慌作一团,一句话却说不出来。接连常伯权也落在那人对面,一把刀已晃到那人的头顶上,那人并不闪让。只听得当啷一声响,那人的头比金子、石头加倍坚硬,哪里能损伤分毫,反将常伯权这把单刀砍卷了口。

常伯权这才慌急起来,掼了单刀,暗想,这人的本领很够,明里是打他不来,看他行若无事的样子,不如转到他的身后,看风下掉,随便点他什么穴道,万一点他不着,我就拼这性命,死在他手,我才不是隔岸观火的一个凉血。想到这里,急展开两膀,一飞飞到空中。那人才一眨眼,常伯权已飞落在他身后。

那人兀地大笑起来,就在这笑声初发的时候,两脚已腾在空间,禁不住大声叫道:"你在江头上卖的什么水?"

这话方才说完,蓦见常伯权已将邵倩姑一把掇起,放在肩上,飞也似的跑了。

那人的飞行功夫本来比常伯权是快得多了,但是在平地上步行起来,反而是不若常伯权。眼看常伯权是跑得远了,那人仍恃着飞行本领,向后赶来。看看赶上,一头便栽落地下,忙从身边取出飞来剪,忽然转过念头,自言自语道:"不对不对!"再将飞来剪收起。

这常伯权头也不掉,跑得像风一般快,已离那人有半里多远的路。

那人待要飞起,似乎觉得背后有一个人,轻手轻脚地在肩上一拍,说:"姓左的,请回转头来认一认我。"听得姓左的脓包极了:"请你老人家帮助帮助,把那个小厮赶回来,我有话说。"

苗铎听了这话,也不回答,呼啦啦一阵风响。苗铎撒开虎步,像似踏着《封神榜》上所说风火轮一样,风声过处,路旁的枯树却刮得要倒下来。前边的村落一瞬息便过去了。

左其美只见一道红光,在月光之下,穿得像箭一般快,反觉得自家的身子向后退了好远。又见那红光略一停顿,回走得逼近了,一会子已到面前。

这时,苗铎左肋上挟着常伯权,右肋下挟着邵倩姑,一齐放在地下。伯权、倩姑像似死了的一样,其实都不曾死。

苗铎在赶上常伯权的时候,用点拿法将常伯权点得昏晕过去,在邵倩姑头上一拍,倩姑似受了催迷术一般,一切的苦痛都不知了。当然不能动弹,像个死人。

苗铎便指着常伯权向左其美笑道:"小朋友,你认得这厮吗?"

左其美道:"认是认得他的,见面两次。但不明白他的姓名。"

苗铎道:"这是朱天齐的徒弟常伯权,三年之前,也做我这个买卖,他不认识我,我是认识他的,倒也循规蹈矩,不敢胡行。后来听得朱天齐说,已收他在中和山洞之内,传给他种种武术。想不到他跨出了朱天齐的洞门,反而无所不至起来。不是鄞维邦供出所做红刀子的奸盗勾当,有几案和他同伙,我实在不相信。我到城里见他从药栈内飞出来,一路飞在他的身后,看他毕竟要干什么勾当。及见他飞落一个人家,耳朵里仿佛听着一个女人的声音说他不是好人,然而我还是个不相信。我的眼光是不会错的,先前曾见一道电光从空中飞落下来,我看那飞行的模样,什九便作定是你,却见你平白无故地把那人家的女孩子驮得去了。我知道你向来不近女色,所做的都是侠义勾当,绝对是有一种特别的缘故,也不必向你麻烦,我随他飞出城外,他只顾拼命似的向前飞去。他的飞行功夫是没有声息的，哪里明白背后还有个我？不料他在空间，居然掣出单刀，要和你动手。我已飞落你们后面，你们做梦都不知道我已到了。

"我见那女子已被他抢去，便疑惑他是专为寻芳猎艳而来。我见你一时擒他不住，吃他兔脱，不消说，那女子今夜还要受他奸污。如果这女子是早和他生了关系的人，我也不必过问人家的儿女之情，万一是个有烈性的孩子，平白无故受他的糟蹋，那还了得吗？我只好把他们拿回来，在这里和你三面对审，问个明白。"

左其美道："我的为人，你老人家是知道的，我若是个好色之徒，也不至于混到二十二岁还没有娶个老婆。我平素同你老人家所说的话，哪一句不打入你老人家的心坎里？是不会挑枪花的。

"这厮除去那大生堂小娘子的赤金索子，我当时并不知道这案子是他做的。我早探听得这小娘子又是忤逆，又是刻薄，那小娘子的心腹婢女也和小娘子是呼同一气的人，小娘子所有不是的罪案，一大半听那婢女的从中作恶。

"我当夜飞到那小娘子的私室，杀了她主婢两个，不打算这厮着了我的道儿，我便猜着这厮是到大生堂偷东西的，虽然我不做这没本钱的买卖，人家做这买卖，本来不曾奸杀人命，我去问他何来？所以这厮和我交手，我并不肯飞出剪子，取他的性命。

"说来这个女子，我哪里会过她的？昨夜我在城里飞行，猛听得地下有个女子'飞来剪、飞来剪哥哥'地乱叫，我心里被她叫得急躁起来，这飞来剪是我的外号，又是我手中所使的兵器，我在这把飞来剪上，不知做了许多大快人心的事。

"除去我已知有数的几个人以外，三年以来，我做事不露马脚，天津的人，谁也不明白我叫作飞来剪，怎么被一个不出闺门的女子瞧出这破绽来？这'哥哥'二字，又叫得十分亲热，虽然城内另一个使用飞来剪的，那人的性格我已探访出来，同我是一样的路数，不肯露出自家的真面目来，怎么和人家的红花幼女倒这样亲热起来？我不相信有这一回事，无论这女子所叫'飞来剪'三字是我非我,她这眼力也就令人羡煞。

"我当时便要飞下来,向她问个底细,到底怕是有了误会,不便和人家年轻女子说话,不过她这么一个人,太令我注意了,她叫的若是那第二个使飞来剪的朋友,那朋友就不便在天津道上行走。万一叫的是我,可不要令我吓煞了吗?

"'巨眼出于裙钗',在古书上看来,并没有什么稀罕。若在这个时候,我不打算天津城里还有这样的红粉英雄,留她在这天津城里,同我们这神仙般的有把式人太不方便,不若把她劫出,送给无因师太做徒弟,使她艺成之后,好做出惊虹掣电的一番大事业来,双方皆获益不浅。

"我心里这么在床上盘算了一夜,却怕这女子和城里使用飞来剪的有什么亲戚关系,至亲骨肉,口不择言地说出自家的来历,也未可知。至于我那冯锡庆兄弟,他断乎同那女子没有关系,而且他飞行的时候,只见空中一道红光,轻易又不飞到那天津城里作案,当然这女子所看出的,绝是在我同城里使用飞来剪的,两人中定有一个。

"我今夜在人定夜静的时候,飞到天津城内,打算到她家屋上探个明白。不料她同着一个老婆子站在门外,兀地抬起头来,看到我飞行的电光,又没口子地'飞来剪、飞来剪哥哥'地乱叫。我心里一愕,便疑惑她所叫的真个是我。便落下来将她抓在空中,背在我的肩上。

"这女子又拼命似的向我问话,说:'哥哥,你驮我去做什么?'

"我当时并不理她,听她哇的一声乱哭起来,雨点般的珠泪落在我颈项里。我肩上背着一个人,哭个不住,把我的心肠都哭软了。这飞行的功夫,当然没有往日那般快,飞出城来,却好碰着常伯权这厮,见他抽出单刀,飞空砍来,恨不能给我们一刀。我便十拿九稳,看了这东西不是正经路数了。到底还怕自家走错了眼,欲向这东西仔细问来,哪里有问话的空儿,这东西简直把人家的女子当作是自家的性命一样。一刀砍不成我,便飞到我的身后，想用点拿的功夫点我那背面上七节的命门穴上，不是我来得轻捷，向空中一飞，我早已死他手里。

"他趁我飞起的时候，便把那女子背得跑了，若非你老人家将他拿回，对我说出这么的话来，我还是不能轻易下他的毒手。于今他既是鄞维邦那一类人，那国家王法的尊严，本来处置他不来，只好请你老人家把他带回拷问，重重地办他一个死罪，就完了事了。"

苗铎暗想，左其美向来说话的确不会走板，这会儿话里的意思，恐怕不是句句从心而出。怜才不拘男女，惺惺惜惺惺，英雄识英雄，我也有这样的性格，别怪他呀。到底男女之间，非在不得已的时候，总要略避这点儿嫌疑。那无因师姑行此又没有多远的路，论她那飞行的功夫，两个时辰便飞到了。既然她是个自爱的人，何不请出无因师姑，将这女子拐到山洞，要他把人家的红花幼女背在肩上，这成个什么体统？本来他是个不爱女色的人，一颗心是靠得住的。这回把这女子带去，却因自家要收这女子做徒弟，送给无因的话，却是假的。一个青年男子，收一个妙龄女子做徒弟，男看女似琪花映日，女看男若玉树临风，没日没夜地在一块儿授受武术，任是铁石心肠的人，难免不发生情感，做出人不知鬼不觉的腌臜事来，就此便坏了双方的人格。收人家女子做徒弟，没有沾染的话，才算得个大英雄、大豪杰，万一后来动了这个私念，他就该死了。肉欲的关系，本来与性灵大有分别，他爱上了这个女子倒不妨事，不过先欲得到对方的同意，男女有了相当的倾爱，正式成立这婚姻大事，才是道理。先成婚姻，后授武艺，这样办法，是没有不可以的。先做师徒，后生恋爱，男子有此邪心，天打雷霹，女子有此幻想，刀斫火焚。不是师徒不当结婚，但双方不可稍萌兽欲，没有第三者的媒介，瞧出他们的性情真挚，公然给他们团结起来，是没有结婚的道理。万一他们稍为这肉欲问题，才发生做爱，哪里有这正经人物，替他们做证婚人？就中鬼鬼祟祟的事，便不知不觉地做了出来。何况他这时是把女子硬劫去的，纵然不致便生岔事，想起来毕竟不大稳当。做人就顾不了情面，顾情面就不能做人。

苗铎一壁想，一壁便将这些话揭说出来。左其美不由脸上红了一阵，笑起来说道："怎么我这心就像安在你老人家心上的一样？你老人家能把我的意思从心里抠出来，事到如今，听凭你老人家做主罢了。"

苗铎道："依我的见识，必须你将她送回，要有得许多的变卦，万一你不听我话，日后不用见我。"

左其美不由踟蹰起来，及见苗铎把常伯权挟着走了，左其美便在倩姑的肩上拍了一下。

倩姑转醒过来，睁开泪眼，在那水也似的朦胧月色之下，果然见这人不是卫杰，一颗芳心倏地跳个不住，那扑簌簌的泪珠不由从眼角滚到唇边。一时正摸不着什么头脑，还怕这人是一个江洋大盗，方才那个和他厮杀的人可是不是使用飞来剪的哥哥，那个穿红衣的，又是他们的什么人？这几个疑团在心里想来想去，最怕是使用飞来剪的哥哥有了长短，那可不忍言了。明知这件事是凶多吉少，死了倒也干净，到底不明白内中关节，欲在这人口里探出个飞来剪哥哥的真消息来，一死也好断这条肠子。

这时，喉咙里便咽住了哭声，向左其美问道："你这人不是我那飞来剪哥哥，怎么把我带到这里，方才那两个人跑向哪里去了，内中可有我那个飞来剪的哥哥？"

左其美听她这话大有来由，而且她言谈之间，总带着一种令人可畏的态度，一望便知她不是个轻薄女子。至于她如何能知道天津城里那个使飞来剪的朋友，其中当另有一个缘故。果然她凭着这一双眼珠，能识透那朋友是个英雄，确有特别惊人的眼力，苗仁叔竟使我这样办来，可不要把人急坏了吗？

左其美沉吟一会儿，忙正色道："小姐的人格我是明白的了，我不敢稍存干犯小姐的念头，万一我有这歹意，我就不是个人。但小姐昨夜站在门外，如何口里不住地叫'飞来剪'，又哥哥长哥哥短地乱叫？今晚我从你家屋上飞过，你又是那么叫了

187

一阵子,提起做飞来剪案子的人,内中也有我一个。我怕你瞧出我们的马脚,我们就不能在天津做事,所以才把你劫出来。不知你怎么叫我们作哥哥,先请你把这件事宣布出来,我才放心。"

邵倩姑见这人眉宇之间很露出刚锐的气概,便思量他同飞来剪哥哥是一样路数的人,自家不把往昔的事情对他吐露出来,大略也问不出他实在的消息。他既同飞来剪哥哥呼同一气,他身边也有一把飞来剪,他们做侠客的,大略不至于揭穿自家人的秘密,我只好对他说了出来。想着,便现出惊讶的神气,问道:"奇了,奇了,你身边怎么也有一把飞来剪?你这剪子可是偷劫我那飞来剪哥哥的?"

左其美道:"这是哪里的话?飞来剪是一件兵器,会使这飞来剪的人,身边便有一把飞来剪,用不着盗人家剪子,不能使这飞来剪的人,就是盗了人家的飞来剪,又有什么用处?总之我们做飞来剪侠案的人,敢说一句大话,没有本领,是不能使飞来剪的。没有良心,这飞来剪是不听人指使的。小姐若不相信,疑惑我是个猪狗。但那城里一个使飞来剪的朋友,你既称他哥哥,这飞来剪的功用、性灵你是明白的了,我当场使出来给你瞧个仔细,你才识透我不是歹人。"

一面说,一面从腰间取出那把剪子来,喝一声:"去!"那剪子便脱手飞去,在月光下飞腾拿掷,左其美把手向哪边摆,那剪子便向哪边飞,左其美把手向上一扬,那剪子早已飞冲霄汉。

左其美敛一敛神,又把手扬了几扬,那剪子倏地变了一个白鹤,展开翅膀,上扶摇下,霎时天清气朗,万籁无声。把邵倩姑看得呆了,做梦想不到这把剪子还有这么的变化,心里反疑惑他非仙即怪。却见他又把手一招,喝一声:"来!"这白鹤飞空而下,向身上扑来。

邵倩姑才一轻瞬,那只白鹤不知飞落何处去了,却见他手内仍握着一把剪子。

倩姑好生惊讶,待要拿话问他,左其美急向倩姑说道:"我这把飞来剪可是不是你飞来剪哥哥的兵器呢?这会子该放心了,快把你那哥哥的关系说出来，但这句话只可告我，不能再告给第二个人，更不可见了空中的电光，就'飞来剪、飞来剪哥哥'地乱叫。"

倩姑听了这一派话，毫无迟疑，羞答答地将自家的一段痛史，粗枝大叶说了出来。那使飞来剪的是如何替她排难解纷，如何对她说出第二个诨号来，她自家心里是如何的感恩戴德，如何看见空中的电光，便禁不住乱叫出这几句话。

左其美一一听了，心里明明白白，也将今晚经过的种种事实一五一十说个梗概。

邵倩姑也一一听了，才知是一时的误会，暗想，我是没有意外的危险，于今尚坐在这里，叫我娘在家内提心吊胆。当时我娘见我被这个人劫得去了，少不得要哭了个死去活来，我巴不得凭空也插起两道翅膀飞到家中，亲热热地向她老人家叫声妈妈，我才欢喜。想到这里，又不知离家有多远的路程，在什么方向，夜静更深，一个人如何行得？不由粉脸上红一阵白一阵地露出难为情的样子来。

左其美猜着她的隐情，但是这句话是如何说得出口？事情到了这一步，除了自家仍把她驮回家中，没有第二个稳当法子。先前把倩姑驮来的时候，瞧不出她羞涩的神态，只好把她当作男子一般。如今见她这种难为情的样子，反有些不好意思起来，耳根上也泛起了一道红云。

好半晌，方才作色说道："亲妹妹，你只当我是你一个亲哥哥吧，你已认一个使飞来剪的哥哥，我做你亲哥哥，不见得就屈辱你。"

邵倩姑不待左其美说完，低着头皱眉道："话虽如此说，你毕竟是个男子，这件事叫我姓邵的姑娘何能造次，认下个亲哥哥来？果然你真是认我做亲妹妹，请你说出自家的姓名，再叫我一声倩姑妹妹。当天发誓，我就随你回我家里去。"

左其美顿足道："这不是难坏人吗？也罢，我'左其美'的三字名儿说给与你，连你娘面前，总不许吐露出来。倩姑妹妹，我若有半点儿不是的念头，就叫我死后变作粪蛆，灰里灰去，屎里屎来。我的心你已见了，你也该还有一个咒才是。"

邵倩姑哭道:"亲哥哥,妹妹是不敢了。"旋说旋把个指头一口咬得鲜血淋淋,说,"亲哥哥,我若把你的姓名再说给出来,这个指头,便是我结果的模样。我们今生到底是个异姓兄妹,但愿来生再做同胞兄妹吧!"

左其美把头一点,便将倩姑仍然背在肩上,一会儿,才飞到天津城内。倩姑暗忖,这一路约有二三百里,看看已飞到自家的屋上,却听不出母亲哭泣的声音,倩姑甚是惊疑。

及至左其美飞落地上,将她轻轻放下,低声说道:"亲妹妹,我得罪你了。"

倩姑猛一抬头,左其美已飞得不知去向,心里自然感激他是个好人,眼见那门是不曾关着,走进来便叫出一声:"我的娘呀!"

欲知后事怎样,且俟二十二回叙来。

第二十二回

凶变突无端声泪俱竭
苦刑恶作剧血骨迸飞

话说邵倩姑走进门来,没口子地叫着:"娘呀娘呀!"

哪里听到她娘的声音,只见一个婢女从房里走出来,抱着倩姑问道:"我的好小姐呀!你方才被那东西劫到哪里去?这会子你又从哪里来?"

邵倩姑哪有心肠和她讲话,口里是不住地喊着娘,眼睛里是不住地望着娘。

那婢女急扶着她说道:"老太太兀自到你干爷那里送信去了,我欲扶她老人家一块儿去,无奈没人看守门户,只得任凭她老人家去了。"

倩姑忙问道:"是几时去的,怎么我娘还不回来?"

那婢女急安慰着道:"老太太去有好多久了。"

倩姑又急说道:"你赶快到我干爷那里,说我已被那人亲自送来,并没有意外的危险,叫他们放心就是了,还请我娘早早回来。"

那婢女答应一声去了,倩姑兀自坐在房中,心里不住地跳动。等了好久工夫,还没有见娘回来,急得什么似的,一会子走到门外瞧瞧,一会子又转到屋里走走。倏见婢女捧着脸哭了进来。

倩姑急道:"娘呢,娘呢?可曾回来没有?我又不曾被人杀死,你哭的什么事?"

那婢女只是痛哭不止，且不理邵倩姑。

倩姑又急道："你莫非一个人到外边去，受了什么混账东西糟蹋不成？究竟是哭的什么，所为何来？"

那婢女忙含泪道："小姐不要问我，你哭的日子长得很呢。"

倩姑道："我是死了老子的人，自然要心丧三年。难道你怕我哭坏了，替我哭几时吗？不用哭了，你究竟可到我干爷那里没有？"

那婢女又哭道："到是到那里的，老太太并没有去送信。我听得这个消息，便慌张起来，离了汪二太爷的府门。又在这左邻右舍打开门来，问个明白，都说没邵太太到他们那里。我便在自家屋前屋后仔细寻找，却被我寻到她老人家了，可怜她老人家早已碰死在井栏之上。"

邵倩姑蓦地听到这一句话，哇地怪叫一声，便昏晕过去，倒在地上，已没有半点儿知觉了。吓得那婢女抖个不住，忙将倩姑唤醒。倩姑硬撑着站起身来，扶着婢女，一路哭到井旁，见她母亲脑浆迸裂，尸首伏在井栏下。邵倩姑禁不住大放悲声，眼睛里的血泪滴在死人头上。一时寒气又紧，那血泪和脑浆黏结成冰，死人头上的血已老早冰结了。

其时左邻右舍却被这阵哭声惊得都跑出来，尤其是姑娘们、婶子们，硬把邵倩姑扶回家中，早有几个胆大有力的人将死尸抬到堂上，一会子，大家向婢女问及邵太太寻死的缘由，方才知道内中的梗概。

其实倩姑的娘寻死的意思，死人肚里是明白的。除了这个死鬼，只有邵倩姑能猜出个所以然来，却没有第三者参透个中情节。

原来倩姑的娘打从她丈夫咽气以后，便要寻死觅活，陪他丈夫同到泉下。似此冰心烈性，一死殉夫，若在近世明人的眼光看来，一个女子，本非丈夫私有的人，徇一人之私情，舍将来之大欲，殊负国家生才之意，烈不足褒，死有余罪。不过那时候的妇人女子，向以名节为重，万一牺牲名节，纵有百件好，亦不能抵充这一事错。

倩姑的娘是最爱惜名节的烈妇，她丈夫死了，她哭得死去好几次，但因倩姑女儿是极疼人的，丈夫只遗下这一块肉，自家一死不足一惜，怎忍便撇下了这一块肉，巴不得她嫁一个老诚朴实的少年人物。谁知祸兮福倚，福兮祸伏，邵倩姑硬被人骗去做妾，是倩姑的娘第一痛心的事。当时何以不死，到底还希望母女有相逢之日。汪凤阳收倩姑做义女，又是倩姑的娘第一赏心的事，很愿把倩姑准备配给那飞来剪的侠士。于今大变当前，那飞来剪的竟是一个不正当的人物，这倩姑又是烈性的孩子，你越是以柔情感动她，她越发感激你的恩情，一颗芳心便不知不觉地嵌入你的心坎。若使用那奸邪强横的手段，她那悲哀的心灵，当然把你前日的恩情抛下东洋大海。痛到了一百二十分，厌世的念头也到了一百二十分。

倩姑的娘见倩姑被那使用飞来剪的硬劫去了，加之回想那天晚上，使飞来剪的临去的时候所说的话，是不许个倩姑宣示他的秘密，如果把这事宣布出来，比砍了他的头还狠。不料倩姑竟叫出这"飞来剪"三字来，是不啻揭穿他的秘密，不由勃然动怒，将倩姑劫杀灭口，亦未可知。总之，倩姑这一去是绝死无疑了。使飞来剪的纵不杀倩姑灭口，那强暴的行径亦在所不免。一个年轻的女孩子，经过这重重的波折，不被人杀死，也该自死。没有什么远识的人，他不想到这种祸变则已，如果想出这过分的祸变，都以为他的智虑不会走板。

倩姑的娘既然以为倩姑是一死无疑了，还有什么挂念？还有什么希望？更没有脸面到汪凤阳家说这废话，所以哄过婢女，走到那屋后井栏之下，一头碰死，真个陪同她丈夫到泉下去了。

倩姑有生以来，一日也没有离开自家的娘，娘的性格举动，倩姑是知道的，可怜娘碰死井了，她一不怨天，二不怨人，眼看邻舍的男女人等散去过半，只有倩姑几个闺中女友，同倩姑的娘平日要好的一位老太婆留在她家里伴死尸,倩姑只哭得声泪俱竭。大家又附和她哭了一阵。

汪凤阳得到了邵家的娘音,忙替死者盛殓、斋醮。合葬已毕,依汪凤阳的意思,很愿把倩姑收回家中抚养,无如倩姑要守着她父母的牌位,不肯远离寸步。汪凤阳也不肯夺她的孝思,又着令两个婢女前来服侍倩姑。

那一天子,众婢女清早起来,一齐走到倩姑房中,床上的被褥仍然铺设得齐齐整整,却不知倩姑走向哪厢去了。家里家外找寻个遍,连尸级都寻不出来。

汪凤阳听得倩姑失踪不见,扑簌簌的老泪流个不住。

据先前服侍倩姑的婢女说:"昨夜有一个尼姑到小姐家里化斋,邵小姐见这尼姑好生面熟,一时间却想不起来。

"当夜尼姑化了几两银子走了,邵小姐很有些恋恋不舍的意思,忽地拍着手掌说:'这尼姑法名叫作涤尘。'

"邵小姐在五岁的时候,邵太太抱她在怀里有玩有笑,这涤尘师姑坐在邵太太的身边说:'你抱这有命无运的人儿,抚养她做什么?不若化给贫尼做徒弟,倒是断了你一条愁肠。'

"邵太太本和这涤尘尼姑十分要好,当时听她这没意思的话,从此便和涤尘师姑生疏起来。

"到于今邵小姐想起往日的事,曾对我们说来。转而念及邵太太自尽死了,不由眼泪鼻涕地又哭了一场,连晚饭都没有吃。今晨邵小姐踪迹不见,我们就疑惑那涤尘师姑把她拐了去了。"

汪凤阳讶道:"你说的是涤尘师姑吗?这人的道行高洁,神通广大,十几年在我们这天津竹林寺里住持,天津的善男信女,皈依她做徒弟的很多很多。后来她游方去了,一去以后,便没有转到这天津来。如果我倩姑女儿真个被涤尘师姑带去,她的造化很大,我洒着这一腔老泪,哭她何来?"

看官要问及邵倩姑是不是被涤尘师姑收去做徒弟呢,邵倩姑是这部书中的有名怪侠,后来所做的侠案太多。这涤尘师姑原是第一回书中女侠程明珠的师母,为讨贼党中的一等人物,本与邵倩姑有师徒之缘,又有相助之益,后文自有交代。

不表杳如黄鹤的红粉英雄,且说疾飞若隼的风尘怪侠,苗铎扶着常伯权回到察哈尔地道之内,把常伯权一巴掌拍得醒来。常伯权睁眼便知落了人家的圈套,瞧见苗铎那种威严可畏的样子,将生平一股勇气都慑服住了,决定自家的本领不是他的对手,只得光翻着两眼,听他摆布。苗铎即令常伯权站立厅下,便叫一声:"来人!"早有几个像鬼使模样的人分站两边,手里都拿着一把大刀。

苗铎当中坐定,俨然像似鬼阎王一般。堂上灯烛齐明,差不多一根针落在地下,在寻常人眼光里都瞧得出来。常伯权暗想,这不是个鬼世界吗?我莫非死了做鬼,照例到这鬼世界听受鬼官审判自家的罪案?我近来自顾并没有多大的罪过,然而在做强盗的时候,我那把秋水雁翎刀下,也许冤杀了不少的人,于今来向我审判。倘被这穿红衣的鬼官查出我那时候的罪案却如何是好?想到这里,脸上不由露出害怕的样子来,两只腿像摇铃一般,索索地战个不住。

苗铎思忖,这东西果不是好人,我的眼力是没有看错了的。像我这般局面,委实令局外人疑神疑鬼,这东西做绿林买卖,若没有亏心的事,是不会抖战的,瞧他这个样子,那邝维邦所招的话,当然不是仇扳,没有虚假。可惜朱天齐是天地间一等人物,竟有这辱门败党的徒弟。我问明这东西的口供,不必送给朱天翁处置,叫他烦恼,我暗地结果这东西,然后亲自悄悄告给与他,未尝不可。拿定主意,便喝令常伯权跪下来。

常伯权这一双磕膝,岂是随便可以屈的?如果苗铎不布成这鬼世界的局面,任凭他有无常的威权,常伯权身可杀,膝是不可屈的。常伯权泪眼婆娑跪在厅上,低着头一言不发。

苗铎便喝问道:"常伯权,你到了这一步,自家所干的事,自家该明白了，你在日在天津城里同大盗鄺维邦所做的奸杀命案共有几起？你可在堂下从实招来，免得皮肉吃苦。"

常伯权听了这不明不白的话，想不到阴司黑暗，更甚人间，忙跳起来指着苗铎喝道："我把你这瞎了眼的东西，居然指奸为奸，指盗为盗，原来你们做阴官的，比阳间的官僚更恶，看老子来打毁你这乌衙。"说着，即从鬼使手里夺了一把单刀，向苗铎杀来。

苗铎忙把个指头一伸，却被常伯权闪过。又见苗铎的手动了一动，即时觉得腰眼里仿佛中了一下子，自己知道不妙，再想拿刀刺去，哪里还能动弹呢？两只膀子像似两根木桩，倒钉在肩背上，头也伸缩不得，脚也移转不能，手里单刀掉落在地下，这回的抖战，比前回加倍厉害了，像似发了疟疾的一样，心里倒不明白，耳能听，目能看，口尚能言。

苗铎仍然高坐不动，那鬼使早拾了单刀，按班站定。常伯权抖了一会儿，便不抖了。

苗铎又厉声说道："这畜生到我衙里，还敢咆哮无礼，可知在那阳间不安本分……"

常伯权不待苗铎说完，便破口骂道："你这个凉血的东西执掌阴司，却冤赖老子做盗！老子在三年以前，不做强盗在做什么？打从受了师父的戒命，老子已洗手了。你把三年前的盗案做在老子身上，老子是没有分辩的，三年后的盗案，老子如何轻认？而且那天津城里所发生的都是红刀子、采花案件，老子一辈子也杀了不少的人，就不懂得这'采花'二字。果然你们做阴官的都像阳间那些误国殃民的官强盗，老子也用不着多说废话，天津城里奸杀盗案，你就当作完全是老子做的。万一还有别的衙门能分出个青红皂白来，三年前的案子是老子做的很多很多，老子不肯不认，三年后老子是没有做盗，也不能替别人销案。不用说了，听凭你怎样处置老子吧！"

苗铎被他这顿辱骂，反而踟蹰起来，忙把手一扬。那几个鬼使模样的人替常伯权上了铁索,把他押起来。随后又将鄾维邦牵到厅上。

苗铎冷然笑道:"姓鄾的,你这胡咬乱吠的东西,不是好狗,你师徒俱天诛地灭似的落在我手,你师父恶贯满盈,被我杀了,倒没有妄赖好人。偏你这东西,硬栽常伯权是你的同伙,该还我一个见证。"

鄾维邦道:"我不是向你申明过的,前次天津案件,实系我同常伯权二人做的。那天你问及我可有伙伴,我说伙伴倒有一个,不过是个小小的饭桶。我说的那个饭桶,就是常伯权。论理常伯权既同我一路作案,原不该招出他来。但我自知罪孽过顶,临死抱佛脚,应该替天津人索性再除了一害,补报我生前罪过。你若把我师徒处置死了,放着常伯权在外招摇生事,将来祸患无穷。我所以不徇私情,不得不对你说明,终须把常伯权拿来除杀,那天津地方才可以不至于再发生奸杀盗案。而且这常伯权与我今日无冤,往日无仇,他若不和我在一起作案,在江湖上奔走的人何止成千上百,我如何不说别人,偏冤赖那个常伯权?你要我交出一个见证,我前日向你所说的话,出于无心,那就是个见证。我转要问你几句,这常伯权所开天寿堂药栈的资本,他是个小光蛋,又久已不做这种买卖,你说他家里没有亲人,在姓朱的那里做徒弟,穷得一文钱都没有,若非我分润他一点儿油水,这药栈里的资本,是从哪里得来?这会子你还疑惑我冤赖别人,你做了一辈子的盗首,眼珠子反安在屁眼里。你说我乱咬常伯权,也该说出一个乱咬的证据。"

苗铎暗想,常伯权方才那种理直气壮的样子,这件事委实叫人难信。于今鄾维邦又说出这派话来,又未尝不令人不相信。何况鄾维邦不是信口便招出个常伯权,因为我方才拷问他同伙的人,他自家熬刑不过,好容易才吐出个常伯权来。世间的疑案颇多,即如左其美所说的话,我怕他也完全是靠不住了。

苗铎胡思乱想地计算了一会儿,喝令那厅下站班的人:"把金锉取出来!"

　　站班的人取来金锉,鄢维邦见自家的对头到了,再不能忍这疼痛,便要从实招来。猛然回头一想,我师父大略已死在他们手里,如其不然,他也不敢下我的毒手。我若一口放下常伯权,我们师徒的大仇是没有报复的希望了。只好咬定牙关,眼泪早从眶子里流出来了。

　　几个公差早把鄢维邦绑在美人架上,可惜鄢维邦一个兔起鹘没的汉子,到了这时,早擒穿了两边琵琶骨,半点儿抵抗力也没有了,只好听他们摆布。

　　有一个站班的,拿着金锉,在鄢维邦左边琵琶骨上乱锉,只听得铿铿作响,把骨屑血水锉得飞下一大堆来。鄢维邦先是挨忍疼痛,并不叫喊,于今实在是熬不住了,不由怪嚷着:"苦呀苦呀!"痛到极顶的时候,也就昏沉沉晕转过去。

　　站班的便将手不锉,喝了一口冷水,向鄢维邦顶梁上喷射,将鄢维邦喷醒过来。

　　苗铎又命把鄢维邦牵到厅上,问他还敢诬报好人。鄢维邦仍装作好汉,一口咬定了常伯权。苗铎又吩咐一声,站班的把鄢维邦仍旧绑起,又用金锉在他右边琵琶骨上慢慢地锉去。

　　鄢维邦觉得比以前更加倍疼痛了,把眼睛闭得定定的,把牙关咬得紧紧的,哪里挨得住这种苦刑,便没口子叫道:"我招了,招了!"

　　站班的听得他连说几个招了,收了金锉,仍把他放下来,牵到厅内。

　　鄢维邦便向苗铎笑道:"我这会子是糟极了,你就是个阎罗天子用碓舂我,用锯子锯我,也没这样的罪苦。我明白了,我平日所做的罪案,就被官里拿住,刀砍了我,绳绞了我,凌迟了我,把我身上的油取出来点灯做烛,也不足以泄泉下被奸杀的人怨愤之气。于今如果报昭彰,我有什么怨望?不过还望你看在当初会面的时候的情义分上,打发我快快结局,我就感恩不浅。万

198

不要叫我说出不同常伯权共伙的那句话来,我就歪着心翻了口供,未尝不可,但翻了口供,不是实供,你还用毒辣的手段,强迫我招出不实的供,又有什么用处?"

苗铎暗忖,这时候再拷不出他的实话,且俟明日再说。

当时那站着班的把鄢维邦仍旧收押,不放他有自尽的空儿。

那常伯权同鄢维邦是押在两处,一处是待死所,一处是望生狱。

苗铎自从二次拷问鄢维邦以后,便回房安歇,一时意念纷纭,只是睡不着。一则因为常伯权的疑案尚未解决,二则冯锡庆并未回来。

论冯锡庆这回到笑佛寺去办理菩净,是没有万一走板的。但冯锡庆一时不回,苗铎便一刻牵肠挂肚似的,出了地道,望着冯锡庆回来。

苗铎见冯锡庆带着一个人回来,经冯锡庆介绍,知道这人名唤卫杰,是朱天齐的大徒弟。苗铎据冯锡庆说,那件事已办完了,苗铎估定菩净已杀,只有那隧道里可怜的女子还要费着踟蹰,便将卫杰请到厅上,酒席款待。席间即吩咐冯锡庆将鄢维邦、常伯权牵了出来。

卫杰瞥见常伯权落了人家的圈套,心里大吃一惊,吓得倒在地上,拿作飞来剪向自家胸脯上刺去。二十回中叙到此处,另岔出常伯权、邵倩姑的两回文章,如今再说这飞来剪主角。

这一把飞来剪,是个有灵性的兵器,它本来是青龙化身作剪,使用这飞来剪的人,当然是这剪子的主人了,飞来剪且不能伤害好人,哪里有反伤这有血气主人的道理?但是卫杰虽使用这把剪子,个中的原理,尚不能完全了然。

当时苗铎忙把卫杰扶起,说:"卫兄,这剪子是不能伤你的,我知你是个顶天立地的人物,毫无设阱害你的意思。但有一件疑案,不得不当作你审问一番。"边说边将卫杰扶起,吩咐仆人撤了杯盏。

卫杰定一定神,向苗铎问道:"我不懂得我这师弟犯了什么罪案,要你处置与他,他每夜是同我在一起做事的,他的心就同我的心一样,处置他便是处置了我。我们是死则同死,生则同生。"

苗铎听了,并不言语,侧着脸子思量一会儿,忽地在大腿上拍了一下,说:"是我错了!"

说着,便向冯锡庆道:"你们使飞来剪的,都是天地间一等人物,我听你说这剪子甚是蹊跷,固不能伤害自家的性命,又不能伤害正直不欺的人,这话可是真的?"

冯锡庆道:"对了对了,岂独不能伤害正直不欺的人,如果这人并不十分正直,已有几分天良,这剪子只好伤他的皮毛,却不能取他的性命。"

苗铎听了,兀自又低着头沉吟不语。

这些话却把卫杰提醒了,卫杰因为常伯权的路数,虽然先前是做过没本钱买卖的人,但据师父言谈之间,都说他是个正直不欺的人,我同他在一起干事有一个多月,却见他没有半点儿苟且,我何不如此如此做来?边想边走至常伯权的面前,一把飞来剪已脱手而出,飞到常伯权的脸上。那两个剪尖直戳入常伯权一对儿眼珠子上,倏地这剪子又从常伯权眼中蹦跃而出,扑地落在地下。

常伯权光翻着两眼,笑了三声。

欲知后事怎样,且俟二十三回叙来。

第二十三回

苗铎三拷酆维邦
卫杰再晤左其美

话说常伯权见这时一座厅房并没有布着那么疑鬼疑神的局面，又听冯锡庆对苗铎剖说飞来剪的妙用，明知大师兄使这剪子，并非相害之意，问心无愧无欺，却不怕这剪子取他的性命。果不其然，那一对剪尖戳入他两个眼珠子上，像含有抵抗力的一样，两个眼珠却不曾损伤，那剪子便自由自性地蹦跃而出，落在地下。再瞧大师兄两只手仍指着他的双眼，常伯权便不由笑了三笑。

这时，卫杰便收了剪子。

苗铎听常伯权笑里含着冷刺刺的意思，脸上涨得绯红，很露出难为情的样子，连忙走下座位来，先向常伯权作了三个揖，口里连说鲁莽，又赔了好多的不是，亲自把常伯权放下。方要来除那条铁索，常伯权把头一扭，用手捏定铁锁，说："没有这般容易。"

苗铎觉得太对不起常伯权，左说方右说圆地不住作揖打拱，还要亲自磕头认罪。常伯权只是板着面孔，睬也不睬。

还是卫杰怕苗铎太难为情了，即向常伯权道："师弟别用气恼，这苗仁叔是我师父要好的朋友，这回误会拿你，却同我在清江西坝槐树下对你的路数，同是一样不是。这苗仁叔向来不徇情分，疾恶如仇，所以才弄出这岔儿来，惹你烦恼。本来也难怪你怄气，做长辈的既对做晚辈赔个不是，你面子上也添了不少的光彩,难道较真要苗仁叔磕头下礼不成?"

常伯权方才依了。苗铎很是欢天喜地,才替常伯权除去铁索,即令仆人取了一套簇崭新鲜的衣袄,给他穿了。外面又披上一件长衫。

大家倾谈一会儿,常伯权才知他叫作入地鼠苗铎。这个是苗铎的徒弟,也使一把飞来剪,就叫作飞来剪冯锡庆。这强盗系在天津做奸杀盗案的酆维邦,是笑佛寺淫僧菩净的徒弟。

常伯权想到苗铎误会的缘故,也知左其美是在清江西坝槐树下所见的那个华胄公子,是在大生堂药栈里所遇的那个使飞来剪的人,心里却不能断定这姓左的不是坏人。但酆维邦在天津城里横行无忌,人命草菅,淫杀无忌,这回若不是酆维邦硬栽一口,自家也绝不致受这凌辱,一时公仇私愤齐上心头,恨不能把酆维邦剁成肉酱。

这时,酆维邦在厅上,眼见苗铎同常伯权反而联洽起来,报仇是没有希望了,心中一杠,又生出第二条计来。又见苗铎把卫杰、常伯权延之上座,他自己坐在横头,冯锡庆坐在下面,一时酒席已开,两个仆人轮流筛酒。

苗铎又向冯锡庆低说几句,冯锡庆兀自走了。停过了几个时辰,冯锡庆早请来一个衣冠人物,酆维邦便估定这人是左其美了。

左其美走进厅来,先向常伯权道歉误会的意思,常伯权低头不语。左其美便同苗铎联席坐定,却与卫杰彼此请教一番,相述倾慕之意。

常伯权兀自放下酒杯,说:"我酒是有了……"

左其美向苗铎笑道:"于今贵客在座,但吃这样哑酒,有甚趣味?难得你老人家做东道主,请你老人家发下酒令,我来斟酒,要进卫、常两兄各人满饮三杯。"

卫杰尚未开口,常伯权急抢着变色说道:"这酆维邦一个万恶的孽畜,我与他向来不曾会过,他不见得同我有什么海样深仇，其中必有人指使，那人与我的嫌隙不必明言，敢请苗仁叔示下，再将这孽畜拷出个水落石出，我心里就快活，大碗酒拿来我吃，却用不着左兄恭维我，敬我三杯，我是不愿心领。"

卫杰道："苗仁叔起初把我师弟牵出，给我下酒，我这回师弟所请的话，真个算得下酒的好东西，什么划拳行令，闹得满屋子麻烦起来，太没有意思了。敢请仁叔快助他们酒兴。"

这些话反把苗铎说得六神无主。

左其美暗想，常伯权莫非疑我主使鄞维邦吗？这可冤枉极了，真是冤哉枉也。我在天津常存着捉这强盗的心思，只没有下手的机会，我的心思对天可表，这强盗我认不得他，他又认不得我。常伯权在天生堂和我厮杀的时候，怕我同这强盗是一路的人，若这时向他辨别一个清爽，总辨不清个所以然来。不若便请苗仁叔拷这强盗，招出主使的人，而且常伯权也相信这强盗不是和他报仇，没有主使的人是不会硬扳他的。这强盗一招出实供，须叫他相信这主使的人并不是我。想着，便请苗铎三拷鄞维邦。

苗铎定神思忖道："论左其美并没有同鄞维邦伙通的事情，怕的这东西太机警了，咬不住常伯权瞧破常伯权同左其美不睦的情形，不免又要咬出个左其美来。我的刑罚，料他是不能终熬，他纵然再生枝节，却不愁他不招出实供。"

苗铎这么一想，便叫左右取一瓮高粱酒来。左右答应一声，抬出酒来。苗铎命将鄞维邦推到厅下。

常伯权不待苗铎讯问，便向鄞维邦喝问道："你这东西，受人的唆使，乱咬我和你同伙。我是你同伙的人，你明白我师父是哪个，我是哪里的人氏，家中可有什么人口，你分我什么赃物？"

鄞维邦笑道："姓常的，好汉做事须爽截些，你同我是初次同事，就是你在我跟前所谈的履历全是假话，其实我也没有完全对你说出真情。于今你们都相好起来，我还能说什么和你同伙？若问我所分润你的油水，我不说，你自己该明白了。你那爿药栈，至少要三五千两银子才开张起来，不是我屡次分给你那些金银,你拿什么做药栈的老板?"

这些话又把常伯权说得直跳起来。

苗铎忙令左右动手,两个仆人不由分说,把酆维邦捺倒在地,用酒灌入酆维邦的鼻孔。这酒十分猛烈,两个仆人轮流向他鼻孔里直灌下去,把红色的血浆都灌得从鼻孔里直迸出来。酆维邦便叫住手,两个仆人哪肯答应。

酆维邦便叫了一声哎呀,接连把爷娘都喊出来,摆手说道:"你们原谅我一次吧,我即从实供了。"

两个仆人连忙住手。

酆维邦拿眼睛向左其美一瞧,气吁吁地兀自把头一摇,说:"我供了,我所供主使的人,便是苗铎。"

苗铎冷笑一声,喝令左右再灌下去。

酆维邦硬着肠子,那血浆淌个不住,鼻准上汗珠子比黄豆还大,酆维邦已不能动弹了。两个仆人怕把他灌死了,且停止了工作。

酆维邦在欲死不死的时候,鼻子里接连打了几个喷嚏,花红色的血浆又嚏出一大堆来,在低弱奄奄的声息里,抽出一口气来,眼珠早挤眶而出,兀自叹了一声,便向左其美道:"左大哥,你可不用怨我不值价了,事情到这一步,我还做什么硬汉?我们便一同去吧。你往日常对我说:'彼此失脚吃人拿住,不许招出同伙,招出同伙的人便非好汉,万一熬不住飞刑,就咬出个常伯权来。'我听了这话,一点儿不懂,反而埋怨你在那兴会的时候,不该说出这不吉利的话,你说我们的敌人太多,官里总不易拿获我们,难免有私人作对,防人之心不可没有的,你被人拿住,我便替你报仇,我被人拿住,你便替我报仇,天津城里所做的奸杀盗案,我在明处,你在暗处,你替我提心吊胆,我为你担惊受怕,就是防备应验了这不吉利的话……"

左其美本来是个潇洒绝尘的人物,却有一种特异的短处,就是不善说话,若遇到别人的事,或者玩笑的时候,他所说的话倒也什九不离，如果自己身临其境，有什么意外的祸变，再则自己受了人家的冤枉，他一肚子的话却不知在哪里说起，一个字也吐不出来。于今听酆维邦供出与自家大有关系的话来，直气得面如土色，像似呆子一样。

常伯权只是咕嘟咕嘟地喝酒，尽性厮吃肴菜。卫杰也一口气连吃了三杯酒。冯锡庆睃起两眼，很注意地看苗铎如何表示。

苗铎并不表示什么，只管吃酒。及听酆维邦咬唇嚼舌地乱说了一大套，苗铎急避席而起，从套房里亲自取出那把金锉和一碗盐卤上来。

酆维邦见此形状，忙一头向墙壁上碰去，哪还来得及呢？早被冯锡庆一转身离开座席，已将他抱在怀中，连忙用铁索绑他在美人架上。

苗铎板着面孔，左手端着金锉，右手端着盐卤，走至美人架下，把金锉在卤碗内浸了许久。苗铎暗想，我用这毒刑拷他，也怕天不容我，然他自作自受，狗咬地乱咬，简直除了这样毒刑，再不能叫他供出一句实话。苗铎心头一横，从卤碗里取出金锉，在他两边琵琶骨上轮流锉着。盐卤浸入骨血之内，那金锉越锉越细。酆维邦所受苦痛，在下也不忍再描写出来，只是锉声不似先前那般作响，琵琶骨里血珠骨屑飞落而下，都是黄的。酆维邦口里不住爷娘地乱叫，两眼泪珠都淌得干了，凑着鼻子龇着牙，望去像似一个活鬼。

厅上卫杰、常伯权、左其美、冯锡庆四人，一个个都忍不住心酸一阵，几乎脱口要替他叫出一声苦来。

卫杰暗想，这苗铎狠毒极了，虽然不徇私曲，这种毒刑，除去那黑暗的官府，怎配我们做侠客用此拷人？一时没有主意，便要替酆维邦求情，暂且饶他不拷。

酆维邦这时委实吃不住了，说："好老子，我从实供了，若有半句撒谎，叫我娘陪你睡觉。"

苗铎哪里肯信，还是锉个不住，把酆维邦心胆都痛得裂了，生不得生,死不得死,浑身的肌肉抖得直跳起来,越抖越加倍疼痛,以后便渐渐不抖了。

鄢维邦又叫道:"我的老子,同我娘睡觉的老子,哎呀,哎!"

卫杰见了,连忙走至美人架前,待要劝止苗铎。苗铎已停止工作,收了金锉,命仆人端过卤碗。可怜鄢维邦被冯锡庆放下美人架,已不能走了。冯锡庆抱他到厅上来,更是上气不接下气。锡庆便摘着他的头发,轻轻向地上一摆。

鄢维邦定神说道:"姓苗的,你这拷法也毒绝了,不打算我师徒被你杀死,更没有人替我们报仇,老实供给你吧,你疑惑我所咬的两个人有点儿靠不住,在你的意思,占着我是仇扳,你就小觑我了。我同他们哪有什么深恨?你才是我的仇人。我所以供出这姓常的缘故,就使你杀了这姓常的,就有姓常的朋友替我们报仇,这一条计是不行,我所以又咬出个姓左的来,你杀了姓左的,就有姓左的朋友替我们报仇,这两条计都叫作驱虎吞狼之计。我师徒平常没有什么了不得的朋友,我不使用这条计,永没有替我们报仇的人,哪有这样便宜的事?岂知谋事在人,成事在天,两次的妙计同归失败,我还有什么希望,只求你是我个亲老子,打发我回去吧!"

苗铎听完,兀自笑了一会儿,命将鄢维邦仍押在死所里。左右把鄢维邦扶着走了。

苗铎入席坐定,忽地大哭一声,洒下几点英雄泪来,举杯向众人说着:"我有几句话要向诸位说来,诸位若原谅我的苦衷,请满饮一杯酒。"

众人都被他说得莫名其妙,都说:"我们不知你老要说什么,只请尽早说来,没有不原谅的道理。我们大家从此都释去嫌隙,同归于好。"

苗铎含泪道:"诸位先准许我,我这话才能说出来,如果说出来,诸位不肯依我,比杀死我老子娘是一样的痛苦。"

众人各自想了一会儿,都说依得。又各满饮了一杯酒。

苗铎又从身边取出金锉来,含笑说道:"诸位依从了我,可算原谅我的苦衷,许我忏悔,如其不然,我就要死了。这鄞维邦虽是万恶的东西,然而国法也不远人情,一死没有多大的活罪。我这把锉,在十年之前是预备有翻牢劫狱的勾当,给朋友锉脚镣用的,并没有用它得着。不料我昨晚走错了眼,误把常兄当作歹人,今晨又油蒙了心,又疑惑左老兄不是好人,自家毫无把握,过后方知孟浪。我想若不借这金锉锉着那东西的琵琶骨,逼他招出实供,是辨不出个所以然来。无如那东西太可恶了,三番两次在我跟前使巧弄诈,预备借刀杀人,好替他们师徒报仇。虽则咎由自取,然而我用这毒刑拷他,良心何忍,天理不容。我若把这件事糊涂推开,不闻不问,单单结果了这个东西,岂不把我十年以来的磊落之气一朝丧尽,还称得是什么世外英雄?于今事已完了,毕竟我良心上是过不去,当着诸位面前,请锉此手。"

边说边用左手拿着金锉,向右手关脉上搁下。众人方要前来阻止,只听得铿铿铿,十来声作响,那右手已和手臂脱离了关系,血骨迸满了一桌,还飞了左其美一身。

苗铎又哈哈笑了一声,把众人都看得流下泪来。苗铎仍是行若无事的样子。

左右已撤去筵席,抹好桌子。苗铎令冯锡庆把这锉入土埋了,自家方取药敷着伤处,用青布包好。从此江湖上有和他相识的人,又替他编了一个外号,叫作独手苗铎。

当时众人各把误会的缘由一一说了,卫杰、冯锡庆又请示苗铎如何发落那笑佛寺的落难女子。

苗铎沉吟一会儿,向卫杰说道:"这事不须卫兄踟蹰,后来自有交代。"

卫杰暗暗点头,到了晚间,便同常伯权辞了苗铎。

苗铎道:"卫、常二兄,可恕我不能远送了。"

宾主各个谦让几句,冯锡庆和左其美便将卫杰、常伯权二人领出门外,仿佛经过了许多的庭院,出了大门,又缘着一条夹道行去。约莫走了一二里路，便走入一个小小的黑洞，只能辨出黑洞中有十来只怪兽在两边蹲着，这种怪兽，卫杰、常伯权眼中都没有见过，比狮子少一只腿，比猛虎多一身毛，并不像猛虎那种舞爪张牙的样子。

出了黑洞，便上了一个台阶，一级一级地走了四五十级，即见一个石门。卫杰、常伯权才走出石门，听得后面有人说声："再会！"

那石门砰地关了，地面上不由转动起来。两人像似驾了云雾的一样，一转瞬，便见身在空中，离地有一丈多远。地上还满铺着一层深厚的沙漠，却寻不到个空隙出来。

两人诧异万分，见四面没有行人，便轻轻飞落沙漠之上，有绝大功夫的人，两足涉沙不没。常伯权因为身上穿着长衫，不便飞行，便兀自脱了。两人并肩站着，待要飞起，忽见从沙漠里钻出一个人来。卫杰向那人一瞧，原来是左其美。大家欢喜无限，一路飞到天津，已是三更时分。

卫杰、常伯权怕的穿了这种衣服，明里是不能回家，要是暗中飞进，又怕被人疑神疑鬼地瞧出破绽来，亦有些不大便当。

正在为难的时候，幸喜左其美邀请他们就在自家的草舍谈叙谈叙，他们自然很高兴的。左其美的住所，离天津南去有二十多里的路，是个穷乡僻壤，不一会儿便飞到了。左其美同他们落下平地，一声犬吠，独家村里早摇出一个十二三岁的小孩子来，说："可是干爷回来不是？"

左其美应声道："南儿，家里可有客来没有？"

那孩子早喜得走到左其美眼前，说："没有客来。这两位兀的是谁？"

左其美且不理他，齐打伙儿摇进屋内。这屋共有三间，构茅结成，里面的陈设极其简单，东房是反锁着，西间还有一个卧房。左其美令南儿把门关好，走至东房之下，从身边取出钥匙，开了房门，便请卫杰、常伯权进房。这房精雅绝伦，不甚阔大，床几桌椅都是紫檀木镶嵌螺钿的，案上的杯盘、壁上的图画，新奇古雅，几疑是洞天福地，床上的被帐更是花团锦簇，望去像似富家小姐的一个卧房。

南儿执着银质的烛台，高烧着指臂粗细的一支大蜡烛。常伯权瞧那烛台高有二尺，约莫重有二三十斤。南儿用一只手捏着，好半会儿的工夫，仍是口不喘气，面不改容，那只手动也不曾一动。这样稳重的力量，倘在成年练把式的人，当然算不了一回事，若使这十二三岁的小孩子，能捏着不动，他将来的成就，也看出是个不凡的人。

这时，左其美便叙及南儿的身世。原来这南儿是江西瑞州萍乡人氏，姓党，名振南，党振南父亲逝去以后，左其美把他看待得同儿子一样，因此便唤他叫作南儿。

左其美叙及南儿身世的话，趁势问及卫杰、常伯权的履历，也把自家的履历仔细说了。

这左其美是浙江湖州人，离湖州东门五十里路，有一座小小的村落，唤作左家村，主人左士甲，是个铜匠，为人忠诚老实，劳力成家，美田五十亩，都由自家汗血换来的代价。因为积劳成疾，又生得一副三分像人七分像鬼的相貌，四十岁上尚没有娶过妻小。

左士甲族孤势弱，乡党中老老少少没有人瞧得起他，左士甲在病床上，除了家里两个做粗工的伙计而外，再找不出个可以接近的人。谁知这两个伙计，见左士甲的病症渐渐沉重起来，暗地里商量商量，趁在黑夜无人的时候，把左士甲平时所蓄积的一百两现银偷窃出来，高飞远扬，到别县去做工。后来这两个伙计把所窃的银子对面摊分，争多论寡，闹得打起架来。无意中被湖州府的公差察觉了，都拖到衙里去吃官司，贼人下狱，事主失银，公差反干没了这一百两。

左士甲打从两个伙计逃走以后，一个人倒在床上，叫天无应，喊地无灵，那病势更增剧到一百分了，简直神志昏糊，不省人事。

　　这天正在三更时候,左士甲忽然清醒过来,一睁眼,便见房里银烛辉煌,同白昼相似。左士甲暗想,连夜以来,都是黑洞洞的一座卧房,没有人点着油灯,这烛光是从哪里来的？心里是这么想,肚子里又忽然闹起饥荒来了,十来日水米没有沾牙,并不要吃什么,如何这肚子便闹得怪难过的。

　　忽见靠床一张短杌子上放着几块油饼,左士甲正不知这油饼是谁人送来的,满心想把这几块饼全吃下去,只吃了一块,已是饱了。这饼甘美无比,从来不曾吃过。油饼的补力比人参还大,左士甲自从吃过这块油饼,精神便渐渐强健起来,一时汗流浃背,身上便痛快许多。铺上是睡不住了,想撑着到房外走走,谁知一蹶劣,已拗起身来。

　　左士甲披着衣裳,穿好鞋子,步履健捷,哪里像个有病人的样子,信步走出房来,浑身暖烘烘的,不怕风吹,一声不咳,一口痰也不吐了。门外的月儿早照进门来。

　　左士甲暗忖,幸亏这乡下没有光顾的人,万一有小偷到这里来,怕我这屋里的东西不要被他偷尽了吗？从月光下向前望去,大门又虚掩着不曾关闭。左士甲关了那两道门,仍然回转房里,却见一个木箱子上那把铜锁已扭得开了。左士甲兀自拍着大腿大笑起来,心想,那两个伙计所以逃走的缘故,绝对是因这箱子看得眼红,打开箱子一查,果不其然,那一百两银子已乌有了。

　　左士甲是个刻苦不费一文的人,失去这百两银子,并不伤心,反笑这两个东西要银子用,何不向我早说,鬼鬼祟祟地逃窃何来？

　　忽地背后有人吐出莺莺呖呖的声音,说:"世界上没有你这呆子！"

　　欲知后事怎样,且俟第二十四回叙来。

第二十四回

贾大夫慈心获美妇
縻老头合掌运神功

话说左士甲方笑那两个伙计不该盗窃他一百两银子,忽地听得背后有人吐出莺莺呖呖的声音,说:"世界上没有你这呆子!"

左士甲转身一瞧,惊得一颗心跳出腔子来,分明是一个游龙惊凤的妙龄女子站在他面前,只是憨憨地笑。兀自定一会儿神,再仔细向女子瞧来,浑身像一朵白莲花的模样,两道又青又翠的眉毛,一双又娇又活的眼睛,朱唇上染着一点儿樱桃,玉齿上含着一例列贝,千丝云鬓,一扭腰肢,手似柔荑香满屋,面如满月瘦三分。便想着自家那鬼怪似的模样,又穿着这样腌臜不堪的衣服,不免有些自惭形秽起来。笑也不是,哭也不是,站也不是,坐也不是。

那女子便掩口笑道:"你真是个呆子吗?"

左士甲方才一躬到地地说道:"世界上原没有我这呆子,也找不出你这神仙模样的美人儿。"

那女子忙将他一把扶起,不料白绫裙刚被左士甲的袖子展开,露出裙下风扬蜻蜓似的小脚儿来。左士甲不是没有把持的人,见了这一对儿瘦不盈握的脚,踏着那凤嘴尖鞋,凤嘴上各缀着一粒白果大的明珠,登时情不自禁,满脸绯红,不由涨到耳根。就是铁石心肠的人见了,也难免不心旌摇荡。但左士甲却看出一种路数,存着一种心思。

左士甲因为这女子并不是富贵人家的淫奔小姐,富贵人家的小姐,什么好地方不会去,偏偏会飞到这里来?好事的人替我编了一个诨名,叫作贾大夫。我识不得几个字,这贾大夫的眼光,我是不懂得,大略是说我系丑陋不堪的,半辈子老头儿,岂有这样娇艳的女子瞧中我贾大夫的道理?适才的事,我已看出门道来了,我一个要死不活的人,除了神仙,是不能把我救活来的。这灯烛是谁人点着,油饼是谁人送给与我?外面两道门都已关好,我又没有听得一些脚步的声息,这女子却从哪里进来,不是神仙是什么呢?我是最相信神仙的,若对这活神仙存着苟且的念头,应该天雷击打。所以左士甲霎时间便收了心猿意马,像似入定老僧一样。

那女子即将左士甲拉坐床上,左士甲哪里敢坐,屏声息气地拱立一旁,且听女子说些什么。

那女子便兀自在床沿坐下,待要说出一句话,脸上便红晕了一阵,羞得抬不起头来。一会儿,才向左士甲笑问道:"你认得我母子吗?"

左士甲随口答道:"你们母子都是神仙,我哪有见过的?"

那女子道:"你可记得在五年以前,买两尾银色的鲦鱼放生事吗?"

左士甲蓦地被她一言提醒了,原来左士甲在那年三伏时节,被一个富户人家雇去修理铜床,那人家在市上买来两尾白鲦鱼,一大一小,大的约有二斤多重,小的只有一斤,都是鲜肥活跳的鱼,头上各有两个芒儿,像似两只角一样,不过比角要细得多了。这两尾鱼银光遍体,与寻常白鲦鱼不同。

左士甲见这两尾鱼对他嘘气摆尾,有乞怜的意思,不由触动了慈悲心肠,情愿出银二两,换这两尾鱼放生。

主人方唤小厮们宰杀。因为这两尾鱼用一钱银子买来,于今左士甲要拿出二两银子换去放生,惹得赚他一两九钱的银子,哪有不依的道理。

左士甲用水桶放着这两尾鱼，拴到河边，先将大鱼放去，又把小鱼按在手中。可巧见小鱼腹上有被渔网箍破的伤迹，少了一个鱼鳞。左士甲身边幸有伤药，因前日拿刀切瓜，误伤了手指，故而买一包伤药，未敷完手已好了，余剩的伤药放在身边，于今倒有用着。便把伤药敷在小鱼的伤处，放之河流，暗暗祝道："阿弥陀佛！但愿你们天长地久，逍遥水晶世界，无难无灾，不罹冤网。"

"网"字刚才说完，便见河中翻起两个圆圆的水纹，这两尾鱼昂头出水，像似对左士甲表示感谢的意思。

事隔五年，不是这女子一句提起，左士甲早把此等事置之脑后去了。左士甲见这女子问得出神，也将以前的事表示一遍。

女子便站起来，向左士甲福了一福道："你是我母子救命的恩人，怎么说不认得，这时候我还瞒你何来？那两尾白鲦鱼，便是我们母子两个。

"我母亲是龙帝的元妃，我的小名就叫作白莲花宫主。那天我母因为在水晶宫里纳凉，一心想看尘世间的风景。我们老住在龙宫里，就同住在你们这大千世界皇宫里一样，宫外的人都巴不得到宫里去观光观光，因为没有看过宫里的富丽；宫内的人也巴不得到宫外山村间去游逛游逛，因为不轻易领略这山村间幽雅风景。我们龙族何尝不然。

"我母亲先在我父亲面前请过了假，我父亲是不忍违拂我母亲的，自然一口应允了。我母亲带了几个宫女，我是个小孩子，不肯离开母亲，随处游泳水面，幻身作耍，偏偏到了湖州，无意中竟罹渔网。那几个宫女，可怜早给别人家买去充肠饱肚，单被你买活了我母子的两条性命。"

白莲花宫主说到这里，即见左士甲摇头笑道："这个我可不信了，龙的神通极大，难道你们就没有逃脱的神通吗？"

白莲花宫主道："恩人哪里知道，我母亲本有逃脱的能耐，且能离水不死。不过那宫女们和我都不中用，我的年纪太小，他们的族类互异,哪有逃脱的希望呢?我母亲若化龙逃去,就是舍不得我。因我腹外已受了重伤,登时不能恢复原状,得水且不易逃去,何况失水。我母亲嘘气成云,我不能随我母亲化龙而去,我母亲是没法救我的了,固然不能叫我独死,又没有脸面回去见我父亲。我母亲是天生的仄性,就抱着和我同死的念头。幸得恩人解救,放我母子回宫,又给伤药医好我的肚子。我母子感激你的恩情,对我父亲说明,于今便打听得你病道垂危,父亲令我藏了八宝还魂丹,到你这里,令我嫁给与你,替你家庭延接宗支。"

白莲花说了末尾的两句话,脸上又红晕了一阵,复又向下说道:"我到你房里来,见你已是奄奄一息了,口对口地度了八宝还魂丹。这油饼、蜡烛也是我带来的,油饼吃着不饥,蜡烛点着不卸,都是我们龙宫里的宝贝。我见你一口气转回来了,便借隐身法遮掩你的眼光,所以你忽地听我说话,转身才瞧见了我。这会子你不用客气,顺从我父母的命令吧!"

左士甲笑拒道:"宫主是何等身份的人,怎么人不嫁,嫁一个鬼?我万一糟蹋了宫主,就糟透了。宫主若能带我到龙宫去见识见识,便算特别看待我了,我只能领宫主这点儿情分。"

白莲花宫主道:"我是不能违却我父母的命令,你这时也不能到龙宫去,可不许你说这话了。"

左士甲哪里肯依,不料白莲花宫主扬手一巴掌便打过来,左士甲觉得被她打跌在万丈深潭之内,像似个落汤鸡,禁不住哇地大叫一声,醒来乃是南柯一梦。

却见白莲花宫主尚兀自坐在床上,低着头笑。床上的被褥帐子都是精丽绝伦,绝对不是自家所原有的。房里焕然一新,也不是先前模样,一张新桌子上仍点着一支蜡烛,放着三块油饼。再从身上一摸,细腻异常,又不是先前那样粗皮糙骨。对面大着衣镜,不知是哪里来的,在镜子里照一照,觉得容颜改变,面圆眉秀,像似一个年少书生的样子,自己也认不出是自己来。心里还疑是做梦,把手指塞在口里一咬,觉得怪痛人的,才知这番不是梦境。便起身穿好衣服,走下床来。这衣服却非自家的衣服了,房里要宽大了十倍,所有的陈设不曾见过,就不能举其名。

便坐下来向白莲花宫主问道:"你和我方才所说的话,可是做梦不是?"

白莲花宫主笑道:"实非梦境,你自己疑惑是梦,问我何来?"

左士甲不由心里大动,把白莲花宫主拥到床上,脱衣解带,同入香衾。左士甲这时候才发硎新试,快乐到了极顶。

白莲花宫主央告道:"我虽长到一十七岁,没有经过这羞人的事,望你怜惜我一点儿吧!"

冷露无声滴玉盘以后,左士甲觉她浑身柔若无骨,脐下有半寸的一条伤缝。及听她吐说出来,才知这条伤缝便是五年前被渔网箍破了的。

左士甲有生以来,何尝睡过这温柔香腻的锦裯绣褥,玉人在抱,话不尽的软语浓情,因此一觉睡去酣甜美适,直至天光已晓,方才醒来,仍然是一场大梦。

左士甲便觉精神陡长,穿起衣服,房里一切什物,无异往常,只是蜡烛、油饼都在凳子上,拿着镜子一照,依旧像个丑鬼。箱子里真个失去一百两银子,各门各户都虚掩着。

左士甲惊诧万分,再吃了一块油饼,走到门外,觉得步履矫捷,不类常人,哪里还有什么劳伤病呢,一日不觉饥饿。

到了晚间,点着那支蜡烛,出了一会儿神。这烛光比寻常烛光要明亮十倍,直至三更时候,不减分寸,从此每夜必梦,每梦必同龙女在一块儿睡着,一切无异初次入梦的情景。

三月以后,便寻不到这样的好梦了。左士甲先前是独居索处,于今便招了几个仆媪,料理田务。

这么过了两个年头,那天是元宵佳节,团团的月色,老早从海角外捧了出来。左士甲吃过夜饭,便在田野间闲逛,对月怀人,兀自嗟叹不止。那月光转含着凄凉的意味,似乎迎面来了一个女子,渐渐逼近,盛装艳服,好像怀抱着个什么似的。

左士甲见这女子已走至面前,不是白莲花宫主是谁?左士甲喜得笑起来,像似凭空掉下一个宝贝。

那女子从怀中放下一块肉来,说:"你拿去吧!后会正长,我且失陪你了。"

左士甲方欲拿话慰问,一眨眼已不见白莲花宫主的踪迹所在。再瞧地下放着的婴儿,用襁褓包住,裤裆有一个小蚕蛾儿,腮窝微笑,已经蜜甜甜地睡去。左士甲悲喜交集,明知这一块肉是他的亲骨血,抱到家中,就说拾了个路遗的男孩子,雇着乳娘,将这孩子抚养到了三岁,取名其美。

左其美九岁上,到书房里读书,聪慧和寻常孩子不同,性质亦与读书的孩子有异,生得粉装玉琢似的小脸儿,两个滴溜溜眼珠子电一般射出光来。每天清晨早起,夹着书包,到书房去,诗云子曰,百行书读得滚瓜烂熟。谁知半年以后,渐渐有些不耐烦起来,背着先生有玩有笑,偷看那先生板着一副严厉面孔,像似森罗殿上的活阎王一样,又怕又恼,暗想,我终日念着这劳什子书,一点儿不懂,这先生太可恶了,动不动要吃他打手心。若要求父亲叫我不进这里坐牢,我父亲断然不答应,不如悄悄地瞒着父亲,不到这牢里来,偷向外间玩耍玩耍,倒也有趣。

左其美想到这种办法,果然不错,日间虽对左士甲说是上学,却跫到那旷野的地方,同几个牧牛的朋友东跑西奔,玩得够了。到要解学的时候,便回家去吃饭。

似这么玩了半月,那在上午回来的时候,左士甲见他没有将书包带回,可巧先生又来了。左其美怕先生问他不去书房的话,便吓得躲了。

在这时候,偏偏见前村无赖史长胜,率领一大群的男女老少,有两个人扛着一扇门板,板上躺着一个受了重伤的汉子,望去像有十六七岁,齐打伙儿拥了进来。那一阵喊骂的声音,闹得乌烟瘴气，像似遭了人命的一样。左士甲素昔知道史长胜的为人，虽不算这乡村间土豪恶霸，然因他是个不识一字的蠢汉，一家又有二十来个壮丁，都是不讲道理，每和前邻后舍有吵打的情形，史长胜没有一回不走上风。于今见史长胜一家子都闹进门，抬扛着这个受伤的少年汉子，只摸不着半点儿头脑，惊得手足无措，不敢说话。还亏那先生大有见识，便扬手向众人招手道："史大哥，且坐下来平一平气，人多压不倒一个'理'字，闹是闹不出好处来的。"

史长胜见这先生话头不对，心里不由一愕。

原来这先生姓褚名复，脑袋上顶着一个秀才，笔底下会作几句状子，乡中的村农，没有不仰他的鼻息的。便是史长胜这个粗牛，见了他，也有些畏惧。

当下褚复问史长胜，问明缘由，才知这汉子是左其美打伤的，因为左其美骑牛玩耍，压伤了牛背，那牛便扑地死了，牛眼睛都露出眶子外。

这汉子是史长胜的二儿子，平昔不分大小，同左其美玩耍惯了。于今见左其美压死了这头牛，他是放牛的人，先前本不肯给左其美骑这头牛，及被左其美央求不过，方才依了。哪知左其美跨上牛背，便闯出这斗大的祸事。汉子如何能不理，抓着左其美的衣领，要左其美赔牛。

左其美说："我不曾吃了你这头牛，便打死你这蠢牛，待怎么样？"边说边在汉子的软肋上一拳打去。

这汉子一撒手，便跌了，哇的一声，呕出一堆血来。后来惊动了不少的人。史长胜要找左其美讲话，左其美溜得风一般地跑了。

褚复看这汉子面如金纸，奄奄一息，什九离死不远。褚复先吩咐史家的人一齐坐定，暗暗忖道："怪道其美这几天不到书房，我懒得到他家问讯，原来同些粗汉在一块儿玩耍。左士甲当然疑惑他去读书，相隔只半里路，又不曾到我书房里查问。论理其美是不能压死牛的。这十六七岁汉子,和一个九岁孩子厮打,哪有被孩子打伤的道理? 其中的情由,我虽不知其所以然,但左士甲为人又是忠厚,又是老实,家里又有几个劳什子钱,不消说,当然使地方上的地痞恶棍看了眼红。"

褚复这么想来,反而疑惑史长胜向来不安本分,不明白怎样死了一头牛,谁打伤他这儿子,借端图赖,到左家来敲竹杠打钉子的,便冷着面孔,向史长胜问道:"这些吓诈三岁孩子的话,不要在我面前放屁! 随便你到哪里,我一个九岁的孩子,能压死一头牛,打伤一个这么大的汉子? 两罪俱发,我即叫左兄赔两头牛,遭两场人命官司。万一仗着你蛮不讲理,牛一般地在这里哞哞地叫,我便鸣锣招集地方的人,把你一家子捆送到官,捏住你这东西的牛鼻子吃尿,锯去你两只牛角。"

史长胜把平昔一股野蛮的气性都慑服下去了,忙走至他二儿子面前问道:"你可不是看错了人了? 我也不信他有这股凶神的膂力。"

那汉子心里糊涂,嘴里不能说话,肝经受了重伤,内风虚动,不由把头摇了几摇。

褚复笑道:"可是的了,你这蠢牛,打算要图赖姓左的,就不问问来头,急拖男拽女,成群结队地到这里来胡闹一阵,还了得吗?"

史长胜又惊又疑,慌得跪在褚复面前,碰了不计数的响头说:"小人罪该万死,实系不知人、牛是谁打的。因为这里的学生吓得乱跑,听我这二儿子嘴里麻缠纸糊地说胡话,所以特地闹到这里来。于今我才想到,一个小学生哪有压死牛的气力? 望你褚太爷高抬贵手,放我们回去吧!"史家的二十来个笨汉见这势头不对,早怕得一齐溜了,只有十来个女子在门外惊鸿打雀,像似寻找什么似的。

堂下褚复冷笑了一声道:"你眼睛里还有我这褚太爷吗? 明知我褚太爷是左兄的西席,存心想讹诈左兄,在我褚太爷跟前显显你们的面子,想不到我褚太爷还有几句春秋,只得来碰几个不值价的头,没有这等容易。你们平日欺人生事,我褚太爷眼睛里是看不来,早要结结实实地惩办你了。万一放你回去,像你这种行为,以后不要使村前村后的良善人家都遭了人命吗？褚太爷不能同你客气,值价些,随我褚太爷到官,省得许多麻烦。你须怪不得我褚太爷心肠狠毒。"

史长胜跪在地下,听了褚复这一派话,抖个不住,口里只是告饶。接连便见一个老婆子从厨房里拖出左其美来,走至堂中,便向史长胜扬手一掌,说:"这……这脓包的东西,只管对老婆鹅声鸭气,见了一个戴喇叭爪的,就像鼠子碰见猫的一样,把你祖宗十七八代的面子都丢尽了。你问这小仔猡,可是他压死我家的牛,打伤我家的人？"

史长胜回头一看,却是他的婆子拖着左其美。这左其美也吓得索索地抖,比自家适才还抖得厉害。

那婆子急向左其美问道:"我家的牛,是谁压死了的？"

左其美哭了一声说道:"是我。"

那婆子复问道:"我家的人,是谁打伤的？"

左其美又眼泪鼻涕地说道:"是我。"

那婆子板着脸又问道:"是你待怎么样？"

左其美拭泪道:"打死牛,我不赔钱,打死人,我不偿命,有话不妨对我爷说来,把我拖到先生面前做什么？我方才躲在草堆里,被你拖出来,我不敢见先生。你问我的话我都告给你了,你说:'不去见先生,便对先生告左其美逃学,见先生,便给果子你吃。'你偏把我拖到先生这里,叫我害怕。"

褚复忽听左其美这一派话,诧异万分,心里早打了退堂鼓。左士甲站在褚复的背后,转而又神不安似的,胸间直跳起来,恨没法掩着他这张小嘴儿。

史长胜一蹶劣直跳起来,指着褚复骂道:"不懂得你有几句春秋,看你是吃的一肚子糠,我们在姓左的这里吵闹,干你屁事？

识相些,快给我滚到那猪圈里去。"边说边要来拖褚复、左士甲厮打。

　　老婆子跟着一个耳刮子,打得褚复双额绯红,嘴里不住对囝子长囝子短地辱骂。那门外十来个鸡婆鸭妇,早已一拥进来,捞着左家的东西乱掼。

　　正在这开不了交的时候,左家仆人縻老头子,忽地在桌上抓起一个铜茶壶,打雷般地喝道:"谁敢在这里再肆行无礼,便给谁这个榜样。"说罢,急将那把茶壶双掌一拍,在手里搓了几搓,便搓成一块铜饼。

　　欲知后事怎样,且俟第二十五回叙来。

第二十五回

罪无可宥左其美锄奸
诚可通灵党开山得马

话说縻老头子,这时已有七十岁的年纪,他的武艺没有人知道,少壮时的历史,他向来不曾对人说,也不肯吐出自家的名字。但听他说话的口音像个江苏高邮人氏,唯水性独好,能在水里行走,高邮会水性的人都叫他作水老鼠,而且他嘴上分开八字式的胡子,没有几根,又像作鼠须,因此好事者替他编成一个诨号,叫縻老鼠。

縻老头子触了一辈子的霉头,自家所受的痛苦,唯有自家的心里明白,霉字与縻同音,他觉得这縻老鼠外号,可以代表他一身的痛,亦自号为霉老鼠。

他在六十岁上到湖州来,先在一个姓蔡的人家做长工,主人嫌他年老性懒,那种萎靡不振的样子,除了淘米洗菜而外,没有用他得着。还怕他一年一年地老了,要死在家里,便辞退了他。他笑了一笑,不免沿村觅食,那荒祠野庙的所在,便是他的安乐窝。村中有些慈善念贫的人,不肯拿出钱来施给縻老头子,因他既会水性,劝他何不到湖里去捞鱼。眼见许多渔户没有像縻老头子这么穷得可怜,縻老头子只是摇头不答。

湖州一班乞丐都列丐会,丐会里头脑叫作罡头,又叫作团头,在群丐之中,班辈已高,资格又老,仿佛像现今政府里推举总统的一般。每年有两次酹神大会,神像是晋文公、伍子胥这些人物,群丐出钱醵资,由罡头管理会务,就中也揩了许多的油水。

那丐头并不像乞丐的样子，养得肥头大耳，吃的是大鱼大肉，住的是精舍瓦房。

在会的乞丐仗着有这么一个团体做彼辈的护身符，不论在城中乡下，日间乞丐是遮掩众人的眼目，夜间软进硬出，做那鸡鸣狗盗的勾当，欺负一班没有列会的乞丐。

可巧有几个小丐头到乡下做买卖，瞧着这縻老头拿瓢执棍，像个外行，便疑惑他不在丐会，齐打伙儿近前盘问盘问。

縻老头子没有尝过个中的滋味，听他们盘问的话一点儿不懂，几个小丐头不由分说，抓着縻老头子，不许他以后充这假内行，连瓢带棍，都被小丐头等拿去。縻老头子只好勉强忍受，暗想，我这人真霉极了，便是乞丐的位置，总没有我安插的去处，天地虽大，万物可容，竟容我一人不得。一时新仇旧恨，齐上心头，兀自仰天哭了一阵。幸亏在这时候无意中遇见一个人来，这人正是左士甲。

左士甲见縻老头子在路途上号哭不已，念这老头子筋老骨敝，流落异乡，可怜他连破草鞋都没有穿，脸上的污垢像要刮下半斤鸦片烟膏子一样。

左士甲平素就肯培养这一种人，当下把縻老头子带到家中，饭则同吃，衣则同穿。縻老头子被他恭维得不好意思起来，觉得天地间还有这样好人，闲得无事可做，便替左士甲浇瓜种菜，每月左士甲也送一吊钱与他零用，邻村的人都疑他是左家的老仆，其实左士甲发誓不把他当作仆人看待。

于今縻老头子见史长胜正在这里吵闹得一塌糊涂，縻老头子实在忍不住，便抓着铜茶壶，显出惊人的能耐来。史家的人忽地看见他这种神勇，没有个不吓得脸上变了颜色，一时鸦雀无声。

縻老头子乘势说道："你们要来行蛮撒野，若能自信身体比铜坚硬，就请来尝尝我手掌的滋味！还不把受伤的人抬来，给我瞧瞧！医得好，我来医，医不好，就打官司。"

左士甲知道这縻老头子是七十岁的人，万想不到有这绝大本领。褚复被史长胜婆子打了个耳刮子，窘急得恨无地缝可入，也没有见到縻老头子怎么将一把茶壶弄成一块铜饼。但见史家的人都是屏神息气，很不像适才那么舞爪张牙的样子。有两个村婆，把汉子抬进来。

縻老头子对那汉子仔细一相，摇摇头皱眉道："医是医不好了。"

即露出惊慌的样子，问左其美道："你是怎么打他的？看他心胆都裂，就是个神仙，也没有医治的方法。"

左其美一肚子话，当作褚复面前，不敢说出，两个眼珠只偷偷瞧着褚复。褚复心里明白，落得借此下台，遂趑向左家的后门溜了。

左其美方才说道："我是在他左边腰眼里打中一拳的。"

縻老头子讶道："奇了奇了，便是我在他腰眼里打下一拳，只要他有一口气，我总有医治的手段。想不到你的拳功比我厉害，你对人家下此毒手，真是可恨。"

左其美哭起来说道："我同他是要好的，任他怎样地欺负我，我是不肯下手打他。好在先生不在这里，只要我爷不责我逃学，我就说出打他的缘故。"

左士甲一辈子只有这个龙种儿子，论理小孩子打死未成年的汉子，是没有抵命的道理，反而因他有这么压死牛的气力，转想他将来毕竟不凡，心里便更加疼他，连忙走至他面前，抱他在怀里说道："好儿子，这话且讲出来吧，我是疼你的，你下次不逃学就是了。"

左其美方拭泪说道："我打从逃学以来，都是挟着书包，去同他们放牛的玩耍，我见他们骑牛背上，有说有笑，我就喜欢这种玩法。他们好像都背着我商议过的，偏不让我骑牛，我又不好强要牛骑。

"今天我又到他们那里，别的放牛的孩子都不知把牛骑到哪里去了，只有这史二牵着牛在草坪上吃草。我同史二谈笑了一会儿，路上来了一个女子，从草坪走过去，我认得这女子是后村夏步阶夏三爷家的金花姐姐。

"当时史二向我商议说：'好兄弟，请你在这里替我管牛，我同金花表姐姐说句话。'

"我等史二走了以后，看他把金花姐姐捺在麦稞里，我不明白他们是做什么的，即一翻身上了牛背。我怕这牛不服我骑，下死劲只一压，那牛哞哞地叫了一声，扑地死了。

"我吓得什么似的，慌忙到麦稞里找史二说话，预备我将来成人长大，赔他的牛，求他不用告给我父亲同先生两个人。哪知到麦稞里，眼见史二把金花姐姐的裤子都撕破了。金花姐姐被他压得说不出话来，泪汪汪的不住地哭。

"我那时便批驳史二，不该在青天白日里强奸这个姐姐。史二急撇了金花姐姐，抓住我的衣领要打我，骂我：'不是人生父母养的野杂种，你娘和人家通奸，生下了你，把你抛在路上。你问我同金花姐姐这事何来？'

"我受他这顿辱骂，心里气得抖了起来。眼见金花姐姐满面通红，走到一家场边，一头向石碾上碰死。

"这一来，把我满肚子火都气得冲上顶门，趁他来打我的当儿，我闪在他左肋膊下，便向他腰眼里打去。这东西太不中用，一拳也吃不住，登时倒在路上，口里冒出许多的鲜血来。

"像史二这样无法无天的行为，打死他我也不能偿命。"

縻老头子不待左士甲开口，急把个指头竖到史长胜鼻子上说："你听见了吗？怪道你儿子没有救药，原来奸后精伤，禁不起再受重伤。你摸他小肚子上，是不是肿得同石鼓一样？看他裤子上湿了一大片，你就该明白了。"

史长胜还不大相信，便伸手在史二裤裆里一摸，那些肮脏东西沾了满手，又用指在史二小肚子上敲了几下，咚咚咚，真个像敲在鼓上的相似。就在这咚咚咚作响的时候，便听史二直叫一声,那身子便渐渐冷了,两眼向上一翻,三魂出窍,七魄离身,已向他父亲告一声失陪了。

史长胜只得自认晦气,把史二的尸首扛回,不敢向左士甲再说第二句话。史家的人都哭着一路走了。

縻老头子向左其美问道:"真正你生得这种样,估着你是个不凡的人,然而不打算你有这样神力。"

左其美道:"我的气力不使出来,同寻常小孩子一样,使出来什么人都没有我这气力。不过我不轻易使出气力来,打死人岂是耍的。"

縻老头子点头道:"你说什么人都没有你这气力,我这霉老鼠也是有气力的一个,你敢和我厮打吗?"

左其美道:"怎么不敢?你是上了一把年纪的人,我是不忍打你。"

縻老头子笑道:"你不怕我有了年纪,失手要打死了我,你只拿出打史二的气力来打我,总之我能将一把铜茶壶搓成铜饼,谅你也不能打伤我。"

左其美道:"你别要哄我吧,我没有亲眼瞧见你有这样本领,但你会说大话,信口乱吹,我是最喜欢打这些胡吹瞎说的人,看我脱了衣裳打过来。"

左士甲忙喝道:"美儿美儿,休要放肆,仔细你的手心便了。"

左其美听他父亲这声一喝,早低着头没有厮打的样子。

縻老头子笑道:"不妨事,不妨事,他不能伤我,我也不能害他。"

左士甲方才放心,反指令左其美快同縻老头子动手。

左其美脱了衣裳,露出藕也似的小臂膊来,伸开一只左臂,只见有像似无数的小耗子在肌肉上活跳活跃。左其美伸手托脚的意思,是欺负縻老头子年老,縻老头子总是闪避不曾还手。左其美见他那畏缩的样子,又有趣,又好笑,准备向他腰眼里轻轻一脚踢去,让父亲笑一笑,看他将来再打诳语。想着,急一闪身,趓到縻老头子的右边,猛地飞起一只左脚,左脚一飞,右脚已离了地,那左脚便踢飞到縻老头子腰眼里。

縻老头子笑了一笑,忙一手将他那只左脚提在手中。左其美左脚被縻老头子提住,身子已悬在空间,那只右脚同时又飞到縻老头子的心坎上。縻老头子说:"巧!"这只右脚又被他接住了。于是左其美被縻老头子把两脚提住,身子倒垂下来,两只手按在地上。

縻老头子只提着这两只脚,一撒手,左其美已把双脚向后一摆,凭空跳了起来,一头便向縻老头子肚子上碰去。

左其美头上梳着五个髻儿,一个个都气得直挺挺的,比五把钢叉还厉害。縻老头子把肚子向前一挺,左其美便不禁地怪叫起来,头上像戳着千百口绣花针一样。縻老头子忙用手在那五个髻儿上轮流揉搓,哪里还疼痛呢?

左其美便喜得向地上一跪,说道:"我不打算你的本领比我还大,我不愿到书房里读书,但愿随你练些气力,我就欢喜。"

縻老头子急扶起其美,旋向士甲笑道:"我不打诳语吧,这孩子已受了伤,我一揉搓就好了。万一那史二不做那混账事件,虽伤又何至于此?这孩子的气力是天生的,不比寻常有力的孩子,寻常有气力的孩子有他这样神勇,没有他这样轻捷。他将来的成就比我还大,我不能做他的师父,自有人会教给他的武艺。"

左士甲道:"我瞧你刚才现出那样的本领,我不懂得你怎么将那把茶壶居然搓成铜饼,你的这种功夫,世界上找不出第二个人来,你不能做他的师父,还配谁来做他的师父呢?"

大家正在倾谈的时候,忽见地保郭大年,同着夏步阶走进门来。夏步阶只哭得像泪人一样,手里拿着一个书包,这书包上分明写着"左其美"三字。

原来夏金花被史二强奸以后,女孩儿心小意窄,哪里经过这羞人的事？便存着一死的念头，但自家死了冤沉海底，怕左其美的父亲不许他证明的事，白白地放史二悠然法外，枉死城中，也吐不出这一口气。可巧史二同左其美扭拼的时候，金花偶然瞧见麦稞里有个书包，便知这书包是左其美的，触动了灵机作用，将书包放在怀中，也顾不得鞋尖足痛，一口气跑到王家的场边，碰死在石碾下。

　　王家的人见一个好好的孩子碰得脑子和血都沾了满面，那地上的血迹模糊，更属目不忍见，已经碰得死了。连忙报知乡约地保，转告夏步阶前来。

　　夏步阶的妻子抱着女儿的死尸大哭，看见她裤子已被人撕破，怀里像放着一件什么似的，取出来一看，是个书包。乡约见这书包上所写的字，固然知道金花是因为受人的强奸，羞极自杀，料想左家这个孩子又够不上强奸的资格，究竟是被谁人强奸，一时却猜摸不出。总之什九估定这孩子能说出个所以然来，自家便牢守着那姓王的主人，令地保带着夏步阶到左家问个明白。及经左士甲把史长胜登门吵闹的话，以及其美如何压死史二的牛，他如何见史二强奸金花，如何见金花碰死在石碾上，又如何打得史二受伤而死，逐层逐节、一五一十地说了。

　　地保再问其美，果然同士甲所说无二。地保还不相信，请夏步阶在左家略等一会儿，自己转到史家仔细盘问，与左士甲父亲的话大略相同，没有什么牛头不对马嘴。地保遂将夏步阶请到王家，首由乡约同夏步阶连晚跑到吴董事家，商议报案的手续。直至晚上议到天明，只好据实呈报。

　　湖州知府党开山，是个精明循廉的好官，接到夏家的报称，验相已毕，恐怕这两桩命案疑窦颇多，反虑及苦主同地方上董事人等受了姓王的贿赂，便升坐大堂，把关碍两家命案的人分头讯问明白，与报称上全无舛错。党知府哪里肯信，复将左其美传到堂上，不由露出令人害怕的样子来，把惊堂拍得连天价响，向左其美喝问道："你这小孩子所供的话，完全和他们的供词不同，

227

你身体没有三尺高的人,怎么能压死一头牛、打死一个人?休得再在这里胡说,快快从实招来,免得打了你的手心。"

左其美虽有那样的神力,究竟小孩子的胆量最小,眼见党知府威严可怕,两边站班的公差一个个都像着画图上的虎狼一样,禁不住浑身吓得抖了起来,光翻着两个小眼珠儿,哪里有这胆气,能说出半句话?

党知府踟蹰吓坏了他,见他那神清骨秀的模样,怎忍用刑拷打,转而拿软语安慰他,问他:"既有这样的气力,何不当堂试验出来?"

左其美见党知府忽地现出满面的笑容,当然把他的畏惧心一笔勾开,跪在地上,低声说道:"学生没有气力,怎么能压死了牛、打死了人?大老爷要学生试验气力,拿什么给学生试验?"

党知府便抖擞精神,忙令左右掇个一条凳来,说:"这东西可给你使力吗?"

左其美见这木凳长有三尺,高有二尺,凳板厚有三寸。左其美摇摇头说:"这凳子叫我如何试法?"

党知府笑道:"你能将这凳子舞起来,绕堂三转,本府便相信你的气力,果然不错。"

左其美仍是摇头不答,便自相了一会儿,说:"学生有好多年不坐这油漆凳了。"边说边爬上凳来,坐在中间。

猛听得咔嚓嚓一声响,一条凳压裂成两半条。左其美在木凳裂缝处一屁股跌下来,跌了个仰面朝天,飞起了一双脚,把两半条凳踢得飞在天空,落下去又托在手掌心内。一翻身跳起来,把两半条凳轻轻放下,向党知府作了一个揖说:"大老爷,这东西叫我如何使出气力来?"

堂下一班看热闹的人仿佛和现今法堂上听审人一般,但那时看热闹的人没有现今听审人循规自爱,瞧见这孩子坐断了一条凳,一个个都惊得伸头咋舌,几乎要脱口喝出一声彩来。一班站班的公差发誓也没有见过会武艺的武举人、武进士有这样的力气,反疑惑这凳子中间有一条裂缝。

党知府那一种莫名其妙的欢愉,都藏在腔子内,命爷们抬去两半条的破凳。

党知府向左其美道:"这凳子已不是你试力的东西,你要什么东西才试出你的真气力来?"

左其美回道:"凳是死木头做的,学生不是死力气,死东西上如何试出学生的气力来?大老爷衙门里可有虎骑?那才是我试力的东西呢!"

党知府道:"虎是没有的,倒有一匹好马。"

左其美便请党知府着人牵过马来。

党知府道:"且慢!等退堂之后,再带你去瞧一瞧。"

原来这马是一个老牝马生的,江西瑞州萍乡县辖下,有一个扁柳村,村主人姓宁,是个农户人家,养了十来匹骡马,每年要生产几匹小马。这老牝马却多年没有生育,忽渐渐地肚子大起来了。

正月初七那日,风轻云淡,天气晴寒,姓宁的到马棚里,令马夫喂了草料。走出棚外,举头见一块黑云,有锅口那么大小,遮掩了日光。陡然天空起了一个大雷,真似摇山倒岳的一样,一时云气密布,泼下一天的大雪。姓宁的便走入对面屋里躲雪,接连便见电光一闪,一团黑气从雪雨里穿下来,直滚到马棚内,便不见了。倏地雷轰云散,复见青天,人报老牝马产了小驹。

那小马生下来不到十日,就有寻常的马一样高大,遍身头尾腿毛色像漆一般的黑,四蹄胫骨以下,又像雪一般的白,奔腾跳跃,轻易不受人笼络,四蹄能拿空而行,姓宁的便给它取个名字,唤作踢雪飞云。

它所以不腾去的缘故,就是不肯离开老马,可怜老马死了,这马流着眼泪,碰头打滚,把宁家的人却戚得哭起来了,便不把死去的老马卖到宰马的屠宰,将老马葬在土里,盖起一座马坟。村中好事的人把这件奇事呈报官府,其时党知府是萍乡的大绅士,奇人奇事,到老马坟前哭祭一番,就用了二百两银子,买了宁家这匹踢雪飞云马。这马像感激党知府知遇之恩的一样,别人要是骑它,不是一脚把这人踢倒,就是腾拿而去,去不多远,仍跑了回来。唯有党知府骑它,总是俯首帖耳,生怕跑快了不大稳重,要跌了党知府似的。

党知府是个文人,不常骑马,很愿把这马送给当代的军官,好使它驰驱疆场,做一番功业。谁知那马送到一个邬将军府里,邬将军仗一柄一百二十斤的铁矛,马前无三合之将,凛凛威风,似天神一样,邬将军的气力,能举一千斤的铁鼎,八尺长的红木枪,一使劲就断了,骑一匹千里嘶风马。这千里嘶风马一日能行七百里路,两头见日,形体高大,也同踢雪飞云。

邬将军生平无所嗜好,不爱钱,不恋女色,就是喜欢好马。营里的良马很多,邬将军总怕这些马太不中骑,只有那名唤千里嘶风的,却是一匹好马。

于今邬将军受了党知府的踢雪飞云马,心里喜欢得什么似的,把党知府留在营中,待以上宾之礼。

邬将军这日在后营旷野的所在,急令马夫把踢雪飞云牵出来。

欲知后事怎样,且俟第二十六回叙来。

第二十六回

湖州府奇童服骏马
竹林寺山侠陷机关

话说邬将军令随员叫马夫把踢雪飞云马牵来，不一会儿，便见随员前来禀道："党先生送的这马不是好马，把厩里的良马连踢带咬，死伤了一大半，连那匹千里嘶风马前腿骨都被它踢断了，倒死在槽下，凶恶到了极处，岂是好马？马夫气起来，把它单独关在一个马槽里，不敢轻易打它。正要来禀明大人，可巧小的走到马棚，喝令马夫把这马牵出来，给大人驰骋。马夫去牵它时，被它一头扭断了笼索，把马夫抵倒槽中，已只手只脚地死了。接连又踢死了三个马夫，其余的马夫，没有一个不受伤的。于今已冲出马槽，只不肯走。人不惹它，它也不怎样伤人。"

邬将军听了，好生诧异，暗想，这马的是一匹良马，我不怕它有桀骜不驯之气，只怕它不及我那匹千里嘶风马，若它能把千里嘶风马踢死，伤了这匹千里嘶风马，我哪有不伤心？这马实在比千里嘶风马要高得多了，不消说，我准备在它身上要建立一番伟大功业。邬将军便又令随员把党先生请来，看他骑马。

不一刻，党知府来了，邬将军同党知府并肩走进马棚，见马和人都倒死得东一堆西一堆的，邬将军兀地洒下几点泪来。

党知府听说自家的马桀骜得不成话说，反有些不好意思起来。

邬将军亲自在槽外向那马拱手说："伙伴伙伴，我将来的一生功业，要成就在你身上，于今且委屈你一点儿，给我骑一骑看。"

那马怪叫一声，前蹄腾空，已飞到党知府身旁，颇有依依不舍的意思。

党知府用手抚摩着它的耳朵说道："你随邬大人去,可称良马得主,使我这文弱书生骑在外边闲逛,我就辜负了你这骝筋神骨。"

那马甩着尾巴,把头摇了几摇。

党知府又说道："你敢要驮我一辈子,不愿意择主吗？畜生,你的意思错了！"

那马又甩起尾巴,摇一摇头。

邬将军再也忍不住了,一个鹞子钻空,飞上马背。左右的人早已分开一条甬道,党知府站在人丛背后,那马又怪叫三声。

邬将军用尽平生的气力,用两腿蹬着马鞍,扶着它两边的胯骨。那马便腾空而起,冲出了后营,一瞬息,已飞过有一里多路。

邬将军从来不曾骑过这飞腾的马,在马上估量,这马每日至少要行三千里。

那马忽地拔地跳了起来,邬将军两边的腿力越夹得狠,那马越跳得凶,后来竟不住地在场上跑圈子,飞跑得比风还快。邬将军却被它弄得头晕眼眩起来,明明骑在马上,像似栽下地来的一般,两腿也不像先前那般得力了。

那马倏地将身子向左一侧,邬将军便真个从马身上翻下来。幸亏他心里明白,手脚轻快,不曾跌伤,一纵身,已拔地站定。左右的丘八先生,以及党知府等人都已赶到这里。

那马见了党知府,仍然依傍在他身边,不肯远离寸步。

邬将军便向党知府笑道："多谢党先生的意思,送给我这匹良马,我不是他的主人,不敢再勉强骑它。党先生送我一匹马,我不能骑,反伤死了我那些脓包的马。"

外边的人看见这件奇事,不说马不服骑,反笑将军不会骑马。

党知府又被他说得难为情起来,但邬将军因为这马越发不服他骑,越发爱惜。看党知府骑了这马稳如泰山,心里又是羡慕,又是爱敬,遂用上等的马料给这马吃,格外把党知府看待得与别人不同。

邬将军既不能骑服这马，当然把这马还给党知府骑去，从此邬将军爱寻常良马的心肠顿冷了一半。

党知府是不肯用钱买官做的，由吴县知事升到湖州知府，都是邬将军一手提携，这匹马也由党知府带到任上，文官坐轿，所以这马在湖州一向不曾骑过。马夫见这马比寻常的马又高又大，那种凶神恶怪的模样，看见了就害怕，只是那马在衙门里素来没有伤人，积久相安，也瞧不出它的奇怪去处。不过它有时顾髀自怜，像似伤心的样子。

这天，党知府见左其美的神勇比邬将军加倍高强，要把这匹马给他试一试看，他见了此马，颇为喜爱，遂谕令史、夏二家各自领棺殓葬。史二已死，死了没有什么大罪。左其美打伤史二，因伤致死，实出于一时侠义心肠，未成年的孩子，有此血气，只可褒奖，更论不到些微小罪，由史家津贴一百两，为金花棺木斋醮的费用。各方面各画了笔据，党知府即备文申详上峰，两桩命案，一时了结。湖州各界人等都仰慕党知府的政绩，明如秋月，大家一齐退堂。

党知府单把其美留在衙中，党知府有一位公子，名唤绳武，今年已交一十六岁，党绳武同左其美性情相待，拜为异姓兄弟，从此，其美终日在衙中习武读书，另在一间房屋睡歇。左士甲也时常进衙，看视其美，觉得党知府门里那位西席先生笑貌温柔，左其美同党绳武在一块儿读书，孜孜不辍，同在家时判若两人。

左其美只因习武一层，没有好师父教导，便在党知府面前称赞糜老头子的武术。党知府巴不到有这么一个会武艺的白头英雄教给左其美的武术，连忙差人去请糜老头子。岂知老头子便在差人到左士甲家的那日，忽然不见。

差人回衙里复，左其美暗暗叹息，但是心里很放不下那匹好马。左其美常对党知府说，要骑那一匹马，党知府没有不答应的。但绳武的意思，生怕那马又不服左其美骑，万一左其美从马上跌下来，可不要将他卯角英雄名一朝丧尽。党知府听他儿子的话也有道理,便不许左其美骑马。左其美明里是不敢违拗党知府,想在人不知鬼不觉的时候,把那马牵出来骑一骑。

这夜三更四分,左其美回到自己卧室,准备卸去长衣,偷偷踅到马棚里骑马。刚才走进房来,见床上坐着二十来岁的素装女子,左其美向这女子仔细一瞧,似在哪里看见过的。定神一想,兀自走近床前,趴在那女子的怀里,一把眼泪一声苦地说:"母亲你好忍心撇下了我!"

原来那女子不是别人,正是左其美的母亲白莲花宫主。

白莲花宫主流泪道:"美儿,你还认得娘吗?我本来不忍割舍我肉,因要我肉在这世界做一番事业,后来自有母子团圆之日。我这里有几件宝贝,你拿去应用吧!唯有一双白璧,是你将来定亲的聘仪,人家有你这玉,才可配得。"

左其美哭道:"我是要我母亲,不要这些劳什子的,我母亲纵不疼我,也看我父亲的身上,不至于使骨肉分拆开来。"一面说,一面在他母亲怀里,不住地搓扭着哭个不止。

白莲花宫主道:"美儿,我带你到外面去耍耍吧!"

左其美掩泪道:"可以呀!"

白莲花宫主挽着其美走出房外,说:"那不是你父亲来了吗?"

左其美转面一瞧,哪里见他父亲到来,白莲花宫主已甩开他的小手,平地飞到空中。

左其美吓得跪下来,哭道:"母亲疼我的话,却是假的。"

一抬头,已不见他母亲的所在。但觉满天的月色照在地下,如铺了一层浓霜。四顾无人,寂寞官衙都含着酸辛的气味。

左其美像似一个毛孔里捆下一根针,画不出他心中的痛苦。在月下短吁长叹,明知由今夜哭到天明,再由明天哭到后天早上,仍不能把母亲哭了回来。含着那满泡的眼泪,仍然回到房中,却见床上放着一个小小白绫的包袱。解开一看,里面圆的是珠,方的是一双美玉,其余红的像玛瑙那般红,绿的像翡翠那般绿,黄的又像金子那么黄,一颗颗、一粒粒,五光十色,不明白叫作什么，房里也放出不少的异彩。

左其美仍把包袱拴好，藏在怀里，一夜想着母亲，如何睡得着，兀自在床下踱来踱去，却没有心肠去偷骑那匹好马。

这夜偏觉得时间太短促了，左其美想趁在夜静无人的空儿，回忆他母亲的音容泪貌，心里仿佛仍趴在他母亲的怀里，叵耐那无情金鸡一递一声地乱叫，不一会儿，窗外已透出一线的曙光。忽听人叫马棚里火起：“火！火！”这一阵声浪，像似焦雷一般。

左其美忙走出门来，陡见火焰烛天，连奔带跑。刚走到后院，见马棚烧成灰烬，那匹踢雪飞云马已跳出棚外，连党知府同党绳武父子两人都在这里指挥扑火。不一会儿，火已灭了，只烧了一个马棚。

众人都不明白火是怎样起的，但左其美忽地又见到这匹踢雪飞云马漆黑得可爱，一时技痒难搔，也顾不得党知府在旁，一个燕子掠空，已飞上了马背，下死劲向下一压。那马凭空跃了起来，一跃，离地有七八丈高。党知府父子并同上上下下以及救火的人，一个个提心吊胆，生怕他从马身上跌下来，怕不要跌得尸分脑碎。

那马在天空把身子向上一仰，左其美已摔下了。不料他刚才摔下，已轻飘飘地站起身来，口不喘气，面不改容，像似行若无事的样子。那马腾踔而下，两足离地约有一丈。左其美翻身而起，又骑在马背上，那马急腾下地来。左其美便提出一百二十分活力，这马背上像压着千斤的重量，那种龙拏虎掷的模样，渐渐地憯报下去了。

左其美越发精神陡长，只管用力压着，那马便不动了。左其美跨下马来，再看那马把四蹄一甩，倏地不见，地下有一把剪子。

这剪子两个剪尖，一对儿剪柄，活活地自动起来。

左其美把剪子拿在手中，自己也不知，一匹好马怎么变成了一把剪子。望这剪子仍像似铜铁制成，长不及四寸，同裁缝店里的剪子一样，这时候却失了自动的功用，不能活活跳跃。左其美便将剪子收在身边。

党知府同众人见了,没有个不称奇惊怪,估定左其美将来的造化,比邬将军还大。大家各干各事,左其美仍然同党绳武到书斋里讲书。正在讲到津津有味的时候,忽见他家里一个做长工的,同衙门里的爷们跑了进来,形色慌张,料定有很紧急的事。

那做长工的便向其美说道:"你父亲在今夜四更时分,无病死了。"

左其美听得这个凶信,哭得同泪人儿一样,禀过先生、党知府等人,径自随着做长工的回到家里,抱着左士甲的死尸,号哭了一阵。左其美因为父亲向来不曾有病,家里的仆人却是老诚稳重,没有图财害命的心思,父亲容貌如生,身上也没有半点儿的伤迹,据他们说,父亲昨夜二更时分睡觉,同寻常人一样,有一个小伙伴在父亲的脚下睡,四更醒来,便听我父亲笑了一声,身子就渐渐冰冷了。点灯一看,已经咽气多时。这小伙伴向来不打诳语,这些话句句从他心里掏出来,我不能红口白舌地便冤赖他们图财害命,但我在昨夜三更时候,倏见我母亲在我房中,送我那些劳什子,把我哄出房外,说我父亲在那里来了。莫非是我父亲被母亲用神法带去?果然是这一回事,为什么我母亲不向我说明?把我父亲魂灵带去,有甚用处?

左其美越想越疑,眼见父亲就这么死了,他抚养我到九岁,我没有补报他的恩情,临死也不同我会面一次。我这终天的憾恨,永没有孝养我父亲的日子了。我父亲既已死去,我母亲又不肯把我带去,孤单单留下我一个人,六亲无靠,他们真是忍心。

左其美想到此处,越发哭了个死去活来。幸而党绳武奉他父亲的命令到左家祭奠成礼,问明左仁叔是如何的死法,便来劝唁其美道:"老仁叔一笑归天,这个结果收场,谈何容易?我弟洒干了眼泪也不能把老仁叔哭得活来。"

左其美哪里肯听,还是哀哀地哭。

党绳武即替他料理丧事,乡间的农人打从左其美进了府衙以后，便不似先前那么轻视左士甲了，有时杯酒往还，左士甲也乐得同他们接近，在欢呼畅饮的时候，曾把他十年前的奇遇，不知不觉地吐露出来，脑筋简单的人最信神怪，而且左士甲的神怪事迹一句不假，哪有不相信呢？于今听左士甲一笑归天，又有知府大人的公子料理丧务，他们都到左家敬吊，顺便瞻望党公子的风采。却见左其美那种神清骨秀的样子，活像一个龙蛋，将来的成就定有一番局面，一个个都争先恐后来巴结他，屋里屋外挤满了吊客。还有地方上的绅学界享着大名的人，平素与左家毫无往来，于今唯恐趋奉不及，都来吊唁。便是同左士甲向来不睦的人，这时又假托是左士甲的朋友。左家在湖州是个孤族，有许多姓左的也来祭奠，都认为左士甲的本家，亲戚朋友来敬吊的，总是在十年前藐视左士甲的势利小人。

　　左其美做梦想不到，父亲死了，有这么成千上百的人来碰头礼拜，帮助打杂的村汉更属不乏其人，壁间挂满了许多的挽联哀轴，一时人声鼎沸，惹得党公子大有应接不暇之势。人多好做事，左其美看父亲入棺以后，心想，家里房屋又小，只好把父亲入土安葬。早有一个地理先生手里，拿着指南针的罗盘，随着一群帮忙的人，到田里看过墓地，回来对左其美、党公子说，某处的来龙去脉很好，是一座发祥的墓地。左其美听他这话，一些不懂。党绳武同地理先生商议一会儿，择定明日下午发纼。党绳武又把敬吊的客众招待一番，他们各散了一大半。

　　左其美在灵柩前伴了一夜，直到来日下午，刚待发纼，有十来个预备送棺的人，早在那里伺候。地理先生更是寸步不离党绳武的左右。骨碌碌一声响，棺材里的死人忽然震动起来。送棺的人胆小怕是尸变，都吓得溜之大吉。只有左其美、党绳武尚在灵柩左右。地理先生画了三道符，在灵柩上贴着，果然从此便停止了震动的声音。一会子，又听得死人在棺材里说话，大家依稀听得不大明白，只辨出有"美儿"二字。地理先生喝了一口冷水，向棺材上一喷，亲自用斧头撬开棺盖，哪里还有个死人呢？

地理先生把斧头向后一掼，说："不好了，僵尸已无影无形地飞了去了，这是死者染着飞行太阴煞，我怕不到三个时辰，这周围四十里所在，都被僵尸吃得尽了，这也是天大的浩劫。"地理先生边说边哭丧着脸走了。

　　党绳武总觉这事实在蹊跷，然而地理先生那种自以为是的话又实在叫人难信。其实左其美早有成见，他估定自家父亲是没有死的，便把前夜的事对党绳武一一说了。

　　党绳武也将信将疑，直至来日天明，果然乡间有尸变的谣言，究竟谁也未瞧见有什么僵尸作怪。有许多人转到左家探问仔细，党绳武抵嘴一笑，才知那地理先生是放的一个狗屁。

　　左其美因他父亲被母亲用神法带去，暗想，我母亲是龙女化生，龙居大海，当然我父母都住在海里。我父亲真个死了，我也不必投海去寻访母亲，不知怎的，我父亲被母亲带去，我就要立刻再会父母一面，亲亲热热喊上一声爷娘，我自己这颗心都有些解说不来。想着，便换了吉服，把他母亲十年前所遗的半截蜡烛藏在身边。背着党绳武，向家里的雇工吩咐了几句，随党绳武同到府衙，对党知府说明他父亲所以不死的缘故。

　　党知府听了，暗暗诧异。左其美又向党知府禀告欲寻父母之事，党知府拿话劝解一番，左其美便不说了。哪知第二日清早，党绳武到其美房中，却不见了其美。在衙里找了个遍，只是找不着。

　　党知府又着人到处寻问，哪里能寻得出个左其美来？据左家雇工随人前来禀告："小人昨日随公子到府衙的时候，向他们嘱咐道：'我此次去后，我所有的田产都得由你们自由耕种，我父亲数十年心血经营，却巧反留给你们享受。我此去能再转来也不能，尚未可知。'左家的仆人听他这些不吉利的话，只找不着半点儿头脑，谁知他在这时已存着必走的念头。"

　　党知府父子听了，都嗟叹得什么似的。

　　且说左其美那夜悄悄地偷出府衙，跑出了东门城外，东漂西荡,流落江湖,他这时摸不着海在哪里。只听得有人说温州左近便是海水汇流之区,便决意向温州进发。幸亏他生得神俊不凡,一团的稚气,令人可爱。腰里钱虽有限,一路上逢山越岭,遇水登舟,很不乏招待的人,送给他盘缠费用。

这夜,到了温州海水汇流之处,见那天翻云卷的波涛,兀自在海滩上放声大哭。哭疲了便睡,睡醒了又哭。海水苍茫,看不到天上的星月。

似这么伤感了几个时辰,欲要投海而死,眼见海边泥淤蒙滩,再近几步,这身子便要陷没泥内。恰值海潮在退落的时候,不曾猛卷上来。夜是寒风逼人,抖个不住。

不一会儿,风声响处,那海水便直泛起来。左其美心里反喜得什么似的,准备浪声翻近身边,便一头投入海中,卷风挟浪,好寻他父母的所在。

这时候,忽地听见身后有人说话,像似他父亲的声音。左其美一颗心要喜得从口里跳出来,转身一看,不是他父亲是谁？左其美便来扯他父亲,哪里还扯得着,见他父亲已走上了泊峰。左其美忙走上岸来,又见他父亲跟前随着一个,恰好是他母亲。

左其美这一喜更非小可,向他父母的身边扑去。不料刚才扑来,他父母都拔脚走了。左其美喊破嗓音,不住地在后赶着,看他父母走得比风还快,哪里能赶得上呢？便坐下来哭个不休。又见他父母都转过身来,向他招手。左其美便拼命似的起身赶去,他父母又缓缓地向前行着。明明眯见他父母同自己相离有半箭远近,只是赶不上。

一时残月衔山,星稀云净,左其美赶出一头一身的汗。遥见前面黑压压的一座红墙,是个寺院,他父母都闪到寺里,便不见了。

左其美赶近寺前,寺门不曾关闭,门额上写着"竹林禅寺"四个金字,左其美便踏进了寺门。刚行数步,猛听得哗啦啦一阵响,接连又当啷响了一声。左其美开眼一看,便吓得真魂出窍。

欲知后事怎样,且俟第二十七回叙来。

第二十七回

真蹊跷尼姑非女性
大解脱和尚悟禅机

话说左其美听得那哗啦啦一阵响声,好像在半空中栽下地来一般,接连又是当啷一声,更好像有人把他推去有二三丈的远近。睁眼一看,原是一间的铁屋,四壁都是铁墙,还有扇铁门,推都不能推动。知道外面反锁了的,而门板触在手上,又硬又冷,不是铁门是什么？心里又不由得直抖起来。暗想,我父母怎样好忍心把我弄到这里？忙走到一张铁桌子跟前,把桌上一盏半明不灭的油灯剔亮了些。

屋里并没有床凳之类,东壁上高高地挂着一例的人头。有血淋淋新割下来的,有血迹模糊看不清面目的,有剩了一个骨壳的。约莫有十来颗,每颗下面都垂着三寸长的木片,像似乡间恶狗牌一样,木片上似乎都写着几个字。搬过那张桌子,紧靠在人头下面,桌下的油灯兀自摇摇无定,站上桌子看那字迹,仍然看得不大清楚,便端起那盏油灯。灯底下露出名片大小折叠一方白纸,纸上也写着字迹。

左其美因壁上牌高人矮,牌上的字迹又小,轻易看不出个所以然,便把灯仍放在桌上,轻轻蹿下地来,料定这白纸上大有文章。展开一看,果见折在下面的半截纸上都画着人头,人头下的小字,却写得明明白白,是某官、某绅、某棍、某富翁、某强盗之类。左其美暗想,我一不做官,二不充当董事,三不是恶棍,四不是聚钱的人,我就穷一辈子,发誓不做强盗。但我既陷到这屋里来,一颗头仍怕是保不住的。然我年纪太小,和这寺里的人有甚冤仇,他无辜杀我的头做什么。

正在这意念纷纭之际,又听得呀的一声,那铁门开了,走进一个十岁左右的小尼姑来。左其美见那小尼姑举止温和,容貌妩媚,不像是含有恶意的。

那小尼姑即向左其美笑道:"师父叫你呢!"

左其美道:"可不是要杀我吗?"

小尼姑摇头道:"我不懂得。"

左其美这时也没有主意,出了铁屋,便现出一条小路,外面也挂着一例的路灯。

小尼姑又向左其美吩咐道:"你只可向地上黑点儿上走去,万一踩中了白点儿,可不是要的。"

左其美被她一句提醒,看见地上有许多白色的石灰点儿,并夹着许多墨点儿,随着小尼姑步步在黑点儿上走去,不一会儿,便走进一个禅堂。只见一个三十来岁的尼姑,同一个三十上下的红衣男子在禅堂里谈话。

左其美怔了一怔,即见那尼姑向他点头笑道:"你来得正好,縻隐秋有一封荐信在此,央我传你的武艺。这位是苗教师苗铎。"

左其美忙向前对尼姑、苗铎两人挨次行了一礼,便向尼姑问道:"那个縻隐秋,可是不是縻老头子?"

尼姑笑道:"对了对了,正是霉老鼠。"

左其美暗忖,縻老头子那天对我所说的话果然不谬,但是我为寻亲而来,志不在求师。我若学出神仙的本领,究竟有什么用处?我是不领这情,还去投海寻我父母为是。想着,便把自己的意思对尼姑说了。

尼姑又笑道:"你父母都是神仙,你也生就的一副仙骨,人世间的功业,你一件也没有做。于今欲投海寻亲,徒死无益。后来时候到了,自有骨肉团圆的希望。"

左其美见尼姑话里的意思,与自家母亲如出一口,便把寻亲的念头打消了,不住地点着头。

苗铎便向其美笑道:"你既然拜师,还不给你师父磕头,就作了几个揖,便算拜师父吗?"

这时,左其美不明白拜师父要磕几个头,由小尼姑向他附耳说了几句,觉得甜蜜蜜脂香粉气,令人欲醉,遂向尼姑拜了四拜。

尼姑道:"你一夜不曾睡觉,到房里歇歇吧!后天我来教给你的武术。外面都布着油线机关,可不许你走出禅堂一步。"

左其美听了,连连答应几个是字,顺手把小尼姑的衣袖一拉,意思是要她到卧房里谈谈。

苗铎即向小尼姑笑道:"你一夜也没有睡,和他一块儿睡吧!"

小尼姑即将左其美带入东边一间寮房之内。苗铎同尼姑并肩去了。

左其美把床上的被褥抖了几抖,兀自坐在床沿,向小尼姑招手,说:"好姐姐,我和你并头睡着,解解闷儿。"

小尼姑笑道:"这个自然。"

两人爬上床来,左其美从身边取出一双美玉,拉着小尼姑的手问道:"姐姐,你可有这个没有?"

小尼姑笑道:"你有这个,待怎么样?我没有这个,待怎么样?"

左其美又从怀里掏出那把剪子,复笑着问道:"姐姐,这剪子你可有没有?"

小尼姑笑道:"你有这剪子怎么样,我有这剪子怎么样?"

左其美道:"没有玉,没有剪子,我不敢和你同睡。"

小尼姑也从身边拿出一把剪子,说:"剪子我有一把,是我父亲家传的至宝。"

左其美道:"有剪子没有玉,我还是不肯和你同睡。"

小尼姑道:"这话待怎么说?"

左其美只得把那夜遇见自家母亲的事,以及如何一匹马变成一把剪子的话对小尼姑说了。又含笑道:"像你这样水晶人儿,只恨我没有这福罢了。"

小尼姑听了,并不羞涩,抿着嘴儿笑。一会儿,方向左其美道:"你只当我是个男子吧,好在我没有披剃,不比男子少了什么。"

左其美道:"如果你是个男子,不妨和你同睡,无如你少的东西……"说至此,便不向下说了。

小尼姑变色道:"你若再嚼舌头,我便拧你的嘴,回去告给你的师父。"边说边要走下床来。

左其美忙把小尼姑一把拉住,央告道:"好姐姐,我不妄说了,你就在我脚下躺着吧!别要脱了衣裳。"

小尼姑又笑起来说道:"实不瞒你,我也是个男子,不做尼姑。你的师父却是一个和尚。这竹林寺里老少尼姑不下二三十人,哪一个不是和尚?你人小心不细,你看我和你师父的尊足,都像做鳊鱼一样的大,走路却先用左脚,后动右脚,我耳朵上又没有小孔,岂是女孩儿家的身体?

"你师父所以装作尼姑的缘故,因为他在少林寺出家,少林寺里的和尚声名极大,树大招风,好事的乱造谣言,指说那少林寺的和尚有造反的举动,所以你师父同少林寺里真有本领的和尚,一个个都扮着尼姑,在外面化缘,造下这座竹林禅寺。这里是个荒僻的所在,日间没见人在寺里随喜,夜间倒时常有人到寺里想甜果子吃。你师父生怕露出这破绽来,便苦心诣力,密布下各种油线机关。夜间放着机捩,如有人进寺门一步,便到那铁屋里受苦,都被你师父结果了性命。

"你师父法名觉玄,不但武术惊人,并且神通广大。前几天子收到縻隐秋的荐信,掐指一算,知道你是来了,用神通把你诱到这里。

"你师父虽遁迹空门,却爱管人间的闲事,有时游方各处,专打不平,不知杀了多少仗势欺人的好老。最可恶的,却是好色之徒。你不随你师父学武则已,于今已拜他为师,到了懂得人情物理的时候,万一你胸中存着半点儿苟且的念头,重则处死,轻则驱逐门墙之外,不过对于正式婚姻不加限制。"

"我师父苗教师,也同你师父是一样的性格,我的名字叫作冯锡庆,我这把剪子,祖代相传,已有四代。

"约莫听我父亲说来,这剪子是有灵性的,我同祖父想在这剪子上恢复大明的山河,到底孤掌难鸣,终成失败。我父亲也不会使这剪子,因为我从小读书的天分不错,《大学》《中庸》,一天能读半本,六岁上学,七岁上会诌几句诗文,不幸我父亲在那年死了。我三岁上便死了母亲,我父亲因没有田产,适值我师父在山西保镖,同我父亲要好。我师父的本领,江湖上没有人不知道,究竟本领到了什么程度,多半说不出个一是一十是十来。

"我父亲临死的时候,向我师父托孤,又对我师父碰了几个头,要求我师父抚养我成人长大,把祖代相传这把剪子交给与我。我师父替我父亲殡葬以后,把我带到镖局。我师父没有娶过师娘,将我当作亲生的儿子看待。据他在无人的时候,对我谈说起来,我父亲曾对他叙过这把剪子,是白鹤的化生,有使用这剪子本领的人,可把剪子飞在空中,如意杀人,但不伤害好人的一指一发。

"我师父打从我父亲逝世以后,收了镖局生意。我师父有飞行的本领,一个时辰能飞三千里路,我师父把我背到察哈尔这地方,恰好你师父已为我们劳心费血,又修了一个地道,里面也排着许多机关。我师父本来有钱,又干了些强盗买卖。他做这强盗,却不偷寻常人家的一只破鞋子,都看上是一班坐八人大轿的赃官污吏,棺材里心肉的金银宝物,盗来给自家享用,所以我们那个地道中的房屋款式简直像似天堂。内中又有许多仆从,都是我师父的心腹之人。

"我师父每月教给我的武艺,至少有十日功夫。今天带我飞到这竹林里,拜访你的师父。我因见这样小尼姑的衣履穿在身上真个好玩,便胡乱就装成这个样子。你师父又替我面上搽了一些粉,点了两个胭脂,这分明是表示欢喜我的意思,我哪有不快活?

"至于你来的缘由,你师父早对我师父说明,我是听得清楚,记得明白。打发我到铁室内唤你,我见你这人小心不小的风流样子,才同你开开这个玩笑。"

冯锡庆说一句,左其美听一句,两人同床而睡,整整又谈了好一会儿,只有麋老头子是个什么人,因为他向来异常严守自家的秘密,不许朋友对任何人说来,所以苗铎没有轻易告给冯锡庆,自然冯锡庆说不个水落石出。

冯锡庆又从袋子里取出一包果子,给左其美吃了,方才各自闭目睡去。

一觉醒来,苗铎便来唤冯锡庆走了。左其美同冯锡庆握别的时候,却有依依不舍的意思,朋友情谊,却不用过事铺叙。

左其美就此随觉玄终日练武,光阴好快,转瞬便是十个年头,觉玄的武术胜人,左其美苦心练了十年,只练得同冯锡庆一样成绩。若较苗铎和觉玄比论起来,那就差得远了。冯锡庆也时常来看视看视,这时,两人俱有使用飞来剪的程度。

那天,觉玄把左其美唤出禅堂,左其美兀自随着觉玄一步一步地走去,像似登山陟岭的一样。不一会儿,走到一间方丈室内,左其美方省悟那座禅堂也在地道之内。

觉玄向左其美笑道:"你在这里十年,我所教给你的能为,足够将来应用,这地方不是你以后安身之所,从此到人世间干点儿事业去吧!我给你一个别号,叫作第三飞来剪。你的后福无定,所干的事业都成功在这飞来剪上,好自向前程行去,不可迷了来路。"

左其美听了,不禁向地板上一跪,泪眼淋漓地哭道:"师父放弟子出山,本不敢违拗,只是弟子的堂前,父母都撇着弟子去了,倘若师父不许弟子在这里住着,使弟子离开师父,不得长侍法座,弟子何忍遵从师父的命令?望师父开一线之恩,容留弟子报恩万一。师父叫弟子火里火去,水里水来,今如何这寺里便无容身之地?"

觉玄笑道:"岂独你在这寺没有容身之地,难道我还赖在此处?你不欲和我分离,我本不强逼你,自然使你我从此一日拆开。"

左其美听罢,便跪下来叩头道:"如果事由天定,弟子还痴想什么?弟子再侍奉师父三年也使得。"

觉玄又笑了一笑。当日上午时分,便召集寺中假尼姑,一一话别,说:"我的末日到了,你们从此也散了吧!"

左其美看觉玄的神色不曾改变,四十来岁的人,没有病,怎么死法?只见觉玄又再四地向各人叮嘱了一番,大家都十分疑讶。

这时,觉玄合掌趺坐,口里不住地宣扬佛号,一会子,声音渐细渐停止了,脸上的颜色陡然改变。众僧侣近前一瞧,已圆寂了。

左其美同众僧侣各自痛哭一场。众僧侣把觉玄的遗骸火葬已毕,左其美因为师父圆寂,要亲自服侍神主前的香火,如何便肯舍去。众僧侣也恋着这个安乐世界,不肯听觉玄临别时嘱咐的话,仍旧不曾东奔西散。不知被谁人瞧出寺里的破绽,禀告官府。

那天正是四月初旬,夜间东南风大作,寺里的房屋刮得像要倒下来一般,各寮房的油灯都摇熄了,一天的大雾更辨不出外面的动静,内间更是黑洞洞的,不见一物。忽地外面来了百数号官兵水手,把竹林寺包围起来,遍撒着硝磺引火之物,呐一声喊。寺里的人因为风声过大,却听不出呐喊的声音。黑雾漫天,如何看出外面来了数百精兵?一时辨不清屋里的机关,不好到隧地避一避风。外面的火球、火箭雨点儿般地向寺里乱射,一时风行火势,火仗风威。左其美住的是最后一间寮房,才觉得有火箭射来,前面的殿宇都烧得火光烛天,不见一人。

左其美从觉玄学艺十年,身轻如叶,他的本领比寺里僧侣要高十倍,还多一件会飞。这时也顾不了许多,推开北壁窗棂,飞出了院落。回头一看,那火势渐渐低下来了,自家住的那间寮房已成灰烬。估量敌人都在上风放火射箭,下风是没有放箭的人,便随着东南风,直向西北飞去。陡然一声嗖嗖的响,左其美把身子向下一低,仍然向前飞着,似乎有一支火箭从左其美身上飞了过去。

左其美飞得离竹林寺有五十里路,这时风声已息,月出雾消。便拣择旷野无人的所在,飞落平地,仔细在身边检查一下,觉得珠玉、蜡烛、飞来剪之类没有失葬。这一来回想在三年以前,自家曾向师父问明终身休咎,师父只把头点了一点,又问及众僧侣的将来造化如何,师父又把头摇了几摇说:"这班行尸走肉,你问他做什么?我恐怕是天数已定,人力不可挽回。"于火窟细咀嚼那时候师父对我所说的话,毫无疑惑。可怜这班僧侣,都已身葬火窟,想到这里,不由洒下几点英雄泪来。不敢回向东原路飞去,只在空中打了几回的弯转,便飞到湖州的辖境。天明进城探问,原来湖州府衙还是那座湖州府衙,一个爱民如子的党知府已离任回籍有九年了。

当夜飞到萍乡,已是四更时分,萍乡县里大家小户早已同入睡乡,一时腹中又闹起饥荒来了,在城里逛了一会儿,准备到一家旅馆里去住宿,再寻点儿可吃的东西。兀自走了一会儿,可巧望见一家铺子里面尚有灯火,铺门也是虚掩着,只得向前把门推开,铺中悬着一盏满堂红的油灯,锅上蒸着热腾腾的一笼点心。里面是个房间,好像有许多人在房里说话。

一个腰系围裙的堂倌,围裙上捆着十来只毛竹筷,一眼看见客人到了,像似个官家公子的模样,笑嘻嘻地问道:"少爷还是在这里吃点心,还是到房间里开饭吃?"

左其美道:"点心是要吃的,弄些点心来充饥,然后再吃饭吧!"

堂倌答应了一声,便端上一碟的馒首,给左其美吃了。

左其美便向那堂倌问道:"你们这城里,可有一位党知府党大老爷?现在做什么官?公馆可在这条街上不在?"

那堂倌听左其美说话的口音不是瑞州的人氏,凝一会儿神,又向左其美笑道:"少爷你问党知府做什么?可是到他那里投亲不是?"

左其美道:"不是亲戚,因为他儿子党绳武同我拜过把子的,你就告诉我党家的公馆就得了。"

堂倌答道:"且请少爷吃完了饭,明天我把少爷送到那里也好。"

左其美因急欲面谒党知府,过湖州且没有回家一走,于今据堂倌语气,想必知道党公馆的所在,哪里还有闲心在这里吃饭?巴不得立刻要会见党知府的父子倾谈一夜。便从身边取出一两银子,说:"我饭是不吃了,这点儿银子,除去几只点心而外,便送给你吃茶吧!请你抽点儿工夫,把我送到党公馆内。"

堂倌徉说道:"那党公馆又不在城内,这时城门已闭,我不能插起翅膀,驮着少爷飞送出城。其实少爷要会那党知府父子,有什么用处?我怕他们也未必肯认你了。少爷不嫌简慢,里面也有洁净的房间,少爷便委屈些,在我铺里宿一夜,且俟明晨再说。"

左其美又问道:"你怎么知道党知府父子不肯认我?这其中定有一个缘故。"

堂倌笑道:"少爷不用问我,那是自会明白,我不告给少爷妥当些。"

左其美甚欲再问,堂倌只笑而不答。

这个当儿,那房里说话的声音忽停止了。接连便听得徉咳数声,早从里面摇出两个人来,一个年纪不到四十,一个已老得连头上的毛都没了,斯斯文文的,皆像读书的人一样,一前一后,向左其美桌边摇了过去,也不打量一眼,走出了门。

堂倌关起门来,把左其美一带,带到最后一间客房之内,打从两人说话的房间走过,原来那房间已反锁了。

左其美想不到这么一个铺子里面,有许多房间,他预备吃饭的那个房间,更是精雅绝伦,床上的被褥叠得齐齐整整,四壁都挂着名人字画,好像十年前在湖州府衙所住的卧房一样。左其美是喜欢雅洁的人,见了这么一个房间,也就准备在此住夜。只见对面一个房间,房门已虚掩着,里面烛光摇摇,好像有几个人在那里斗叶子戏似的。

左其美生来性格,对于这赌钱一事,他是一点懂不来的,也不便前去干涉,兀自吃完了饭。

那堂倌因为客人在里面吃饭住夜,用不着他来服侍,早已回到前铺。

左其美见自家房里斟茶的人是一个十七八岁的女子,容貌装饰颇有十分动人之处。左其美却不明白这萍乡是什么风俗,一个饭店铺子要这些女子服侍人做什么。

那女子便眉开眼笑地问道:"少爷尊姓?"

左其美道:"我姓左。"

那女子又咯咯地笑道:"左少爷,你一个人睡,不嫌寂寞吗?"

左其美方才恍悟过来,这里面原是个私窝子,也懒得睬她,兀自拉过一条絮被,躺在床上。那女子便笑着走了。

左其美即起身关好房门,吹熄了灯烛,解衣便睡。一时惦记着党知府父子,哪里便能睡着,听得对面房间里起了一阵笑声,似乎也有一个年轻的女子在那里痴痴地笑。接连又听套房里哗啦哗啦地作响,仿佛有人洗浴。

左其美原没有心肠听这闲情,不多一会儿,已听得那女子在门外,问左其美睡了吗。那门外像有开合的机关,砰的一声,早见女子手里拿着一支蜡烛,笑了进来,身上一件一件的衣服都脱得精赤条条,尽用一幅薄纱遮住了半截,酷似一幅杨妃出浴图。那女子放下蜡烛,仍然把门关好,一头便要向左其美被窝里钻去。

左其美劈手将她推过一边,说:"你让我休息吧!不用来磨缠我。"

那女子不由把脸一红,流下两行泪来。

欲知后事怎样,且俟第二十八回叙来。

第二十八回

左其美热心救难女
唐伯屏凉血卖恩家

话说那女子猛听左其美说这话的声音来得十分严厉,不禁红飞双颊,流下两行泪来,说:"左少爷,你怎忍心推我?可怜我这精皮肤,又免不了要挨一顿打。"

左其美听她话内的意思,知道她们当姑娘的苦衷,哪一夜没有接到客人,哪一夜便要受鸨娘的奚落,打骂也是意计中事。然而她来就我,为的是几两劳什子的银子,那鸨娘因而欲打骂她的缘故,也是气她不能引逗客人动火,赚不到客人的银子。横竖她哭的银子,有了银子,她还在我这里厮缠何来。边想边从腰间掏出几块零碎银子,约莫有五两多重,便向那女子手中一送。

那女子接了银子,仍哭着央告道:"我不能无缘无故白受左少爷的银子,而且左少爷不许我在一床上睡,那老娘又责备我不会牢笼客人,我便把银子交给与她,她还是不肯丝毫让我。左少爷嫌我粗蠢,本不敢有什么怨望,只求左少爷放我在里面睡着。我们清水下杂面,没有半点儿交涉。左少爷可许我不许我?"

左其美听了,半晌没有回答,暗想,这女子的模样,不是极可怜的雏儿吗?我若提拔她出火坑,也算一件快心的事。要提拔她,就不能有沾染,染了她,便不是我们侠士所干的勾当。柳下惠坐怀不乱,古今人没有批评柳下惠的不是,我自从十年以前,心坚如石,就不脱衣裳和她睡一夜,有什么使不得?

那女子见左其美的神气之间,像似无可无不可的,就老实不客气钻入被窝。

左其美便向她问道:"你姓什么,叫什么名字? 说出能好使我记印在心窝里。"

那女子误会左其美的心肠已被她哄软了,便哧哧一笑道:"我姓徐,小名叫作红玉,少爷如怜惜我是个可怜的人,我情愿服侍少爷一辈子,省得做得这羞煞人的买卖。"

左其美听到那"红玉"两字,触动他母亲有玉配亲的话,不禁心旌一摇,随即收神摄虑,低低地向红玉问道:"你小名叫作红玉,你身边可有玉没有?"

红玉笑道:"玉是一件宝贵的东西,我不曾有,我姐姐却有一双方形的玉。她的乳名叫作白玉……"红玉说到此处,喉咙里便哽咽住了。

左其美道:"你姐姐现在哪里? 可是做这买卖不是?"

红玉掩泪小语道:"我姐姐不做这样买卖,难道我情愿做这买卖吗? 可怜我姐姐在十七岁的时候,被人拐去做妻小了。我虽一不是尼姑,二不是处女,我的身子是干净的。

"我父亲在这萍乡做知县,不幸去年死了,我母亲又死得早,我父亲做了一辈子官,没有半点儿储蓄,死了连棺材都没有。这萍乡的绅士和我父亲要好的有好几个,我父亲在日,他们都看他的老面子,曾借钱纳他使用,我父亲死后,他们又凑集几文,把我父亲收殓已毕,棺柩送到千佛庵里。

"我家祖籍丹徒,我打算央求他们几位父执帮借我一点儿盘川,搬柩回籍。谁知他们那些不良的老东西,不帮借我的盘川倒也罢了,三山五岳,把我父亲生死的账目都说是积谷仓上款子,推扳不起,凑合算来共有二百五十两银子,便着落在我身上。

"当初借银的时候,都说是私人腰包里的,我父亲却把他们总当作正人君子。于今竟将这些银子汇入公款,人在人情在,人死便撇开,他们这样正人君子,真比小人还狠毒。硬逼我卖入娼门,身价银子是六百两,他们除作还二百五十两以外,还瓜分了三百两,单给五十两与我零用。

"我们做女子的人格已贱,不幸流落烟花,更下了十八层地狱。我起初也咬定牙关,不肯接客,无如挨不过那老娘的朝逼暮打,打得我臂上的血从袖子里滴到腿上,打得我身上的血从脊背后淌到足跟。我本来是不惜死的,无如我父亲的灵柩,不曾搬回故里,总是我心里一件未了的事。

"后来实在挨痛不过,便与那老娘定下条件,说:'我的志愿,接客是不用迟疑的了,不过住夜的事,须得由我自己看中了人物。'老娘也只得依了。不料那班老东西真是衣冠禽兽,总是成群结党到我这里谈笑。我表面上虽陪他们厮混,骨子里恨不能把他们身上咬下一口肉来。那姓许的还痴心恋我,要求我和他同睡,我宁死不肯舍身事仇。

"方才到少爷这里倒茶,瞧见少爷这么潇洒出尘的样子,我一颗心不知不觉地安到少爷腔子里去了,便转来向那老娘说明,说:'这是我终身大事,要我自己做主,夜度银子是不拘多少。'

"那老娘因我向来没有这么一厢情愿,哪有不允的道理?所以我腆颜丢脸,到少爷这里相就。适才我说少不得这精皮肤,又免不了要挨一顿打,这些话却是哄少爷的。"

左其美听罢,怏怏不乐,便忙用手绢替红玉揩眼拭泪,低低说道:"红玉妹妹,我有几句话要对你说,我发誓要许可的,我明儿便把你拔出火坑。"

红玉听说要把她拔出火坑的话,心里感激得什么似的,便伸出香尖的舌头,一口咬得鲜血淋淋,说:"我万一违背少爷吩咐的话,就同这舌头一样挂红,死在千刀万剐之下。"

左其美忽地两行红泪直向眼角滚下,把个嘴附在红玉的耳朵上说道:"我叫左其美,十九岁,没有娶过妻子。我见你这可怜的人,一颗心已没有了。十年贞操,这时却也捺倒不住,我很情愿讨你回去。无如我母亲临死的时候,不许我配没有玉的女子,我是不能违拗我母亲的命令。但你这身子已和我接近了,本来没有沾染,有谁相信得你我没有沾染的话？我的心已送给你了,就发生这说不出来的浓情蜜意,却比沾染更加深厚。我但愿同你结个精神上的夫妻,若说到体质上的关系,我是不敢领教。我并非要求你不再嫁人,但嫁人须要由我做主,我也非从此不再娶妻,但娶妻必遵从我母亲吩咐的话。至于那几个老东西,我也有这本领了他们的账,你可向我说明他们的姓名,我就去替你报仇。"

红玉流泪道:"只要少爷把我拔出火坑,我一辈子不嫁人了。我若是命好,也不至折落得到这般田地。我不把少爷当作知心人看待,也不向少你说出自家的身世,丢尽我祖宗十七八代的面子。我也不明白少爷有给我报仇的本领,但我父亲的灵柩未曾搬回原籍。万一少爷真个怜我,且在这里多住几时,把我拔出火坑,搬柩回去,然后再找他们算账,也不为迟。"

左其美道:"本当按照你所说的话做去,然我不知道你这怨恨也就罢了,一听到那些衣冠禽兽不良的举动,我就要立刻去找他们了账。若提你一辈子不嫁人的话,我没有霸占你做妾的心思,若存着这样心思,我就该天诛地灭。你是我的女朋友,替朋友的父亲搬柩回籍,是我分内的事,用不着你和我说。你赶紧把那厮们的姓名说出,可不要闷坏了我。"

红玉哭道:"我恨不能抓着一刀一剑,把那些老东西结结实实地一股拢儿当面开销,不打算你的性子比我更急。我这气闷停留胸间,不是一日,你替我再受几天气闷,较安妥些。好左少爷,你不从我的话,我就登时死在这床上了。"

左其美又欲再问,顿觉自家颈项里溅湿了一片,捧着她那桃花粉颊,原来是淌她的一堆眼泪。左其美只好捺定性子,估量她的心思细密,今夜不去生事,真妥当些。

红玉还向左其美苦苦哀求,愿以身报。事情到了这一步,左其美仍然是赌咒发誓,不答应这句话。

红玉因为有了雪耻的人,胸中反比以前略安适些,料想左其美必是了不得的一个异人,如小说书上所说剑侠一流,绝有替她雪耻的能耐。那些小说书上,大半说使枪弄棒的,徒盗虚声,实在没有多大的本领,反而是他们这样公子哥儿的人,没有本领则已,如果是个内行,没一件武艺不精心。心里这么想,又喜亏檀郎在抱,不知不觉地转入梦乡。

左其美一则不明这厮们的姓名,二则又放不下党知府公子的现状,意念纷纭,只是睡不着。

时近五更,左其美觉得对房叶子戏已停止了,欢呼笑谑,有许多人在那里吃酒。

内中有一个雌儿,吐出极尖嫩的声音,笑道:"我多久就说唐老爷要转运了,以前在我们这里玩笑,斗叶子、打牌九,都是他输的回数居多,差不多连玩带输有五百两。打从那夜一场牌九,他赢了四百两,接连赌一回赢一回,差不多反赢有一千两了,于今斗叶子又赢得不少。他一转了运,连我们都沾靠许多的头钱,住夜玩笑,都由你们几位老爷替他会东。"

又听一个客人笑道:"喜姑娘,你的眼孔太小,看他赢几个钱就说他走运,他越赢胆子越大,有朝一日,怕他不又输得精光光的?但是他走运倒也不错,从前在省里谋差事,花了无穷的钱,办不到一个缺,印把子未抓到手,倒贴上二百亩美田,如今却被他钻出一个门路来了。你这小蹄子,见他赢了我们的银子,你心里就快活,索性来给你开开心,把这喜事告给与你。他已巴结得江西军门的舅爷杨士才杨二老爷,他一升了官,包管带你去做姨太太,连你的运气都变转了。"

喜姑娘又笑道:"袁老爷可别要哄我了,那杨二老爷是何等身份的人,我们萍乡的大绅士,如许三太爷、方四太爷、成五老爷、荀大太爷,这些大头脑,都巴结杨二老爷不够,杨二老爷与唐老爷无亲无故,我不相信他能结交到这个阔佬。"

左其美听了,记在心里。

又听那姓袁的笑道:"到这会儿你还闷在鼓里,杨二老爷在我们萍乡是个首屈一指的富户,家里有十二房的小老婆,杨二老爷玩得都厌恶了。不知唐老爷怎么打听杨二老爷的路数,想借此交结杨二老爷。唐老爷的妹子,便是党绳武党公子的夫人。党知府是死了,他的妹妹、妹婿都已死了。"

左其美听到这两句话,不由心酸一阵,险些要哭出声来。但姓唐的巴结姓杨的题目,据他的语气,很与党家有关。兀自揩着眼泪,且听这姓袁的再说什么。

姓袁的即冷笑了一声,继续说道:"唐伯屏,不是我对你说句冒昧的话,你受党知府的好处,我们当初都瞧得出来。你妹妹只留下你一个小外甥,于今才交九岁,幸亏你妹妹的小姑曼华小姐看待那振南孩子,说什么是内侄儿。据我贱内对我谈说,那党小姐把振南当作亲生儿子一样,人家一位二六岁的小姐,正如初开的一朵鲜花,虽是穷得可怜,搬到乡下居住,然毕竟是名门的闺秀。那杨士才的年纪要比她大一倍,又是讨她做十三房小老婆,哪里肯愿意呢?你我是光着屁股在一块儿玩的朋友,不是我喝了几杯黄酒在这里说醉话,朋友有责善之道,你把官迷的病醒一醒吧,不用做这损伤阴骘的事,使他们姑侄一旦拆散开来。"

左其美听完这话,一根根毛发气得直竖起来,睡在床上,抖个不住。对面房里的人听得这抖战的声浪,还疑惑他们俩是做隔壁戏的,却把红玉抖得醒了。

红玉睁开娇眼,瞧见左其美这个样子,搂着他说道:"少爷安静了吧,且忍耐些,明儿再说。"

左其美暗想,这入娘贼,本与党公子是嫡亲郎舅,又得党知府的好处,不是图报,反欲将党小姐送给杨士才做妾。我恨起来要登时走到那边,结果了这入娘贼。在这气不可遏的时候,不由眉头一皱,计上心怀,便佯笑道:"我怜惜你就是了,我们便厮搂着睡吧!"

那边房里的人觉得他们俩都已睡着。

左其美又听那唐伯屏的声音说道:"目今世界,还要说什么

'阴骘'二字,党太翁不是一个肯积阴骘的好官吗?怎么人亡家破,便折落到这般田地?且以目前一个人说来,徐知县在他们萍乡任上做了三年的官,落得个清风两袖,死了连棺材都是许翰三、方墨琴、荀荩诚凑钱打的。天道有知,他女儿就不该在这里卖笑,越是有人心的,越没好处,越是没天良的,越出人头。许翰三、方墨琴、荀荩诚三位绅士,我敢说他们都是伪君子。那红玉丫头,不是由他们暗卖到这里来吗?他们有钱有势,做这种欺人欺天的事,就该绝子绝孙,为什么反而得享到那样的富贵?大丈夫不可一日无钱,尤不可一日无权,若要想发财升官,除去做这损阴伤骘的事,再没有第二条捷径可走。你袁小亭是个积阴骘的,就不派你在这里玩笑,就该拿出六百两银子,把徐红玉拔出火坑。"

袁小亭道:"玩笑是怕什么?不过要我拿出六百两银子却也不难,你可知许翰三他们的脾气,有心要和红玉逗笑,不过明里各人都干碍体统,不好把她讨了进房,不若暗地想到这里走动走动,各人都尝试到温柔的滋味。我今夜酒也醉了,索性对你说几句酒话,莫说我不怕许翰三他们,便是杨士才那个吃裙带子饭的,我不想在他姑老爷那里当官,就不拍他马屁。这些鬼鬼祟祟的事,哪一件溜过我的眼睛?

"前年徐知县未到萍乡,许翰三等都是吃人不吐骨头的魔君,无事还要平地生风,就中取利。自从徐知县到任之后,他们都识透徐知县的性格,不得不在公事上做人,不使徐知县下他们的毒手。他们无形的损失,也就可观。难道徐知县翘了辫子,往后的任官,又和他们是臭肉同味的人,他们立刻就要爬上天了?于今把红玉卖到这里,一则报复自家的宿怨,二则好同红玉在一块儿鬼混,就如你所做的事件,我也十分了然。

"那曼华小姐瞧出你的心路,瞒着你振南侄儿上吊,日间已亡故了。

"昨晚杨士才着令柳老先生、孙福棠来寻你说话,在前面房间里等你出来,不知怎的,又转身出去了。这些话是外面的茶房告给我的,因你在里面赌钱,不好来闹了场子。"

左其美听罢,心里又是伤悲,又是痛恨,又是惊疑,暗想,自家同党绳武结拜的事已向那堂倌说明,最怕那前面房间两个衣冠禽兽听出我找党公馆的话,扬长走了,其中定有变故。胸里的妙计,这时已使用不来,便轻轻在红玉胸间一拍。

原来红玉并没有睡着,一睁眼,已流出两眶的血泪。

左其美低声道:"我们走吧!"

红玉絮絮答道:"这是哪里说起?你叫我怎么走法?"

左其美道:"你是个呆子吗?我没有带你走的本领,也不向你说了。我不走,你要死在萍乡,大祸当头,你连衣裳都来不及穿了。不用违拗,听凭我带你去。"

红玉到了这时,毫无主意,只见左其美披好衣裳,把她系在怀里。红玉的身材又小,腰肢又细紧紧的,蜷伏在左其美怀里,如同掩抱着一个小孩子的一样,并不觉得累赘。左其美悄悄走下床来,开了房门,便向外飞去,飞上了屋脊。

那边房里的人仿佛觉得开门的声音,即听左其美在屋上喝道:"姓唐的听明白了,明年四月,老子来讨你的抓周饭。你若问老子是谁,老子是党绳武的结拜兄弟,叫作左其美便是。"

听完这话,房里的人都已走至门外,伸头一瞧,已不知左其美去向。第一个由喜姑娘跑到左其美的房间,连红玉都不见了,接连便有几个丘八太爷来请湖州公子到杨二老爷公馆里吃酒,将红玉叫去陪局。到这里扑了个空,只得回杨公馆复命。

杨士才疑惑左其美必去寻访党公馆的所在,连忙着人到那里打听,不但党振南没有下落,连曼华小姐的尸首已经殓葬入土。

其中却苦煞了袁小亭一个。唐伯屏因袁小亭出言不逊,露出党、徐两家的事迹,便在杨士才、许翰三跟前讨好。这几个阔佬摇到萍乡县府衙门,由鸨娘孙阿嫂出面,告发袁小亭私通江洋大盗、串拐妓女红玉。萍乡知县王篛庵,硬栽在袁小亭身上,屈打成招,收禁在狱。其实,此等事已在左其美预料之中,不过来不及在这里逗留,只好等待转来再说。

于今掉转笔头,且说左其美飞出城北,这时天色朦胧欲曙,左其美仍然向前悄去。睄见下面没有行人,左其美便落下平地,敞开怀来。但见红玉已抖作一团。

左其美忙问道:"红玉妹妹,你只说知道党公馆的所在不知?"

红玉回道:"我实在不明白党公馆在哪里。"

左其美顿足道:"这是怎么好?"

其时左其美只得仍掩好了上衣,紧紧系着衣带,日间不便飞行,趁此天光未曾大亮,飞落一个大户人家的屋上,悄悄揭开屋瓦,在天花板里藏躲起来,仍将上面掩好,把红玉放在身左睡着。好容易挨睡到起更时分,左其美侧转身子,仍抱红玉掩在怀中,钻出了天花板。忽见对面屋上有一条黑影,闪了一闪。左其美便估量是个做没本钱买卖的朋友,也不理他,仍然扇起膀子,向北飞着。

倏地红玉在怀里怪叫起来。左其美急得什么似的,只好落在麦田下面,把红玉放下来,笑着问道:"你叫的什么?"

红玉脸上红晕了一阵,在月光之下,瞧她心里像有什么紧急的话要说,又含羞不忍说来似的。好半会儿,她方才低头说道:"你站开一边,好让我……"说至此,便不向下说了。

左其美知道她说话的意思,只得大开方便,走离红玉身边有十步远近,把脸子掉过来。等待红玉事毕之后,左其美见红玉只是索索地抖,脸上烧得通红。左其美因为空间刮着北风,四月天气,差不多同春寒时气一样,左其美估量她是个玻璃人儿,适才小解的时候,身上只披了一件薄纱,禁不起风吹寒逼,所以才直抖起来,若从此抖出病来,可不是当耍的事。急把里面一件紧身子都解去了,露出雪也似的胸膛,将红玉掩好,问道:"妹妹,你

259

这时可怕冷不怕?"

　　红玉把手在他胸间画了几画,仿佛是画着一个不字。

　　左其美心中暗喜,待要飞腾而上,觉得背后一人,在他肩上一拍,笑着问道:"其美兄,你做的好事。"

　　左其美回头一望,心里吓得抖起来。

　　欲知后事怎样,且俟二十九回叙来。

第二十九回

生有余哀一心思父梓
死犹多恨双泪揾君衣

话说左其美忽地觉有人在他肩背一拍,说:"其美兄,你做的好事。"

左其美回头一看,心里吓得抖了起来,忙向那人作了一个揖,问道:"冯大哥,这是打哪里来的?适才我在那人家的屋上,见一条黑影闪了一闪,可是冯大哥不是?"

冯锡庆笑道:"恭喜其美兄,新夫人已在抱中,我是东漂西荡,不得满饮其美兄一杯喜酒。于今闲话也不必多谈,其美兄,可记尊师教给你武艺的意思,只需你自己配量,用不着我多说废话。"

左其美也笑道:"这事也难怪冯大哥责备我的不是,我师父曾诫我对于女色一关,万一稍存着苟且的念头,重则处死,轻则驱而逐之门墙之外。我若不始终服从我师父这句话,我就不该随我师父十年。于今形迹上委实令自己也分辩不来,总之我欺负朋友,便欺负我师父的在天之灵,听凭冯大哥随便怎样处置,我誓不抵抗,向冯大哥说第二句话。"

冯锡庆道:"这话可靠得住吗?"

左其美正色道:"有什么靠不住?不过我有爱惜人家的意思,没有糟蹋人家的意思。"

冯锡庆点头道:"我明白了,坐下来且歇歇谈谈。"

左其美道:"哪有这工夫在此地闲谈?我正要把人家的姑娘送给尊师那里,明儿还要仰托你一臂之力,痛痛快快在这萍乡做几件惊神泣鬼的侠义勾当。有话到尊师那里再说。"

其时,两人运足飞行功夫,向北飞去。到察哈尔地方,走入隧道,会见苗铎。

左其美便央冯锡庆取来一套女人衣服,自家走入一间静室之内,给红玉穿了,又令苗家的仆媪送饭给红玉吃。红玉哪里便能下咽,一心惦记着父亲的灵柩。左其美又安抚红玉许多好话,红玉方才吃饭。

左其美便来同苗铎说话,见冯锡庆身边站立一个八九岁的孩子,眼睛哭肿得像红桃子一样,左其美见这孩子生得体格魁伟,然而不打算是党绳武的儿子。

左其美先将师父圆寂时候的路数,并同火烧竹林寺的凶变,一五一十地说过,又将在萍乡之一席话,一字不瞒,仔细陈述出来,便在苗铎跟前,要求冯锡庆帮他到萍乡一走。

苗铎听罢,想起少林寺中的这场浩劫,早滴下一瓢伤心眼泪。因为此等事,并非理想所能推解,不归之天数,便诿之天命。

苗铎哭罢一场,即向那孩子说道:"南儿,替你姑母报仇的人到了,你赶快拜见拜见。你是没有依靠的人,何不实行随他度活?"

党振南即跪下叩头道:"打从我祖父罢官以后,我才在娘胎里出来,三岁上祖父死了,四岁上母亲死了,不幸去年我父亲又死了,不打算我那没天良的舅舅,硬要把我党家姑侄们拆散开来。可怜我姑母又是自尽死了,我的心比黄连更苦。左仁叔和冯爷都是天人,若准许替我姑母报仇,我一辈子都感激不尽。万一不能报复这仇,我便到泉下寻找姑母去了。"

左其美忙将他一把扶起,含泪慰道:"南儿南儿,我们若不替你家报仇,不但你要到泉下寻找姑母,难道我还赖在世上做什么?那萍乡县一班无法无天的人已与我们有势不两立的局面,不是他死,就是我活,不是鱼死,就是网破。于今南儿所以得到这里的缘故,你不说,我也明白了。必是冯爷将你带到这里,我不来,冯爷也能给你报仇。你姑母已经殓葬,灵魂有知,自然不放你舅舅逍遥法外。我们这回到萍乡去，首先算了你舅舅的账。"

党振南又哭道："昨晚冯爷到我家里，我疑惑他是强盗，可怜我姑母自尽之后，没有一个亲人在家，我一个伴着姑母的尸骸。恰巧冯爷听到我一阵哭声，打从半空间掉下来，把我险些吓得真魂出窍。后来冯爷向我问话，我便把这海深的仇恨对冯爷说了，冯爷也望我说了几句。我知冯爷不是强盗，路过我那独家村上，连晚帮我把姑母的尸骸用三张芦席包着埋了。

"我想姑母觉得我舅舅那没天良的心术，就要将夜间自卫的一把七寸长的小解手刀抽出来砍头戳心，自寻死路，免得在世上活现形。到底见我央求不过，又被我偷藏了那个刀，只抱着我在我祖父灵前痛哭一场。

"我舅舅的风声渐渐紧起来了，可怜我姑母哄我出来，用六尺绢布，向自家颈项上一勒，便勒死了，死了尸首不倒。

"其时早已惊动前村后舍周近的人前来看看热闹。我只望着姑母的尸哭，六尺绢布，仍散披在肩上。那前村后舍的人看了一阵，生怕人命官司要拖累了他们，后来跑得一个人也没有了。我猜着他们的用意，在我家叹息我姑母的人，不过是随便在眼睛上沾了一口唾沫罢了。

"这冯爷对我说出替我姑母报仇的话，又向她尸首拜了四拜，我姑母的尸首倒了。

"我看冯爷不是强盗，的是天人。寒村离城西只有三里，依冯爷性起，便要找我舅舅唐伯屏报仇，因为舍不得丢撇了我，便把我带到这里。难得冯爷此去又碰到仁叔，两位爷爷就此同到萍乡，能替我党家报仇。我情愿服侍两位爷爷终身到老，我祖父、父亲九泉有知，也就感恩不尽。"说罢，便跪着不住地碰头。

这晚，冯、左两位怪侠便由察哈尔连夜飞到萍乡，仍在那大户人家天花板上躲了一日。

原来冯锡庆昨夜也躲藏在这人家的天花板上，却不同左其美伏在一处，出来见他胸中有物，一路追到那麦田所在。冯锡庆见左其美胸间怪叫一声，知道他是搂抱着一个年轻的女子。及见那女子一丝衣服也没有穿，不由暗吃一惊。冯锡庆也伏在麦田间，看破人家姑娘们的苦衷，却在将信将疑之间，便走出来向左其美说话。

冯锡庆的心思何等精细，见这女子的神情羞涩，似乎同左其美没有沾染，然尚不知左其美是什么心情，不是左其美对他说出那样话来，我怕这件误会，已开常伯权的路劫邵倩姑的先例。若据在下批评起来，这还算左其美的不是。

今夜两人仍分在原旧躲藏的天花板上，先后钻了出来，在僻静的地方，左其美即把那夜在红玉房里所想的计策对冯锡庆说来，托他照着自己的意思做去。冯锡庆点头称妙，两人按计而行。

且说那点心铺里的私窝子，是孙阿嫂独力开设，孙阿嫂丈夫孙贯生在日，本来开设点心铺子，不吃这碗把式饭。孙阿嫂是欢喜玩笑的人，孙贯生结亲的那天晚上，孙阿嫂在被窝里养了一个女儿，孙贯生因为阿嫂貌美，富有妆奁，像这样辱门败户的事，在那提倡贞操的时候，孙贯生不但不把阿嫂退回娘家，反将这私生女子抚养成人，说："我们是先行交易，择吉开张，这孩子却是自家的骨血。"

孙贯生既是这么说来，阿嫂的娘家难道有反向孙贯生责问的道理？孙贯生除了好色而外，又好赌钱。孙阿嫂趁贯生夜间赌钱的空儿，打熬不住，自然常要干些偷鸡摸狗的勾当。孙贯生明知其故，头上便套上一个荷叶盔儿。孙贯生越赌越精，越精越会输得精光。他思量只赢不输的方法，真本领自是靠不住的，又不喜捉鸽子，只会在家里放赌抽头。

萍乡赌钱的人，有三不赌，没有钱不赌，没有肉不赌，没有花不赌。孙贯生无钱放赌，幸亏这位阿嫂却也贤惠，把自家首饰除去典当。家里开的是点心铺，点心是阿嫂亲自捧到场上，大鱼大肉都由阿嫂烹煮。有时阿嫂高兴起来，不拘一格，一屁股便坐到赌客的身边,抓壶斟酒,从此,阿嫂便同一班赌客大半都生了密切的关系,孙贯生便实行放弃丈夫的权利了。

这私生子双喜姑娘本来欢喜朋友,厕坑里怎抓出个香虫来?出娘胎十三年,哪一夜不和她娘同睡,智识开得太早,最富有模仿性,豆蔻花开,又禀赋得一种女性美,便将她娘和一班嫖虫赌棍所玩的耍子,耳闻目见,记在心头,索性给那些不知足的活畜泄火,大开方便。

从此,孙贯生便交红运,赌钱的人越来越多,场面也越赌越大,手里很有些本钱,何况那双喜姑娘又是独一无二的资本。谁知红运来不多时,孙贯生已呜呼哀哉,伏惟尚飨了。

这时,孙阿嫂便实行她丈夫先行交易择吉开张的话,除去她母女捞鱼吸水而外,又买了两位绝色的姑娘,一个唤作银蟾,一个便是爱民若子徐知县的红玉小姐。

红玉身入娼门的历史,在下已在前文略叙一班,这回也毋庸浪费笔墨。但她另有一种特别的性格,陪茶陪酒都不许娘姨们在旁服役,因为自家折落到这样地步,若有娘姨,不是更加折福吗?

那夜红玉和左其美同衾的时候,银蟾被杨士才叫去陪局,第四日方才回来。

这日,孙家忽然为了一位江西士子,因在瑞州访友不遇,一路访至萍乡,听说这里的姑娘都像做玉人儿一样,特地过来玩玩。

孙阿嫂见这士子说的好一口瑞州话,姓马,名金友,衣服、容貌都是顶瓜瓜的,却有些诗文的气习,手里拎着一个小皮匣儿,猜着他是乡绅人家的纨绔子弟,并没有预防他的心思,转想将红玉走去的损失打捞在他身上。

其时,喜姑娘正在自家的房里陪着赌钱的朋友混得火一般热,不能离开,银蟾又去睡歇,孙阿嫂只好把马金友介绍入局。众赌客见这姓马的举止大方,出言吐语都称得起是个朋友,而且又夹着诗文的气味儿,完全像个读书人的样子。

喜姑娘见马老爷手风顺利,接连和了几牌,赢的钱是不少,便从一位赌客身边走过来,坐在马金友的腿上。马金友把小皮匣子接与喜姑娘,暂时收了。喜姑娘约莫那皮匣子很是沉重,心里喜欢得什么似的,便来伏在马金友的肩上。

一时散了赌场,马金友把所赢的银子完全赏给了喜姑娘,便查问众赌客输的数目,也由马金友腰包里掏银垫补。

晚间吃酒以后,又赌了一场牌九,马金友却输了二百两,反给二百两与喜姑娘做头红。马金友又照例结交当地士绅,以及知县王篛庵都来会宴,弄得孙家后面三间房子座无隙地,所谓座上尽赌客,往来欲打丁。但是马金友对于喜姑娘的恋爱,因为酬酢的时间过多,抽不出空儿实行其事。马金友每夜必饮,每饮必醉,都醉得同泥人一样。

一时马金友在萍乡的声名,几乎无人不知,花去银子约有三千两。众人也略尽东道之谊,由王篛庵开端集饮,每人每次都叫喜姑娘作陪。最后却轮到杨士才做主人了,单把银蟾叫到公馆。

杨士才所以不叫喜姑娘的缘故,因嫌喜姑娘貌虽标致,却无身份,银蟾并不若喜姑娘肯做人情,那惜人的姿态,倜傥的志气,使喜姑娘给她做娘姨,都不屑要。银蟾虽会使酒骂人,然而宁可受银蟾的唾骂,不愿受喜姑娘的恭维。

众宾客都已坐下,首席是马金友,其余如许翰三、方墨琴、荀苤诚、唐伯屏等,挨次坐下。孙福棠、柳老先生柳仰怡也得列席,只有成都文托故未到。王篛庵因有公事,不能擅离职守。银蟾便在杨士才身边坐下,两个小厮轮流筛酒。

酒过三巡,唐伯屏笑向银蟾说道:"我们不知有这造化,吃杨老爷的喜酒,柳老先生、孙老爷都对我说过:'杨老爷是有心爱你的,你可畅畅快快同他吃几杯。'"

银蟾听罢,即离席站起,指着唐伯屏冷冷笑道:"你不要红口白舌地拿我们妓女取乐,我是来同你们吃酒,把你们当纸人子一般耍,别要叫我说出好话来,这里杨老爷的事情,颠来倒去,哪一件瞒得过我?我是知道你们把那曼华小姐盘算得死了,又来拿我做升官图,任你伸手掏天,我是清汤下馄饨,却非你们可吃的东西。万一再拿出对待曼华的手段,用在我这身上,我有本领,把你的脑袋搬下来。我倒不同杨老爷吃过交杯酒,且给你个冷心丸,我就来斟酒和你吃。"

一面说,一面走到唐伯屏的身后,从小厮手里夺过一把壶来,在唐伯屏酒杯里斟满了,放在自家的口上,呷了大半杯,吐出几口唾沫,和在酒杯里,拧着唐伯屏的耳朵,把酒杯向他口里便灌,说:"我这唾沫上有蜜呢!你不吃,就该死了。"接连又嚼了几个花生仁儿,向唐伯屏脸上啐去。

唐伯屏用手绢把脸上渣滓揩了,只顾向银蟾打躬作揖。经许翰三这班人替他求情,银蟾还是不依。

马金友才向银蟾笑说了一句,银蟾便撇了唐伯屏,趁势坐在马金友下面说:"我今夜同马老爷坐一条凳上,有占有占,对不起你们了。"

众人又是爱她娇憨,又是怕她泼辣,不敢再拿她打趣。银蟾只催着小厮,给她和马金友二人斟酒。本来天气又热,这银蟾便索性脱去外面一件洒花藕色湖绸的夹袄,腰间解去红裙,里面穿一件洁白的胡椒眼裙儿,半开半掩,露出一个雪白的胸膛,猩红色的抹胸掩在胸上,头上乌云乱挽,脚上莲瓣双挑,弯弯的眉峰中,布着两条青气,深深的腮窝里,现出满脸醉容,秋水眼横波入鬟,樱桃口香气如兰。一时人仗酒势,酒助人威,奇语惊天,险言破石,任意拿杨士才等事洒落一阵。忽谈起自家身世,不禁飘下几点血泪,直把杨士才、许翰三等弄得一句话都说不出来。

马金友问她说道:"好好的又哭起来了,快些寻几句快活话说说。"

第二个"说"字才出了口,忽地从屋上蹿下一个人来,瓦屑落满了一桌。只见那人左手拿着一把剪子,右手执着一柄钢刀,说:"老子左其美到了!"

唐伯屏听说"左其美"三字,心里便有些惊慌。左其美猛然一刀,已割下唐伯屏的脑袋。众人方要逃跑,左其美已拦住大门,有两个丘八先生在这里替杨士才装幌子的,仗着手中都有单刀,便扑向左其美杀来,也被左其美一刀一个,砍成四半个首级。

这时,银蟾仍然坐着不动,狂笑了三声。

却见马金友从怀里掏出一把剪子,脱手飞出。只觉得血花飞溅,那剪子第一先飞到杨士才的咽喉上,从脑后脱了出来,接连许翰三肚子上也中了一剪,口里还能说话,便问:"马先生,怎么也杀起人来?"

马金友道:"老子叫冯锡庆,不叫马金友。"

一面说,一面把手一扬,那剪子早从许翰三肚子里回出,把肚肠子都钩了出来,登时气绝。

方墨琴、荀苋诚、柳仰怡、孙福棠等也不敢呐喊,只得跪下告饶,都被左其美用单刀杀了。

冯锡庆因为割鸡不用牛刀,挥手叫两个斟酒的小厮且站远些,便向银蟾问道:"你的意思怎样?"

银蟾早已识透冯锡庆的行径不是个读书人,很有意嫁给与他,因起初不肯在他面前跌落自家的身份,从不曾到红玉房里一走。于今见他这样举动,便估定是替曼华、红玉报仇的人,同左其美是一样路数,很情愿随他远走高飞,便低头说道:"冯爷若肯收我,我便随冯爷去,冯爷不肯收我,自有我的办法。"

冯锡庆暗想,她这轻狂的举动,白璧难免无瑕,却之则为无情,娶之恐贻终身之悔,不由有些踟蹰起来。

不一会儿,即向银蟾笑道:"你且随我们去吧,无论如何,那件事再从长计较。"

银蟾变色道:"冯爷,用不着计较了,我是个女孩儿家,不能拿真凭实据给冯爷看。"

说罢,泪如雨下,忙用五个指头猛地向自家咽喉上戳入,气管已伤，来不及挽救了，哀哉！

冯锡庆洒泪不已，只恨我虽不杀银蟾，银蟾由我而死，抱着她的死尸，说："银蟾银蟾，你为知己而死，我为知己而生，阴魂有知，迟我在三十年后。"

冯锡庆祝罢，死人的眼睛早已闭得紧紧，忽地又从眼眶里挤出两行泪来。

冯锡庆疑惑银蟾还未死定，在她鼻子上一摸，全无气息，心口里又是冷冰冰的。冯锡庆只是痴痴地哭，用衣角揩去她眼中珠泪，再看左其美也流泪不止。冯锡庆只好把银蟾的尸首背在肩上，两人一齐飞出了杨公馆，在郊野的所在，便将银蟾埋了。

冯锡庆向左其美哭道："这银蟾姓苏，是个小人家的女子，生小儿便知书识礼，因是她母亲早已亡故，她父亲是个好赌的人，很输了一笔亏欠，将银蟾卖入娼门。我并不知她有这等烈性，只恨我福薄，辜负了她的一腔热血。我只好一辈子不娶妻，补报她的奇情。我这时方寸已乱，要痛痛快快地哭她一夜，所有未了的事，你兀自去干一下吧，我不能便帮助你，我的计策已用过了，也用不着我帮助你。过几天子，我在师父那里会着。"

左其美暗想，冯锡庆这回到萍乡来，曾向湖州做了一案，得了一个小皮夹子、一把单刀，这单刀便给我藏着，他在明处结合，我在暗中探访，不期一夜杀了九个孽物。至于孙阿嫂、王知县那一班人，我就此便可前去了结。不过徐知县的灵柩必须搬回原籍，袁少亭尚在囹圄，横竖我要到江西军门营间一走，这些事，我一个人都可以办得来，何况他胸间有了这莫名其妙的隐痛，流着悲哀的眼泪？我若拂逆他的心情，便去帮助我一臂之力，我心里总觉不安。

左其美想到这里，向冯锡庆告辞去了，便实行他胸中第二步办法。

且说江西军门皇甫卓，那日在督署衙里听得制军陈鉴云说，萍乡发生几件奇案，殊属令人诧异。皇甫卓便问有什么奇案，陈鉴云把各案的卷宗翻出来给皇甫卓看。皇甫卓挨次看了一遍，回营便见夫人杨氏,适值杨公馆家人已哭到后堂,呈上了书信。

原来这信是杨士才的哥哥杨士林写的,这杨士林是个正人君子,向不肯仗势欺人,和杨士才两两比较,正所谓一娘胎里爬出天悬地隔的两个人来。

杨士林的信中,只说他兄弟狎妓会宴,并同宾客遇害的事,瞧当夜情形,写得一笔不漏,并不请示皇甫卓追究此案。

杨夫人同皇甫卓看完这信,便哭得同泪人儿一样,倒在皇甫卓怀中,要求他再到督署去请陈大人,颁发紧急文书,限令萍乡知县将凶手追捕到案,好替自家二哥哥报仇。

欲知后事怎样,且俟三十回叙来。

第三十回

还印章威胁王知县
戏剪术力逼陈制军

话说皇甫卓见自家夫人哭得同泪人儿一般,声声要求皇甫卓到督署去,请制军陈大人颁发紧急公文,限令萍乡知县追捕凶手,明正典刑,好替她二哥哥杨士才报仇。

皇甫卓在鼻孔里哼了一声,向左右丢了一个眼色。左右明白大人同夫人谈说秘密话,只好各自退出。

皇甫卓捧着他夫人的桃花粉脸,温存着说道:"非是我不答应你,替二舅弟报仇……"

第二句才说完,杨夫人把眼泪洒在皇甫卓的衣领上,说:"妾与大人结婚二年,虽然没有养得一男半女,然而那被窝里的事,哪一夜违拗过你?你做了这二品的军官,连自家舅弟被人暗杀,你竟不问不理。万一外面人知道这些事,你的颜面何在?横竖我是个要死的人,药丸子不离嘴,你一点儿不怜惜我。于今我二哥哥被人杀死,自然你心里是不疼不痛,万一我被人杀死,你可是仍然不理不问吗?好个冷心的人,我不如就陪我二哥哥一起去死。"

皇甫卓忙将杨夫人搂在怀里说道:"我的好乖乖,你在这万马营中,哪一个敢来害你?你有了病,不是同我自己害病的一样吗?我们当军官的,在这歌舞升平的时代,不过是借着这个阶级,吞吃粮饷,快活一时是一时,谁顾得这'颜面'二字?承你的情义,待我不错,我出去的时候,哪一回不想着你?以前我在战场上通宵达旦,人不离鞍,马不停蹄,如今把这些功夫都用在你身上。你的二哥哥,如同我自家哥哥一般,若是他在外面走小路的被人害死,我有这势力把那人追捕到案,这案子你大哥既不欲追究,你也明白了,你可不用怪我。"

杨夫人又哭道:"我那大哥哥同二哥哥是分居弟兄,而且大哥哥是个忠厚无用的人,树叶子落下来怕打破了头,因此难怪他信上,不要求你替我二哥哥报仇。你说我二哥哥不是走小路的被人暗害,但据那信上说来,是被姓冯的杀死的。这姓冯的同他向来无仇,所以杀他的缘故,就是因为一个银蟾婊子,争风夺艳,所以才闹出这天大的祸事。只求你看我待你的分上,快到督署去吧!"

皇甫卓道:"这些事你可不大了然,你想着你二哥哥公馆里,那冯、左二厮做成圈套,连你二哥哥共杀死九人,那银蟾又自尽死了。如果这冯、左二厮专为争风夺艳而来,就杀你二哥哥一个人,把银蟾带去,便算了事,为什么要做下这么多的红案,为什么不夺活银蟾,把这死银蟾带去何来?你只知道你二哥哥在公馆里出了岔儿,你可猜着这几日以来,萍乡城里又发生许多大乱子吗?"

杨夫人道:"又有什么乱子?我是不知道。"

皇甫卓道:"不知道就难怪你,你就倒在我怀里,仗仗胆儿,我说出来怕吓坏了你。

"谁知姓左的那厮在那夜三更以后,胆敢一个人飞到你二哥哥平时生了关系的那孙双喜家里,一把剪子剪了孙双喜娘的十个指甲,孙双喜的云鬓也剪了个花瓣模样。不到五更左近,孙双喜脑后便像陡害了砍头疮死了。孙双喜的娘十个指头又像害了十个疔疮,一痛而绝。

"那厮临去的时候,只拎回姓冯的前次在孙家遗下的那个小皮匣子。"

皇甫卓刚说到这里,杨夫人忙问道:"那厮竟有飞行的本领吗?什么兵器不用,却用一把剪子?这些话我是不相信的。"

皇甫卓道："自然我也不易轻信，我再接着说来，怕不要吓你一跳。当夜你二哥哥公馆里人一面送信给你大哥，一面分头告给唐伯屏、许翰三、柳仰怡、孙福棠、方墨琴、荀茋诚各家人等，这些事你哥哥信上是写明的。

"那时送信的人便在萍乡动身到江西来，所以后来的事件，他半点儿不明白。适才我在督署陈大人把萍乡飞来剪各案卷宗给我看来，陈大人对于这些案件，颇为棘手，我把卷宗上的公文念给你听，怕你不懂，只好把公文中各项情节，细说出来。

"萍乡王知县在天明时分，看过各家的报称状子，孙双喜家有两个同族中人，把孙双喜母女遇害的情节，以及前夜红玉被左其美拐去的缘由，在堂上禀状请捕。

"王知县因红玉这案很与袁小亭有关，从牢里提出袁小亭来，又拷问了一番，只拷不出左其美是什么人。因翻开袁小亭案卷一看，可巧在卷上搜出一封信来。那信上的话，简直似上级官对下级官的口气，说唐伯屏因为欲将党开山知府的曼华小姐送给你二哥哥做十三房妾，硬将曼华逼死。唐伯屏同你哥哥被杀的缘由，就是这样情节。

"那红玉是萍乡前任官徐大老爷的小姐，说起这个人来，也是她闺中的良友，却被那许翰三、方墨琴、荀茋诚这班绅士拿金钱的势力，压迫红玉身入娼门，所以这写信人，左其美也饶他不得。

"左其美虽将红玉带出火坑，并无像你和我所干的那样争强好胜的要子。袁小亭向左其美对面不相认识，提起姓名来，都不知道，'莫须有'三字，不能算是罪名。

"孙双喜母女是飞来剪伤发致命，因她们虐待红玉，大有取死之道；柳仰怡、孙福棠都是你二哥哥的门下客，唐伯屏起初欲将曼华送给你二哥哥的时候，是由他们两人介绍，后来欲将那银蟾说给你二哥哥，也由唐伯屏想的主意，介绍人仍是他们两个，柳仰怡、孙福棠都助纣为虐，不能放着他们不杀；银蟾是奇女子，虽失身花柳丛中,玉本无瑕,却同红玉是一样的保全女儿身体,死得委屈万分;至于你二哥装幌子的两个卫兵,所杀虽非所罪,然而他们都仗着披了一件老虎皮,很在萍乡城里钉钉子敲竹杠地无所不至,并不是无辜地枉杀了他们。

"左其美知照王知县的意思,是欲王知县据实申详,不要无辜陷害袁小亭。万一王知县违拗他的信中意思,他有这能耐飞出一把剪子,把王知县的脑袋瓜儿剪摘下来。

"王知县看过他这一封信,当然有些胆寒,不过听受那厮的要挟,是绝对办不到的。王知县问下袁小亭的供词,刚要用印,不料才印下来,那掌印人便惊得仓皇失措,哪里有知县的官印呢?原来是萍乡城隍的印文,王知县还有见识,便差人到城隍庙里换印。差人见城隍案上印文已失,本来已有下落,但萍乡县的官印却在庙里检不出来,遍问庙里的道士,也没觉得夜间有什么人来偷城隍爷爷的东西。差人只得回衙复命。

"王知县因没有官印,自家的脑袋瓜子真是靠不住了,虽经各家苦主在堂上要求王知县勘验死尸,然没有官印,却凭什么办理公案?王知县便带领班房人等同到城隍庙宿斋,自家睡在城隍偶像的脚下,令衙役们在外面保护。

"那夜才交初鼓,王知县有了心事的人,越是想睡,越发不能睡着,只好闭目定神。忽觉屋梁上像落下一个很沉重的东西,打在王知县的顶梁上。王知县睁眼把这东西仔细一看,心里很有些诧异起来。王知县暗想,这官印打在他的顶上,怕不要打得脑浆迸裂。于今我头上丝毫没有受伤,这厮软硬的功夫很可以令人害怕。

"王知县得了官印,再向殿上仔细看来,连一个人影子都没见出来,便叫上差役人等。众差役都说:'小人们在门外厮守,哪里有什么人敢进殿来?'

"王知县反而疑心生暗鬼的,一半猜是城隍作怪,一半却想到左其美身上,但心里无时无刻,总防着左其美再来下他的手,一时回到衙署,急咨文到游击衙门,拨了一哨官兵,保护他到尸场上验尸。可巧孙双喜母女的尸首也都抬到尸场,官兵们保护着王知县,一时仵作验好了尸身,都与各报状上毫无舛错。

"王知县回到你二哥哥家的接官厅上,官兵一半站在里面保护,一半站在外面看风,各苦主都分立两边,要求王知县开给伤单,馆内外一班看热闹的,更是千头攒孔,挤塞得纹风不透。公案上点着一支大蜡烛,一根针落在地上,都可以辨看得来。

"王知县正在令司书写伤单的时候,各人的目标都注射在伤单上,忽听得外面呐喊一声,就在这呐喊声中,外面的官兵,弓上弦刀出鞘似的,一齐拥进。里面的官兵只不明白外面是什么动静,也随例呐一声喊,把满屋子里人都吓得慌张起来。一班看热闹的也不知官兵喊的是什么,齐打伙儿一哄而去。王知县只吓得抱住了头。

"这么闹了一阵,却不曾瞧见一个飞来剪的刺客到来,里面的官兵都埋怨外面官兵无故骚动,那哨官更是横眉竖目,把外面的官兵喝退出来。

"猛然一阵风响,风声过处,那内外官兵手中的杀人凶器,各自把握不定,一个个都像被钉了木桩似的,身不能动,把两个眼珠子勒了出来。各苦主及差役人等便惊得面如土色,身体上全失了自由的动作。只见一个英风俊伟的人物,穿着一身短衣,头向下,脚向上,悬在桌案上的空间,好像桌子上有什么东西托住他身体似的,右手拿着一把剪子,左手指着王知县的鼻子说道:'你认定了,我便是写信给你,盗印还印的那个左其美。萍乡城里杀案都是我同自家的伙伴冯锡庆做的,我所教训你的言语,都在那封信上。万一你不懂人事,少不得把你和这萍乡县里一众仗势行蛮的好老,都死在这剪子上。你看那屋上是个什么?'

"王知县并不见得左其美把剪子飞脱而出。这时不知什么缘故,头都不轻易抬得起来,嘴里更是说不出一句话,又不敢违拗他,只好把一双眼睛向上一掠,却见一把剪子揾在屋上。

"一会子,响声大作,把屋内梁柱都震动起来。众官兵同苦主、公差等人都翻着眼看他玩这把戏,却奈何他不得。左其美便坐在案上,用手对那剪子不住地指挥着,这一阵响声,更是兴风作浪,差不多把座接官厅都震动得要倒下来。方才把手一扬,那剪子却自由自性归他掌握。复又向王知县点头道:'你是认得我了,不必去塞羊抵鹿,冤害无辜的人。有本领只管拿我破案,实在没有本领,就没有第二句话向你再说,仔细我再来给你们了账。'说罢,如流星一般地飞出厅外。

"接连又是一阵风声过处,厅里厅外官军民役各界人等完全都恢复了自由,大家都称奇道怪,怎么刚才一阵风,都把众人弄得像木偶一样?于今这一阵风又怎么使木偶似的人不知不觉地都活动起来?而且左其美把身子悬在空间,飞出一把剪子,插在屋上,把屋子都弄得要栽倒下来,这姓左的本领,说出来不要吓死人吗?

"众苦主因为死者委实各有取死的原因,活的又怕左其美前来了账,个个胆寒心战,却不与王知县过分为难,不约而同请王知县照实申详,不必追捕凶手破案,且情愿具下文结,各自领尸收殓。

"王知县只得如法炮制,申详上宪,将左其美原信,附带详文之内,并言萍乡通城军民绅士人等,可为见证。陈大人及藩署各大衙门都没有若何的批复。我的好乖乖,这些案件,可不要吓你一跳,你叫我到督署去如何说话?"说罢,天色已晚,皇甫卓叫侍女点起蜡烛。

这时,杨夫人又流泪道:"那么我二哥哥的仇恨,永没有报复的希望了?我常劝他,说:'好哥哥,你把那个嫖字丢掉了吧,你姐夫身为二品大员,不过就欢喜我一个,外边从没有寻花问柳的门径。你有了这么多的小老婆,已经作孽无穷,何必再去糟蹋良家的女子?万一你再在这嫖字上用功夫,我不是咒你,就怕你不得好死。'他听了这些话,总若春风之贯驴耳,不必别的。

"那党曼华小姐,人家也是官家的掌上珍珠,不过家运一天一天地衰败下来,麻雀竟想天鹅肉吃,他也不怕促寿?

"我早已就打量他要死在这个嫖字上,果不其然,我的话倒应验了。就是那红玉妹妹,被许翰三们卖入娼门,他是有个良心的,就该把红玉拔出火坑。我是不知道红玉这段苦史,如若知道不替红玉设法,辜负了闺中的好友,我还算个人吗?

"我起初听说了被人杀死了,哪有不伤心的?于今细想起来,固然那凶手是一辈子捉不到的,而且他也恶贯满盈,自作自受,我用不着再向你说报仇的话。不过你的性格向来是秉公无私,生怕我劝你不用当官,你反说借着这个阶级,吞吃粮饷。其实吞的粮在哪里,吃的饷在哪里,还不是两袖清风?你是爱我的,不拘什么话,在我面前都说得出来。我是爱你的,争强好胜地服侍你,我的身体渐渐地亏败下来,看你也没有从前那盘勇气了。好人,我们以后就这么软语温存,可不必常常到床上去盘肠大战,将来可免得不死在那色欲上面。我的二哥哥死了,死得固属可叹。万一你我再死在色欲上头,岂非糊里糊涂的更不值得?这些话说出来才吓人一跳。"

皇甫卓笑道:"我怕你因为二舅弟死了,心里有些悲伤,平日知道你喜欢我说玩话,故而同你软语温存,故说自家是吞吃粮饷,逗你岔开心来,好说出那一段话,我这万马营中,要是吞吃粮饷,这些饷银不要塞破了屋子?你是我的心头上人,怎么一件好首饰都没有?就是你那个二哥哥,都是看在你身上,不好意思向他啰唆。如若他不同你一娘养的,不要那姓冯的用飞来剪伤杀了他,我也有这权力了他的账。像左其美那样本领,不用说是小小的萍乡县没有人敢怎样他,万一他到我这营中来,这些老弱残兵,又怎么抵他得住?

"我说你在万马营中,哪一个敢来杀我的话,是哄你的,并且陈大人对于这些案件,很为作难,拿出来给我看,是因为那萍乡众苦主都没有能力,告叩阍状子,他们凭着九个死人的理由,就告了叩阍状子,也是不生效力。不过知道我同你二哥哥是郎舅的亲谊,怕我从中作梗。我想你二哥哥死得不屈,我又是陈大人的制军下官,所以不对他有如何的表示,就是怕你不依。你依了我话,不与左其美等作对,我也依你的意思,玩笑起来,都清水下杂面,你吃我看见,不用常交涉了。

"明儿可打发送信的人动身,并送上几样奠礼,放你回去,尽了兄妹的道理。我去到督署请陈大人从速销案,不必追捕那左其美、冯锡庆两个就是了。"

起初皇甫卓按着杨夫人说话的时候,龙拿虎掷之第三飞来剪侠左其美就从前夜飞到江西,打探各衙门的消息。今日便伏在那上房的天花板上歇息,却听两人话里的意思,约莫说的是自家同冯锡庆在萍乡所干的侠义事迹。他没有修过天耳通法,又隔着一层天花板,却听得不大清楚。及到点烛的时分,左其美才轻轻地从天花板里钻出来,趁小军们、侍女的不意,便趸在靠房一株橘树之下,侧耳听来,暗暗也把头点了几点。

左其美的轻功十足,矫捷过人,举动没有半点儿声响,来去也轻易看不出一些痕迹。暗想,这里已不用逗留了,仍悄悄地乘人不觉的当儿,蹿到屋上,飞向督署衙门而来。飞过多少峻宇雕墙,走过多少崇楼叠阁,却见最后一进上房之内,当中坐着五十来岁的一个大僚,在那里翻检文牍,两边站立四个戈什哈,地上都铺着大红的毡毯,天井里也有许多守卫的兵士,拿刀执枪,像似如临大敌的一样。

左其美也无心多惹麻烦,一飞飞到那大人的背后,右手握着剪子,左手抓着那大人的衣领,便问:"你可是陈鉴云?"

戈什哈见是刺客到来,同天井里的卫兵一拥而上,大家还吹着口哨,口口声声说:"捉刺客,捉刺客!"

左其美打雷般地喝了一声,这一声,直似倾山倒岳一般,戈什哈同卫兵都吓得倒退几步。门外还挤满了一大群的卫兵,却没有这勇气近前捉拿,有几个活线手,拈弓搭箭,看左其美直向陈鉴云眯眯地笑。到底投鼠有忌器之念,怕刺客拿大人做挡箭牌,不敢冒昧射来。

陈鉴云仍然神色自若,吩咐众卫兵各自散去,只留一个戈什哈在旁斟茶,便问:"足下到此何干?"

左其美笑道:"没有什么大事,是到你这里投案。我兄弟便是在萍乡用飞来剪杀人的那个左其美。"

陈鉴云也笑道:"左兄不必打趣,做兄弟是明白了。"

左其美笑道:"好!"

这个"好"字才说出来,左其美的神色陡变,说:"兄弟的性命不是一文不值,没有本领,谁来到老兄这里送死?"

边说边将一把飞来剪脱手飞下,喝一声:"响!"那剪子便在地毯上打转儿,转个不住。

左其美又向戈什哈点一点头,喝一声:"来!"那戈什哈便趁势凑近左其美的身边,扑地向左其美脑后一刀砍下。

奇怪,左其美的头没有砍伤分毫,把戈什哈的千金宝刀反砍卷了口。戈什哈把宝刀掼在地下,虎口痛得怪叫起来。

左其美转向他笑道:"我是叫你来砍我的,却不能怪你鲁莽,砍卷了一把刀算什么事?这把刀既伤我不得,任凭你这里有多少人,多少兵器,我不过落得瞧瞧热闹,开开心。"

左其美说毕,又向陈鉴云笑道:"老兄的意思怎样?"

陈鉴云道:"凡事照萍乡详文上面,销了这案,开释了袁小亭。左兄还有什么要求,不妨赐教。"

左其美遂一扬手,取了地上的剪子,哈哈笑道:"好好,兄弟早猜着老兄的路数,不过怕有一个人从中为难。其实皇甫军门明日便来同老兄酌量,咨照各大衙门,照老兄的意思做去。兄弟还有一件事情,要仰托老兄身上,前任萍乡知县徐德辉,死无资蓄,女入娼门,棺柩停在萍乡千佛庵里,请老兄须发明文,令地方官替徐知县搬柩回籍。此等事并不用必须惊动老兄,但有了老兄的明令,表面上总郑重些,兄弟是明白老兄绝对答应,也不虑

279

兄弟们所做替天行道的各种杀案,使老兄有半字的反悔。你我改日再会,请这里人拈弓搭箭,替兄弟送行。"说着,便松了陈鉴云的衣领,闪也似的飞了去了。

陈鉴云哪里还敢怠慢,一面禁止大家不用麻烦,一面差人把皇甫卓请到衙里,谈论一会儿,遂咨照各级衙门,发下了文书。萍乡各项杀案都成了拖案,袁小亭已被释放,徐知县的官柩由地方官搬送回籍安葬。

这时,左其美转到萍乡,逗留一月,暗访各事俱已得手,仍回察哈尔,禀过苗铎,此时冯锡庆已经回来,却不见了红玉。

欲知后事如何,且俟三十一回"一剑仇"文中叙来。

第三十一回

痛父仇千里访师友
闻噩耗一怒杀凶徒

话说左其美见过苗铎,把此去在江西所干侠案全叙出来,苗铎大喜。

这时,冯锡庆早已回来,每同左其美说到苏银蟾这个奇女,冯锡庆总是双泪频挥,心里又是悲哀,又是愧歉。左其美也用好言解慰了几次,就中却不见了红玉,后来问明苗铎,才知这红玉已被无住师姑收去做徒弟了。

左其美并不知无住师姑为何如人,哪里明白她是一位空门女侠。这徐红玉将来便是本书中一个剑侠,三千烦恼丝,并未付诸并刀一剪,恰与左其美有夫妻的缘分,后文当有交代。

不过左其美因红玉已遁入空门,只好辞了苗铎。冯锡庆已代他在天津乡下买下一所茅舍,置下百亩田产。左其美便同党振南到那茅舍里居住,置了许多的家私什物,日间便混迹风尘,又干了些侠义勾当,晚间便回到茅舍,教给党振南的种种武术。自家是党振南的仁叔,又爱惜党振南这个孩子将来成就可观,表面上呼他叫作南儿,骨子里却把他当作自家亲生一样。有时到苗铎那里谈谈,好在湖州已无甚挂碍,也不必回湖州去。

光阴好快,一混三个年头,这回左其美闲逛到清江西坝,无意中遇见卫杰、常伯权两人。左其美和他们攀谈攀谈,本欲交结这两个新人物,无如他打从在江西回来之后,经过苗铎叫他和冯锡庆两个,再在江湖上行走,不必露出自家的马脚,尤不必轻易交结江湖的好老。

左其美因苗铎这话里的意思娓娓动听,所以同这两个新人物,当日便失之交臂。偏巧酆维邦在苗铎面前,一口咬定了他在一起作案,苗铎拷出酆维邦所以诬栽左其美的供词,这些事却在前文中详叙无遗,却不再去拈笔弄墨。

单言左其美那晚把卫杰、常伯权邀入自家的茅舍歇宿,各自估量是一条路数的人,话到投机,齐打伙儿叙出自家的身世,唯英雄能爱英雄,左其美便同卫杰、常伯权两个结成同盟的兄弟,话休絮烦。

来日天明,卫杰同常伯权各回天津,卫杰在他舅父面前支吾了几句,居然被他瞒过,当晚走入瑞姑的房中,宿歇了一夜。

常伯权回至天寿堂药栈,从此便怕自家露出马脚,不好在天津城里行走,把卫杰所剪的辫发悄悄地都用火烧了。及至访到邵倩姑家里的变故,常伯权同卫杰明白邵倩姑已被涤尘带去,却很情愿倩姑以后不出禅门,免得尘凡中缠了许多魔障。两人又见这天津城里风平浪静,没有什么仗势欺人的恶霸,所有那班恶霸都畏那飞来剪找他们了账,一个个知过必改,反而做了好人。便是那天津知县甘福生,经过了种种教训,又平白无故地伤了爱女,恰好苗铎在那夜把酆维邦解到甘福生衙中,并重重地申斥甘福生一顿。那笑佛寺里的一班落难的女子又着落在甘福生身上。

打从苗铎走后,甘福生问明酆维邦的口供,酆维邦这时琵琶骨上害了伤疮,痛得寸心寸割,巴不得一朝处决,把天津的一切奸杀盗案完全供认不讳。甘福生连夜将酆维邦解上各大衙门,由各长官坐堂复讯,却与甘福生的详文上面,的确无讹。酆维邦怕延栓时刻,始终不曾吐出在察哈尔所见的几位飞来剪的侠士,各位长官反而感激。

苗铎并不和他作对,就是做下对头,又有什么用处?因烦就简,将酆维邦定了个凌迟处决,便在天津正法。

笑佛寺里的女子，命甘福生便宜发落。甘福生却不是以前的那个甘福生了，一个贪婪无厌的七品官员，这时却变成一位公正廉明的正人君子，洗肝伐胆，的是强盗和剑侠教训的功用。甘福生在鄞维邦正法以来，好在那笑佛寺里的机关已由苗铎送上绘图，如何进入，那图上绘得明白。甘福生同田渠商议一遍，调了一哨官兵，带了数十件妇人女子的衣履，按图告给官兵，令乡间几个老婆子挟着衣履，走进极乐世界，给极乐生活中的各女子一一穿了，各自走出隧道，村婆们鸦飞雀散。

　　官兵押着这一批女子，出了寺门，放起一把火来，不上两个时辰，这笑佛寺已成灰烬，只对不起那一尊欢喜佛，也只付之一炬，真是冤哉枉也。

　　官兵们回衙复命，甘福生对于这些外省女子，内中有情愿回家的，甘福生即差人把他们送回原籍，如有不肯回家丢面子的，甘福生便替他们择配，一封文书，申详上宪，这事已经了结。又要替女儿娇娜请下旌奖，田矩的忠告，不使娇娜在泉下蒙羞见奖。这消息早传入卫杰、常伯权的耳朵里，各自把头一点，但他们在天津城里，也用不着再做那锄奸杀霸的事，卫杰把两把剪子交给瑞姑暂时收藏起来。

　　师兄弟两人在天津住得久了，外面的人虽然瞧不出他们的行径，但他们记忆朱天齐的临别赠言，要传给几个有本领的徒弟。好在官里已不去访拿他们，他们也不去做那没本钱的买卖，毕竟自家的面目，要揭穿出来，方可以借此广结天下英雄。

　　到了这时，卫杰才把十三年的历史告知舅父吴兆如、舅母秦氏。吴兆如真是喜出望外，想不到卫家后起有人。以后卫杰便租下一座房子，开场收徒，由卫杰、常伯权担任场主的名义，天津城里的人，到此才窥识他们先前的秘密，任谁也不敢向他们啰唆。谁知就此一件看来，已超出朱天齐的范围之外，其广大主义，实高出朱天齐一筹。青出于蓝，反胜于蓝，但是他们对于收徒弟的路数，来者皆有希望，不过那班人都是饭桶，没有好资质可以学成武术。他们又不肯徒盗虚声,收了这些毫不值价的东西,装着幌子。开场三月,场中仍是两位场主。

那天,忽然来了五个汉子,到场拜访两位场主,投上名片。卫杰、常伯权看过名片,是亲弟兄五人,广东潮州的人氏,长名石仁,次石义,次石礼,次石智,次石信。石仁以神胜,石义以勇胜,石礼以气胜,石智以机警胜,石信以豪爽胜。

这石家兄弟五人,各个性有不同,言谈之间,却逃不出卫杰这双法眼。卫杰见石氏弟兄各有可取之才,心里欢喜得十分似的,五人挨次在卫杰、常伯权面前,照例演出几套拳架子,卫杰点头,说:"是没有走错了道路。"

便同常伯权把石家五弟兄拉入一间僻室以内,五人都垂手侍立,不敢便坐。

首由石仁开口说道:"小可兄弟们,出门访求名师,练习武艺,因没有一定的师父。只要人格和能耐在小可兄弟们之上,便心诚悦服,做那人的徒弟。"

石智道:"小可兄弟们由广东到天津来,一路上遇见开场收徒的大师父,实属不乏其人。若在小可眼中看来,能耐也有在小可兄弟们之上,人格上却不配做小可兄弟们的师父。他们却有巴结小可兄弟们拜把子的,都被小可用好言谢绝了。"

石信道:"我们不看出卫教师、常教师真够得上做我们的师父,哪有肯来拜见的道理?我们并非无缘无故而来,这其中实有不得已的苦衷。如果两位教师不肯收我们做徒弟,我们只好各去寻死,还活在世上做什么?"

石礼道:"人生在世,连父亲的仇都不能报,我们不到天津来,就访不出两位教师,拿什么替父亲报仇?除了一死,更没有第二条路可走。"说罢,不禁咬牙切齿,眼中早飘下几点泪来。复又拭泪道:"我们两位师父是有胸襟的好汉,想必肯收我们做徒弟,肯替我们打不平的。但我们非学出高出仇人的本领,亲自去杀他不可。"

石智道:"我们若不学出师父现今的这样本领,替我父亲报仇,死了也不瞑目。二位教师,总许偿给我们报仇的志愿。"

常伯权因石家兄弟虽然是广东人,能说出一口北方话,料想他们都是江湖上奔走的人,报仇志愿是何等的重大。看他们仇家的本领,却不是寻常无用之辈,万一他们有报仇能耐,也不到我们北方来,只不明白他的父亲是因为什么事情,被什么人所杀。

方欲拿话问他,恰见卫杰起身向石仁道:"老哥贤昆仲到兄弟们这边来,本来兄弟们的几斤蛮力气,做别人的师父则有余,做贤昆仲师父却不足。于今只要把尊大人的仇恨说给兄弟们听来,兄弟再给老哥介绍到敝家师那里练习练习。后来贤昆仲艺成之后,兄弟也很情愿帮助老哥一走。"

石家兄弟便插烛也似的拜倒下来,各自洒泪道:"说来我父亲的大仇,不但我兄弟伤心,两位教师总是有血气的好汉,听见愚兄弟所说的话,也当切齿痛恨。"

石仁第一要从头一一叙来,才吐出一个"家"字,已哽咽得不能说了;石信只顾碰头,哭得泪人儿一样;石义拜倒在地,号哭不已,就有别人在那里说话,却不轻易听得了然;石礼汪汪地哭,眼泪淌下一大堆来,染红了膝前的余地;石信也是泪流满面,一肚子私仇公愤,欲向卫杰、常伯权仔细说来,想不到是从哪里说起。

这一阵哭声,又是悲愤,又是酸楚,就是铁石人听了,也要流下两行眼泪,早把卫杰、常伯权都感动得大哭起来。

约莫哭了一个时辰,说了奇怪,八月的时节,青天无片云,外边刮着西南风,在桂花树上轻轻摆动。忽地陡转好大的东北风,把桂花要刮下一大斗来。天上白一堆黑一堆的云块子,都集拢起来,飘下滚花的大雪。那石家弟兄便哭得抖个不住。

卫杰、常伯权方才止了哭声,好容易劝得石家兄弟掩住眼泪。就在这阵哭声停止的时候,雪也止了,云也散了,树梢头上仍摆着西南风。

其时，石仁才将那不共戴天之仇在这辛酸痛苦之声泪中，子午卯酉，一一抒泄出来。常伯权便跳起来气道："世界上竟有这样恨事，反了反了！"

卫杰气得一根根头发竖起来，那条小辫子已直挺挺地竖在头顶上，脸上更是红一块紫一块的，一句话都说不出来。

看官要问这是怎么一回事呢？本书第二个名字，唤《一剑仇》，顾名思义，也就约略猜着一二。但我作书的要把内中的情节，挨头至尾地叙述出来。

这石家兄弟，是潮州石小峰的儿子，石小峰是官家公子出身，不懂得什么叫作武艺，事母极孝，因他父亲在日，官至提学，不爱一钱，所以到了石小峰成人的时候，便活似一个穷措大，二十岁上，还没有配亲。他母亲年事已高，很希望抱孙为乐，曾请人替石小峰做媒，无如潮州的富绅人家，都嫌石小峰手里无钱，身体又不甚魁伟高大，谁肯把心疼的爱女嫁给这一个穷小子？有钱的人家既不肯和石家做亲，没钱的人家便称不起潮州的名门望族，石太太也不愿把小人家的女子娶进门来。

偏偏潮州潘得安是个退老归休的提督，潘得安的官阶完全由武术上得来。究竟潘得安的武术到了什么程度，门外的人都知其然，却说不出个所以然来。潘得安只有一位女公子，闺名唤作娟儿，生得粉装玉琢，今年正交一十九岁，家学渊源，潘家的内外功夫，都由潘得安苦力诣造，完全教给这位娟儿小姐。

潘得安本来同石小峰的父亲非常要好，这天，石小峰在潘府吃酒，潘得安见石小峰面貌寒俭，不像个公子哥儿的模样，但言说之中，窥识他的性格，知道他是天地间一等妙人，便却不由潘家向他府上攀亲，潘得安反而找出两个媒证，便把娟儿许配小峰。

石太太做梦想不到潘得安肯把女儿许配自家的儿子，一时喜上心头，恨不欲把那娟儿小姐立刻娶进府中，搂在怀里，心肝儿乖乖地乱叫。

当石小峰同秀娟小姐的成婚之日,照例有许多的宾朋亲友前来贺喜。内中有几个是石小峰的同门砚友,在那闹房的时候,硬逼着新娘显武艺,说:"如果新娘搭架子,大家便睡在新娘被窝里,闹上一夜,叫你们两口子水米不得成交,或者你们两口子做出好耍子来,给我们瞧瞧,我们也饱一饱眼福,且看是怎样耍法。"

潘秀娟被逼得恼羞成怒,粉脸低垂,一朵红云早已涨到耳根,便向伴姑附耳说了几句。伴姑点点头去了,不一会儿,便取出一碗冷酒、一大块冷肉上来。潘秀娟从衣底下取出一支剑来,把一大块冷肉切成十来块,都切得像笔尖儿似的。一双迷人欲醉的秋波眼,电也似的向大家打了一个过招面,立刻刮起一阵风来。风声到处,大家都张开笑口,好像这阵风已吹进了口中,一个个都闭不起口来,上下牙齿相离约有半寸,两片嘴唇都像中间有什么东西抵住似的,欲走却不能动弹分毫,欲向秀娟告饶,不但舌尖上都说不出一个字,咽喉里且哼不出一声来。

潘秀娟把十来块笔尖也似的猪肉分塞在大家的口中,却好都塞住了两块唇皮。仍然坐在床上,洗了手,命伴姑撤去肉盘。潘秀娟便使出拿手的本领,端过那碗酒来,不住地用手弹着酒,向大家口里汲去。汲得大家满嘴满下巴的冷酒,衣领上都各自潮湿了一片,潘秀娟却命伴姑取了大家口里的肉块,重又洗手。

伴姑把酒碗和肉都捧出去了,自家反低头笑得张不开口来。又都乜着眼睛,向大家扫了一会儿,各人都恢复了自由。潘秀娟更笑得前仰后合,用香帕蒙住了脸。

石小峰也笑起来,向大家作了一个揖道:"新娘造次,得罪诸位,我替她赔个不是。诸位是见过新娘的武艺了,诸位要问我们两口子是怎样耍法,谅诸位已领教过了,用不着再赖在这里,想睡新被窝内闹个整夜。"

大家都碰了这老大的没趣,你一言,我一句,说:"今儿且由这新娘戏弄一次，看我们明儿找她心坎上人算账。"说罢，大家一哄而散。

这一夜，夫妻同入罗帐，恩山情海，都从说不出来的妙处荡漾而出。

好事成后，石小峰絮语道："娟妹，你适才用的那种眼功，是怎么学得来的，可能教我不能？"

娟儿低低笑道："哪里算得什么眼功？这不过是逢场作戏罢了。我见他们在这里闹得人神亦不安，脸上显然都露出垂涎三尺的样子来，所以才和他们开这玩笑。我是个红花幼女，竟和他们闹得不成体统，无论外边人拿我作谈笑的资料，然而我也落得游戏无益，自家心里也有点儿懊悔。总之，我清清白白，是不怕他们嚼烂了舌头。你要学功夫，倒也不难，目今世界，那些抓笔杆子的生活也没有什么味儿，你不如就随我练习武艺。从今以后，你是我的学生，可不要拿出做丈夫的势力来压迫我。"

石小峰又低笑道："我若不压迫你，怎么能生下几个小孩子来？我们男子压迫你们女子，却有这天造地设的一个好榜样。你究竟是我势力下压迫的人，我也不愿你拿出女先生的排调，把我不当作丈夫看待。"

秀娟笑道："我把你这促狭的东西，再说好话来，我便拧你的嘴。"

以下的言语，作书人也不必过分描写。不过我的意思，是怕看官们因为这"一剑仇"的说文，酸人胸臆，每每穿插些滑稽笑料，把当时有趣味的韵事夹写一斑，使看官们不致挥尽了一瓢眼泪。

石小峰同潘秀娟结婚以来，因为石小峰天生傲骨，神气十分古怪，料定了不是功名中人物，索性劝他弃文就武，把家传的武术完全教给石小峰。十年之内，生下石仁、石智、石礼、石义、石信五弟兄来。

那年石太太死了，石小峰居丧丁忧，向不肯出门一步。潘得安因为女婿竟学成那样本领,却不愿他出山做事,时常到石家来看视女儿和几个小外孙。

这日,是石太太除服之期,照例宾客盈门,自然潘得安也来祭祀石太太一番。当夜石府正做佛事,潘得安告辞便回府。

来日天明,潘府的家人泪汪汪地到石小峰这边来。石小峰不明白这家人是哭的什么,忙向他问明缘故。

那家人连哭带说地急道:"姑老爷同娟姑哪里明白,老……老……老太爷在今夜五更时候,已被汪成龙用神剑杀了。"

看官须知,杀潘得安是为本书引线,却非本书正文。

潘秀娟刚坐在椅子上,猛听得父亲的噩耗,这时石信尚在她怀抱中,不由把手一松,石信便跌在地下,呱呱地号哭起来。潘秀娟却一声不哭,登时从椅子上倒栽下来,面色惨白,一口气也没有了。

石小峰同死了老子娘的一样,只哭得咽不成声,脑子里顿失了知觉,也不明白娟儿是死是活。

石仁从书房里闻信回家,石智、石礼、石义都在门外玩耍,刚才走进内堂,瞧见这个模样,石智趴到他母亲怀里,石礼捧着他母亲的脸,各拉起小喉咙呜呜地哭。石仁抱起他兄弟石信,石义箍着他父亲的腿,不约而同地都全堂大哭起来。

那家人索性流抹了许多眼泪,才见娟姑已经晕厥过去,忙近前拉着石小峰,指向娟儿哭道:"姑老爷,你看,这……这……这是怎么好?"

石小峰到此才觉娟儿多时晕厥,慌忙蹲在娟儿身边,扪嘴捶胸,好容易方将娟儿唤醒过来。论理娟儿要到她父亲那里奔丧,于今不但不肯亲去,并嘱咐石小峰也不必去。约莫思量两个时辰,竟打发那家人走了。那家人只得回去。

潘得安的嗣侄潘良骏,是今年过继来的。只不明白这汪成龙是个什么人,五更三点,竟来刺杀自家嗣父,留下他的姓名。而且自家嗣父又有这一身了不得的本领,竟被这汪成龙杀了,尸首躺在床上,顶梁上血迹模糊的,是剑伤。由仵作验相出来,这剑是在空间向下刺的,我嗣父向来不畏刀避剑,不是神剑,断乎不能伤害他老人家的性命。满心指望把自家娟妹招呼前来,或者能知什么人与他老人家有杀害深仇,这汪成龙是否唤作庄成龙,我这娟妹能不能替他老人家报仇雪恨。不料家人回来禀告,潘良骏只不知他妹妹是什么用意,整整地哭了一天。

到了夜间,潘良骏正抱着潘得安的死尸痛哭,一众吊客却来劝慰。忽见门外闪进一个武装女子,左手握着大刀,右手拎着血淋淋的一颗人头。那女子急把人头抛掼地下,扑地跪在潘得安尸前,哭得像泪人儿一般,不是潘秀娟,却是哪个?

欲知后事怎样,且俟三十二回叙来。

第三十二回

露冷风凄病中惊噩梦
神怡心旷月下看飞梭

话说潘秀娟跪在潘得安的尸前，掩泪哭道："阿爷阴灵不远，这贼子不错杀吗？"

祝罢，便拎着人头，又向潘良骏哭道："妹妹是个女流，在众宾客面前有许多话不便向哥哥说来，至于这贼子如何杀我父亲，以及我如何去替父亲报仇，来日正长，自有告给我哥哥的机会。妹妹走了。"说毕，径自闪出门来。

潘良骏方欲挽留她，问个水落石出，连忙随后出来，放开悲哀的喉咙，喊了一会儿，并不见娟儿答应，已闪得不知去向了。府里看门的人也猜不着她打哪里进来，向哪里出去，只见一条白影，飞檐走壁，一转眼，便不见这白影的所在。

潘良骏诧异万分，再令人到石府探问，哪里有个娟妹，连石妹丈同五个外甥子，都已杳无踪迹。

本来石府的房屋太多，什物太少，府里又没有娘姨服役，一个人也不曾见，只剩下那一座空屋。

潘良骏只摸不着半点儿头脑，一面将娟儿诛仇失踪的事呈报官府，一面将嗣父收殓封棺，安厝在内厅之上。本欲去寻娟妹，无如嗣父灵前无人供侍香火，还怕那贼人的党羽再来寻仇，很是提心吊胆。加之嗣父死得伤惨，哀伤过度，饮食既失调和，又受些风寒杂感，那无情病魔便挨次地寻到他身上来。先前还是伤风咳嗽，以后便卧眠不宁，咯血盗汗等种种恶症，不上半年都完了。

潘良骏在病重的时候,每夜必睡在潘得安柩前,早同妻子问氏隔衾十月,风凄露冷,偏含着几分。

那夜,忽见他妹妹娟儿、妹夫石小峰走了进来,同死鬼嗣父在一张桌子上吃饭,见他不理不睬。潘良骏暗喜,嗣父并不曾死,难得妹妹、妹夫都已回来。待要向前问话,三个人不禁一齐大哭起来。再瞧他嗣父欣然到棺材里睡觉,他妹夫石小峰反手拎着自家一条辫子,把个头取下来,妹妹娟儿指着石小峰只是痛哭,一声爷爷一声小峰地哭个不住。在那哭声停止的时候,他妹妹也躺在地下,像似死了的一样,手足都冷冰冰的。

霎时醒来,乃是一场噩梦。自家心口里只是簌簌地乱跳,还拟梦境非真,哪里便承认他妹夫已经不在阳间。

原来娟儿那日清晨早上,猛听得她父亲的凶耗,在死去活来的时候,便想她父亲官场中混事多年,向不肯枉杀人命,同僚中忌嫉的人又没有杀害的深仇,何况她父亲已退归林下,就有什么忌嫉的人,也不转她父亲的念头了。不过在江湖上落魄的时际,除奸杀霸,也许有不少的仇人,却猜不出这凶手毕竟是不是汪成龙。

这汪成龙是湖南道上保镖达官汪清扬的儿子,向来不使神剑,不但和我家无仇,并且我父亲同汪清扬非常要好,知人知面不知心,我是不能断定我父亲并非汪成龙杀的。汪成龙年纪不上三十岁,本领十分了得,手下的党羽、能人甚多,但他既然杀害了父亲,今夜准备斩草除根,前来刺我。于今我欲替父亲报仇,总须即刻离开这潮州府城,慢慢地设计下他的手。我哥哥良骏是个忠厚无用的人,他固然没有这报仇的能耐,那贼子也不把他看在眼里,再去找他了账。我小峰丈夫在潮州城里,声名不小,谁也明白他的本领是随我学出来的,那贼子若夜间到我这里,扑了个空,不但我丈夫是靠不住了,我怕这五个孩子也要一股拢儿被那贼子当面开销。

想到这里,胸中倒有了一个主见,一面打发那家人回去复命,一面便同石小峰商议一会儿。

石小峰便扮作乞丐的模样，涂着满面的污垢，穿一身破旧的衣履，手里拿着莲花落，用旧毡帽遮住了眉眼，哄那石仁、石义、石礼、石智、石信也各换了丐装，日间不便动身，晚间都从后门出来。石小峰在前引路，石仁携着石信，同石义、石礼、石智，在石小峰左右追随，慢慢地出了西门，一则天气昏黑，星月无光，二则石小峰父子又不向街道上走去，而看城门的丘八先生，谁也不注意在这几个叫花子身上，所以石小峰父子混出潮州，并没有一人知觉。

　　潘秀娟自从她丈夫、儿子走出以后，料想那贼子必先到死父那里寻找，我照例要寻到这边来。那贼子的本领，就把这潮州城里的兵役齐打伙儿请来抵敌，也不过给那贼子的一把神剑索性发一回利市。如果我死守先前的张本，那么我父亲的大仇一天不报，这一天我就不是个人。好在我丈夫已被我哄出潮州，带领小孩子们到庾岭避祸，总算替石家保存这血统宗支。我在这房里等候那贼子到来，就是被他杀死，我的阴灵也须放他不得。万一我杀了他，这是何等痛快！至于如何对待贼子，自有我的主见。

　　想着，便拔刀在手，暗伏在那满天云的床顶上面，一更向后，还不觉得那贼子到来。陡然听得哗啦一声响，两扇房门板被踢得凭空飞有六尺多高，正撞在那床顶板，撞上了两下，才落地，似乎有一个人已到房内，履声藉藉，像寻找什么似的。

　　不一会儿，仍然走出房门，口里便叽里咕噜地诧道："奇怪，奇怪，怎么他一不在娘家，二又不在婆家，这里又看不见……"

　　下半句未出口，潘秀娟便在床顶上面一头要栽下来，床顶上不由又咔嚓咔嚓地响动起来。

　　那人急停了脚步，刚要转入房中，只听床顶上面吐出低缓无力的声音，说道："房里有老虎要吃你呢！"

　　那人心里不禁一愕，待要走到床顶上面，潘秀娟已如飞而下，挥刀一横，只听得吱吱声响。那人的头已与他本身脱离关系，却被娟儿抓在手中。那人身体遂往地板上躺下，手里一把剑头刀柄的小攮子又抛在一边。

原来潘得安顶梁上致命剑害,却不是神剑所伤。

潘秀娟拎着那人的头,就灯前仔细一看,哪里是汪成龙呢?这贼子似在哪里瞧见过的,一时却想不起来。忽地在屁股上拍了一下,不禁得身发抖。论潘秀娟的本领,就有十个,也不是那人的对手。

那人是湖南新化人氏,姓卢,名炳成,排行第四,又生得一副小白脸儿,江湖上人都唤他作粉面四神。

卢炳成的父亲卢嘉宽,是湖南道上享着鼎鼎大名的人物,十九岁的时候,并没有练过把式,浑身上下打熬不出一百斤的气力。为人轻财好义,狂荡不羁。家里薄有田产,父母都去世得早,任他自由知性,嫖赌挥霍,处处皆是破产的阶进。妻子余氏温和柔婉,每在暗地用好言慰劝他,总若春风之贯驴耳。

那天,有几个朋友约他夜间到一家私娼那里赌钱,卢嘉宽吃过晚饭以后,大三步小两步地向私娼的住所而来,刚巧在一条僻巷经过,一时下部尿急,便褪下裤子撒尿。近面忽闪来一个二十来岁的女子,打从他跟前经过,卢嘉宽得意忘形,心里想和那女子开开玩笑。一泡尿刚撒了半泡,左右又没有第三个人,一手把那女子拉住,一手拈着那暖壶嘴,挤眉笑眼地撒得女子一身的尿。

那女子一不羞涩,二不退避,用指甲在他嘴唇上轻轻一弹,说:"一月后,老娘来吃你的弥月酒。"说罢,猛地撇了卢嘉宽,一闪,闪得不知去向。

卢嘉宽当时想不着女子话里的意思,走到那私娼家里,赌了一夜的钱,回家便睡。直至日午时分方才起来,却见余氏一对眼珠不住地在他脸上望着。

卢嘉宽笑道:"你望我什么?"

余氏道:"你昨夜可是同那婊子响嘴的吗?连幌子都带出来了。"

卢嘉宽道："你不要挖苦人吧,发誓我不曾同她有一点儿沾染。"

余氏又笑道："浑水里撇得什么清?你的事情,哪一件瞒得住我?那婊子嘴上的红胭脂已染在你这嘴上,简直红得像什么东西似的。"

卢嘉宽哪里肯信,从房里拿出镜子一照,嘴唇上染着一点儿红,不像胭脂像什么?暗想,我真个没有同那婊子勾搭使浑,这是我回来睡觉的时候,我妻子见我睡得像死人一样,给我装起这幌子来,打趣我的。也懒得向她追问,捞着手巾对镜揩抹了几下,哪里能揩去呢?嘴唇上越发红得像朱砂似的。心里诧异万分,做梦想不到是那女子手指上弹的伤迹。

午饭已毕,心里兀自闷咄咄的,因为嘴上这幌子掩饰不去,就怕出来见人。却好走进一个老和尚,是万寿庵住持观修前来募缘。

主宾茶话一会儿,观修忽向卢嘉宽惊诧道："居士怎么受了这样重伤?"

卢嘉宽吃惊道："我向来不曾和人厮打,也没有人来打过我,怎么便说我受了重伤呢?"

观修焦急道："坏了坏了,居士嘴唇上被人用指功点下,现出一块红印,尚兀自不知觉呢!谁对你下此毒手?真是可恨!"

卢嘉宽深知观修老和尚不打诳语,又并谙习伤科,在我们新化城里,不知医好多少跌打损伤的人。我这伤势虽重,想不费老和尚的吹灰之力,绝能或将伤医好。遂向观修说道："伤处并不觉得有半点儿疼痛,请老和尚医治就好了。"

观修道："医倒能医得好,可是这种罪,你也不能受了。贫僧迟来一日,就是个活华佗,也不能把居士的这条性命从阎王老子手里夺了回来。快将受伤的情形说给贫僧听来,才好替居士医治。"

卢嘉宽不禁慌急起来,忙将昨夜在僻巷的情形一一说了。

观修摇头道："居士太狂荡了，惹她何如？她在闪开时候，曾说一月后来吃你的弥月酒，这话狠毒到了极顶，所以下这样重手对待居士。且拿着镜子，把舌头抵在上颚上照一照，下颚当有一个小钱大的黑印。"

卢嘉宽又拿着镜子，照着观修老和尚盼咐的话仔细照来，果不其然，下颚下有小钱大的黑印，也不觉一些疼痛。

卢嘉宽便问观修道："那女子一个手指，怎么就这样厉害？可恶！"

观修道："若照昨夜的情形说来，居士在那小解的当儿，心里总有些摇荡无定，所以那女子只轻轻用手指一点，居士更加心摇神荡，伤毒便趁势进入脏腑，于今是不可救药了。那女子若照贫僧的意思猜来，必是昨夜莫道台府里盗玉镯的那个万巧珠，这丫头手段太厉害了，即不趁你心旌摇摇的时候，也能伤你性命。不过这手指略点得重一些，今日还有方药可救。"

卢嘉宽这才哭起来。他本来睡了半天，不到外面走动，妻子余氏又轻易不肯出大门一步，先前又没有人到他家里来，如何闻知虞府里发生盗案？这"万巧珠"三字，湖南人总明白她是个绿林女盗，到处作案，必留下自己的姓名。这回并不暇问及莫府被盗之事，却懊悔自己癫狂，被女强盗送了性命。想起死后的情形，宗支已绝，妻子年轻，只是痛哭不止。

观修也从眼上揉下几点泪来。

余氏在房里听得观修老和尚这般一说，早已三魂失二，七魄剩一，眼泪鼻涕地哭出来，跪在观修老和尚面前，口口声声请求老和尚医救她丈夫的性命。

观修道："这个可不行了，我若能把他医治活，也不在这里哭了。"

卢嘉宽倏地跳起来道："老和尚，我想起来了，当那小便的时候，我心里早已动了一动。后来见她没有羞涩退避的神情，我即收神摄虑，虽撒了她一身的尿水，自己也觉得毫无趣味。我向来对于妇人女子,她越是羞涩,我越发勃然动兴,万一她冷冰冰地板着面孔,我丝毫不肯转她的念头,我生来就是这样的性格。就从这一点看来,可有医治没医治呢?"

观修破涕讶道:"这话可当真吗?"

卢嘉宽道:"真人面前不说假话。"

观修道:"好在居士是不出三日要死的人,死马当作活马医,医得好,是居士的造化,医不好,断不至使居士所受的伤加重了些。"

说罢,从身边取出一个小瓷瓶来,瓷瓶里倒下一粒椒丸大的白丸,捺在卢嘉宽嘴里,用开茶送下。

说来奇怪,卢嘉宽打从咽下这白丸以后,顿觉一股臊臭气味由丹田中直冲上来,一时呕哕不止,下颚和嘴唇都疼痛起来。不一会儿,两片嘴唇紫肿得同两半边椰瓢一般,下巴上更是肿得抬不起头来。

卢嘉宽两口子反怕这伤势被观修老和尚医得坏了,脸上都露出狐疑的样子。

观修道:"这是发出来的伤毒,若使这伤毒存留在脏腑之内,不要把居士的心都痛裂了吗?贫僧用牛溲八宝丸医治居士的伤毒,痛一会儿便好了。这牛溲八宝丸,是牛溲、马勃、金汁、人乳,和防风、白芷、麝香、良姜,八味药品炼合而成,用治居士伤毒,百无一失。不过居士的伤毒虽去,元气已损,必要一辈子不接近妇人女子,才可以带病延年。贫僧把这些话一说出来,恐怕尊夫人要咒我呢!"

观修才说过这一段话,眼看卢嘉宽嘴唇和下巴上伤肿渐消,紫色又转红了。吸一袋旱烟的时候,已恢复到不曾受伤的一样,疼也止了。

卢嘉宽只觉懒洋洋的没有精神,向余氏丢了一个眼色,意思是要她走开一边。余氏便流着眼泪,走进去了,却躲在屏门后窃听。

卢嘉宽跪下来，向观修叩了一个头道："老和尚盼咐的话，断没有敢违拗的。无如我家历代单传，不孝有三，尤以无后为大。我这贱妻年纪又轻，一朵花才开放出来，我若从此和她分开，一则祖宗的血脉不保，二则耽搁人家孩子的青春年少。老和尚再能开一线之恩，替我想想法子，或者将我损伤的元气医治如初，岂不两全其美？万一事实上绝对没有法想，我情愿削去鬓发，随老和尚做徒弟，好开放人家孩子的一条生路，随她再嫁鸡随鸡，嫁狗随狗。老和尚如果一不替我设法，二不肯收我这没廉耻的徒弟，我就是预备一死，也要赖在老和尚庵里出家。"

观修道："法子倒有一个，可以两全其美，贫僧怕居士不能吃苦，再则在别人面前，说出这法子来，那就害了贫僧了。"说罢，忙将卢嘉宽扶起来。

卢嘉宽道："我这条命是老和尚慈悲我的，老和尚又成就我们的儿女之情，什么苦都可以吃，那一件秘密总不敢宣揭出来。以后若辜负老和尚的言语，我就不是人生父母养的。"

观修道："我因为居士要出家做和尚，撇下人生的事业，所以不得不对居士宣揭秘密。我们这同宗的和尚，自己出家，是迫于天数，并不敢劝人出家。如果使天下人男的做和尚，女的做尼姑，一个个断截情关，人种倏灭，这世界不要弄成一个禽兽世界吗？居士出了家，便是人道的罪人，贫僧劝居士出家，这罪过比居士还大。但居士的性格狂荡无度，总要慢慢改悔过来，便是对于儿女之情，也要勿贪不义之财，勿饮过量之酒。贫僧就此少陪，明晚敢望居士到寺中一走，自然教给居士保寿延年的法子。至于随缘乐助的事，居士素来轻财好义，大约不至一文不舍，贫僧这五脏庙是要修的。"

说罢，径自起身告辞，卢嘉宽直送出大门以外。

这时，余氏在屏门后窃听多时，心里一块石头才落下地来。

一夜无话，来日清晨起来，卢嘉宽约略进点儿饮食，从箱子里取出五十两银子，放在身边，缓缓地走向万寿庵来。

这万寿庵在新化城里,是个不小的古刹,庵里的和尚不多,毫无田产,院宇荒凉,除了请观修看伤的人,便没有一个到这庵里随喜。观修同庵里的和尚一不诵经念忏,二不拜佛烧香。观修替人看伤,只在上午,下午总是出门化缘,都不受一丝毫的诊金,痊后随缘乐助,观修也来者不拒。夜间关起两扇庵门,就是王侯公子,也打不开这两扇庵门。

这天,卢嘉宽走进方丈里面,见已挤满了一圈子看伤的人。观修一眼看见了卢嘉宽,并不理他,日中以后,看伤的人——散去,观修又出门化缘去了。

卢嘉宽闲得无事,便倒在禅榻上睡了一觉,醒来便见案上点着一盏油灯,观修仍未回来。走出方丈,在庵里寻觅一番,一个和尚也没有见到,自然问不出个观修老和尚来,心里焦急万分。因见院中正是皓月当空,不觉心旷神怡,仰头看月,在院中来去踱着。

陡见空中有数团黑影,在月光之下,飞来飞去,不是东边飞到西边,就是西边飞到东边,越飞越快,像似有无数穿梭在空中穿织似的。自家很是高兴,不由脱口喝出一声彩来。

就在这彩声喝出的时候,那几圈黑影便疾飞而下。心里疑是妖怪,反而有些害怕起来,仔细一瞧,哪里见什么黑影飞在地下,原来是两个人有辫子的、五个人头上都剃得光滑滑的,身上各自穿着奇奇怪怪的衣履。内中却有观修老和尚在内。

观修即指着其余的四个光头和尚,同两个有辫子的少年人物,向卢嘉宽道:"这四位是我师弟,这两位是我师兄弟的徒弟,也算是你将来的朋友,这里不用多久闲说,齐打伙儿到方丈里坐一坐吧!"

大家走进方丈,挨次坐定,卢嘉宽见这四个光头和尚都是万寿庵常住里的,一个唤作观同,一个唤作观海,其余便是观云、观井两人。这两个有辫子的少年人物,卢嘉宽向来不曾见过,就不知道他们的姓名。大家请教一番,才知这一个是本省汪清扬,那一个是广东潮州潘得安,并不是观同、观海、观云、观井的徒弟。卢嘉宽想,他们僧俗人等,都有绝技飞行的本领,我不是个内行,就不明白他们这本领是怎样的学法。万一我能够学出这本领来,那才是第一快心事呢。遂跪向观修央告道:"弟子肉眼不识老和尚的本领,竟蒙老和尚把弟子带到这里,大开眼界,不明白弟子有这缘分,会学出这种能耐。无论如何,总求老和尚慈悲慈悲吧!"

观修道:"我不想传授你的本领,也不约你到这里来。适才我们那样飞行的功夫,岂是寻常人所能见得到的?你不在这希望上下死功夫,三年以后,包管你死了葬在土里。"

欲知后事怎样,且俟三十三回叙来。

第三十三回

密语话深闺隔垣有耳
官兵逢狭路平地生风

话说观修又接着向下说道:"于今我们的秘密已给你看穿了,不可说没有缘分,果然外面人皆知道我们的秘密,那还了得吗?"

边说边从手里捞下一串牟尼珠来,将卢嘉宽一把扶起,说:"你仔细瞧这珠子是什么做的?"

卢嘉宽只用眼瞧了一瞧,说:"这串珠子是用香木磋成的。"

观修道:"哪里有什么香木,这不过是些臭骨朵罢了。这一串珠子拢共有一百零八颗,却是那一百零八人的枕骨做成的。但我因你举动虽属轻薄,然而性格上也有可取的路数,如其不然,看你脑后的枕骨,早已穿上这牟尼串了。这些事只能向你一说,你且安心一想。外面如走漏了一点儿风声,我这万寿庵怕不要成了瓦砾场吗?

"我的本领,照你这样资质、这样体质,本不难练习成功,吃苦也不是在练本领上吃苦。然而你活在世上怎样,死在泉下怎样?练本领活了怎样,不练本领就活了又怎样?天生我们这一类人,除去杀人再无事做,你见这世界上一班混账东西,哪一个不当杀?但我一个人所杀的毕竟有限,何况我是慈悲成性,普度为怀,往往三日不杀一人,不当杀不杀,当杀亦有不杀,非到不能不杀、不忍杀的时候,绝未尝妄杀一人,所以我一辈子尽杀人一百零八,成了这一串牟尼珠。不但我是不愿枉杀,这方丈室在座诸人,除你而外,谁也不同我是一样的行径?

"异日你武术成功的时候,不说别的,单以去杀人而论,这样苦,你怕不能吃了。杀人的人心肠甚苦,生活更苦,吃人所不吃的苦。

"举凡世界上种种快乐事件,我们是不轻易领略到的,也不明白这些快乐便算快乐。若以杀人为快乐,便够不上杀人的资格,有了杀人的资格,我们才肯使他出山,披星戴月咽雨餐风,是杀人以前身体上所受的苦。无量头颅无量血,是杀人以后精神上所受的苦。我的苦也吃够了,我不吃苦,这世界上的人更苦,我虽吃苦,毕竟尚以医人为乐。你们就是吃苦,以后也该寻些快乐才是。

"日间你睡在我这禅床上,我回来的时分,用催眠术使你睡了一大觉。今日是十月望日,皓月当空,这时候不是要将近三更了吗?你的性格我是看得出的,譬比一渠活水,流到泾河是清,流落渭河是浊,所以才肯收你练习武术,好去做那杀人的勾当,再成就一串枕骨牟尼珠送我。万一你违背我的吩咐,或不肯吃苦,或去宣泄我的秘密,或口是心非,或貌合神离,我也有这能耐,把你的枕骨剜下来。

"至于人世间饮食起居之节,以及闺房琐事,不在我们禁戒之内,也不用向你多说。不过学武要在一定时间,不能转移,强盗是最不可做的,银钱量入为出,要谨慎些,好义的所在甚多,不尽在这轻财上面,便算好义。我这话你明白了吗?于今天气不早,明日傍晚,要来见我,便教给你杀人的本领。你去吧,可不要使我去砍你的脑袋。"

卢嘉宽又跪在地上回道:"不是师父,弟子便没有性命,弟子不能吃苦,师父把我救活了做什么?师父的秘密,连至亲骨肉之间,弟子也不肯轻吐一字,弟子狂荡不羁的脾气,从此便改。对于轻财好义的事,想来弟子散尽资财,穷得剩个面架子了。做的义举在什么地方,不曾救得一个好人,也结交不出个好朋友来。钱财虽是身外的东西,然而没钱便没有衣穿,没有饭吃,弟子不去浪取人的财物就是了,当舍要舍,不当舍又何敢在那假仁假义上面花费银一文？"

这派话也说得观修同在座诸人都把头点了几点。

当下观井从壁上取下一个灯笼，点起小蜡烛，插在里面。等候卢嘉宽一一告辞已毕，观井送卢嘉宽出庵，把灯笼给他拿着，扑的一声，庵门关了，卢嘉宽拿着灯笼向前行去。

原来这新化城内连月以来，发生了许多盗杀的案件，杀人盗物，都在三更向后。因而新化的营里官里，特别严紧秋防，三更以后，到处检查行人，有了灯笼，便可以自由行走，没有灯笼，便拟为不正的行径，照例要检查检查，带到衙门去。

今夜卢嘉宽拿着灯笼走近门前，推开门来。他妻子余氏，因其丈夫到万寿庵去，这时候尚未回来，很是牵肠挂肚，并不曾睡，拢着头发掩着怀，亲自把卢嘉宽开进门来，顺手闩好了门。两人手挽手进了私室，并肩坐在床沿。

余氏道："你怎么到这会子才来？老和尚叫你怎样吃苦？有怎样的秘密法子，才可以保你长命百岁？"

卢嘉宽道："哪里有什么苦吃？这法子公开得很，老和尚只叫我每晚到他庵里坐坐禅，每一晚照例坐两个时辰，才能回来，这坐禅能算什么吃苦？"

余氏道："我看见观音寺里云栖师姑坐过禅的，我很喜欢看人坐禅，我家里有几本禅书，我也懂得，我不过是不愿坐禅。不妨把老和尚教你的禅法坐给我瞧了，我破例来同你谈禅。"

卢嘉宽被她啰唆不过，勉强学作观音双跌的样子，坐在床上。余氏也同他对面坐定，先把右脚放在左腿上，再将左脚跷在右腿上，中间空着三角式形，两磕膝距离有一尺二寸远近，两大腿外面，凸出一对儿三寸金莲。二人紧精凝神。

一会子，余氏便启口问道："卢嘉宽，禅门是第一不打诳语的，老和尚没有秘密，就不说秘密，叫你吃苦，自然有苦你吃，你不打诳语，老和尚便打诳语，老和尚不打诳语，你就打诳语，老和尚打诳语，不能做你师父，你打诳语，固不能做老和尚徒弟，你就

303

入了魔了。"

卢嘉宽不能答。

余氏便下了禅关,把卢嘉宽仍拉到床沿上坐定,笑得哈哈地道:"老和尚不是禅关中人,我一见就听出来了,然而他向来也不打诳语,说一是单,说二是双,自然有苦你吃,有秘密传给你,而且老和尚既曲全我们儿女私情,就不配将你拉入禅关。坐禅的人还讲究什么儿女私情吗?你们的路数,瞒不了我,说出来漂亮些。"

卢嘉宽见余氏这样的神态,笑眯眯地向余氏点头道:"我瞧不起你这搂在怀里像小孩子一样的人,说话倒会挖孔钻疮,我倒不好意思不告诉你。好好!你把耳朵凑近来,我告诉你,万一你再对别人吐出一字,你我就该死了。"

余氏也笑道:"我是不怕你再哄我了,哄别人的话,却偏不能哄我这妇人小孩子的。"说罢,便把耳朵紧附在卢嘉宽嘴上。

卢嘉宽叽里咕噜说了好一会儿,余氏把香尖舌头伸了一伸,轻轻簸着脑袋低声说道:"这可了得,谁叫你决定把这话告诉我?"

说至此,不由流泪道:"好人,你可不要把这话再告诉别人了。"

"了"字脱出了口,忽见窗外有条黑影子闪了一闪。

卢嘉宽不由抖起来,抱着余氏不放。砰一声响,外面有两条黑影破窗而入,原来是两只黑胖狸猫在外面打架,一头都穿进窗内,把梳妆台上的两只茶杯都打跌得碎了。

卢嘉宽同余氏这才心定,把两只黑胖狸猫都撵出去。作书的循着旧小说上的两句口头禅,就是有话则长,无话则短。

来日傍晚时分,卢嘉宽走到万寿庵里。观修早已回来,谈了许多不相干的话。一会儿,天已昏黄,关了庵门,卢嘉宽坐在末席,陪着观修及观同、观海、观云、观井吃饭。席上也有几盘鱼肉。中间便见潘得安、汪清扬也来了,不知他们是哪里来的。

观修命潘、汪二人在卢嘉宽上首坐定,都围在张圆桌上,一同吃饭,并没有谈说什么。饭毕,大家漱过了口,各自吃茶。

观修忽冷着面孔向观井道:"四师弟,快去取弥勒来,把卢居士送到西方去。"

卢嘉宽听观修说这两句话的声音容貌来得十分严厉,虽不了然他说的哪一国番语,心里不禁愕了一愕。

观井尚趑趄不忍便去,却见观修的脸色大有刻不容缓之势,便答应一声去了。

观同急指着卢嘉宽骂道:"这东西真要死了,你宣泄咱们的秘密,理不容赦,还不给咱跪下来,向咱们大师兄告饶?"

观海也跳起来气道:"哪有这样便宜的事?大师兄如何便肯饶他?快快跪下,洒家也帮你向大师兄求个情分。"

卢嘉宽便泪人似的跪了,却只是哭个不住,不明白要怎样告饶才好。

观修兀自不理。

观云忙把观同、观海拉得都跪下来,潘得安、汪清扬也陪着一例跪成半边圈儿。

观云道:"我们本不当替他求这情分,但我们这些秘密,他只有告知自家的娘子,那娘子的嘴紧得很,断不至于再告给别人,望大师兄网开一面,饶他这一遭吧!"

观修冷笑道:"我把他交给弥勒手里,真是看在大家的情分,他可对自家娘子吐出秘密,也能对别人再吐出来,我们就没有立足的所在。他以为我们不在跟前,随便告给什么人,并不关事。想不到我这酒肉和尚神通广大,早已猜着要演出这一出戏。若非令观井师弟前去暗探一番,哪里明白有这么一回事。他既违拗我的吩咐,自家所说的话又当作放一个屁,就怪不得我对他狠毒,完成他整个臭皮袋,便算便宜了他。大家不用再说废话,哪有这般容易?"

说至此,又向外面一望道:"好!弥勒来了,四师弟,快送他到西方去吧!"

大家见观井手里拿着一个石灰袋,愁眉苦脸地把石灰袋摆在卢嘉宽面前,哭起来说道:"卢居士,你可不能怨我,我是奉师兄的命令,像你同尊夫人附耳所说的话,我也修过天耳通的,山那边说话,山这边总听得出来,听苍蝇哼声,与雷鸣相似,哪一回我是听不清楚?我不敢在师兄面前撒谎,就撒谎又有什么用处?只好直言告上,却伤了你一条性命,真比刀割我的心肝还痛。"

说罢,泪流不止,抓起石灰袋,把卢嘉宽向外便拖。

汪清扬倏地走过来,便将观井手里的石灰袋一把夺过,趁势拉倒卢嘉宽,把身子向他头上一伏。

潘得安也伏在卢嘉宽身上,说:"师叔,先请结果我们两个小兄弟,然后再结果他吧!万一师叔肯赐一点儿颜面,我们愿保他以后不敢违拗师叔的吩咐。果然他是再违拗了,我们先拿他归办,自家都到师叔这里请死。我们向来没有对师叔求过情分,总望师叔顾全我们少年人一点儿颜面才是。"

接连观同、观海、观云、观井,各打伙儿都向观修碰了几个头,你求我说。好半会儿,观修才点头依了。

大家都站起来。卢嘉宽又向观修磕头谢罪,都对大家谢过了,观井拿着石灰袋自去。

观修将卢嘉宽一把拉起,说:"我看潘、汪两个小兄弟们少年人的情分,同众师弟的面子,不用石灰袋取你性命。"

边说边起身走进寮房,从另外一把茶壶倒出一杯茶来,向卢嘉宽说:"你不怕我药死你,就吃了这杯茶。"

卢嘉宽道:"弟子何敢再违拗师父的话,哪怕就是毒药,弟子焉敢不吃?"

说毕,双手将茶杯接过,一口气喝了一杯茶,觉得这茶的气味是洋参茶,一时精神陡长,暗想,我师父恩威并济,我明白方才的圈套,一半假,一半不假。于今怕我精神上受了惊慌,我是元气已伤的人,禁不起这样的威吓,特地倒出这杯茶来,安我的心神,就是父母对于亲生的子女,也不过如此体贴人情。我不服从他,更是服从谁呢?

打从今夜以来,卢嘉宽每晚照例在万寿庵里受观修的教导,所习皆是吐纳之术。

三月以后,卢嘉宽觉得自家神气十足,呼吸气微细得听不出来,观修才从此教给他各种的武术。

那潘得安、汪清扬两人常常到庵里拜会观修,日久越发同卢嘉宽亲热起来,无话不谈,才知他们并非观同、观海、观云、观井的徒弟。

潘得安的师父是安徽汛阳宋锦,汪清扬的师父是福建本省胡瘦蛟,同自家师父是同门的兄弟。这潘得安聪明,英风俊伟、心地耿直。汪清扬语言豪爽、勇气逼人,两人专在江湖上做些侠义的勾当,所杀的人也不在少数。都同卢嘉宽的性格合拢得来,便结为知心之友。

一夜三更向后,卢嘉宽从万寿庵走出来,却忘掉未带灯笼,眼看星光照地,百步见人。卢嘉宽因为本城冬防吃紧,没有灯笼,就不敢在街衢行走,惹动兵役检查。虽然身边连五寸长的械器都没有,毕竟被兵役一眼瞧见,少不免带到官里,照例要薄惩一番。便向僻道走去,准备到他小时拜过把子的朋友仇怀远家里,借了灯笼回去。

半路之中,猛见一大队的官兵,吆五喝六,把一例灯笼举得高高的,有两个兵士呜啦啦忽吹着号筒,从横道巡哨而来。

卢嘉宽不意同这队官兵撞个正着,便见一位腰系紧指挥刀的小小军官,撇着不三不四的北方话,劈口喝问:"这强盗是谁?谁?"

卢嘉宽本来心怀坦白,不畏检查,却怕到官里丢面子,只好省事无事,三十六招,走为上招,便倏地向狭巷中一蹿。内中有几个抱奋勇的兵士,知道这是路数了,一个个飞也似的奔入狭巷,不由分说,顺手牵羊,将卢嘉宽牵住,猛地套上铁索。内中有一个兵士,用铁尺在卢嘉宽膀子上打了一下,勒着眼珠喝道:"朋友,你那事犯了。"

接连那一队官兵齐打伙儿冲了进来，把这条狭道只挤得水泄不通。

　　论卢嘉宽这时的本领，本来可以对付一队的官兵，自家膀子上虽中一铁尺，并不觉得有半点儿痛。不过手脚不大轻快，所以才被官兵拉住。于今事已如此，自家是不曾做盗，没有杀头的罪，生怕再闹出大乱子来，那就吃不了要兜着走呢，勉强随官兵牵着走了。

　　其时，前清官吏，大都日夜不去过问公事，日间要拜会乡绅，晚间要陪着心头上人谈笑，哪有这许多工夫常问那些不关紧要的事？无如新化城里发生盗案过多，按清廷条章，三案不破，照例地方官要受处分，偏是这位新化知县全梅庵，是在公门中混惯的人，腰包里也缠得满满，都是在各某小百姓身上刮取得来，又会拿这来头很易的钱巴结上峰官僚，所以新化盗案，一案不破，全梅庵却同行若无事似的。但他做官的希望本欲再捞摸几个棺材本，哪里舍得把赚来的银子时时拿去饱饫上峰无餍之求，不免破例要认真办理盗案。但是真强盗竟不易捉拿，全梅庵反而有些焦虑起来。

　　这夜可巧正同姨太太说笑解闷，并未就寝，猛听爷们报说，营里送来一个强盗。全梅庵这一喜非同小可，忙不迭地坐上大堂，也不着令衙役在卢嘉宽身上检查检查，先向卢嘉宽问了几句，便拍着惊堂大喝道："你这东西，快把在本城所做的案子，以及同伙共有几人，一桩桩、一件件供出来！"

　　卢嘉宽道："小人祖籍是本县人氏，世代良善，小人也有几亩薄产，若指定小人便是强盗，恐怕这新化城里一个个都是强盗了。"

　　全梅庵也什九估定卢嘉宽并非强盗，适才被营里捉来，是一时的误会。但他不是读书人家子弟，全梅庵所怕的就是抓羊毛式的读书人，这卢嘉宽身无靠山，怕他何来？便想把新化城里盗杀案件，要着落在卢嘉宽身上销案，又拿起惊堂木拍得连天价响，怒道："这东西还敢狡赖？硬讨皮肉吃苦。"

边说边抓了一根竹签，掷下公堂，喝声："重打！"两边差役虎也似的应一声是，便把卢嘉宽的裤子褪下来。

　　卢嘉宽暗想，砍头我是不怕，这屁股怎能便给他打？姓全的太可恶了，却要硬逼我认下盗案，丢我祖宗十七八代的脸面，我且把他抓过来。想来心头一横，哪里还顾得许多，飞起一腿，把掌刑的踢下堂来，一声大喝，两边衙役吓得不敢进前，忙得忘拽走裤带，待要抓过县官结结实实地打他一个臭死，裤子掉下来了，浑身的气力都运用在两手上，脚下不由绊了一跤。

　　两边衙役暴雷似的便呐一声喊，拥上前来。早有一个皂役，下死劲在卢嘉宽小肚子上一踢，踢得卢嘉宽倒抽了一口冷气。

　　欲知后事怎样，且俟三十四回叙来。

第三十四回

抄家私众衙役欺心
劫法场小英雄救友

卢嘉宽被踢得一口气伸不出来。这时,全梅庵便令衙役拿手铐把卢嘉宽的双手铐起,特地取一封头号十斤半的大镣,在卢嘉宽两脚上连环钉了,方把他唤醒过来。

全梅庵也因为适才受了卢嘉宽的惊慌侮辱,不由便想出特别处置卢嘉宽的方法,也不必再向他追逼口供,吩咐差役将他收禁牢房。全梅庵登时将禁卒嘱咐了几句,坐着轿子出了衙门。

卢嘉宽那间牢房,像似专为他制造成的,极其广大,牢房里空无一物,只关着卢嘉宽一人。禁卒知道卢嘉宽不是没本领囚犯,怕他逃脱,用铁链将他双手在后缚住,一条辫子高高地吊在楼板上,四壁无依无靠,却不怕他寻死。大家轮流看守。

第二日,新化城里已哄成一片声浪,你言我说,谈论纷纷,都议论卢嘉宽失足到案的事。有的说:"怪不得这小子轻财任性,原来是一个坐地分肥的大盗,表面上看他是个寻常的人,骨子里却有这样的厉害。他的银钱得来容易,自然不知稼穑艰难,仍在这不关紧要的事上索性花去。"有的说:"这话倒难说呢!"

卢嘉宽起初对于金钱一事毫不吝惜,若在近几月来,手上又不比那时阔绰了,嫖赌的地方又看不到他的足迹所在,不明白他怎么打毁公堂,活像一个强盗。还有人暗地批评道:"卢嘉宽怕是冤枉,在我们新化做案子的,大家都晓得是女盗万巧珠同一个有胡子的老强盗,从没有看出卢嘉宽有强盗的行径,家里也抄不出一点儿赃物,怎么能说他便是强盗?"

这消息早已传入观修老和尚耳中来。观修今日午后,却不出去化缘,准备走到卢家问个明白。

原来卢嘉宽的外面朋友听说卢嘉宽从天空里掉下这么大的祸事来,从没有人到他家探问,生怕这瘟疫虫传染到他们身上似的。

于今观修到来,卢家的大门已被县公署的封条封闭,左邻右舍都说卢家的人已溜之大吉。卢嘉宽的妻子余氏也不知去向。

观修便悄悄向县衙探听,哪里明白他徒弟在今夜二更时分要处斩了呢?

且说全梅庵连夜到游击营里,要会游击方鼎,会谈秘密。方鼎在甜蜜蜜的温柔乡里,听说全梅庵来了,连忙穿好武装,出来相见。

全梅庵道:"那强盗卢嘉宽蛮横得了不得,一个人要打得十个人以上,昨夜贵营排长将他解到衙里,险些被他将兄弟的大堂打翻过来。若非他因裤子褪下来了,被皂班在他小肚子上踢了一脚,兄弟必然挨他一顿饱打。似这样厉害强盗,难免没有伙党前来劫狱,或者将他解往省垣,一路之上,若有人劙剿囚车,当然有一场厮杀,那就要闹出大乱子来了。须于我们的前程上面,大有关系。"

说到此处,又将卢嘉宽口供如何紧密、本领如何惊人,添枝带叶地替卢嘉宽吹上许多的牛皮,复又向下说道:"依兄弟愚见,不若今晚悄悄地将那强盗斩首示众。至于上头各大衙门,完全归兄弟一人负责,这城里各项盗杀案件,从此便告一结束,在老哥看,以为何如?"

方鼎沉吟了一会儿说道:"兄弟在三更以后,据甘排长进帐报告说,巡获卢嘉宽之事,兄弟因捕盗是兄弟的责任,至于如何处分强盗,并非兄弟职权所关,兄弟当然要听老哥的调度,不敢违拗。无如照事实上看来,这卢嘉宽的确不是在本城作案的强盗,想那丫头万巧珠,同一个大胡子的强盗,无论我们营兵衙役一股拢儿奋勇当先,都没法办理他们,而且他们也用不着这姓卢的脓包帮手,捉风捕影,是当差役和当兵的特别能耐,没本领捉拿强盗,打这般跛脚老虎,从灰堆里吹出裂缝来,倒成了他们一种惯例,于今也懒得向他们究问。若如此捉羊抵鹿,将卢嘉宽出斩了,要惹得真强盗笑话。斩了卢嘉宽,这新化城里依旧保不住再发生盗案。论他这个小小的性命,没有多大关系,我们都抵当得起。事情到了这一步,还顾得许多?简直近数月来,那两个男女强盗几乎把新化城里闹得一塌糊涂,不找摸一个没有相干的人销案,公事上也万难长此再敷衍下去。兄弟本来是一介武夫,没有什么深思远虑,老哥的主见比兄弟的高明十倍,难得老哥枉驾前来,老哥怎样裁度便怎样好。"

全梅庵听了,好不欢喜,遂同方鼎谈论多时,天明才打轿回衙。在姨太太房里温存一会儿,也把这事对她说了。全梅庵所以说出这话的缘故,是要在情人面前卖弄自家聪明机警。

那姨太太小字阿绣,是小人家的女子,颇知事理,听了全梅庵说出这没天良的话,得意得了不得,不由哭起来说道:"我想你积些功德,凡是可以赦免的囚犯,总该给人家一条生路。只求佛菩萨保佑我们,养下一男半女,你我才有个收梢结果。如若再做这绝子绝孙的事,那可不忍言了。"

全梅庵笑道:"这是哪里说起?我们只要今生快乐一辈子,要他的什么子孙?方游击有好几个儿子,哪一个不是废物?专在那'吃喝嫖赌'四个字上讲究,他的女儿已是要出嫁的人了,半夜里到花园内烧的什么香?房里的小丫头也得沾了许多的利息。这些话我听得便告诉你的,你是早已明白,方游击因为自己也管束不来,只当作儿是冤家,女是孽债,险些要气出老病来了。像这样儿女,就是几辈子绝了后代,也不要了。好心肝儿,你我没儿女,想来比上不足,比下有余,要比那方游击快乐得多呢!我不明白你哭的什么事,而且我已暗暗吩咐衙役打毁公堂,大有骑虎不下之势。千百件皆可以依你,这一件却不能依你。"

阿绣道："你哪一件公事是依过我的？早依了我，也不至到今儿还没有儿女。你的脾气，翻了脸就认不得人，我是个女孩儿家，生来胆小，又不敢触恼了你。"

说罢，又长叹了一声道："咳！这也是我命该如此。"

以下的言语却与书中没有关系，在下也不必替全梅庵谈家谱。

当日全梅庵备了一道详文，内中有言：

……该盗犯本领了得，党羽滋众，在狱难免劫脱，解省最费踟蹰。卑职会商游击方鼎，只好将该盗犯即日示众，免生意外之变，迫切上言，不胜栗栗……

全梅庵也知这案越职擅权，理合为上官驳斥，但他倚仗着各长官受他贿赂的次数居多，简直各长官像是公司里大老板，全梅庵便是各大公司里商店主顾，大鼻子是不硬吃象，开公司的大老板，也不肯轻易开罪商店的好主顾，何况全梅庵虽没有逼下卢嘉宽的供词，江洋大盗照例也不必拷出实供，有贼无赃，并不能指为大盗。然卢嘉宽已打毁公堂，俨然似做强盗的野蛮行径，各大衙里的幕友红人都有同全梅庵狼狈为奸，往常对于全梅庵的关节，在大老板跟前，大事说小，小事说了，无形中不知替全梅庵说过许多好话，所以全梅庵毫无顾忌。一面差人到卢家封闭财产，一面又再咨请游击方鼎调遣二百精兵，护斩盗犯，二更行事。

差人先到卢家抄没赃物的时候，可怜卢家衣服、首饰、现银三种，搜刮起来，值不到一百两银子。先前卢嘉宽那五十两银子送给观修做师资的，原从变卖谷子上得来，手里已把旧时的储蓄挥霍殆尽，又亏下许多百孔千疮的债负。于今债也清了，谷子也卖完了，田产又抵押了一半，四五个月吃喝用度，都拿衣服、首饰到典当里押当，当票倒捞摸出一大卷包。

卢家的人都已闻风而扬,差人早见余氏不曾逃跑,因为想捞摸钱财的心重,哪有工夫理她,偏偏不能如愿以偿,就没有地方撒气,大家商议将余氏轮流强奸。回头一看,哪里还有个余氏?把天花板都翻揭出来,却揭不出一个人来。

这回来封闭财产,没有多少工夫麻烦,只好用县知事的封条封闭了大门,便算完事,差人回来复命。

全梅庵待到天光昏暗,坐上大堂,令禁卒把卢嘉宽从牢房里提出来,验明正身,又令掌书的编好罪状,亲自画了一个行字,亡命牌标了犯由。

一时方鼎带领二百精兵已到县衙,由全知县、方游击二人监斩,二百精兵同差役们将卢嘉宽围在中间,一路来至法场。四围看热闹的,真似人山人海,都挤得伸不出气来,卢嘉宽早已喝了几碗追魂酒,吃了三片开刀肉。

全知县、方游击的座位约离执刑的所在有一丈多远,看卢嘉宽仍用铁链反手绑着,身上穿着赭红的衣裳,又听他提高悲凉凄楚的嗓音,胡乱唱了几句京腔大曲,霹雳似的大炮,凭空响了一声,二百精兵都是弓上弦,刀出鞘,不似到法场护防,倒像到战场打仗。又听得第二声炮响。

约莫将近二更时分,那半边新月已挂在树梢头上,两个刽子手执刀在手。卢嘉宽这时已收摄万虑,准备在这以浓血如酒浆的世界,枉送性命,也不望有人解救。就有解救的人,也断不至在这时才来解救。

轰隆隆的大炮响了三声,刽子手把刀一闪,陡然拿刀的手膀一软,这刀不因不由地掉落地下。那只膀子像和本身脱了关系一般,不听他使用了。那边一个刽子手正问他:"你怎么闪了手了?"刚待自家举刀向卢嘉宽颈上一横,这把刀扑地掼倒地下了,左手揉着右膀,两个刽子手都已倒在地下,猪一般地叫痛起来。二百精兵遂一拥上前,异口同声都骂刽子手脓包无用。早见一条白气凌空而下。

众兵士知道不妙，再看法场的盗犯已不见了。那白气距离地面有十丈多高，电也似的打众人头上飞去。有许多弓箭手，搭弓拽箭，向白影乱射，哪里还射得到，这白影已不知去向。众兵士都惊得你望着我发呆，我望着你叫怪。全梅庵、方鼎两位监斩官更是魂不守舍。那看热闹的人众一时乱动起来，你撞我的胸脯，我踹着你的足跟，一霎时，把个万头攒动的杀场嘈杂得要翻过来。还亏全梅庵、方鼎从中震慑，令官兵士们恢复秩序，各家散回。这两个刽子手的右膀上，像似有无数的绣花针在肌肉里乱钻乱动似的，痛得把阿娘都随口乱喊出来。

当夜，全梅庵及方鼎都被人暗中杀死，两人颈上各少了一颗头。两个刽子手因为右膀子上一夜痛得不能开交，天明各请人抬到万寿庵里。万寿庵还是一座万寿庵，并没有变成个千寿庵，那个医伤的老和尚固然不见，其余如观同、观海、观云、观井等，又不知到哪里去了，一个和尚也没有，只剩下数十尊金身木偶，只得各令人抬回家中。两个刽子手都痛得死去活来，实在没法可想，各自砍去了那只疼膀子，有一个刽子手在那砍去的膀子上剥开皮肉搜寻，所中的暗器却没有寻出来，从此各延一位没有多大经验的伤科医生，将砍伤医好，都成了一个废人。

后来湖南官厅对于这些案子，只雷厉风行办了几个月，到底不能把强盗凶手办理到案，新化又没有再发生其他的盗杀各案，就把这些案件无形地都和缓下来。

各事主因失了珠玉，却不肯再饶上许多的铁柜，都不是有能力追求官府的人。全梅庵又没有儿子。方鼎有几个冤家债主，巴不得他老子早死早好，他们就要驾上筋斗云了，除了破题儿一纸禀报而外，以后便没有闲工夫向官厅追问这事。

新化城里各案都松懈了，于今却要写到卢嘉宽身上。

卢嘉宽那夜被一个人劫去的时候，只见自家伏在那人的背上，那人的飞行功夫甚快，因看那人头上有一条辫子，便估着不是自家的师父，决定在潘得安、汪清扬两人之中必有一人。匆忙中也不知飞过多少路程,那人便一头飞在僻静的所在。卢嘉宽见那人穿着白色的衣靠,仔细一望,不是潘得安是谁？待要前来跪谢,潘得安只不答他,便替他解去铁链手铐,从身边取出一把钢锉,又锉了一对脚镣,把脚镣同手铐都抛在路旁,仍然背着他,一飞飞到潮州境界,落在一座野庙里面。

两人走进一间厢房,点了油灯,潘得安即向卢嘉宽道："老哥就请在这里略等一会儿,少刻兄弟即回来了。"说着,便闪出去了。

卢嘉宽等到天光快亮,都不见潘得安回来,恰见对面东厢房里,从窗缝内露出灯光,猜想潘得安绝在那里,连忙走到那窗缝跟前。停了一会儿,只听得里面有叹息的声音,像个女子。卢嘉宽只不知这野庙里怎么会有了女子在厢房里睡歇,一半疑惑她是妖怪,不由佯咳一声。

那女子听他这声音很熟,不由在床上翻身而起,隔窗问道："卢郎卢郎,你来了吗？"

卢嘉宽不禁眼泪滚下来,遂破窗而入,执着那女子的手哭道："余妹妹,你我可不是做梦吗？"

余氏未开言,早淌下丝丝红泪,说道："昨日公差到我家抄没财物的时候,我是个妇女,怕他们那强盗行径,要来横逼我,只好乘他们不备,溜出后门,可巧没有被他们察觉。但是家里的下人都跑得不见踪迹,我一个人出了城门,准备到娘家去,央求我的哥哥,请他到衙门里替你想法子。

"刚走出城门,便觉得有一个人在后面随着。回头一看,并不是公差的模样,各走各的路,我也用不着问他。不料他在后面紧紧地盯梢,约走有十来里,离我娘家没好远了,像我这柔弱不中用的女子,未跑过二里路,昨日因为匆忙之间,身边不曾带得分文半钞,腹中又饿,两脚早痛得如十百口绣花针,向脚踝里乱戳的一样,小腿上红肿起来,只好一步一步地向前挪去。他也随我慢慢地挪着。

"就走了这十来里路,已是暮色衔山的时候了。他见左右没有行人,便抢近一步,拉着我的双手,只把我小心儿吓得鹿鹿地跳,我便要喊叫命,他松开了我一只手,从身边取出一个布口袋来,把我捺入口袋里,好像立刻随他上了天的一样。

"我蜷伏在口袋里喊不出来,寻死也被他紧紧把口袋反手掩定,却叫我如何死法?我身子像似箭一般地向前穿去,约莫有两个时辰,好像我又从天上掉了下来。

"这时,他将我拉出口袋,冷冷地说道:'我是你丈夫的好友汪清扬,特去救你到这里来,你可不用害怕,且在这房里歇一会儿,自有同你丈夫相见的机会。'

"我见他不是滑头的神色,但他所说的话,我是将信将疑。他已将我领到这房里,反手将房门搭起,兀自走了。

"然我一个人睡在房里,胆小有些害怕。"

"怕"字才说出口,即听屋上有人打起哈哈笑道:"怕什么?我在这里保护着你,并不曾走。"

卢嘉宽一听,就知道是汪清扬的声音,好在窗门不曾关闭,这时天色已亮,瞧见屋上分明跳下一个人来,却是潘得安。接连才见汪清扬飘然而下,走进厢间。呀的一声,汪清扬用手推开房门,向卢嘉宽招手道:"老弟且到外面来坐坐,尊夫人在内,我们是要避嫌疑的。"

卢嘉宽道:"这可奇了,阿哥将贱内背到这里,怎么就不避嫌疑起来?"

潘得安代答道:"嫂溺援之以手,事有从权,汪兄弟不将尊夫人背到这里,便是豺狼了。老弟别要取笑,快出来谈一谈。"

卢嘉宽心里又是喜欢,又是感激,大恩不言谢,也就坐下来向潘、汪二人问了一会儿,才知他们第二日清早在庵里出来,已得到卢嘉宽下狱的消息。潘得安同汪清扬在背人的所在商量办法,潘得安的意思,因怕卢嘉宽功夫上火候不足,熬不住刑,要冒认杀人做强盗的案件。拟同汪清扬分头办理,潘得安担任劫狱的事,汪清扬买了一个布口袋,准备把余氏解救出来,在这庙里,同潘、卢二人聚齐。

这庙名为圆通庙,庙里并无和尚,只有两个看庙的老头儿,一个是潘得安的师父宋锦,一个是汪清扬的师父胡瘦蛟。余氏所睡的那张床铺,是汪清扬新铺成不曾睡过,西厢房里那个睡房却是潘得安的。

那时汪清扬走到卢家门前,早见几个差役拥进门来。汪清扬因为日间不便生事,便转到卢家的后门,恰好余氏从后门里溜出来。汪清扬本来不认识余氏,因见她愁眉泪眼,不像婢女的装束,便什九估着是余氏了。一路上随她走了有四五里,恰听余氏哭起丈夫叫起冤枉来了,所以十拿九稳,随着她走到黄昏时候,便把她救到这庙里来。

这潘得安准备在夜间劫狱,也不必去告知观修、观同、观海、观云、观井等人,身边藏了一把梅花针,径自到县衙里看相地势,却探不出衙门里半点儿消息。因为劫狱的时候尚早,便在一家茶馆里吃茶,恰好见观修打从茶馆门前经过。观修也看见他,向他丢了一个眼色,潘得安即还过茶钱,同观修一路回到万寿庵里,关起门来,大家到方丈室里谈心。

这时,观同、观海、观云、观井都已在座,观修道:"老贤侄可知我徒弟的现状吗?"

潘得安趁势把和汪清扬分头办理的事告禀了观修,便问卢嘉宽兄弟的现状怎样。

观修道:"余氏有了着落,老僧倒撇下一件心事,但我在县衙门外,见崔五赖子从衙门里走出来,这崔五赖子,小时曾拜给我做干儿子,为人胸无宿物,不守正业,在游击衙门里当兵。今天他见了老僧,便把这大袖子一拉,说:'徒弟多久不见老和尚了,我们到个地方谈谈,好吗?'

"我知他近来已升作马弁,他又在衙门里出来,料定他能知道我徒弟的现状,只得随他走着。走到一个荒场的所在,老僧便悄悄对他说道:'老五,你有什么话谈,可就在这里谈谈也好。'

"他见贫僧称他一句老五,不由快活起来,便低声告道:'今晚我们这新化城里太热闹了,师父可知道是什么热闹事吗?我告诉师父不妨。师父再告诉第二个人,我就派杀头。我不过因为师父没有看过杀人,特地告知师父,好使师父早到这法场上就近的所在站定,免得迟到一步,被人家占了好位置,那就看得不大清楚。徒弟又因这卢嘉宽杀得冤枉,怕是在今夜三更便结果了。他们做官的杀这种人,不怕促寿?徒弟请师父在一更天气就到这里等着。如果有官兵来冒犯师父,我向他们打几句招呼就是了。最好师父在那时候念一声阿弥陀佛,送他到西方去。'说着,便飞也似的跑了。老僧听了,不由大吃一惊。"

　欲知后事怎样,且俟三十五回叙来。

第三十五回

蠲私愤挥泪哭掌珠
划神拳当筵戏小友

话说观修刚说到此处，观同急插着道："咱们先在这里吃饭，等到二更时候，便去法场上劫人，咱们就拼着这劳什子庵不住，也要把卢师侄救出来。"

观云道："依我的意思，早要找那姓全的、姓方的了账，大师兄却有些不忍下手，看他们越发弄到我们自家人头上来了，今夜我去找那姓方的，请四师弟找那姓全的，你们三位师兄停一会子去劫法场，哪有办不妥的事？"

观井道："找那姓全的了账，第一个我是要去。"

观海苦笑道："洒家却也有些舍不得这座古庵，住了一二十个年头，连大殿上的砖头都数算过好多次数，哪里便肯舍去，事到如今，不舍也要舍了。大师兄是有决断的人，做事要爽快些。"

观修默然无语，一时眼睛不住地看着潘得安。却见潘得安脸上红得同吃醉了酒一样，两只眼中露出电光，一根根眉毛都直竖起来。

一时搬上饭菜，潘得安道："饭是不吃了，我要救卢兄弟去。"说罢，便要起身。

观修急拉着他止道："无论如何，我们饭后自有计较。"

潘得安道："好太平的话，卢兄弟现在牢中，望我们前去救他，真是寸心寸断，我们还有心肠吃这碗自在饭？老师叔死了一个徒弟,未必再收不到一个徒弟,我若死了这个好友,再从什么地方寻来？老师叔不肯舍开这庵,我是不能勉强,看我去打翻了那个鸟衙,救出卢兄弟来。"

观修道："得安,你疯了吗？老僧并不是那般凉血。我徒弟是不在大监之内,万一你前去打草惊蛇,那就杀了他。难道老僧决定要赖这庵里,不吃了饭,怎么好去办事？你没有心肠吃饭,老僧就忍心下咽吗？吃过饭,老僧同二师弟、三师弟帮你行事,但四师弟、五师弟结果那两个囚攘,必要化装为俗,虽然离开新化,不怕留下形迹。湖南道上,我们要行走的。大家干过这事以后,到省城福慧寺再会吧！"

潘得安听观修这样说来,勉强同他们各吃了两小碗饭。观修的意思,欲同观海在法场挤入人丛内接应,看潘得安得了手,就袖手,不得手,再动手。料潘得安的能耐办这件事,有无一失,大家一齐称是。

潘得安换了白色的衣靠,观云、观井头上都安了假辫子,换了俗装,穿起飞行衣靠。观修、观同、观海都是圆领大袖的宽袍,向来不肯穿那夜行衣靠,穿起来嫌不大舒服,准备在二更向后,分头出发。

一会子,陡然凭空像似响了一个焦雷,观修等却知是大炮的声音。

观修惊道："崔五赖子几乎害我徒弟！"

大家都暗藏着外人看不来的兵器,唯有观云、观井各带了一把戒刀,一齐出了万寿庵。潘得安飞离法场有半里远近,那第二通炮又震入耳鼓。估量观修、观同、观海已是到了,心里并不害怕。

潘得安倏地飞近法场,早一眼看见观修、观海站在一个穿武装的背后。一班看杀人的各把目标射在犯人身上,二百精兵都防外面有人来劫,看杀人的照例要各被丘八爷检查检查,有甚兵器没有。却不防三声大炮才响出口径,凭空飞下一条白影,居然被他用梅花针伤了两个刽子手，就这么不明不白的，那斩犯被他劫去，还赔了许多送行的箭。

诸君要明白，梅花针是一件什么厉害的东西？说来这东西细微已极，再穿上一个针眼，便像一根花针，针锋上并不用什么毒药，一根能放，一把也能放。没有练就得心应手的实在功夫，是不能放出来。这针打入肉里，顺着血脉向里走，越走越快，血脉便随它引导归根，眨眼的工夫，把伤处的骨节却松软，三日窜遍全身，其人必死。三个时辰以内，用磁石能吸拔出来，过了三个时辰，就用九牛二虎的气力，也拔不出这头发粗细、寸半多长的一根梅花针。

那两个刽子手各中了一根针，并没有窜出那只膀子，因为这针在初步的时候，窜得不大快，所以砍了打的那只膀子，便保全了性命。若要在膀子上寻出这根针来，却不容易寻到。

且说卢嘉宽听了潘得安、汪清扬这一段话，心里方才明白，便要来见宋锦、胡瘦蛟两位师叔。

潘得安道："这时天色已亮，我知他们两位老人家，每夜必到外省做些打不平的勾当，大略已回来睡觉。我们何敢去惊破他们两位老人家的清梦？再等一刻，便有人到庙里烧香，看见你这位尊夫人，还疑惑我们是在府上拐得来的。我方才回家向一个朋友借下几间屋子，不妨就先到这里住几时，等待湖南的风声一静，我送你到汪兄弟家里。那时你师父自有和你相见的缘分。我们的师父，迟几日包你得见，不用延挨，把尊夫人请出来一同走吧！"

汪清扬道："我这房里的行李是现办的，我没有盖着睡觉，并不腌臜，请你带去盖吧，省得一路上人见你没有行李，便疑惑你们夫妻不是正经路数。走吧，我也少陪你了。"

汪清扬同潘得安及卢嘉宽夫妇出了庙门，便同向湖南去了。潘得安雇了两部车辆，把汪清扬赠送他们的行李同车夫搬在车上，余氏坐了一部，潘、卢二人共坐了一部。

到了潮州,卢嘉宽便歇住在石剑鸣秀才屋里。

这石剑鸣彬彬有礼,爱惜身份,偏与潘得安一文一武,交结得来。石剑鸣夫妇与卢嘉宽夫妇同性投契,都存着相当的敬意。

那天,石剑鸣家有不速之客二人来,石剑鸣便邀潘、卢二人作陪,卢嘉宽见首席上坐着两个老头儿,一个面貌黧黑,衣服敝垢,八字式的胡子托齐胸口,一个身材矮小,形容枯瘦,两只污泥结满了眼睛上面,睁着了瞧不起人。像这两个老头儿,在不曾相识的人眼中看来,活像叫花堆里两个老罡头儿。所谈的一半是数千年前尧舜禹汤的学问,一半就说未来的什么争龙世界。

卢嘉宽听了,不大了然。却见潘得安、石剑鸣两人,对于这两个老头子执壶甚恭,这两个老头子有些傲慢不理。潘得安、石剑鸣也仿佛眼中只有两个老头儿,并没有瞧见卢嘉宽的意思,口口声声都称那两个老头儿叫仁叔、师叔。

卢嘉宽暗想,这可不是宋锦、胡瘦蛟?先向那两个老头儿拱一拱手。那两个老头儿也不招,卢嘉宽这时的一身傲骨,已被那两个傲人惨伏下去,料知他们必是两个了不得的人物。只得对着那两个老头儿磕头拜见。

那两个老头儿,一个枯瘦的,才慢腾腾地站起身来,伴指着他向潘得安问道:"这后生兀的是谁?"

潘得安低头答道:"是观修师叔大徒弟卢嘉宽兄弟。"

说着,又向卢嘉宽道:"这位老人家是胡师叔,那一位老人家是万……"

"万"字刚吐出口来,那万老头子忽地飘下几点泪来,淌在长胡子上。

潘得安接着把"万仁叔"三字说完了,又向下告道:"便是万巧珠姐姐的尊太爷了。"

卢嘉宽听说这长胡子是万巧珠的父亲,想起那夜在解巷的情形,心里又是凄惶,又是恐惧,跪在地上不敢起来。

万老头儿忙扶起卢嘉宽哭道:"那夜一半怪你,一半也怪我女儿的气量过于狭厌。后来她在我老妻面前诉说你的不是,听你已为观老的徒弟,她二十五岁没有嫁人,就满心想求观老做媒嫁给与你。及至访得你已有妻室,便见怕见她母亲。她的性情,从来是服软不服硬的,她母亲若是重重地责罚她一顿,不该老着脸不让人家,受了人家的羞辱,她把头砍下来,都要找你说话,伤害你的性命。偏是她母亲用好言劝她,说:'好孩子,你身子是干净的,人家又没有玷辱了你,杀了人家,撇下妻室老小,未免可怜。你高高手,人家就过去了,我的乖乖,这羞辱却不算是羞辱。'她本来天真烂漫,是因为你不该轻薄他,并不说自家受了羞辱。她母亲越是用好言宽慰她,她越觉没有面子见人,就这么悄悄地拿刀自杀,死去已经两月,真比挖我的心肝还痛。我只有这一块肉,一不能十分怪你,二不能十分怪她,只怪我老运不济。我们都是自家的人,以后总要在一块儿做事,怎能寻私仇而忘公愤。"说罢,更是泪流满面,跺脚不止。

卢嘉宽被他哭得内心难受,自家也泪如撒豆子似的纷纷而下,又跪下来说道:"巧姐阴灵不远,兄弟实在对不起她,一同去吧!"

话才说完,便一头蹿向门外丹墀上碰去。

万老头儿早使了一个掠空的架势,已把他抱在怀里,哭道:"你寻死反对不起她了,你死后,怎么丢撇你的妻子呢?于今我便认你做个女婿,我虽做那些勾当,得来的钱都在济人上面用得精光。我老夫妻死后,棺木殓葬,一切都仰托你。巧儿也含笑泉下了。"

接连胡老头儿也走过来,说:"嘉宽,你别辜负铁珊兄的心肠,那时反为不美。"

石剑云、潘得安也同声说道:"卢兄弟,还不陪你岳父吃酒?"

卢嘉宽仍是痛哭不止,大家入席坐定,卢嘉宽听他们言谈之间,已知这万老头儿便是万铁珊,胡老头儿是汪清扬的师父胡瘦蛟。

酒过三巡,石剑鸣见万、卢二人仍然面带泪容,心里便想寻出一个有趣味的事,打断他们的胸中苦痛,便在胡瘦蛟面前斟了一杯酒,说道:"昨天潘老弟到万老爹那里,请你老人家一同到晚生舍下来会一会这卢兄弟。晚生素知你老人家的胸中学问,不仅文学一层。不过你老人家和万老爹、宋老爹三人都是自甘清贫,不愿在浮云富贵场中奔走,所以都清苦到这般田地。潘老弟总云老人家们本领了得,可能赏赐一点儿面子给晚生开开眼界?"

胡瘦蛟谦逊道:"这是得安过奖,我这点儿功夫,比铁珊兄差得多呢,我哪有什么了不得的给你瞧瞧?"

胡瘦蛟说这话的时候,已猜石剑鸣的意思。

石剑鸣低头笑道:"长辈对晚辈还这样客气,我怕万老爹仍然要同你老人家是一样的话……"

胡瘦蛟不待石剑鸣说完,即说了一句:"献丑!"

只见他手里拿着一双筷子,上面均用银子镶裹,一双筷子合并着,用舌尖在银子上甩了一甩,这银子便与筷子脱离了关系,放在牙龈上,抵着嘴嚼了几口,吐出来,这银子已成扁圆形的小银块子,上面有一路的齿印。

卢嘉宽不由诧异起来,伸一伸舌头。万铁珊也揩了老泪。

石剑鸣叫上一个打杂的,给胡老爹换了筷子。

潘得安便向万铁珊笑道:"石先生已向胡老师叔要了面子,你老人家的意思何如?"

万铁珊撅着胡子,把头摇了几摇,说:"拿什么东西给我试验试验呢?这里没有人可杀。石世兄,你家可养猪吗?有猪就牵出来,我杀给你们瞧瞧。"

石剑鸣道:"有的有的。"说罢,便吩咐养猪的人牵上一只猪来到堂下。

有一个喂猪的小厮,一口气跑到杀猪作里,借了一把杀猪刀前来。

万铁珊道:"我杀猪不用刀。"一面说,一面即走下来。

小厮们七手八脚把猪捆了,那猪怪叫不止。

万铁珊向那猪说道:"畜生,我向来尚没有杀过不当杀的人,横竖你是免不了一刀,与其日后死在屠夫之手,不若我早点儿打发你回去,省得你活受吧!"

说着,急走离那猪有一丈远近,把头歪到自家的右肩上,叫令众人让开,一口气微微地对住那猪颈上呼着。那猪急大叫一声,颈项上一个窟窿里,已冒出有一盆的血,猪头并不曾同猪身分拆开来。

自家便笑着说道:"杀一个猪,也值得这么大惊小怪,可不要把诸位的牙齿笑掉了吗?"

这时,石家的人把猪桶抬过去。卢嘉宽忽地想起当日万巧珠姐姐,若用她父亲杀猪的手段杀我,我坟头上不是多久就长了草吗?可见我那时嘴唇上的红印,的是致命伤痕。

大家复又入席坐定,一时开怀畅饮。

忽然门外走进一个人来,笑着嚷道:"你们在这里快乐,就不携带我老宋,有酒我要吃三杯。"

大家都站起身来,潘得安走到那人面前,打躬作揖地称作师父。卢嘉宽见那人已是上了年纪的人了,然而鹤发童颜,岸然道貌,并不像有了年纪人的神情,一猜就猜着是潘得安的师父宋锦了,忙上前进礼。宋锦也还了小礼,潘得安即替卢嘉宽向他师父介绍一番。

宋锦对卢嘉宽仔细望了一眼,众人依旧坐下。宋锦不是不拘形迹,一屁股坐在末席,令小厮取来一只酒杯,要亲自提壶斟酒,却先在潘得安面前要满斟一杯。众人哪里肯依,潘得安更是坐也不是,立也不是。

宋锦即向他笑道:"我教给你的武艺,是爱你的,斟酒给你吃,也是爱你的,是好徒弟,就请吃了我这杯酒。"

潘得安没奈何,只得拜饮了三杯。宋锦也照例在大家面前斟过,自己也吃了三杯。

原来宋锦这天因出去做事,回到那野庙之内,要找胡瘦蛟下棋,汪清扬近前禀告,说:"胡师叔已同万仁叔及潘大哥三人,到石先生家里吃酒。"

宋锦一时兴趣勃发,特地赶来。当下宋锦便同万铁珊、胡瘦蛟两人划起拳来,八马五地乱叫。叫了一会儿,互有胜负,直把卢嘉宽弄得技痒起来。

宋锦仿佛看出卢嘉宽的神形,咕嘟咕嘟吃了几杯酒,尽性撕吃碗里的菜。

一会子,方向卢嘉宽点头道:"你也喜划拳吧!好,彼此相见,不妨就借这拳头消消闷儿。"

这些话分明打入卢嘉宽的心坎里,却见潘得安对他挤眼巴、丢脸色,意思是让卢嘉宽不必自讨没趣。卢嘉宽暗想,我不时别的没有胜人的所在,就会划拳,往常沉溺在花天酒地,和一班淫朋赌友划起拳来,我没有输过酒吃。宋师伯划拳的本领虽精,未必能胜似我。不过我要慎重一点儿,不能叫师伯罚酒,无意中得罪了他。卢师弟向我挤眼弄脸,想必就是这个意思。但是我不能便装佯输给了他,惹大家笑话。遂向宋锦笑道:"老师伯要我吃酒吗?"

宋锦也笑道:"你就随随便便地划几下子,不要因为我是长辈,反而拘束起来,你想必和同辈中人划的回数也不少了,我本不是有意罚你的,但不妨和同辈划拳的法子划来。"

宋锦遂与卢嘉宽准备划拳了。两人的手刚才接触,卢嘉宽把手缩回,眼泪鼻涕地叫痛。众人瞧他那一只手,已肿得像个馒头,红得像个红佛手。

宋锦道:"怎么你不谙这划拳的路数吗?"说罢,用手在卢嘉宽手上揉了几揉,那手又恢复到旧时模样。

宋锦又笑道:"你以后可不要轻易同我辈中人划拳了,我做长辈的，本不当捉弄你做晚辈的。划得过你，我脸上也没有什么光彩，划不过你，竟辱没我神拳宋锦了。不过我见你表面上虽谦和，骨子里仍有一种自矜的习气。像你这种样子，一落到我辈中人眼角落里，谁也要折服你的傲骨。"

当日席散之后，万铁珊便认下余氏为自己的义女，拉着宋锦、胡瘦蛟一同去了。

卢嘉宽夫妻住在石剑鸣家，一切衣食什用等费都由潘得安、石剑鸣轮流供给，卢嘉宽知潘、石都是这潮州的大族，两家的财产并不丰厚。潘得安因自家没有妻小，所以不便把卢嘉宽夫妻搬到他家里居住。

光阴好快，一混已是半年，潘得安探知卢嘉宽的案子，湖南省府州县先前曾画影图形，到处捉拿卢嘉宽，于今已延缓下来，渐渐地撤销了。万巧珠已死，万铁珊怕卢嘉宽的案子越发因他膨胀起来，便不在湖南各府州县作案，希望卢嘉宽回转湖南，所以叫潘得安将卢嘉宽夫妻送到湖南汪清扬家。这时潘、汪二人的武术已成。宋锦、胡瘦蛟在临去几日以前，面别他们的徒弟，自言入山修道，不知去向。万铁珊老死在卢嘉宽那里，卢嘉宽如丧考妣，四时祭祀不缺。观修自从卢嘉宽艺成出山之后，便带领观同、观海、观云、观井，悄悄离开湖南福慧寺，到各省游方去了，他们动身的时候，卢嘉宽临歧送别，赠送他师父一串一百单八颗枕骨牟尼珠，观修一笑而受。

汪清扬的父亲本在湖南开设怀远镖局，汪清扬继承他父亲的遗志，他父亲死了，汪清扬自家管理镖局生意。卢嘉宽也在怀远镖局里做帮手，汪清扬后来生两个儿子，大儿子名唤成龙，二儿子名唤成鹤。

卢嘉宽却有三男一女，长炳南，次炳中，第三胎是个小姐，花名唤作翠凤，第四子名炳成，生产的时候，他夫人余氏得了个产后惊风的症，一病而殁。

卢嘉宽的意思，并不预备续弦，因为怀远镖局里生意甚好，湖南道上的响马,一个个都晓得汪、卢二人的本领了得,不但他们保的镖是不敢动手,反而相互大小的头目,对于"怀远"二字的旗号,还在暗中照护,若探出是别家镖局的车辆,那就老实不客气,至少也要剽劫一半,所以怀远镖局里生意,便觉大忙特忙。

卢嘉宽又要管理镖局里事情,又要遵守他师父的意思,去做那些除奸杀霸的勾当,分不开身来抚问这三男一女,便娶了人家一位三十来岁的老姑娘,小名唤作孙四姐的,做自家的继室。岂知孙四姐过门以后,便弄成许多丑事。

欲知后事怎样,且俟三十六回说来。

第三十六回

风掀帘动侠女惹情魔
蛇影杯弓呆儿遭谤语

话说孙四姐本来是一个温柔慈爱的女性,于今已长到三十四岁,在卢嘉宽实行其事的那天晚上,做梦想不到惊出她是个红花烈女。夫妻相敬如宾,向没有交谪的声音。待小儿女又是多般的好,一个个如同在她自己肚子里爬了出来。但是她疼惜小儿女的意思,疼到极处,就因这姑息之爱,所以杀害小儿女的路数,也杀到极处。

孙四姐出室三年,自己又没有生过男女,越发把炳南、炳中、翠凤、炳成几个宝贝捧上九霄云了。他们哥哥、妹妹、姊姊、弟弟都是怕老子不怕晚娘的。

卢嘉宽因为外务过多,家里的儿子、姑娘没有闲工夫管教,而且这时卢炳南只有九岁,炳中、翠凤是双胎所生,才交七岁,卢炳成尚在怀抱,今年是四岁,儿子、姑娘都小得很,也用不着怎样地用家庭严厉的方法拘束他们。但见他们有时讨厌起来,卢嘉宽照例要略略打罚他们一顿,都被孙四姐劝阻,卢嘉宽也只得饶了。

卢嘉宽第三年害痢症死了,三男一女都像乡塾里蒙童死了先生的一样,更加撒野得不成话说。

汪清扬因是朋友的儿女,自然看顾他们与别个不同。眼看他们一个个挨肩似的都已成人长大,都是生得粉装玉琢的一样,论理也要抽出一点儿工夫,每晚要教给他们的武艺。他们对于习武一事,满心欢喜,看汪清扬那种神威慑人的样子,也存着几分畏惧的念头。不过对待那个晚娘,先前是阿妈阿妈地不离口,以后娇惯出脾气来了,加之他晚娘瞧出他们不正经的路数,明白是由自家惯出来的,不免责说了他们一回。

第一个卢炳中先不肯依,说:"我们都不是你养的,怎配你管?"

翠凤哭道:"我的娘是死了,怎么又弄出一个娘来?"

卢炳南更说得不成话了,说:"你明白些,听我们的话不错,你不过陪我父亲睡了几年,你就这样管起我们来了。嗣后可不要搭这架子,谁是你的儿子、姑娘?万一再鸡声鹅气在我们跟前啰唆,就得请你两个山字叠起来,赶紧滚蛋。"

卢炳成把手指竖在他晚娘鼻子上,摇头晃脑地说道:"孙四姐,你是个懂人事的,就不用再嚼咀了,更不许你在外人面前说出我们的一个坏字。可巧这时候夜静更深,关起门来就是这几个人。哼哼!若是有别人在座,我们就得将你心肝肚肠子都挖出来,用五十文大钱,买三张芦席,把你拖到义冢山上掩葬。我们远走高飞,便完你的账,你做鬼也咬不了我这个。"边说,边反手向自家兜裆里一指。

孙四姐直惹得大哭起来。却巧桌上放着五寸长裁纸的刀,孙四姐便握着那把刀就向咽喉戳下。还亏翠凤有点儿不忍之心,便把刀夺过,趴在孙四姐的怀里,抱着她脖子叫道:"阿妈,女儿再不敢了。我们的不是,都是阿妈疼出来的,这时就请阿妈重打我们,打的儿女身上的肉,就是痛的阿妈肉里的心。"

炳南、炳中转而怕这些事噪出来,不说别人,汪世伯第一要打得我们寸骨寸伤,遂齐声笑道:"我的亲娘呀,儿子、姑娘都是说的几句玩话,俗语道得好:'福气福气,有多大的福,即受多大的气。我娘本当不能饶了我们,重则处死,轻则也要将我们打得狗血淋头。若看在我们死鬼老子身上,我娘也该留点儿情分。"

卢炳成道:"寻死觅活地做什么?老实说几句吧,打今日起,你别要再说这些话,我们就听你的教训,一是一,二是二,叫你母亲,你自己不识相,就不能怪人了,唯有那一种法子对你。"

孙四姐见了他们的神情,心里也软下来了,一面哭,一面说道:"有几个做爷娘不爱儿女?儿女所吃的饭,味在爷娘口里,儿女所穿的衣,多在爷娘身上。你们虽隔了一层肚皮,就换了一个心,可知娘平昔疼惜你们,尤其是炳成为甚,并不是娘要假面子的。谁料你们做出那些鬼祟事情,哪一件瞒得娘的眼睛?叫娘心里悲痛。娘与其生在世上,叫炳成要拿刀挖娘的心,不若自己动手结果了自己,反而顾全你们的名誉。可怜娘一死也没有脸见你爷了,还比拿刀挖娘的心痛上加痛。"这些话,把他三男一女各说得流下泪来。

卢炳成再也狠不过去,拉着哥妹,都跪在他晚娘面前赔罪,求他晚娘第一不能把这些事贯入汪世伯耳朵里,大家都一切改过了。

孙四姐也只得忍住心痛,自此后,卢家的儿女虽不敢怎样违拗孙四姐,然而各人有脾气依旧不改,但比从前更加严守秘密。

这时,潘得安在风尘中落魄多年,经湖南总督吴静孙的提携,先做过两任的游击,连升至湖南提督,闻知汪清扬镖局里生意颇为发达,只有卢嘉宽夫妇已逝世多时,故人西去,容易惹起胸中的哀痛,也曾在卢嘉宽神主之前荐只鸡、进斗酒,洒了几点老泪。卢炳南、炳中、翠凤、炳成等兄弟姊妹也到潘得安那里回拜,男宾当由潘得安招待,女宾由潘秀娟小姐殷勤款洽。

这潘秀娟小姐,已是二八之年,母亲又去世得早,潘得安也没有娶过姨太太,娟儿除了每日随父亲学了几手拳脚以外,只有几个侍女陪她在闺中看书,觉得这样生活,闷闷无聊。触景生情,是小儿女不可避免的阶级,方才迎接翠凤进来的时候,猛然风掀帘动,一眼瞧着大厅上坐着几个男客,内中有一位彪壮年轻的粉面少年,岁数同自家差不多,容貌却同这翠凤是一般无二,一线情丝,便不由得牵到那粉面少年的身上。那粉面少年无意中也向娟儿看了一眼,娟儿惹得不好意思起来,懒洋洋地拉着卢翠凤回到自己的深闺。酒席间,同翠凤谈了许多拳脚上的路数。

更阑人静,娟儿便挽留翠凤在房里倾谈一夜,瞧着侍女都不在眼前,遂向翠凤笑问道:"凤姐姐,你家那晚娘待你可好?"

翠凤道:"甚好。"

娟儿道:"你家哥哥待你可好?"

翠凤道:"好好。"

娟儿又问道:"你家那兄弟待你可好?"

翠凤听罢,桃花面上堆上了朵朵红云,低低地也说了一个好字。

娟儿听了,暗暗诧异,因想,我不过问她那兄弟待她好不好,为什么反惹得她害起羞来?当然她是一等的正经人,用不着对她狐疑。但她这种害羞的样子,我越发要拿她来开开玩笑。想着,便又向下问道:"凤姐姐,你可曾配过亲没有,你哥哥兄弟可有新嫂子没有?"

翠凤听问,越发满面通红,羞得抬不起头来,半晌才回答说:"都没有的。"

娟儿再也不好意思问下去了。

当夜无话,来日,翠凤便辞着娟儿回家。

适值翠凤的表姊孙月娥到提督衙里来拜娟儿,娟儿因为是翠凤的小姊妹,自然款待她同翠凤一样。

娟儿向月娥笑道:"你那个表妹,端庄持重,我见犹怜,为什么我向她说你兄弟待你可好,她登时面红耳赤?又问她说可配过亲没有,更惹她羞得无地可容。当今时代,像她这样害羞的女子,诚可算得闺中之凤。"

月娥抿着嘴一笑,向左右望了一眼,也不回答。

娟儿是何等的伶俐,瞧见月娥这样的神形,猜着必有一种的缘故,支开几个侍女去做针线,便探问月娥的语气。

本来月娥从不肯把翠凤的秘密宣揭出来,但因近来与翠凤感情之间已是貌合心离,当下对娟儿点头笑道:"小姐,你这话已搔着她的痒处,打从今日起,我怕那凤丫头再不到你房里来了。"

娟儿惊问:"是什么缘由?"

月娥道:"她和自家兄弟粉面四郎很交好呢!"

娟儿道:"同胞手足,有一个,好一个,何待一说?只恨我没有兄弟姊妹罢了。"

月娥道:"我告诉小姐,可不要害羞。这件事除了我,外面的人一点儿也不知道。因为我常到她家看视姑母,无意中瞧见他们兄妹的秘密神情,唇腮贴着,活像一对儿小夫妻似的。"说至此,又低低地向娟儿说了一会儿。

娟儿听了,哪里便信有这件奇事。

原来卢炳成打从他父母弃世以后,便在他晚娘脚底下睡。孙四姐最是疼爱翠凤,放在自家床里边睡。有时卢炳成爬入翠凤的被窝里,由这一头钻到那一头,抱着翠凤的脖子睡。孙四姐因为孩子都小得很,又是一个娘养出来的,就索性让他和翠凤睡。

这翠凤又喜欢她的兄弟疼人得很,每吻着他小兄弟的小嘴儿。七八岁的小姑娘,对于自家四五岁的小兄弟,本来也有这样天伦的爱意,孙四姐也不加禁忌。哪一夜翠凤不和炳成同睡,两人都哭嚷地不肯睡;哪一夜翠凤不在炳成小嘴上吻几下子,炳成是不能睡。

后来孩子都已大了,胡四姐便将他们拆开去睡。但他们总是童年卯角,两小无猜,从此月下钟情,花前接吻,玉也似的惹人感触,火也似的炽人心灵,肉欲上虽不至于这般如此,心窝里却各有说不出来的折衷。由游戏而寓生爱情,这爱情便是孽情的根种。

于今一当成婚之岁,一在及笄之年,表面上虽做不来,骨子里各抱着不嫁不娶的念头,双方都严守秘密。但温存熨帖之间,终究要露出一点儿马脚来，所以卢家的人总瞧出他们的路数。

孙月娥也常在卢家走动的，这件事怎能瞒得了她一双法眼？但是潘秀娟听月娥这惊世骇俗的话，还怕月娥同他们兄妹不大和洽，红口白舌地在自家面前嚼这个蛆，糟蹋他们的名誉。潘秀娟本来也具有爱情根性，脸子就老得很，但她把自己的人格看得十分重大，就是她爱上你，只可明媒正娶，讨她做个老婆，却不许你吊她的膀子。耳听月娥越说越不像话，潘秀娟便不大理问，唤上一个侍女，铺好了被窝，自家便上床闭目躺着，意思是下逐客令，打发孙月娥快些滚蛋。孙月娥也只得没精打采地径自向侍女招呼一声去了。

于今却要写到卢翠凤身上，卢翠凤一路上暗想，这潘秀娟真是傻子，一会面就挑我的眼花，我和四兄弟的首尾却被她言语之间探实我的神情。我看见她也不是个正经人，见了我四兄弟，就像真魂不在身上，想必四兄弟已采了她的花，所以再相逢便情不自禁起来。她是个深闺小姐，怎么明白我们的路数？绝对和四兄弟以前款洽的时候，无意中在四兄弟口中问出一些形迹，就这么的拿我开心。我回去只好向四兄弟问个明白，你果然同我好，就不该偷偷地再采人家什么花，就不该把这些事说给人家的耳朵里，你有几个头要杀？

卢翠凤想到这里，心内怄气，面子上且不显露出来。一时回到家中，坐在自己房里，只是怏怏不乐，专等卢炳成到她房里问个牙清齿白。等了一会儿，却不见卢炳成到来。

忽听得房外有脚步的声音，卢翠凤疑惑是卢炳成来了。却听那人咯咯地一笑，便从窗缝格子里瞧见又有个人闪了过去。这人一落到翠凤的眼里，便看出是他二哥哥卢炳中了。即见他表姊孙月娥，蓬松着云鬓，已咯咯地笑了进来。

翠凤即斟下一杯茶来，双手递与月娥，脸上却露出不自在的神情。月娥接过茶来，已知这茶有些冷了，便不肯吃。

卢翠凤道："姊姊敢是嫌我的手腌臜吗？不嫌腌臜，就得吃我的这杯茶。"

孙月娥低声笑道："我的手才腌臜呢,你受了人家的调侃,便要在我身上撒气,我是不肯瞒你的。你大哥方才奸了我,你二哥哥又要请我去拉皮条。你看我这头上的幌子带出来,就斟冷茶给我吃,可不是转来调侃我吗?"

翠凤道："我不是过来人,怎么晓得你这时不吃冷茶?好姐姐,你说我是被谁人调侃?"

月娥道："不用装样儿了,我昨儿会见你大哥哥,他说瞧见那潘提台小姐,比我还生得俊,所以我当晚便预备会她,看她是一个什么玉人儿。我娘是不会管我,我四姑母却怕我明修栈道,暗度陈仓,夜深更静,到你家来同老大干些首尾,就阻止我门边不出。今天早上,我知四姑母是不用再管我的,便借着寻你的名义,去会那潘小姐,玩一天。原来她那副脸蛋子果然比你还俊,别说我呀!不知谁人告给了她,她对我卖弄自家的眼力,说穿你们的秘密。我想没有人告诉她,绝对不会知道。三妹妹,我看这个人怕是老四……我们生小在一块儿玩,兄弟姊妹,男欢女爱,本是常情,就如我同老四也说说笑笑,你就疑心生暗鬼地冷待了我。其实我小娥妹妹也同老二生了关系,他有时不拘一格,要老四吃她唇上的胭脂,老二就不泼醋。其实我对你没有安着歹心,我听人家说出你的秘密,大有刻不容缓之势,就回来告给你。却被老大一头撞见,喽咳了一会儿,你大略又疑惑我同老四成起交来,倒出冷茶来捉我的鬼。今早我四姑母已把老四带到我家,生怕你回来和他有些亲热的神情。我想老四这时也未必把你嵌在心坎。"

孙月娥说这话的意思,是因为适才在潘秀娟的房里讨了没趣,便在翠凤跟前隐隐约约地栽证卢炳成和娟儿有了私情,坏人家闺秀的名誉,出她这一口气。这句话却分明送到翠凤的心坎里。

忽地月娥向房外低声笑道："喏喏,老四来了。"

卢炳成走进房来，先笑向月娥拱手笑道："姐姐同小娥姐大喜呀！"

说得月娥出了一会儿神，忙问道："老四，你是哪里的话？"

卢炳成笑道："我娘大略瞧出你们两位姐姐神情，同我家大哥哥、二哥哥有些不尴不尬的，于今想着你们没有婆家，终不成事体，所以同舅母商议，已将你们许配两个如意郎君了。你可真不知道吗？"

月娥急道："没有的事，老四休打趣我。我们死也不出嫁的。"

卢炳成点头道："姐姐们都是姑娘家，赖在家里，终非了局，所以我娘同舅母把你们的首尾带露不露地说出来，准备请汪教师做媒，把你嫁给我大哥哥，小姐姐嫁给二哥哥，我那两个哥哥，哪一样配不上你们？你赖在家里何来？"

月娥不觉喜道："可是的吗？老四别要哄我。"

卢炳成道："我发咒给你听，我果然是哄你，就死了我这个三姐姐。我在你家，听到这样的喜事，可是估量你会跑到我家来，想回来给你送个喜信，又猜着我亲姐姐也该回来了，想陪她解解闷儿，却被我娘看护我不放。我在你家，坐也不是，立也不是，简直像似热锅上的蚂蚁。好容易在我娘跟前调了一个枪花，说到汪世伯那里去，我娘才放心使我回来。姐姐，像你们已经如愿以偿了，我和三姐姐是怎么样？你们可不要过了河就拆桥，往日大家都发誓赌咒，各人心里都有各人的路数。以后你们都做了我姊妹俩的新嫂子，凡事也该原谅一点儿才是。看我同三姐姐玩得不成体统，也非了局。你方才背地说我不把三姐姐嵌在心坎，未免就冤枉我了。"

卢炳成进房的时候，就瞧见翠凤只是闷咄咄的，心里就想，在向月娥道喜的话上，安慰翠凤的心情，惹她一笑。其实我这时的意思，已明白自家姊妹只好就这么玩玩，谈不到什么进一步的慰望，我不能不配亲，我三姐姐也不能不嫁人，前日的念头，大家都激烈了。只望她将来嫁一个人,能得安享家庭乐趣,便抛撇了我,我并没有什么不愿意的。只怕她仍是糊里糊涂,我就害了她了,她也害了我了。汪世伯若明白我家里的情形,休得说汪世伯不肯宽饶我们,叫我这张脸却放到哪里去呢?但怕我三姐姐脾气过于拘执,我看她这样闷闷起来,像似害了病的一样,其中也许有怨望我太规矩了。待我同月娥说过话,再把自己的就近意思说给与她,劝她宽一宽心。万不指望翠凤这脸上气得又黄又白,坐在床沿,向卢炳成苦笑道:"炳成,你到我这里坐一会儿,我有话要问你。"

卢炳成听了,只得在翠凤身旁坐下。

翠凤陡然向他脸上啐了一口,说:"死不了的东西,你这时还有脸面见我?我恨起来要拿刀割你的舌头。"

卢炳成断不料翠凤此刻会使出这样泼辣态度,说出这气死人的话来。好容易挣出一句,说:"三姐姐,你怎么恼我?"

翠凤一声不答,兀自鼓着小腮颊。月娥故意闪出房来,溜了回家。

翠凤又猛地将脚向踢板上一顿,说:"我好苦呀!我只恨……"

这时,卢炳成急得流下泪来,说:"姐姐,你我的苦恨不是一样的吗?"

翠凤哪里肯说出真情,便一把将卢炳成拖出房外,说:"炳成,你一年小二年大了,我这房里可不许你走来。万一再存着那猪狗的心思,我就要喊了。"

卢炳成暗想,她向来不曾和我红过脸,这会子敢是硬着心肠,同我避别嫌疑?早知她有这一出戏,我何不……想到这里,便揩着脸走了。

卢家姊弟的热情,从今打断。

孙四姐请出汪清扬做媒,将两个内侄女儿作成自家的媳妇。

汪清扬看卢翠凤端庄妙调,又请潘得安做媒,讨翠凤做汪成龙的媳妇,孙四姐满心欢喜。翠凤却因她四兄弟最是靠不住的,就嫁了汪成龙。

潘得安因卢嘉宽在日,和自家的交情如足如手,又见卢炳成年轻貌美,所学的武艺也很不错,想招他来做女婿,也托汪清扬从中作合,果然男家想攀龙附凤,没有个不答应的。潘得安喜之不胜,告知使女与娟儿,娟儿把脸一红,哭起来问道:"阿爷,你怎么不把女儿嫁别人,偏要叫女儿嫁个猪狗?我在阿爷跟前,情愿自己做个奴婢,自吃自做,也是情愿,宁死不肯嫁个猪狗。"

潘得安道:"我儿这是什么话?我看那卢家小子生得五官端正,面白唇红,不是什么坏心术的人。你如何便说他是个猪狗?"

娟儿便差开房中的侍女,向潘得安道:"孩儿的性格,父亲是知道的,这事可瞒得别人,不许发人家的阴私,如何能瞒阿爷?"

说至此,便将孙月娥那日对她所谈的话,以及自家所以探出翠凤的神情,向潘得安逐层逐节地说了,便低声问道:"阿爷,你看他可是一个猪狗?"

潘得安道:"这是没有的事,你不可错信人家糟蹋他们姊弟的话,我看他家兄弟姊妹都是端庄持重,谁也不信有这不可告人的孽情。"

娟儿道:"孩儿起初也不大相信,谁料那东西在三日之前,不是汪成龙前来替他讲情,险些给他了账。孩儿是不甚害羞,在阿爷跟前,怎忍不说出这害羞的话?"接着把卢炳成那夜单刀直入的情形,粗枝大叶说了一大篇。

潘得安便气得直跳起来,说:"卢嘉宽竟会生出这些现世报来,我先拿那小子治罪,送他到断头台上。"

究竟什么叫作单刀直入,欲知后事怎样,且看三十七回叙来。

第三十七回

深闺惊怪客气凛冰霜
野店遇人妖形同傀儡

却说卢炳成那日受了翠凤的老大奚落,即立刻同她斩断情丝。接连翠凤又出了嫁,孙月娥已嫁给了他大哥哥卢炳南,小娥又同他二哥哥卢炳中成了眷属,大家都和意中人在一张床上温存起来。偏是翠凤同汪成龙伉俪之情,极其浓厚。但她对于卢炳成言谈之间,不假声色,卢炳成深恨这一颗心不为翠凤所原谅,纵然她和我避别嫌疑,如何就视若仇人一样?我和她名为姊弟,何况从小在一块儿有玩有笑,迥然与别家的姊弟不同,我在什么事上得罪了她,连同胞骨肉之情都抛向九霄云外?我不是个禽兽,这颗心连她都不能见谅,还有谁来谅我?我倒要准备问问她是什么缘故。

这天恰好是翠凤归宁的日子,月娥、小娥都帮着她晚娘在厨下办饭,两个哥哥又陪着汪成龙在前厅上碰和,只有翠凤兀自坐在自家旧时的房里卸妆。卢炳成就便愁眉苦脸似的走至翠凤房中,未开言先流下几点眼泪,就跪在翠凤面前,把眼泡揉得又红又肿。

翠凤道:"你还不把我当作死掉了吗,这房里怎么容你有立足之地?"

卢炳成见翠凤说这话的神情来得甚是严峻,便低低地泣道:"我怎忍听你这个死字,你难道不明白我这时的苦心,我们起初是怎样要好的?你本是我的亲姐姐,我怎么不配到你房里说几句话?"

翠凤道:"既然如此,且在这里站一会儿,下次可不许这样了。"

卢炳成便爬起身来,揩拭了眼泪问道:"好姐姐,我是哪一件怒恼了你,简直把我看得连路人不如?你说出来,我就死了也做个明白鬼。"

翠凤道:"你还问这些怄人的话呢!炳成,可不是我辜负了你,你好歹也不懂得,我们当初是如何严守秘密,你我的念头原不使有第三者掺杂其中。谁料你专去同外边姑娘们吊膀子,把自家丢脸的事都说给出来。像你这种人,还有什么意思?这时候我没有多久工夫和你相谈,潘秀娟大略要想到你了,去吧!"

卢炳成泣道:"我如何就不能多站一会儿?好忍心的姐姐。"

翠凤道:"这个我绝对不许,你要问我恼你的情形,不但你自己明白,我家大嫂子也说出个所以然。我说一句放肆的话,你不是我兄弟了,这里怎容你久站?赶快地去!去!"

卢炳成方要再说下去,忽然孙四姐走到外面,叫炳成出来。

卢炳成勉强走出房来,恰见他晚娘皱眉问道:"炳成,你眼睛上怎么肿了?"

炳成扯谎道:"是被灰沙迷了的,我揉了几下,就红了。适才到房里请三姐姐挑沙灰的。"

孙四姐道:"我本来是疼你的,因你这样十六岁的人,还是闹得人神不安,也没有心肠疼你了。"

卢炳成也不理他晚娘,满心想找月娥问话。因碍着人多眼众,不便启齿。回到自己的卧室,不免愁肠百结,意绪万千。躺了一会儿,坐了一会儿,踱了一会儿,总觉一个人愁闷可怜。

其时天色已晚,遂到前厅陪着汪成龙吃了晚饭,哪里有这心肠能吃许多,好容易延接到三更以后,这晚照例要随汪清扬学习武艺。因为汪成龙是个新姑老爷上门,大家都要玩一夜的,却不必去拉弓习马。但卢炳成因想当日在潘提台酒筵之上风掀帘动,恰好同潘秀娟的眼珠碰个正着,心坎里已各存着倾爱的念头。今日又听翠凤语意之间,似乎说他们有了首尾,被娟儿看出自家姊弟的情形,便想用单刀直入的手段,一则同娟儿成了好事,安慰那日相慕的心思,二则要趁此向娟儿问明,究竟是谁人在她面前嚼舌头,并禁止娟儿把这惊世骇俗的话声张出来。

拿定主意,悄悄地藏着单刀,瞒过了众人,一溜溜出后门,纵身蹿上了屋,飞檐走壁,顷刻间便到了娟儿的绣房所在。听了一会儿,便轻轻蹿下屋来。见房里尚点一盏银灯,房门好像是虚掩着的,轻轻推开了房门,哪里有什么娟儿,连一个使女也不见。房里也极其华丽,尤其是床帐被褥之类,花团锦簇,香气扑人,像一个神仙窝。卢炳成即有些心摇神荡起来,因想,潘小姐也是个练把式的,这会子还未睡觉,大略从她父亲练习未来,我但在这床上躺着,闻一闻这被窝里的香气。心内是这么想,事实上哪里办得到呢?

猛然听得房外有些声响,接连便见神仙般的一个女子站在他面前,真是横眉竖目,脸上很露出英锐之气,不是娟儿还是哪个?

娟儿向卢炳成脸上一指道:"这畜生是哪里来的,可是想偷我房里的东西吗?"

卢炳成明知这件事是不能轻易强迫的,遂跪下来央告道:"小姐,我多久要问你几句话,因为你是千金小姐,不在夜静更深到你这里,是没有同你问话的机会。并非来偷东西,或者我若有轻视小姐的意思,就派杀头。"

娟儿怒道:"不偷东西来干什么?有话快讲出来,讲得好,就放你走,讲得不好,就杀你的头。"边说边从衣底下抽出一把雪亮的刀来,握在手里,且听卢炳成讲说什么。

卢炳成叩了一个头起来,却见娟儿那种英风飒飒的样子,可见她不是等闲儿女之辈。早冷了半截,站近了怕更加触她的雷霆之怒,站远了又怕自己所说的她听了不大清楚,只好向后退了一步,冷冷地问道:"我姊弟本非禽兽,谁在小姐跟前说我们姊弟有禽兽的行为?就请小姐开恩,告给这其中的谤语。"

娟儿道:"是我眼中看出来的,你不是个禽兽,我就走眼。"

卢炳成道:"这话倒难说了,小姐看我们姊弟有禽兽的行为，我那个家姊，还冤赖小姐和我有了首尾，这都是天大的冤枉。"

炳成陡然说这话的意思，是已认招供的必要，但要求小姐不得声张，万一声张出来，我姊弟就得诬她和我是怎么长怎么短，捏住她这个"鹅头"。

潘秀娟也懂得他这讥讽话，反而转换了笑容，问道："什么叫作首尾？我是个不出闺门的姑娘，不大懂得。"

卢炳成心想，这是机会了，便低声笑道："那日我同小姐无意中会过一面，你怜我爱，本是儿女常情，一传到家姊的耳朵里，便说我同你在身体上熨帖起来，这就叫作首尾。我恨家姊赤口红舌地冤赖我们，想必小姐同我是一样的怄气。但我怕自己抓屎污了自己的脸面，且不去和她麻烦，小姐是可怜我的，当然可以说出个造谣生事的人。就是小姐自己疑心我们不大正经，也该顾全我的面子，断不至于告给第二个人。我想家姊既然说我同小姐有了首尾，空担着这个名誉，就不如在今晚来报答小姐，却未知小姐的意思怎样？"

潘秀娟见卢炳成的底蕴完全在言语之中披露出来，暗想，这东西太可恶了，黑夜深更跑到这里戏辱我。本来我是爱他，于今见他这讨人厌的样子，把我当作下流婊子一样看待，我是要杀他的头。想着，便挥刀向卢炳成砍来。

卢炳成觉得自家的本领可以杀她个不备，要是捉对儿厮杀起来，这时怕吃她的亏，何况她衙门中人多势大，万一她呐一声喊，把她父亲同衙中的丘八人等一股脑儿杀到这里，固然是性命交关，而我这颜面何在？

卢炳成当时一面拔刀抵御，一面便卖了破绽，跑出房外。他们都是练过轻功的人，动起手来，却不容易使外行中人听出一些声响。但其时潘得安因在余绅士家吃酒，不曾回来，娟儿的深闺之外，向来不许闲杂人等跑来一步。众使女见娟儿在她爷房里看书的时候，大家并不敢近离她一步，难得娟儿有些厌倦，回到自己房中，吩咐她们各自就寝，她们服侍娟儿到这时辰，烹茶煮酒，辛苦得了不得，听得这声吩咐，各遇到天恩大赦一样，各自回归寝室，她们本来浑泄无知，一爬上床，便蒙蒙眬眬上来。

娟儿自信个人的本领可以对付得卢炳成绰绰有余，用不着要人帮助，假如把别人呐喊出来，自己面子上总觉有点儿害羞。眼见卢炳成败出房门，她这时气恼起来，要把卢炳成生吞活咽，哪里便肯甘休，连忙提刀赶出。

卢炳成急使了燕子掠空的架势，腾上了屋脊，身轻如猱，体捷如猫，越角缘橦，慌不择路，风一般地飞奔一会儿，兀自跑下城墙，惹得浑身是汗，便拣在一个树林之下歇息些再说。鼻子里忽地闻得一阵香气，在月光之下，回头仔细一瞧，吓得把舌头伸一伸。原来潘秀娟已赶到这里。

卢炳成明知恶冤家现逢窄路，告饶也是无益，便抱定先下手为强，后下手遭殃的主意，早拣立一个门户，舞动单刀，使一个叶底偷桃，直取潘秀娟的下路。潘秀娟即使了个乳燕辞巢的身法，让开卢炳成的单刀。彼此一来一往，斗了十来个回合。卢炳成见那把单刀舞得如风似电，如花似雪，最后只见一道白光在自家身上闪来闪去，也分不出什么刀、人。

卢炳成这时只舞刀护住全身，却没有还手的功夫，渐渐有些抵敌不来，急得出了一身臭汗。

正在开不了交的时候，忽见有人如飞而至，高声喝道："谁在这里死争活杀？凡事可以理论，厮杀是杀不出所以然来。"

潘秀娟一眼见来者这人是个武装的男子，花颜上红了一阵，便把刀按在胸前，意思是暂且停止不战，却防着卢炳成前来攻袭。

卢炳成乘势便退后五步，却见那人正是汪成龙，也不明白汪成龙在他家里斗叶子戏，如何会跑到这里来，便扯手托脚地道说："难得是汪三姐夫到此，请三姐夫替兄弟排解排解，这潘小姐要杀兄弟的头呢！"

汪成龙是何等的聪明,早猜他这内弟对于潘小姐有不是的行径,忙近前替卢炳成讲情。娟儿羞涩涩地说道:"这畜生无礼已极,我不杀他不甘心。"

汪成龙又报赔道:"纵然他有得罪小姐的道理,也该看在尊大人同他父亲的交谊上面,饶他个不死。万一小姐实在受了他不可告人的委屈,也省得小姐亲自动手,我就把他这颗头砍下来。"

潘秀娟暗想,我并没有受了他不可告人的委屈,若冒昧杀他,恐怕这汪成龙反而疑惑起来,不若让个情分,放他去吧。想着,遂低头答道:"我的身份,并非能受得住他的委屈,我的名誉又不是一文不值。他和我无仇无怨,他不去得罪我,我在自己的房里,赶他到这里何来?我饶他不杀,未尝不可。只要他不再自寻死路,那么便解结了。"汪成龙听了,心里明白,遂向卢炳成道:"这时潘小姐已留下你这颗头来,是看在你先人的面上,以后要谨慎些。"

潘秀娟不待汪成龙说明,兀自去了。

卢炳成一路随着汪成龙走回城中,汪成龙向卢炳成责问道:"杀头的,你怎么吃了一肚子屎,闹到世妹的房里?潘大人同家父若晓得你这种行为,那还了得?你这条命是在西瓜皮上滑出来的。方才不是我因为出去小便,看见两条人影在屋上闪了过去,特来寻探原委,我怕你早死在她刀头之下,这总是你自己惹出的祸事。下次可不许你轻薄人家的闺秀,败坏人家良女的名誉。万一故态复萌,别休论潘小姐要找你了账,我是顶可恶男子们有这种胡乱行为,耳有所闻,目有所见,非得把那人杀了不可。难道你这头是铜浇铁铸不成?"

卢炳成扯谎道:"兄弟敢说一句自诩的话,向来不会同女人家说说笑笑,你眼中是看出来的。为什么却跑到潘小姐房里,内中也有一个缘故。兄弟在家的时候,因为你同两位哥哥斗叶子戏玩耍,兄弟一个人闲得骨头疼,便到外间热闹的街市上游逛游逛。陡然瞧见半空中一道黑光,在头上飞了过去。兄弟诧异万分,趄到僻静的地方,蹿上了屋,看那黑光飞到潘世伯的衙署,兄弟生怕是刺客到潘世伯家行刺,在屋上飞走一会儿,似乎见那黑光已落在潘小姐的房外。及至兄弟赶到,这黑光已闪进了房中。却听潘小姐在房里说是强盗。兄弟赴汤蹈火似的闪下,一蹿到房中,哪里见什么强盗？潘小姐却硬栽兄弟是个强盗,她把兄弟的好心竟当作驴肝肺了。兄弟便对她说明缘故,她却说兄弟有诬她同人家有了私情,又冤赖兄弟到她房里不怀好意,挥刀向兄弟杀来。兄弟怎好同她一般见识,只有让她一步。谁知她竟把兄弟赶到这里,要勒逼兄弟了账。"

汪成龙明知他是撒的一个瞒天大谎,但他自己已经掩饰过去,却不必逼人太甚,只得淡淡地应了几声。回到卢家,卢炳南、卢炳中问起汪成龙无故自去的缘由,卢炳成便瞧着对付汪成龙谎言,添枝带叶地支吾过去。

当晚,卢炳成溜到月娥的房中,恰值月娥睡了,小丫头坐在梳妆台下缝衣,卢炳成兀自把月娥的头摇了几摇,月娥睁眼说道："你这会子来有什么话问我？"

卢炳成道："他们两位哥哥陪三姐夫要赌一夜的钱,我趁在这空儿,到姐姐房里,自然有话问你。"

说罢,即向月娥附耳问道："姐姐,那潘小姐怎么猜着我同三姐姐的秘密？好姐姐,你可是知道不知道？"

月娥也向炳成附耳说出当日潘秀娟向她所问的话,却把自己在翠凤面前挑拨的言语,一一都掩饰起来。

复又絮絮说道："这小丫头是我心腹的婢女,我的事她不敢泄露一点儿,但你和翠凤的路径,不可使她瞧出马脚,她毕竟不是你家长大的人,怕她见事生端,胡七道八在别人面前宣揭出来。"

卢炳成把头点了几点,猛地抱着月娥的腮颊,在她嘴唇吻了一吻,说："姐姐睡吧！"

月娥低声骂道:"小鬼头,你倒会使促狭呢,我当作你有什么好话问我,原来还是先前的那样脾气。"

小丫头背面听着他们接吻的声音,又清又脆,一颗芳心倏倏地跳动起来,不禁红呈双颊,那根针误插在手指上,竟拔出许多血来。

卢炳成当夜回到自己房里,不能安睡。来日,汪成龙同翠凤双双回归家中,汪成龙听他父亲说出潘得安来请做媒,要将娟儿小姐嫁给炳成的话,汪成龙背着他父亲思量一下,不住地簸着脑袋,点着头。

卢炳成听到这意想不到的喜信,自然疑惑娟儿怕自家在别人跟前信口雌黄,说他是怎长怎短,要报复他的仇恨。而且娟儿当初也未尝没有倾爱的意思,只是猜不透我和凤姐姐的路数,心里便没有把握,也该天缘凑合,大略她在潘世伯面前微微地露出欲嫁我的意思,所以潘世伯请汪世伯来做这头媒,也未可知。

怎明白今日潘得安问他女儿的一席话,便知卢炳成真是一个猪狗,几乎气得咬牙切齿。依他的性子,便要立刻找卢炳成了账,但因这两件事宣扬出来,不但于自家颜面有关,抑且于卢嘉宽在天之灵英名有损,只得把汪清扬请到衙中,说自家女儿不愿许字炳成,做父母的却不能完全给儿女做主,这头亲不成事实。任凭汪清扬如何撮合,终是一言杜绝,没有再议的余地。汪清扬只好回复了卢家。

卢炳成听得这头亲有了变卦,像似凭空打了一个霹雳,麻雀吃不到这天鹅肉,倒也罢了,最怕潘秀娟对她父亲将自己所做不可告人的事拢共吐露出来,她父亲如何肯放我轻易过去?官私两路,俱不是他的对手,这条命是断然保不住了。他父女既想陷我死命,我只好趁他的不备,给他们白进红出,然而这句话,也只好存着一个念头罢了。看来湖南城里,已没有我容身的所在,何不逃之夭夭,到外省的地方游山玩水,或者能在深山大水之间,遇到本领高过潘家父女的,我就拜他为师,用苦功练习几年,回来再找他们父女算账,岂不妥当?心里这么一想,暗地又借了几个相识的朋友许多银两,准备连夜偷出城门。

适值第二日,湖南城里却出了一件新闻,在夜间,巡更的看见天空掉下一个鬼物,抓着一个男子的头发,升在空中,把那男子活吞下去。一个巡更是这样说,竟有许多巡更的也是这样说。

其时,各省地方都有白莲教的谣言,一班人乱揣这白莲教中的人物替天行道,专食万恶男女,还有许多读书之士私衷向往,也承认这白莲教是时势的神经。这妖言传说出来,各门各户都检查男丁女口,三日以后,才察出只有不见卢炳成一人。卢家的男女人等皆知卢炳成有亏心的事,什九猜那鬼物所吃的人,不是他是谁?心里又很为翠凤担惊害怕。

哪知翠凤生怕为白莲教生吞活剥,已投井死了。唯有潘得安父女两人的胸襟特别与众不同,像这类无稽邪说,哪里听得入耳,只当作卢炳成因没有颜面见人,同翠凤是一样的意思,到别处去寻死了。潘得安还会同两湖的文武长官,发贴紧急的告示,雷厉风行,严禁造谣生事的人无风作浪。

我今且掉转笔头,说到卢炳成身上。

卢炳成那夜走出门来,刚行不到半里之路,不知怎么似的,两眼漆黑,什么东西也不能瞧见,像似瞎子的一样,似乎有人把他提到空中,捺入一条布袋,并听不到一些风响,耳朵也像聋了的一样。卢炳成怕是凶多吉少,人在危难的时候,只要预备一死,一会儿就不怕了,卢炳成反而不知不觉地入了睡乡。也不知经过多少时间,醒来目也明了,耳也聪了,一天星斗,满树鸟声。自家却睡在一座新坟之下,四边也瞧不见有什么村落。只见前面有一个酒店,灯火闪烁,酒幌子飘在半空。

卢炳成站起身子,拂拭了几下,兀自走到那酒店之内。却见里面有一个酒保,那个掌柜的梳着一条小辫子,是个二十上下的少年男子,面皮白嫩得同他差不多,两只白里透红的手腕上,却戴着闪霍闪霍的一对儿金镯。

论理,掌柜的见了行头十足的客人,当然是趋奉唯恐不及。往常卢炳成在湖南城中,杯酒流连,不论是谁家掌柜的,都把他当作公子哥儿看待。不料这掌柜的大唎唎昂头天外,身子动也不动,像似"木吊神"一样。

　　卢炳成因为方才遇见那样的奇怪事迹,这回偏又遇到这样的奇怪人物,心里倍觉诧异。看店里陈设倒也精致,并不像个野店,再听那酒保说话的声音叽里咕噜,一点儿不懂,那酒保神情之间,似乎令他对那掌柜的跪拜的意思。酒保又转了一口的湖南话,向他说道:"这就是你的师父,还不跪下来赶快对师父磕头?"

　　欲知后事怎样,且俟三十八回叙来。

第三十八回

潮州城三刺潘得安
范家村初遇庞人瑞

话说卢炳成听那掌柜的换了一口湖南话,说得不大自然,明知他不是个湖南人,便想到方才糊里糊涂地睡了多久工夫,大略就是这掌柜的用了什么法术,将自家带到这里来,什九可看出这地方不是湖南境界了。自家要逃出湖南的意思,原是一半避免潘家父女有杀害的举动,一半却遍求深山大谷中大有能耐的人物呀,好学出比潘家父女还高的本领,为将来报复的预备。像这样有法术的师父,岂可当面错过?我不拜他为师,还去寻谁?想着,便一躬到地,对那掌柜的拜了四拜,口里便唤着师父。

那掌柜的才弯了杨柳也似的腰肢,一把将他扶起,吐出极柔嫩的声音,对他问道:"你既然拜我为师,就不可违拗我,什么事都不能任你自由自性地做来,你可依得我吗?"

卢炳成道:"只要师父曲意收录,做徒弟哪有违拗师父的道理?哪怕师父要我的心,我都得挖出来送给师父。"

掌柜的笑道:"好!明晚到这东边房里,我有话告诉你。"

掌柜的说罢,径自回到那东边房去了。

这里酒保也办了些鸡鱼肉蛋之类,打了一壶酒,陪着卢炳成吃喝已毕,把卢炳成带到西边一个房间,酒保便辞着走了。

卢炳成又睡了一觉,醒来已是辰牌时分,看掌柜的和酒保都起身多时,那掌柜的手上一副金镯已除去了,门前酒幌子也不见了。满心想把昨夜所遇的怪事问及掌柜的一番,待要启口说来,都被掌柜的拿话打断。背后追问酒保,酒保也笑而不答。

一日之间,固然没有人到他店里吃酒,且不轻易看见门前有什么来往行客。一到日落时分,酒保关起门来,大家吃过晚饭,掌柜的先兀自回到他自己的房里,呀地关起房门。

酒保又把卢炳成带入西房,笑着说道:"你在这里闷得很,我来玩一套把戏,给你解闷如何?"

卢炳成点点头。酒保从卢炳成身上解下一把刀来,举刀一挥,那左手五个手指应声而断。

卢炳成见酒保那左手五个指头虽然同手掌脱离了关系,却不见一些血迹,酒保也不觉有什么苦痛,将刀放左案上,右手拿着那五个手指,一口气向刀伤处吹着,仍然把五个指头安在掌上。这口气比什么接骨丹还来得灵验,那五个手指仍然好好地安在那手掌之上,连伤疤都瞧不出来。

卢炳成已惊诧得到一百二十分,忽地又见酒保竖起那把单刀,向颈上一横,把头刎了下来,死尸立着不倒,那一颗鲜血淋漓的头却被酒保抓在手里。这一来,可把卢炳成惊得手足无措,不知怎样才好。

酒保仍将头安在脖子上,用手向颈项上周围一抹,从外面取来一盆温汤,洗去头上的血迹,把盆里的血水倾出窗外。却见他血不绽,肉不开,依旧像似行若无事的一样。

卢炳成真是伸头咋舌,说:"你这本领,是随谁人学了出来?"

酒保道:"这算得什么本领,可是玩两套把戏给你瞧瞧。我师父才是个真有本领的人。"

卢炳成不待酒保说完,便问:"你师父是谁?"

酒保道:"你问我师父自然明白。时候不早了,我领你到那边房里去吧!"

当下酒保在前,卢炳成在后,走到那东房外面。那房门像似虚掩着,酒保用手一推,便推开了。

卢炳成刚随着酒保跨进房来，猛抬头，便向后倒退几步。卢炳成见房里端坐着一个绝色的女子，那两只莲瓣量来只有三寸，身上穿着红红绿绿的衣裙。因在仓促之间，容貌却辨得不大清楚，疑惑这女子不是掌柜的家眷，必是他的姊妹。卢炳成虽在脂粉堆里混惯了的，然见掌柜的昨夜同今日的神形，并不曾假以辞色，何况自家表面上都带着年少老成的样子。于今见了这玉也似的人儿，心里虽有些痒痒的，因怕掌柜的知道他不正经，便不肯传他的武艺，逐出门墙之外，他如何不冒充"非礼勿视"的假君子？便向酒保低低说了几句，意思是要请那女子回避回避，好请出师父来，同自家在房里谈谈。

掌柜的便向他招招手说："这就是你的师父，你眼睛又不安在屁眼上，连师父的面貌都认不清了，好个酸文假醋的小子！"

卢炳成又抬头向那女子仔细一瞧，但见她桃腮带笑，杏脸含羞，眉目之间，活像似一个掌柜的化装幻象。在灯光之下，更显得她容颜艳丽，比花解语，比玉生香。这房里并不像个小姐的绣房，但床上的被褥都是红绸绿锦做成的，并肩似的摆着一对儿枕头，都披覆桃红的枕巾。西壁上挂着几支宝剑，从对面大穿衣镜中看来，恰见这女子背后仍梳着光润润、油滑滑松三花丢五缕的辫子，辫根上却用红绒绳扎着，她额前又覆着一道的刘海儿箍儿。

卢炳成见了，便呆呆站着，仍旧不敢进房来。

那女子笑道："我这房里，没有老虎吃你。要我传你的本领，又不敢近我，怎么便说把你的心送给我呢？"

卢炳成听这女子的声音，便确定是掌柜的无疑了。先前因她容貌和言语之间却有些女人家的气习，但举动傲慢，全不像个女人家的神情，谁也不猜着她是女扮男相。于今语言容貌却和缓起来，那种雪狮子向火的态度，尤令人一见销魂。卢炳成便大着胆走进房来，便膜拜在石榴裙下。

卢炳成在跪拜的时候，两眼睃着那一对儿莲瓣，衬着雪白的罗袜，穿着大红缎子的凤嘴尖鞋，更其是来得动人。不由越看越爱，浑身上下却起了化学的作用，似乎有一种说不出来的奇香，从那莲瓣中飘荡而出，却被那女子一手扶起，并肩坐定。那酒保也好像凑个趣儿，兀自地出房去。

这时，卢炳成一肚子疑团，准备进房来问她一番。但见了这样的可人儿，已经魂不在身，忘却方才心里是要说什么。卢炳成身不由主地听那女子的摆布，那女子关了房门，吹灭了灯烛，便挽着卢炳成爬上床来，罗襟甫解，同入香衾。

卢炳成感受这破题儿第一遭的欢愉，却不审及这洞口桃源，不是久经封锁的状况。那女子更放出她最得意的手段，把卢炳成喜得心花怒放，无所不用其极，枕席间，各倾肺腑。

原来那女子姓水花名玉珍，是徐鸿儒的女弟子。这时，白莲教尚未大出风头，徐鸿儒女弟子共有二三十人，天姿以水玉珍为最，容貌亦以水玉珍为最，什么剪纸为人，撒豆成兵的种种邪术，徐鸿儒精一样，水玉珍也会一样，因耳提面命之间，唇齿厮磨，无一事不可通融，简直使徐鸿儒一夜没有水玉珍玉体亲偎，哪一夜不易合眼。

水玉珍本来是个杨花水性，谈不到贞操问题，眼见徐鸿儒比她年纪大得许多，先前引水止渴，以后便渐渐地形合心离起来。

徐鸿儒的男徒弟，内中也有属意水玉珍的，但畏怯徐鸿儒识破马脚，两情脉脉，不得入港。水玉珍却恨徐鸿儒恨到极处，暗里同自家心腹女弟子封韵姐商量一番。那夜把徐鸿儒劝得醺醺大醉，偷偷地同封韵姐逃到这南雄乡下，各自化装为男，买下几间房屋，开了爿酒店，却令封韵姐到处物色她未来的意中人，自家却亲自当垆卖酒。幸喜徐鸿儒打从水玉珍逃走以后，明知自家同水玉珍的水米交情，同教中晓得的很多，却顾全徐鸿儒的面子，不敢直接对徐鸿儒说穿出来。徐鸿儒也不必去追究水玉珍的水落石出，丢自家的脸面，只好忍耐似的摘去这心头上的一个玉人儿。

至有那属意水玉珍的男子，因他既不同自家一块儿逃走，估着他一颗心不是完全安在自家的腔子里，远水又救不了近火，还去问他何来？所以水玉珍在南雄乡下住了三年，徐鸿儒和同教中人一个也没有前来访缉。水玉珍又不轻易对人露出自家的马脚，这酒店周近的地方人烟稀少，寻常却没有什么酒客到她这店里吃酒，不过是飘着那空幌子罢了。

那封韵姐到处替水玉珍用妖法弄来的青年男子，都在黑夜里大摆其迷魂阵，同那男子在一块儿玩笑，玩过了也就讨厌起来，将那男子罚猪变狗，宰肉下酒。水玉珍深恶这些男子都是无用靠不住的，动不动地对他发脾气，可死之罪，撵发不足以数，且他们的身体品貌又没有什么动人之处。水玉珍也曾亲自出马，头一次自家就讨了一个风流貌美男子的下马威，险些伤掉性命，叫自家活现形，因此水玉珍专使封韵姐留心访办。

这回封韵姐化装来至湖南，便访到粉面四郎卢炳成的大名，封韵姐在湖南城中酒店之内，也曾见卢炳成一次，日间不敢下手，夜间乘卢炳成出来，用纸人幻身作术，将卢炳成带到南雄。卢炳成那时耳无闻目无见的缘故，是中了封韵姐塞聪杜明的魔术，魔术虽瞒不了法眼，巡更的能有多大的根据，这卢炳成尤是天地间一等罪人，不知不觉地被那纸人活吞下去。封韵姐也跨上了纸鸟，押着纸人到了南雄的境界。觉得卢炳成已睡熟了，封韵姐便来见水玉珍禀说其事。

水玉珍在男子的身上有了经验，深知普通的男子，必须折之以气，动之以色，一半使他畏怕，一半要令他敬爱，才能得到个和平幸福，即同封韵姐商议妥，当带起金镯，专等卢炳成到来。果不其然，这卢炳成便上了她们的圈套。

水玉珍因卢炳成的脸蛋子一万个里挑不出一个来，处处都得到自家的欢喜，先前要卢炳成受她迷惑，于今反被卢炳成迷惑起来，卢炳成也对她吐出自家的一切秘密。水玉珍反以为卢炳成倾怀尽吐，不觉其可恶，反觉其可爱，自家也就一句不瞒，把心里的话掏了出来。两人都有从一而终的意思，谁也不欲违拗着谁。

这酒保便是封韵姐的化身，水玉珍也索性令封韵姐做一床了。从此便教给卢炳成种种妖术，收了酒店，转达到大庾山下，结茅为居，绝迹尘嚣，一妻一妾，专陪着卢炳成胡混，俨然造成了一个小家庭。

那天，卢炳成在水玉珍跟前诉说杀害潘得安父女的意思，水玉珍只好让他做去。谁知卢炳成夜间到湖南刺杀潘得安父女两次，虽不曾被人看出形迹，然他们父女的神气十足，魔术无用武之地，暗杀是得不到成功的结果。却探出他姐姐已自经死了，只不明白是如何寻了自经，不由触动了前情，因自家的行径并没有使他姐姐有相信的意思，推原祸首，把愤恨潘得安的心思减了一半，偏专恨着潘秀娟一人。

回来见了水玉珍，只有流泪。水玉珍问明缘由，因他对于翠凤有如此哀感，绝料他情丝深牵，其爱自家的心思也就可想而知。

水玉珍在七八岁的时候，在她父亲水飘萍跟前，曾练过七年的剑法。水玉珍十五岁上，水飘萍死了，却被徐鸿儒用妖法拐去。水玉珍既降服了徐鸿儒，这剑法便从此荒疏了，何况魔术的力量比剑法来得厉害。徐鸿儒也在剑法上苦练十年，一入了魔道，这剑法便用不着。

于今水玉珍虽有一支宝剑，都是收藏在家，三年以来，不曾发过利市。眼看卢炳成竟是这个样子，一心想报复潘家父女，魔术是没有用武之地，这剑法却可以取他们父女的首级。但是自家先前不把剑法传给卢炳成的意思，因为授受剑法，不比授受魔术，授受魔术，什么时间总可授受，剑法非每日在星月之下，照例要牺牲半夜的工夫，就此一来，要耽搁了许多床笫间的甜情蜜意。自家若欲替他前去行刺，然而他的意思，却非手刃潘家父女不可，没有法子，只好忍痛似的安慰他几句，每夜照例教给他的剑法。

光阴迅速,过了十二个年头,卢炳成剑法既精,这水玉珍却比从前的剑法又更进几步。连封韵姐也分甘一脔,她的剑法已非寻常学剑的人所能抵敌。

卢炳成这时又到湖南暗访一次,汪清扬已死,汪成龙兄弟仍然做保镖的生意,汪成龙继配妻子赵氏,已生下一男一女。他哥哥、嫂嫂四人,同他继母都染疫病死了,卢家竟没有一个人了。潘得安在十年之前,已经罢官归里。

卢炳成既转到湖州,又探访出潘秀娟已嫁石提学的公子石小峰,生了五个儿子,卢炳成这时身边没有佩着宝剑,因为他的宝剑比寻常的剑又长又大,佩在身上,最惹人注目,平日所用的兵器,即是剑头刀柄的小攮子,藏在身上,别人看不出来,使出来也同使剑的一样。

那夜,便拟先到石家的屋上,预备先结果潘秀娟,然后再找潘得安了账。因见他家正做佛事,那正座的大和尚年纪不到四十,手弄尼珠,默念焰口,眉宇间很有几分英飒的气概,在内行人眼中一望,便知他是剑法中的巨擘,却有些畏惧不敢下手。幸喜大和尚默念经文,仿佛尚未觉得屋脊之上有他这么一个人。

他趁势便转到潘公馆里,时已四更向后,见潘公馆里上下人等都已深入睡乡。卢炳成最后兜转到后厅上面,轻轻揭开屋瓦,向里面一看。这时厅上高烧着一支蜡烛,潘得安在那里看剑,似乎觉得屋上的声响,不免有些诧异。卢炳成的剑头刀柄的小攮子已在屋瓦上穿了下来,刚从潘得安顶发上刺下。可怜潘得安的本领虽大,无如年纪已高,卢炳成的剑头刀柄的小攮子使出来十分神速,大有措手不及之势,就这么不明不白,为卢炳成所害了。

潘得安在被刺的时候,不由大叫一声,早已惊动府里的人,一齐掩着衣服,前来问个明白。及看潘得安头发上一个血洞里冒出许多的鲜血,他自家的一支宝剑摆在尸边,看那伤洞的口径大小,不是他自家的宝剑所伤,知道有人前来行刺。但刺客杳无踪迹,寻常的兵器是不轻易伤害他的,那血洞口径像似剑伤,凶器虽没有见到,什九疑虑必是江湖上所用的神剑了。大家遂一齐痛哭起来。

这时,卢炳成正隐伏在屋上,听得里面一阵哭声,且不走开,细听娟儿在内没有。一会子,却听不到娟儿哭说的声音,偶然想起凤姐自幼同我何等亲密,那件事是十拿九稳,偏好岔出这个潘秀娟来,无意中硬拆散我们这一对儿比翼鸳鸯,却让那汪成龙生生地玷污我的凤姐。凤姐虽和我各存心路,好合还没有一次,细想起来,更加恼怒,不但娟儿是不能饶她,这汪成龙也要想个法子,给他一点儿厉害。想至此,不由在屋上大声叫道:"你们要明白这刺客是谁,老子汪成龙一身不曾做过暗事,你们不妨到官里告拿,老子就此告辞。"说毕,便飞檐走壁地去了。

潘府众人也照例吵嚷了一阵,明知这刺客是捉拿不住,只好另作计较。

且说卢炳成就出了潘公馆,因见天光欲曙,日间又不便再找娟儿了账。直至黄昏入定的时候,卢炳成便蹿到石公馆里,不见一人,卢炳成因怕潘秀娟同石家的人都藏躲起来,遂不用隐身法稳着了身躯,藏了那把小攮子,反露出寻常有本领人的样子,意思是要赚潘秀娟出来。却闪到潘秀娟房里自言自语地叽咕了一会儿,听得天花板上一声作响,似乎有女子的声音说:"房里有老虎要吃你呢!"

卢炳成听了一愣,这句话分明是他和水玉珍入港的喜言,牢记在心头上,反什九疑惑是水玉珍到来帮他行事,心里哪得不愣。

潘秀娟只吐出这无心的言语,反趁此杀了一个有心的仇人。

潘秀娟杀了卢炳成,尸级掼下府里的枯井下面,拎着卢炳成的人头,到她父亲灵前活祭一番。因为凶手已杀,大家虽疑惑凶手是汪成龙,然这案却不能殃及到汪成龙身上,却怕她丈夫石小峰领带五个儿子，披星戴月，准备到庾岭避祸，他们很是局促不安，怕自家不是凶手的对手。于今凶手了结，是没有避祸的必要，她不一刻就把丈夫、儿子寻了回来，便一刻怕丈夫、儿子转替她担惊受怕，只得在众宾客面前对她嗣兄潘良骏哭说了几句。内中杀仇的缘由，却有些碍口，不便在众宾客前直说出来，便拎了卢炳成的人头，握着单刀，穿檐越脊，到了西门。从城墙下跳下，便向西北行去。

她日间曾同石小峰议定，说："晚间若杀了凶手，便在离西门三十里外范家村土地祠内，约略二更以后，前来相会。若是夜间不得前来，那么我便到泉下寻找我父亲了，你就一人领着孩子们到庾岭去，慢慢地再图报仇之计。"

于今她是十拿九稳，决定在范家村土地祠内会见她丈夫、儿子，走到离范家村不远的所在，预先把卢炳成的人头放在村前第一座树林之内，藏了单刀。村前的土地祠多半在东南角上，这范家村也避不过乡村的俗例。潘秀娟一眼看见那一座黄土砌墙瓦盖屋的孤零零一座小祠，辨出那墙上涂着一个圆圆的红太阳，如同看见自家丈夫、儿子的一样，心里一喜，眼中早流下两行泪来，大三步小两步跨进了土地祠中。

这土地祠只有一间，月光下见那木偶的土地菩萨也是愁眉苦脸，座下没有一个人，祠外的古树，风摇叶动，都布着凄惨的境况。潘秀娟又在土地祠周近所在寻觅一遍，哪里有个人影儿，潘秀娟便急得心里直跳起来，打算她丈夫领着五个孩子走得很慢，又不便向大路上走去，或在一路上牵丝扳藤，不曾到这土地祠内，只好仍回到祠内坐着。

一会子，仿佛祠外走进一个人来，潘秀娟模模糊糊地疑惑是石小峰到了，顺手将那人一把抱住，不禁号啕痛哭起来。

那人吓了一跳，连忙推开了娟儿。但瞧见娟儿这样的神情，好像有无限酸辛似的，正要拿话问她，恰好娟儿见那人不是石小峰，转羞得满面绯红。但因那人老成朴实，年纪在五十开外，肩上背着一个小小的包袱，是个过路人的样子，忙跪下来向那人问道："你老人家在一路之上，可曾见一个三十来岁的读书人，领着五个孩子，在一路上走吗？适才冒犯你老人家，纵是我思夫望子的心切，我这三十岁的人，你老人家养也养了出来，只求你老人家看见我的丈夫、儿子，就说了出来，千万要隐藏我冒犯你老人家的误会。"

那人听了娟儿的话，心里便有些伤感起来，忙向娟儿说道："你且起来，我有话告诉你，我庞人瑞不是没有人格的人，不能胡七道八地诬蔑你。至于你说的六个人，我方才是看见过的。"欲知后事怎样，且俟三十九回叙来。

第三十九回

霜清月冷白骨咽西风
巢覆卵完青山悲落叶

话说潘秀娟听庞人瑞的言语，似乎自家的丈夫、儿子却有了踪迹，便问庞老丈："你老人家是在哪里看见他们的？"

庞人瑞道："就是在那第一座树林之前，瞧见一个男子，同五个小孩子在一块儿走，我因一时走得快了，所以就先得到这祠里来。"

潘秀娟暗想，那座树林离此没有一里的路程，他们也该来了。我是个中年的妇女，更深夜静和这庞老丈同歇在土地祠里，虽然我心如石，不用避这样嫌疑。不过我丈夫来到这里，却怕他面子上太难为情。不若就此出了土地祠，看他们来是未来。边想边走出土地祠外，向那树林的周围左近仔细探望，却没有一人走来。

忽地头上风声过处，把自家惊得毛发俱竖，回头一瞧，也没有见得什么，便慢慢地向那树林的所在踱去。不一会儿，已走到了，心里疑惑，孩子们走得腿酸足痛，我丈夫将他们带到那树林里休息休息，也是意计中事。便走入树林里仔细寻找，哪里能够找着？这一来，直把潘秀娟一颗心急得跳动起来，也没有第二个人可以探问，转却寻到放着卢炳成的人头所在。

猛抬头，见树枝上挂着一支三尺来长的宝剑，宝剑上系着一方桃红绢巾。潘秀娟心里诧异万分，再拾着地下那颗人头，走出林外，在月下一瞧，不瞧倒也罢了，一瞧，把潘秀娟吓得直抖起来，像似有千百根针，一根根都挖入心窝里似的，不禁呀的一声，身躯跟着倒在林下。一会子,又慢慢地爬了起来,喉中已哽咽得不能出声,越望越辛酸,越想那眼泪像雨也似的,如红珠子,点点滴滴,洒在人头上,和人头上的鲜血,竟沾湿了一片。解开腰巾敞开怀,把人头放在怀里,仍将衣扣纽好,束了腰巾,吼出那低缓无力的声音。哭了一声:"石郎!"又叫了一声:"我的心肝儿肉!"手里握着单刀,欲了结这三十四年的草草人生,随她丈夫同到泉下。猛然一想,泪人儿似的把刀放在心口,那刀上眼泪淋漓,也辨别不出是泪是血。因想,我丈夫被人杀死,此仇不可不报,小孩子们都没有下落,存亡死活,尚未可知。我若轻身一死,因没有报仇的人,谁去寻找我丈夫的几个亲骨血呢?我不是反做了石家的罪人吗?毕竟这仇人是谁?想来绝是那姓卢的一类的人。

复又硬撑着走入树林,再寻自家丈夫的尸级,和几个小孩子,这却不是个对针,寻不出来便不易寻了。

从树枝上解下宝剑、汗巾,也佩在自家的身边,仍转到土地祠内,准备再问问那庞人瑞一番,究竟除了她丈夫、儿子,可曾在树林前见得别人没有。谁知庞人瑞已杳如黄鹤。

潘秀娟不禁有些惊疑起来,虽然这个绢巾不是男子的东西,宝剑是男女都可佩得,我丈夫绝对是死在这宝剑之下,却不能指定便是女子杀的。我看那姓庞的,表面上虽是老成持重,但他的脸上是没有写着"老成持重"四字,何况江湖上寻仇的人,大半是驮着一个包袱,都装作老成持重的样子,一些也看不出是寻仇的路道来。到底我丈夫同他有什么仇恨?小孩子们是弄到哪里去了?他既然杀了我的丈夫,怎么不斩草除根,索性把我杀了?这其中的疑团甚多,谁也不能定。一时没有决定的张本,只管伏在那土地祠下痛哭。

忽地有人在她肩背上一拍,侧面一瞧,正是庞人瑞。

庞人瑞向她脸上一望,很诧异地问道:"大嫂,你怎么杀了人了?你脸上不是染着人血吗?"

潘秀娟便站起身来,庞人瑞见她身边陡然佩了一把宝剑,手里握着大刀,胸前好像填着什么东西似的,越发惊疑起来。

潘秀娟见庞人瑞肩上的包袱也没有了,特地又转到这里来,什九怕他不怀好意,不问三七二十一,倏地一刀向庞人瑞砍来。

庞人瑞且不理她,向土地祠外便走,两足上像似供了什么神行法的一样。潘秀娟便风一般地向前赶去,约莫赶了有十里路程,眼见庞人瑞已钻入一间土屋去了,潘秀娟随后也赶入土屋。

庞人瑞的母亲已是老态龙钟,眼见娟儿赶入,拉着她手道:"嫂子不要赶了,我人瑞儿是救你的。"

潘秀娟的手被庞母一拉,手掌竟有些痛起来,那刀便把握不住,扑地掼在地下。做梦想不到一个要下土的老婆子有这样的本领。

潘秀娟的眼泪已哭干了,这时候手掌被她一拉,那涌泉似的泪珠又从两眼眶里挤了出来,咬着牙齿,急道:"你儿子既是救我,怎么你反害我?你母子就是杀我丈夫的仇人了?我不能替丈夫报仇,于今反死在仇人手里,皇天菩萨,我是怎么好?"

说罢,又猛地把牙齿紧紧一咬,却咬碎了一对儿门牙,嘴里竟淌出许多血来。

庞母忙用手闭着她的嘴说道:"好乖乖,我若是有心害你,怕不要将你一把勒成肉饼吗?性急有什么用处?我来和你谈谈。"

边说边将潘秀娟抱在怀里,在她手上轻轻揉了几揉,还是乖乖、心肝儿地乱叫。

潘秀娟见庞母并无加害的意思,那手被她几揉,也不疼痛,心里才估着她母子是救星不是仇人,便先将她父亲同丈夫被人杀害的事,子午卯酉,同庞母说了。

庞母也不对她谈说什么,却唤了一声:"人瑞!"早见庞人瑞从房里走出来。

庞人瑞的娘向庞人瑞道:"你在路上见些什么?可对这位

嫂子说来。"

庞人瑞便从头至尾地向下说去。

原来这庞人瑞是潮州乡下的无名怪侠,他那一身的本领,家学渊源,都由阿娘教练出来。庞人瑞晚间在潮州城菩提寺里,同住持大和尚道省,偶然谈及白莲教左道惑众的事,他们是字门拳的同道朋友,庞人瑞敬爱道省觉悟过人,虽然拳术精通,只是清修乐道,寺里的和尚却没有知道他是大有本领的人,道省也爱庞人瑞侍母至孝,在范家村居住三十年,虽有惊人的拳技,因不出去惹是惹非,名不甚远震,安贫耕种,不爱一钱,因此两人一见如故,谁也瞧不出谁的心情,交谊亦越来越重,推诚置腹,无话不谈。但有第三者掺入其中,他们面子上都是淡淡的。

今夜恰好庞人瑞同道省得到倾谈的机会,方丈室内是没有第三个人,谈到这白莲教的邪术,庞人瑞有些不大相信。

道省道:"有什么不相信?左道也是一道,不过走入胎化卵湿的旁门僻径,如古书上所说三里雾、五斗米之类,殊属骇人听闻。然而天地之大,何怪不有?不能以习见为信,以少见为荒诞无稽之说,这白莲教当然也同三里雾、五斗米同入邪径。

"昨夜贫僧到石小峰家放焰口,本来心无挂碍,忽地觉得自家有些耳红面热起来。后来掐指一算,才知有白莲教中的邪士,到他家里寻仇,戾气非常浓厚,应该两败俱伤。天数已定,法力亦无可用之地,凡事之无可奈何,应该付之一叹。不过邪教应有扑灭之时,石家的大仇也有图报之日。贫僧本来和石家没有多大的缘分,但老兄恰是石家的救星,将来石家那五个孩子,很得老兄的羽翼之功。贫僧有法钵一具,请老兄携去,这钵坐镇神前,那白莲教中的邪士自然要退避不敢进门。但不可经妇人女子的手去摸它,要紧要紧。"

庞人瑞方要再问下去,道省便说别话岔开了。庞人瑞知道道省的性格,他有不便说出的话,追问他也是无益。道省复取来一个包袱,将盘儿大的法钵放在包袱里。

庞人瑞便辞别道省,背着包袱回家。曾从那树林经过,恰见一个三十来岁的人,同五个孩子在路上走。庞人瑞却不介意,走至这土地祠下,因为每次访问道省回来的时候,照例到土地祠里磕几个头。庞人瑞是最相信神教的,乡俗间有扶乩问神的迷信。范家村的土地菩萨照乩语上看来,是庞人瑞父亲庞纯古,因生前为人正直,死后为神,在范家村做了社稷之主。这事虽为村言假语,庞人瑞却深信无疑,他到这土地祠磕头,也同在家对老娘请安的一样。

可巧今夜一头走进祠中,不意有一个中年女子将他拦腰抱住。庞人瑞便吃惊不小,幸喜这法钵不曾被女子用手摸污,慌忙将她推开,便对她问了几句。见女子已是走了,庞人瑞在土地案下礼拜已毕,回家把今晚各项情节对他母亲说了一遍,将包袱放在神前。

他母亲这时并未安睡,听庞人瑞说那女子神情之间,像似有无限伤感,便令庞人瑞再去探问探问。庞人瑞便转入土地祠下,窃听那女子一面哭,一面说,便知道她是潘府的小姐,她丈夫石小峰已被人杀死了。庞人瑞想,照她这种伤心的样子,到了天明,不要哭死,也要碰死,便在她肩上一拍。看她面上的血迹,更猜不出个所以然。夜静更深,又不便向她多说,因她疑惑自家是她杀夫的仇人,便将计就计,将她诱到家里。庞人瑞在前,先进屋的时候,又将这话对他母亲禀明。

庞母怕娟儿误会,故将她拉住,捏了一把叫她怕,搂在怀里安她的心。

于今潘秀娟对庞母痛诉一番,又听庞人瑞说出这一段的缘由,仍摸不着仇人是谁。又不明白小孩子们将来怎么便受庞家的羽翼之功,到底痛夫情切,思想儿子的心肠自然比痛夫稍减一等,仍然在庞母怀里不住地痛哭。

庞人瑞忽地想起来了,说:"石师娘,你瞧那宝剑和手绢上面,可有字迹没有?"

一句话提醒了潘秀娟,把剑就灯前一看,可巧见剑柄上嵌着"水玉珍"三个小字。再拿绢巾一瞧,却没有什么字迹。潘秀娟知道玉珍是女人的小字,只不明白她是哪里的人,却同那卢炳成有什么关系,究竟她杀我丈夫,可是与卢炳成呼同一气?想着,便向庞人瑞母子说了。

　　庞母诧道:"可是水玉珍吗?这水玉珍是水飘萍的女儿,水飘萍在广西道上也是个不伦不类的剑客,听说这水玉珍在十五岁的时候,惯使一支宝剑,不知怎样,被徐鸿儒用邪术诱去,一去便无下落。这妮子果然为卢炳成诛杀石先生,真是可恨。"

　　庞人瑞道:"我怕不是水玉珍杀石先生的,江湖上的败类暗中刺杀仇人,惯会嫁祸别人。那卢炳成就是现成的榜样。"

　　庞母道:"宝剑是假不来的,桃红绢巾又不是男人家所用的东西,这虽不能指定便是水玉珍,自然与水玉珍是脱不了关系。"

　　这时,潘秀娟同庞人瑞母子猜疑了一会儿,却猜不透这仇人的确是谁。依庞人瑞母子的意思,只屈潘秀娟在他家躲避几时,慢慢再设计打听水玉珍及哥儿们的消息。潘秀娟面子上虽不好意思违拗,心里却大不为然,因感他母子心术纯正,要拜给庞人瑞做义女。庞人瑞的妻子张氏也出来同潘秀娟谈话。

　　这张氏断育多年,膝下并无子女,却因潘秀娟是官家小姐出身,年纪比她小不到二十岁,屈她做自家的义儿,恐怕折福,便同娟儿结为姊妹,娟儿即拜庞母为义母,庞人瑞也敬爱娟儿若同胞姊妹一样。

　　娟儿把水玉珍的宝剑、绢巾交给了庞母,便与庞母并榻而卧,哪里便能睡着,觉得胸间潮湿得血迹淋漓,下床解怀一看,原来那颗人头得暖即化,皮肉竟化成许多的血水,只剩了一个骨头架子,那血水沾湿了胸怀,连裤腰上都浸透了,自家身上的皮肉都染得红红的。再把被窝掀开一望,也流了一些血迹。潘秀娟好似一把钢刀刺在心里,眼中的红泪流尽,那颗心也刺碎了。

庞母见此形状,便令她快快洗浴,换了衣裳。潘秀娟哪里肯听,只把面上血迹洗去,一时身上腥臭难闻,潘秀娟自家毫不觉得,把她丈夫的骨头人头一包打起,却是一声不哭,就这么在庞母房里坐了两天。觉得身上的血迹干了,张氏给她一套稍肥的衣裤,穿在外面,把单刀藏在衣里,血衣也就被外套衣裤遮掩起来。

那天忽然不见娟儿,石小峰的骨头人头也同时不见。庞母明知娟儿不告而别,却有些放心不下,却令庞人瑞四处寻找,哪里寻到个潘秀娟?

且说娟儿那日把她丈夫的骨头人头用衣包紧密密裹好,背在肩上,悄悄出了土屋,幸不曾被人惊觉。潘秀娟的步法非常轻快,一个小时能行五十里路,她因为水玉珍是广西人氏,耳闻这广西境界又是白莲教窜伏之区,便向那广西道上走去。晓行夜宿,渴饮饥餐,本来算不得什么腌心的苦。

那夜刚走到罗浮山下,乘着月色,从山这一边走到山的那一边,已是三更时候。山前又没有投宿的所在,腹中闹了饥荒,步履便不大稳快,一脚走滑了,便跌扑在小石上。觉得那无情西风越刮越紧,身上却有些寒战起来,哪里还能支撑着向前走去,只好把衣包搂在怀里,红泪琳琅,便侧卧在凄风冷月之下,里面的血衣反被西风袭入,凉冻了一片,连红泪也冻起来了,刹那间心胸里不知感受了许多痛苦。

好容易挨到五更,立起身来,走了几步,月光之下,可巧见身边站着一人,不是她丈夫是谁?潘秀娟见她丈夫颈项上有些血迹,自家肩上的衣包也不见了,还怕错认了别人,不禁定神瞧来,一个圆圆的脸,眉毛上有一个朱砂痣,哪有错认的道理,便上前挽他,心坎里好像有许多的痛语,要向他哭诉出来。谁知拉他不着,反被他把自家身子向后一推,骨碌碌从山上滚下来,直滚到山坡下。又见石小峰伏在坡下,只是痛哭。

潘秀娟一眨眼,又不见石小峰了。却见身边坡坂下放着包裹,还是自家怀里那个包人头的衣包,包裹边还放着一大堆白骨,白骨上都掩着深深的霜痕,大略已经过许多时的霜雪风吹。潘秀娟才恍悟所遇系丈夫的灵魂暗中指点,叫我收他自家的遗骸剩骨,又不禁悲从中来,咬破了舌尖,舌头上血滴在一块白骨上,拈来一看,那血已浸入骨中,不是丈夫的白骨,怎会浸入我这舌尖上的鲜血?先将这东一块西一块的白骨拾起来,同人头包裹一处。因为这白骨冷了,准备把包裹贴紧胸口,传她身上的热度到白骨上去,再向自家胸前一摸,也同白骨冰冷得差不多,便跪下来流泪说道:"托石郎在天之灵,得使我把仇人诛却,寻到那五块肉,抚养他们成人长大,我便一死瞑目,那么石郎也含笑迎我到泉下了。"说罢,便站起身来,穿好了衣服,仍把包裹背着。

她这时寻到丈夫的尸骨,心里反宽慰些,腹中虽饿,饿极了反不觉饿,精神也陡涨起来,只是走不多远,终觉鼻中生火,耳后惊风,身子有些轻飘飘的。

刚走过一座山坡,猛然听得一阵哭泣的声音,声嘶力竭,也同自家的伤心一样。却见前面是一条夹道,两边树木成竹,走入了夹道,那哭声渐渐近了,深深的古树,好像也表示伤心的样子,风摇树动,飞下遍地的落叶。复又走去,走了一箭多路,那落叶愈积愈厚,愈入愈深,这哭声好像便在眼前。

又转了一个弯,这时天上已吐出鱼白的颜色,却睄见有好几个小孩子,大的不到十一二岁,小的好像才在乳头上摘下来的一样,齐打伙儿围在一株树下痛哭。潘秀娟一颗心不知跳向哪里去了,她自己这几个孩子哭泣的声音,在家时已听惯的,然从没有这样的凄苦哀恸,但什九却猜着了,泪汪汪走进树下,坐下来把那最小的孩子抱在怀里一看,唤了一声:"信儿!"便呀的声痛哭起来。

信儿含着眼泪,便在他母亲怀里揉搓,撒娇似的破涕一笑,把个小腮颊靠贴在他母亲嘴上,眼泪落在他母亲颈项里,"阿娘"二字没有叫完,又呱呱地鼓嘴而哭。石仁早拉着他母亲的手哭,石智抱着他母亲头哭,石义、石礼都伏在他母亲的腿上哭。

潘秀娟又不向他们问讯什么,只有一哭,那红红的太阳却被他们哭出来了。不一会儿,已遍照在树梢头上。潘秀娟才揩拭眼泪,向石仁问道:"仁儿,你别用再哭了,我问你,谁杀了你的父亲?你们小兄弟又怎样到这里痛哭?"

石仁虽是十一二岁的孩子,记忆力甚强,便把他父亲被谁人所害,他们小兄弟又如何得到这里,一句一句地在哭声中逐节说出。但其中的种种关节,在下也不必在这树下用留声机,单就石仁所说的写出,只好把这支笔回转到水玉珍身上,逐一写来,使看官见了不致纳闷。

且说水玉珍打从卢炳成一别之后,每日间只同封韵姐说说笑笑,却不觉得一些寂寞。

接连过了五日,仍不见卢炳成回来,水玉珍怕卢炳成此去有万一的危险,很是放心不下,便同封韵姐商量出去寻他。

封韵姐道:"决定卢四郎此去湖南,未曾碰到潘得安父女,果然已碰到了,这件事绝没有办不妥的。大略潘得安父女已回潮州,自然卢四郎也转到潮州去,找他们算账。别人我是不怕,潮州城菩提寺里,有个头上没毛的秃驴,法号叫作道省,我十二岁前在潮州碰到了他,因他是个童阳的身体,想把他带到南雄,陪师父那么玩耍,趁他一个人在方丈里面看经的时候,我便掩了进去。那时我穿着很美丽的衣裙,脸上又涂抹些胭脂花粉,就是师父见到我那花枝招展的模样儿,几乎也要脱口说出一句我见犹怜。我当时便凑近那秃驴的身旁,向他抿着嘴一笑。那秃驴连眼也不瞧一瞧,倏地从鼻子里放出两道白光来,我心里吓了一跳。那白光直射到我身上,我只是没有地方躲避,待要和他斗法,无如已来不及了,隐身法也失了功用。看那白光,活像似两支宝剑从鞘子里才抽了出来。不过因那秃驴表面上虽欲杀我,心里却不忍开这杀戒,我只得跪下来,求他高高手放我过去。那秃驴才把两道白光收入鼻孔,撵我赶快出来。我没有法子,只好溜之大吉,这是我丢面子的事,不曾对师父说明。至今我想起那个秃驴,不由得要替四郎害怕。"

水玉珍道:"怕什么?"

水玉珍嘴里说是怕什么,心里却很替卢炳成担着虚惊,虽然他此去不是找那秃驴斗法,然而潮州城里既有那么一个人物,剑术比剑法高强,邪教终究是敌不过正教,万一恶冤家相逢窄路,他又是个火性的人,双方动起手来,我很替他捏一把汗。想到这里,越发六神无主似的,眼泡上忽觉有些跳动,水玉珍不禁失口叫一声苦。

欲知后事怎样,且俟四十回叙来。

第四十回

蓦地起狂飙险膏上吻
漫天撒飞网惨被鸿离

话说耳鸣眼跳，由于内风煽动，本来不寓有铜山西崩洛钟东应的道理。但水玉珍是最相信这些无意识的迷信人，她想出娘胎以来，眼泡上很跳动过几次，每逢跳动的时候，不是爷死娘亡，就是自家遇了九死一生的危险。

这番因卢炳成五日未回，肉欲上有些打熬不住，又怕卢炳成此去凶多吉少，虽然美貌男子普天下不乏其人，然而纵不若卢炳成能体贴女人家的心情。万一卢炳成有意外的凶变，撇下她一个人，还有什么趣味？于今两眼泡上忽地又跳动起来，心里有说不出来的苦，口里就不由得叫出一声苦，便向封韵姐道："韵姐，我要到潮州去寻卢四郎，如果四郎在我以前回家，你不可放他再到潮州寻找。"

韵姐连声答应。水玉珍这时也不改换装束，佩了一支宝剑，藏了一幅绢巾，绢巾里都包裹着些纸人、纸马、纸刀、纸枪之类，跨上了木鸟，驭空而行。

当日二更时分，已到了潮州境界。刚从那范家村一座树林经过，蓦地又觉自家眼泡跳个不住，一时耳红面热，心里也有些忒忒跳动。水玉珍惊讶万分，没主似的在木鸟颈项上一拍，那木鸟联翩而下，恰好落在树林子里。

水玉珍胯下木鸟，见地下放着血迹模糊的一个人头。把那人头拎在手里一瞧，分明是个粉面四郎卢炳成。水玉珍几乎要流下泪来,从绢巾里取出一个纸人,口中念念有词,也不知念些什么。那纸人便变化得同成人一样,拎着那人头,冲出树林,凌空而去。

水玉珍暗想,这潮州城是不能去了,我那四郎未必不是什么头上没毛的东西,用剑术诛却。四郎的仇,照情理上论来,也该替他报复一下,究竟我不能拿性命去替他报仇,我把他人头弄回安葬,便算酬答他十二年的鱼水之情,我的性命,不是一文不值。想着,便藏了绢巾。

忽听林外有脚步声响,水玉珍出来偷眼一瞧,一个人背着包袱,飞也似的去得远了,后面有一个三十来岁的叫花子,领着五个小孩子,缓缓地向前走来,却没有什么和尚。

水玉珍因自家和卢炳成同居十二年,就不曾生过一男半女,看那五个孩子都生得肥头大耳白胖胖的,心里也有些触动,想收那五个孩子做螟蛉。便也放下绢巾,取出一个纸人,照例念了咒语。那五个纸人一个个拿刀执枪,像那时的兵勇一般,来抢这五个孩子。

这三十来岁的叫花子正待拿起莲花落向这一群兵勇打去,忽地见树林里跑出一匹马来,马身上坐着一员女将,手里舞着一支宝剑,驰骋到那叫花子前面,在叫花子脸上一瞧,说:"你不是石小峰吗?装什么叫花子?可是你也有碰到我手里的机会。"

石小峰也猛然向她一瞧,似在哪里会见过的,一心惦记那五个孩子,没有心肠和她厮杀。却见那五个孩子都被纸人抱在怀里,飞得远了,连飞的声息都听不出来。

石小峰到了这时,还顾得什么性命,一时手中又没有兵器,就凭一身的轻功和她拼命,没兵器的到底吃亏,竟被水玉珍飞剑一挥,人头已落地下。

水玉珍的剑法,杀人从不见血,一刻时辰,方有血流出来。水玉珍把石小峰尸级用纸人抬了回去,生怕过了一刻时辰,颈上的血要流下来,污在纸人身上,那纸人便失了法力,不能使用。

先对那尸身肚脐上一吸,把血都吸入自家的肚子里,才作法令纸人将石小峰的尸级扛回熬油点灯。

水玉珍又把石小峰的人头拎到树林里,收了纸马,将宝剑挂在树枝上,绢巾系在宝剑上,人头却放在树根之下,仍然跨上木马,随风而行。打从那土地祠上经过,一闪便过去了。

水玉珍所以挂剑留绢的缘故,因在未会卢炳成以前的时候,曾亲自出马一次,到广西省里,适值石剑云提学广西。水玉珍在旅馆内听说石提学的公子石小峰风流貌美,便用隐身法悄悄走入提学的行署。

时已夜静,水玉珍转弯抹角踅到石小峰的静室外面,听得门里有读书的声音,向门缝里一瞧,见室内一张书案上面,点着一盏银灯,当中坐着一位丰姿俊雅的公子哥儿。水玉珍见了,眼跳耳鸣,心里便开了跳舞会,估定这公子绝是石小峰了,一时又不知道怎去摆布他,硬逼他这般如此,又没有什么趣味。恰见东壁上挂着一幅《仙女拈花图》,水玉珍不由得计上心来。看那门是虚掩着的,呀的一声推开门来。

石小峰见门扇已开,恰不见有人进来;疑惑是被风吹开了的,便走过来将门掩好,因手里拿着一本《唐诗》,未曾放下,仍走近灯前,不由低声吟道:

神女生涯原是梦,小姑居处本无郎。

这一韵诗句在口里吟哦了一会儿,心坎里便设想着那神秘的恋爱,不禁放下诗集,呆呆地向那《仙女拈花图》上看。忽见那画图上拈花仙女飘然而下,落地不及一尺,一转眼与他并肩立定,手里是没有拈着花儿,面庞比仙女稍见丰腴,那花为容颜玉为肤的婀娜体态,画也画不来。再瞧那画图上,剩了一幅绢纸。

石小峰不禁诧异起来,看那女子拈着桃红绢巾遮住了脸,笑弯了腰,那石小峰心里便震动起来。因为听说这行署里向来多狐,看她这狐媚态的行径,什九不是个人,我与她何冤何仇,想来采吸我的元阳之气,伤害我的性命,这还了得?

石小峰一面想,一面趁那女子的不备,从桌案上拿着一方红砚台,向那女子兜头便打。那女子觉得头上中了一下子,红砚台下新研的朱砂未干,也覆在那女子云鬓之上,流下红水来。

那女子像似天空中响了一个霹雳,魔术固可以害人,亦可以自害,那女子不使魔术变幻出这样狐媚的体态,被他击了一下,颈项沾湿了许多红水,并不害怕,朱砂是最富有辟邪杀魔的能力,那女子一身法力没处使,身子像定了桩的一样,四肢百骸完全失了知觉。

石小峰见这红砚台的法力比什么广成子所用的翻天印还大,越发在她头上拍打不止。那女子便哭起来了。石小峰再向她一瞧,已是垂首俯耳,面目没有先前那么妖艳,体态也没有先前那样动人。回着一看,那壁上的一幅画图仍然是画着一位拈花仙女。

石小峰的意思,本欲将那女子活活打死,这个时候,却见他父亲带着两个随员走了进来。

石剑鸣见石小峰在那女子头上乱打,女子的顶额已打得肿起来,顶上还染了许多的红头发。石剑鸣便喝住了石小峰,问什么事。石小峰方才松手,把女子兴妖作怪的路径向石剑鸣禀说了一会儿。石剑鸣便唤来一个爷们,拿过一条铁棍,准备亲自结结实实打她一顿。

那女子便告饶道:"小女子下次是不敢了,望大人饶恕我这一遭吧!"

石小峰哪里肯依,却幸得那两个随员顿见她花颜上流下泪来,便存着不忍的念头,各向石剑鸣打躬作揖,替她求情。依石剑鸣的意思,本来也不欲杀害了她,便逼问她的来历。

那女子急扯谎哭道:"小女子是良家的眷属,十八夭殁,游魂无依,便栖止在这斗宝之下。因为上有生人,泉下不安,所以想作法惊退公子。不图公子是个天人,使小女子这样的活现形。恳请大人开一线之恩,放小女子走路,下次再不敢了。"

石剑鸣也将信将疑,恰见那女子身边露出一支宝剑,手里仍拈着一方桃红绢巾,便猜着不是狐狸精了。狐狸精应该现出原形来,要这宝剑何用?绢巾也绝是殉葬的东西,王法虽严,从没有罚及泉下可怜人的道理,便吩咐爷们,唤两个小丫头,洗去她头上的朱砂红水,那女子便不见了,大家都诧异万分。我知看官也猜着这女子是水玉珍了。

水玉珍逃出行署,身上软洋洋的,像似害过一场重病的一样。本来要报复这仇,因为剑法荒疏,魔术又没有用武的余地。后来又贪恋着男性的肉感,没有闲暇工夫检点到此,也渐渐地遗忘了。

于今恰好在树林下碰到了石小峰,石小峰虽然已是三十来岁的人,但面貌同成丁时并无改变,最注意的,是眉毛上一颗朱砂红痣,仇人眼里,更加看得分明。水玉珍年纪虽同石小峰差不多,容貌却比那年稍瘦了些,并不像个半老徐娘的模样,所以石小峰一上眼,便疑惑是似曾相识。

水玉珍用剑法杀了石小峰,虽不明白这潘秀娟与石小峰有什么关系,然把宝剑和绢巾都挂在树上,使石家人见了,想到是她有本领前来报仇,再疑不到别人身上。

那夜,水玉珍回至大庾山下,跨下了飞鸟,适逢封韵姐坐在门前流泪。

水玉珍一步跨进门来,便问:"四郎的首级可回来吗?"

封韵姐说:"回来了。"

水玉珍又问:"那五个孩子可带来了吗?"

封韵姐说:"已带来了,都捆在后房里。"

水玉珍复问道:"那石小峰的尸级可扛来了?"

封韵姐道:"这个是没有的。"

水玉珍好生惊讶,便把夜间的种种事迹对封韵姐说了,再来

374

检查纸人,却丢了一个。水玉珍却想到自家一时匆促,没有把那尸上的血一口吸尽,所以纸人扛着死尸,见血即落撒下。这姓石的死尸原没有什么紧要,想着,便向封韵姐劝道:"韵姐,四郎已死,你我总该有点儿伤心,不过哭是不能把四郎哭了活来,你哭了我心里也难过。我们先把他首级埋了是正经。"

韵姐笑道:"世界上的风流荡子,又不曾都死尽了,哪怕没有我们受用的人,不过同他有十二年的情义,我见他这样的结果,哪有不淌下眼泪来的?葬送了他就完了情义,不过我怕那没有毛的东西,拷出卢四郎实供,我们这里是住不得了。"

水玉珍道:"小丫头,怎么你这心就好像安在我的心上?可惜你不是个卢四郎罢了。"

其时水玉珍命封韵姐葬了卢炳成的首级,把家里的细软打成一包。依水玉珍的意思,很愿把石仁小兄弟们一齐带去。

封韵姐道:"这主意就弄错了,我以为师父将他们带回宰肉吃的,所以都捆在那间房里。这些子孙,又不是我们养的,翅膀长大了,反而要替他老子报仇。你疼他,他不怕你,也是枉然,不如杀了的好。"

水玉珍道:"待我去问问他,再杀不迟。"

水玉珍一面说,一面便走入那间房里,却见这五个孩子捆在一处,也不害怕。

水玉珍便低声问道:"你们这些孩子姓什么?"

石信即答道:"我们姓石。"

水玉珍又问道:"你外祖家姓什么,可有母亲没有,我做你们的母亲怎样?"

石礼道:"我外祖姓潘,我们有母亲的,用不着张王李赵做我们的母亲。你这人把我父亲带到哪里去了?我母亲知道是不依的。"

水玉珍听了,暗想,他母亲莫非就是潘秀娟吗?又佯说道:"你老子石小峰、母亲潘秀娟,都被我杀了。"

375

"了"字未曾说出,早见他们小弟兄们都拉起喉咙,喊着老子娘大哭起来了。

水玉珍暗想,果然不能收服了他们,也只好索性杀了吧!

蓦地听得一阵风响,山摇地动,那座房屋就像刮得要倒下来一样。水玉珍就怕是道省和尚使的神通,要来捉拿她们。眼看封韵姐也站起身来,事急没有主意,便同封韵姐一齐作法,跨上木鸟,各自腾空而去。

去不多远,封韵姐回头一望,那房子已扑倒下来。直飞过二百里外,方才心安神静。

这时,石仁五弟兄们忽见仇人走了,那风声越发刮得厉害,忽然数声响,前后的房屋却已倒塌在山石上,便是他们一间房里,也扑了那边一角,看见了满天星斗、一个月亮,他们都有些战栗起来。倏见一个斑斓猛虎,头上有一中角,张牙舞爪,扑到房里,险些把他们的心胆都吓碎了。他们身上都捆得结结实实,固然谈不到抵御的问题,且没有逃跑的希望,只好付之一哭。

那虎咆哮了一声,用头顶上一只角套在绑绳扣上,先把石信钩出房来,挨次将石智、石礼、石义、石仁一齐钩出,把鼻子在他们脸上闻了一闻,摇头摆尾,表示它喜欢的意思。

石仁等都因为今夜必膏虎吻,唯有石信年纪甚小,只会怕这样东西,却不在是吃人不吐骨头的老虎。

恰见这虎只依傍他们卧着,并不嘴磨舌舐,好像留着他们,预备款待。此虎还很像神物一样。老虎一睡下来,虽然两只铜铃般眼睛睁得圆鼓鼓的,但仔细看来却没有可怕的神情,一时风也止了。

就在这风声停止的时候,忽地天上坠下一颗流星。霎时间,便见一个神采惊人的白须老者立在老虎身前,在老虎脊背上轻轻一踢,说:"大斑,这里用不着你,去吧!"

老虎弹着尾巴,慢慢地转过山涧去了。

石仁见那老者有伏虎的能耐,知道他是个异人,便向他问道:"老丈从何而来,可是杀我们弟兄,还是救我们弟兄的呢?"

那老者点头道:"当然是救你们的,你们是不认识我了,你母亲虽然提起我的姓名,还可以知道,然而对面也不相识。我便是你外祖父的师父安徽宋锦。"

石仁便记在心里。那老者便替他们解去绑绳,撑开了一只膀子,说:"你们都吊在我膀子上,随我去,过几时。快把眼睛都闭得紧紧的,半路上不要睁开,睁开来便害眼痛。"

石仁等只得依言,吊在他膀子上,各闭着眼睛,只听耳边风声响处,不知过了几许路程。石信曾偷偷睁眼一瞧,身上便觉要栽倒下来,只好仍然闭着,眼上并不觉怎样疼痛。约莫有一个时辰,耳边的声响也渐渐停止。

宋锦道:"到了到了,你们都把眼睛睁开来吧!"

石仁等各自睁眼看来,四面都是石头叠成的圆圆的屋子,并无门户,好像身在一个倒覆的石缸里面。石屋里一架石床之外,并没有什么东西,有一个小小的石窗,从石窗向外一瞧,看见窗外蹲着一对儿老虎,内中有个独角的,俱已沉沉鼾睡,却看不见天上的星斗月色。远远的有一线电光,射进屋里,这屋里的亮光便是由那电光射进来的。

一时肚子饿了,宋锦便从石床下取出龙眼、南枣等类,给他们充饥。这龙眼、南枣都是补品,吃下去连大小便都没有解过一次,一时他们哭起来了,宋锦也劝止他们不哭。

屋里不分昼夜,糊里糊涂地不知过了多少日子。

那日,宋锦忽向石仁说道:"你的年纪是比他们稍大些,记忆力不甚幼稚,我有几句话,你须牢牢记在心上。你外祖父的仇已报了,你父亲是被那水玉珍所杀,你母亲不能看护你们一辈子,我是个不问世同的人,也管不了尘世间的许多不平的事。你的父仇未报,我这里又不是你们的常住之所,我与你们相见的缘分正长。此番我把你们救出牢笼,是有先知之明,你们日后也可以造到我这般田地。不过你们还要历尽许多艰险,用不着我再出山,自有救护你们的人。明儿是你们骨肉相会的时候,我不能不助你们一臂之力,送你们出去。但我的子孙,恐怕不如你们,只求你们看我老面子,将他们引入正路,我的愿望已足。我是看破天数的人,事情非理想所能推测,不归天数即归天命,你们日后也要见机而作,不可违逆天数。切记切记。"

说罢,便用手在他们鼻子上各自摸了一把,都像似受了催眠术的一样,醒来各睁眼一看,已不是旧时的所在。大家都倒在树荫之下,那个宋锦已不知去向。只见夹道的两排古树,密密层层,风催叶落,都布着凄凉的景象。天上还剩了几个疏星,大家一阵心酸,想起父亲已经被水玉珍所杀,母亲又不知尚在何处,不禁都围在一堆,放声痛哭。

于今见了他的母亲,又哭了一阵,石仁才将那夜的情形说给他母亲记在心里。

潘秀娟也把杀死卢炳成,路遇庞人瑞,以及在山坡下收她丈夫骸骨的事迹,一件一件从哭声里揭说出来。

你想这宋老先生是我父亲的师父,我听父亲说这宋老先生是多般好,我儿子有难,他便前去相救,怎么就没有这先知之明,救去我的父亲?这其中实在关于天数,我很明白这天数是牢不可破的一种阶级,那知过去未来的天数,真是神仙。我将来也要参透这天数是个什么道理,不过夫仇未报,小孩子们都未长大成人,还要到泉下去安慰我丈夫的心灵,哪有参透这天数的机会?可是那个水玉珍,究竟和我丈夫有什么仇恨?我一日不用剑砍她的头,取出心来,活祭我丈夫,我便一日不安。好歹我把这几个孩子一股拢儿带到庞家,我好想法寻那水玉珍报仇。至于我那良骏哥哥,他是个忠厚无用的人,我也不必再去会他,把以后的事说出来,叫他害怕,而且他未必肯让小孩子们住在庞家,绝对要带到家里抚养。他没有看护我这几个小孩子的力量,若被他带回家去,反有些不大稳当。

想着,便把石信抱了起来,带着石仁、石义、石礼、石智,慢慢地走出夹道。

潘秀娟觉得腿子上有些走不动了,反出了一身的汗,便仍旧在山石上坐下,向石仁兄弟问道:"你们肚子里饿吗?"

石信道:"我吃了枣子不饿了。"

石仁又哭起来了,说:"母亲是饿得很呢,脚下走起路来,却是飘飘无定,这山上又没有饭店,可是怎么好?"

潘秀娟道:"没有什么要紧,我因自己饿了,才问你们。我饿一会儿就不饿了,确是我几日以来的习惯,不过这时不进点儿饮食走路,身体上怕的吃不消。"

石智即从怀里取出一包枣子来说:"这是宋老太爷平时给我吃的,我偷偷地瞒着哥哥们藏起一包来,我娘索性吃完了吧!"

潘秀娟如同叫花子得到鹗炙的一样,接连吃了好几个枣子,便有些精神抖擞起来。方要领孩子转到山下,忽见空中遮着半山的薄雾,越来越层层浓厚,不但抬头看不见天,五步之外,亦辨不出物影的所在。

潘秀娟心里很是惊诧,暗想,寒冷的天气,怎么有这样的大雾?刚才一想,那雾便浓厚得同白烟一样,对面看不见人,举手亦不见五指,耳朵里听得石仁、石义、石智、石礼又大哭起来,哭一声便不哭了。怀里便紧紧地抱着石信,伸手向下一摸,却摸不到一个人,又在前后左右摸了个空,一口气几乎要惊得跳出口来,似乎觉得头上有些眩晕。

石信又在怀里号哭一声,身子就像腾云驾雾的一样,又好似被什么东西捆缚定了,一点儿也不能动弹。

顷刻间,雾也消了,才看出自家是被飞网箍住,漫天都撒着飞网,远远睄见有几处网内都箍着人。因为距离太远,虽看不见那几处网内是箍了多少人,却绝对有石仁小兄弟四人在内。

潘秀娟要哭又不能出声,比凌迟她身上的肌肉还痛。

欲知后事怎样,且俟四十一回叙来。

第四十一回

雷打雨散洪珠儿避灾
狐假虎威杨秉忠负友

广东罗浮山谷之下，有一座广林禅寺，是个极雅静的清净佛地，相传明万历间，有一位广林禅师，能知过去未来之事。

打从广林禅师坐化以后，山门便渐渐兴旺起来。原名是圆通古刹，施主很信仰广林的神通广大，大家捐助资财，改造殿宇，因纪念广林的道法，改名为广林禅寺，将他的遗骸装起金来。周围百里远近的人，都喜欢到这广林寺烧香，遇有不能解决的事迹，在广林法座前抽签问卜，也有一半灵验。

岂知广林的徒子徒孙，一代不如一代，广林神签也渐渐完全不灵验了，寺里便不大兴旺，轻易没有善男信女前来烧香，反因没有这班人的足迹，觉得比先前更清净些。

又经明清鼎革之际，山前山后的居民逃避兵燹，迁徙一空，好一座罗浮山，反为流寇屯集之所，这广林寺当然要糟蹋得不成模样。合该那流氓式的康熙佛爷洪福齐天，扫除烟氛，定鼎中夏，登时又把这广林寺弄得冠冕堂皇起来。

到底山灵无知，辜负皇朝的雨露。据闻在那广林寺中兴的期间，广林禅师的金面上曾流下两行眼泪。后来又生出一种妖言，传说广林寺兴妖作怪，不但夜间没有游方僧道住宿，就是日间，也没有斗胆的人敢到寺里随喜。轻易听不到钟磬的声音，还剩了几个不怕妖怪的和尚。

这寺外的两排古树，一例山腰，若非有妖怪会出来吓人，谁也想去领略这山林的风味。

寺里的住持和尚,法名慧空,知客师唤作耕心,殿主师唤作印真。慧空的徒弟没有法名。

看官要明白,这广林寺有什么妖怪?若照事实上说来,妖怪就是这几个和尚,他们都是人生父母养的,又没有三头六臂,如何说是妖怪?就因为会些妖魔邪怪的法术,不说妖怪说什么?其实他们并不是白莲教中的人,邪术比白莲教厉害,孽恶更比白莲教重大十倍。

于今要叙他们的邪术,第一个要先把慧空的来头履历略叙一斑,使看官们不疑是在下凭空拈来的神话。

闲话休烦。这慧空俗家姓杨,名唤作秉忠,是江苏阜宁的人氏,自幼爷死娘亡,又没有三兄四弟,穷得连裤子都没有,却练得一身气力,能耍六十斤的石弹,便入了安靖帮,靠着钉钉子敲竹杠吃饭。有时同一班瘪三大爷做些鸡鸣狗盗的买卖,二十岁上没有配亲,唯喜欢吊人家没脚蟹妇女的膀子。

那时,阜宁地界,瘪三不多,他在安靖帮里虽不能自大为王,然而门内的人都因他牛皮吹得十足,一知半解地懂几趟拳脚,什么祸都可以闯出来,班辈又不低小,脸蛋子是生得比别人漂亮,齐打伙儿喜欢拍他的马屁,却把他捧出头来。海边卖私盐的好老,以及粮船上的朋友,提起他的姓名,也有好几个人知道。

一朝失足,吃官里拿住,定了个充军罪,流徙黑龙江边地。幸得那两个解差都喜欢灌一杯黄汤,阜宁又不是富足的地方,衙门口赚来的钱不见得比做强盗的容易。强盗且在"吃喝玩笑"四个字上,把来头不正的钱,用得精光的,自然这两个公差染着强盗的嗜好,哪有一些余蓄,又押着这个蹩脚货,刮不下一点儿油水,也走过许多的码头,住了不少的酒店。

两个公差因为没有余钱吃酒,闻到那一阵一阵的酒香,总熬不得馋涎欲滴,一路上没有撒气,扯下柳枝,向杨秉忠没头没脑地乱打。杨秉忠总咬着牙关,从不告饶一声。两个公差自家倒打得一身的汗,终不能将他活活打死。

这一个说恨道:"偏是这囚娘入的,拎着两条狗腿,在圈子里跑了多年,那种软进硬出的案子,也做得不少,怎么连老子的酒钱都没有?"

那一个怒道:"这驴马养的骡子,在淫朋盗友身上,索性把亡命钱都花完了,就想落到老子们的手里,一文不带,仔细你的骡骨头便了。"

杨秉忠听了,反哈哈笑道:"银子是多得很呢,老子怕你们这些狗仗人势的东西拿不动,你们都是老子们堆里的人,于今干了公事,就在老子面前敲锣打鼓。要是老子日后押解你们,有这能耐,把你们牛黄多宝掏出来。"

这一个公差诨名叫作飞烙铁周标,向着那一个公差说道:"二王爷,你看这东西好像是押解我们的了,听他这藏着骨头露着皮肉的话,大有意思,只要他想出个弄钱的法儿,我们就不妨对他佛眼相看。"

二王爷王保道:"睬他呢!我们自有我们的计较,他就红口白舌地扳出一圈子人来,我们有甚利益?"

下半句才说完,杨秉忠又笑道:"你们在门缝里看人,把我看得扁了,好汉吃官司,砍头都不肯拖累出一圈子人来。拖累了人,就算不起是安靖帮的子孙。弄钱的法子,不是老子说句要面子的话,老子再弄不到钱,你们就该穷一辈子。"

周标见左右没有行人,不由凑紧一步,向杨秉忠低声道:"小老子,你究竟有什么弄钱的法子?请你说出来,我们替你磕三个头都使得。"

王保道:"他的法子,我这会子是知道了,不过想哄骗我们替他解了这十斤半的大镣,大家约同做一趟买卖,好让他远走高飞。我们偏不上他的圈套。"

杨秉忠听罢,晃着脑袋说道:"你们都不是胖子,难道就会放我逃跑?看我到前村酒店里,弄一点儿油水出来。"

两解差将信将疑，遂随他走进那前村的酒店。早见店前坐着一个胖大的汉子，手里摇着一柄芭蕉扇，说："好热的天气，一些风没有，准是要下雷暴雨的。"

　　杨秉忠也不向他搭话，领着周标、王保进了店门，看那汉子睃着眼睛，向着对面烧饼店里一个少妇吟吟地笑。

　　杨秉忠拣了一张台子，自己当中坐定，却吩咐周标、王保在两横头坐下，便喊酒保打酒。有一个酒保哼了一声，因为店里生意忙碌，过了半晌，还不见把酒送来。

　　杨秉忠陡然变色，张大着眼睛，向那酒保瞅望，便拿起碟子，早扑地打向酒保脸上，说："你们这瞎了眼的入娘贼，老子们吃酒，就不给你的钱不成？老子不打你打谁？"

　　那酒保已忙得没头没脑的汗，于今头脸上又打得血花流落，早把店里的酒保，并及一班吃酒的人，都哗噪起来。这周标、王保也白白地看他大发脾气。

　　当然那胖子不再同少妇逗笑，撇下扇子，攥拳怒目，走到杨秉忠桌前，抬头一望，不禁失声叫道："哎呀！你不是杨秉忠杨老大吗，为什么吃了官司？这些入娘的东西，平时谈到杨大爷的大名，没有个不佩服之至，说大爷的义气可靠。于今反在杨大爷面前放肆，好老大哥，你可不要同他们怄这闲气。且到里面坐一坐地，我来向老大赔个不是。"说着，便要挽杨秉忠的袖子，向那周标、王保瞅了一眼。

　　那酒保早拾了碟子，捧着脸，反向杨秉忠一笑，意思是对他道歉。满店的人都仰着杨秉忠的大名，赶过来问候。

　　杨秉忠只对大家点一点头，笑起来向胖子说道："朱二哥，我没老久就想你了，我所以充军的缘故，就因偷劫城里吴大铎当典银子，拿案到官，发配黑龙江外，路过贵店。看二哥在外面乘凉，又不好惊动，却同这酒保一般见识，二哥可不用怪我。里面是闷得很，反不若这里凉快，我也不向二哥客气，有酒要吃几杯，身边的银子没了，二哥借一点儿给我，我是没有还的，吃过酒仍要赶路。"

朱二胖子命酒保配上好酒好菜,由朱二胖子斟酒。杨秉忠只吃了几杯,便满口嚷热。

朱二胖子只不劝他,转来向两个解差道:"你们带老大到黑龙江去太辛苦了,我该多多敬你们几杯。"

周标、王保酒迷了心窍,其余的祸福在所不计,只顾左一杯右一杯地死灌,也出了不少的汗,怎奈这酒猛烈无比,脸上都吃得红通通的,像似小阳春天的两个雄狗卵子,有了六七分的醉意,便停杯不饮了。

朱二胖子也不勉强,令酒保撤去杯盘,亲自从里面取出六十两银子,送与周标、王保摊分。却趁他们不防,暗地取一个小小的布包,塞在杨秉忠手里。

杨秉忠觉得这布包很是沉重,不知可是不是银子,怕被周标、王保看上了眼,有些不便,连忙藏在腰间。

朱二胖子复从身边取出些碎银,当面请杨秉忠带去吃茶。杨秉忠收了银子,遂辞了众人,向朱二胖子拱手作别,随在周标、王保的后面,向前行去。悄悄把布包取出来,打开一看,却是柄铁锉。杨秉忠恍然明白,深感朱二胖子送他这锉,好叫他背锉锉断脚镣,溜之大吉,仍然把锉包好,藏在腰间,早走过一个山嘴,满山的树木,一个行人影儿都瞧不出来。

看周标、王保两人,因为天气炎热,汗出如水,那酒意也渐渐发起来,身子有些东倒西歪,两脚打转儿似的,已是不能走了,便生拉杨秉忠一齐歇下。

周标、王保都呢呢喃喃地笑道:"杨大哥,你真会弄钱,那朱二胖子送了我们六十两,又送杨大哥一包的什么东西,我怕这东西便是铁锉。"

杨秉忠知道已被他们瞧破了,反疑惑朱二胖子怀着鬼胎,故意在解差面前露出这马脚来,想报复他打伤酒保的仇恨,这种借刀杀人的手段,真是可恨。便拿出那把铁锉来,也不计轻重祸福,向周标、王保乱打。虽然他们都喝了几杯黄汤,醉人的胆量却越醉越大,一夫放胆,十人难当。何况杨秉忠并不是真有本领的人,两脚上都钉了脚镣,行动不大便当,反被周标夺了铁锉,顺手抛过一边,将杨秉忠扯倒地下。

王保已抽出一把解手刀,向杨秉忠大腿上便戳,说:"老子们就在此地结果你这入娘贼,大家远走高飞,却不陪你到口外去了。"

在这一发千钧的时候,忽地听得一个大雷,半边天的黑云已推到当头顶上,哗啦啦大雨从天上倒下来。山嘴下转出了一个人,是个女子,上半截裸着雪白的酥胸,乳头高高的,两只膀子就像似两条嫩藕,下半截只穿了一件薄薄的红纱裤子,短不及二尺,连小腿都撂在外面,脚上穿着一双红皮鞋,身上就湿透得同落汤鸡子一样。冒着泼天的大雨,转到这里,便把周标、王保一把拉住。

周标、王保都沾染没头没身的雨,已拖了许多的泥水,四只眼睛都向那女子条缝儿打个照面。那女子一松手,便不见了,一时雷打雨散。

周标、王保都出了一会儿神,到底酒后强不多时,又落这一身的凉雨,心房里都感觉一种莫名其妙的云情雨意,不禁有些站立不住,各自倒在一边,便蒙蒙眬眬上来。

这时,杨秉忠仰卧在地,浑身都沾湿得像泥鳅一样,大腿上又戳了几个小窟窿,被雨水激得冷痛起来,恨得牙痒痒的,要准备替周标、王保了账。硬撑着爬起身来,却远远瞧见走来两个大汉,各穿着一身的干衣服,手里都执着一把大刀,一路飞奔而来。杨秉忠见他们来势凶恶,却又不敢下手伤害周标、王保。

那两个大汉鞋底上也沾了许多污泥,走近前来,各自向杨秉忠望了一眼,喝问道:"你们这干鸟人里,可有肥羊没有?"

杨秉忠回道:"羊仔倒有三只,但不知好汉们要哪一只?这可是大水冲了龙王庙,自家人闹到自家人头上来了。"

那两个大汉,内中有一个说道:"我们不是提羊子来的,却要问一个姓杨的,提起这人,在阜宁安靖帮圈子里,大有名望,叫作杨秉忠的便是。"

杨秉忠心里一想,便笑着说道:"好汉们是问的杨秉忠,不知可曾认识这杨秉忠吗?"

这一个大汉道:"我们果认得他,什么事要来问你?"

杨秉忠道:"我明白了,你们是替朱二胖子来结果我的,明人不说暗话,我便叫杨秉忠,你们赶快送我回去吧!"

两个大汉听他这话,果不其然,便是杨秉忠,笑起来正要向他搭话。其时,周标、王保睡在地下,本来没有睡熟,因两个大汉的噪声宏大,早惊醒得睁开眼来,不问青红皂白,齐向那两个大汉吆喝道:"你们这两个死囚,想来干什么呢?"

两个大汉一个唤作邱鹏,一个唤作钱豹,听得他们嘴里有些不干不净的,不等他们说完,各自勃然大怒。钱豹早飞起一刀,在王保的咽喉上给他个白进红出,邱鹏一脚踏住周标的肚腹,使劲一踢,把肚肠子都踢出来了,躺在地下,早已两眼向上一翻,一口气也接不上来。

钱豹揩了单刀,邱鹏见路旁放着一把铁锉,在衣角抹了几下,便来替杨秉忠锉镣,锉开一半,方用手一扬,那副镣被扭了开来,把来掼在路旁。

杨秉忠已向他们问明了姓名,自己也将如何吃官司,如何被两解差用柳枝打、用小刀戳,以及朱二胖子如何陷害了他,又对他们说了一阵子。

邱鹏、钱豹却不肯即说出自己的来源,用伤药敷在他大腿上。杨秉忠顿觉腿上并不疼痛,收了铁锉,随着邱鹏、钱豹绕了几个弯,在毒日头下,差不多把身上的衣服都晒干了。三人仍在深僻处歇定。

邱鹏道:"兄弟们受了敝家师的嘱咐,本多久要来请杨大哥,因为许多的岔事忙碌得很,不能分身。这番到阜宁来,偏巧听得杨大哥犯案充军,所以特来劫了大哥,想要求大哥入教,大家做点儿事情,好快活一辈子。"

杨秉忠不明白他师父是什么人,于今请他入什么教,只有些摸不着,便向他们问道:"贵家师是谁,可是领带兄弟入白莲教?兄弟听说白莲教中的人,剪纸为马,撒豆成兵,能把自家的身子遮掩起来,不要扇膊会飞上天。如果你们两位哥哥携带兄弟一同入了白莲教,这才好耍子呢!"

钱豹道:"我们这教,并不是白莲教,白莲教中的人,哪里赶上我们快活?"

说至此,很得意地举起大拇指笑道:"提起敝家师,杨大哥应该晓得,他老人家姓俞,表字上永下清,在先做海边盐船上的龙头,于今已为红珠教的头目。我们红珠教法术,较白莲教厉害,形迹比白莲教秘密。红珠教在外面干事,官里因为不知有什么红珠教,反把红珠教所做的事,一股脑儿都着认是白莲教做的。我们教中的人,都仗着有吞云吐雾呼风唤雨的能耐,不怕火烧,不怕刀戳,举凡白莲教的把戏,我们都可以玩出来,并没有作法自弊的意外祸变。我们的教主是个女流,她的神通广大,法力无边,胜敝家师十倍,敝家师每日陪着教主练习法术。如果杨大哥赞成入教,他就将杨大哥引荐教主,这是千载一时的机会,杨大哥不可错过。"

杨秉忠听着,心想,我是个光身子人,没有什么挂碍,做贼又不是长久的计策,瓦罐儿不离井栏圈,万一再犯案到官,将这副铜筋铁骨,免不了要身首异处,那就更不值得。既有这个快活的所在,我不到里面去栖玩玩,更有什么啖饭的地方呢?何况这俞永清教师,我是会见过的,交情又比寻常人不同,他丢撇了私盐船头不做,偏入了红珠教,想必这红珠教有特别的好处。我久已要入白莲教,但没有门路可走。如今若入红珠教,比白莲教还快乐,我还有什么不愿干的事呢?只是那个朱二胖子,口蜜腹剑,险些害了我,别人还有可原,他是我们圈子里的人,对我下这毒

387

手,我可饶他不得。

想到这里,便把心坎里的话,对邱鹏、钱豹说了。

邱鹏、钱豹一齐笑道:"既是这个入娘贼不抱义气,想陷害大哥,我们今晚就此会他谈话,然后和大哥一同去见敝家师便了。"

不说红珠教里欺心怪客,且讲安靖帮里卖酒英雄。

这朱二胖子,本不是绿林中的大响马,他的性情,虽不若梁山泊上李大哥李逵、石三郎石秀,然而生性喜欢结交江湖上稍有名望的人,有时江洋大盗犯案被官里追捕得不能安身,躲在他酒店里,求他保护,他也顾不得案情重大,陪茶陪酒,将这些杀人不眨眼的东西窝藏在家。不过他犯了"淫盗"二字,无论有什么好处,我作书人没有这闲暇工夫替他编写。

这回他见杨秉忠犯了盗案,发配黑龙江外,心想,杨秉忠这样的汉子,竟使他葬身异地,如此结局收场,未免可叹。明里又不便将他剌劫下来,只好把两解差劝得醉了,冷不防送他一把铁锉,想他自己打点主意,悄悄锉断了那劳什子的脚镣,杀了解差,依旧去高飞远走,离开阜宁,好做他本行买卖。

但朱二胖子打从杨秉忠被解差押走以后,怕他一路上没有机会可以逃脱,如坐针毡地闷了一日,到了黄昏时候,独自坐在后院,思量揣度。这夜的月色,光莹得如白昼一样,朱二胖子掇过一条凳子,百无聊赖看那天空的月亮。忽见有三条黑影闪到屋上,当啷一声响,那把铁锉已落在朱二胖子面前,接连听得屋上有人叫:"朱二哥!"

朱二胖子辨得出是杨秉忠的声音,喜得抬头笑道:"杨老大已回来了,这两位兀的是谁?请到下面谈叙谈叙。"

这句话才完毕,已见三条黑影从天上落下来,又把朱二胖子喜了一跳。

杨秉忠冷笑道:"兄弟们还要去干正经事呢!没有和二哥谈话的工夫。二哥的意思,兄弟已心领了,漂亮些,可不用兄弟们动手。"

朱二胖子不由转吃一惊,暗想,他可是把我的心看错了,又仗着他们一党大有本领的人,对我下手。我就有三个脑袋、六条胳膊,绝对用不着和他们抵御,一个变出千百张嘴,也没有我分辩的空儿。我已走眼,认错了这姓杨的,自然大半由我不是。想着,即笑起来答道:"杨大哥,怪我怪我,怪我不该把你当作一条汉子,我是值价的,要你们动手做什么?罢罢罢,打发你们干正经事去吧!"

一面说,一面抽出雪亮的刀子,上身是精赤条条一丝不挂,把刀向心窝只一剜,抓了血淋淋的人心出来,向杨秉忠胸前一掼,尸首便跟着倒下来了。

杨秉忠勉强冷笑一声,这两个人正是邱鹏、钱豹,他们都有飞行的符法,各自烧了一道,杨秉忠也烧了一道,所以他绝迹飞行,晚间便来了朱二胖子的账。

杨秉忠拿了朱二胖子的人心,听他说出这派话来,什九也估着自家把朱二胖子的好心看错了,心里虽认错,嘴里怎好说认错的话,且有好几日不吃人心,便同邱鹏、钱豹飞出了村庄,到一个孤村人家,用油煎火炸,同邱鹏、钱豹共吃了这一颗心,连夜飞行到福建武夷山下。

原来邱鹏、钱豹事先已说明他师父俞永清的所在,于今同杨秉忠走到一所规模很大的山庄,看门上沤钉兽环,俨然似贵家的气派,邱鹏即上前叫门。里面看门的早辨出邱鹏的声音,连忙开开门来,三人一齐走进。杨秉忠见两边看门的后仆,有好几个人,没有个穿着布衣的。

当由邱鹏、钱豹在前,把杨秉忠一领领到一间大厅。杨秉忠看厅内的陈设,生平不曾见过,一切古玩之类,都不能举其名,不由暗暗惊异。

欲知后事怎样,且俟四十二回叙来。

第四十二回

法王座下蛛网吐余丝
狮子溪边莲花生幻象

话说杨秉忠见厅内的陈设富丽堂皇,没一件不令人目眩心痒,不由暗暗惊异,心想,俞永清在安靖帮里,班辈不过比我高了一级,年纪较我大了七岁,做了盐货的龙头,已算他的造化,终不免要吃许多的辛苦。于今却到这所在来,做了红珠教的头目,就是个皇帝老子,我怕还不及他舒服得很。想着,越觉自己的机会毕竟不浅。

其时,邱鹏已将俞永清请到厅上。客厅上因悬着十来盏玻璃灯,在灯光下看见俞永清更加心广体胖,脸上的容光又养得丰腴润泽,衣履甚是鲜明,戴着一副墨框的眼镜,手里拿着一尺多长的牙嘴斑管的旱烟袋,挂着一个万字锦的彩荷包儿。看他坐在椅子上,不是往常见惯了的,几乎认不出就是在海边贩私盐的龙头俞大爷。

幸亏邱鹏领他拜见俞永清,如其不然,他便觉自惭形秽,羞答答的不知怎样地趋奉才好。

俞永清即将他一把拉起,说:"秉忠,我们光屁股时候在一块儿玩,交情与别人不同,我做了海边的龙头,屡次想拉拢你吃这碗把式饭,却因为不是长治久安的栖身之所,就没有剖心沥胆地请你来。难得我做兄长的于今已入红珠教,享尽人世间所享不到的福,第一个心坎先放不下你,特地着令他们去请,预备在教主面前保荐你做个头目,我就去引你见过教主。"说罢,急拉了杨秉忠的手,吩咐邱鹏、钱豹自去安歇。

杨秉忠同俞永清一壁走,一壁便把近来发配充军的事粗枝大叶地略说了几句。

俞永清也不理他,拉他到最后一间房里。杨秉忠见房里南向放着一张方桌,两边却站着几个侍女,一张象牙床中间,有一位面如红杏、唇若丹砂的绝代佳人,上身是赤膊着,穿了一件红裤子,脚上踏着一双十锦红靴。

杨秉忠不由呆了一呆,忙近前俯伏在地板上,说:"教主不是……"

说到这里,已咽住了,急改口道:"小的杨秉忠,蒙俞头目招呼入教,小的这副身子,便交给教主了,叫我火里火来,水里水去。"

俞永清坐在那里,恰怕杨秉忠说话不上路道,得罪了我这教主,谁知教主先向俞永清瞟了一眼,又看杨秉忠少年貌美,日间是会过的,早已牢记心坎,又听他这话倒也撩人的心情,哪里还说什么?便伸手把杨秉忠扯起,侧着脸,两眼滴溜溜的眼珠,只死盯在杨秉忠的脸庞上。

杨秉忠顿觉起也不能,跪也不能,两腿弯着,离地板约有二寸,两眼滚来闪去,只是呆呆地同教主的眼光碰个正着。

俞永清见了,不禁大吃一惊,暗想,不好了,这分明是我寻出个对头来了。便没意思似的进前请道:"教主有什么好差?便就得请教主支配。像教主这样行径,分明是待他们小孩子开玩笑的,若被别人瞧见,反说我们红珠教没有体统。"

俞永清才说完这话,教主有一个心腹侍女,叫作红蝶,指着俞永清啐道:"你可要死,怎么说起教主的名字来了?我们教主有没有体统,干你甚事?"

俞永清如同兜头浇了一盆凉水,愣住了,一言不发。反是教主有些不好意思起来,堆着满脸的笑容,向俞永清道:"我要同这孩子说几句话,请你到自己的房里,歇歇才好。"

俞永清道："了不得！难道我就不能在这里歇歇吗？"

教主陡然怒道："你去不去？不去可别要怪我！"

俞永清见教主的言语来得严厉，只得退了出来。

这时，教主便令杨秉忠站起，温存着脸问道："你姓什么，叫什么名字，多大岁数，可配过亲没有，是在哪里看见我的？"

杨秉忠年纪虽轻，也做过许多攀花折柳的案子，不知何以见了这位教主，脸上早飞红起来，一颗心只是七上八下跳个不住，颤巍巍地答道："小的是阜宁杨秉忠，没有配亲。昨日在树林下救我的命，可是不是教主？"

教主笑道："岂但我救了你，难道我的命就不是你们救活来的吗？"说至此，又低笑道："你们小孩子哪里知道，我因见你是个可用之才，只把这心坎里话告你，除了我这里小丫头，别人是不能轻易说出来的。我姓洪，小名唤作珠儿，就因为名字上关系，创立教宗，唤作红珠教。你看我这样的人，不是同未出嫁的小姑娘一样吗？其实打盘古开辟以来，就有了我的，我是个红蜘蛛化身，不知经过无量劫数，得悟许多道术。于今创立这红珠教，本没有什么作用，不过因这种世界，我想于中干一点儿快心的事。昨天遭了雷霆之劫，陡然碰着你们，我想你们三个人总不该给天雷打死，所以借着你们做护身符，逃脱了灾险。你是感激我救你，其实我回来把你们都忘掉了，天可怜你到我这里来，我心里最喜欢到了极顶。同你讲句老实话，你要重重地报答我一点儿才是。"

杨秉忠如听了纶音佛旨的一样，转笑起来絮絮问道："我那俞大爷既然教主准许他到房里厮见，怎么教主便管束他像小孩子一般？"

洪珠儿笑道："他的命根儿悬在我手，我叫他死，他就不会活，我虽同他有了儿女之情，我有钳制他的本领，他没有压迫我的能力。于今我要把爱他的心转来爱你，谁叫他不比你生得漂亮？他若同你起了醋劲，就打错了算盘了。今天我实在有些不耐烦了,没有心肠同你款洽,我们就接个吻吧!"

接吻之后,洪珠儿便令侍女爱香快把俞头目请来讲话。爱香方要动身,忽见邱鹏、钱豹二人急匆匆地走进房来,一齐流泪说道:"可怜我师父已拔刀自刎死了。"

洪珠儿听了,并不伤感,反向他们二人喝道:"这所在岂是你们乱跑得的,什么事要来大惊小怪?"说着,便斥令红蝶:"将这两小厮绑出砍了!"

爱香即谏止道:"请教主暂息雷霆之怒,这两个小厮,但入教主的私室,理合砍头。不但我们这教终敌不过白莲教人多势众,虽然内中的原因甚多,再不能斩杀本教的教士,杜门绝路,请教主三思。"

杨秉忠即扑在洪珠儿怀里,央告道:"可怜他们未曾入教的时候,都与我是呼同一气的人,教主就纳了这姐姐的忠谏吧!"

洪珠儿皱眉道:"俞头目死了,也算砍了我一只膀子,我固然是伤心。这两个小厮,且看他们思念死师父分上,饶他们初犯,下次可不许进我这房门一步。被同教中人瞧破,还说我这里混账。"

边说边向邱鹏、钱豹斥道:"快滚出去,把你师父埋了,用不着多说废话!"

邱鹏、钱豹只得谢恩而退,把俞永清的尸首拖出去掩埋起来,各自痛哭一场。

这里洪珠儿亦知俞永清是畏罪自刎,倒反摘断了她一条肠子,从此日间便教给杨秉忠的种种邪术,夜间同杨秉忠推心置腹,无所不来。不上三月,这红珠教中的邪士愈入愈多,大有目不暇接之势。

内中有一个姓林名湘秋的教士,真是一个玉人儿的胎子,比杨秉忠更俊得多了,年纪较杨秉忠还小三岁,两人俱是有名的头目。

洪珠儿教主却同这林湘秋又生了关系,她同杨秉忠的兴趣也渐渐餍足了，譬如玩东西一般，玩了新的，就撇了旧的，又如吃东西一般，脍炙固然可口，有了熊掌豹胎，自然要厌恶脍炙。

杨秉忠怕俞永清的前头鞋子是他后头样子，又经邱鹏、钱豹的浸润之言，说："这林湘秋有心陷害了你，红蝶、爱香都是教主心爱的婢女，却同这林湘秋又温存熨帖起来，这又是你的对头。"

杨秉忠如同小孩子断乳似的，硬着心肠，同邱鹏、钱豹在洪珠儿跟前都请了长假。洪珠儿恨不得打发冤家离开眼前，满口允许。

杨秉忠同邱鹏、钱豹商议，一齐遁入空门，再辟新径。杨秉忠便到广东罗浮山出家，法名慧空，邱鹏、钱豹是在梧州道藏寺披剃，邱鹏法名耕心，钱豹法名印真。

慧空剃发以后，寺里老和尚死了，慧空便做了住持方丈，便接耕心、印真，又到这广林来，耕心做知客师，印真做殿主师，三人兴妖作怪，是其常技，把寺里其余的和尚都吓得跑了。他们夜间到外省去做奸盗的勾当，劫来有姿色的女子，不从就给她个一刀，把尸首送到江里喂鱼，从则大家轮流取乐，厌倦了也给她们个一刀之罪。

这夜，慧空出马，飞行过了大庾岭。月光下看见前面有两个玉人儿，跨着飞鸟行去，这两个玉人儿一碰到他眼角落里，便知是白莲教的女教士了。追踪而上，张开膀子，把她们夹在腋下，回头向罗浮山飞去。

这两个玉人儿，正是水玉珍同封韵姐，她们的邪术本来可观，于今碰到这个秃驴，一点儿也使不出来，木鸟已翩然跌落地下，浑身都软洋洋的，什么剑法也没有用武之地了，心里都怕这秃驴便是菩提寺里的道省。及至到了广林寺方丈室内，水玉珍、封韵姐见他们都吐出来历，露出垂涎三尺的样子，各把一块石头从心里落下来，男贪女爱，水玉珍只得半推半就，降服了慧空，封韵姐也让耕心、印真分甘一脔。

那慧空的徒弟,本不是个男性,起初慧空在阜宁地界,腻上一个窑姐儿,于今把她拐到这里,穿起沙弥的衣装,明里说是徒弟,暗地却是慧空肉欲上的专利品。慧空见水玉珍这两个虽然是三十来岁的人,看来都像十七八岁的姑娘一样,自然一心爱上了她们,发誓再不去拈花染草。水玉珍也把慧空当作终身之靠,枕边衾庭,衷怀倾吐,无一事不使慧空欢喜。也该潘秀娟合罹飞网。

这日清晨早上,慧空同水玉珍都用隐身术遮掩身体,手挽手出庵门外游逛游逛,偶然瞧见一个年纪三十上下的女人,围着五个孩子向山上走去。水玉珍一上眼,便认得这五个孩子是石家的小弟兄了,自然也估定这女子便是潘秀娟,便附着慧空的耳朵,唧唧哝哝,不知说些什么。慧空便拉着她飞也似的回转庵寺,扑地关起寺门,和她同立在法王座下。慧空用两个手指,拈了一道红符,就佛灯前烧了,嘴里叽里咕噜,念念有词,又吐出一道白气,霎时雾满山谷,遮住了半边天,接连便见一层层的飞网,落到殿前,从飞网里抖出六个人来,都已奄奄一息,像死了的一样。再看那些飞网,是个什么东西,却变成十来个蜘蛛网。

原来洪珠儿本是个红蛛精怪,一心想把自家神秘的能力传给杨秉忠,蜘蛛屁眼里抽丝作网,谁不知道?不过洪珠儿能神而化之,将丝运到自家的喉中,同杨秉忠接吻之间,便度入他的腹中,又教他些七出八反之法,能将这丝吐出来,登时化成无数的蛛网。这丝经过若干年的火候,自然神速坚固,与普通蜘蛛所结的网不同。又仗着惊人的邪术,更加比寻常蛛网来得厉害。大家都是血肉之躯,如何禁当得起?

潘秀娟母子自被这蛛网缠结以后,不上一刻,早已七窍闭了六窍,鼻子里只有一息余丝未曾截断。

这时,把水玉珍只喜得眉开眼笑,自家虽明慧空有吞云吐雾的能耐,为白莲教所不及,万不指望还能神用这飞网的法术。眼看慧空又用口一吹,这十来个蛛网顿化成一道白气,自由自性地回到慧空的口里。再看潘秀娟母子这种样子,更令她笑得拢不起嘴来。

这时,封韵姐也赶到殿前,经慧空、水玉珍表叙一番。依水玉珍的主意,欲请慧空把潘秀娟救醒过来,拷问她可是不是潘秀娟,或者与潘秀娟有什么关系。封韵姐却大不为然,说:"这石家的五个小孩子,落到你我的眼里,是认得出来。这个女人,也同五个小孩子的面貌差不多,当然是这女人养的,一点儿掺杂也没有,就如在她身上、脸上印了出来,谁也不能指定他们不是母子。我就单单见了这个女人,也辨出她是潘秀娟,不要说她是和这五个小孩子一起箍来,拷问她做什么?把她救醒过来,虽然她的本领是敌不过慧师父,毕竟要惹出许多的麻烦,不拷问是稳当些。统共都给他们母子个白刀子进,红刀子出,斩草除根,石家可再没有向我们寻仇的人,他只好到鬼门关前告我们一状便了。"

慧空道:"没有这般便宜的事,水小姐的仇家不是和我的仇家一样吗?给他们母子个白进红出,我实在不快乐。除非把她的心剜出来,给我们下酒,她做鬼也不敢报复我们。何况男人的心,我吃过好几次,只没有尝试过女人的心是怎样的滋味……"

水玉珍不待慧空说毕,扭着屁股笑道:"她是我的仇家,我非亲自把他们母子的心剜下来,咽不下这口气。"

边说边撩衣卷袖似的,蹲下来把刀抽出,搁在地下,叫封韵姐取来一杯冷水,便从潘秀娟怀里抱过石信,在她肩背上取下包袱,解开潘秀娟的外衣,露出里面血也似的小棉袄。

可巧封韵姐也蹲在一边,把那包袱打开一看,却是一个鲜血人头、一堆白骨。封韵姐暗暗惊讶。

忽地殿前吹过一阵阵的冷风,吹得大家毛发直裂,把神龛里幔帐吹开来,露出里面的广林金像。

金玉珍正在给潘秀娟解开血衣的时候,被这阵风吹得浑身直抖起来,嘴巴上仿佛被什么东西打了一下。那风越发刮得厉害,差不多把法座都刮得要倒翻下来。再瞧潘秀娟母子和包袱里的骨头,已经不知去向。

一时慧空又作起法来,咽了红符,吞云吐雾,无奈风吹云雾散,连口里白色蛛丝都被风吹断了。慧空事急势穷,还图奋斗,仍旧作法兴妖。

不一会儿,那佛座下像有无数人头兽身的怪物,手里都拿着刀剑,专等要杀人的样子,哪里有什么人可杀?连风声也停止了,大殿上高高挂了三个人头,慧空收了法术,同水玉珍、封韵姐向那三个人头仔细一认,可不是耕心、印真和窑姐三人是谁?印真的人头上系着一张白笺纸,慧空把白笺纸取下一看,只有"洪珠儿"三个字。

慧空如同兜头打了一棍,再看水玉珍嘴巴上受了浮伤,没有性命的关碍。自家也不明白洪珠儿怎么到这里来杀了这三个人,救了潘秀娟母子,也不敢到洪珠儿那里去问明,只得对水玉珍、封韵姐略略说过。寻着他们三个人的尸级,夜间和水玉珍、封韵姐二人,把三个尸首扔送到江里喂鱼。

看官们,要问洪珠儿如何会来救出潘秀娟母子,杀了这三个人呢?中间自有一段缘故。

原来洪珠儿自搭上了林湘秋,很是心满意足,无如林湘秋笼拉专房,动不动地在她面前发脾气。洪珠儿便说他是没有好良心的,一刀杀死了林湘秋,心里便想到杨秉忠了。但因杨秉忠这人也不是什么好孩子,便打点主意,亲自出山,一则搜罗教士,二则可借此再寻觅个如意的人儿,便把教中的事着令红蝶、爱香暂时管理,兀自幻身作相,出了山庄。

那时,佛岭西溪之下,一班没有事做的善男信女都喜欢东去拈香,西去拜庙,一个个想证生上品,可惜得不到个升天的梯子,就没有法儿爬上天去。不料西溪普善寺里来了一个活佛,据云是在天竺山出家,年纪只有二十来岁。不论什么人去供养活佛,不待这人开口,便知他姓什么,叫什么名字,住在哪里,家里有多少人口,他自家多大岁数,皈依三宝有了多少时间,先前的境遇若何,以后的运道怎样,活佛总能说得一字无讹,就像同这人从小儿在一块儿的一样。一众善男信女没有个不信仰这活佛是如来临凡,普度十方有缘的人。一月以后,简直轰动了数十里外。就有少数不信佛的,理想不如实验,令他引起信心。

这天,活佛忽对一众善男信女说道:"于今如来有旨,从今夜起,在狮子溪水中流,现出一朵莲花,接引有缘的人,幸升西方极乐世界,一连接引五夜。这是亿万年难逢的成佛捷径,你们不可自误佛缘。"

内中就有人向活佛问道:"这莲花怎么便能接引人到西天呢?"

活佛道:"芸芸众生,都从亿万莲花中化身而来,莲花不能把有缘人送上西天,你们都怎样能到西天去呢?"

又有人问道:"西方究竟是什么极乐的所在?"

活佛道:"这所在当然比你们尘世好,那时你们有缘,自会明白,而且你们到西方去,还可以回家看望,并非是一去不来,回家却用不着莲花接引,你们又可自由自性地仍到西方去。我这时就去接受佛旨了。"说着,便打坐在蒲团上,吩咐众人念佛。

众人念佛有一百多声,再瞧这活佛已圆寂了。登时幻成一朵莲花,冉冉升天而去。

打从活佛升天以后,众人都以为千古奇谈,当然信得活佛不打诳语。天色一晚,那普善寺溪边,早已挤得人山人海,大家望着溪下的月亮影子,只看不见有什么莲花。直等到三更以后,那月亮已西斜了,姑娘们站得大腿酸疼,身上有些寒意,早拐着小脚回去,准备明夜再来,姐姐们、婶子们更是支撑不住,在三更以前,已散了个净。只有几个好奇的男子,体格比她们强壮,好奇的热度也完全与别个不同。

直等到鸡鸣的时候,忽地发出一道的红光,红光之下,看见溪水中果然泛起笔尖也似的一朵红莲花,却比寻常的莲花大得百倍。大家见了，都相信这莲花果是活佛的化身，心想，他们一班妇人女子，苦苦地修了半辈子，还没有缘分，便受这莲花接引到西方去，我们都是奸嫖猾赌的酒肉之辈，转可以不要梯子能上西天，且可以再从西天回来，哪有这样千载难逢的机会？

大家一面想，一面都鼓着勇气，就像立刻到了西天的样子。无奈那一泓溪水，深得一竹篙揭不到底，又在这寒冷的天气，就会水也不必吃这样辛苦，于是要去找几只船，好划到那莲花的所在，便算到了西天。

众人方要如法做来，不觉那红莲忽地不见，再查同人中却少了一个少年男子，耳朵里隐隐约约听得音乐之声，只见那道金光冉冉地去得看不见了，天上只剩了一轮明月、几点残星。

大家都跺脚叹气，深恨自己没有福分，以为每夜活佛只接引一人，要在这千万人中接引一个，比进学中举还难有希望，只得预备来日早些划几只船，到莲花的所在，求莲花活佛接引，就到西方去走一趟，开开眼界，也不枉一世的人生。

回来便同到那少年男子家里贺喜，说："你家少爷到西方去，可算立地成佛了。一人成佛，七祖升天，你家总该有好处的。"

第二夜，有一半姑娘、奶奶们，都在四更后才挤到溪边来，哪知前面已站了黑压压一层子人，姑娘、奶奶一半是横眉竖目地同声喊道："前面的人想到西方去的，就请你们赶紧近前一步，平素心不坚诚、不肯吃斋做好事，本没有上西方的根基，就得分开一条道路，让我们进去。"

站在前面的人仍然纹丝不动似的站着，一阵尖嫩的声音："死促狭，杀千刀的！"格外来得厉害。

两岸更驻了无数的船只，早听得有人叫道："活佛来了！"

欲知后事怎样，且俟四十三回叙来。

第四十三回

母子痛离魂浮生若梦
英雄欣报德险语惊人

话说众人听得是活佛来了,大家一拥上前,站在溪边的人不禁咕隆咚有许多栽下水去,后面更挤得水泄不通。前面的人一排一排地倒下来了,后面的人也照例地要向前一磕。虽然都跌在前面的人身上,没有受了什么重伤,但这一阵乌乱,男女混杂,讲那平素所不轻易得到的赏心快事,这时候总可以戏玩出来。

哪里来了什么什么活佛,这是好事者乱叫一声,给大家开玩笑的。幸喜一班落水的人,亏得七救八扶,不曾随波逐流而去。然而未上西天,却已饱尝水晶宫里的滋味。

就在这阵乌乱的当儿,便觉金光一闪,溪中又现出一朵红莲花来,一时桨飞棹舞,第一是在先见过这莲花的人众,争先恐后,想要附着莲花到西天去。谁知船还没有拢到莲花的所在,那莲花已冉冉腾空,大家都见莲花上附着一个男子,一会儿便不见了。空中的音乐之声也同昨夜差不多。

一连闹了四夜,每夜红莲花上,必定附着一个男子升天而去,却没有接引女人家到西方。姑娘、奶奶们反说连活佛都尊重男子,无怪我们做女人的在男子的压力下不得超升,我们本要同如来佛评一评这个道理,再遇到这千载的机会,是要普度我们女人家的,我们也不比男子推扳多少。说到这些男子,还是我们养来的,无如如来佛也是男子的身体,自然偏心厚待男子,这道理却向哪里去评一评呢?

姑娘、奶奶们灰了心，发誓再不想附着这莲花上西天去，反给一班促狭男子们胡调，叫自家心里的烦恼说不出来。大家不约而同地再不瞧这热闹。

谁知第五夜的人，更比前四夜来得多了，就中所有的妇女，简直像似鸡群之鹤，数来实属寥寥。

这夜的莲花比前四夜现得特别的早，在二更的时候，众人见溪水中央金光遍照，溪中的游鱼都来争接莲影，那莲花更在水中漂漾无定，远远望去，像似一朵红霓。

这时，岸上早喜坏了一个粉装玉琢的男子，他本来不想附着莲花到西天去，不过好奇心尤特别与众不同，打从众人头上飞到莲花的所在，两手抱着那朵莲花，但闻得一阵阵香气钻入鼻孔，身子随着莲花升在空间。见那莲花御风而行，比他的飞行功夫还加倍的快。

这时，岸上的众人又听得一种音乐之声，都以为佛缘已满，从此便一哄而散。但那位男子也只听得笙管嗷嘈，究竟不曾见到有什么人在空中奏乐。再瞧怀抱里一朵莲花，分明是一位倾国倾城的红装少女，那颜上满堆着阵阵红云，心里也有些把握不住。但疑她是花妖作怪，且看她把自己带到什么地方，待怎样摆布，我只存着一点儿防范的心思，就是个妖魔，不见得便能奈何我。只好行若无事似的，收摄了这心猿意马。

这女子本来就是那个活佛，先前幻身作相，心神一定，便见了这人，便知道这人的来头履历，安的是一颗什么心。于今自己的身体被这男子抱住，便感觉一种莫名其妙的欢愉，灵魂已飞上九霄云外，一阵阵邪火早蒙了灵窍。这男子若顿时下她的毒手，她绝对没有防范的必要。

一会儿，腾到一座山头，落在一个庄院里面，这女子挣脱了她的身体，手挽手同走进了一座香房。即见房里两个侍女站起来笑道："教主回来得很早呀！"

那女子也笑着问道："爱香，这一天可有什么人入教没有？"

爱香摇头道："没有没有！可怪那四个少年男子，一心只想到西天去，总不肯入我们这教，已被红蝶姐一刀一个，叫他们一股脑儿上西天去了。"

那女子自然是洪珠儿教主了，听得这话，便指着那一个侍女说道："小蹄子，你做事倒斩截呢！这些药渣滓又没有多大的功用，他们又不肯入教，除了一刀送他们到西天去，哪有给他们第二条道路呢？"说着，又向红蝶、爱香丢了眼色。

她们是知情识趣，并肩似的走出房来，反手把房门掩着。

洪珠儿见那男子东向坐定，仍然神色自若，倒反惹得她有些不好意思起来。一时红了脸，不知怎样打动他，便把身子伏在案上，只管眯眯地笑，口里嗫嚅了几次，好像有许多话要说又说不出的样子。那男子便问她要说什么。

洪珠儿又把脸一红，便转过脸去，用手解下了一条红罗裙来，索性卸了装束，身上穿着大红锦袄，腰间系着洒花十锦的红裤，跂着一双红鞋，坐在那男子的对面。双方问过姓名，原来他是福建人氏，姓李名虹文。

洪珠儿又低头问道："好李郎，我想同你在红珠教里干些事业。只要买了你这一颗心，未明白你这颗心是卖不卖的？"

李虹文听了，半晌没有回答，心想，怪道我们福建闹出什么红珠教的谣言。我起初不相信，于今可是亲眼瞧见的了。这妖精真是厉害，竟诱了许多的人，偏又要在我这老虎头上打苍蝇。我这番若饶了她，不但我将来有后患，还不知再害死多少青年无知的人。我何不索性和她开一回玩笑，将计就计，好除了这个祸害？边想边笑吟吟地回道："我这脸像冰一般冷，一颗心却又像火一样热，心是要卖的，就怕你不是买主。什么红珠教、白珠教，我不懂得，说一句你不嫌唐突的话，只要你不说我是个药渣滓，哪怕夜夜搂抱你的腰肢，陪你睡觉，还有什么不愿意干的事？"

这些话把洪珠儿说得心里开了一朵欢喜花。再瞧这位玉郎，满面生春，又像似一尊欢喜佛，一时恣意狂荡，投入李虹文的怀里,颤巍巍仰着脖子,那两个金耳坠子就像打秋千的一样。撩起袖子,把个软玉温香的臂膊直送到李虹文的唇边。李虹文也故意吻了一吻,右手趁势把她臂膊向上一提,左手捏了一个诀。

这李虹文最善神诀之术,武艺还是他第二件的能为。这诀甚是厉害,能使妖精现形,没有逃遁的希望。

当时便见洪珠儿面色惨白,又听得咔嚓一响,从掌心打出一声雷来,眨眼便见她变成了一个斗大的红蜘蛛。

李虹文见这红蜘蛛两眼流泪,顿时又触动慈悲之心,便冷冷地笑道:"原来这红珠教的首领,就是你吗?你这真魂儿从屁眼沟里跑出去了,也不打探福建省里还有我这个李法师,就在这里开设邪教。如今已被我将你绊住,现出原形,可不许怪我心肠狠毒。"

那蜘蛛越发流泪不止,现出种种乞怜的态度。

李虹文最是怕软不怕硬的怪侠,心想,这么大的蜘蛛,居然随便幻成什么形象,它的道行也就可观。不过一时迷失了来路,误坠业障,我杀了它未尝不可,若是赦下了它,劝它从此改邪归正,得成正果,又未尝不是我的好处。想到这里,连忙把手松开,在蜘蛛的眼、耳、鼻上度了一口气。那蜘蛛登时又变成一个女子,蒙着脸向房外便走。

忽地李虹文招手叫洪珠儿转来,洪珠儿只得返身转至李虹文跟前,俯首帖耳,像似法王座下的狮子一样。

李虹文便笑着问道:"你还敢报复我吗?就不妨让你献点儿能为给我看看。"

洪珠儿磕头如捣蒜似的说:"我可不敢了。"说着,冷不防用两手抚着李虹文的双脚。

李虹文顿觉一股热气由脚踵钻到心脏,登时便情不自禁起来。

洪珠儿连忙释手,说:"李法师,你可不用说我没有报复的能耐,但我自经你提醒以后,顿觉心地光明,想起来时的道路,你却算是我的恩人。我虽异类,何能恩将仇报?我就登时收了教场,吩咐他们解散,还将那一线余丝收了回来,做几件补报我罪孽的事,好去修成正果。日后有缘,还要度济法师同登道岸。"

李虹文这时已收神摄虑,毕竟自家眼光厉害,看透洪珠儿的来历不凡。洪珠儿便把红蝶、爱香都唤到房里来,吩咐如此如此。

红蝶、爱香领命而去,走至厅前,便齐声叫道:"不好了!我们教主被黄金力士绑劫去了,大家还不赶快逃散,更待何时?"

厅前一众教士猛听得这样的警报,齐打伙儿从被窝里跑出来,连外套衣裳都来不及穿。抬头便见空中有无数天神天将,一个个持着兵器,怒目而视,一个黄金力士将洪珠儿反手绑着,提在半窗,好像那天神天将欲指挥其余的黄金力士来捆绑他们似的,都吓得向门外便跑,一口气跑下山坡。回头见半山之间,仍布满一围的天神天将。红珠教的党羽就此解散,大家都怕罪深孽重,该遭天谴,不敢再萌故态。

红蝶、爱香见前面各房各屋走得没有一个人,她们是秉承洪珠儿的谕令,却不明白洪珠儿解散党羽是什么用意。回到洪珠儿的房中复命,但见洪珠儿口中念念有词,那个新来的郎君尚兀自坐在一边。

一会儿,洪珠儿便向她们说道:"你们两个可算我的心腹,我是被李教师提醒的人,不向去处来,还归来处去。你们先到那里等我,万一违拗我的命令,有这本领,取你们的脑袋。"

红蝶、爱香哪敢怠慢,登时化成一对儿红蝴蝶,联翩而去。

洪珠儿掐指一算,知道杨秉忠已经在罗浮山出家,他的恶运未满,倒不用逆天行事,取他的性命。但那邱鹏、钱豹两厮,不可不除掉他们,替杨秉忠砍去两只膀子。便向李虹文说明,还要求李虹文在罗浮东山坡前等她话别。

李虹文自然明白,这时的洪珠儿不是以前的洪珠儿了,自家且没有到过这罗浮山,也可借此观光山景,便一口答应了。两人同到罗浮山东坡之下,这时天光已亮,又在山下看了许多的野景,洪珠儿陡见西山起了一层浓雾,心里便猜定是杨和尚使的法术,便借着隐身法飞到广林寺中。陡见西厢房里,邱、钱两和尚围着一个女子逗笑。

洪珠儿向他们相了一相,脸上的黑气弥漫,便审定他们无法无天,又伤了许多的阴骘,连忙用飞剑砍了三个人头。看大殿上杨和尚同两个女子已用飞网箍人家母子六人,准备要抠心挖肚的样子。洪珠儿用衣袖一掀,殿前便起了一阵怪风,趁势把三个人头在殿廊下挂起来,从怀里取出自己名片,系在钱和尚的人头上。可巧风吹佛座,掀出了广林金像。

洪珠儿忽然省悟,暗想,在一百年前,曾做一梦,梦见自己投生人世,便是这位广林和尚。自家因为女投男胎,很是奇怪,及至一梦醒来,尘世间已过了六十个年头,仍是一个女性。后来走火入魔,竟忘了梦中因果。于今魔退道生,何能再开杀戒,登时恍然明白,遂作法斩断了杨和尚的一缕情丝,把石家母子,以及石小峰的骸骨等件,皆用法带到东山坡下。

恰好李虹文还在那里白相山景,两人见面之下,洪珠儿挨头贴着石家母子的眼、耳、口、鼻,都度满了温气,把包袱里的人头骸骨放在一边,便向李虹文福了一福,说一声:"后会有期!"顷刻间,便不知去向。

李虹文好生诧异,忽地潘秀娟母子各自哇的一声哭了,潘秀娟睁眼一看,那五个孩子都已站了起来,却见身旁有一位飘逸不凡的人物。李虹文便问他们是谁。

潘秀娟见他并无轻薄的神情,向他照情直诉,哭了又说,说了又哭。那五个孩子也是泪流满面地哭个不休。

李虹文听了,仿佛思量什么似的,一会子,便向娟儿问道:"石师娘,你却算算,是谁把你母子救出来的?"

娟儿哭道:"不是佛菩萨救我们母子的吗?我刚才被箍到那佛殿之上,已吓得真魂出窍,看见殿上的佛像替我披上一件僧衣,便把我和几个小孩子都带出来了。那佛像还吩咐我不用迷失来路,劝我立刻出家修道,报仇的事,自有我几个孩子,这时候还不是报仇的机会。我把佛菩萨的话牢牢记定,及至睁眼醒来,却是一梦。"

石智哭道:"我还梦见母亲的头发都剃得光光的,究竟那佛殿前的水玉珍是怎样地处置我们,这个可不知道。"

李虹文听了,心里愈加纳罕,但不便把洪珠儿的事迹揭说出来,遂对潘秀娟正色笑道:"石师娘是不认识我了,我这性命却是令尊潘老大人救活来的,于今却是我报德的时候了。

"三年之前,我从师父学了法术回来,那时我服气的功夫已有了一二分的火候,什么绝迹飞行的本领也试得出来,那画符捏诀降妖捉怪的门槛儿又一知半解地懂得些。我家住在这福建莆田县里,我虽是十五岁的童子,然而不是寒微的门第,我又从师父学得许多的法术,年轻人无知最要面子。我在那莆田县里收了许多的徒弟,总没有够得上做我徒弟的资格,便打发他们另找良师,不过城里的人许多看见我试过种种的法术,谁也知道莆田县里有我这一个人。

"那夜,我因愁闷得很,兀自走到北门外去逛逛,平昔身上都暗藏金镖,今天恰巧没有藏着。出了北门,那里有座天妃庙,庙门外边竖着两根旗杆,有十来丈高。

"我离那旗杆半箭路的所在,远远瞧见左边旗杆上点着一盏斗大的红灯,一时天上又没有星斗月亮,越发见那红灯光彩耀人,闪烁无定。

"我的气功虽不能离百步外把树吹倒,然而估量自家的能耐,在那所在吹灭了旗杆上一张红灯,不是绝对办不到的。也不问这红灯是什么来头,便从丹田里吹出一口气来,直对那红灯吹去,哪里便能吹灭?

"我疑惑是走了眼线,又瞄准那盏红灯,把第二口吹出来,仍然没有把红灯吹熄。

"我登时就想到这红灯的来头很大,越是碰到来头很大的人,我越发要在那人面前显出自己的能耐,叫他知道我不是等闲之辈。可惜这时没有带着金镖,我的金镖的是百发百中,无论遇到含有抵御兵器能耐的人,一经我用到身使臂臂使指的气功,运足在金镖上,把金镖打到目标的所在,他就是铁为皮肉,石作心肝,都被我打得穿心透胆,哪有这一盏红灯,轻易打不熄的?但是金镖不曾带来,只好冒险行事,把丹田里火候运足到十二分,第三口气又向那红灯吹来,居然就被我吹得熄了。不但不见红灯,连两根旗杆都瞧不出来。

"我心里喜欢得什么似的,准备走到庙前,飞上旗杆去看个明白,究竟可有人没有,不去倒也罢了,这一去,不要说有什么人能限制我的死命,可把我吓也要吓死了。

"我那时飞也似的走到那旗杆之下,听得头上有些风响。我急运动那乌鸦展翅的功夫,飞过十步以外。不知怎样似的,这条辫发已被他提在手中一根根发丝从毛孔里拔出来,辫发竟与我头顶脱离关系,血花流落,淋漓了一头一身。我一时并不觉有半点儿疼痛,身体不由从空中跌下来。

"这时,天上的半边月亮已从一大堆云块子里吐露出来,却见一个四十来岁的人,两只眼睛已瞎了一只,指着我骂道:'你这小厮,和我有何仇恨?竟用先天的气功吹瞎了我这只神眼,我的神眼只练了那一只,这一只是没有什么效用的,我神眼周超的金字招牌,可恨反劈在你这小厮手里。我疑惑你是个了不得的人物,被你吹瞎了这只神眼,这时候并不欲找你了账。不料你是个初出茅庐的无名小辈,胆大包天,竟敢到这里送死。漂亮些,你自己把脑袋瓜儿摘下来,可不要我再动手了。'

"我听了这些话,已经吓得魂不在身,一根根毛发孔里都出了一粒冷汗,头顶上登时疼痛起来,就像千百口花针在头上乱戳的一样。只好把牙关咬得紧紧的,心里还一半疑虑他是蛇怪,不是蛇怪,怎么那一只眼就像一盏灯?千百尺大蟒的眼睛,不是同红灯一样的吗？如果决定他是蛇怪，又为什么只有一只红灯也似的眼睛，那一只如何同寻常人的眼珠并无奇异？是蛇怪也罢，不是蛇怪也罢，横来竖去已不能脱身，就把他当作蛇怪抵御吧！

"我刚才这么一想，心房里顿有不少的生气，挨着疼痛，从身边摸出一把三寸多长的法刀，将法刀晃了一晃，口里便念起斩妖咒来。

"周超似乎心里一愣，顿然换了一副笑容可掬的脸子，拉着我的手问道：'你把我当作是妖怪吗？就看错了主意了。我这时是专来请一个捉拿妖怪的智林师姑，不过因这天妃庙庵门关得很早，不便冒昧进去，所以在那旗杆上略歇一会儿，不图被你伤害了我一只金眼。但能看出你果有降妖捉怪的能耐，你同我原没有深仇，伤我是出于无意，我拔去你满头发辫，心里实在对不起你，大家把这事解结了吧。但必请你到寒舍捉了妖怪，你的意思怎样？'

"我听了这些话，心想，这庙里智林师姑并没有多大的法术，不过外边虚名极大，隔省换境地骗人来供养她。看这姓周的又没有怕我的神情，便不是个蛇怪，我落得和人家解结了冤仇，还有不愿去的道理？边想边把头点了几点。

"那周超即取出一包药来，吹散在我的头上，我顿时觉得头上有些痒痒的，一点儿疼痛没有。我们都练就了飞行的法术，随着他连夜里到了四川的乡下，在他家睡歇了一夜。第二日清早起来，便觉头上的发已披满了一肩，原是新从毛孔里长出来的，便知道他的药末有养血生发的妙用，心里更加佩服他，不是寻常有本领的人。

"洗脸吃早点以后，他便把我邀到后厅，酒席恭维客气得了不得。但我听西房内像似有好多的妇人女子在那里说鬼话，有一个女子吐出恨恨的声音说道：'厅上来了个什么人？无论他有通天的法术，我一不怕他，二不让他，看他对我怎样！'

"我想这女子是被妖怪缠住了的，这妖怪胆敢对我下宣战书,不给点儿厉害给他,还把我当作智林尼姑一般不中用的。我当时酒也不吃了。

"周超仿佛明白我的意思,说:'我夫妻都相近五十,凤凰似的,只养了一个女儿,今年才交一十六岁,竟被这孽障缠得不能安生。半年以来,照例每日午后到二更时候都是昏沉沉的,不懂人事。近来更加被妖怪迷得厉害,不分有人没人地胡闹一阵,实在叫我做老子的面上太不得过去。说起我自己的本领,无论是什么对头人,碰到我手,都可置之死地,简直就没有一点儿法子,能把这妖怪撵了出门。也不知请过多少法师,不但不能奈何这妖怪的分毫,反而惹动它的脾气,越使小女癫疯得不成话说。连那般法师,都被它弄得口眼冒血,险些伤掉了性命。看来这妖怪的邪术很大,未明白贵法师有处置他的能耐。'

"我听了这些话,故意说出许多脓包的话来,意思是要那妖怪看我又不中用,不至于吃他逃走……"

李虹文刚说至此,潘秀娟即问道:"你莫非是福建李虹文吗?怪道我先父曾向我说过一次,说在四川境界救了你一条命。我并不曾向父亲问明根底,只知我父亲把你这条命从神眼周超手里要了回来。我父亲救你的时候,丝毫不望你后来报答,不意我们孤儿寡妇,今日便要拆散开来,望你看在我父亲分上,把我父亲几个小外孙儿领到潮州西门外四十里庞人瑞家,我去削了头发,未明白你可否能担任这一件事呢?"

李虹文很同意地回道:"我多久要报答老大人的救命之恩,果然照你这样说法,我有一半不赞成的。于今且让我把老大人家救我的事细细说了,你才知照你这样办法不能算我补报老大人的恩情。"

潘秀娟听了,心里反有些疑惑起来。

欲知后事怎样,且俟四十四回叙来。

409

第四十四回

旧雨重逢刀边救奇侠
夫棺甫葬夜半失雏儿

话说潘秀娟见李虹文举动之间，虽没有挑逗她的神情，但据他这样语气，转怕他存着轻薄的意思，暗想，我的年纪虽比他大得十来岁，然而我自嫁了石郎，便不轻易同二三十岁的男人们在无人处谈话，何况于今又做了孤孀嫠妇，还怕那水玉珍前来寻仇。他既不肯把我五个心肝儿带到庞家，我就不明白他是个什么人，何能把亲生的骨血再托他这个面不相识的人？果然他是好意，要替我丈夫报仇，但我不知怎样，这时若替我丈夫报仇，反觉得毫无把握。佛菩萨梦中言语，绝不欺我，好在我一日不死，我五个儿子一日不死，那水玉珍一日不死，将来也绝有报仇的一日。依我一时的主见，便要剪去这三千烦恼丝，好证修大道，超荐我夫父的灵魂。但细想起来，又不忍撒下我这五个儿子，无父已无所怙，无母更有何依？我不若将这五个儿子带到庞家，等待他们长大成人，报了父仇，才是我出家的机会。至于我那良骏哥哥，虽同我是堂兄妹们，论起彼此敬爱的意思，就像在一个娘肚皮里生的一样，我报了自己父亲的仇，也该要再去会他一会，但不说明我母子的近状，只叫他明白天地间还有我母子这几个人。

就这么想了一阵，看李虹文这时俯伏声声，哭起潘大人来了。

潘秀娟仍猜不出他是什么心肠，眼眶里泪珠不禁流落下来，便悲切切地带领五个孩子，把包袱里骨头仍然收好，驮在背后。刚要向山坡下走去，李虹文忽地站起来，忙飞也似的使了一个箭步,拦住潘秀娟母子的去路,说:"石师娘,我不是没有人格的人,果然石师娘有为难的意思,可以说给我听,就砍了我这颗头,无不竭力替石师娘效劳。休言我要补报尊大人的恩德,就是路见不平,凡我可以帮助的,无不给人家披肝沥胆。石师娘这时不将为难的意思说给我听,是疑惑我不是好人,我须得要把尊大人当日救我的情形始终先说出来,石师娘才信我这回报恩的意思不错。"

潘秀娟便停止了脚步,睄左右没有行人,便哭说道:"事情到这一步,还顾得什么男女嫌疑?我便把你当作亲兄弟吧!无如我是个惊弓之鸟,自己死不足惜,就舍不得这几个孩子,再罹飞网……"

李虹文不等她说完,想到他们母子的不共戴天之仇,不禁心酸一阵,又飘下几点英雄泪来,便接着回道:"有我在,怕什么水玉珍?我若稍存一点儿不是的心肠,就该天打雷击,我是没有同胞姐妹,难得老大人待我不错,就把你当作一位亲姐姐了。

"想起当日我被那周超请去,听他说出那样话来,我表面上是表示一种弱怯怯的意思,其实胸有成竹。我向来画符不费纸笔,降妖毋用坛场,盖因是学的服气功夫。师父因我孽障未消,没有深造入道的缘分。然而这一点儿服气的功夫,却有斩妖除怪的效用,自然心源妙窍,与寻常符咒不同。只需一时镇定,随便怎样运用法术,无不得心应手。

"乘着那妖怪扬言示威的时候,即用茶漱完了口,方才屏神敛气,便见一缕白烟从房里滚出。及至我用手作画符的姿势,那妖精陡然把狐狸尾巴都现出来,伏在堂上,一些也不动了。我见这妖狐浑身的毛皆作白色,白得就像鹅羽一样白,便估定它不是寻常妖狐可比。哪知刚这么一想,便掺杂了这一颗纯一的心。因我们会些服气功夫的人,不容有丝毫掺杂,就这么一来,便吃那妖狐兔脱了。

"眨眼间又见那妖狐化成一道白烟,拿空而去。待要收神摄虑,哪里还来得及,也只好白白地让它逃去。便听得房里有女

子呻吟的声音,一班看家的大家都说:'小姐已回转过来。'

"周超也向房里一望,出来向我作揖打躬,不知要怎样谢我才好。我心里又被恭维得惶恐起来,暗忖,我学了三年的功夫,竟没有处置这妖狐的死命,怎当得起人家这样恭维?便向周超说道:'老丈用这样礼貌待我,把我要愧煞了。这妖狐吃它逃走,终是府上的一件后患。我见它伏在坛上的时候,绝无摇尾乞怜的态度,难免它不再来作怪,那天我只在府上等它再来罢了。'

"'了'字才说出口,我心里忽然疼起来,便想,这东西反来祟我,太可恶了。想到这里,立时收了心猿意马,从腰间抽出一把师刀,顺手捏了一个诀。这把师刀,便从那只手里脱了出来,即听得咔嚓几声响,这师刀仍然被我收回了,看那坛下摊着三个白狐尸级,鲜血淋漓,已经身首异处。

"把周超喜欢得什么似的,立刻叫那慧儿出来,向我拜了几拜。我瞧这慧儿已瘦得剩个人架子,娇羞无力,风都能将她吹倒下来。

"周超便欲将我招赘在家,我心里却不以为然,只得用好言辞谢,便欲暂时告辞回家。周超如何肯放,慰留我在他家里盘桓几天,防备他女儿再有什么的祸变。我既然不准许他这头亲,又不肯在他家稍稍停留,就未免绝人太甚,又在他家里盘桓了三日。

"那夜,周超出门去了,我一个人坐在厅上,忽见周慧儿排闼进来,扑到我的身边。我这时只弄得惶急无措,恨没有地缝可入。周慧儿便羞答答地向我问道:'李法师,今日我父亲曾请两个人来,提议我们的婚姻,李法师可是没有赞成吗?我怕你这颗头是保不住了。'

"我心里暗想,日间果有两个人探试我的口风,也被我谢绝这样婚姻。那两个人都笑我是傻子,世间有强迫人做妾的男子,没有强迫人做老公的女子。我不相信那周超于今又掉过脸来,竟对我下这样毒手。我听周超说他的女儿也练得一身的本领,狐祟离身才过了三日,脸上就养得丰腴润泽,不是有几分本领的人,怎能便恢复到这般模样?她是个女孩儿家,竟对面生的男子说出这么不害羞的话,强迫我娶她做老婆,就顾不得我救命的恩,爱憎分明,要一刀砍死我,世间没有像她这样不讲道理的女子。但我存着爱屋及乌的意思,也不便同她计较,只好向她婉言责道:'李小姐,你是这么大的人了,说话要慎重些。并不是我存着鄙视你的念头,因我生性羡慕古来豪侠之士,于今替你除去身上的怪祟,本是做侠客应尽的道理,又不是我被尊大人迫扶而来。万一存那自私自利的念头,岂不是徒有豪侠之名,没有豪侠之实吗?我就凭这样的行径,你就杀我的头,也无可悔。我这性命,在你尊大人手里要了回来,还有什么怕死的道理?'

"周慧儿低声道:'你于今还颠倒不识好人,说我来杀你呢,我要转问你一句,你伤了我父亲的一只神眼,为什么不杀你?你一猜就猜着是要你来救我的。你除了我身上的邪怪,他为什么要杀你?你再猜也猜不出是因你不准许这头亲事,就如害了我的。我是一个好好的人,本不难嫁给一个好人家,不过被妖怪缠了三月,就有好人家也不肯娶我了。我父亲所以不杀你的缘故,就想将我许配你,什么话都收拾起来。于今你执意不从,还有什么顾忌不报复你伤去一只神眼的仇恨?所以我趁在这人不知鬼不觉的时候,告给你这个秘密,稍尽我报答你的恩义。你明天就去对我父亲说:"承老丈不记前仇,青眼相看,我没有什么不愿意。不过婚姻要禀明父母,我父母是疼我的,万无不答应的说法。我要拜辞老丈,回家便来。"你是这样说,看他是怎生回答。那时你万一得出了牢笼,高飞远走,娶我也好,不娶我也好,就算我报了你的恩情。'说毕,不由潸然泪下。

"我这时也感激她。忽地门外有咳嗽的声音,这声音触到我的耳鼓,就知道是周超了。周慧儿也吓得魂不在身,接连又听得脚步声走得远了。

"周慧儿道:'不怕的,我们说话的声音太低,我父亲刚从外面走来,他没有修过天耳通法,这说话的声音是听不出来的。我便走开,你可照我的话做去。'

"周慧儿走了以后,我一夜没有睡着。次日一早,我就见了周超,即将周慧儿昨夜说的话依样说了。

"周超点一点头,说:'很好很好,这件事自然要得到二位尊大人的同意,才算光明正大。我今天便替你送行吧!'

"我见他说话的神气之间,很是欢天喜地,原没有包藏祸心的样子。饯行酒落了盏,他兀自把我送出五里以外,到了一所荒郊,我便准备向他告一声再见。

"他忽地露出令人害怕的样子来,从腰里抽出一把明晃晃的单刀,扑地向地上一插。那把刀入土有一尺多深,冷冷地向我笑道:'姓李的,老子就在这里替你饯行吧!'

"我那时初出师门,不懂得江湖上的黑话,要这人的性命,便说替这人送行。他果然要我的性命,法术固不能杀害了他,厮打又打他不来,我只有延颈待杀的份儿。然而想起我这么一个人,竟死得如此不明不白,堂上的二老,因我前日失踪不见,未知怎样的惦记着我,哪里明白从今向后,永远没有骨肉团圆的机会,这是何等伤心的事!想着,就掩面哭起来。

"似乎有一个人在周超背后肩上拍了两下,却没有听得这人来的脚步声。我心里又吓了一跳,忙睁眼向那人一望;见是一个神采惊人的黑须老者,向周超点点头,我一见就晓得这老者是个很有本领的人。

"那周超向老者脸上一望,忽地拍着大腿嚷道:'你老人家不是潘……吗?三十年不见,越发老当益壮,虽然已留下这八字式的胡子,面目上还依稀认得出来。听说你老人家二十年前就发了福,我们一班穷朋友本想去沾一沾福气,侯门似海,有许多挂碍,不便到你老人家那里请安。不图一别三十年后,又有同你老人家相见的机会,这是何等的幸会。'

"尊大人便笑容可掬地说道:'亏你周兄弟还认出我是三十年前一个老友,你们都因我先前做了官,便不把你们放在心里。其实我在官场里混了十来个年头,只迫于时势的要求,便不能和你们在一起做事,大略你是相信我的。于今旧雨重逢,不必说上许多客气话。我前天子听说你洗手回来,特地到府上来拜望你,听得你府上的人哭声震地,就像号丧的一样。我对你尊夫人报出自家的名姓,生怕你是失足破案死了。谁知尊夫人的语气完全与我的理想不同,想你一只神眼,无意中被这后生吹得瞎了,本来罪无可有,这后生除去你家小姐的身上邪怪,恩怨相等,也可以将功折过。你欲招赘人家做女婿,是特别的情分,人家不领这情也就罢了,为什么昨晚听了背后的话,说你女儿不正经,黑夜里在面生男子跟前谈的什么事,都被你听见了。其实他们所谈的话都是对天无愧,对人无欺。你在江湖上也称得起个仁义过天的人,不是我要对你说几句责备的话,我们都是快要下土的人了,临了还要结个好瓜,才不跌辱自家身份。你就不该聪明一世,糊涂一时,人对家对你辞行,你便心怀叵测起来,暗地把自家女儿捆起来,要一刀杀死她,明里又替这后生送行,却不许阖府的人露出一点儿口风。不是我赶到这里解围,这两条性命不要一股拢儿交给你吗?你看我老面子,赦下了他们也好,不看我老面子,我这点儿能耐,也可以对旁人用强迫的手段,偏不能怎样你,只有死在你面前,看你心里如何对得起我?这把刀想是你替人家钱行的了,不如就替我钱行吧!'边说边从地上拔起那把刀来,问周超是怎么说。

"周超很为难地回道:'这件事叫我如何便能答应……'一句话未说完,尊大人已将那把刀对住了自家的胸口,眼看要戳下来。

"周超便改容笑道:'事情到了这一步,不问怎样说来,且请你老人家放下刀来,从长计较。'

"尊大人也不说什么,倏地翻了脸色,那把刀向胸口便戳。

"周超吓得忙把刀夺过来,抱着尊大人央告道:'好了,就算做兄弟的一切都知罪了,你老人家怎样吩咐便怎样遵守。'

"尊大人又问道:'周兄弟这话可当真吗?'

"周超道:'我若有半字违拗,得罪了老友,就像这把刀一样。'说着，把刀对着他咽喉上戳去。

"随即一声响，周超的咽喉没有破伤分毫，那把刀折成两段，刀尖头已落在地上，刀柄尚握在周超的手中。眼里早洒落下泪珠儿来。

"我那时一颗心才安安稳稳地放在腔子里，做梦不指望昨晚同周慧儿所谈的话，总被他窃听去了。幸亏我自己看轻自己的能耐，不敢对他还手。难得尊大人前来解救，如其不然，我固然是逃脱不了，不消说，那周慧儿要被他一刀结果。

"那时，见他准下尊大人的情分，我便来给尊大人磕头。尊大人便向我责备道：'你是个年轻的人，动不动要在有本领人面前现出自家的能耐，似这样行径，已属取死之道，但能知过必改，以后再不开罪前辈英雄，也不枉我白救了你。于今看你没有配亲，不若你回去禀明父母，就将慧儿配你，我来替你们做媒，可不许你违命。'

"我当时就对尊大人发誓赌咒。那周超便换了笑容，拿好话安慰我，叫我别要记他的仇恨。

"后来，我同周慧儿成了眷属，可喜慧儿的本领虽然赶不上她父亲，却比我高得多了，倒比她父亲多一层会水，能在水里厮战六昼夜，比《水浒传》上阮小七还来得神快。但尊大人并没有参加我们的婚礼，就此一别，不曾再和尊大人有相见的缘分。然而我想尊大人救我一条性命还在其次，若不教训我一番，不许我无端开罪天下英雄，我这条命即被他老人家救下来，将来不愁不闯出比这事还大的乱子，枉送了一条性命。

"想不到在此地碰到了石师娘，得知尊大人已被人暗杀，却喜石师娘能手刃父仇。不意石先生又死在妖人之手，尸骨幸得无恙，这还是不幸中的幸事。依我的意思，须得请石师娘和这几个孩子到我贱内那里，我须亲自把妖人捉来，由石师娘自己动手，剜心挖胆，活祭石先生，才算我补报尊大人的情义。未明白石师娘的意思怎样？"

潘秀娟听得他如此这般一大篇话，未尝不知道他是真个补

416

报自家父亲的恩德。但因他这样能耐,可以降妖捉怪,却不能奈何白莲教的妖人,这几个孩子和我一路回到庞家,不知要耽搁许多的工夫。不若且随他回到四川,先把他们安插下来,慢慢再和他计较,好替我丈夫报仇。主意已定,潘秀娟即带领石仁等兄弟,随着李虹文同到四川。

原来李虹文自同周慧儿成婚以后,不幸父母双亡,偌大的家财都在朋友身事上花费一干二净,莆田的地方毫无挂碍,便到岳丈家过活。

那周慧儿却十分贤惠,明知李虹文是富家子弟的出身,不知物力艰难,手里挥霍惯了,长此以往,恐怕不得了局,枕边衾底,常谏劝李虹文从此节省,不用把金钱看视得同粪土一样。

李虹文对于周慧儿的爱情十分浓厚,看出她反是一位贞静贤淑的女子,总觉男子们多半是一班蠢蠢无知的动物,却不比她这水晶心肝的人,思想致密,审前顾后,迥乎与寻常不同,自然相信她的话大有道理,不但不肯挥霍金钱,连脾气都变好了,"嫖赌玩笑"这四个字,一尘不染,唯喜游山玩水,到处也做些侠义勾当。周超也喜欢他,差不多待他如同亲生一样。

周慧儿三年以来,没有养过一男半女,又没有什么姊妹兄弟,便看待娟儿同嫡亲姐姐一样,对于石仁等小兄弟们嘘寒问暖,就同在自家肚里养出一样。

潘秀娟想起丈夫的仇恨,终日以泪洗面,不肯在此停留。可巧周超出外未回,周慧儿因为自家的丈夫有降服妖怪的能耐,便劝李虹文到罗浮山去,看风下棹。自然李虹文早有这个念头,无论潘秀娟推阻他,他们夫妻都不答应。潘秀娟以为丈夫的仇恨,自己没有本领报复,要人家前去冒险,心坎里终觉过不去,很愿同李虹文一起动手。

周慧儿说:"这像个什么话?我丈夫毕竟是个男子,前次同姐姐一路回来,是没有法子,就不能避这嫌疑。于今他一个人前去,我未尝不有些提心吊胆,但姐姐是不能和他同去,我又要替姐姐抚育这几个孩子,抽不开工夫同他一路走,只得先令他到那里打探打探,不必和妖人动手。等待我父亲回来的时候,齐打伙儿到罗浮山去一趟,哪怕水玉珍是三头六臂,我们不捉住她不甘心。亲姐姐,你这回是不去的好。"

潘秀娟被她劝得没法,眼看石仁等几个小孩子生怕娘是去了,一个个将娘拉住不放,放开喉咙哭起来,心里也舍不下这几条肠子,莫说李虹文夫妻又向她苦言劝止,便是自家,也舍不得离开他们一步,连剃发出家的愿心,从此也打消尽净。

及至李虹文动身三日之后,一点儿消息都没有,并且周超又未回来。潘秀娟不由怕起来,胡乱把丈夫的尸骨入土安葬,便要亲自到罗浮山去。

这时,周慧儿却也放心不下,明里说把这几个孩子且托她娘抚养,好同潘秀娟明天一路去探听消息,暗里却趁在半夜三更以后,瞒着娟儿,穿起夜行衣靠。料想这罗浮山离此地不过二三千里,一个时辰可飞得到,在那里又要耽误一个时辰,来去只需三个时辰,大略明天一早还可赶得及回家,再同潘秀娟另作计较。

岂知在周慧儿去的时候,潘秀娟兀地在自家房里发愣,便要到周慧儿房里同她谈说谈说,心里这么想,身不由主似的踱到周慧儿房外,见房门已关起来。潘秀娟敲了一会儿的门,不听得房里有人答应,心里疑惑周慧儿是睡着了,悄悄地静听多时,却听不出房里呼吸的声音。又把房门搭子敲了几下,仍然没听周慧儿回一句话。

潘秀娟却不好再打搅周慧儿的清梦,闷咄咄地又回到自己的房中。一看,床上的被褥都翻乱了,那五个孩子,石仁、石义是睡在潘秀娟的床里边,石信多是在潘秀娟怀里睡,石礼、石智都在她脚下睡,这五个孩子已早安睡下来,于今都忽然不知去向。

潘秀娟禁不住心疼肉颤起来,因想这四川地方,本有许多绑肉票的,无论我这几个没脚蟹够不上绑票的资格,谁也没有这样大胆,敢到周府里动手绑人。看我这五个孩子,绝对被那水玉珍妖人同那个恶和尚捉去了。

潘秀娟不想到这里犹可,想到其中的危险,浑身都软下来了,莫说要去追赶妖人,连走路都拔不动腿了。好容易又跑到周慧儿的房外,把房门打得连天价响,可是仍没有人答应,反而把周府上上下下的人,连周慧儿的母亲戈氏,也从睡梦中醒过来。他们都听到了潘秀娟哭的声音,句句哭的心肝儿,又听她叫的声音,声声叫的慧妹。

大家都穿起来,顺着哭的声音走至周慧儿的房外。周夫人的侍女点着灯笼,看潘秀娟已直手直脚地躺在地下,连哭泣的声音也没有了。

欲知后事怎样,且俟四十五回叙来。

第四十五回

指迷途尼姑说法
拜师坟怪侠被擒

话说潘秀娟因近来痛夫心切,精神上深受无穷的打击,竟至坐不安席,卧不安枕,水米又不肯轻易沾牙,身体便渐渐亏败下来。近来又略受些风寒杂感,周身恶寒发热,尤其是头脑上的阵阵疼痛,就像拿刀劈开来一般,手上也感觉摇摇颤动。自家虽然病了明里头绝不肯流出害病的样子,其实每当萧萧飒飒的风夜,点点滴滴的雨夜,闪闪烁烁的星夜,或黯黯淡淡的月夜,夫仇儿债,齐上心头,把眼泪尽量流了一番,那一颗心便像油一般地熬起来了。有时头目晕眩,便觉得天旋地转,好似倒栽了一个跟斗,仿佛有无数金花在眼前乱闪乱晃。但这般种种见症,都在夜间发泄,日间从没有见过一次,所以周慧儿并瞧不出她是个铁柜盛玻璃的人,不过见她面容消瘦,终日间多是皱着眉头,周慧儿也尝宽慰她的心灵,劝她不用自己践踏自己的身子。她多半答应一个是字,可怜她何尝情愿自己践踏自己。她明知将来的担负很大,果然抱着厌世主义,就不该决定向这死路上走。无如她是个富有灵性的人,有一分灵性,遇到这抱憾无穷的仇祸,既添一分痛苦,即多一分眼泪,身体实迫于性灵和环境的要求,竟使她一日一日地伤损下来。

于今她的五个儿子,忽然又被仇人劫去,这又是她何等伤心的事,腔子里活活跳跃,手脚都有些战栗起来。好容易踱到周慧儿房外,一把眼泪一声儿,又慧妹长慧妹短地叫了多时,哪里有个周慧儿答应她？登时便觉得眼前又昏黑一阵,四脚都有些软洋洋的,跟后便栽倒下来。好像魂灵出了窍的样子,没有哭,没有眼泪,忽地哇地吐了一口,自家也不大明白是吐出什么东西,可巧把周府上上下下的人都惊走来了。

戈夫人的侍女素杏在烛光之下,先瞧见她躺下来,唇边还有一口丝丝缕缕的血块子,素杏不由伸了伸舌头,把她的头摇了几摇,说:"石师娘,你这……这……这怎么好？"

潘秀娟霎时也清醒过来,恰好戈夫人也蹲在她身边,两眼望着那血块子发愣。娟儿便拉着戈夫人的手咽声说道:"老太太是疼我那几个孩子的,可怜他们都被妖人捉去,我又病得这个样子,实在连动弹都不自由了。老太太,我这……这……这是怎么好？"

戈夫人猛听她这一声,便向她问明原委,心里暗暗纳罕。素杏早跑到潘秀娟房里一看,果不其然,石仁等都不见了,再转到这里来,便看见戈夫人哭得像泪人一样。素杏只当戈夫人是替潘秀娟母子伤心,及见自家小姐的房门已被人打开来,房里脂残粉积,那床上花团锦簇的被窝里,不见那游龙惊凤的慧儿小姐,又听一时人多嘴杂,七言八不齐,有的说:"小姐决定是赶那妖人去了。"有的说:"怕不是这么样,或者小姐被那妖人连带捉劫去了。"

素杏心里有些突突地跳,及审度潘秀娟话里的意思,便什九估定小姐真个是被妖人捉去,也揉着眼睛哭了一阵。

潘秀娟无端又不见了这几个儿子,伤心已到极处。如今周慧儿是被妖人劫去,李虹文却没有消息回来,死活存亡,尚未可预定,眼见戈夫人一把眼泪,一把鼻涕,一声女儿,一声女婿,因为自家的仇怨,就闹得人家连带受这意外的祸变。虽然戈夫人是不曾埋怨她,心坎里终觉对不起人,倒有些难为情起来。哪知戈夫人哭了一阵,便令素杏把潘秀娟扶回房中。

第二日,却又不见周慧儿回来。戈夫人却要安慰潘秀娟的病势,含着满泡的眼泪,过来向潘秀娟说道:"石师娘,我想起一件事来了,我这慧儿,虽然被妖人劫去,是没有过分的危险的。前五年子,有一个算八字的先生,他说我女儿的夫星好,晚运好,不过成年的时候,要受许多的磨折,然而吉人天相,每在绝处逢生。于今回想我慧儿在十六岁的时候,被妖狐缠得死里逃生,昨夜又被那妖人水玉珍捉去,这总是她命里的磨折,将来定有出头的日子。那瞎先生瞎嚼的话,倒也嚼得对了,何况我又一知半解地懂得些麻衣相,不但我慧儿是没有意外的凶险,便是石仁等几个心肝儿,我看他们都生得天庭饱满,地阁丰隆,很是后生可畏的气象,绝不会便死在妖人之手。我的相法向来不曾走眼,且劝石师娘宽一宽心,自己将息自己。"

戈夫人嘴里虽是这样说,喉咙里早咽住了。但潘秀娟越见戈夫人这种样子,心里越觉不得过去,不知要怎样向她道歉才好。

一会儿,戈夫人令人请来一位医士,给潘秀娟来诊脉。晚间服药以后,潘秀娟便出了一身的微汗,心里是凉快些,又略略进点儿饮食,身体上便觉得能转动了。直至四更时候,潘秀娟便兀自走下床来,思来想去,一则自己的五个孩子嵌在她心坎上,二则又要连带探出周慧儿毕竟是否也被妖人捉去,虽然自家病得一身软洋洋的,施不开飞行的功夫,然拼着性命向前走去,也省得坐在房里发愣。心里这么一想,便觉精神抖擞起来,那浑身汗珠儿简直同水洗的一样。

潘秀娟以为大病已愈,身体便恢复了健康,悄悄走出房来,恰好没有一人惊觉。这时,身边并没有飞行衣靠,勉强撑着飞行的架势,把她父亲传授她的飞行法术使出来,果然她两只膀子便像两个翅膀一样,直冲霄汉。约莫间不知飞过多少路程,陡觉得肚子里打起饥荒来了,眼前又漆黑了一阵,一时乌啼霜落,身上便不由得寒战起来,只好落下来闭目凝神地养息一会儿,仍然鼓着最后十五分钟的勇气,向前飞去。却见前面有一座山头,潘秀娟因为飞的时候太久,那蛾眉也似的残月从山那边捧出来,便疑惑是已到罗浮山了。看这山的形势,也有些像个罗浮山,便落在半山之间,隐隐约约地看见前面露出被松树遮住过半的一角红墙,潘秀娟暗想,这罗浮山的禅寺,原不像先前所见的模样,到此方恍然悟出这山并不是罗浮山。

其时身体已困惫不堪,再飞也吃不消,何况空中的寒风,提出内功的火候,也抵敌不来。不若在山上走一会儿,自然不怕风吹,好到那庵寺的屋上拣一个藏身的所在,歇息一日,再飞到罗浮山去。心里是如此想,事实上却绝对办不来。潘秀娟在病后的时期,使用这飞行的功夫,用力太猛,内功火候没有敌不过寒风的道理,潘秀娟不想到自家寒战的路数是火候已渐渐涣散了,山中的风虽然比空间的风略小一些,然而肚子饿了,走几步便又有些晕眩起来,昏沉沉地向那红墙的所在走去,越走越饿,脸上火烧了一阵,两只脚就像有千百斤重的样子。潘秀娟这才怕起来,暗想,我可是不中用了,怎么一病把本领都病到哪里去了?便展开膀臂,试一试可再能冲上云霄,哪里还飞得起呢?浑身都像似得了软瘫疯的一样,明知自家的内功火候已完全散去了,方才所以能飞的缘故,的是回阳返照的征兆。一想到这一层,不是说又感受了薄薄的寒意,可把她吓也要吓得抖起来,便在山石上睡歇一会儿。几番想爬起来再走,那身上便像上了火山的一样,腹中反不觉得饿了,口里是渴得很,连一杯水也没有,隐隐地却听得寺里的木鱼声,一会儿,那木鱼声又停止了,接连便听得飒飒淅淅,又像雨声,又像风声,知道自家是大病的见症。

方欲蒙眬睡去,忽地觉得面前站立一个三十来岁的尼姑,月光之下,瞧见仿佛那尼姑面貌慈善,神采绝尘,穿着一件破衲袄。潘秀娟在这山中遇见了尼姑,如同在异国重逢故旧的一般,正要同尼姑搭话,那尼姑已劈口问道:"你可是迷了路吗?"

潘秀娟道:"我并没有迷失路途,不过打从这里经过,便觉得走不动了。师父怎说我迷了路呢?"

那尼姑道:"我说你是迷了路的,你却说是没有。贫道且问问你,还是到去处去,还是向来处来呢?你所走的是一条去路,不是一条来路,我便指给你这条来路吗?"

潘秀娟暗忖,这是哪里的话?怎样叫作去处去,又怎样叫作来处来?我明明出四川向东而行,我记得不曾换移方向,又怎样你说我迷路,使之自悟?想着,便把自家的仇怨,以及近来的祸变,一五一十向尼姑说了。

尼姑摇摇头,潘秀娟更是惊疑万分,一转眼,便不见尼姑的所在,只见两边人山人海,一个个手里都拿着兵器,长枪短刃,各自厮杀起来。一时肉飞血迸,那一阵呐喊的声音,真似摇山震岳。潘秀娟久已一蹶劣身起来,仗着自己的本领,也可以动手厮杀,但不知帮助哪一边才好。谁知这两边的人简直杀花了眼,这边人疑惑潘秀娟是敌人,那边的人又疑惑潘秀娟是敌人,不待潘秀娟动手,齐打伙儿握着兵器来刺杀潘秀娟。

潘秀娟四面受敌,不知怎样对付才好,从一个人手里夺了一把单刀,不问青红皂白,逢人便杀。无如寡不敌众,潘秀娟仿佛已被人刺了十来枪,砍了三刀。

正在危难之际,瞥眼间,便见那些人都披枷戴锁,化作怨鬼的形象。潘秀娟暗想,分明是一个人,怎么都变成鬼了?似乎刮过一阵风声来,把那些怨鬼都刮得杳无踪迹。陡然现出一座才大禅林,觉得自家是到这禅林里烧香的女子,却被寺前的一个石狮子走过来将她双腿抱住,便急得什么似的,要挣脱又挣脱不开的样子。眼见左右又没有第二个人,喊又喊不出声。那大肚子弥陀佛却对她哈哈一笑。

倏见那石狮子又变成一个读书人的模样,可巧殿前跑进一条白狗,将那读书人一口咬死。自己才得脱开,那白狗又不住向她狂吠起来,她一时便上了法座,躲在弥陀佛的背后。那白狗一声长吠,又引出两只花白的狗来,各在殿前狂喑乱吠。幸喜里面走出五个小沙弥来,将那三只狗都杀死了。

那五个小沙弥都哈哈笑了一声,从弥陀佛背后把她寻出来,同跪在地下,替她磕了几个头,先后出了寺门。

她这时正要走下佛座,探问那五个沙弥的踪迹,觉得背后有人将她一把抱住,回头一看,正是一位三十来岁的尼姑,向她笑了一笑。她这时忽觉自家并不是个未出嫁的女子,便随着那尼姑走进三宝殿中,醒来却是一场怪梦。

眼看红日东升,自家却睡在一块凉石上,浑身都是冷冰冰的,把梦中言语在心里猜度了一会儿,暗暗叫道:"是了,是了!"

这时,身上的热度已退,走一会儿歇一会儿地到了寺前,看上面写着"清净禅寺"四个金字。刚才跨进寺门,便见里面走出一个年纪不到二十的尼姑来,向她说道:"我师父请你呢!"

潘秀娟即慢慢地扶着她进了禅堂,果然见一位三十来岁的尼姑坐在禅榻上,笑容满面,与梦中所见一般无二,不禁走进禅床,双膝跪下,说道:"师父莫非在梦中说法,指我迷路的吗?"

那尼姑笑道:"岂独你走迷了路,难道我就不是由迷路转来的吗?说什么前因后果,无非梦境。我今仍将你带到来处来吧!"

原来这尼姑法名慈雨,论她少时的遭际,却同潘秀娟仿佛,因这些事与本书漫无关系,没有闲墨抒写出来。

当时潘秀娟就拜慈雨为师,法名唤作无为,无为的师兄唤作无住。

无为打从皈依三宝之后,所有旧疾都被慈雨医治好了,轻易不肯出禅关一步。

无住便不是这样,慈雨因她灵性虽充,佛缘未足,法力亦无可挽回,只得暂收她做个挂名的徒弟。但她生就得一副侠骨柔肠,武术又在无为之上。因为同她的丈夫结婚不上一月,她的丈夫便死了。

父母只生她兄妹二人,她胞兄是个不中用的东西,对于骨肉之间,最是刻薄寡恩,父母平日常说:"儿子是靠不住的,心里爱上了老婆,眼睛里就没有了爷娘,还是靠着这女儿的好。"

谁知他这女儿,更是不可靠的。女儿虽同儿子的人格天悬地隔,她心里更是有了死去的丈夫,眼睛里就没有活着的爷娘,因为她爷娘劝她重婚再嫁,可算对她有极大的希望,她说:"我丈夫的武艺比我好,品貌比我好,我们两颗心就像合并在一块儿的样子。我就是他个小老婆,也该一辈子不反穿红裙,辜负他的恩山情海。若照我爷娘说来,无论我百年后,这张脸不能见他,我心里却又如何对他得住?"

她是这样的回答,她爷娘又是那样的劝解,说:"你像似初开的一朵花儿,怎么便拼却终生的幸福?你舍得,我们还舍不得你呢!"

她想,不好了,这家里再也住不得了。她丈夫是个异乡的人,招赘在她家做女婿,她意思想到婆家去,终怕婆家的人等不能体贴她的柏舟素志,因此不告爷娘,不谋哥嫂,从家里悄悄出来,走到这贵州关索岭上,约莫离家有二千里路,便在清净寺里,把三千烦恼丝付之并州一剪,拜慈雨为师,做了尼姑。其实她是这样的行径,她家乡的人都红口白舌地说,她随着江湖上人私奔去了。不过她这颗心,连爷娘哥嫂都不能原谅。她丈夫阴灵有知,也许含笑泉下了。

她的年纪比潘秀娟小得十来岁,先进山门为大,名分上却做潘秀娟的师兄,不懂得什么叫作戒律,但她一不犯淫,二不犯盗,然而遇到绿林中的奇侠之士,倒也不拘男女,都可以交结得来。她虽不茹荤酒,可是喜谈杀人,她说天下人至少要杀一半,但她明明去杀这人,提起刀来,心里一软,便不肯杀了。

她做女儿时,就以打不平为自己的职业,于今遁入空门,格外有这闲暇工夫管理人间不平的事,从不曾有人说她杀过一人。于今同无为言谈之间,看无为的行径实在不是潘秀娟了,她想无为原不是世间的凉血,虽然我师父说她的五个儿子是她丈夫报仇的人,这些深信天数的话,我师父也有我师父的道理。不知怎么似的,我想到她五个儿子没有下落,心里便有些疼起来。便是那李虹文、周慧儿小夫妻们,又不晓得是死是活。万一那水玉珍把他们结果了,或者两人中杀死了一个,硬拆开这一对儿比翼鸳鸯,那就不忍言了。据无为说那水玉珍是什么白莲教的教士,还有一个恶和尚和什么封韵姐,都是水玉珍呼同一气的人,这话太离奇了。人事间有儒教、释教、道教,哪有个红莲、白莲的教？我怕这白莲是好事者胡吹出来,不相信有什么了不得的法术。我就不禀明师父,会一会那广林寺里妖男怪女,先一刀砍死他。

兀自想了一阵,便回到自己寮房,藏了大刀,便向房内走出来,一口气出了山门。忽地后面有人叫无住回来,无住一听,就听得出是自家师父的声音,没奈何,只得回过头来,却怕师父看出她的神情,不放她去,忙跪在地下,未开言先流下丝丝的泪,说:"师父不许我去,我心里就跳得慌。我明白师父的神通广大,这件事瞒也未必能瞒住师父,我恨不立刻飞到罗浮山,先结果那三个狗男女,救出无为师弟的五个孩子,和周慧儿一对夫妻,我才欢喜。"

慈云道:"我何尝不许你去？千万不可说出你无为师弟在我这里,果然你违拗我,可不许你再进这山门一步。"

无住巴不到师父就苛求这一个条件,连忙站起身来,看她师父已回去了。

这时,日影衔山,无住虽没有学过飞行的法术,然而练得一双比箭还快的腿,穿山过岭,两脚就像踏着《封神榜》所说风火轮一样,直向广东罗浮山道上扑去。我今且按下不表。

于今却要转到李虹文身上,顺便叙出周慧儿及石家小兄弟等的祸变。必须要抽根彻底,第一要先在周超说起。

原来周超的师父便是江西孙士旭,这孙士旭住在宜春乡下,原没有多大的声名,周围的人都知道孙士旭有本领,究竟没有见到孙士旭的本领怎么样,一辈子就收了周超这一个徒弟。周超在孙士旭那里学艺五年,多是内功的家数,孙士旭略略指点门径,周超即能领悟。孙士旭有两个儿子,长名笙,次名管,都是有力如虎的汉子。孙士旭却不肯将内功的窍妙教给这两个儿子,亲戚间多责问孙士旭为何把功夫传给一个异乡的人,不传给自家的儿子。

孙士旭说:"我何尝不愿给他们?但据他们那样资质,就是学一辈子,也得不到内功一点儿皮毛,牛马的气力,比人要大几倍,为什么牛马学不出人的本领?铁杵能磨成绣花针,砖头瓦屑,问你们叫我怎样磨出一根针来?"

孙士旭虽不传两个儿子的武术,却喜欢他们秉性忠直,他们也同周超的性格合拢得来。

周超艺成之后,每逢岁时伏腊,都到孙士旭家里拜年。于今出门以来,很做了几件快心的事,但因伤损了一只神眼,又值岁尽的时候,恰巧路过宜春,便向孙士旭的住所而来。入门便见孙笙、孙管都穿了浑身的孝服。周超这一惊非同小可,暗忖,我师母是多久死了,我师父的那种内功,怕不是金刚不坏的身体吗?他们弟兄俩究竟是替谁穿孝?

周超刚问师父在哪里呢,孙笙便回道:"我父亲在三月之前已死了。"

孙管又向周超惊诧道:"老大哥,你那只眼睛是怎么样的?"

周超也不答他,径到师父灵前,哭了一场。同孙家兄弟言谈之间,才知师父是无病而终。便同他们逛到了师父坟下,祭奠已毕,便辞了他们,决要回四川去,他们也不挽留,分手一别,各自东西。

其实周超想起自家师父,只传他一个徒弟,论起师父的情义,同家人父子相差无几。我师父在寿终正寝之时,并没有通个消息给我,殓则未凭其棺,葬又未临其穴,我心里是如何悲痛!当时便想回四川去的,但仍要在师父坟前痛痛快快地哭上一夜。心里如此一想,到了夜间,仍转到他师父坟台的所在,草枯树短,都布着森森的鬼气。

刚才伏在坟下拜了四拜,忽见一阵阵旋风从背后打转过来。周超想道:"可是我的师父显灵了?"

　　口里便说些鬼话,像祷祝什么似的。那旋风便倏地不见了。自家鼻子里便有些作痒起来,闻得一阵阵腥臭气味钻入鼻孔。周超心里便暗暗叫苦,霎时,黑甜一梦,不知所之。哪里打算他已被水玉珍兴妖作法,用薰香迷住他的鼻窍,将他生生擒去。

　　究竟水玉珍与周超有什么冤仇,欲知后事怎样,且俟四十六回叙来。

第四十六回

老农夫夜走罗浮山
小豪杰身陷广林寺

话说周超究竟同水玉珍有怎样的仇恨,竟将他生擒到罗浮山上?其中另有一段缘故。

水玉珍打从潘秀娟母子被洪珠儿劫去以后,耕心等男女三人又为洪珠儿所杀,这一座广林寺只剩下水玉珍、封韵姐、慧空和尚三个,明知洪珠儿的法力很大,只要以后河水不犯井水,他们固然不敢报复洪珠儿,连水玉珍对于潘秀娟母子的仇恨也渐渐解释下来。但不免有些戒心,虽然他们在这寺里,官府不得过问,人民不敢干涉,关起门来都算一家子人。就是有人拿刀动枪的,再奈何他们,待怎么样?所怕就是洪珠儿、潘秀娟两人再来。

依水玉珍同封韵姐的意思,便要逃之夭夭,劝慧空留发还俗到别省去,另造成个小家庭。无如慧空恋着这罗浮山景,让他们独乐,却有些依依不舍。

慧空暗想,这潘秀娟是不用过怕的,洪珠儿教主欲结果我们,那时就该一股脑儿一刀两断,她所以不杀我们的缘故,是看在起初的情义分上,不忍下手,她并不是棉花耳朵的人,未必就偏听潘秀娟的一面之词,又来干涉我们。但不可不防她一着。

慧空这么一想,反说水玉珍主婢都是妇人女子的见识,心小胆怯。水玉珍本来不肯远离慧空,那封韵姐也常与慧空耳鬓厮磨,烈火干柴,正是分开不得,反以为慧空的意思是不错的。起初还存着戒惧的心思,三五日后,把这戒心撇向九霄云外,终日饮酒取乐,毫无忌惮。

不料这夜三更时分,竟有一个胆大的人,一不是洪珠儿,二不是潘秀娟,竟独自到广林寺上窥探他们的秘密。这人虽在他们意料之外,怕不出看官们理想之中,他便是范家村后的庞人瑞。

原来庞人瑞母子因潘秀娟忽然去了,各自放心不下,庞人瑞仍到潮州城里去访问道省,而道省已辞退方丈执事不做,到另处游方而去。

庞人瑞怅怅若有所失,回到家中,禀明了庞母,便要立刻出门,一路上访问潘秀娟母子的下落。庞母自然是准许他,庞人瑞因想,这两广地方,白莲教的邪士散处各隅,这水玉珍却也算是白莲教的女首领,便决定向西方寻去,到处流连物色,毫无影响。在穷乡僻壤之间,也访问几遍,固然问不到个潘秀娟的水落石出,连水玉珍也都莫名去向。那石仁等五个孩子本来他是对面不相识,但遇到与潘秀娟面貌差不多的小孩子们,庞人瑞都留心细细盘问,哪里还问出一点儿头脑来。

这天刚走到罗浮山下,在一家饭店里吃了午饭,听饭店里的人纷纷议论,总言山上广林寺里出了妖怪,无论黑夜里时常山上发生怪喊的声音,就是青天白日之下,也许有妖怪出来吃人,简直吓得我们两山坡下的居民,没有人在白日里敢到山上采茶。

庞人瑞听得这些触耳的话,便向饭店里人问道:"究竟是什么妖怪,可到官里请兵围杀没有?那广林寺里除了妖怪,还有些什么人?"

庞人瑞问过这几句话,内中就有个人回道:"你不在我们这罗浮山,就不知道这里妖怪厉害了。广林寺里哪里有什么人?大略起初几个和尚,也去修妖怪的五脏庙了,我们这山上简直被妖怪闹得不成话说。那孽物也不知有多少种类、多少数目,有的像似白额虎,不过比虎多上两道翅膀,有的像似鬃毛狮子,却比狮子少了一条腿,有兽身人头的野人精,有人身兽面的猪八戒,凡是《山海经》上所说的奇奇怪怪的东西,这山上总是有的。说有即有,说无就无,这东西合拢起来,大约有成千上百,分散开来,连一个都看不见。

"先前山上还有多少居户,关起门来家里没有外人,即见有妖怪前来,窗不破,地不裂,也不知这妖怪打哪里来的,不但猪狗牛羊都被妖怪弄去吃了,连人总要被妖怪吞噬下去。最是初出娘胎的小孩子,没有个不被妖怪吃下的。一家是这么样,家家是这么样,闹得山上的人不能安生。没有被妖怪吞噬的人,竟逃到山下来居住,先前还是夜间兴妖作怪,以后日间也见到这些妖怪了。虽然山上过路的人有限,但这妖怪一遇有过路的人,更比起初攫得厉害,从不曾见在山上逃下一个人来,但妖怪向不到山下一步。

"山下有几个当董事的,只得到某衙里呈报县太爷,也派下几十个兵士到山上去,一个个拿刀执枪,像似如临大敌的一样。恰好又没有看见一个妖怪,反说地方上人乱造谣言,兵士都整队回去。县里发下告示,意思说这清平世界,朗朗乾坤,哪有什么妖孽?偌大的白莲教,也是谣言造出来的,但劝居民心神敛定,妖怪即灭。这些话只由他们做官的人说得条条有理,我们小百姓再也请不下一个兵士来,替地方上除害。山上的茶也没有人敢去采,照例还完纳官衙的租税,大有刻不容缓之势。我们唯有怨望这山上的妖怪,却不敢说他们做官人一个错字。

"大略尊驾是要到山上赶路的,仅可由那边山上兜过,不必对直向罗浮山走去,性命交关,不是当耍子的。"

庞人瑞佯回道:"我也是个务农的人,到贵处是第一次,地生人不熟,本欲由山这一边走到山那一边。既承朋友指引我一条生路,我难道是个傻子,硬把这血肉身躯送到虎口里去,辜负朋友的好意?"

口里这么说,胸中早有了一个成竹。暗想,两广的白莲教,乱截山谷,闹得人畜不安,做官的人都是粉饰太平,不敢对上峰呈报妖孽,是怕那九五之尊的大皇帝,疑惑妖孽是国家将亡的征兆,知道是不欢喜,反要惩治地方官不能禁止谣言的罪名。大家就此蒙混下来,对于此项妖孽事端,不闻不问。官里既不欲奈何这白莲教,这些无恶不作的邪士,越发猖獗异常,到处兴妖作怪,原不仅就是这罗浮山一处。看这些邪士断没有不怕官兵的道理,官兵一到,立即避遁无遗,妖怪的法术,可不是这样的。那广林寺既为白莲教邪士匿迹之所,说不定内中也怕有水玉珍在内。万一我有这本事,捉住了水玉珍,自然能把我义妹五个儿子带到家里去。

庞人瑞欲凭着这一腔热血,向前做去,却不想着道省当日对他所说的天数,并且其他的祸患也不暇顾及了。日间不便到山上去,遂还了饭钱,由山左转到罗浮山上。

星光之下,并未见得有什么兴妖作怪的情节,反疑山下的人是过甚其词。山这一边也没有什么寺院,只见牛山濯濯的树枝,同有枝无叶的垂柳,被一阵的寒风摇摆无定,木叶愈脱,而山形愈瘦,而山路愈见崎岖。但庞人瑞脚下踏着铁鞋,在这山路上走去,却比风还快,轻易听不出一些脚步声响。

刚走到山巅之上,仔细向下看来,庞人瑞的眼功虽然不能在暗室里看出书上的蝇头小字,然而在山巅俯视而下,却被他看见一围的古树,遮围着黑压压的一座高墙,心里什九估定这是广林寺,便向着广林寺走去。一会子到了,转到寺门之前,向上一看,果见有"广林禅寺"四个金字,想这广林寺被四围的树都包围了,树丛里休说没有见到什么《山海经》上奇奇怪怪的兽类,连麋鹿狐兔都没有瞧见一个。料定这白莲教的邪士必聚集在这广林寺里,不敢在寺门停留。

这广林寺共有四进,庞人瑞却趸到寺后,跳进了院落,由最后一进蹿上屋脊,伏在屋上,静听了一会儿,全听不出一些声响。对面一进,更是黑洞洞没有灯火。蛇行雀跃,又在前二进探听多时,蹿下屋来,闪在僻静的地方,看天王殿上的门大开大放,星光

433

下，只看出殿里的金身佛像。

庞人瑞甚是纳罕，暗忖，寺里的人真个都被妖怪吃尽了吗？这断是没有的事，我却未碰到什么妖怪，想那白莲教中邪士行踪秘密，或者在什么隧道里，那就轻易探听不来了。

想了一会儿，忽听有咩咩羊叫的声音，声音似乎在香积厨外传出来的。寺里既有牛羊，断乎不能决定没有人的。

庞人瑞仍暗暗踅到羊叫的所在，果见有一个敞棚里，养了十来头羊。因为棚里太黑暗了，从身边取出火种，亮开一看，那十来头羊都不叫了，一个个反穿着皮袍子，头上是没有羊角，两只前腿就像两只手臂，前腿上的脚就同人手仿佛无二，后腿下还赤着一双人脚，两眼里都有泪痕。

庞人瑞忙吹灭了火种，一想这不是白莲教的邪术是什么，往常听人谈说白莲教的邪术，能罚人变猪变羊变狗，我尚怕是不经人意之谈，于今已亲眼瞧见的了，打算内中有石仁兄弟在内。低声向那十来只羊问说一会儿，那十来只是懂人话的，都把前腿拱起来，那眼泪更是流个不住，口里虽不能答话，意思是想庞人瑞解救他们，内中没有羊点头自认姓石。

庞人瑞不由触动了侠义的心肠，知道他们得水能转化人形，一时没有取水的方法。忽然想起来了，那香积厨里，准许是有水的，毫无疑惑，果然这厨里点着一盏油灯，有一个大水缸，水缸里盛有半缸的水，拿了一个水瓢，满汲出一瓢水来，鼻子里便闻得一阵阵的肉香。却巧有一个少年的女子走进了香积厨，手里端着一只肉碗。

庞人瑞疑这女子是白莲教的侍女，怕她见了自家，有些大声小怪起来，忙放下水瓢，从内衣里掣出一把血亮的单刀，猛地向女子头上砍去，恰好砍个正着。那碗从女子手中扑地向下一跌，跌得粉碎，再瞧那女子是不见了，地上有五寸来长的一个纸人。

庞人瑞暗暗点头，知道是白莲教剪纸为人的邪术。刚要拿瓢取水，陡听得门外有些声响，接连便见一镖打进来。

434

庞人瑞的功夫好生了得,右手急放下瓢来,左手一扬,那支镖已被他接住。眼见第二支镖又到,庞人瑞觑定这镖是打他上三路的,一张口,又把这支镖衔住,拔地跳了起来,哗啦啦一声响,屋瓦早纷纷落下,屋上已冲开一个透明的窟窿。

庞人瑞早已伏在屋上。第三支镖又似乎在庞人瑞背后辫子上打了过去。那放镖的人一飞身,又上了屋脊。

庞人瑞绕到那人背后,凭空站起,一个顺手牵羊,已提住那人的辫发,大声喝道:"你认得老子庞人瑞吗?"

那人的辫发本来不长,虽被庞人瑞提在手中,却有施展的能耐,忙用手向头上一抹,那顶瓜轮小帽已抹落一边,满头的青发就像用剪刀剪去的一样。

庞人瑞仍绕住他一条同发根脱离关系的小辫子,那人已扑地拜倒屋上,说:"李虹文有眼不识庞教师。"

"师"字才吐出口,李虹文蓦地便倒。庞人瑞登时又浑身麻木起来,以后连人事都不知了。

一会子,庞人瑞醒转过来,见李虹文同自家并没有被绳索捆缚,然而一点儿都不能动弹,比用绳索捆住还觉难受。自家浑身是软绵绵的,李虹文只流泪不语。看这地方是一间小小的暖房,安放着暖烘烘的一盆炉火,一张檀木桌上,中间并坐着一男一女,男子是个和尚,女子打扮得妖妖娆娆的,袒开胸膛,同那和尚交杯灌酒,尽性撕吃羊肉。有一个侍女模样的人,手里握着银壶,坐在下面斟酒。

这三个狗男女,看官们一猜便猜知是慧空同水玉珍、封韵姐了。他们都在这暖房上饮酒食肉,因为这房包在中间,外面窗门一齐闭住,任凭他们浅斟低唱,外边却听不出半点儿声息,连灯光都不轻易看出来。

适才水玉珍剪纸为人,到香积厨中添取羊肉。一会儿,却不见纸人到来,水玉珍心知有异,即令封韵姐用隐身法小心前去探问。封韵姐领命而去,见纸人已飘落不知去向,那只肉碗却打得粉碎，听得有两个人在屋上厮打，屋瓦上已冲破了一大块。

封韵姐连忙闪上了屋，就在两人腿弯里点了一下，搜了他们身上的暗器。

两人被点了软穴，又中了她催眠术，都由她带到这暖房里。水玉珍见李虹文是个少年俊伟的人物，短短的青发，散满一头，越显得神采惊人，心里有些模糊起来。其时封韵姐已将李虹文唤醒，待要作法罚他变羊，却被水玉珍一句喝住。

李虹文也估定这两个女子是水玉珍主婢，那秃驴虽叫不出他的名字，也许是他们一路的人，暗忖，我为石家打不平冒险而来，先前原没有探出一些影响。无意中又碰到这庞人瑞，由相打而至相识，满心想邀他做个帮手，不打算就这么不明不白，反被妖人作法擒住。偏我所学的降妖捉怪的法术，又不能奈何他这人妖术，天生我这副豪侠心肠竟如此结果收场，我那爱妻慧儿，纵然不愁她母家不能养活她，可怜薄命孀姬，冷月凄风，锦衾角枕，还有什么生趣？想到这断肠之处，哪得不潸然泪下？

水玉珍见他泪珠儿滚下来了，疑惑他是没有什么肝胆的人，慢慢可以设法牢笼他，拿软语来哄诱他，想逼他招出实供。李虹文反被她惹起了无名业火，狠将她们大骂一顿。依慧空的意思，立刻便要将他处死。水玉珍且不理会慧空，却令封韵姐又把庞人瑞唤醒过来。庞人瑞当然是一条好汉，任凭水玉珍怎样拷问，庞人瑞总是咬着牙关，一言不发。

一时慧空醉了，水玉珍即向封韵姐附耳说了几句。封韵姐一笑，水玉珍便服侍慧空到寮房里安睡。

单言李虹文倏见庞人瑞不在身边，接连这封韵姐抱着他的身躯，说："送你到个快活的所在去。"

李虹文身体上失了自由，听她摆布，走进一个地道，即时现出灯光来，这灯光似从一间猪圈也似的牢里射出来。

封韵姐把他直抱到那牢屋外面，脸对脸问道："这地方你可觉得快活不快活呢？"

李虹文即向牢里一看,见墙壁上高高悬着一盏油灯,地下的粪污狼藉,臭秽难闻。庞人瑞已披枷戴锁,睡在粪地下,头脚身体都染满了粪污。

李虹文已是暗暗伤心,说:"庞教师,如此地狱,虽生犹死,我们绝是一同去的。"

李虹文才说完这话,那墙角落里早有一人叫道:"虹儿,你……你……你可是和慧儿同来,还是一个人来?"

李虹文见这声调来得悲壮,一听就听出是他岳父周超来了,禁不住泪下如雨,眼圈儿红了,一时因为周超睡在墙角落边,这背着灯影的所在,昏沉中看得不大明白。于今见他岳父不知怎样,也是披枷戴锁,睡在粪地下,瘦得脱了一个形,半点儿也不能动弹,越看越伤心,恨没法抱着他岳父,不由号啕痛哭起来。眼泪滴落封韵姐的满脸满颈项的,说是慧妹没有同来。

封韵姐忙替他揩拭了眼泪,说:"罢了,我且将你带到真个快活所在吧!"

其实李虹文恨不得同他岳父和庞人瑞死在一堆,却被封韵姐又将他带到一座香馥馥的房里,明知她有意调戏,转不若死在那猪圈似的牢里反为痛快。眼见封韵姐把他放在那一张暖床上,登时水玉珍却又来了。主婢两人春心荡漾,向他喁喁情语,真比拿刀割他的心肝还痛,不禁双眉齐皱,思量一下,便哭起来说道:"你们把我带到这里,硬逼软诱,图遂一时的淫欲。我没有什么不愿意干的,只求你们看我面子,把那姓周、姓庞的放出来,我心里才欢喜。万一你们不答应这句话,我的心是不肯降服你们,就强迫我为所欲为,又有什么趣味呢?"

水玉珍摇头笑道:"不行不行,据你和韵姐的口气,那姓庞的反同你是一道来的,你们的胆量却也不小,拿卵来碰石头。我也不必过问你们是不是姓周的指使,总要送到那地牢里受罪,活活地把你们作践死了。但见你这可怜的样子,想留你在这里玩笑,无论姓庞的我万万不能放他出来,那姓周的更是与我有切齿之仇,我若释放了他,就是他养出来的。你这性命,也滑在冻块子上,一跌就是个粉骨碎身。漂亮些,来软一软我们的心肠,总算你这命根子坚牢得很,还由得你不降服我们吗?"

李虹文听了,略无惧意,便乘间问她:"这姓周的和你有什么仇恨?"

水玉珍道:"他是盐源的人,我在罗浮山上向来没有仇怨的干系,人家又不是他的娘,仗着他有几手毛拳,替人家效力,便要制我的死命。幸亏我明里不同他计较,黑地下把他擒到寺里来。停几天子,我还要凌他这瞎了眼睛的囚攮,才咽下这一口气。此时我没有多久的工夫说这些不快活的话。你到底有怎样的表示,可依了我们,但这两件事,却一点儿没有通融。"

封韵姐急插着向她笑道:"师父,你把老古的脾气都发出来了,人家像似小孩子一样的胆量,师父要想他把个心送给出来,就不该吓了人家,惹人家心里烦恼。"

水玉珍也笑起来,说:"我们做正经吧!"

李虹文暗想,这可不好了,这两个怪丫头,坏得了不得,于今对我这般神情,又像雪狮子向火,谅她们身上的骨节都松化开来,万一强迫我做那狗彘的事,虽然我身子不能自主,而一失足便成千古恨。天地神明,谁不肯原谅我不能自主的苦衷? 一时又得不到个死法,如若身体自由,死的方法却极多极多。无如死也不易便死了,只得把新仇旧恨暂且收拾起来,即向她们说道:"你们既可怜我的,就应叫我身体上恢复到旧时模样,不但我是高兴起来,你们也许要图我这个高兴。"

水玉珍笑道:"这个我是第一先赞成的。"边说边抱着他头摇了几摇,又把他两腿两脚都分开来,摔了几摔,趁势伏在他的胸口上,将牙凑近他的唇边,度满了一口气。

李虹文觉得四肢都能活动起来,但身体被水玉珍压着不得转移,便用两手掏着水玉珍的腰肢,使劲捏了一把。水玉珍不由怪叫起来,连忙脱开了他。女人的腰眼,本是致命的要害,水玉珍总被李虹文捏了一把,但李虹文的气力刚刚恢复,虽使劲却捏得不大厉害,水玉珍所以怪叫的缘故,并不因为这腰眼里捏得痛起来,可是她那朱唇上在这当儿,又被李虹文咬得鲜血淋漓,像似血人儿一样。

封韵姐见这件事是糟透了,连忙作起法来,却将李虹文也押到那猪圈似的地牢之内。

水玉珍恨恼李虹文的行径,真个恨入骨髓,非俟自家伤愈之后,亲自剜他的身上肉,一口一口地吃下去不可。但对慧空一字不提,反说出许多谎话,说她这朱唇被慧空醉后咬伤了的。慧空却自己埋怨自己,不该多吃几杯黄汤,一夜模模糊糊不明白干些什么。拿镜子照了一照,自己嘴唇也沾着许多的血,只得向她说些好话。

水玉珍却毫无怨怒之态,反把慧空感激得什么似的。但水玉珍因腰眼也受了伤,最怕伤毒攻心,大有性命之虞,却非草木的方药所能医治。唯有黄粪可解这伤的热毒,说不起,也要瞒着慧空,捏住鼻子吃粪。吐下许多的血污,方才保全性命。

欲知后事怎样,且俟四十七回叙来。

第四十七回

山村试拳法玉碎香消
石洞遇奇人声嘶泪尽

且说李虹文在那地牢里面，虽然粪污满身，其罪非人所受，转因与周超、庞人瑞二人有倾谈的机会，大家知道这回失陷在广林寺里，大都为别人家的事情，连累到这步田地，然而他们做侠客的，对于人家的事，更比自家热心，失足因毫无怨望，且视为性情所当然，就是替人家将事情办到有始有终，也没有一点儿居功的念头。

这周超更是喜欢替人家打不平的人，想他起初做强盗的时候，如若完全把从守财奴身上盗来的银子为自己私蓄，早已做了个大财主了。周超不但将这不正当得来的钱在正当事上用去，并且为人家难解受的委屈，曾做过不少的红刀子案，于今虽洗手不做强盗，偏爱管人家的闲事。所以同水玉珍结下仇怨的缘故，前文略叙一斑，趁在这当儿，不妨曲折写出。

原来水玉珍同慧空款洽之间，谈不到有什么爱情的关系，心里是闷得很，便借游侠为名，要求慧空宽放她半月的假。

慧空早同封韵姐眉目传情，已经入港，未免弃旧喜新，很不愿与水玉珍平分风月，就巴不得水玉珍有此要求，落得做个人情，好同封韵姐天天鬼混。

水玉珍就像猴儿脱了锁的一样，到处卖剑，因为怕被同教中人看出破绽，就换了男装，装起了一条的假大脚。

那天到了江西安源县辖荀家镇上，却碰到一个阮州的卖拳女子,年纪不过二八,很生得十分标致。这女子已在荀家镇卖了几天拳,看的人并没有赏识武艺的程度,却不惜整千整百地舍钱。

那女子脸面老得很,分明是冷若冰霜,艳如桃李,却不怕人有这本事吊她膀子。

水玉珍别有用心,本不专为卖剑而来,用不着同她讲码头经,也挤入圈中瞧瞧热闹。

那女子偶向她脸上一望,便明白这一圈子不识货的,真算满蒲包的秃钉,就是她一个出尖的人,却怪她偏吝啬得很,一文不舍。那女子却指着她笑道:"哦!这位老爷,要赏光帮助帮助我啦!"

女子才说了一句,急用手将樱唇掩住,满脸上已绯红了。

水玉珍也嬉皮涎脸地笑道:"我的钱是多得很呢,你拿什么叫我帮助?"

那女子却很高兴地说道:"小女子本没有十足的功夫,这回来卖拳法,却抱着抛砖引玉的行藏,银钱是第二步。老爷看得上眼,便请解一解囊,看不上眼,还求大度包容,下场指教一点儿。"

水玉珍却有意要羞辱那女子,开开玩笑,说:"我下场打输了,是怎么样?打赢了,又怎么样?须定下两个条件来。"

那女子绝不思索地回道:"你打赢了我,就拜你为师;打输了,随你意思赏赐我几个钱。"

水玉珍说:"我不来,于今由我想出输赢的条件,我打赢了你,你就随我做小老婆;你打赢了我,我就聘你做大老婆。依得就来,依不得就不来。"

那女子被她羞得连头都抬不起来,暗忖,这促狭鬼倒会挖苦人呢,不拘大小,输赢我要做他的老婆,我可不让他占这便宜。也罢,就让他占这便宜吧。面上却装着又羞又恼的神情,向地下啐了一口道:"不要说谵语,你要是畏怕的,不肯出钱,就得请你……"

说到这里,越发红映着脸,不接住说下去。场中人有讲公道话的说:"这位有本领,打得过人家,却可以收人家做大老婆;没有本领,打不过人家,就得多多赏赐人家的钱,把那些不近情的话收拾将来,这几个钱,也只当在娶小老婆花粉费上用去。"

一场的人,多半拍着巴掌,说:"这话很对。"

二人都没违拗,扯手托脚地比试起来。不上三合,那女子竟被水玉珍打败了。

众人都笑起来,说:"好一块肥肉,却被这外乡人吃了。"

水玉珍把头忽摇了几摇。

那女子已拿手绢蒙住了脸,却偷偷向水玉珍一瞧,不禁眼圈儿红了。眼泪已沾满了绢巾,把绢巾撕成两片,不由柳眉倒竖起来,向水玉珍斥道:"呸!你以为真不中用了,方才是无意败在你手,须得要再和你见个高下。"

水玉珍装腔作势地笑道:"我明白你是故意败在我手,不是无意。我却不肯娶你,就得请你再向别人走上几着,只当作我没有长着卵子。"

那女子便咬着牙齿骂道:"死砍了头杀千刀的,我不打你,我就……"说到这里,已咽不成声了。

这时,场子里已怒恼了一位英雄,这位英雄正是四川周超,周超因路过这苟家镇,随便瞧瞧热闹,却见这东西不成话了,便要求重重地惩戒他。但因女子的拳法也还不弱,且耐着火性,看女子打他怎样。果然那女子不由分说,抓住水玉珍的衣角,复又厮打起来,你要心肝,他要五脏,走了六七十合。那女子毕竟因一时气恼过甚,功夫不似先前的稔熟,被水玉珍打跌了个仰面朝天。水玉珍趁势向那女子身上一骑,做出种种轻狂的样子。那女子就像有千斤铁墩压在她身上一般,手足不能使力,哭得喘不过气来。

周超再也忍不住了,纵身至水玉珍面前,劈口骂道:"你这东西！胆敢在青天白日之下，戏侮人家吃把式饭的年轻女子，这还了得？我有本事打你个臭死！"

水玉珍见他来得严厉，连忙从女子身上跨下来。

那女子什么也不要了，抱脸挤出人丛，一头碰死。

这里众人都嚷了一阵，各自散了。

单剩水玉珍、周超二人，舞动拳法，只一合，水玉珍便跳出圈外，说："你这瞎眼贼，倒算是个内行，须留下姓名来，老爷的拳下却不死无名之鬼。"

周超只不答她，一个箭步，正要一拳向水玉珍心窝打去。水玉珍忙向后栽倒，双脚各飞，向周超下路踢去。周超却乘势接住水玉珍的双脚，倒栽杨柳似的提起来，准备在她双脚尖上使劲一捏，怕不要捏成肉饼？谁知捏在手里有些生硬，外边鞋尖都捏破了，脚尖上是安着铁块。

水玉珍知道行藏败露，趁势缩回了三寸金莲。

周超见她也是个妇女，风掀衣开，露出里面一支短剑，便不好和她这妇女厮打。一眼却见那女子已脑浆迸裂，不觉又有些愤怒起来，恰好水玉珍先下手要求打他。如此又斗了几个照面，水玉珍乳房旁被周超打了一下，简直疼得要命。

周超怕打死了她，又要拖累这地方上人，便指着他自己的鼻子说道："你认得我吗？我便是盐源周超。"旋说旋飞也似的走了。

水玉珍疼了一会儿，明白自家受了重伤，有性命的危险，忙在乳旁揉了几揉，越揉越肿起来。幸得身边藏有伤丸，吞了三粒，那伤势顷刻便平复了。便揣定周超去的方向，追踪踩缉。

这苟家镇上的人，连夜埋了女子，并未惊动官府，同死了一猫一犬一样。

也该周超合当被水玉珍擒住，那夜痛哭师坟的时候，冤家路窄，却被水玉珍擒到广林寺里，打下了地牢。于今周超在地牢里同庞人瑞、李虹文二人偶然谈到石家冤仇，各自义愤填胸，无法

443

挽救,因为这地牢里轻易没有人到,所以他们言谈之间毫无畏怯。

忽听得门外有冷笑的声音,这声音在李虹文耳朵里一听,就知道是封韵姐了,大家却吓得六神无主。

这夜三更以后,果见封韵姐押着石家五弟兄,一齐送到地牢押禁,据石仁的语气,是水玉珍将他们擒得来的。幸亏他母亲不曾罹此祸变,周、庞、李三侠皆自己埋怨自己,不该信口谈说,被封韵姐窃听了私语,害了人家的孩子。

三日后,偶见一个花白胡须的老年人走到牢里,他们都疑惑这老年人也被水玉珍等男妖女怪用法捉来,石仁兄弟们却与这老年人好生面熟,正是他外祖的师父神拳宋锦。

宋锦进地牢的时候,两足离地有一尺多高,仿佛有什么东西托住的一样,从身边取出纸包,打开来,便闻得一种异香,这种异香发出来,那牢里的粪污气味一些也没有了,包内有十来颗菜籽大的丹药,红的像火一般红,黑的又像漆一般黑。宋锦把这红黑丹药分配已定,在各人口里塞了两颗,这药入了丹田,总觉一股热气冲到巅顶上了。周、庞、李三位侠客登时都恢复原状,一个个皆像生龙活虎的样子。

这石仁小兄弟们陡然精神一抖,却能自由自性地随着大家出了地牢。再看这一座广林寺,已变成瓦砾场了。

原来宋锦这日心神不安,掐指一算,明白这心神不安的缘故,连夜到罗浮山,用三昧真火烧了这广林寺。慧空已葬身火窟。宋锦因水玉珍主婢恶运未满,不可逆天行事,让她鬼脱去了。把众人从地牢里救出来,说明一切的缘故。众人都感激得什么似的,各自翻身下拜。一抬头,已不见了宋锦。再看天空,有一个人冲上汉霄,两条膀子上好像都搭着不少的绵羊。

庞人瑞心里明白,知道一班不曾被宰的羊形人类,都被宋锦救去。眨眼间,那人已飞得不见了。他们因为浑身的粪污,连夜走至山下,打开住户的门,说明苦情,借几套破坏的衣服,都用温水洗澡,把粪污的衣服卸了,就换了这破坏的衣服。听山下人说,这夜火光烛天,又疑惑是妖怪作法,不料是这么一个大错。

从此,山下的人到山上采茶,并没见再有什么怪异。

周超等人仍自回归盐源。庞人瑞因周超的要求,准许搬家到盐源居住。

大家分手以后,周超等一路上受石家小弟兄的影响,不便施用飞行的法术,耽搁了多久的工夫,才到盐源来。周夫人这一喜真是喜从天降。

其时,慧儿已回来了,母女把周超、李虹文及石小兄弟迎到内堂,石仁小兄弟们因不见了母亲,及听周慧儿说来,周超、李虹文都惊讶万分。石仁小兄弟们简直同割肉一般苦痛。后来庞人瑞也从范家村搬到盐源乡下,把石仁小兄弟带过抚养,一切费用都由周超担负。

在下乘在这当儿,把周慧儿巧遇无住的话略略叙个梗概。

周慧儿那夜由家里出来,因在路上做两件侠义的勾当,耽搁了五日。及至到了罗浮山,见广林寺已成焦土。

是夜星光照山石上,百步见人,周慧儿见对面来了一个年纪不到二十岁的尼姑,却怕这尼姑的来头不正。

这尼姑是山下来的,因听山下人说广林寺被烧的缘故,真是乘兴而来,不免要败兴而返。不过怕山下人说的驴头不对马嘴,必须要到广林寺的所在看个明白。恰好迎头看见了周慧儿,心里疑惑她是水玉珍,便拔刀和她厮杀。但觉同她战过有三十回合,没有见她使出妖法来。那尼姑连忙喝声:"且住!"说明误会的缘故。

慧儿便向她问过法名,各自谈叙一番,才知她唤作无住,也是因为石家报仇的事到罗浮山来。但问她潘秀娟近状,无住说:"此人就是我的师弟,她的造化比你我还大,恐怕以后不出禅关。"

慧儿再问潘秀娟到底是在哪里,无住不肯说。

无住见广林寺真个烧毁无余,便别了慧儿,回去禀明师父,告知师弟。

慧儿本欲暗暗随着她去探望潘秀娟的究竟,却见她去得疾若游龙,转瞬不见,只得仍回家中。生怕水玉珍再来寻仇,因听庞人瑞述及道省禅师的法钵功用,能抵制白莲教的邪术,只得割爱似的,放石仁等五个孩子到庞家去。果然水玉珍来寻仇两次,因见庞家门前有无数丈八的韦陀,怒目而视,吓得水玉珍不敢近门,狼狈而去。

周超又聘请一位学究先生,设帐庞家,专教给石家小兄弟的诗文之学。那年庞人瑞曾到潮州,见了潘良骏,看潘良骏伴着他嗣父的灵柩,他脸上瘦得像个人架子,便叙明石家的种种凶变,潘良骏才恍悟梦中的事情有些来历。虽然妹丈已死,娟妹又出家做了尼姑,但石家的孩子得托庞人瑞羽翼之功,幸喜无恙,心里很惦记五个外甥,感激庞、周、李等男女剑侠,连忙将嗣父收殓入葬,便随庞人瑞到盐源来。

石仁等见舅父病得可怜,怕回去惹他心烦。那水玉珍除了妖法,更有剑法能奈何他们,回去又不大稳当。潘良骏也万分无奈,只得兀自回转潮州。

石仁等在庞家住了十年,都能懂得一些诗文的学问,随李虹文各学了六个月的拳功、剑法。

这日,忽有一个乞丐打扮的人,年纪约在四十来岁,到周家来,见周超、李虹文、周慧儿男女剑侠,在僻静的地方谈了一会儿去了,他们便到庞人瑞家作辞。庞人瑞问到哪里去,李虹文在他耳朵上叽里咕噜说了几句,庞人瑞点点头。因为老母已死,很愿同他们一起去,却向张氏约略说了几句,意思是要张氏侍养周老夫人,看护这石家兄弟。张氏问何时回来,可曾告周老太太没有,他们都说:"后会有期,老太太是知道的。"说着,便一齐去了。

张氏来问及周老太太,周老太太只笑而不答。石仁等弟兄五人也不知葫芦里卖的什么药,他们早已蓄有报仇的志愿,耳闻那水玉珍又在广西白莲教里闹出了风头,声势甚是厉害。他们就因为没有惊人的本领,毛羽未丰,怎么好找仇人了账?于今周、庞二家的男女剑侠都去干什么事了,未明白哪一日才能回来。他母亲虽然不在天上,却也不住人间,哪里能寻出他母亲来?而且父仇为大,寻母还是他们第二个志愿。若去冒昧同水玉珍拼个死活,照他们这样的皮毛的剑法,分明拿鸡蛋碰着石块,一碰就要把蛋黄子都淌下来。石礼、石义却要就去斗斗水玉珍,有刻不容缓之势。石仁、石智却拿定主意,非俟剑法学得高出水玉珍之上,不能下手。

石仁说:"报仇虽是不能延缓的事,万一冒险从事,我们弟兄五人都死在仇人之手,更待谁替我父亲报仇?"

石信说:"大哥的话不会错。"

他们料定天下有本领的人很多很多,即辞了张氏,拜别周老太太,要一齐出去访问名师,学成本领,好替父亲报仇。张氏还不放心让他们就这样地去了,周老太太在张氏房里讲说了一会儿,张氏即令石仁藏了法钵,石礼带了水玉珍当日刺杀他父亲的宝剑,快快赶路。

十八省踏遍了十六省,石家兄弟也曾会过许多在剑法上享着鼎鼎大名的人物,但在那时候,享大名的都由江湖上人抬出声名来的,哪有什么了不得的本领?石家弟兄虽学了六个月的剑法,确是周超的真传,又不曾走错道路,已算入了门径。不过未能窥测堂室的奥妙,敌水玉珍则不足,同这班享大名的过堂比试则有余。

石家兄弟没有遇到可以师事的剑侠,平日都不敢吐露真名。那广西的地方又不便去,于今来到直隶,访了半月,又问不出个好师父来。五弟兄一路上很吃了许多腌心的苦,因为身边没有多钱,所用的钱都是打从卖艺上得来,这热脸靠着冷屁股的把式生活,五弟兄如何受得惯,加之披星戴月,露宿霜栖,这种苦更不能吃。但因为父亲报仇的事,没日没夜牵挂在心,什么苦也不得不吃了。

眼看良师未能一遇,报仇终属无期,五弟兄想到这肠断之处,也不知抹过许多眼泪。直隶省也走过一半,只是天津卫这个码头,是没有到过的。如若在天津卫再访不出良师来,五弟兄也只好铤而走险,兜回广西,把这五条性命都交给水玉珍。

呀!天下无难事,不负有心人。石家五弟兄到了天津,探听得天津有卫、常两位剑侠,气功能在百步之外把大树吹倒,尤其是卫杰一把飞来剪,来去无形,很做了许多大快人心的事。石仁五弟兄们都以为地方上人是瞎替他们吹的牛皮,又探访了数日,一人是这样说,人人是这样说,茶馆、酒店,更以卫、常的侠案作谈话资料,设厂虽有三月,这天津却没有人够得上做卫、常二厂主徒弟的资格。

石仁五弟兄探听得一丝不错,都恍然明白他们的行藏,同周老英雄是一样的,本领要比周老英雄高得几倍。石仁五弟兄都这么一思量,才肯到厂中来会了卫杰、常伯权。耳闻不如目见,越是见卫、常二侠不像有绝大的能耐样子,越发重视他们,连照例过堂的事都用不着怎样麻烦,便一齐拜倒下来,要求卫、常二侠收作徒弟。不意卫、常二侠虚心已极,要把石仁五弟兄介绍做朱天齐的徒弟,察言辨色,听石仁五弟兄哭诉前仇,天地为愁,草木为惊,凡有血性,莫不齿裂心痛,何况卫、常二侠禀赋着特别异众的侠肝义胆。

其时,常伯权就拔地跳起来,说:"世界上竟有这样不平的事,反了反了!"

卫杰却一半因石家的私仇,惹得气恼起来,一半却恨在地之大,万物可容,怎么偏容这白莲教的妖男怪女?早气得一根根头发竖起来,那条小辫子已直挺挺地竖在头顶中间,脸上更是红一块紫一块的,一句话都说不出来。

从此,卫杰即辞了他舅父吴兆如,告知他那姻缘虽有半载,好合还没有一次的爱妻瑞姑,把厂主的责任暂时卸接了常伯权,便带领石仁五弟兄们,到杭州中和山石洞之内。石仁五弟兄见石洞的各种机关,心里惊奇万分,当由卫杰先见了朱天齐。一会子,才把五弟兄领到朱天齐座前,各自俯伏在地,石仁五弟兄痛哭不止。

卫杰即禀明他们拜师的缘故,是专为父仇而来,自家所以把他们带到师父跟前的缘故,是因没有这能耐做他们的师父,却迫于义愤的要求,恳请师父收纳了他们,不但生者感恩,死者亦当衔环结草。

朱天齐听了,思量半晌,即令卫杰扶起了石家兄弟,说:"你们秉着特别的天性,不惜万里寻师,为报父仇的余地,我是佩服到了绝顶。但我另有苦衷,不能做你们的师父,叩头不敢当。"

说至此,那石仁五弟兄就如兜头捆下一刀,声泪俱下,都哭得像泪人一样。

朱天齐又向卫杰说道:"你在天津所做的勾当太显然了,以后还须同伯权到这里来,在我跟前做事。这时,我们的同志很多,不用你乱收人做徒弟了。你可将苗教师师徒顺便请来,你的朋友,不妨也带来谈谈,大家好一齐干事。你去吧!"

卫杰诺诺而去。

石家五弟兄见朱天齐面色严厉,固然不肯亲自收我们为徒,就连卫教师他也不敢违背他师父的命令,肯收我们,我们踏遍天涯,才访出他师徒两个异人,又不肯收我们,看来父亲的大仇永久没有报复的希望了。

石家兄弟想到此处,肝肠寸断,声嘶泪尽,一时都翻身跌在地下。

欲知后事怎样,且俟四十八回叙来。

449

第四十八回

甘琼英轻身入虎穴
徐白玉捉盗赠金刀

话说朱天齐见石仁五弟兄们都哭得声嘶泪竭,翻身倒在地下,明白他们精神上受了过分的打击。自家也有些不忍,遂含笑说道:"你们的志愿,是专为寻师学艺,好去报水玉珍的大仇。但我虽没有这样闲暇工夫教给你们的武艺,于今却有两种办法,任凭你们自己选择。第一种是急法,我写下一封信来,请一位吃得住水玉珍的朋友,把水玉珍砍了人头带到这里,交给你们,任凭你们怎样活祭尊大人;第二种是缓法,再由我介绍,把我那个朋友招呼前来,带你们去学成了剑法,由你们兄弟中,不拘谁的剑法高强,便谁去替你尊大人报仇。急法在三日之后即可达到目的,但不能把活水玉珍捉到这里来;缓法却必等到五年之后,方可有报仇的希望。你们的意思怎样?"石仁兄弟们起初听朱天齐的口气,便怕父亲的大仇从此沉沦海底,于今又听朱天齐说出这两种通融办法,如图圄的死囚,蓦地得了一道赦旨。

石信首先回道:"就遵从你老人家的第一种办法。"

石义与石礼咬牙说道:"我们非立刻活捉住水玉珍,把她那心肝五脏抠出来,活祭我父亲,再用剑凌迟了她身上一块一块的肌肉,我们才对得起父亲。但怕事实上又绝对办不到,苍天苍天,这是怎样好。"

石智道:"活捉水玉珍是不容易的了,我们就侥幸学成剑法之后,杀死她有万一的希望,活捉她实难如愿以偿。但我们非手刃父仇不可。"

石仁道："依我的拙见,却非俟五年以后不能。但怕水玉珍害病死了,我们就抱终天的憾恨。"

朱天齐笑了一笑,叫一声："来人!"

接连便见走上一个妙龄玉质的女子,问道："师父有怎样的吩咐?"

朱天齐道："把那两个东西牵出来。"

那女子去不一会儿,果牵出两个人。石仁兄弟抬头一看,仇人见面,更加眼明,这两个人不是水玉珍、封韵姐是谁?

石礼气得眦裂发竖,急从石仁身边夺了宝剑,向水玉珍劈面砍下。

那女子急指着石礼喝道："你可放肆!"

石礼哪里顾得,只听得咣啷一声响,水玉珍的头比什么都坚硬,不但没有砍伤分毫,反把石礼的手震得疼起来,那支剑就像吹在铁柱上的一样。再看石智也睡在地下叫痛。

原来石智也飞起一脚,在水玉珍肚子上一踢,险些把脚尖都踢断了。水玉珍仍像行若无事的样子。

石仁、石智、石信才明白这时要手刃父仇,真个绝对不行的。看石礼虎口上已肿起来,石仁的那只脚更肿得像冬瓜相似,石礼还抱着手,不住地揉,越揉越红,越红越肿,痛得心神不安。

石信道："两哥哥怎么反受了这样重伤?"

石仁道："定许是妖法作祟。"

石智道："在这石洞之内,还许他使妖法吗?"

那女子急从容地说："这并不是妖法,两位也不算受伤。只因你们的功夫有限,不能把身上的活力完全使出来,或运在什么兵器上,遇到人家比你们本领高几等的,运足了火候,固然你们不能伤害人家,反把你们的劲触回到你们自家身上。你们的虎口同脚尖上又红又肿,就是你们自己的气力退触回来,在里头作怪,却没有什么大不了。请我师父替你们按穴揉几下子,触回的气力归到本来，就可以不肿了。"

石智兄弟们听了，方才放心。

其时，朱天齐不待他们请求，在石义、石礼身上揉擦揉擦，又在肿处重重揉了几下，石礼、石义都挨着疼痛，看看已恢复到旧时模样。

朱天齐道："你们和这两个东西相隔十年，就以那时而论，照你们这样的功夫，还不能奈何她们，何况她们近十年来，专在剑法上讲究，你们更是害她不得。不过她们仗着艺高胆大，又同徐鸿儒联合起来，我不知费却许多心血，才生擒了她们。她们是不会死的，待你们贤昆仲剑术成功之后，再手刃她们便了。"说着，又令那女子牵着水玉珍、封韵姐，仍然收押。

水玉珍回向朱天齐恨道："姓朱的，不要说了，老娘被你们擒住，由自己一时舛错，不是老娘法术不济，冤有头，债有主，要你替人家做狗何来……"

那女子不待水玉珍骂完，一个耳刮子打得水玉珍腮颊绯红，竟牵了水玉珍、封韵姐走了。

石仁因问："那女子是怎样的本领，哪里的人氏？水玉珍主婢学了十余年的功夫。那女子年纪还没有二十岁，功夫却在水玉珍之上，是比她们学的年代更多了，难道出世以来，就练这把式吗？看来我们苦心再学五年，恐未必就能手刃水玉珍呢。"

朱天齐道："练把式竟同走路的一样，要向南方走，若向北方走，则愈走愈远。她们先前练的功夫，虽不曾向北走回头路，大都是在东西岔路走迷了，并不曾向直南大道上走去，走不多远，又回上了大道，回上大道，走了一箭多路，又岔到东西路上去。所以她们虽学了十年多功夫，竟像学了三四年的一样。你在功夫上不走错路，走一步是一步，五年的功夫，是抵得她们学二十年。我这女徒弟在我跟前也学了五年，难道不能降服这水玉珍吗？"说至此，又将这女子的来历细细说出。

原来朱天齐有两个住所，一在这中和山，一在嵩山。嵩山石洞里曾收了两个女徒弟，中和山却收卫杰、常伯权二人，向来男女徒弟，他们是没有轻易相见的机会。卫杰、常伯权固然与这女子对面若不相识，且不知他师父收过女徒弟，还有嵩山一个住所。不但卫、常二人全不知情，就如苗铎，和朱天齐算个道同志同的朋友，也不打算朱天齐除了中和山这个住所还到嵩山石洞里教女徒弟。因为朱天齐心里最有机变，轻易看不出他的行藏。

卫杰、常伯权因师父在这石洞之内，除了教授他们功夫时间而外，便或见或不见，他们完全当作师父到外边访问同道同志的人，做梦不想到他师父腾挪访问同道同志余剩时间，每日照例飞到嵩山，教导女徒弟。但夜间见师父是必转到这石洞睡宿。

打从卫、常出山之后，朱天齐便把几个同自家女儿一样的女徒弟，叫一个来到嵩山看守石洞。这女子不是别人，就是萍乡徐知县的女儿徐白玉小姐。飞来剪文中不是叙说过吗，徐红玉有一个姐姐，名唤白玉，她身边却佩着长方形的白玉一双。

那天，朱天齐因见徐白玉目光如电，知道她是个将来的女中豪杰，便把她带到嵩山石洞之内，教给武术。徐白玉进了石洞，只是痛哭，她本是未成年的闺秀，被一个中年乞丐硬带到这石洞来，因从腰间取下一双白玉，摔在石地下，说："我碰碎你这劳什子！"幸而这玉没有碰破。

起初徐知县因疼爱白玉，把这白玉给她戴上，说："你生有异相，可配此玉。人家有你这玉，方将你许字人家。"

白玉绯红着脸，从此爱惜这双玉同性命一样。于今怕这乞丐行强逞霸，就将玉碰破，意思是准备性命抵抗。及见这乞丐庄严其貌，笃实其心，从没有对她有一点儿轻薄的行径，要传授她的武艺。又听他言谈之间，未免惊世骇俗，却与迂腐俗子的论调大不相同，的是一棒一条痕，一掴一掌血的名言，明白他是前明的后裔。

徐白玉从小儿随父亲就念了好几年书，文章亦别具见解，听到朱天齐的论调，佩服到了极顶，拾了白玉，很情愿随他学习武艺。

朱天齐道:"我是没有娶过妻子,见人家儿女成群,我未尝不艳美。我若早娶妻,又何至至今没有儿女?这样花花世界,未尝不是我的妻子,总不算我知疼识热的妻子。你是不能随你爷一辈子的,我就把你当作女儿吧!可是你毕竟非我亲生出来,你叫我父亲,我的内心难受,不若斩斩截截地就称我师父,其实却要你把我看待得同父亲一样。我如不把你当作儿女看来,有如此石。"

说毕,从石地下抓起半块石头来,随手拍得粉碎,潸然泪下。

徐白玉就此把朱天齐看待得同父亲一样,学艺五年,夜间兀自睡在石洞之内,忽然一阵心疼,如同刀割的一样。徐白玉暗想,可不是我生身的父亲想着我了,娘啮指则儿心痛,父亲不想着我,我一颗心怎会自由自性地疼起来?不想到父亲则已,一想到父亲,连带又舍不得就这么撇了妹妹。红玉已经是成人了,都是我的至亲骨肉,怎该不回去望一望?唉!罢了罢了,我父亲的膝下有我妹妹服侍,我师父就只我一个人端茶送水,我师父待我是多么好,就同他老人家自己养的一般。我这一去,就怕父亲不肯放我再来,我师父仗谁服侍呢?还是不去的好。就这么想了一会儿,不曾睡着,蓦地石房里的灯火被风吹得灭了。

徐白玉不由惊讶起来,她的目光同夜明珠一样,石房里虽熄了灯火,两个眼珠子闪烁闪烁,房里便现出一道一道的白光。白光之下,瞧见一个十八九岁的同性女子,来抖她被上盖的衣裳。徐白玉一想,怪不得我心里疼了一阵,可是偷我东西的人来了,老虎窟里拔虎牙,真个胆大。却也不慌不忙,从樱桃口里吹出气来,这口气直吹送到那女子的耳门内。那女子被这口气一吹,不但聋了一个耳朵,头上也有些晕眩起来,登时便栽倒床下。

白玉忙穿好了衣服,点起灯亮,从内衣底翻出一把金刀。但见那女子花颜上流下丝丝的红泪,暗忖,她门不开,窗不破,就到我这里来,无论她有这百个里挑不出一个的好模样儿,她的能耐也就不小，不免触动了惺惺相惜的念头，向那女子耳朵里又呼了几口。那女子登时又恢复到旧时模样，用手蒙着脸向门外便跑。

徐白玉急将那女子扭转回来，说："你有什么为难？要偷我东西，不妨对我说明，或者我因你说的不错，就把这东西赠送了你。"

那女子哭道："我是没有脸见我师父了，其实我何尝做过强盗？"

徐白玉见她话内大有意思，说："你可别哭，好姐姐，你可别哭，快把这内中的情节说出来。"

那女子也只得说了。

看官，你道这女子是谁？她是甘福生亲生的女儿，花名叫作琼英的。

甘琼英在十二岁上，被化缘的老和尚拐去，以老和尚的资格，断无拐一个十二岁童女做妻子的道理。这老和尚不是别人，也算一位出类惊人的空门剑侠，法名唤作席凡。其时把甘琼英拐出天津，便送给关索岭清净寺里无住做徒弟，无住因教给甘琼英的武术，把她闭在一间密室内，不许出室门一步，无住也不在外人面前说出她的来历。

却好朱天齐那日到清净寺里，拜谒无住的师父慈雨，恰遇慈雨和无为都已入定，当由无住出为招待。他们原是一等的剑侠，不用避男女的嫌疑，没有他们的剑侠行藏，就在这不避嫌疑之间，要弄出许多的笑话。

无住很疼惜琼英，因为她像才开的一朵鲜花，韶光不可虚度，不若将她转送给朱天齐做徒弟，好在尘寰做一回事，但愿她能够结识个如意郎君，从此成了眷属，自家也摘下一条肠子。

无住有了这个念头，便对朱天齐说明。

朱天齐迟疑道："她的功夫到哪一步，我是不知。"

无住明白朱天齐说这话的意思，因他自家近来忙得很，不似从前肯收徒弟的了，除非这徒弟有八九不离的功夫，他才肯收。

但琼英向不出密室一步，见了面生的男子，自然有些羞答答的，不好意思使出她的本领来。想着，又同朱天齐商议一会儿。

朱天齐道："我有一个法子，包管她把所学的功夫都试验出来，如果不难成功，能叫她情愿随我为徒。"

说至此，又低声说了一会儿，便告别了。临别的时候，朱天齐又向无住嘱记道："我那白玉，想她也寂寞得很，很愿令徒有几层功夫，同她做伴。但我怕江湖上的败类，转她们小孩子的念头。除住公是我同志的人，向不曾对第二个人说出一字，住公其谨言。"

无住道："先生的意思，贫道是很钦佩的。"

朱天齐就此去了。

无住走入密室，向甘琼英道："我有一柄金刀，用三千贯钱买来的，在无意中失了。近来据同道中人谈说，这金刀已落在嵩山最高峰一个石洞里女侠徐白玉之手，我自己是不好出面讨这金刀，但这金刀是我心爱之物，不能舍却。看你的能耐，可以把这金刀盗来，小心些不用着了人家的道路，你的能耐不见得比人家强。"

甘琼英绝不思索地回道："佛门不打诳语，师父别哄我。我不信师父传我八年的武艺，为做强盗用的。师父，我不。"

无住道："这把刀在我手里不曾挂过红，于今落在徐白玉之手，怕她要拿去杀人。你把这刀盗来，我便赏你，赏了你同佩在我身上的一样。我们不靠做强盗营生，不盗人家一个钱，这刀又是我的原物，算什么做强盗？我只怕你没有这冒险的担当罢了。"

甘琼英学了八年的武术，不曾做过半点儿要用得着武术的事，早有跃跃欲试之志。于今见她师父说她没有担当，哪里肯服，暗忖，这件事真个不算做强盗的，怕什么？把金刀盗来，好归我使用。想着，便向无住合掌道："师父，我去，我就去。"

甘琼英一路向嵩山进发，到处流连山水，不觉得道路迢迢。

她是个红花闺女,行走得却比快马一样,夜间并不在旅店投宿,就怕开客店的对她有垂涎的念头。走到哪里天黑了,自家身躯也困乏了,就在哪里寻一个丛林所在,爬上树睡。肚子里闹饥荒了,也不用到饭店吃饭,草木亦可充饥,所以她这次出门是第一次,一不用盘川,二不带行李。

那天到了嵩山,先游历一番,差不多要把一座嵩山都游遍了,山洞随处皆有,却不知这徐白玉在哪个山洞,也没有遇到什么奇异的女子。这夜月光如水,照在山石上,看山巅峰峦错落,就像大水中的层波叠浪。翻过了山顶,愈转愈险,愈入愈深,恰好见有一个大山洞,也辨不出里面浅深远近,听山洞里一声长啸的声音,把山上的树木都震得摇动起来。

甘琼英一时好奇心战胜怯念,料定这山洞里必有能人,初进去的时候,还有溶溶的月光,数十步外,眼前便漆黑了。然在甘琼英的眼里,还仔细能辨出山石的森严,都压在头顶上,两山壁仅能容一二人出入。又走了百步以外,就看见前面一个窟窿,有柳扁大小,从窟窿里射出灯光来。

甘琼英走进了窟窿,却听得虎啸之声,似在外边不多远的地方。甘琼英因想,我刚才在外边进来,为什么不见有虎,这又是什么道理?心里狐疑了一阵,那虎气咻咻的声音就像在面前了。甘琼英并不害怕,猛地仔细一看,哪里是什么老虎?可见一个人影子在眼前一闪,闪得不知去向。

甘琼英喜上心头,估定这人什九是徐白玉,看面前石屋嵯峨,约有好几进,真个算是洞天福地。头一进有两扇石门不曾关闭,好似等着有人在这夜深时候进去的一般。

甘琼英双脚跨进了石门,就见屋里点着几盏油灯,也有许多石凳、石桌之类,却没见到一个什么人。风转拨浪鼓似的走了半会儿,到了最后一进。看东边石窗未闭,这石窗宽有八寸,长有一尺一二。甘琼英从窗外探头一瞧,见石床上卧着一个女子,云鬟蓬松,偎在石枕上。

甘琼英一想,这可是徐白玉了。她本来不是强盗,做强盗的程度不足,一口气先把房里的灯吹灭,仗着她身体娇小,腰肢瘦细,偏过来一头向石窗里一纵,跟后把身体仍然站好,口不喘气,面不改容。她也不知徐白玉把金刀放在什么地方,一时没有主意,便来乱抖徐白玉的衣服,意思是想在这衣服里抖出金刀来,拿了就走。不料反被徐白玉就此将她捉住。

论甘琼英的功夫,比徐白玉差得多呢,因无住的功夫不及朱天齐,所以甘琼英也不若徐白玉。

徐白玉见甘琼英说出实情,慨然把金刀送给了琼英,说:"这把刀是我师父赏我的,本不是你师父的原物,或者你师父另许有一把金刀,却不知落在谁手。然而我师父既将这把刀赏我,便是我所有的兵器。于今我转送与你,我师父断乎不干涉的,这算个什么事?你拿去就是了。"

琼英听徐白玉这样的深情厚谊,良心上终觉有些不安,细想,我可是糊涂极了,我固然不看见师父曾佩过金刀,并且以前也没有听师父说出失落金刀的事。我为什么利令智昏,竟来盗人家这把刀?偏这徐小姐不但不惩治我偷盗的罪恶,反将这金刀慨然赠我。她本来是豪义的举动,叫我颜面上越发难为情,转比拿刀杀我还觉难受。然我师父的平时举动,多令人莫名其妙,她叫我偷这刀子,毕竟是安的什么心,这刀子是人家送我的,并非我有本事偷得来,回去又怎好见我师父?想到此处,心里的小肉便鹿鹿地跳起来,把刀近灯前一看,果然是纯金制成,刀背上还嵌着一粒白果大的珠子,放出宝光来,越看越爱。又想,我有这把刀,是断不会轻易送人的,人家有这把刀,就肯送给我一个面不相识的人,她的肝胆比我还热得很,她的能耐又同我师父差不多,这种人我很情愿同她结为姊妹,谅她也未必不答应的。

甘琼英想到此处,又同白玉谈了一会儿。徐白玉也羡慕甘琼英的胆量能干大事,就此结为姊妹,甘琼英的年纪比徐白玉大一岁。在石洞里结拜以后,无话不谈。徐白玉才知她师父便是自家师父所说的那个住公,但有一件疑团,因自家今夜连房门都没有出,琼姊所见的那个人影,究是何人?并且石洞里本不曾有虎把门,自己不曾听得虎啸的声音,偏是琼姊的耳朵就尖得很,我怕这是我师父有意试验她的胆量,且不向她说知。明天我师父来,自然有个水落石出。

当夜徐白玉便挽留甘琼英在石洞里同住几时,第二日,朱天齐来,徐白玉即替甘琼英介绍已毕,便问起深夜虎啸的声音是怎么一回事。

朱天齐便仔细说了,果然不出白玉所料,这虎啸声是朱天齐玩的把戏。

朱天齐算知这夜甘琼英到石洞来了,明知她的本领有限,是不能盗取白玉的金刀,然当在无住面前,又不好便说人家徒弟的本领有限,无住的人情,自家又拗不过去,只好准备收琼英做徒弟,倒要试验试验她有几成胆量。

朱天齐学作虎啸的声音并不甚大,然而虎啸起来,却比虎的神威还大。徐白玉因为一时心疼,勾起家庭中的事,不曾理会外边有什么风吹草动的声响,也不防有大胆贼人敢到这石洞来,自然听不到这不经心的声音。甘琼英走进石洞,虽然把生死置之度外,总有些许防范人的心思,这虎啸声却容易触入她的耳鼓。谁知朱天齐到底怕白玉在仓促之间,漫不经心地杀了琼英,暗地随着琼英背后轻轻踩蹑。及听她们反行结拜起来,朱天齐很是欢天喜地,出去再干别项事件。于今转入石洞,向她们说明原委,又把无住的意思当面说出。以后无住到石洞来,令琼英行了拜师的大礼,仍回关索岭去。

从此甘琼英便同徐白玉每日在一处习武。朱天齐也把她当作女儿看待。

一年以后,这日,朱天齐忽带领四个人来,到山洞居住,内中也有一个女子。

欲知后事怎样,且俟四十九回再续。

第四十九回

英雄小聚会掬泪千行
母子得相逢伤心一哭

话说朱天齐带领四人到嵩山石洞居住,即将徐白玉带到中和山洞。

这徐白玉从朱天齐习学五年的功夫,已能领会朱天齐的功夫十分之七,什么绝迹飞行的能耐,无一不精,只需两个时辰,已从嵩山飞到中和山。觉得这个石洞虽不及那嵩山的一样广大,然而有神虎把住洞门,洞里的机关十分灵活,幽邃深险,迥与别个不同。徐白玉是何等的聪明,凡石洞里所有的机关,经朱天齐说明缘由,便能了解。

朱天齐叫白玉把守石牢。原来这石牢内也有许多的机关,先前是一个同她师父一样年纪、一样装束的人在牢外把守,于今白玉一到,这人便向嵩山去了。

白玉见牢里有两个中年女子,用铁索锁在石柱子上,便问她师父,说:"这两个是什么人?"

她师父就对她说了一大篇。

徐白玉听了,沉吟半晌,说:"师父,我的本领是吃得住她们,万一她们把那妖法施展出来,又是怎样好?"

朱天齐道:"本领吃得住她们就得了,任她们有什么妖法,这时候是使不出来。以后你自会明白。"

果然徐白玉没有见到她们使过什么妖法,打她们几个耳刮子,就把她们吓得不敢抵抗,俯首帖耳,像似法王座前的狮子一样。这两个妇人正是水玉珍主婢，她们一朝失网，妖法无用武之地，自家的功夫却又不是徐白玉的对手，然而身困石牢，心犹未死，还想白莲教中的人劫取她们出这劳什子的所在，叫她们吃也吃，大小便仗着石柱下有一个小窟窿，其深无底。她们要取便的时候，徐白玉也大开方便，给她们有自便的可能。

徐白玉在吃饭休息的时候，便把这牢门关住，也不怕她们插翅冲出牢来。

这天，徐白玉因心里闷得很，把石牢门扑地反闭，在洞里白相白相。可巧见她师父住歇的所在，有五个人都伏在地下痛哭。她师父却一眼瞧见了她，便招呼她把水玉珍、封韵姐牵到这里，她才明白这五个人便是石家的兄弟。后来仍将水玉珍、封韵姐押入石牢。

这里，朱天齐便劝解石仁兄弟一番。其实他这时断没有教授徒弟的工夫，便留石仁兄弟在洞里住了一天。

夜间，卫杰把左其美、冯锡庆、常伯权都带到了石洞，接连苗铎也来了。石仁听他们所谈的话，大半也记在心里。看他们谈到伤心的时候，双肩公仇私仇，满腔家忧国忧，各自掬了一瓢眼泪。

哭罢一场，朱天齐便替徐白玉做媒，并云白玉有方方白玉一方，男方有玉才算天巧地合的一段良缘。左其美听了这话，分明正中心坎，从身边取出他母亲赏他那双白玉。朱天齐一看，恰好同白玉的玉是丝毫无异。

左其美又云："白玉有妹红玉，近来已送住公做徒弟，住公不肯收。现在苗老师石洞之内。"

朱天齐即将白玉唤来，说："你妹妹红玉，可知现在是怎么样了……"

话犹未毕，涤尘已带领邵倩姑、徐红玉到来。

原来涤尘带着邵倩姑去访苗铎，意思是请苗铎做媒，将邵倩姑配给常伯权，即不向邵倩姑说明。

邵倩姑同徐红玉谈话之间，很怜爱她是个可怜的女子，暗忖,住公是忙得很,不肯收徒,不若介绍她到我师父跟前,同我在一起练习本领。想着,便向涤尘说了,涤尘一口答应。因苗铎师徒到朱天齐这里,即带领邵倩姑和红玉出了察哈尔,用一个大布袋将她们放在里面,把布袋束在胸间,就飞到中和山来。涤尘进了石洞,把她们放下,会了朱天齐等一班剑侠,刚要提议常、邵的媒事。

徐红玉一见自家的姐姐也在这里,不禁一阵心酸,抱着白玉大哭起来。她们也顾不得人多目众,哭诉了一会儿,各自诉说别后情形,白玉才明白那夜心疼的时候,正是她父亲逝世之期,妹妹又不幸被逼入娼门。

于今大仇已报,父棺已葬,妹妹却不曾被人玷污,心里第一感激那个左其美,便哭着问道:"左其美这人现在哪里?"

红玉不禁泪如撒豆子样的,低下头来,指着左其美道:"这可不是左教师吗?"

白玉即走到左其美面前,不住地磕头,仍同红玉抱头大哭。从身边取下一双玉来,哭向红玉说道:"妹妹,你戴着吧!"

红玉明知姐姐曲成他们的一段良缘,也不欲姐姐再事别人,就佩一只,那一只仍替她姐姐佩着。

左其美见那一双玉好像是自家的原物一样,心里早有些伤感起来。可是自家的玉仍在身边,早悟及姻缘已有定数。

朱天齐道:"左贤侄同我白玉徒儿及红玉都在这里,明天是天喜良辰,你们姊妹不妨委屈一点儿,就在我这里成婚,由我同苗教师证明婚约。左贤侄这一双玉,就得先分给你们,作为订婚的大礼。这件事大略涤公也赞成的,你们断不至于当面错过。"

涤尘道:"好极好极!"

从左其美手中接过一双美玉,分佩在徐家姊妹身上。左其美两个眼珠不住滴溜溜地望着白玉、红玉。白玉直把个头低到怀里,任凭涤尘替她把玉佩上,绝不露出不以为然的样子。红玉也收了玉,红着脸说:"我姐姐已许字左教师,不是很好的吗?

何必如此？"

　　白玉姊妹就此同左其美成了眷属，夫妻姊妹感情之间，格外浓厚。

　　那时，涤尘又提议邵、常的婚约，朱天齐、苗铎都以为也是极好的事，男女方面却不过分地违拗，果然也一拍即合。

　　就中偏冷了冯锡庆的心肠，徐红玉出那热焰焰火坑的时候，未尝没有冯锡庆从中帮忙。白玉姊妹已向他极端道谢，冯锡庆却很希望他们夫妻之间永久享受那甜蜜的幸福，但想起那个奇女子银蟾来，愁人眼里，看人家喜庆的热闹，处处给予自家伤心的材料，在背人的所在，也不知抹了许多的伤心眼泪。

　　朱天齐又将石家兄弟的事对大家说了，便将他们介绍苗铎做徒弟。苗铎慨然允诺。

　　大家一别以后，各奔西东。涤尘也带领左其美夫妻去了，朱天齐把甘琼英带来，看守石牢。

　　卫杰回至天津，禀明他舅父吴兆如，便将瑞姑带至中和山居住。后来卫杰也访出天津知县甘福生已死，令瑞姑告知琼英。甘琼英禀明了师父，回家奔丧，适值县丞田矩挂官的时候。甘琼英摒挡丧事已毕，见田矩穷得不能回籍，慨赠多金，田矩感激莫名，巨眼出于裙钗。卫杰瞧出他们的心路，便将田矩带至中和山，就此又成了他们珠联璧合的一对儿良缘。

　　光阴好快，驶得像飞马一般，秋月春风，又是梅花五度。石仁弟兄们剑术都达到能手刃水玉珍主婢的资格，便拜别了师父，准备到中和山上。至于水玉珍主婢如何擒来，石仁兄弟们也曾问及苗铎，但苗铎听朱天齐所说擒捉水玉珍的事实，因为内中情节，且不便对他兄弟说明，恐怕岔开他们练剑的心肠，只说一句："五年后自然明白。"他们也不敢再问了。

　　于今到了中和山石洞，适值朱天齐不在洞中，洞中的男男女女、老老少少，很有不少的英杰，内中却有周超、庞人瑞、李虹文、周慧儿四人。石仁弟兄们也不知他们怎会到这里来，方欲争前问讯,忽然关索岭清净寺无住来了,无住后面跟着一个四十来岁的缁衣尼姑,微微向石仁弟兄们一望,便兀自走向里面去了。

石仁弟兄们并未上瞧见她是怎样的面目,因他们都向里面站着,那尼姑是由洞外来的,一闪便走过去了,所以他们只望见她背后披着一件缁衣,却没有看见她的面貌。

庞人瑞向石仁道:"你们弟兄的意思,这里人都明白的,可随住公带你们去见一个人。"

石仁弟兄们忽然想起来了,因为五年之前,据慧姑曾说,母亲已入空门,这话是一个尼姑说的,大略有几分这传话的尼姑,便是住公。适才进去的那尼姑,可是我母亲了,然而他们虽是这样地想,心里却实在猜决不定,横竖停一会儿自然明白。

这时,无住已领他们走进了一个石洞,石床上端坐着一个尼姑。石仁等眼包着泪,仔细一望,生身的母亲,虽别了十五年,哪有认不出来的道理。石仁第一个先哭起来,拉着那尼姑的手哭道:"母亲,你……你……你老人家好忍心呀!"

石礼、石智就爬上了石床,石义、石信也围在那尼姑身边,各自泪如雨下。

那尼姑正是无住的师弟无为,十五年前的潘秀娟,于今禅机已有一半的成绩,未免不能忘俗。看她五个儿子只是痛哭,泪珠儿也就滚下来了,因为石信年纪最小,就将石信抱在怀里哭道:"你们都是怨娘的心肠太忍,世间哪有做娘的肯忍心抛撇儿子的道理?娘若不暂时抛弃你们,遁迹空门,得悟上乘禅法,像娘那时候如怨如慕、如泣如诉的寸断柔肠,早已病死了葬在土里,脚骬骨可翻出来打鼓了,哪有到如今还能相逢在一处呢?娘是不惜死的。你父亲被妖人杀了,娘的心飞了,不能报仇,只有一死。然而娘细想你们五个,哪一个不是娘身的肉?所以死也不想死了,只有遁迹空门,是娘避免不死的方法。你父亲的大仇,岂但你们辗转万里,吃尽腌心之苦,才有这手刃父仇的日子。可是娘一出禅关,便牵肠挂肚地想着你们,便苦心孤诣地准备报你父亲的仇,眼泪差不多要哭下一大缸来。也该那妖人的厄运终了,故而娘请海内的剑侠把妖人生擒活捉,押到这里来。娘又不能便杀了他们,使你们抱着不能手刃父仇的憾恨,又要借此玉成你们的剑法,好做出一番事业出来。今日你们的目的已达,恨娘何来?娘只恨有你们这几个心肝儿肉,摆脱不开,叫娘不得同娘师父一齐证道,添出娘不少的烦恼。"说至此,那眼泪就像血一般地淌下来。

母子六人差不多要哭得一佛涅槃,二佛出世,由石仁问明他母亲是怎样擒了水玉珍主婢。无为未及回言,早由无住把这件事从头至尾地叙述出来。

且说这水玉珍主婢,在十五年前逃出了广林寺,眼见慧空已死,没头的苍蝇,正是没处地钻,这时,广西的白莲教势焰甚大,水玉珍主婢皆是白莲教里遁逃的人,原没有这胆量再入白莲教做事,她们在广东肇庆旅馆六号房间住歇。天生的尤物,虽然徐娘半老,望去都比十七八的千金小姐更加俊俏,于今在这肇庆旅馆里暂歇几时,纵不大摆其风流阵,却不怕男人家吊她们的膀子。

那夜,水玉珍主婢刚吃完了夜饭,恰好对面七号房间里有一个三十来岁的客人,姓伍名通,是个秀才的打扮,晚间独酌无聊,眼见对面六号房间有两个如花似玉的美人儿,好生面熟,便走过来向水玉珍主婢叙话。水玉珍主婢因这人面目似在哪里看见过的,一时想不起来。

水玉珍竟站起来笑道:"惭愧惭愧!我怎么竟忘记先生的姓名了?"

那人顺手把房门关起,坐在水玉珍的对面,低低声笑道:"不能怪姐姐是想不起我姓名来了,千个兵认得个守备,一个守备认不得千个兵。我伍通从小随徐教主学些法术,我们同门的兄弟没有个不崇拜在姐姐石榴裙下的,我师父的门下又多,我又事事落在人后,姐姐交际又忙,却轮不到我同姐姐有谈心的机会。我哪一天不想去请教姐姐？在没见姐姐的时候，就预备有好些心思话向姐姐悄悄说来。及至见了姐姐，也承姐姐的情义，向我客气数回。只见趋承姐姐的人多，我一时又插不上嘴去，我心里就闷得慌。后来见姐姐走了，他们同门兄弟也就得另找人恭维，唯有我心里是不忘姐姐。师父平日说同门中的女弟子都是蠢材，却再寻不出姐姐这样水晶心肝的人，这些话我听了就欢喜，我越发想起姐姐待人的好处来。我守到三十岁不娶妻，不意今晚无意中见我姐姐，却使我当日的相思……"

水玉珍听了，真是喜出望外，看了伍通这样温和俊美的体态，不免有些动心呢，含笑似的回道："那时同门中人虽是恭维我的法术，实则皆想吊我的膀子。我因男子们的心理，把我们女人家当作糖人子一般耍，甜头吃够了，也渐渐有些呕心起来，所以他们越亲近我，我越发没有其心看待他们，却把先生也看得太轻了，连话都没有和先生谈过一句。幸亏先生能原谅我这个不懂人情事理的人，迟我十数年不娶，我心里过不去。于今要拿这已经玷污的身体，转事先生，先生不越发怪我不是知心人吗？"

两人话很投机，便从此温存起来。封韵姐是知情识趣的，便悄向那对面房间睡了。开旅店的，只要得几个钱，也不去管这是非。那时官府都粉饰太平，又没有人到旅店查夜，他们毫无忌惮。

伍通更是情不自禁，把水玉珍捺在床上，说："姐姐，我要在江头上卖水了。"说着，口中念动邪咒，便见水玉珍赤条条地拗将起来。

少时，伍通作法自毙，一件一件的衣服都脱了。两人拉过絮被，狂云暴雨，旗鼓相当，烈火干柴，功力悉敌。

好事成后，伍通便向水玉珍絮语道："姐姐，我近来在广西柳州一带做了该地教中的首领，同教的人数不少，这回我在广东，想引诱许多的男女教徒，天幸遇到姐姐，我一颗心已弄得跳起来。但怕玉人有主，不能长此熨帖，那就比拿刀杀我的还狠。"

水玉珍把嘴一笑,摸着他的耳朵说道:"你放心呀!不但你吃了我的迷药,我也被你迷得住了。"说着,便喁喁唧唧把近来的境遇向他说了。又滴泪道:"我虽和你一夜的夫妻,岂忍对你瞒藏一字?生是你伍家人,死是你伍家鬼了。我这块羊肉,未尝不可你的口,我是没有什么关碍,就怕师父要硬拆开我们这一对儿鸳鸯。"

伍通忙替她拭泪道:"我师父因为色欲过度,恐怕他自家天祚不久。休说你和我成了眷属,生米已成熟饭,他不欲争风吃醋,处置我们,便是他房里的人,哪一个能挺起肚皮,看不出半点儿掺杂的?他未曾加冕做教皇,先戴上一个绿荷叶盔儿,怎有这脸面转来问你?我是最倾爱你的,过去的事还说它何来?"

两人更不答话,次日天明,伍通便带水玉珍主婢同到柳州,就此封韵姐也做伍通的二房。伍通又学得一身剑法,都比水玉珍是大不如了。水玉珍欲在情人面前卖弄自己的本领,便教给伍通的剑法,转因教给伍通,她自家的剑法比从前进步得大不相同。

那夜,水玉珍同伍通多吃了几杯酒,伍通陪她舞了一会儿剑,一时春兴勃发,因按着水玉珍笑道:"人人都说雍正皇帝的香珠儿生得美,我怕她没有你这样叫我窝心。你又比香珠儿会舞剑。"

水玉珍也笑道:"你是没有见过招面的人,就这样地恭维我。据说那潘秀娟才算一个美人儿,美人儿还生几个白匀胖胖的孩子,你看那些孩子,掐都掐得水来,就知道他的娘美了。不过他娘驻颜无术,可惜倒变成一个老太婆了。"

伍通忙说:"这潘秀娟母子既是你的仇人,你又有这本事,何不把他们母子一齐捉来,我顺便也看看几个孩子,究竟是怎样的美。再把他们一股拢儿杀了,好助你我一个高兴。"

水玉珍这时只得要在情人面前献殷勤,加之又吃得醉醺醺的,一手搂着伍通的脖子,星眼微露,没半刻斯斯文文的样子。那两个赤金坠子闪烁无定,就像打秋千似的,说:"你在这房里等我,看我就去把潘秀娟母子捉来,两个时辰便回来了,好博你一个高兴。"说着走了。

伍通在房里等了一夜,不见水玉珍回来,心里跳得什么似的。第一日已到天晚,直至夜间四更以后,伍通把封韵姐唤到水玉珍的房里,坐等水玉珍回来。等了一会儿,方见水玉珍卷毛鸡似的从窗子飞进来,花颜上顿变了旧时的模样,把个香尖的舌头伸了一伸,说:"好险好险!"

伍通、封韵姐都笑迎上来,问她是什么事好险。

水玉珍喘了一口气,方坐下来说道:"我明知潘秀娟那里也有会法术的,却不是我们白莲教,又不是什么红珠教,前面我同韵姐受了老大的惊吓,偌大的广林寺,都被这班人烧了。昨夜不该酒后失言,到盐源去,却见她门外有一位金身韦陀横眉竖目兜头向我一杵,不是我会一些内外的功夫,把头炼得同铁头一样,这一杵,怕不打得脑浆迸裂?

"我当时觉得头上有些天旋地转起来,吓得退避三舍,便在树林子里困了一天。

"今夜起来,依然像似没有事的一样,只当作那韦陀终不能便怎样我,又不肯在你跟前空说了这样大话,究竟捉不到一个人毛,伤我自己的脸面。仍然转到那里。

"那韦陀就像在那里等待我的一样,便来赶我厮打,我即作法抵御。谁知一些法术都没有了,身上总觉战兢兢的,真是张天师被鬼迷,有法也没处用了。只得飞了回来,鼻中冒火,耳后生风,就像有无数的韦陀、无数的大杵来打我的,我身上仿佛也被打得疼起来,心里又像被什么东西挖去的一样。好容易飞到广西的境界,觉得后面没有声响,回头一看,没有一个韦陀。于今已到了这里,我这个人也算在棺材里跑出来的。你们看看是险不险呢?"

伍通道:"你这时身上是疼不疼呢?"

水玉珍道:"我身上是不疼了,心里还有些生疼的。"

封韵姐接着说道:"心里疼得很,就得请伍首领揉一揉了。"说着,便一笑走了。

这里伍通果给她揉了几下,比什么灵丹妙药都快,揉了一会儿便不疼了。后来,水玉珍虽不敢再到盐源,然而同伍通终日终夜荒淫无度,却没有丝毫懈怠练剑的功夫。

伍通有一个古怪的脾气,就喜欢吃小孩子的卵蛋。往往作法弄几个小孩子来宰杀,割下卵蛋,用油炸下酒。接连水玉珍主婢吃出这甜头来,也与伍通异性同嗜。五年之内,不知杀了多少孩子。

欲知后事怎样,且俟五十回叙来。

第五十回

剑云血露五侠快诛仇
箭雨刀霜千军争杀敌

话说水玉珍主婢及伍通三人,扛着这白莲教的招牌,勾引四方男女入教,骨子里都是无恶不作。入教的人都以白莲教是修养真性的上乘道法,一旦功德圆满的时候,介托在一朵白莲花上,就可以上了天了,并且在尘寰中也能享人所享不到的快乐。

这伍通住的是清真道院,五年以来,教友云集,何止千人。不但无知妇孺迷信白莲教是清修得道的捷径,有好些读书明理的绅学人等,下至兵丁差役,也都在白莲教里红阔起来。每逢教会的时期,官里还派了城防兵役前来弹压,怕有人扰乱白莲教的规则。

这日是十月十五日,下元节内,照例白莲教要开设坛场,柳州城里真是万人空巷,蚁也似的向教院纷纷而来。正在午后的时候,香花载道,分排在教院两边。伍通坐在法坛的中间,左有水玉珍,右有封韵姐,这两个玉人,都像仙子临凡的一样。那炉中一缕一缕的香烟,直冲霄汉,男女教士都站在官兵的前面,一个个虽然屏声息气,就中也有醉翁之意不在酒的,耳鬓厮磨,未尝不有人怦怦心动。

忽听仙坛上乐声大作,伍通峨冠云衣,秉着拂尘,佩着法剑,面前都摆着印牌、法仪等物,口中念念有词,在法台前绕了三转,便顶礼白衣神像。然后又就座台上,受众教士的参拜之礼。

一时礼仪已毕,伍通照例讲了许多修真入道的圣经佛典,便向众教士演说道:"在会的兄弟姊妹,仔细听来,我白莲教圣母本慈悲心肠,三期普度十方教士,不拘阶级,不论品类,但能诸恶莫作,众善奉行,性入于真,道归于一,便有修证白莲教希望。今逢下元盛会,本教兄弟姊妹尤宜上体圣母之心,下为自身功修的计划,从此生死与共,祸福相同,名至人归,共证上品。"

说毕,众教士都拍手道好。就中也有许多男男女女瞧热闹的,趁在这掌声腾沸的时候,又异口同声地喊了一声:"好呀!"

伍通方要走下法台,倏见一人从天而降,众人都疑惑这人便是教中所说的什么天神天将。

但见这人执着单刀,向伍通心窝里刺去,白刀子进去,红刀子出来,这伍通已身殉白莲教了。

众教士又齐声说:"捉拿刺客!"

再瞧水、封两位活菩萨都不见了,天上一缕一缕的彩云,冉冉向东南而去。不但众教士就这么鼓噪了一阵,连城中防兵人等也白白地望着,不知这几缕彩云是怎生的幻象。

一时伍通已死,水玉珍、封韵姐又莫明去向。柳州白莲教既去了这个首领,所谓龙无头不行,没半月工夫,就风流云散,无人继续。

当时有少数脑筋清醒的人,疑惑这白莲教是旁门的邪教,估定前来刺伍通、捉水玉珍和封韵姐的人,必是虬髯客、聂隐娘这一类剑仙。

原来这刺伍通的正是朱天齐,捉封韵姐的是无为的师兄无住,捉水玉珍的是涤尘师姑。

那无为虽然身入空门,却未曾忘怀丈夫的仇恨,算知水、封两个人妖,现在广西与伍通呼同一气,恶缘已满,便同无住商议,恰好朱天齐、涤尘师姑已一齐到来,他们因为伍通、水、封等在柳州地方无恶不作,他们都是喜欢管问这些闲事的,像伍通、水、封等恶迹昭彰,官府反做了白莲教的护身符,他们再不管问,这伍通、水、封等一班人妖,就差快活得跳上天了。不但石小峰的大仇沉之海底，那小孩子们也是到人世间托生来，做父母把孩子养下来，乳哺怀抱，原想继续宗支，不料反为他们白莲教的人妖制造那卵蛋为下酒的佳肴，那无数孩子的杀身之仇，差不多也要愤恨九泉。

这朱天齐、涤尘两人就是伍通、水、封等的对头星，这日到清净寺里，原想无住帮同他们一行，及听无为把以前的丈夫大仇逐层逐节向他们说了，意思想请他们活捉水玉珍、封韵姐两人，给石仁等兄弟手刃了父仇，并嘱他们把周超、李虹文等男女剑侠好请来同他们一齐做事。那石仁等弟兄没有教给他们本领的人，自然万里寻师，一则增加伊等处世的经验，二则磨炼其筋骨，三则又可以成就伊等大孝的名誉，偿还伊等手刃父仇的志愿。

朱天齐、涤尘即答应了无为这一篇的话，便同无住出了关索岭。涤尘、无住这时早会使飞行的本领，原用不着穿什么飞行衣靠，仍是平素所穿的水红中衣，朱天齐也换了一件五颜六色的破衲袄，三人就此到了柳州。

朱天齐趁伍通不曾防备的当儿，凭空而下，一刀便结果了伍通，无住、涤尘都混在众教士中。因为在白莲教盛行的时候，亦有许多方外人入教，涤尘即提了水玉珍，无住也提了封韵姐。

其时，水、封因见势头不对，都用了遮身法，岂知这遮身法尽可能瞒俗眼，涤尘、无住都具有慧眼，如何被她遮过，反因她用遮身的法术，连涤尘、无住在仓促之间竟使一班闪眼的人轻易看不出来。

朱天齐同涤尘、无住俱腾在空间，一齐去了，因他们飞行的功夫像流星一般快，加之都穿着花花绿绿的衣裳，望去就像一缕一缕彩云。

水玉珍因被涤尘提住青丝宝髻，犹想在鲁班面前弄花斧，岂知涤尘早已防她有这出把戏。禅教虽没有惊奇的法术，然而一般邪教，任有甚样的邪术，亦不能奈何禅教中人。涤尘深知他们白莲教的邪术，六根中眼、耳、鼻、舌、声、意，唯有眼根着魔入火，便运足了内功,先在水玉珍两眼上用气吹来。水玉珍觉得根本上的法术坏了,她又被这涤尘提住,浑身都瘫软下来,涤尘即将她用腰带捆在背上,虽则是捆得服服帖帖,然因为飞得太快,水玉珍在涤尘背上天旋地转,像似要栽下来的一样,哪里还有反噬的希望?

至于无住对待这封韵姐,更是牛刀杀鸡,也用不着怕她有抵抗的能耐,飞到了中和山下,朱天齐即将水、封二人都押入石牢之内。

无住回去,把擒捉水、封的事告知了无为。涤尘因为周超有个朋友,是奉天崔人柏,同朱天齐及一班同志的人意气相投,并且朱天齐很得他帮忙做事。这崔人柏的年纪、装束,同朱天齐是差不多,本领却比朱天齐稍逊一筹,到处结识江湖上有血气的豪杰,也扮作乞丐的模样,所以涤尘便同朱天齐讨论,请崔人柏将周超、李虹文、庞人瑞、周慧儿等男女四侠介绍前来。果然如操左券,请神符没有这样神效,崔人柏已将周超等男女四侠请来。朱天齐全数将他们带至嵩山石洞,把徐白玉带回中和山看守石牢。

于今石仁兄弟们已有处置水、封的本领,朱天齐把无为、无住,以及周超等男女四侠,并同卫杰、常伯权、党振南,都一齐带来。奉天的崔人柏最后进洞。听得里面石房里一阵阵痛哭的声音,就是铁石人也要掉泪。

朱天齐急命徐白玉将水玉珍、封韵姐牵出来,那里无住携了无为进前洞落座,石仁兄弟也跟来了,却没有工夫同众人谈叙。

石仁把当年水玉珍的宝剑交给石礼,朱天齐早供上石小峰的灵牌,洞里的男女英雄向灵牌前礼拜已毕,石案上两枚绿蜡烛闪闪烁烁,仿佛含有鬼意,石炉中的香烟袅袅不绝,就像有鬼神凭依的一样。无为同石仁等各自俯伏灵前哭罢一场,石仁等弟兄五人,石信最小,剑术亦以石信最优,自然由石信先处置两人妖。

其时,水玉珍、封韵姐已合面绑在那柱上,石信揩拭了眼泪,运足了剑功,精、气、神、剑,合而为一,就从鼻孔里发出两道剑光来,像似两朵红云,合罩在水、封二人的身上。只听水、封二人一齐怪叫起来,就像有千百支剑戳入她们的千百根毛孔里,哪有什么抵抗的力量?越抵抗越觉痛得同上了剑山的一样,上身的衣服都是剥得赤条条的,那羊脂也似的肌肉登时从一根根毛孔里冒出许多的血珠来,血露无声,流滴在石阶上。上身的肌肉已戳得不成样子,把骨头和血筋都显然露出,石信才收了剑光,那石地上已染红了一片。

石仁却挥起宝剑,将水、封两颗头砍下来。石义却准备分开水玉珍的胸脯,开腔摘心。

石礼又欲把水玉珍撕成两半段,却被朱天齐一句喝住,说:"就这样处置她们,你父亲的仇也报得十足了,何必做出那黑汉子的行径,摘取她们的心肝?"

无住也赞成朱天齐的话,无为只是痛哭,接连石仁弟兄们也哭了。大家苦劝一会儿,才劝得他母子们停声不哭了。

石智把水、封两个尸首拖到洞外喂狼,石仁、石礼、石义都随石智出来,石仁已将水玉珍的死尸剁成数块。依石礼、石义的意思,要把水玉珍的头漆起来,敲掉她嘴里的牙齿,当作一个尿壶使用。

石仁说:"这又是无赖的举动,不在情理之中。"

石礼、石义没有泄气之处,在水玉珍头上用刀划了无数的石字。石礼说:"你这千人骑的,今世是不能奈何我们了,有这英灵,来生再和我们记账吧!"

"吧"字才出了口,陡见一道黑气腾空而上。石礼、石义都愣了一愣。

石仁道:"好了好了,我们回石洞去吧!"

石礼、石义就同他大哥哥一起回归石洞,由庞人瑞和众英雄谈叙一会儿,又对石仁说出当日崔人柏前来请他的缘故,一半要玉成石仁弟兄五个的武艺,一半因为民请命而来。

朱天齐也说:"白莲教所以能使邪术迷人,都因这人的眼中幻象，心中幻识，才受白莲教的迷惘，果然在这两层上下死功夫，邪术是不能奈何人的。这白莲教的邪士，本与我们势不两立，然我们的大仇是在异族的皇帝老子，事有缓急，鄙意很欲大家齐心努力，驱杀胡人，好造成一个花花世界，然后再办理这班白莲教的邪士。世界上怎么会有这白莲教？皆因为戾气所招，国亡必有妖孽，我们这样亡国的人民，就将白莲教的人杀尽了，将来戾气未消，也许有别种邪教发生。就如这白莲教中的邪士，也是我国的人民，竟受时势上的支配，卷入旋涡，其罪可杀，其情亦有可怜之处。万一我们把这大好的山河，从异族掌握中夺了回来，达到建设的目的，国运由此兴隆，哪有什么白莲教不白莲教的？这时教中的邪士也有异日的可用之材。

"今天鄙人把诸位兄弟姊妹请到这里，一则祭拜石小峰先生，二则想与诸位兄弟姊妹歃血见誓，同心一德，挽回天命的权衡，用消极的手段，结识海内的同仇，共举大义，痛饮那黄龙一杯酒。诸位兄弟姊妹，肯参加其间，鄙人无不纾忧掬泪，生死与共，祸福相同。果然仔细要考察兄弟的人格，或环境上有不能参加的苦衷，鄙人断不勉强，只求不去把我们的事迹传到别人耳朵里去，要紧要紧。"

朱天齐方说至此，忽见苗铎带着冯锡庆走进洞来，接连涤尘、邵倩姑，及田矩、徐白玉、红玉、甘琼英诸人都到。原是朱天齐在数日之前，已令卫杰将他们约会到石洞聚齐，大家问讯一番。

朱天齐又接续演说多时，这里的男女英雄都是具有血性的人，莫不心愿情服，共肩大事。便是无为，也因为国仇的关系，待她禅功证道的时期，也肯加入。无住更是不用一说，就此歃血为盟，分头办事。

单言卫杰，仍然回到天津，想把嫂嫂和两个侄儿都带到中和山上。恰好兆如晚年忽娶妾生下一子，名德辅。德辅的大姐姐又是想念妹妹瑞姑，又贪着小兄弟，不肯远离，更割不开得龙、得虎这两块肉,至于堂前的父母,加倍不忍置之脑后,进退都是很难。

卫杰也只好再禀了朱天齐,反把瑞姑带到天津。从此,得龙、得虎一年大似一年了。卫杰令他们日间读书而外,夜间还教给他们的武艺,对吴兆如夫妻同父母一样,对他嫂嫂也恭顺到极处。夫妻感情之间,体贴入微,然而二五之精,拢共也不曾凝合一次,哪里会生下男女孩子来?

瑞姑虽是痴情的女子,但知卫郎非薄幸者流,所谓闺房之乐,诚有甚于画眉,白璧无瑕,反还得自家女儿身的本来清净。因为宗支的关系,枕边衾底,同卫杰仔细讨论,便将二侄儿得虎承继过来,做自家的儿子。

卫杰除了家庭间的私事而外,自然留心当日在中和山歃血的志愿,着意物色人格可靠、气味相投的风尘人物。十年之间,也介绍好几个人到中和山去。

又过了五年,吴兆如夫妇和他的寡嫂死了,卫杰替吴德辅成立了家室,置了些产业,便把瑞姑和得龙、得虎都带到中和山上,自家却放开身子,东奔西走,专心物色海内的英雄。

那日到了绍兴的境界,论卫杰这时离师父已有了三年向外的时间,并不知道同志诸人结了什么讨贼党,更不知讨贼党以外,另有别种的党派,提起花嫒红、邱丽华、邱丽容三位女侠,卫杰是很熟的,而且她们在会稽金守仪兄弟家中,教授金蕊春六姊妹的剑术,卫杰又无不了悉,至于金蕊英在擂台上踢死成敏文的儿子成锡爵,及成敏文同姜文虎商量的办法,他也不明白有这些事迹。但在夜间飞行的时候,倏见前面有大队的人马,一个个弓上弦刀出鞘似的,向会稽道上进发,就像要准备打仗的一样。

卫杰便等这队人马走过去了,便远远地在后面随着,意思是因他有个朋友,就是本传开篇第一个人物王焕仁的姑父会稽程济德。

程济德在五年以前,是卫杰的老同志,论班辈,程济德比卫杰高得一级,论剑术,程济德只及卫杰十分之七。程济德同他师父本是朋友，投机得了不得，他这时最怕程济德受了他师父嘱托，相机行事，被官里的人看出破绽，申详上峰，发下这么大队的人马来缉获这国事犯的程济德。心里有了这个疑病，就紧紧随着官兵，窥探他们的动静，如果与程济德毫无关系，就不去同他们为难。

眼看这大队人马已扎在一个所在，埋锅造饭，卫杰便落在一个帐篷上面，窥听多时。恰被巡逻的士兵一眼看见，把卫杰活捉下来。卫杰的本领，就是这五千人马都不能奈何他，偏是一个无名的小卒，便能下他的手吗？因他欲窥探其中的缘由，佯装被小卒擒住，解到帐前。

那统辖张秉峰是个文官改授武职，做了这千军的统辖，见巡逻兵把卫杰押到，自然怕他是金家的奸细，留心讯问。那两边的千百把总，以及马弁、佐目人等，挨次排定，一个个都威风凛凛、雄气赳赳，就差把卫杰要活吃下去的样子。

张秉峰更把惊虎胆拍得连天价响，说："你可是金家的奸细？"

卫杰只摸不着半点儿的头脑，没话回答。

张秉峰又喝问道："这厮还要装佯，胆敢在本提辖营中窥探，快将金守仪父女谋反的事一五一十地说出来。"

卫杰忽然暗吃一惊，心想，金守仪不是金蕊香、蕊英的父亲，金蕊春、蕊莲、蕊桂、蕊梅的叔父吗？花媛红、邱丽华、邱丽容都在金家做女教师，不消说，这东西说金家谋反的事，自然关系到花、邱等同志的身上，就连带到我师父了。万一这些官军到金家去啰唆，或抄出我师父和花、邱等同志往来之间的片言只字，那还了得？这么一想，就顾不得官兵方面的人多势众，他身上是用麻绳捆缚，一使劲，便绳缚扣断了，从小兵手中夺过一把单刀。

那四围的兵士见势头不对，一声呼哨，围拢上来。张秉峰已退后了几步，指挥官兵，一齐杀敌。

卫杰向来不曾大开杀戒，在这千军万马营中，都是长枪大戟，由于身边一把飞来剪,是暗刺最少数人的兵器,这时候是不必使出来。剑术也是缓法,没有单刀来得称手。觉得这些官兵,至少要杀得一半,才算给他们个厉害。他平日在浙江省里,就见这些官兵们对小百姓的路数,都是鹅声鸭气,生事欺人,强奸逼节,无所不来,百个里也选不出一个好的。当军官的,更是张牙舞爪,闹得通省的人民不能安生。文官也一半是,他们一鼻孔出气。

卫杰早已准备要杀尽这些披老虎皮的东西,为万民除害,无奈杀之不胜其杀,杀了他们,难免不有比他们还狠毒的,瓜代而来,要用暗刺的手段恫吓军官,无奈那些军官的,越是养得肥头大耳,越是没有脑子的东西,就替他们用寓杀于警的路数,真是对牛弹琴,没有丝毫的功效,反要因这暗杀的案件,要冤枉许多在他们压力下的无告人民。但卫杰因在实有不得耐烦的时候,也杀了几个中级的军官,都留下自己的别号来。于今又想到金家的连带关系,无可忍耐,索性运足了功夫,逢人便杀,只听得咔嚓咔嚓的响声不绝,人头滚得遍地皆是。霎时血流成河。其余军士皆披靡而走,叵耐那提辖的张秉峰,幸未被杀,偏是文人,偏不肯轻作败兵之将,仍指挥众兵士奋勇当先,一个个又包围起来。

卫杰见杀死的官兵已有十分之五,身上也渐渐杀得疲倦了,因抖擞精神,杀开一条血路,大声喝道:"你们不要替老子送行,有胆量到会稽县会吧!"

张秉峰见卫杰杀出了重围,便令弓箭手一齐放箭,一时飞箭如雨。奈何卫杰的血肉之躯,一经运足了内功,比什么都坚硬,比什么都绵软,刀砍不入,箭飞难伤,反而他把射来的箭圈在左手,虎口里反射了十来支,就伤去官军中十来个弓箭手。

张秉峰见卫杰本领真个了得,什么兵器都不能奈何他,并且没有弓也能放箭,只好整顿残军,退到绍兴城里,再作良图。

且说卫杰见官军全数退回,便飞奔会稽道上而来。他本来料知官兵势大,非一杀便能了事,准备就此送给金家一个消息,令他们远走高飞,且不用惹这无谓的麻烦。及至到了金守仪家中,见卜玉兰已笑迎出来。

这卜玉兰女扮男装,幸亏卫杰是认得她的,一见面就叫起卜小姐来。卜玉兰又带上好几个女子,这几个女子,除了金蕊春姊妹五人,还有新疆陈叶疚、德州徐美颜、云南唐闰淑三人,是卜裕南的结拜姊妹,虽同卫杰不大相识,提起姓名,大家是知道的。

卫杰便将与官兵如何厮杀等事说道:"官兵现在已退回绍兴,恐不日仍要添兵到此,诸位还是速走为妙。或同到中和山去见见众英雄,共议大事,未知众意如何?"

大家齐声应允,金家的大案亦就了结。